KB127183

말 한 마디 때문에

一句頂 一万句
Copyright ⓒ 2009 by 刘震雲(Liu Zhen Yun)

Korean translation copyright ⓒ 2015 by Asia Publishers
This Korean Edition is published by arrangement with Liu Zhen Yun through
The institute of Sino-Korean Culture, Seoul, Korea.
All rights reserved.

이 책의 한국어판 저작권은 漢聲文化研究所를 통해 저자와 독점계약한 (주)아시아에 있습니다.
저작권법에 따라 한국 내에서 보호를 받는 저작물이므로 무단 전재와 무단 복제를 금합니다.

말 한 마디 때문에

一句頂 一万句

옌진을 떠나는 이야기

류전윈 장편소설 ｜ 김태성 옮김

아시아

다름과 같음

20세기 초에 유럽과 미국에서 수많은 선교사들이 중국을 찾아왔습니다. 그리스도나 성모를 중국인들에게 소개하기 위해서였지요. 어떤 선교사들은 실적이 좋아 많은 신도들을 확보하게 되었고 어떤 선교사들은 실력이 부족하여 아무 일도 하지 못했습니다. 하지만 실적이 좋든 나쁘든 간에 이들 선교사들은 하나같이 한 가지 중요한 문제를 묵과했습니다. 서양인과 중국인의 신앙에 대한 태도가 확연히 다르다는 것이었습니다. 서양인들이 신을 믿는 것은 정신적인 요구에 의해서지만 중국인들은 이런 종교가 현실 속에서 자신에게 어떤 장점을 가져다줄 수 있는지를 물었습니다. 다시 말해서 중국인들은 현실과 실질을 중시하는 민족이라고 할 수 있지요.

한 이탈리아 신부가 불원천리하고 중국에 와 저의 고향인 허난 옌진(延津)현에서 선교를 시작했습니다. 이름도 중국식으로 바꿔 라오잔(老詹)이라고 했지요. 라오잔이 처음 옌진에 왔을 때는 콧대가 높고 눈이 파란 데다 중국어를 할 줄 몰랐습니다. 그러다가 눈 깜짝할 사이에 40년이라는 세월이 흘러 중국어를 할 수 있게 되었을 뿐만 아니라 허난 방언과 옌진 방언도

구사할 수 있게 되었습니다. 얼굴도 허난의 황사에 오래 노출되어 눈이 노랗게 변했고 콧대도 낮아졌습니다. 그가 뒷짐을 지고 걸어가는 모습을 뒤에서 바라보면 파를 팔러 가는 옌진의 노인네와 전혀 구별이 되지 않았습니다. 하지만 40년이라는 세월 동안 그는 신도를 여덟 명밖에 개척하지 못했습니다. 왜 그랬을까요? 40년이라는 세월이 지나도록 중국인을 제대로 이해하지 못했기 때문이지요. 이날 그는 황허 강가에 갔다가 돼지 잡는 백정을 하나 만났습니다. 라오잔은 돼지 백정에게 주님을 믿으라고 권했지요. 돼지 백정이 물었습니다. "주님을 믿으면 뭐가 좋은가요?" 라오잔이 말했습니다. "주님을 믿으면 자신이 누구인지, 어디서 와서 어디로 가는지 알게 되지요." 돼지 백정이 말했습니다. "나는 주님을 믿지 않아도 그런 걸 다 알아요. 나는 돼지 잡는 백정이고 쟝쟈좡(張家莊)에서 와서 리쟈좡(李家莊)으로 돼지를 잡으러 가는 길이지요." 라오잔은 입을 헤 벌린 채 혀가 굳어버렸습니다. 결국 그는 이렇게 대답했지요. "그 말도 틀린 말은 아닙니다."

40년 동안 라오잔은 중국인들에게 종교를 제대로 전달하지 못했습니다.

오히려 중국인들에게 동화되고 말았지요.

이탈리아 신부와 돼지 잡는 중국인 백정은 이 작품에 등장하는 인물들입니다.

문학이란 무엇일까요? 어떤 사람은 문학이 한 민족의 비사(祕史)를 쓰는 것이라고 말합니다. 하지만 저는 문학이 한 민족과 다른 민족들 사이의 차이를 쓰는 것이라고 생각합니다.

서로 다르다는 것을 알아야 세계가 같다는 것을 알 수 있거든요.

또 서로 같다는 것을 알아야 세계가 다른 지도 알 수 있지요.

베이징에서

류전윈(刘震雲)

차례

일러두기

1. 이 책은 장편소설 一句頂 一万句(刘震雲, 长江文艺出版社, 2009.3.1)를 우리말로 옮긴 것이다.
2. 본문 각주는 원문에는 없던 것으로 모두 옮긴이와 편집자의 주이다.
3. 중국 인명과 지명은 중국어 발음에 최대한 가깝게 표기하였다.

말 한 마디 때문에

1장

평생 친구

양바이순(楊百順)의 아버지는 두부장수다. 사람들은 모두 그를 두부 파는 라오양(老楊)이라고 부른다. 라오양은 여름이 되면 냉면도 팔았다. 두부장수 라오양은 마쟈쫭(馬家莊)에서 마차를 모는 라오마(老馬)와 친한 친구 사이다. 원래 두 사람은 친구가 되지 말았어야 했다. 라오마가 항상 라오양을 업신여기기 때문이다. 라오양을 업신여긴다고 해서 그를 때리거나 욕하지는 않는다. 단지 마음속으로 그를 무시할 뿐이다. 어떤 사람을 무시한다면 그와 서로 왕래하지 말아야 하는데, 라오마는 농담을 할 때마다 라오양이 꼭 필요했다. 라오양은 사람들에게 친구에 관해 얘기할 때마다 가장 먼저 입에 올리는 사람이 마쟈쫭에서 마차를 모는 라오마였지만, 라오마는 등 뒤에서 자기 친구에 관해 얘기하면서 양쟈쫭(楊家莊)에서 두부를 팔고 냉면도 파는 라오양을 단 한 번도 입에 올린 적이 없었다. 하지만 사람들은 그렇게 된 자세한 이유를 몰랐고 그저 두 사람이 좋은 친구 사이인 줄로만 알고 있었다.

양바이순이 열한 살 되던 해에 그 고장의 철공 장인인 라오리(老李)가 자기 모친의 장수를 기원하는 잔치를 열었다. 라오리의 철공소 이름은 '다이 왕(帶旺) 철공소'였다. 주걱과 식칼, 도끼, 호미, 낫, 써레, 대패, 문고리 등을 만들어 팔았다. 철공 장인들은 십중팔구 성질이 급하기 마련이지만, 라오리는 특이하게도 그렇지 않아 쇠꼬챙이 하나 만드는 데도 두 시간은 족히 두드려야 했다. 하지만 느린 대신 모든 일에 아주 꼼꼼했다. 쇠꼬챙이 하나에도 모서리와 각이 살아 있었다. 국자나 식칼, 도끼, 호미, 낫, 대패, 문고리 등을 만들 때도 담금질을 하기 전에 반드시 '다이왕(帶旺)'이라는 두 글자를 새겨 넣었다. 반경 십 리 안에 더 이상 철공 장인이 나지 않았다. 라오리의 손재주를 따라올 사람이 없었기 때문이 아니라 군이 그런 노력을 할 필요가 없었기 때문이다. 성미가 급하지 않으면 꼼꼼해지기 쉽고, 꼼꼼해지다 보면 원한을 기억하기 쉬웠다. 라오리의 가게에 매일 사람들이 오가다 보니 말 한 마디로 그의 미움을 사는 일이 많았다. 하지만 라오리는 다른 사람들의 원한은 기억하지 않고 자기 엄마에 대한 원한만 기억했다. 라오리의 엄마는 성미가 몹시 급했다. 라오리의 성미가 급하지 않은 것은 엄마의 급한 성격에 질렸기 때문이다. 라오리는 여덟 살 되던 해에 몰래 대추떡을 훔쳐 먹었다가 엄마가 던진 쇠 국자에 머리를 맞은 적이 있다. 머리에 작은 구멍이 나면서 피가 철철 쏟아져 나왔다. 다른 사람들은 상처가 다 나으면 고통을 잊는 법인데 라오리는 그렇지 않았다. 여덟 살 때부터 엄마에 대한 원한을 기억했다. 머리에 구멍이 났던 것에 대한 원한이 아니라 엄마가 자기 머리를 찢어 놓고도 계속 웃고 떠들다가 사람들을 따라 현성으로 전통극을 보러 갔던 것에 대한 원한이었다. 사실은 전통극을 보러 간 데 대한 원한도 아니고, 라오리가 장성한 뒤에 그는 성미가 급하고 그의 어머니는 성미가 느리다 보니 매사에 의견이 일치하지 않아 깊어진 원한이었다. 라오리 엄마는

14

안검연염(眼瞼緣炎)을 앓고 있었고 라오리가 마흔 살이 되던 해에 그의 아버지가 세상을 떠났다. 마흔다섯이 되던 해에는 엄마가 눈이 멀었다. 엄마가 눈이 먼 뒤로 라오리는 '다이왕 철공소'의 주인이 되었다. 주인이 된 뒤로 라오리는 엄마를 별로 살갑게 대하지 않았다. 눈이 멀었는 데도 입는 것이나 먹는 것이나 전과 다르게 챙기지 않았고 엄마가 말을 걸어도 상대해주지 않았다. 쇠를 두드려 먹고사는 집이다 보니 평소에 먹는 것이라고는 보통 밥에 싸구려 차가 고작이었다. 그의 엄마가 눈이 먼 채로 고함을 쳤다.

"입이 너무 심심해 죽겠다. 얼른 가서 소고기 좀 구해다 씹게 해주려무나."

라오리가 말했다.

"기다리세요."

아무리 기다려도 소식이 없자 그의 엄마가 다시 말했다.

"마음이 몹시 심심하구나. 얼른 가서 나귀를 끌어다가 날 태워 번화한 현성 구경 좀 시켜주려무나."

라오리가 말했다.

"기다리세요."

아무리 기다려도 소식이 없었다. 일부러 엄마를 애태우려는 것이 아니라 그녀의 급한 성미를 고치기 위해서였다. 세월이 그녀의 손에 잡혀 있어 반평생을 급하게 살았다. 이제는 좀 느려질 필요가 있었다. 하지만 그런 변화로 인해 문제가 더 많아지면 어쩌나 하는 두려움도 없지 않았다. 어쨌든 엄마가 칠순이 되던 해에 라오리는 그녀에게 축수를 올렸다. 그의 엄마가 말했다.

"곧 죽을 사람인데 축수는 해서 뭐하겠니. 평소에 좀 잘해주면 그만이지."

그러고는 지팡이로 땅을 두드리며 말했다.

"정말로 내게 축수를 하는 게냐? 뭔가 안 좋은 생각을 품고 있는 건 아니냐?"

라오리가 말했다.

"엄마, 생각을 너무 많이 하지 마세요."

하지만 라오리가 엄마에게 축수를 올리는 것은 분명히 그의 엄마를 위함이 아니었다. 지난 달, 안후이(安徽)에서 철공 장인이 하나 찾아왔다. 그는 성이 돤(段)씨로 진(鎭)에 정착하여 철공소를 열 준비를 하고 있었다. 뚱보인 라오돤(老段)은 철공소 이름을 '돤뚱보 철공소'라고 지었다. 라오돤의 성질이 급하다 해도 라오리는 겁내지 않았을 것이다. 하지만 누가 알았으랴. 돤뚱보는 성질이 급하지 않았다. 못 하나 만드는 데도 두 시간은 족히 두드렸다. 그런 모습에 황당해진 라오리는 자기 엄마에게 축수를 올리는 장면을 라오돤에게 보여주기로 마음먹었다. 라오돤에게 하늘을 나는 강한 용은 땅 위를 기어 다니는 뱀의 머리를 누르지 않는다는 이치를 보여줄 생각이었다. 이렇게 라오리는 자신이 라오돤보다 통이 크다는 것을 과시할 의도였지만, 사람들은 축수에 담긴 그런 속사정을 알지 못했다. 과거에 라오리가 자기 엄마에게 효성스럽지 못했다는 것을 다 알고 있는데, 갑자기 효성스러워진 것을 보고는 그가 이제야 철이 들었다고 생각했다.

축수 당일 점심 때 모두들 예법에 따라 술을 마시러 주연에 찾아갔다. 라오양과 라오마도 모두 철공 장인 라오리와 친구라 이날 모두 예를 표하러 왔다. 라오양은 아침 일찍 두부를 팔러 아주 멀리 가느라 주연에는 약간 늦게 도착했다. 마쟈좡은 진에서 가까웠기 때문에 라오마는 제때에 도착했다. 라오리는 라오양이 라오마와 친한 친구라고 생각하여 라오마의 옆자리를 라오양의 자리로 비워두었다. 라오리는 자신의 이런 배려가 무척 주도면밀하다고 생각하면서 라오마가 화를 내는 건 생각지도 못했다.

"그러지 마, 얼른 그의 자리를 다른 데로 옮기라고."

라오리가 말했다.

"자네 둘은 서로 농담 주고받는 걸 좋아하잖아. 아주 다정해 보이던걸 뭐."

라오마가 물었다.

"오늘 술 마실 건가?"

라오리가 대답했다.

"식탁 하나에 세 병씩일세. 산주(散酒)[1]를 올리지는 않을 걸세."

라오마가 말했다.

"그나마 낫군. 술을 마시지 않으면 그와 농담을 할 수 있지. 하지만 술을 좀 많이 마셨다 하면 내 오장을 긁어대거든. 그는 시원하게 웃지만 나는 울화통이 터진단 말이야."

그러고는 말을 이었다.

"한두 번이 아닐세."

라오리는 그제야 이 친구들이 서로 마음이 전혀 통하지 않는다는 것을 알게 되었다. 라오양이 라오마에게 마음을 열어도 라오마가 라오양에게 마음을 열지 않았다. 결국 라오양의 자리를 다른 식탁에 있던 가축 중개인 라오두(老杜) 옆으로 옮겼다.

라오리는 이 이야기를 아버지의 분부로 물을 길러 온 양바이순으로부터 듣게 되었다. 술을 마신 다음날, 라오양은 라오리의 주연에서 술을 실컷 마시지 못했다고 선물을 괜히 보냈다고 투덜댔다. 실컷 마시지 못했다고 투덜댄 건 주연이 풍성하지 못했다는 게 아니라 술자리에서 가축 거간인 라오

---

1 품질은 같지만 포장하지 않은 술.

두와 말을 하지 못했기 때문에 하는 말이었다. 라오두는 대머리라 머리에서 냄새가 났고 어깨에 하얗게 비듬까지 내려앉아 있었다. 라오양은 자신이 늦게 도착했다고 생각하고는 라오두에게 가까이 다가가 앉았다.

양바이순은 어제 들은 이야기를 라오양에게 해주었다. 라오양은 얘기를 듣고 나서 정면으로 양바이순의 따귀를 후려갈겼다.

"라오마는 절대 그런 뜻이 아니야. 좋은 말을 네가 안 좋은 말로 바꾼 거라고!"

양바이순은 울면서 머리를 감싸 쥐고 두부 공방 문 앞에 꿇어앉아 한나절이나 말을 하지 않았다. 그 뒤로는 보름 동안이나 라오마를 상대해주지 않았다. 집안에서도 '라오마'라는 이름을 입에 올리지 않았다. 그러나 보름이 지나자 라오마와의 관계를 회복했고 우스갯소리를 주고받기까지 했다. 일이 있을 때에는 라오마를 찾아가 상의하기도 했다.

물건을 팔려면 소리를 잘 질러야 했다. 하지만 라오양은 두부를 팔면서 소리 지르는 것을 싫어했다. 소리를 지르는 데도 가는 소리와 굵은 소리의 구분이 있었다. 굵게 소리를 지를 때는 두부를 두부라고 말했다.

"두부 사려어— 양자좡에서 만든 두부 사려어—"

가늘게 소리를 지를 때는 여기에 창(唱)이 섞이곤 했다. 번지르르한 말로 자신의 두부를 과장하는 것이다.

"여러분은 이것이 두부라고 하시겠지만, 이것이 두부일까요? 두붑니다. 하지만 두부가 되어선 안 되지요……"

그럼 뭐가 되어야 한단 말인가? 아예 두부를 백옥이나 마노 보석으로 만들고 있었다. 라오양은 입이 둔해 말을 부드럽고 구성지게 하지 못하는 데다 물건을 팔기 위해 소리를 지를 줄도 몰랐다. 소리를 지를 때도 있긴 하지만 화를 내는 꼴이 되기 일쑤였다.

"방금 솥에서 나온 두부라 다른 두부랑은 완전히 다르단 말입니다—"

하지만 라오양은 북을 칠 줄 알았다. 북채로 북을 치거나 북 가장자리를 두드리면서 온갖 소리를 다 냈다. 이리하여 다른 방법을 찾은 그는 두부를 팔면서 아예 두부 사라고 외치지 않고 북을 치기 시작했다. 북을 치면서 두부를 파는 모습이 너무나 신선해 보였다. 마을에 북 치는 소리가 들리면 사람들은 양쟈쫭에서 두부를 파는 라오양이 온 줄 알았다. 진에 장이 설 때면 나가 좌판을 벌였다. 두부만 판 것이 아니라 냉면도 팔았다. 대나무 채칼로 냉면 국수를 가늘게 썬 다음 그릇에 넣고 그 위에 가는 파를 올리고 겨자와 깨양념장을 뿌리면 그만이었다. 한 그릇을 팔면 다시 한 그릇을 조리하는 식이었다. 라오양의 좌판 왼쪽에는 당나귀고기 구이를 파는 쿵쟈쫭(孔家莊)의 라오쿵(老孔)이 있었고 오른쪽에는 후라탕(胡辣湯)[2]과 함께 실담배를 파는 떠우쟈쫭(寶家莊)의 라오떠우(老寶)가 있었다. 라오양은 마을에서도 집무시장에도 두부와 냉면을 팔 때 북을 쳤다. 라오양의 좌판에는 아침부터 저녁까지 북 치는 소리가 끊이지 않았다. 처음에는 모두들 이를 신선하다고 여겼으나 한 달이 지나자 좌우의 라오쿵과 라오떠우가 짜증을 내기 시작했다. 라오쿵이 말했다.

"둥둥둥 하다가 차차차 하면, 라오양, 자네 뇌수도 그 소리에 냉면으로 변하겠네. 대군이 출정하는 것도 아니고 이까짓 작은 장사를 하면서 그렇게 요란하게 굴 필요가 있겠나?"

성질이 급하고 말하는 걸 좋아하지 않는 라오떠우는 얼굴이 어두워지더

---

2 고기와 두부, 다양한 채소를 넣어 만든 허난 토속 음식.

니 라오양의 북을 발로 걷어차 단번에 찢어버리고 말았다.

사십 년이 지나 라오양은 중풍에 걸려 침대 위에 꼼짝도 못하고 누워 있게 되었다. 이제 주인장은 큰아들 양바이예(楊百業)로 바뀌어 있었다. 다른 사람들은 중풍에 걸리면 뇌의 사용이 불편해지고 입도 제대로 움직이지 않아 "우아 우아" 소리만 낼 뿐 제대로 말을 하지 못했다. 반면 라오양은 몸은 말을 듣지 않았지만 입은 멀쩡했다. 몸이 멀쩡할 때는 입이 둔해 어떤 일을 다른 일로 바꿔 말하기 십상이었지만, 중풍에 걸린 뒤로는 머릿속이 한결 또렷해지고 입도 부드러워져 모든 일을 조금도 헛갈리지 않게 제대로 표현해냈다. 몸이 마비된 뒤로 하루 종일 침대에 누워 있게 된 그는 아주 작은 움직임에도 다른 사람의 도움을 구해야 했다. 이전과 비교도 할 수 없이 달라져 있는 그는 눈으로든 입으로든 항상 손해를 봐야 했다. 누군가 방에 들어오면 눈으로 그를 반기면서 친절한 표정을 지어야 했고, 그 사람이 뭐라고 묻기라도 하면 뭐라고 대답을 해야 했다. 몸이 마비되기 전에는 걸핏하면 거짓말을 했지만 몸이 마비된 뒤로는 구구절절 가슴속에서 우러나오는 말을 했다. 물을 많이 마시면 밤중에 자주 자리에서 일어나야 했기 때문에 라오양은 오후만 되면 물을 마시지 않았다. 사십 년이 지나자 라오양의 과거 친구들은 대부분 죽거나 제각기 자기 일에 바빠서 중풍에 걸린 그를 만나러 오는 사람은 거의 없었다. 그해 팔월 십오일, 예전에 집무시장에서 파를 팔던 라오롼이 간식거리 두 봉지를 들고 라오양을 찾아왔다. 오랫동안 아는 사람을 못 만난 탓인지 라오양은 라오롼의 손을 부여잡고 울음을 터뜨렸다. 그러다가 가족이 들어오는 것을 보고는 황급히 옷소매로 눈물을 훔쳤다. 라오롼이 말했다.

"당시 집무시장에서 장사를 하는 사람들을 동쪽에서 서쪽까지 다 기억할 수 있겠나?"

라오양은 머리가 아직 멀쩡했지만 사십 년이라는 세월이 흐르다 보니 그 때 함께 일하던 친구들 중 절반은 잊어버리고 말았다. 동쪽에서 서쪽까지 손가락으로 다섯 명을 꼽고 나니 그 다음이 생각나지 않았다. 다행히 당나귀고기 구이를 팔던 라오쿵과 실담배와 함께 후라탕을 팔던 라오떠우를 기억해낸 그는 여러 사람을 건너 뛰어 라오쿵과 라오떠우에 관해 얘기하기 시작했다.

"라오쿵은 말할 때 목소리가 너무 가늘었어. 라오떠우는 성질이 아주 급했지. 그때 발길질 한 번으로 내 북을 망가뜨리지 않았나. 나도 그에게 지지 않았지. 재빨리 몸을 돌려 그의 좌판을 걷어차 버렸으니까 말이야. 땅바닥이 온통 후라탕 천지가 되어버렸지."

라오딴이 말했다.

"둥쟈좡(董家莊)에서 가축을 거세하던 라오둥(老董) 기억나지? 가축 거세만 한 것이 아니라 사람들 냄비도 때워주지 않았나."

라오양은 미간에 주름을 잡으면서 잠시 생각에 잠겨봤지만 가축을 거세하고 냄비도 때워주었다던 라오둥이란 사람이 좀처럼 생각나지 않았다. 라오딴이 말했다.

"웨이쟈좡(魏家莊)의 그 라오웨이(老魏)는 어떻게 됐나? 집무시장 맨 서쪽 끝에서 생강을 팔던 친구 말일세. 몰래 웃으면서 잠시나마 혼자 즐기는 걸 좋아했지. 혼자 즐거워하는 걸 보면 그가 무슨 생각을 하는지 알 수 없었다니까."

라오양은 생강을 팔면서 혼자 몰래 웃곤 하던 라오웨이라는 사람도 생각이 나지 않았다. 라오딴이 말했다.

"마쟈쫭에서 마차를 몰던 라오마는 기억하겠지?"

라오양이 안도의 한숨을 내쉬며 말했다.

"그 친구야 당연히 기억하지. 죽은 지 이 년이 넘었잖아."

라오돤이 웃으면서 말을 받았다.

"그때 자네 마음속에는 라오마밖에 없었어. 다른 사람들은 거들떠보지도 않았잖아. 자네가 다른 사람을 친구로 여기리라고 누가 생각이나 했겠나. 사람들이 등 뒤에서 자네에게 얼마나 빈정거렸는지 아나?"

"얼마나 오래된 일인데 그걸 아직도 기억하고 있나?"

라오돤이 말했다.

"그 일을 말하는 게 아니라 그 이치를 말하는 걸세. 자기를 친구로 여기지 않는 사람들에게 자네는 평생 아부하면서 살아오지 않았나. 그러면서 자신을 친구로 여기는 사람들은 거들떠보지도 않았지. 당시 집무시장 사람들이 하나같이 자네가 치는 북소리를 싫어했고 나 혼자만 그 소리를 좋아했었네. 그 소리를 듣기 위해 내가 냉면을 몇 그릇이나 팔아줬는지 아나. 때로는 자네와 얘기를 좀 더 나누고 싶었지만 자네는 나를 거들떠보지도 않더군."

라오양이 황급히 말했다.

"그게 아닐세."

라오돤이 손뼉을 치며 말했다.

"보라고, 지금도 자네는 나를 친구로 여기지 않는군. 오늘 내가 여기에 온 건 자네에게 한 가지 물어볼 게 있어서일세."

"뭔데 그러나?"

라오돤이 말했다.

"그렇게 조심스럽게 일생을 살면서 괜찮은 친구를 하나라도 얻었나?"

그러고는 다시 말했다.

"과거에는 몰랐지만 이제 침상에 누워 있게 되고 보니 확실히 알겠지?"

라오양은 그제야 알 것 같았다. 사십 년이 지나 라오돤은 라오양이 침상에 반신불수가 되어 누워 있는 것을 알고는 자신의 다리가 재빠른 것을 믿고 보복을 하러 찾아온 것이었다. 라오양이 라오돤의 얼굴에 침을 뱉으며 말했다.

"라오돤, 애당초 내가 널 잘못 보지 않았어. 넌 물건이 못 돼."

라오돤은 웃으면서 자리를 떴다. 라오돤이 가고 난 뒤에도 라오양은 침상에 누워 계속 라오돤을 욕했다. 라오양의 큰아들 양바이예가 들어왔다. 양바이예는 양바이순의 형으로 이때 이미 쉰이 넘은 나이였다. 어렸을 때 양바이예는 머리가 아둔하여 걸핏하면 라오양에게 얻어맞았다. 사십 년이 지나 라오양이 병상이 눕게 되자 양바이예가 가장이 되었고 라오양은 무엇을 하든지 양바이예의 표정과 사정을 먼저 살펴야 했다. 양바이예가 라오양에게 물었다.

"라오마는 마차를 몰았고 아버지는 두부를 팔았잖아요. 우물물이 강물을 범할 수 없다고, 당시 그 양반은 아버지를 사람 취급도 하지 않았는데 아버지는 왜 그렇게 아첨을 떨면서 그를 친구로 삼으려고 애를 썼던 건가요? 무슨 특별한 이유라도 있나요?"

반신불수가 된 라오양은 라오돤에게는 화를 냈지만 양바이예에게는 감히 화를 내지 못했다. 양바이예가 물었으니 그로서는 대답을 하지 않을 수 없었다. 라오양은 라오돤에 대한 욕을 멈추고 긴 한숨을 내쉬었다.

"있지, 그렇지 않았더라면 나도 그를 무서워하지 않았을 게야."

양바이예가 말했다.

"그의 덕을 봤거나 그에게 약점이 잡혀 있어 꽉 쥐어서 지내게 되었던 거로군요."

"덕을 봤다고 쥐여 살 수는 없지. 약점이 잡혔다 해도 쥐여 살 필요는 없어. 다음부터 그와 왕래하지 않으면 그만이니까 말이야. 생각해 보니 나는 그를 처음 만났을 때부터 그의 말에 꼼짝 못했던 것 같아."

양바이예가 말했다.

"대체 어떻게 된 일이었는데요?"

"처음 그를 만난 건 가축 집무시장에서였지. 라오마는 말을 팔러 갔고 나는 당나귀를 팔러 갔어. 모두들 함께 웃으며 떠들기 시작했지. 어떤 일에 관해 얘기하기 시작하면 같은 일인데도 나는 일 리밖에 보지 못하는데 그는 십 리를 보고, 나는 열 달밖에 보지 못하는데 그는 단번에 십 년을 보더라고. 결국 당나귀는 팔지 못하고 라오마의 얘기에 완전히 빠지고 말았지."

그러고는 고개를 가로저으며 말을 이었다.

"일이 사람을 사로잡는 게 아니라 말이 사람을 사로잡는 셈이었어. 그 뒤로 무슨 일이 생길 때마다 그를 찾아가 상의하곤 했단다."

양바이예가 말을 받았다.

"듣고 보니 그 양반 덕을 본 셈이네요. 일이 생길 때마다 스스로 방법을 찾지 못하고 남의 눈을 빌렸으니까요. 제가 이해할 수 없는 것은 그 양반이 아버지를 무시하는데 왜 아버지는 그 양반과 계속 왕래하셨느냐 하는 겁니다."

"주위에 한 눈에 십 리 밖과 십 년 뒤의 일을 볼 수 있는 사람이 또 어디 있었겠느냐? 라오마도 평생 친구가 없었어."

라오양은 긴 한숨을 내쉬며 말을 이었다.

"라오마는 평생 마차를 몰지 말았어야 했어."

양바이예가 말했다.

"그럼 그가 어떤 일을 해야 했단 말인가요?"

"상을 볼 줄 아는 장님 라오쟈(老賈)가 그의 상을 봐주었지. 그가 살인과 방화를 일삼던 진승(陳勝)과 오광(吳廣)의 상이라고 하더군. 하지만 그에게는 그럴 만한 배포가 없었어. 날만 어두워져도 감히 밖엘 나가지 못했으니까. 사실 그는 평생 마차도 잘 몰지 못했어. 마차를 몰면서 밤길을 가지 못하니 일만 그르치곤 했지!"

얘길 하다 보니 라오양은 은근히 화가 났다.

"아니 쥐새끼처럼 겁이 많은 인간이 나를 무시했다니, 젠장 나도 그 놈을 확 무시해버려야 했어! 평생 나를 친구로 여기지 않았다니 나도 그 놈을 친구로 여기지 말았어야 했어!"

양바이예가 고개를 끄덕였다. 두 사람이 평생 친구가 되었어야 한 이유를 알게 되었다는 뜻이었다. 라오마에 관해 얘기하다 보니 어느새 점심때가 되었다. 이날은 팔월 십오일이라 점심으로 밀전병에 야채고기찜을 먹었다. 밀전병은 라오양이 평생 가장 좋아한 음식이었지만 육십 세 이후로 치아가 절반이나 상해 씹을 수가 없었다. 하지만 고기와 야채를 한데 넣고 불에 오래 쪄서 함께 먹으면 고기와 채소가 흐물흐물해지고 국물이 걸쭉해졌다. 밀전병을 국물에 찍어 입에 넣으면 천천히 삭여서 먹을 수 있었다. 라오양이 젊었을 때는 명절 때마다 밀전병을 먹었다. 하지만 반신불수로 침상에 누워 지내게 된 뒤로는 집에서 밀전병을 먹느냐 마느냐를 자신의 말 한 마디로 결정할 수가 없었다. 라오마에 관해 묻기 전에 양바이예는 이미 점심에 밀전병과 야채고기찜을 먹기로 마음먹고 있었다. 과거에 두부를 팔고 냉면도 팔았던 라오양은 자신이 방금 솔직하게 말했기 때문에 양바이예가 밀전병을 해주기로 마음먹은 것이라고 생각했다. 이 한 끼를 자신에게 주는 상으로 여긴 것이다. 밥 한 끼 먹는 동안 내내 라오양은 온몸에 땀을 흘렸고 야채고기찜이 내뿜는 뜨거운 열기 속에서 고개를 들어 양바이예의 비위를 맞추기라도 하듯 배시시 웃었다. 속뜻이 담긴 웃음이었다.

"다음에도 내게 뭔가 물으면 사실대로 솔직하게 얘기해주마."

양바이순은 열여섯 살이 되기 전까지 가장 좋은 친구가 머리를 깎는 라오페이(老裵)라고 생각했다. 하지만 라오페이를 안 뒤로 두 사람은 말을 몇 마디 하지 않았다. 양바이순이 열여섯 살이 되었을 때 라오페이는 이미 서른이 넘어 있었다. 라오페이의 집은 페이쟈좡(裵家莊)에 있었고 양바이순의 집은 양쟈좡에 있었다. 거리가 삼십 리나 되는 데다 중간에 황허(黃河)가 가로놓여 있어 서로 얼굴을 대하는 것도 일 년에 몇 번 되지 않았다. 양바이순은 페이쟈좡에 가보지 못했지만 라오페이는 양쟈좡에 머리를 깎아주러 간 적이 있었다. 양바이순은 일흔이 넘은 뒤로 자주 라오페이가 생각나곤 했다.

라오페이의 머리 깎는 솜씨는 조상들이 전해준 것이 아니었다. 그의 할아버지는 멍석을 짜거나 여기저기 돌아다니면서 신발을 팔아 먹고살았다. 그리고 그의 아버지는 당나귀를 팔아 먹고살았다. 일 년 사계절 내내 등에 전대를 메고 손에는 채찍을 들고서 멀리 만리장성 북쪽의 네이멍구(內蒙古)까지 가서 나귀 장사를 했다. 허난 옌진에서 네이멍구까지 가는 데 한 달이 걸렸고, 네이멍구에서 당나귀를 몰고 돌아오는 데 빨리 걷다가 천천히 걷기를 반복해도 한 달 하고도 보름이 더 걸렸다. 이렇게 일 년에 대여섯 번의 장사를 할 수 있었다. 라오페이는 어른이 된 뒤로 아버지에게서 나귀 장사를 배우기 시작했다. 이 년이 지나 라오페이의 아버지는 장질부사로 세상을 떠나고 말았다. 라오페이는 혼자 길에 올라 다른 나귀 장수들과 한 패거리가 되어 한 번, 또 한 번 네이멍구로 나귀를 사러 다녀야 했다. 라오페이는 비록 나이는 어렸지만 속내는 어른과 다르지 않아 일 년에 그의 아버지보다 더 많은 돈을 벌었다. 열여덟 살이 되던 해에 아내를 맞아 아들을 낳았으니 더 좋을 것이 없었다. 나귀 장사를 하느라 항상 밖으로 나돌았고 일 년에 여덟아홉 달을 밖에서 지내다 보니 외지에 애인이 없을 수 없었다. 다른 나귀 장수들도 외지에 애인이 있었다. 산시(山西)에도 있고 산베이(陝北)에도 있고 네이멍구에도 있었다. 어디를 가든 애인을 구했다. 그러나 서로에게 진지하지는 않았다. 서로에게 가짜 성과 가짜 이름을 알려주기도 했고 자기 고향이 어딘지 사실대로 말하지 않는 경우가 허다했다. 당시 라오페이는 네이멍구에 가면 스친게르라고 불리는 애인에게 의지하곤 했다. 처음 자리를 함께 했을 때, 스친게르가 그에게 이름이 무엇이고 고향이 어디인지 물었다. 라오페이는 잠시 자신의 상황을 잊고 진짜 이름과 고향을 말해버렸다. 스친게르는 남편이 있는 여자였다. 남편은 외지에 나가 방목을 하고 그녀는 집에 남아 애인에게 의지했다. 첫째는 즐거움을 찾기 위해서였고, 둘째는 서로 좋아해주는 대가로 약간의 돈을 받아 자신만을 위해 쓸 수 있기 때문이었다. 하지만 그녀가 의지하는 사람은 하나가 아니었다. 또 다른 애인이 있었다. 허베이 사람인 그도 네이멍구로 나귀를 사러 왔다. 하지만 그가 남긴 성과 이름은 가짜였고 고향도 거짓으로 둘러댄 것이었다. 이해 가을, 스친게르와 허베이 애인 사이에 일이 터졌다. 스친게르의 남편이 외지에 나가 방목을 하다가 석 달 만에 돌아와서는 그녀가 임신한 사실을 알게 된 것이다. 애인을 얻어 의지하는 것을 멍구족 사람들은 전혀 개의치 않았다. 하루 종일 소고기와 양고기를 먹다 보니 열성이 강해 밤에 일어나는 일들은 별로 마음에 두지 않았다. 하지만 정작 그녀가 임신을 하자 남편은 그냥 넘어가지 않았다. 이 아이를 낳는다는 건, 남을 대신해서 아이를 키워야 한다는 것을 의미했기 때문이다. 애인을 찾는 사람들은 즐거움은 즐거움일 뿐이고, 즐거움에도 때가 있다는 것을 잊지 않았다. 때가 맞지 않을 경우에는 즐거움의 마지막 순간을 잘 참아내 임신을 피해야 했다. 이번에 허베이 애인과 즐거운 시간을 가지면서 스친게르는 잠시 사정을 잊고 때가 아님에도 불구하고 허베이 애인이 철저하게 즐길 수 있게 해주었다. 스친게르의 남편은 화를 내면서 이는 자신을 기망하고 모욕한 짓이라며 가죽 채찍으로 스친게르를 때렸다. 스친게르는 허베이 애인에 관해 실토하면서 허난의 라오페이에 관해서도 털어놓았다. 스친게르 남편은 손에 소 잡는 칼만 하나 들고 길을 떠났다. 먼저 허베이로 갔는데 당사자를 찾지 못하자 허난 옌진현의 페이쟈좡으로 가서 라오페이를 찾아 그와 사생결단을 내려 했다. 다행히 스친게르 남편에게 삼십 대양(大洋)[3]을 배상하고 왕복 여비를 제공하는 것으로 합의를 보고서야 간신히 그를 돌려보낼 수 있었다. 스친게르 남편이 떠났지만 그것으로 일이 마무리된 것은 아니었다. 라오페이의 아내 라오차이(老蔡)가 사흘 동안 세 번 목을 맨 것이다. 매번 다행히 그녀를 구해내긴 했지만 사흘 뒤의 라오차이는 사흘 전의 라오차이와 완전히 다른 사람으로 변해 있었다. 과거에는 라오차이가 라오페이를 두려워했지만 이제는 라오페이가

---

3 중화민국 초기의 1위안짜리 은화.

라오차이를 두려워하게 되었다. 라오차이가 말했다.

"이번 일을 어떻게 처리할 생각인지 말해 봐요."

라오페이가 말했다.

"지금부터 무슨 일이든지 당신 말대로 할게."

라오차이가 말했다.

"지금부터 당신 누나랑 관계를 끊어요."

애인으로 인한 불똥이 누님에게로 튀자 라오페이는 다소 어리둥절했다. 라오페이는 어렸을 때 어머님이 일찍 돌아가시는 바람에 누나의 손에 자랐다. 라오페이와 누나는 매우 다정한 사이였지만 라오차이는 그의 누나와 몹시 틀어져 있었다. 그 이유를 정확히 알 수 없었던 라오페이는 고개를 숙인 채 말했다.

"어차피 누나는 이미 출가했으니 앞으로는 모른 척할게."

라오차이가 다시 물었다.

"앞으로 또 네이멍구에 갈 거예요?"

라오페이가 말했다.

"갈지 안 갈지도 당신 말대로 할게."

"앞으로 다시는 '나귀 장사'라는 말도 꺼내지 말아요."

라오페이는 하는 수 없이 전대와 채찍을 내려놓고 더 이상 나귀 장사를 하지 않았다. 그제야 라오페이는 스친게르 남편이 불원천리하고 허난으로 찾아온 이유가, 자신을 죽이려는 것도 아니고 돈을 뜯어내기 위한 것도 아니라 평생 안정된 생활을 할 수 없게 만들려는 것이었음을 깨달았다. 스친게르 남편은 기질은 거칠지만 마음은 거칠지 않았다. 그럼에도 손을 쓰는 게 아주 매서웠다. 스친게르가 임신한 건 절대로 라오페이 한 사람의 책임이 아니었지만 라오페이가 허난 사람을 대신해 억울한 죄명을 뒤집어써야 했다. 억울한 이유는 바로 여기에 있었다. 나귀 장사를 할 수 없게 되자 라오페이는 펑쟈좡(馮家莊)의 라오펑(老馮)에게서 머리 깎는 법을 배우기 시작했다. 머리 깎는 기술은 그다지 어렵지 않아서 삼 년이면 하산할 수 있었다. 라오페이는 이 년 반 만에 라오펑을 떠나 혼자 머리 깎는 도구를 등에 지고 십 리 밖 방방곡곡으로 돌아다니며 사람들의 머리를 깎아주기 시작하여 칠팔 년이나 계속했다. 이때부터 그는 말하는 것을 좋아하지 않게 되었다. 사부인 라오펑은 사람들에게 머리를 깎아주면서 떠들고 얘기하는 것을 좋아했다. 십 리 밖 방방곡곡의 일들은 라오펑이 가장 많이 알고 있었다. 반면 라오페이는 한 사람 머리를 다 깎을 때까지 단 한 마디도 하지 않았다. 모두들 사부와 도제가 전혀 딴판이라고 말했다. 라오페이는 말은 잘 안했지만 머리를 깎으면서 한숨 쉬는 걸 좋아했다. 머리 하나 깎는데 한숨을 너덧 번이나 내쉬었다. 한번은 라오페이가 멍쟈좡(孟家莊) 부자인 라오멍(老孟)의 집을 찾아가 머리를 깎아준 적이 있었다. 라오멍네 집은 땅이 오십 경(頃)[4]이고 일꾼이 스무 명이 넘었다. 스무 명의 일꾼들 머리를 다 깎고 나자 해가 서산에 기울고 있었다. 라오멍의 친구 중에 라오추(老褚)라는 사람이 있었다. 허난 서쪽 뤄닝(洛寧)현에서 소금 장사를 하는 사람이었다. 이날 산둥(山東)에 가서 소금을 팔고 돌아온 그는 지나가는 길에 옌진현에 들른 김에 멍쟈좡으로 라오멍을 만나러 왔다. 라오추는 마침 머리가 길어서 라오페이에게 머리를 깎아달라고 했다. 라오페이는 몇 번 칼질을 하다가 이내 긴 한숨을 내쉬었고 몇 번 더 칼질을 하다가 또 한숨을 내쉬곤 했다. 머리를 반

---

4 논밭의 면적을 세는 단위로 백 무(畝)에 해당한다. 오십 경은 약 육만 육천 평방미터.

쯤 깎았을 때 화가 난 라오추는 벌떡 일어나 라오페이에게 삿대질을 하면서 말했다.

"이런 젠장, 머리 하나 더 깎는다고 내가 돈을 안 줄까봐 그래? 그 한숨 소리 때문에 내 몸에 재수 없는 기운이 들러붙겠네."

라오페이는 칼을 든 채 그 자리에 멍하니 서 있었다. 귀까지 빨개진 얼굴로 아무 말도 하지 않자 결국 라오멍이 그를 대신해 설명하면서 라오추에게 말했다.

"형제, 저 친구는 한숨을 쉬는 게 아니라 그저 숨을 길게 쉬는 것뿐일세. 머리 깎는 일 때문에 그러는 게 아니라 그저 그의 버릇일 뿐이라고."

라오추는 그제야 라오페이를 향해 눈을 부라리며 자리에 앉아 계속 머리를 깎게 했다. 라오페이는 외지에 나와 머리를 깎을 때면 말을 하지 않았고 집으로 돌아갈 때도 좀처럼 입을 열지 않았다. 집안에 매일 열 가지 일이 있었지만 열 가지 일 모두 마누라인 라오차이의 뜻대로 결정되었다. 라오페이는 모든 일을 라오차이의 생각대로 처리했고 조금이라고 차질이 생기면 라오차이는 한참이나 욕을 해댔다. 라오페이도 말을 받아치곤 했다. 하지만 그가 말대꾸만 했다 하면 라오차이는 네이멍구와 네이멍구에 있는 그 아비 없는 자식을 입에 올렸다. 라오페이는 재빨리 입을 다무는 수밖에 없었다. 면전에서 욕을 하는 건 업신여기는 것이라 할 수 없겠지만, 욕을 한 다음 날이면 라오차이는 라오페이에게 욕을 할 때의 정황을 우스갯소리 삼아 남들에게 떠벌리고 다녔다. 남들에게 얘기한다는 건 자신을 업신여기는 행동이 아닐 수 없었다. 하지만 이런 얘기가 라오페이의 귀에 전해질 때면 그는 아예 못 들은 척해버렸다. 라오페이가 집안에서 마누라를 무서워한다는 사실은 동네방네 두루 알려졌다. 이해 여름, 라오페이는 쑤쟈좡(蘇家莊)으로 머리를 깎아주러 갔다. 쑤쟈좡은 아주 큰 마을로 사오백 가구가 살고 있었다. 라오페이는 쑤쟈좡에서 삼사십 가구의 머리를 깎게 되는 행운을 맞았다. 삼사십 가구가 되다 보니 머리를 깎아야 할 남자가 백십 명이 넘었다. 라오페이는 다음 날 정오가 되어서야 머리 깎는 일을 마칠 수 있었다. 머리 깎는 도구가 든 멜통을 어깨에 메고 돌아오는 길에 그는 황허 강가에서 쩡쟈좡에서 돼지를 잡는 라오쩡을 만나게 되었다. 라오쩡은 저우쟈좡(周家莊)으로 돼지를 잡아주러 가는 길이었다. 둘 다 밖으로 나돌며 일을 하는 사람들이다 보니 우연히 만날 때마다 마주 앉아 이런저런 얘기를 나누곤 했다. 두 사람은 걸음을 멈추고 강가 나무 밑에 앉아 담배를 피웠다. 담배를 피우면서 최근에 주변에서 일어난 일들에 관해 한담을 나누기 시작했다. 라오페이가 라오쩡의 머리가 긴 것을 보고서 말했다.

"내 멜통 안에 아직 더운 물이 남아 있으니 여기서 자네 머리를 깎아주지."

라오쩡이 자신의 머리를 매만지면서 말을 받았다.

"깎긴 깎아야겠지만 저우쟈좡의 라오저우(老周)가 내가 빨리 가서 돼지를 잡아주길 기다리고 있다네."

그러고는 잠시 생각에 잠겼다가 말을 이었다.

"깎으면 깎는 거지 뭐. 내가 머리를 깎아야 그 축생이 잠시라도 더 살 수 있을 테니 말일세."

라오페이는 황허 강변에 멜통을 세워놓고 라오쩡의 몸에 천을 두른 다음 먼저 더운 물로 머리를 감겨주었다. 머리를 다 감긴 다음에는 손으로 대충 가늠해보고 나서 이내 칼질을 시작했다. 바로 이때 라오쩡이 말했다.

"라오페이, 우리 둘이 서로 마음이 통하는 셈인가?"

라오페이는 멍한 표정을 지으며 말을 받았다.

"그야 두말할 것도 없지."

"지금 여기 우리 둘밖에 없으니 한 가지만 묻겠네. 대답하고 싶으면 대답하고 대답하기 싫으면 하지 않아도 상관없네."

"어서 말해보게."

"동네방네 모든 사람들이 자네가 마누라를 무서워한다는 사실을 알고 있지만, 난 자네가 굳이 그럴 필요가 없다고 보네."

라오페이의 얼굴이 붉으락푸르락해졌다.

"여편네들한테 어떻게 제대로 된 성정을 기대할 수 있겠나. 그냥 그렇게 화를 달래는 것뿐이지."

"몇 해 전에 자네가 마누라한테 약점을 잡혔다는 건 나도 알고 있네. 내 감히 단언하건대 고통을 질질 끌지 않는 게 좋네. 약점이 잡혀 있는 한, 평생 신세 고칠 생각은 하지 말라고."

라오페이가 긴 한숨을 내쉬며 말을 받았다.

"그런 이치는 나도 잘 아네. 끝낼 수 있는 고통이라면 진즉 끝냈을 걸세. 하지만 결국 끝낼 수 없었네."

라오쩡이 물었다.

"왜 못 끝낸단 말인가?"

"약점을 잡히지 않았다면 문제는 쉽게 해결됐을 걸세. 하지만 마누라가 약점의 단맛을 본 뒤로, 내가 이제 그만 하자고 달래도 내 얘길 받아주질 않는다네."

라오페이는 또다시 긴 한숨을 내쉬면서 말을 이었다.

"빨리 끝나지 않아도 괜찮네. 아이가 있지 않은가. 진짜 어려움은 마누라가 이치를 따지지 않는다는 걸세."

"내가 자네라면 마누라가 이치를 따지지 않을 경우 주먹을 쓰겠네. 너무 맞아 참지 못하게 되면 말이 통할 걸세."

"마누라 하나라면 일을 쉽게 처리할 수 있겠지. 하지만 그녀 배후에 이치를 잘 아는 사람이 도사리고 있다네."

라오쩡이 물었다.

"그게 누군가?"

"그녀의 친정오빠라네."

라오차이의 오빠는 라오쩡도 잘 알고 있었다. 진에서 생약방을 운영하고 있는 차이바오린(蔡寶林)이라는 사람으로 왼쪽 뺨에 커다란 흉터가 하나 있었다. 언변이 뛰어나고 이치를 따져 남에게 져본 적이 없는 사람이었다. 죽은 두꺼비도 오줌을 누게끔 할 수 있는 인물이었다. 라오페이가 말했다.

"부부싸움을 했다 하면 마누라는 친정으로 돌아가 오빠를 찾고, 오빠는 나를 찾아와 시비를 따진다네. 한 가지 일을 열 가지로 늘리고, 한 가지 일로 열 가지 이치를 따진다네. 내가 그의 동생이랑 십 년 넘게 살았으니 그동안 얼마나 많은 이치를 따졌겠나? 내 입은 아무 힘도 쓰지 못해. 말로는 절대로 그를 당할 수가 없다네."

라오페이가 또 긴 한숨을 내쉬었다.

"이치를 따지는 것이 좋긴 하지만 이치를 따지다 보면 오히려 일이 더 풀기 어려워지더라고. 사실 이치를 따지든 안 따지든 난 두려울 게 없네. 단지 언제 참지 못하고 일시에 울화가 터져 칼을 들고 누굴 죽이게 될까 두려울 뿐일세. 라오쩡, 말 한 마디 때문에 사람을 죽일 수 있을까?"

돼지 잡는 라오쩡은 온몸에 식은땀이 났다.

"라오페이, 그냥 머리나 깎게. 내가 말이 너무 많았네."

양바이순이 라오페이를 알게 된 건 열세 살 때였다. 라오페이 이전에 양바이순에게는 리잔치(李占奇)라는 좋은 친구가 하나 있었다. 양바이순이 열세 살 때 리잔치는 열네 살이었고 함께 진에 사는 라오왕(老汪)에게서 『논어』를 사숙했다. 남과 좋은 친구가 될 수 있는 건 서로 잘해주기 때문이다. 이 일에서 내가 그를 도와주면 다른 일로 그가 나를 도와주는 법이다. 두 사람이 좋은 친구가 될 수 있었던 건 함께 한 사람을 좋아했기 때문이다. 다름 아닌 뤄쟈좡(羅家莊)에서 식초를 만드는 뤄창리(羅長礼)였다. 뤄창리는 체구가 왜소한 데다 곰보였다. 그의 집안에서 식초를 만드는 일은 조상 대대로 물려온 가업이었다. 뤄창리의 할아버지도 식초를 만들었고 뤄창리의 아버지도 식초를 만들었다. 뤄창리의 식초 공방은 그다지 크지 않아 하루에 항아리로 두 개를 만들 수 있었다. 뤄창리의 할아버지는 이 식초 항아리 두 개를 끌고 마을 구석구석을 돌아다니며 외쳤다.

"식초 사려어—"

"뤄쟈좡의 식초가 왔어요—"

소규모 장사이고 일이 힘들긴 했지만 한 식구 입에 풀칠하는 데는 큰 문제가 없었다. 하지만 뤄창리는 식초 만드는 일이 싫어졌다. 식초와 원한이 있기 때문이 아니라 식초 만드는 일 말고 다른 일을 좋아했기 때문이다. 어느 집에 초상이 나면 얼른 달려가 함상(喊喪)[5] 하는 걸 좋아했던 것이다. 똑같이 외치는 일이었지만 그는 식초를 사라고 외치는 것은 싫어하고 함상 하는 것은 좋아했다. 함상은 식초를 만드는 데 방해가 되었지만 식초를 만드는 것은 함상에 방해가 되지 않았다. 마음이 식초에 있지 않다 보니 식초가

5 큰 소리로 장례식 사회를 보는 것.

식초답게 나올 수 없었다. 다른 집 식초는 맛이 신데 뤄창리의 식초는 맛이 쓴 것이 냄비 닦은 물 같았다. 다른 집 식초는 한 달이 지나도 멀쩡했지만 뤄창리의 식초는 열흘도 못 가 흰 곰팡이가 폈다. 흰 곰팡이가 피기 전에는 맛이 쓰다가 흰 곰팡이가 피면 오히려 신맛이 났다. 뤄창리는 식초 만드는 데 마음이 없고 함상 하는 데 마음이 가 있었다. 뤄창리의 목은 닭처럼 길었다. 닭처럼 목이 긴 사람들은 대개 목소리가 가늘었지만, 뤄창리는 목소리가 굵은 데다 사람들 앞에 나서는 것을 두려워하지 않았다. 사람들이 많을수록 그는 더 신이 났다. 사람들은 평소에 검은 천으로 지은 옷을 입었지만 상례 때는 흰 옷을 입었다. 뤄창리가 목청을 높여 길게 외쳤다.

"손님이 오셨으니, 효자들은 제 자리로 가시오—"

흰 옷을 입은 효자들은 전부 땅에 엎드려 곡을 하기 시작했다. 곡소리 속에서 뤄창리가 외쳤다.

"허우루츄(後魯邱)에서 오신 손님들이 절을 올립니다—"

동시에 또 외쳤다.

"장반자오(張班棗)에서 오신 손님들이 절을 올립니다—"

허우루츄의 조문객들이 무릎을 꿇어 고두(叩頭)의 예를 올리고 일어서는 사이에 장반자오의 조문객들이 그 뒤에 줄을 이루어 섰다. 한 무리 한 무리 조문객들이 앞으로 이동하는 동안 뤄창리는 일사분란하게 장내를 조정했다. 뤄창리는 기억력이 좋아 수천수만의 사람들 가운데서도 한 번 얼굴을 본 사람이면 다음에 만났을 때 그의 이름을 부를 수 있었고 좀처럼 사람들을 건너뛰는 일이 없었다. 사람이 죽으면 출상까지 칠일이 걸렸다. 칠일 동안 소리를 질렀지만 뤄창리의 목청은 조금도 상하지 않았다. 사람들은 뤄창리를 '식초 파는 라오뤄'라고 부르지 않고 '함상 하는 라오뤄'라고 부르기 시작했다. 이웃 여러 마을에서 어느 집이든 초상이 나면 어김없이 뤄창리를 불렀다. 양바이이순과 리잔치은 따라가 구경을 했다. 많은 사람들이 죽은 사람을 위해 문상을 갔지만 양바이이순과 리잔치는 오로지 뤄창리를 위해 문상을 갔다. 하지만 매일 사람이 죽는 것은 아니었다. 사람이 죽지 않은 날이면 뤄창리는 식초를 만들러 갔고 양바이이순과 리잔치는 하루가 공허하게만 느껴졌다. 이럴 때 뤄창리에 관해 얘기를 하다보면 흥미진진하게 시간을 보낼 수 있었다.

"그는 목청이 정말 커서 오 리 밖에서도 다 들을 수 있지."

"지난번에 쉬쟈좡(徐家莊)에서는 손님들이 규칙을 모르는 바람에 약간 혼란스러웠지. 라오뤄가 얼마나 다급해하던지 얼굴의 곰보딱지까지 새빨개지더라고."

"평소에는 키가 작은 그가 어째서 함상을 했다 하면 키가 그렇게 커지는 거지?"

"지난번에 마을에서 그가 식초를 팔 때 몇 마디 얘길 좀 하고 싶어서 가까이 다가갔더니 또 감히 말을 못하겠더라고."

"마을이 여럿인데 왜 죽는 사람이 안 나오는 거지?"

얘기가 점점 재미있어지려는 차에 한 친구가 말했다.

"변소에 가서 오줌 좀 누고 올게."

또 한 친구는 원래 오줌을 눌 생각이 없었지만 뤄창리에 관한 얘기를 계속하기 위해 말을 받았다.

"나도 같이 갈게."

양바이이순이 열세 살 되던 해에 집에서 양이 한 마리 없어졌다. 양을 잃어버리기 전에 먼저 돼지를 한 마리 잃어버렸다. 양바이이순은 전날 비를 흠뻑

맞고는 학질에 걸려 열이 몹시 났다. 가족들은 전부 돼지를 찾으러 나가고 그 혼자 집에 남아 있었다. 학질에 걸리면 갑자기 몹시 추웠다가 이내 열이 나곤 했다. 정신이 몽롱한 가운데 리잔치가 숨을 헐떡거리며 달려왔다.

"어서 가보자고. 사람이 죽었어!"

양바이순은 몹시 열이 나는데다 정신마저 혼미했다.

"뭐라고? 누가 죽었다고?"

리잔치가 말했다.

"왕쟈좡(王家莊)의 라오왕(老王)이 죽었대. 빨리 뤄창리의 함상을 구경하러 가자고!"

'뤄창리'라는 말을 듣자마자 양바이순은 혼미하던 머리가 갑자기 맑아졌다. 앓고 있던 학질도 증상이 멈춰 몸에서 더 이상 열이 나지 않았다. 이불을 걷어내고 침상에서 일어난 양바이순은 리잔치와 함께 걸음을 재촉해 십오 리 밖에 있는 왕쟈좡을 향해 달려갔다. 왕쟈좡에 가보니 정말로 라오왕의 집에 누군가 죽은 것이 분명했다. 하지만 함상하는 사람은 뤄창리가 아니라 뉴쟈좡(牛家莊)에서 온 뉴원하이(牛文海)였다. 뉴원하이는 절름발이였다. 당시 옌진현은 황허 부두를 경계로 동옌진과 서옌진으로 나뉘어 있었다. 함상에 관해서는 '동뤄서뉴(東羅西牛)'라는 말이 있었다. 동쪽 지역에서 사람이 죽으면 뤄창리를 부르고 서쪽 지역에서 사람이 죽으면 뉴원하이를 부른다는 뜻이었다. 하지만 왕쟈좡은 옌진 부두의 경계선에 자리 잡고 있어, 죽은 사람이나 함상 할 사람이나 둘 다 애매할 수밖에 없었다. 뤄창리를 부르자는 사람도 있었고 뉴원하이를 부르자는 사람도 있었다. 결국 라오왕의 집에서는 뉴원하이를 부르기로 했다. 이런 혼란을 리잔치와 양바이순은 무시했다. 리잔치가 말했다.

"라오왕 집에 문제가 있나? 오랜만에 사람이 죽었는데 왜 뤄창리를 부르지 않고 하필 뉴원하이를 부른 거지?"

양바이순이 말을 받았다.

"저 친구 목소리는 깨진 꽹과리 같아서, 설 때도 서는 자세가 없고 앉을 때도 앉는 자세가 없어. 저 친구한테 상례를 그르치게 할 수는 없지!"

맥이 풀린 양바이순은 또다시 학질 증상이 심해지면서 몸에 열이 나기 시작했다. 리잔치는 그대로 남아 뉴원하이와 뤄창리가 어떻게 다른지 비교하면서 뉴원하이의 지리멸렬한 모습이 어디까지 갈 것인지 두고 볼 작정이었다. 양바이순은 열이 심해져 뉴원하이를 기다리지 못하고 몸을 부들부들 떨면서 십오 리 거리에 있는 양쟈좡으로 돌아왔다. 집에 돌아와 보니 식구들이 전부 돌아와 있었고 잃어버린 돼지도 돌아와 있었다. 하지만 양바이순이 뤄창리의 함상을 구경하기 위해 왕쟈좡에 간 사이에 양 한 마리가 없어졌다. 아침에는 돼지를 잃어버리더니 오후에는 양을 잃어버린 것이다. 이 책임이 양바이순에게 돌아갔다. 양바이순의 떨리던 몸이 금세 떨기를 멈췄다. 라오양은 말 한 마디도 없이 조용히 자신의 허리띠를 풀었다. 양바이순의 형 양바이예와 동생 양바이리는 둘 다 슬그머니 고개를 숙이고 입가에 미소를 지었다. 라오양이 말했다.

"남아서 집을 보라고 했더니 왜 나간 거야?"

양바이순은 차마 뤄창리를 보러 왕쟈좡에 갔다고 말할 수가 없어 대충 둘러댔다.

"저도 돼지를 찾으러 갔었어요."

화가 난 라오양이 양바이순의 머리를 가죽 허리띠로 후려치면서 말했다.

"방금 리버쟝(李伯江)이 네가 리잔치와 함께 뤄창리를 보러 왕쟈좡에 갔었다고 말해줬어!"

리버쟝은 리잔치의 아버지였다. 양바이순이 뤄창리를 보지 못하고 뉴원하이만 보았다는 것이 억울하다면 억울한 일이었다. 양바이순이 말했다.

"아버지, 저 학질에 걸려서 열이 많이 난단 말이에요."

라오양이 다시 한 번 허리띠를 휘둘렀다.

"열이 난다고? 몸에 열이 나는 놈이 삼십 리나 떨어진 곳에 갔다 왔단 말이야? 내가 보기엔 열이 없는 게 분명해."

그러면서 또 한 번 허리띠를 휘둘렀다. 양바이순의 머리에는 이미 일고여덟 개의 핏자국이 생겼다. 양바이순이 말했다.

"아버지, 열 안 나요. 가서 양을 찾아올게요!"

라오양은 밧줄 한 뭉치를 양바이순의 발밑에 던져주었다.

"양을 찾으면 이걸로 묶어서 끌고 와. 못 찾으면 돌아올 생각 하지 말고!"

그러고는 양바이예와 양바이리를 보고 말했다.

"양을 찾지도 않았으면서 거짓말을 하다니!"

이렇게 말하다 보니 라오양은 또 화가 났다.

"평소에 일을 좀 시키면 어렵다고 하면서 뤄창리 얘기만 들으면 몸에 열이 나는데도 달려가다니, 대체 네 애비가 누구냐?"

그러고는 또 여러 사람들을 향해 눈을 부라렸다.

"이 놈의 집안에서 제대로 말을 듣는 놈이 누구야?"

라오양은 이미 한 가지 일을 다른 일로 얘기하고 있었다. 양바이순은 재빨리 밧줄을 집어 들고 문을 나서 양을 찾기 위해 산과 들을 헤매기 시작했다. 하지만 오후부터 밤중까지 찾아도 양은 찾지 못하고 이리저리 뛰어다니는 늑대들만 만났을 뿐이다. 한쪽 눈이 먼 양이 어디로 갔는지 알 도리가 없었다. 양바이순은 밤이 되자 어둠이 무서워졌다. 양바이순이 열세 살 때만 해도 마을 밖에 늑대들이 살았다. 양바이순은 양을 찾던 길을 따라 돌아오는 수밖에 없었다. 길가에는 농작물들이 무성하게 자라 있었다. 그 속에서 부엉이가 울자 양바이순은 깜짝 놀라 등줄기에 땀이 솟았다. 마을로 들러서 집 앞에 이르렀지만 양바이순은 감히 집에 들어갈 수 없었다. 라오양이 안에 있기 때문이었다. 과거에도 라오양은 한 가지 어려운 일이 생기면, 그보다 더 큰 일이 생기지 않는 한 그냥 덮고 지나간 적이 없었다. 양바이순이 양을 한 마리 잃어버렸지만 형 양바이예나 동생 양바이리가 당나귀를 한마리 잃어버린다면 라오양은 양을 잊고 당나귀에게 매달릴 것이다. 하지만어떻게 양바이예와 양바이리로 하여금 당나귀를 잃어버리게 할 수 있단 말인가? 집 안에는 불이 켜져 있고 창가에 사람 그림자가 어른거렸다. 두부 공방 안에서는 새끼 당나귀가 맷돌을 끌어 콩을 갈면서 수시로 콧소리를 내고있었다. 얼마 후 창가에 불이 꺼지고 당나귀의 콧소리와 절구 돌아가는 소리만 들렸다. 양바이순은 여전히 안으로 들어가지 못하고 있었다. 이때 마침 리잔치가 생각난 그는 리잔치를 찾아갔다. 하룻밤 신세를 지면서 뉴원하이와 뤄창리가 어떻게 다른지 알아볼 생각이었다. 하지만 리잔치의 집에 도착해 보니 불이 완전히 꺼져 있었다. 리잔치가 이미 잠이 든 것이 분명했다. 하지만 리잔치의 아버지 리버쟝은 아직 마당에서 껍질을 벗긴 삼대를 태우면서 그 불빛에 의지해 광주리를 짜고 있었다. 광주리를 짜면서 입으로는 노래를 흥얼거리고 있었다. 양바이순은 리잔치의 아버지가 노래를 흥얼거리는 게 리잔치가 아버지에게 흠씬 맞았다는 것을 의미한다는 사실을 잘 알고 있었다. 양바이순은 하는 수 없이 마을 어귀의 탈곡장으로 돌아와 그곳짚더미 속에서 하룻밤을 보내기로 마음먹었다. 짚더미 앞에 거의 이르렀을 때 바람이 일더니 버드나무 가지가 흔들렸다. 사방이 온통 늑대 울음소리로 가득 찬 것 같았다. 다행히 날씨가 금세 좋아져 한밤중 하늘 한가운데 반달이 솟아올랐다. 이때 또 그의 몸에 한기가 돌기 시작했다. 배도 고파 왔다. 간신히 잠이 들었지만 혼미한 가운데 천군만마가 분등하는 듯한 느낌이 들었다. 얼마나 지났을까 누군가 자신을 툭툭 치는 것이 느껴졌다. 추워서 잠에서 깨어 보니 검은 그림자 하나가 앞에 서 있었다. 너무 놀란 양바이순은 온몸에 한기가 돌았다.

"누구세요?"

검은 그림자가 몸을 앞으로 수그리며 말했다.

"겁내지 마. 나는 페이쟈좡에서 머리를 깎는 라오페이라고 해. 그냥 지나가는 길이라고."

양바이순은 달빛에 의지하여 그 사람의 얼굴을 자세히 살펴보았다. 라오페이는 이전에 양쟈좡에 와서 머리를 깎아준 적이 있었다. 그가 사람들의 머리를 깎아주는 모습을 보긴 했지만 직접 얘기를 나눈 적은 없었다. 라오페이가 말했다.

"자넨 이름이 뭔가? 왜 이런 데서 잠을 자는 거지?"

이 한 마디에 양바이순은 가슴 속에서 슬픔과 괴로움이 한꺼번에 밀려왔다. 전에 서로 얘기를 나눈 적은 없지만 사정이 이렇다 보니 양바이순은 라오페이를 친한 사람으로 여기는 수밖에 없었다. 그는 자신의 이름을 밝히면서 몸에 열이 난 사연과, 왕쟈좡에 뤄창리의 함상을 구경하러 갔다가 뤄창리는 보지 못하고, 집에서 양 한 마리를 잃어버리는 바람에 아버지한테 매를 맞고, 양을 찾으러 나왔지만 끝내 찾지 못해 감히 집으로 돌아가지 못하게 된 이야기를 라오페이에게 상세하게 털어놓았다. 이어서 라오페이에게 머리에 난 상처를 보여주었다. 사연을 다 듣고 난 라오페이가 길게 한숨을 내쉬며 말했다.

"잘 알겠네. 중간에 굴곡이 아주 많았군."

그러면서 손을 뻗어 양바이순의 머리를 어루만져주었다.

"여기서 잠을 자면 춥지 않겠나?"

양바이순이 말했다.

"아저씨, 추운 건 두렵지 않은데 늑대가 두려워요."

라오페이가 또 긴 한숨을 내쉬었다.

"이건 내가 관여할 일이 아닌 것 같은데, 어쩌다 나를 만나게 된 거지?"

그러면서 양바이순의 손을 잡아끌었다.

"가지, 내가 따스한 곳으로 데려다주겠네."

양바이순은 세상에 태어나 사람의 손이 따스하다는 것을 처음 알게 되었다. 두 사람은 양쟈좡을 떠났다. 키가 큰 사람 하나와 작은 사람 하나가 나란히 앞을 향해 나아갔다. 양바이순은 달리 할 말을 찾지 못했다.

"아저씨, 밤길을 걸을 때 늑대가 두렵지 않으세요?"

라오페이가 '쉭'하고 허리춤에서 칼을 하나 뽑았다. 칼날이 달빛 아래서 차갑게 번뜩였다.

"항상 이렇게 준비하고 다니지."

양바이순이 웃었다. 라오페이는 양바이순의 손을 잡고 진으로 가서는 진의 동쪽 끝에 자리 잡고 있는 밥집의 문을 두드렸다. 밥집 주인은 라오쑨(老孫)이라는 사람이었다. 한참을 두드렸지만 아무런 인기척이 없었다. 라오페이가 다시 한참을 두드리자 안에서 불이 켜지고 라오쑨이 욕하는 소리가 들렸다.

"어떤 개자식이야, 이 한밤중에."

문이 열리고 라오페이를 알아본 라오쑨이 빙긋이 웃었다. 라오페이는 자주 라오쑨의 밥집을 찾아와 머리를 깎아주곤 했다. 라오쑨은 머리 깎는 것 외에 귀 파는 것을 좋아했다. 라오페이는 종종 자리공으로 그의 귀를 파주곤 했다. 안으로 들어와 보니 밥집의 부뚜막은 차갑게 식어 있었다. 라오쑨은 화로를 열고 손을 씻은 다음 양고기 볶음국수 두 그릇을 만들어 뜨거운 김이 모락모락 나게 받쳐 들고는 말했다.

"세 그릇 만들 양고기로 두 그릇을 만든 거야."

라오페이가 담뱃대를 두드리면서 볶음국수를 가리키며 말했다.

"먹게."

양바이순은 땀을 뻘뻘 흘리며 바다처럼 커다란 그릇에 담긴 볶음국수를 먹기 시작했다. 이때 닭이 울자 양바이순도 덩달아 울음이 솟구쳤다. 눈물이 빈 그릇 속으로 떨어졌다.

"아저씨."

라오페이는 손을 내저으며 아무 말도 하지 않았다. 몇 십 년이 지나도록 양바이순은 이 볶음국수를 잊지 못했다. 그러나 나중에 양바이순은 그날 저녁 라오페이가 양바이순을 데리고 와서 볶음국수를 먹은 것이 양바이순을 위함이 아니었다는 사실을 알게 되었다. 하루 전 라오페이는 궁쟈좡(鞏家莊)으로 머리를 깎아주러 갔다. 궁쟈좡은 작지 않은 마을이라 이백여 가구가 살고 있었다. 하지만 궁쟈좡에서의 장사는 신통치 않았다. 겨우 세 가구만 머리를 깎았다. 이곳은 장쟈좡(臧家莊)에서 머리를 깎는 라오장(老藏)의 영역이었기 때문이다. 하지만 세 가구의 머리를 깎는 것도 장사는 장사였다. 궁쟈좡은 페이쟈좡에서 아주 가까워 오 리 길밖에 되지 않았고 라오페이도 일이 없는 편이 아니었기 때문에 한 달에 한 번꼴로 궁쟈좡에 가서 머리를 깎아주었다. 궁쟈좡에 갈 때는 날이 아주 맑았지만 오후가 돼서 머리를 다 깎을 무렵이 되자 하늘이 얼굴을 바꾸더니 비가 오기 시작했다. 빗줄기가 세지는 않았지만 추적추적 쉬지 않고 내렸다. 라오페이가 하늘을 쳐다보았지만 아무래도 금방 갤 것 같지 않았다. 궁쟈좡의 라오궁(老鞏)이 라오페이에게 권했다.

"점심이나 먹고 가지 그래. 비에 젖어 병나지 말고 말이야."

라오페이가 말했다.

"오 리 길이니까 금방 갈 수 있을 거야."

라오페이는 라오궁에게서 도롱이를 빌려 몸에 걸치고 단숨에 페이쟈좡으로 돌아왔다. 페이쟈좡 마을 입구에는 소 외양간이 하나 있었다. 라오페이는 페이쟈좡 어귀에 이르러 소년 하나가 외양간 처마 밑에서 비를 피하고 있는 것을 발견했다. 라오페이는 무관심하게 지나치려 했지만 소년이 먼저 그를 향해 외쳤다.

"외삼촌!"

라오페이가 걸음을 멈추고 자세히 살펴보았더니 누나의 큰아들 춘성(春生)이었다. 그의 누나는 십육 년 전에 롼쟈좡(阮家莊)으로 시집을 갔다. 롼쟈좡은 페이쟈좡에서 이십이 리 떨어진 곳이었다. 춘성은 이미 열다섯 살이라 일찌감치 현성에 나가 천을 팔고 있었다. 천을 팔고 돌아오는 길에 페이쟈좡에 이르게 된 그는 비를 만나 외양간 처마 밑에서 비를 피하고 있었던 것이다. 라오페이가 십 년 전에 네이멍구에서 사고를 친 뒤로 마누라 라오차이는 라오페이에게 누나와 일절 왕래하지 못하게 했다. 때문에 머리를 깎아주러 갈 때만 몰래 롼쟈좡에 들러 잠깐씩 만나곤 했다. 갑자기 자기 마을에서 춘성을 만난 라오페이는 그를 집으로 데려가도 좋을지 몰라 난감하기만 했다. 평소 같았으면 춘성과 몇 마디 얘기를 나누다가 그를 집으로 돌려보냈을 것이다. 하지만 지금은 공교롭게도 비를 만난 터라 외조카를 보고서 그냥 고개를 돌려 가버렸다가는 앞으로 사람들을 대할 때 체면이 서지 않거니와 아무 말도 할 수 없을 것 같았다. 이리하여 그는 결국 낯가죽 두껍게 춘성을 데리고 집으로 돌아왔다. 집에 와보니 마침 라오차이가 식사를 준비하고 있었다. 그것도 계란과 함께 만 밀전병이었다. 평소에는 집에서 이렇게 잘 먹는 일이 없었다. 라오페이와 라오차이에게는 세 아들이 있었다. 딸 둘에 아들 하나였다. 오늘이 바로 둘째딸 메이떠우(梅朵)의 생일이었다. 라오페이가 궁쟈좡에서 비를 무릅쓰고 돌아온 것도 메이떠우를 위해서였다. 라오페이의 누나를 좋아하지 않는 라오차이는 외조카를 보고도 본체만체했다. 원래는 밀전병도 아주 두껍게 구울 생각이었으나 라오페이가 외조카를 데리고 온 것을 보고는 반죽을 늘이면서 수완을 발휘하여 아주 얇게 만들었다. 춘성은 실속을 중시하는 사람이라 외삼촌 집에 왔지만 자기 집이나 다름없이 여겼다. 게다가 평소에는 먹기 힘든 밀전병을 먹게 된 터라 뱃가죽이 늘어나도록 계란을 잘 끼워가며 무려 열한 장이나 먹어댔다. 식사가 끝나자 비도 멎었다. 춘성은 입을 닦은 다음 곧장 집으로 돌아갔다. 그가 가고 나자 라오차이가 욕설을 늘어놓기 시작했다. 라오페이의 조카가 평소에는 아무 연락도 없다가 느닷없이 자기 집에 와서는 밀전병을 열한 장이나 먹어치웠다는 것이다. 밀전병을 만들지 않았으면 안 왔을 텐데, 밀전병을 만들었더니 이십 리 길을 멀다 않고 달려온 걸 보면 일부러 자신을 골탕 먹이려는 의도가 아니냐는 것이었다. 그는 단숨에 열 몇 장의 밀전병을 먹어 치워 배가 불렀지만 메이떠우는 쫄쫄 굶고 있었다. 메이떠우가 훌쩍훌쩍

울기 시작했다. 이때 라오페이는 외조카의 눈치 없음을 탓했다. 눈치가 없다는 건 밀전병을 먹지 말았어야 한다는 게 아니라 밀전병을 먹으면서 마음속으로 정확히 수를 세었어야 한다는 것이었다. 예컨대 밀전병을 아홉 장먹으면 아직 열 장이 안 됐으니 몇 장을 먹은 것이 되고, 열 장을 먹으면 딱 열 장을 먹은 것이 된다. 그러나 열한 장을 먹었기 때문에 열 장이 넘은 터라 라오차이가 열 몇 장이나 먹었다고 비난하는 것이었다. 라오페이는 그가 외삼촌의 입장은 생각하지 않고 자기 배부를 생각만 하면서 마지막 한 장의 밀전병이 어떤 차이를 몰고 오는지는 의식하지 못한 것을 탓했다. 라오차이가 외조카가 밀전병을 먹은 것만 탓했다면 라오페이도 그냥 넘어갔을 것이다. 하지만 라오차이는 외조카로부터 시작하여 결국에는 라오페이의 누나까지 욕하기 시작했다. 라오페이가 그의 누나와 공개적으로 왕래하지 않기 시작했을 때부터 십 년 동안 라오차이와 라오페이는 누나에 관해 언급한 적이 거의 없었다. 그러다가 지금 밀전병 몇 장 때문에 그의 누나가 라오차이의 화제에 휘말리고 만 것이다. 일반적으로 라오페이의 누나를 욕했다면 라오페이도 그냥 넘어갔을 것이다. 하지만 라오차이는 욕을 하고 또 하다가 결국 라오페이의 누나를 '화냥년'으로 매도하고 말았다. 라오페이의 누나가 아가씨였을 때 마을 안에는 그녀와 관련하여 떠도는 소문이 무성했다. 그녀는 어느 항아장수와 그렇고 그런 사이였다. 하지만 이미 십칠 년 전의 일이다. 라오페이의 누나에서 다시 라오페이의 아비 없는 네이멍구 아이에게까지 욕이 옮겨가더니 일가 전체가 하류 쓰레기로 전락했다. 이렇게 욕만 했다면 라오페이도 그냥 넘어갔을 것이다. 라오차이는 욕을 하다가 갑자기 흥분하기 시작했다.

"당신네 식구들 전부가 하류 쓰레기들인데 다른 사람은 거론해서 뭘 해?

당신과 누나 둘이 하류인 것만으로도 충분하지!"

이 한 마디에 화가 난 라오페이는 손을 들어 라오차이의 뺨을 후려쳤다. 뺨을 맞은 뒤로 일은 더 시끄럽게 확대되었다. 메이떠우의 생일은 없던 일이 되고 말았다. 라오차이가 라오페이와 다퉜기 때문이 아니라 라오차이가 엉덩이를 흔들면서 친정으로 가버렸기 때문이다. 다음 날 아침 일찍 그녀는 친정오빠를 데리고 왔다. 친정오빠는 집 안에 들어서 자리에 앉자마자 라오페이를 앉혀놓고 이치를 따지기 시작했다. 라오페이는 친정오빠와 이치를 따지는 것이 가장 무서웠다. 친정오빠가 이치를 따지기 시작하면 자신을 꼼짝 못하게 꽁꽁 휘감아버리기 때문이었다. 라오페이와 라오차이가 싸운 것은 밀전병 몇 장 때문이었으나 친정오빠는 밀전병은 내려놓고 몇 십 년 전에 있었던 라오페이 엄마와 아버지로부터 얘기를 시작했다. 라오페이의 아버지와 엄마는 젊었을 때 걸핏하면 부부싸움을 했다. 아버지는 성실했지만 엄마는 '제멋대로'였다. '제멋대로'란 무엇을 말하는 걸까? '이치를 따지지 않는다는' 뜻이다. 그의 엄마가 일찍 세상을 떠나지 않았더라면 차이 씨 집 안에서는 절대로 딸을 페이 씨 집안에 시집보내지 않았을 것이다. 이어서 친정오빠는 라오차이가 라오페이에게 시집 온 뒤에 일어난 수천수만 번의 입씨름에 관해 언급했다. 이런 입씨름들은 나름대로의 연유가 있었다. 라오페이는 다 잊었지만 모든 일들에는 원인이 있었고, 이를 친정오빠는 일일이 다 기억하고 있었다. 수천수백 가지의 자질구레한 일들이 잡아당길수록 길어져 라오페이의 머리통만큼이나 커졌다. 이때 라오페이는 무엇보다도 친정오빠의 기억력이 부러웠다. 친정오빠가 이리저리 잡아당기면 라오페이는 금세 그의 엄마가 되었고 '제멋대로'가 되었다. 게다가 말이 하나도 사리에 어긋나지 않아 라오페이로서는 제대로 대응할 수가 없었다. 이렇게 아침부터 정오까지 이치를 따지고 나서야 친정오빠는 비로소 얘기를 밀전병으로 돌렸다. 하지만 밀전병으로 돌아와서도 라오페이의 누나가 어렸을 때 항아장수와 눈이 맞았던 일과 라오페이가 네이멍구에서 사고 친 일을 얘기했다. 라오페이의 누나가 항아장수를 정말로 좋아했는지는 모르겠지만 라오페이가 네이멍구에서 사고를 친 것은 확실한 사실이었다. 실제로 있었던 일이 아니라면 밀전병 한 장 때문에 이 일을 거론하면서 욕을 하는 것은 라오차이의 잘못일 것이다. 하지만 이것이 사실이다 보니 라오페이는 화가 났다. 이때 화가 난 대상은 다른 사람이 아닌 바로 자기 자신이었다. 남이 라오페이를 잘못 욕했다면 주먹질을 해서라도 잘잘못을 가리겠지만 자신에게 화가 난 것이라 때릴 수도 없었다. 이렇게 줄곧 이치를 따지다 보니 집에 불을 켤 때가 되었다. 라오페이는 그의 이치에 의심이 들기 시작했다. 의심이 들 뿐만 아니라 이렇게 꽁꽁 휘감다 보면 자신을 미치게 할지도 모른다는 걱정이 생겼다. 이에 그는 무조건 그의 말에 수긍하는 척하면서 친정오빠와 라오차이에게 배상을 하면 되지 않겠느냐고 말했다. 그러면서 배상을 해도 라오차이가 여전히 마음이 풀리지 않으면 자기 뺨을 한 번 때리는 것으로 되갚으면 되지 않느냐고 말했다. 이리하여 라오페이가 얼굴을 내밀어 라오차이에게 따귀를 때리게 하는 것으로 일은 마무리되었다.

친정오빠는 흡족해하며 돌아갔고 모두들 여느 때처럼 풍파를 잘 넘겼다. 하지만 밤이 되어 잠자리에 든 뒤 라오페이는 갑자기 울화가 치밀었다. 밀전병 한 장이 '화냥년'으로 확대되더니 다시 네이멍구에서의 일과 자기 엄마 아버지로 연결된 게 아닌가. 이 몇 가지 전혀 상관이 없는 일들이 어떻게 하나로 연결될 수 있단 말인가? 어떻게 친정오빠는 그의 누나가 화냥년이었다는 확실한 근거가 없는 일을 라오페이가 네이멍구에서 사고 친 일로 연결

시킬 수 있단 말인가? 어떻게 한 가지 일에 두 가지 일의 분량을 압축할 수 있단 말인가? 그는 갑자기 생각났다. 자신이 라오차이의 따귀를 갈긴 것은 라오차이가 라오페이의 누나를 '화냥년'이라고 했기 때문이 아니라 라오페이의 누나를 하류라고 했기 때문인데, 어째서 친정오빠는 무거운 것을 피하고 가벼운 것만 따져 문제를 전혀 다른 것으로 만들어버리는가. 라오페이가 라오차이의 따귀를 때리자, 라오차이도 라오페이에게 따귀를 때려 되갚아주었다. 같은 따귀이긴 하지만 먼저 때린 따귀와 나중에 때린 따귀는 전혀 성질이 달랐다. 라오차이는 침대에서 자지 않고 마을을 한 바퀴 돌며 집집마다 찾아다녔다. 아마도 이날 있었던 우스운 일을 사람들에게 전하고 있는 모양이었다. 라오페이도 울화가 치밀어 침대에서 일어나 칼을 들고는 사람을 죽이겠다며 문을 나섰다. 그가 죽이려는 사람은 라오차이가 아니라 진에 사는 그녀의 친정오빠였다. 그를 죽이려는 게 아니라 그가 늘어놓은 이치를 죽이고자 했다. 그런 이치들을 죽이려는 것도 아니고 자신을 꽁꽁 휘감는 그의 태도를 죽이고자 했다. 이리저리 말을 돌려 결국 자신을 전혀 다른 사람으로 만들어버렸기 때문이다. 라오차이와 함께 살아가려면 또다시 말다툼이 일어나지 않을 수 없었다. 라오페이의 외조카가 밀전병을 열한 장이나 먹어서 일어난 사단과 마찬가지로 친정오빠에게 여러 번 시달릴 수 있었다. 이런 시달림의 싹을 잘라버리지 않으면 안 될 것 같았다. 남에게 살해당하는 건 별 것 아니지만 말로 휘감겨 죽는 건 정말 억울한 일이었다. 지난번에 멍구족 사람하고 일이 생겼을 때도 허베이 사람의 몫까지 모든 누명을 뒤집어 써야 했다. 남의 일로 누명을 뒤집어쓰는 건 억울한 일이 아닐지도 모르지만 자신의 일로 인해 누명을 뒤집어쓰는 건 억울한 일이 아닐 수 없었다. 그는 노기등등하여 길을 나섰다. 사람을 죽이기로 하고 길을 가다가 양쟈쫭의 탈곡장 앞에서 양바이순을 만나게 되었다. 양바이순이 이날 하루 동안 당한 일은 곡절이 참 많았다. 뤄창리의 함상을 구경하려다가 양을 찾아 헤매게 되었고 결국에는 사람을 죽이려는 라오페이의 생각을 멈추게 했다. 열세 살 먹은 아이 하나가 학질을 앓다가 함상을 구경하기 위해, 양을 찾기 위해, 그리고 또 몇 개의 곡절을 거쳐 결국에는 집에도 돌아가지 못하는 처지가 되고 말았다. 그런데 자신은 서른이 넘은 사내로서 밀전병 몇 장 때문에 정말로 살인을 해야 한단 말인가? 사람을 죽인 뒤에는 집에 세 아이가 남게 된다. 알고 보니 세상사는 이처럼 마구 휘감겨 있었다. 이리하여 라오페이는 장탄식과 함께 양바이순의 손을 잡고 진으로 갔다. 가서 친정오빠네 집 문을 두드리지 않고 밥집을 하는 라오쑨의 문을 두드렸다. 양바이순은 자신도 모르게 낯모르는 사람의 목숨을 하나 구하게 되었다. 그가 구한 사람은 진에서 생약방을 경영하고 있는 사람으로 왼쪽 얼굴에 사마귀가 하나 있었다. 일을 당하면 이치를 따지기 좋아하는 그의 이름은 차이바오린이었다.

3장

썩은 나무로는 조각을 할 수 없다

양바이순은 열 살부터 열다섯 살까지 진에 사는 라오왕에게서 오 년 동안 『논어』를 사숙했다. 라오왕은 대호(大號)가 왕멍시(汪夢溪)고 자(字)가 즈메이(子美)였다. 라오왕의 아버지는 현성에서 나무에 쇠로 테를 입혀 통이나 대야를 만드는 장인으로 별도로 철주전자를 때우는 일도 했다. 라오왕 집안의 가게는 서쪽에 위치하여 '톈허하오(天和號)'라 불리는 전당포 옆에 붙어 있었다. '톈허하오'의 주인장은 라오슝(老熊)이었다. 라오슝의 할아버지는 산시(山西) 사람으로 오십 년 전에 밥 먹는 문제를 해결하기 위해 옌진으로 왔다. 처음에는 현성에서 야채를 팔다가 나중에는 거리 어귀에서 신발을 고쳤다. 그럭저럭 집안을 돌볼 수 있었지만 밥 먹는 습관을 바꿀 수는 없었다. 설을 쇨 때면 집에서 교자(餃子)⁶를 빚어놓고서도 아이들에게 나가서 밥을 얻어먹게 했다. 절약하고 검소한 데는 나름대로의 장점이 있어서 라오슝의 아버지에 이르러서는 전당포를 열 수 있게 되었다. 이때부터는 밥을

6 밀가루 피에 고기와 야채, 두부 등을 다져 소를 만들어 넣어 찐 중국 음식으로, 우리나라에서 만두라고 부르는 것은 잘못된 이름이다.

얻어먹지 않게 되었다. 산시 사람들은 정말 장사를 잘 했다. 처음에는 옷이나 모자, 등잔이나 항아리 등을 받았지만 라오슝에 이르러서는 대부분 집이나 땅을 주요 고객으로 삼았고 매일 수십 냥의 은자(銀子)가 유통되었다. 라오슝은 사업을 확대하고 싶었다. 라오왕의 나무통 가게가 마침 라오슝네 집 후원의 동북쪽 구석에 자리 잡고 있어 라오슝의 마당을 칼 도(刀) 자 모양으로 만들었다. 앞은 좁고 뒤는 넓은 꼴이었다. 라오슝은 라오왕에게 나무통 점포를 양보해주면 원하는 다른 곳에 가게를 사서 새 점포를 열 수 있게 해주겠다고 제안했다. 원래 있던 가게는 세 칸짜리지만 새로 열 점포는 다섯 칸짜리로 사주겠다고 했다. 점포가 커지면 나무통 장사를 계속할 수도 있고 다른 장사를 할 수도 있었다. 이는 라오왕 집안에게도 타산이 맞는 일이었지만 라오왕의 아버지는 이런 제안을 죽어도 받아들일 수 없다고 했다. 기존의 세 칸짜리 점포에서 나무통 장사를 하면 했지 새로 산 다섯 칸짜리 가게에서 다른 장사를 하고 싶지 않다는 이유에서였다. 가게를 양보하지 않는 건 라오슝의 집안에 뭔가 맺힌 게 있어서가 아니라 라오왕 아버지의 처사가 남들과 달랐기 때문이다. 자신에게 이로운지 안 이로운지를 따지지 않고, 남에게 이로우면 무조건 자신이 손해를 본다고 생각하는 식이었다. 라오슝은 라오왕의 아버지가 일언지하에 거절하는 것을 보고 상의의 여지가 없다고 판단하고는 가게를 사들이는 일을 그만두기로 했다.

라오왕의 나무통 가게 동쪽에는 '룽창하오(隆昌號)'라고 불리는 양곡가게가 있었다. '룽창하오'의 주인은 라오롄(老廉)이라는 사람이었다. 이해 가을, 라오왕네 집은 지붕을 고치면서 처마를 조금 길게 냈다. 비가 오면 빗물이 처마를 따라 라오롄네 서쪽 창으로 떨어졌다. 라오롄네 처마도 짧지 않아서 이미 라오왕네 동쪽 창문을 적신 지 십여 년이 되었다. 하지만 세상에는 서북풍이 많고 동남풍은 적었다. 라오롄네는 자신들이 손해를 보고 있다고 생각했다. 결국 집 처마에 빗물이 떨어지는 문제를 두고 두 집안이 말다툼을 벌이게 되었다. '룽창하오'의 주인 라오롄은 '톈허하오'의 주인 라오슝과 달랐다. 라오슝은 성격이 온화하여 모든 일을 상의할 수 있었지만, 라오롄은 성질이 급한 데다 모든 일에 손해를 보려 하지 않았다. 두 집안이 말다툼을 벌인 그날 저녁, 그는 자신의 점원에게 라오왕네 지붕에 기어 올라가 처마를 부숴버리고 기와 절반을 걷어버리라고 시켰다. 이에 두 집안은 서로를 고소하여 송사를 벌이게 되었다. 송사의 깊이를 몰랐던 라오왕의 아버지는 기어코 라오롄과 한 판 붙어보려 했다. 송사가 한두 해 지속되는 동안 라오왕은 나무통 가게를 돌볼 수 없었다. 라오롄이 위아래로 돈을 쓰자 라오왕의 아버지도 덩달아 돈을 썼다. 하지만 라오왕의 가산이 어찌 라오롄 집안을 따라갈 수 있었겠는가? 라오롄 집안의 양곡상 '룽창하오'에는 매일 수십 석의 양곡이 드나들었다. 옌진의 현장 라오후(老胡)는 멍청한 인물이라 송사가 이 년이나 지속되었는데도 그럴듯한 판결을 내리지 못했고 라오왕의 아버지는 이미 세 칸짜리 점포를 다 때려 넣은 상태였다. 라오슝은 따로 돈을 써서 다른 사람들을 시켜 라오왕네 세 칸짜리 점포를 사들였다. 라오왕의 아버지는 현성 동쪽 관문에 한 칸짜리 작은 건물을 임대하여 새로 나무통을 짜기 시작했다. 이때 그는 자신과 송사를 벌였던 라오롄을 미워하지 않고 자기 점포를 사들인 라오슝만 미워했다. 그는 겉으로는 라오롄 집안과 송사를 벌였지만, 그 배후에는 틀림없이 라오슝 집안의 지시가 있었을 거라고 생각했다. 이때 라오슝 집안과 잘잘못을 따지려 해도 따질 수가 없게 되자 라오왕의 아버지는 또 다른 생각을 갖게 되었다. 그해에 열두 살이 된 라오왕을 카이펑(開封)으로 보내 공부를 시키면 십 년 동안 열심히 노력하여 관원이 될 것이고, 일단 관원이 되어 옌진으로 파견되기만 하면 그때 가서 다시 라오슝 집안과 라오렌 집안을 상대로 잘잘못을 따지겠다는 속셈이었다. 군자가 원한을 갚는 데는 십 년 뒤도 늦지 않다는 생각에서 였다. 하지만 보리를 거두려면 파종에서 수확까지 가을, 겨울, 봄, 여름의 네 계절을 지나야 하는 법이다. 라오왕이 성장하여 어른이 되고 다시 관원이 되려면 급한 성질을 잘 참아야 했다. 라오왕의 아버지가 성질을 참아낸다 해도 일개 나무통 장인으로서 하루에 나무통을 몇 개씩 만들어 어떻게 공부하는 학생의 학비와 생활비 지출을 부담할 수 있단 말인가? 억지로 칠 년을 버텼지만 마침내 라오왕의 아버지는 지쳐서 피를 토했고 나무통도 만들지 못하게 되었다. 병상에 석 달을 누워 있으면서 눈에 띄게 몸이 안 좋아졌다. 카이펑에 있는 라오왕을 부르기 위해 막 사람을 보내려는 차에 라오왕이 스스로 이불보따리를 메고 돌아왔다. 아버지가 병이 났다는 소식을 들었기 때문이 아니라 카이펑에서 남에게 얻어맞았기 때문이었다. 그것도 아주 심하게 얻어맞아 옌진으로 돌아왔을 때도 코에 퍼렇게 멍이 들고 얼굴이 퉁퉁 부어 있었다. 다리도 반쯤 절었다. 누가 왜 때렸느냐고 물었지만 그는 아무 말도 하지 않았다. 단지 집에 남아 나무통을 만들지언정 더 이상 카이펑에 가서 학교에 다니지는 않겠다고만 말할 뿐이었다. 라오왕의 아버지는 이런 라오왕의 모습을 보고는 병에 울화까지 겹쳐 사흘 만에 세상을 떠나고 말았다. 죽기 직전에 그가 긴 한숨을 내쉬며 말했다.

"일이 근본부터 잘못된 것 같아."

라오왕은 아버지가 자기가 맞은 것에 대해선 말을 하지 않고 라오슝 집안과 라오렌 집안과의 일에 관해서만 얘기했다는 사실을 알고서 물었다.

"애당초 송사를 하지 말았어야 했나요?"

라오왕의 아버지가 코가 파랗고 얼굴이 퉁퉁 부은 라오왕을 보면서 말했다.

"애당초 널 학교에 보내는 게 아니라 사람을 죽이고 불을 지르는 강도가 되게 했어야 했어. 첫째는 매를 맞고 다니지 않기 위해서고, 둘째는 집안에 갚아야 할 원한이 있기 때문이지."

이런 얘기를 하기에는 이미 때를 놓친 뒤였다. 하지만 라오왕은 카이펑에서 칠 년이나 공부를 할 수 있었으니 옌진에서는 꽤나 학문이 있는 셈이었다. 현 아문 입구에서 소장을 써주는 라오차오(老曹)도 공부를 육 년밖에 하지 못했다. 아버지가 세상을 떠난 뒤로 라오왕은 대야나 통을 만들지 않고 시골을 돌아다니며 글을 가르치는 것으로 생계를 유지했다. 이렇게 한 번 교편을 잡은 게 십 년이나 지속되었다. 라오왕은 몸이 마른 편이라 하이칼라 머리를 하고 장삼을 입기만 하면 영락없는 지식인의 모습이었다. 하지만 그는 약간 말을 더듬었기 때문에 공부를 가르치는 데 썩 적합하지는 않았다. 속에 든 것이 있긴 했겠지만 찻주전자 안에 넣고 교자를 삶는 것처럼 밖으로 나오는 게 별로 없었다. 처음 몇 년은 사숙을 했지만 한 집에 가서 석 달을 넘기지 못하고 그만두고 말았다. 사람들이 물었다.

"라오왕, 자네에게 학문이 있기는 한 건가?"

라오왕이 얼굴이 새빨개져 말을 받았다.

"붓과 종이를 가져와보게. 내가 이 자리에서 논술문을 한 편 써줄 테니까."

"그래, 그런데 왜 말로는 못하는 건가?"

라오왕이 한숨을 내쉬며 말했다.

"내가 자네에게 분명하게 말하지 않아서 그래. 경망스러운 사람은 말이 많은 법이고 길한 사람은 말이 적은 편이지."

말이 많고 적고 간에 그는 학당에서 『논어』에 나오는 "세상의 모든 백성들이 가난해지면 하늘이 네게 주는 지위도 영원히 끊어질 것이다(四海困窮 天祿永終)."라는 구절을 이리저리 뒤집어 열흘 동안이나 강의하면서도 그 도리를 분명하게 말하지 못했다. 자신도 이 문장에 담긴 이치를 잘 모르면서 애먼 학생들에게 화만 내는 꼴이었다.

"썩은 나무로는 조각을 할 수 없다는 말이 무슨 뜻인지 알겠어? 성인들이 바로 너희들 같은 사람들을 지적하여 말한 거야."

칠팔 년을 사방으로 돌아다니다가 라오왕은 마침내 진에 사는 부자 라오판(老范)의 집에 정착하게 되었다. 이때 라오왕은 이미 아내를 얻어 아이를 낳은 데다 몸에 잔뜩 살이 붙어 있었다. 라오판이 라오왕을 청해 들일 때 사람들은 하나같이 선생을 잘못 들였다고 말했다. 라오왕 말고도 여러 마을을 떠돌아다니는 식자들이 여럿 있었다. 예컨대 러자좡(樂家莊)의 라오러(老樂)나 천자좡(陳家莊)의 라오천(老陳) 같은 사람들은 라오왕보다 언변도 좋았다. 하지만 라오판은 라오러나 라오천을 청하지 않고 오로지 라오왕 만을 청했다. 모두들 라오판이 멍청하다고 말했지만 사실 라오판은 멍청하지 않았다. 그에게는 판친천(范欽臣)이라는 어린 아들이 있었다. 두뇌 회전이 좀 느리긴 했지만 그렇다고 바보라고 할 수는 없고 똑똑하다고 하기에는 거리가 좀 있었다. 식사를 하면서 누군가 우스갯소리를 하면 다른 사람들은 다 웃는데 이 아이만은 웃지 않고 있다가 식사가 끝날 때쯤 갑자기 혼자 웃었다. 라오왕은 입이 둔했고 판친천은 머리가 둔했다. 머리가 입을 따라잡을 수 있기 때문에 라오왕을 선생으로 모신 것이었다.

라오왕의 사숙은 주인어른인 라오판의 외양간에 마련되었다. 외양간으로 쓰이던 곳에 탁자를 몇 개 들여놓고 학당으로 사용하기로 한 것이다. 라오왕은 직접 제사(題詞)를 써서 외양간 문미에 '종도서옥(种桃書屋)'이라는 편액을 달았다. 편액은 구유의 바닥을 뜯어내 만든 것이라 아주 두꺼웠다. 판친천은 머리회전이 느렸지만 왁자지껄한 것을 좋아했다. 학생 하나에 선생도 하나다 보니 좀 적막하다는 생각이 들었는지 그는 죽어도 이런 식의 공부는 하지 않으려 했다. 이에 라오판이 방법을 강구해냈다. 사숙을 설치하여 다른 집 아이들도 와서 마음대로 청강을 할 수 있게 한 것이다. 청강하는 사람들은 속수(束脩)[7]를 낼 필요 없이 건량만 준비해오면 그만이었다. 이웃 십리팔향(十里八鄉)에서 수많은 아이들이 청강을 하러 왔다. 양쟈좡에서 두부를 파는 라오양은 아들에게 글을 가르치기로 마음먹고 있던 터에 라오판 집안에서 사숙을 열었다는 소식을 듣게 되었다. 그것도 학비를 낼 필요 없이 건량만 준비하면 된다는 말에 잘 됐다고 생각하고는 얼른 둘째 아들 양바이순과 셋째 아들 양바이리를 보냈다. 원래는 큰아들 양바이예도 보낼 작정이었으나, 양바이예는 열다섯 살로 나이가 너무 많거니와 자신의 두부 공방 일을 도와야 하기 때문에 보내지 않기로 했다. 강의 내용이 분명하지 않았기 때문에 학생들은 십중팔구 선생인 라오왕에게 이의를 제기했다. 하물며 청강하는 아이들은 오죽했으랴. 열에 아홉은 청강을 하고 싶어 온 게 아니라 그저 이런 기회를 이용하여 집안에서 시키는 일을 피해 좀 편한 시간을 보낼 생각으로 온 것이었다. 양바이순과 리잔치도 몸은 학당에 있었지만 하루 종일 어디에서 사람이 죽어 뭐창리의 함상을 들을 수 있을까 하는 생각만 하고 있었다. 하지만 라오왕은 대단히 진지한 사람이었다.『논어』에 대한 그의 깊은 이해와『논어』에 대한 학생들의 몰이해는 너무나 선명한 대비를 이루었고, 이런 상황은 라오왕에게 무수한 골칫거리를 안겨주었다. 설

7   개인교수에게 내는 사례금.

명을 하고 또 해도 안 되면 라오왕은 아예 강의를 멈추고 이렇게 말했다.

"내가 설명을 해도 너희들은 이해하지 못할 거야."

예컨대 "친구가 있어 먼 곳에서 찾아와주면 또한 기쁘지 아니한가?"라는 대목을 설명할 때 학생들은 공자가 기뻐한 것이 멀리서 친구가 찾아왔기 때문이라고 했지만 라오왕은 뭐가 그리 기쁘겠냐면서 오히려 성인을 상심하게 했을 뿐이라고 말했다. 신변에 친구가 있었다면 마음속에 있는 말을 다 했겠지만, 멀리서 찾아온 사람에게는 아무래도 거리가 있었을 거라는 게 그의 주장이었다. 신변에 친구가 있어야만 멀리서 찾아온 사람도 친구로 여길 수 있다는 뜻이었다. 멀리서 온 사람이 친구인지 아닌지에 대해 학생들의 생각은 두 가지로 갈렸고, 이 말을 빌미로 공자를 욕하기도 했다. 학생들은 모두 공자가 별 것 아니라고 했고 라오왕 혼자만 상심하여 눈물을 흘렸다. 쌍방이 이렇게 서로를 이해하지 못하다 보니 학생들의 유실과 교체가 대단히 빈번했다. 퇴학도 이해하지 못하기 때문이었고 새로 공부하러 오는 것도 이해하지 못하기 때문이었다. 학생들의 교체가 빈번하다 보니 근처 십리팔향에 라오왕의 학생이 없는 마을이 없었다. 숙질이 동창이 되는 경우도 있었고 형제 여러 명이 여러 해에 걸쳐 라오왕의 학생이 되는 경우도 있었다. 어쨌든 라오왕은 제자들이 천지에 가득했다.

라오왕에게는 아주 특이한 버릇이 하나 있었다. 매달 두 번씩, 음력 보름과 그믐날 정오가 되면 혼자서 사방을 마구 걸어 다녔다. 그는 걸음을 크게 떼면서 계속 걸었다. 이를 보는 사람들은 함부로 말도 걸지 못했다. 큰길을 따라 걸을 때도 있고 들판을 걸을 때도 있었다. 원래 들판에는 길이 없었지만 그가 걸으면 길이 생겼다. 여름에 이렇게 걸으면 머리가 온통 땀에 젖었고 겨울에도 땀이 났다. 모두들 처음에는 마구잡이로 걷는다고 생각했지만,

달마다 이렇고 해마다 이렇다 보니 마구잡이로 걷는 게 아니라고 생각하게 되었다. 어쩌다 음력 보름이나 그믐에 태풍이 불거나 큰 비가 내려 걸을 수 없게 되면 라오왕은 답답함을 참느라 머리에 파랗게 핏대가 섰다. 라오판은 그가 걷는 걸 보고 처음에는 별로 개의치 않았지만 몇 해가 지나면서 조금씩 관심을 갖기 시작했다. 어느 날 정오, 라오판이 각 마을을 돌아다니며 소작료를 받아 돌아오는 길에 마침 마고자를 걸치고 문을 나서는 라오왕과 마주치게 되었다. 라오판은 말에서 내리는 순간, 이날이 음력 보름이라는 사실에 생각이 미쳤다. 라오왕이 마구잡이로 길을 걸으려 한다는 걸 안 그는 라오왕의 앞을 가로막고 물었다

"라오왕, 도대체 뭣 때문에 이렇게 해마다 정해진 날에 무작정 길을 걷는 건가?"

라오왕이 말했다.

"주인어른, 그건 말씀드릴 수가 없습니다. 자세하게 말씀드리기가 어렵기도 하고요."

말을 할 수 없다고 하니 라오판으로서도 다시 물을 수 없었다. 이해 단오절에 라오판이 라오왕을 초대하여 식사를 대접했다. 식사하는 도중에 옛 일을 다시 꺼내 라오왕이 무작정 걷는 일에 관해 묻게 되었다. 술을 많이 마신 라오왕이 탁자 한 귀퉁이에 엎드려 울면서 말했다.

"항상 어떤 사람이 그리워서 그러는 겁니다. 보름 동안 답답함이 쌓여 참을 수 없게 되면 이리저리 걷는 것이지요. 그러면 기분이 한결 좋아지거든요."

라오판은 그제야 뭔가 알 것 같았다.

"살아 있는 사람인가 죽은 사람인가? 설마 라오왕 자네 아버지는 아니겠지? 과거에 자네를 학교 보내느라 힘들었을 거야."

라오왕은 울면서 고개를 가로저었다.

"아버지는 아니에요, 아버지라면 저도 이렇게 무작정 걷지는 않았을 거예요."

라오판이 말했다.

"살아 있는 사람인가 보군. 살아 있는 사람이라면 누군가? 누가 보고 싶은 거야? 한번 찾아가 만나보면 될 게 아닌가?"

라오왕은 이번에도 고개를 가로저었다.

"찾을 수가 없어요. 전에도 찾다가 하마터면 목숨을 잃을 뻔했거든요."

이 말에 놀란 라오판은 더 이상 묻지 못했다.

"난 그저 걱정이 돼서 하는 말일세. 한낮에 들판은 깨끗하지도 않고 기상이 수시로 변한단 말일세."

라오왕이 또 고개를 가로저었다.

"계곡의 대나무를 따라가다 보면 길의 멀고 가까움을 잊게 되지요. 갑작스런 변화를 만나도 두렵지 않습니다. 대나무가 가라는 대로 따라 걷는 것뿐이지요."

술에 취한 것이 분명하다고 치부한 라오판은 고개를 가로저으며 더 이상 아무 말도 하지 않았다. 하지만 라오왕이 헛되이 길을 걸은 건 아니었다. 그는 걸었던 길을 전부 기억했고 걸음 수까지 세고 있었다. 예컨대 진에서 샤오푸(小鋪)까지가 몇 리나 되냐고 물으면 그는 천팔백오십이 보(步)라고 대답했고 진에서 후쟈좡(胡家莊)까지 몇 리나 되느냐고 물으면 일만 육천삼십육 보라고 대답했다. 진에서 펑반자오(馮班棗)까지는 몇 리나 되느냐고 물으면 십이만 사천이십이 보라고 대답했다……

라오왕의 아내는 이름이 인핑(銀甁)이었다. 인핑은 글을 몰랐지만 라오왕과 함께 사숙을 돌보면서 매일 학생들의 머릿수를 세어 붓과 먹, 종이, 벼루 등을 나눠주었다. 라오왕은 입이 둔했지만 인핑은 말주변이 좋았다. 하지만 그녀가 하는 말은 학당의 일에 관한 게 아니라 이웃들에 대한 한가한 이야기들이었다. 그녀는 학당에 잘 붙어 있지도 않았다. 라오왕이 학당으로 들어서기 무섭게 그녀는 문을 나섰고, 사람을 만나면 입에 바람이 불기라도 하는 것처럼 생각나는 것은 무엇이든 말했다. 진에 온 지 두 달이 안 돼서 진에 사는 거의 모든 사람들이 그녀의 입에 올랐다. 진에 온 지 석 달이 될 무렵에는 진에 사는 사람들 절반이 그녀의 눈 밖에 났다. 사람들이 라오왕에게 권고했다.

"라오왕, 자네도 학문이 있는 사람이니 마누라에게 입놀림 좀 자제하라고 잘 권해보게."

라오왕이 한숨을 내쉬었다.

"사람이 심각한 이야기를 할 때는 잘못된 부분이 있으면 막을 수 있겠지만 마구잡이로 떠드는 걸 어떻게 막을 수 있겠습니까?"

그는 인핑에 대해 관여하지도 않고 묻지도 않았다. 그냥 말하고 싶은 대로 하게 내버려두었다. 평소에 집에 있을 때는 인핑이 뭐라고 하든지 라오왕은 듣지도 않고 대답도 하지 않았다. 두 사람은 각자의 일만 했는데도 항상 평안하고 무사했다. 인핑은 말을 잘하는 것 외에 사람들과 잘 지낼 줄도 알았고 남의 덕을 볼 줄도 알았다. 덕을 보지 않으면 뭔가 손해를 보는 것처럼 느껴졌다. 집무시장을 한 바퀴 돌면서 파를 한 단 사면 마늘을 두 개 얻었고 천을 두 자 사면 실을 두 타래 얻어내곤 했다. 여름과 가을에는 땅에서 농작물 줍는 걸 좋아했다. 농작물을 주우려면 추수가 끝난 밭에 가서 줍는 것이 마땅하지만 그녀는 어느 집이든 가리지 않았고 추수를 하지 않은 밭에도 마구 들어가 손이 닿는 대로 한 움큼씩 농작물을 뽑아 바짓가랑이 안에

쑤셔 넣었다. 학당의 남문으로 나오면 주인집인 라오판의 땅이 가장 가까웠다. 그러다 보니 라오판의 농작물을 뽑아 가는 일이 가장 많았다. 한번은 라오판이 후원에 새로 지은 축사에 가서 가축들을 돌아보고 있을 때 집사인 라오리(老李)가 따라와 당나귀와 말 사이에서 낮은 목소리로 말했다.

"주인님, 라오왕을 내보내시는 게 좋을 것 같습니다."

라오판이 물었다.

"왜 그래야 하나?"

라오리가 말했다.

"라오왕이 가르치는 걸 아이들이 잘 알아듣지 못합니다."

"못 알아들으니까 가르치는 것이지 다 알아들으면 뭣 때문에 가르친단 말인가?"

"실은 라오왕 때문이 아닙니다."

"그럼 왜인가?"

"그의 마누라가 농작물을 자주 훔쳐갑니다. 도둑질이지요."

라오판이 손을 내저으며 말했다.

"아낙네들에게 어찌 올바른 성정을 기대할 수 있겠는가?"

그러고는 말을 이었다.

"도둑질 하고 싶으면 맘껏 하라고 하게. 내 땅이 오십 경이나 되는데 도둑 하나 먹여 살리지 못하겠나?"

이 말이 가축을 먹이는 라오쑹(老宋)의 귀에 들어갔다. 라오쑹에게도 라오왕에게서 『논어』를 배우는 자식이 하나 있었다. 라오쑹은 이 말을 라오왕에게 전했다. 뜻밖에도 라오왕은 비 오듯 눈물을 쏟으며 말했다.

"멀리서 친구가 찾아온 것이 어떤 걸 말하는지 아십니까? 바로 이런 걸 말하는 겁니다.”

하지만 양바이순이 열다섯 살 되던 해, 라오왕이 라오판의 집을 떠나자 사숙은 중단되었다. 라오왕이 사숙을 떠난 건 라오판이 쫓아냈거나 학생들이 제대로 알아듣지 못해 라오왕이 화가 났거나 혹은 라오왕의 마누라가 물건을 훔친 것이 그의 명성을 손상시켜 더 이상 선생 자리를 지킬 수 없었기 때문이 아니라 라오왕의 아이에게 문제가 생겼기 때문이었다. 라오왕과 인핑은 아이를 다 합쳐서 넷이나 낳았다. 아들 셋에 딸 하나였다. 라오왕은 제법 학문을 갖췄지만 아이들에게 지어준 이름은 아주 속된 이름들이었다. 큰아들은 이름이 다화(大貨)였고 둘째 아들은 얼화(二貨), 셋째 아들은 산화(三貨), 그리고 하나밖에 없는 딸은 덩잔(灯盞)이었다. 다화, 얼화, 산화는 모두 착실한 성정을 가지고 태어났지만 유일하게 덩잔 만은 장난기가 심했다. 다른 아이들은 장난을 치면 대개 집의 어딘가를 부수거나 나무에 올라가곤 했지만, 덩잔은 집을 부수지도 나무에 올라가지도 않았다. 여자애라 그런지 가축들과 노는 걸 좋아했다. 그런데 고양이나 개를 가지고 노는 게 아니라 큰 가축들에게 손을 댔다. 여섯 살짜리 아이가 당나귀나 말과 친구가 되곤 한 것이다. 가축을 먹이는 라오쑹은 다른 사람들은 두려워하지 않고 덩잔을 두려워했다. 저녁에 그가 작두로 풀을 베거나 씻다가 고개를 돌려보면 덩잔이 축사에 들어가 말 등에 올라타 있곤 했다. 말에 올라타서는 말에게 이렇게 말하는 것이었다.

“이랴, 너를 외할머니 집으로 데려가 엄마를 찾아줄게!”

말이 울타리 안에서 큰 소리로 울면서 발길질을 해대도 덩잔은 전혀 두려워하지 않았다. 다화, 얼화, 산화는 라오왕을 조금도 힘들게 하지 않았다. 다른 아이들과 마찬가지로 수업 시간에 『논어』를 잘 알아듣지 못할 뿐이었다. 하지만 하나밖에 없는 딸내미가 몹시 골치 아프게 했다. 덩잔이 가축들을 가지고 노는 바람에 라오쏭은 이틀에 한 번 꼴로 라오왕에게 가서 따져 댔다. 라오왕이 말했다.

"라오쏭, 그런 말 좀 그만 해요. 당신은 그 애도 작은 축생으로 생각하는 거요?"

이해 음력 팔월에 가축을 먹이는 라오쏭이 풀을 씻다가 잘못하여 쇠스랑을 너무 세게 휘두르는 바람에 풀을 씻는 항아리가 깨지고 말았다. 이 항아리는 십오 년을 사용한 것이라 깨져도 그만이었다. 라오쏭이 사실대로 주인장에게 알리자 라오판은 라오쏭을 원망하지 않고 그냥 새 항아리를 사게 했다. 마침 라오판의 집에 가축 몇 마리가 늘어나 더 크고 둥근 항아리를 사기로 했다. 새 항아리를 사서 돌아오자 덩잔이 이 큰 항아리를 보고는 달려와 놀기 시작했다. 물이 찰랑찰랑하게 찬 것을 보고 덩잔은 항아리 가장자리에 올라가 두 손으로 테두리를 잡고 발로 물을 밟으며 놀았다. 이를 보고 화간 난 라오쏭은 머리를 가로저으며 한숨을 내쉴 뿐, 덩잔을 거들떠보지도 않고 가축을 끌고서 밭에 나가 일을 했다. 저녁 무렵 그가 일을 마치고 돌아와 보니 덩잔이 물 항아리에 빠져 있었다. 물 항아리의 물은 여전히 찰랑찰랑 차 있고 덩잔은 그 위에 떠 있었다. 재빨리 덩잔을 건져 올렸지만 아이는 이미 배가 둥글게 부풀어 있었다. 죽은 것이었다. 라오쏭은 쇠스랑을 움켜쥐고 새 항아리를 깨뜨려버렸다. 그러고는 당나귀 돈대 위에 앉아 엉엉 울었다. 라오왕과 인핑이 소식을 듣고 달려왔다. 인핑은 아이를 살펴보더니 다른 말은 하지 않고 쇠스랑을 집어 들어 라오쏭에게 휘둘렀다. 라오왕이 마누라를 만류하면서 땅바닥에 죽은 채 누워 있는 아이를 바라보고는 공정하게 한 마디 했다.

"라오쑹을 탓할 게 아니라 아이를 탓해야 해."

그러고는 말을 이었다.

"집에서도 장난이 심해 골칫거리였는데 차라리 죽은 게 더 잘된 일이라고."

양바이순이 열다섯 살일 때는 집집마다 아이들이 많아 아이 하나 죽는 것쯤은 그리 대단한 일이 아니었다. 인핑은 라오쑹과 이틀을 싸웠다. 라오쑹이 그녀에게 쌀 두 말을 배상하기로 하고 이 일은 일단락 지어졌다. 한 달이 지나 비가 내렸다. 라오왕에게는 스무 명이 넘는 학생들이 있었지만 이날은 대여섯 명밖에 오지 않았다. 라오왕은 새로 진도를 나가지 않고 학생들에게 각자 글을 짓게 했다. 작문 제목은 "남이 자기를 알아주지 않는 것을 탓하지 말고, 자신이 남을 알지 못하는 것을 탓하라(不患人之不己知 患不知人也)."였다. 그러고서 자신은 창밖에 내리는 비를 바라보며 멍하니 앉아 있었다. 오후에도 학생들에게 새로운 과문을 가르치거나 작문을 시키지 말고 붉은 글씨가 쓰인 종이 위에 놓고 습자를 하게 해야겠다는 생각이 들었다. 나가서 인핑을 찾았지만 인핑은 어디 갔는지 보이지 않았다. 어디 가서 수다를 떨고 있는지 알 수 없었다. 하는 수 없이 직접 집에 가서 붉은 습자용지를 가져와야 했다. 습자용지는 인핑의 침선 바구니 바닥에 깔려 있었다. 습자용지를 찾은 그는 다시 창가로 가서 벼루를 챙기려 했다. 학생들이 습자를 하는 동안 자신은 먹으로 사마장경(司馬長卿)의 「장문부(長門賦)」를 베끼고 싶었기 때문이다. 라오왕은 「장문부」에 나오는 "또다시 황혼이 지고 절망의 밤이 오니, 고독과 근심을 빈 집에 기탁하네(日黃昏而望絶兮 悵獨托于空堂)."라는 구절을 좋아했다. 창가에 가서 벼루를 챙기다가 먹다 남은 월병(月餠) 한 조각을 발견했다. 음력 팔월 보름에 죽은 덩잔이 먹다 남긴 월병이었다. 월병에는 아이의 작은 이빨 자국이 그대로 남아 있었다. 이 월병은 라오왕이 교재를 사러 현성에 갔을 때 함께 사온 것이었다. 같은 가격이지만 현성에서 파는 월병은 진에서 파는 것보다 청홍사(靑紅絲)[8]가 더 많이 들어 있었다. 막 사서 돌아왔을 때 덩잔은 이를 몰래 훔쳐 먹다가 라오왕에게 들켜 호되게 매를 맞았었다. 덩잔이 죽었을 때는 그다지 상심하지 않았었지만 지금 이 월병을 보니 라오왕의 가슴속에서 물밀듯이 슬픔이 솟아나와 마음이 칼로 에이는 것처럼 아팠다. 그는 벼루를 내려놓고 발길이 가는 대로 가축 축사를 향해 걸어갔다. 가축을 먹이는 라오쑹이 밀짚모자를 쓰고 비속에서 풀을 베고 있었다. 한 달이 지난 터라 덩잔의 일을 완전히 잊고 있던 라오쑹은 라오왕이 다가오는 모습을 보고 학당에서 자기 아들이 개구쟁이 짓을 했다는 걸 알리기 위해서라고 생각했다. 라오쑹의 아이는 이름이 거우성(狗剩)으로 학당에서 조각이 불가능한 이상한 나무로 통했다. 하지만 라오왕은 거우성에 관한 얘기를 하려는 게 아니었다. 뜻밖에도 그는 새로 바꾼 항아리 앞에서 슬픈 얼굴로 대성통곡을 했다. 한번 울기 시작하더니 도저히 수습할 수가 없어 장장 여섯 시간이나 울어댔다. 이로 인해 모든 점원들은 물론, 주인장 라오판까지 놀라움을 금치 못했다.

다 울고 난 뒤에 라오왕은 예전과 다름없이 학당에서 『논어』를 강의해야 하니 학당에서 『논어』를 강의했고, 집에 돌아가 밥을 먹어야 하니 집에 돌아가 밥을 먹었고, 먹으로 「장문부」를 써야 하니 먹으로 「장문부」를 썼다. 이때부터 라오왕은 말이 적어졌다. 학생들이 글을 읽을 때면 그는 혼자서 창밖을 내다보았다. 멍청한 눈길이 아주 쉽게 한 곳에 고정되었다. 석 달 뒤, 하늘에서 눈이 내렸다. 눈이 그치던 날 저녁, 라오왕은 주인장 라오판을

---

8 가늘게 썬 식물에 물을 들여 조미와 미관의 효과를 동시에 추구한 음식 장식물.

찾아갔다. 라오판은 마침 집에서 발을 닦고 있다가 라오왕이 오는데 표정이 심상치 않은 것을 보고는 황급히 물었다.

"라오왕, 무슨 일인가?"

라오왕이 말했다.

"주인어른, 저 떠나고 싶습니다."

화들짝 놀란 라오판이 반밖에 닦지 않은 발을 대야에서 꺼내며 물었다.

"떠나겠다고? 뭐 마땅치 않은 점이라도 있었나?"

"모든 게 다 마땅합니다. 저 자신이 마땅하지 못할 뿐이지요. 덩장이 보고 싶어서 못 견디겠습니다."

그의 마음을 헤아린 라오판이 권했다.

"그러지 말게. 반년이나 지난 일들 아닌가."

"주인어른, 일을 그만두고 싶습니다. 마음이 따라주지 않아요. 딸이 살아 있을 때는 화내고 때리고 했지만 이제 그 애가 없으니 매일 보고 싶어 죽겠습니다. 그 애 생각만 납니다. 낮에 얼굴을 보지 못하니까 밤마다 꿈에서 만납니다. 꿈속에서는 장난이 심하지 않더군요. 침대 앞에 서서 항상 이렇게 말합니다. '아빠, 날이 추워졌어요. 제가 이불을 잘 덮어드릴게요.'"

라오왕의 마음을 헤아린 라오판이 다시 권했다.

"라오왕, 조금만 더 참게."

"저도 참고 싶습니다. 하지만 아무래도 안 될 것 같습니다, 주인어른. 마음이 불처럼 타고 있어서 더 참다간 미쳐버릴 것 같아요."

"그럼 축사에 가서 한바탕 울고 오게."

"저도 몰래 한번 해봤지만, 울음이 터지질 않더군요."

라오판이 뭔가 생각난 듯 말했다.

"그럼 들판에 가서 좀 걷게. 좀 돌아다니다 보면 기분이 좋아질 걸세."

"그것도 해봤습니다. 과거에는 보름에 한 번씩 밖을 돌아다녔지만 지금은 매일 걷는데도 소용이 없습니다."

라오판은 그의 마음을 알겠는지 고개를 끄덕였다. 그러고는 탄식하듯 말했다.

"그럼 어디로 갈 생각인가? 오래전 자네 부친은 송사를 벌이면서 자네에게 집도 남겨주지 못했지. 여기가 바로 자네 집이 아니겠나. 여러 해 동안 나는 자네를 남으로 여긴 적이 없었네."

"주인어른, 저도 줄곧 이곳을 집으로 생각해 왔습니다. 하지만 석 달 전부터는 오로지 죽고 싶은 마음뿐이었습니다."

이 말에 놀란 라오판은 더 이상 라오왕을 만류하지 않았다.

"떠나는 것도 나쁠 건 없지만 난 그래도 자네가 걱정이네. 가족들을 이끌고 어디로 갈 생각인가?"

"꿈속에서 딸애가 가르쳐주었습니다. 서쪽으로 가라고 하더군요."

"서쪽으로 간다 해도 딸을 찾지는 못할 걸세."

"딸애를 찾으려는 것이 아닙니다. 가서 딸애 생각이 나지 않으면 그곳에 정착할 생각입니다."

다음 날 아침 일찍, 라오왕은 인핑과 세 아이를 데리고 라오판의 집을 떠났다. 떠나면서 주인장인 라오판의 집 앞에 서 있는 느릅나무 두 그루를 보니 육 년 전 일이 생각났다. 그때만 해도 작은 묘목이었던 나무들이 지금은 두께가 사발만 하게 자라 있었다. 이 나무들을 보면서 석 달 동안 울지 않았던 라오왕은 울음을 터뜨리고 말았다.

양바이순은 남들이 하는 얘기를 듣게 되었다. 라오왕이 라오판의 집을 떠나 아내와 자식들을 거느리고 곧장 서쪽으로 갔다는 것이었다. 라오왕은 걷다가 쉬기를 반복하다가 어느 곳에 이르러 마음이 아파오면 다시 걸음을 재촉했다. 옌진에서 신샹으로, 신샹에서 쟈오쭈어(焦作)로, 쟈오쭈어에서 뤄양으로, 뤄양에서 싼먼샤(三門峽)로 왔지만 그래도 마음이 아팠다. 석 달이 지나 허난의 경계를 벗어나게 된 그는 룽하이선(隴海線)을 따라 산시(陝西) 바오지(寶鷄)에 이르자 마음이 편안해졌다. 더 이상 가슴이 아프지 않았다. 이리하여 그는 바오지에 정착하기로 했다. 바오지에서 라오왕은 더 이상 글을 가르치지 않았다. 아버지의 손재주를 이어받아 남들에게 대야나 그릇을 만들어주지도 않았다. 라오왕은 길거리에서 물엿을 입으로 불어 인형을 만들어주는 일을 시작했다. 그는 입이 둔했지만 물엿으로 인형을 만들 때는 실물과 똑같아 보일 정도로 절묘했다. 수탉을 만들면 정말 수탉 같았고 쥐를 만들면 정말 쥐 같았다. 때로는 날씨가 좋아 바람도 없고 불도 나지 않았는데도 그럴듯하게 화과산(花果山)을 만들 수 있었다. 화과산에는 원숭이가 살았고 한쪽 팔위의 나무에는 과실이 넉넉했다. 원숭이들은 주먹을 휘둘러 싸움을 하기도 하고 남의 머리를 헤집어 이를 잡아주기도 했다. 손을 내밀어 사람들에게 먹을 것을 구걸하기도 했다. 어느 날이든 술에 취하기만 하면 라오왕은 사람을 만들었다. 입김을 한 번 불면 꽃처럼, 달처럼 아리따운 소녀를 만들 수 있었다. 이 소녀는 열여덟 아홉 살로 몸이 호리호리하고 가슴이 컸다. 하지만 웃지를 않았다. 고개를 숙이고 울고 있는 것 같았다. 사람들이 라오왕에게 농담조로 물었다.

"라오왕, 이게 아가씨요?"

라오왕이 고개를 가로저었다.

"아닙니다. 이건 새색시예요."

사람들이 다시 물었다.

"어디 사는 새색시요?"

"카이펑이요."

"이 여자는 왜 웃질 않는 거요? 불행해서 그런지 울고 있는 것 같구려."

"울어야 하는 여자예요. 울지 않으면 답답해서 죽고 말지요."

술에 취한 것이 분명했다. 라오왕은 이때 살이 쪘고 말이 없었다. 머리도 벗겨지기 시작했다. 하지만 술을 자주 마시진 않았다. 그러다 보니 평생 동안 사람을 몇 번 만들지 않았다. 하지만 바오지 사람들은 모두 뤄마시(騾馬市) 주췌문(朱雀門)에 사는 허난의 라오왕이 '카이펑의 새색시를 만들' 줄 안다는 것을 잘 알고 있었다.

라오왕이 떠난 뒤로 '종도서옥'의 학생들은 새나 짐승처럼 이리저리 흩어져버렸다. 양바이순과 양바이리도 라오판의 학당을 떠나 양쟈좡으로 돌아왔다. 양바이순은 라오왕에게서 오 년 동안 『논어』를 배웠다. 입학할 때는 열 살이었는데 이제 열다섯 살이 되었다. 더 배우고 싶었지만 『논어』를 간신히 절반 정도 배운 상태에서 갑자기 라오왕이 떠나버렸다. 학당에서 매일 라오왕과 장난을 쳤고 열두 살이 되던 해에는 리잔치와 함께 몰래 라오왕의 변소에 가서 요강을 훔쳐다가 바닥에 구멍을 뚫어놓은 적도 있었다. 한밤중에 라오왕은 소변을 보다가 요강이 새는 바람에 잠자리가 다 젖고 말았다. 이제 라오왕이 떠나고 나니 라오왕의 수많은 장점들이 생각나기 시작했다. 그 가운데 가장 큰 장점은 라오왕이 있었던 덕분에 매일 학당에 가서 대충 시간을 보낼 수 있었다는 점이다. 라오왕이 가고 나니 집으로 돌아가 두부 파는 라오양과 함께 두부를 만드는 수밖에 없었다. 하지만 양바이순은 두부 만드는 것을 좋아하지 않았다. 두부에 원한이 있었기 때문이 아니라 라오양과 잘 맞지 않기 때문이었다. 라오양과 잘 맞지 않는 것은 라오양이 가죽 허리띠로 그를 때리기 때문도 아니고 양 한 마리로 자신을 탈곡장에서 자게 했던 일로 라오양을 미워하게 되었기 때문도 아니었다. 마차를 모는 라오마와 마찬가지로 가슴 깊숙한 곳에서 라오양을 무시하고 있었기 때문이다. 그가 좋아하고 부러워하는 사람은 함상을 하는 뤼쟈좡의 뤼창리였다. 그는 라오양에게서 벗어나 뤼창리에게 귀의하고 싶었다. 하지만 그는 뤼창리도 완전히 좋아하지는 않았다. 뤼창리의 함상만 좋아할 뿐, 그가 식초를 만드는 것은 좋아하지 않았다. 뤼창리가 만드는 식초는 열흘이 지나면 하얀 곰팡이가 피었다. 하지만 식초를 만드는 것이 뤼창리의 생계수단이었고 함상은 취미일 뿐이었다. 함상을 위해서는 식초 만드는 일에서 벗어날 수 없었다. 식초는 사람들이 하루 세 끼 꼭 먹어야 했지만 어떻게 하루에 세 번 사람이 죽을 수 있단 말인가? 이로 인해 양바이순도 난처할 수밖에 없었다. 양바이순의 동생 양바이리도 양바이순과 마찬가지로 라오양을 좋아하지 않았다. 그는 쟈쟈좡에서 삼현금을 타는 장님 라오쟈를 좋아했다. 라오쟈는 완전히 눈이 먼 것이 아니라 한 쪽 눈만 보지 못하고 한 쪽 눈은 볼 수 있었다. 라오쟈는 삼현금을 탈 뿐만 아니라 한 쪽 눈으로 사람들의 관상도 보았다. 수십 년 동안 그가 상을 봐준 사람은 수도 없이 많았다. 인간의 운명은 제각기 달랐지만 라오쟈의 판단은 한결 같았기 때문에 모두들 듣고서도 전혀 마음에 두지 않았다. 라오쟈는 자신의 상을 보고는 크게 상심했다. 그가 보기에 모든 사람들이 때를 잘못 태어나기 때문이다. 모든 사람들이 매일 하는 일들이 반드시 그렇게 하도록 운명에 정해진 게 아니라서 분주히 뛰어다니는 것이 전부 헛수고였다. 모든 사람의 운명이 자신과 틀어져 어긋나 있었다. 양바이순이 양바이리와 다른 점은 양바이순은 뤼창리의 함상만 좋아하고 뤼창리가 식초를 만드는 것은 싫어하는데 비해 양바이리는 라오쟈가 삼현금을 타는 것과 관상을 보는 것 둘 다 좋아한다는 점이었다. 양바이리는 라오양을 속이고 몰래 쟈쟈좡으로 가서 라오쟈를 스승으로 모셨다. 라오쟈가 눈을 감고 양바이리의 손을 만지면서 말했다.

"손가락 끝이 너무 거칠군. 삼현금을 타는 것으로는 밥 먹기가 어려울 것 같네."

양바이리가 말했다.

"그럼 스승님께 점치는 법을 배울게요."

라오쟈가 눈을 크게 뜨고 양바이리를 쳐다보았다.

"자기 운명도 알지 못하면서 어디서 남의 운명을 알아맞히겠다는 거야?"

"그럼 제 운명이 어떤데요?"

라오쟈는 다시 눈을 감았다.

"멀리 얘기하자면 죽도록 고생할 팔자라 입에 풀칠하기 위해 매일 수백 리 길을 걸어야 하고, 가까이 얘기하자면 남들이 매일 너의 얼굴 앞을 지나가면서 열에 아홉은 속으로 널 욕하게 될 게다."

결국 양바이리는 라오쟈의 제자가 되지도 못하고 온몸에 재수만 옴 붙어서 돌아왔다. 양바이리는 뱃속 가득 라오쟈를 욕하면서 하루에 수백 리 길을 달렸으니 죽도록 피곤할 수밖에 없었다. 그는 라오쟈의 점이 정확하지 않다고 욕하면서 부지런히 달려 양쟈좡으로 돌아왔다.

4장

매 맞는 게 싫어서

양바이순이 열여섯 살이 되던 해 옌진현에 샤오한(小韓)이라는 현장이
새로 부임했다. 샤오한 이전의 옌진 현장은 라오후(老胡)라는 인물로 후난
(湖南) 마양(麻陽) 사람이었다. 청대(淸代)의 거인(擧人)⁹으로 얼굴이 무척
빨갰다. 라오후의 아버지는 마양에서 한의사로 일하면서 평생 수많은 사람
들의 병을 고쳤다. 죽은 사람을 고치기도 했다. 다른 한의사들은 진료를 마
치면 곧장 처방전을 내리지만, 라오후의 아버지는 맥을 짚은 다음 붓을 한
번 드는 데도 세 번이나 망설였다. 환자가 가고 나자 누군가 물었다.

"처방을 내리는 게 아이를 낳는 것만큼이나 어려운 걸 보니 병을 확실히
파악하지 못한 것 같구려?"

라오후의 아버지가 말했다.

"병은 확실히 알겠는데 사람의 마음을 모르겠소이다."

"병만 치료하면 그만이지 남의 마음까지 신경 쓸 필요는 없지 않소?"

---

9 중국 명청(明淸) 시대에 향시(鄕試)에 합격한 사람.

라오후의 아버지가 탄식하면서 말을 받았다.

"어떻게 사람들의 마음에 신경을 쓰지 않을 수 있겠습니까?"

그러고는 다시 말을 이었다.

"같은 병이라 해도 사람은 다른 법이지요. 서로 다른 사람들에게 같은 처방을 내리면 약이 잘 듣지 않을 수도 있단 말입니다."

이렇게 말하면서 그는 한숨을 내쉬었다.

"의술이 형편없는 것도 바로 이 때문이고 사람이 죽는 것도 바로 이런 것 때문이지요."

거시에 합격하고 관원이 된 라오후가 고향을 떠나 허난 옌진으로 부임할 때, 마양의 이웃 친척들이 전부 문 밖에 나와 배웅해주었다. 징과 북이 하늘을 울리는 사이에 라오후는 화려한 색깔의 옷을 입고 말에 올랐다. 군중들이 손바닥을 어루만지는 걸 보면서 라오후의 아버지는 라오후의 말을 잡아끌었다.

"아들아, 십리팔향의 모든 사람들이 너를 축하하는데 나만 혼자 너 때문에 우는구나."

라오후가 말했다.

"사형장에 끌려가는 것도 아닌데 뭣 때문에 우세요?"

라오후의 아버지가 말했다.

"너는 착실한 천성을 타고 나서 머리를 싸매고 공부하는 건 문제가 없다만, 관원이 되어 잔혹한 악인들 가운데 있다 보면 손해를 보기 십상이지. 짧으면 일 년이고 길어야 사오 년이니, 큰 죄명으로 감옥에 가지 않으면 실컷 얻어맞고 집으로 돌아오게 될 게다."

라오후가 말했다.

"남들은 관직에 부임할 때 빛나는 말만 해주는데 아버진 왜 그렇게 재수 없는 말만 한 무더기 늘어놓으시는 겁니까?"

라오후의 아버지가 말했다.

"이건 내가 말하려는 게 아니야."

"그럼 도대체 뭘 말씀하시려는 거예요?"

"어느 날 아침 관직을 보전할 수 없게 되면 제발 미련을 두지 말고 마양으로 돌아와 내게 의술을 배우도록 해라. 훌륭한 재상이 되지 못할 바에는 차라리 훌륭한 의사가 되 거라."

라오후는 옌진에 부임한 뒤로 현장을 삼십오 년이나 했다. 관직에 오래 앉아 있었다는 것이, 라오후가 관직을 지키는 이치를 이해했고 라오후의 아버지가 그를 잘못 보았다는 걸 의미하지는 않았다. 오히려 라오후가 관직을 지키는 이치를 잘 알지 못했고, 잘 이해하지 못했기 때문에 모로 쳐도 바로 맞는다고 관직을 안정되게 유지할 수 있었다. 관원이 되려면 보내고 맞는 것을 잘해야 했다. 설이나 명절을 맞을 때마다 상관에게 예를 표해야 했다. 라오후는 옌진 현령이 된 뒤로 상관과 동료들에 대해 아부도 하지 않고 선물도 바치지 않았다. 명절을 맞을 때도 상관에게 예를 표하는 일이 없었다. 옌진은 신향의 관할구역이고 신향의 지부(知府)는 라오주(老朱)라는 사람이었다. 라오주는 탐심이 강해 다른 현장들은 전부 그에게 선물을 바쳤지만 유일하게 라오후 만은 바치지 않았다. 라오주는 선물을 받고 나서도 자신이 청렴하다고 말하곤 했다. 하급관리들 가운데 아홉이 선물을 바치고 하나가 바치지 않았다. 이 하나가 바로 라오주가 자신이 청렴하다고 말하는 근거였다. 술자리에서 라오주는 상관과 동료들에게 이렇게 말했다.

"모두들 내가 탐관이라고 하는데, 옌진의 라오후에게 물어보시오. 그가 내게 일 원 한 푼 바쳤는지 말이오."

　상관에게 선물을 바치는 것보다 더 중요한 건 말을 바치는 것이었다. 대청의 군중들 앞에서 상관의 정치적 업적과 공덕을 얘기하는 것이다. 라오후는 이것도 할 줄 몰랐다. 라오후는 말을 바치는 것도 몰랐을 뿐만 아니라 평소에 말하는 것도 혼자 하는 말이 대부분이었다. 남들은 관원이 되면 그 고장의 풍속을 얘기하곤 했는데 라오후는 옌진에 온 지 십 년이 지났는데도 여전히 후난 마양의 일을 얘기하고 있었다. 그가 주절주절 뭔가를 한 바탕 얘기하고 나면 지부인 라오주도 알아듣지 못하고 동료들도 알아듣지 못했으며 옌진의 백성들도 알아듣지 못했다. 법정에서 사건을 판결할 때는 원고와 피고가 말을 하고 나서 그가 어쩌고저쩌고 한바탕 떠들고 나면 원고와 피고는 구름이나 안개 속으로 떨어진 것만 같았다. 서로 이해하지 못하다 보니 사건의 판결도 지리멸렬할 수밖에 없었다. 그리고 바로 이런 지리멸렬함 덕분에 옌진은 잘 다스려져 왔다. 만부득이한 경우가 아니라면, 살인이나 방화 같은 사건만 아니라면, 옌진 사람들은 소송을 하지 않았다. 소송을 하지 않으면 사소한 손해로 그치지만 사건의 판결이 지리멸렬해지면 가산을 탕진할 수도 있기 때문이었다. 이리하여 모두들 스스로 시비를 가리게 되었고 옌진은 태평세월을 맞게 되었다. 소송을 거는 사람이 적어 한가해진 라오후는 수공예에 맛을 들이기 시작하더니 목공예를 좋아하게 되었다. 낮에 판결을 내릴 때는 무료하기만 하던 라오후가 저녁이 되어 아문에 불이 환하게 밝혀지면 관복을 벗고 간편한 복장으로 갈아입은 다음 나무판을 때리고 두들기면서 탁자와 의자 궤짝을 만드느라 바빴다. 다른 아문에는 관청 특유의 냄새와 축축한 습기가 가득했지만 옌진의 아문에는 대팻밥과 칠 냄새가 가득했다. 현의 상급 기관에서 아역(衙役) 하나가 보결로 왔다. 관복을 입히는 일은 보결 아역의 몫이었고 관복을 벗기는 일은 라오후의 목공 도제의 몫이었다. 옌진에서 목공 장인이 많이 나는 것도 바로 여기서 유래한다. 아역에게 처음 목공을 시키려 했을 때, 이 아역은 원치 않았었다. 하지만 라오후가 상관에게 선물을 바칠 줄도 모르고, 판결을 하면서 그중에 담긴 오묘한 관계도 모르며, 억울한 일이 한 건 있을 때마다 그 안팎에 얼마나 많은 것들이 감춰져 있는지 모르기 때문에 그가 뭔가를 챙길 수 있는 공간이 충분하다는 것을 깨닫게 되었다. 이리하여 그는 기꺼이 라오후의 도제가 되기로 했다. 지부인 라오주도 옌진에 순시를 와서는 아문 안의 냄새가 다른 곳과 다르다는 것을 감지하고는 고개를 가로저으며 웃어댔다. 옌진이 줄곧 태평했기 때문에 라오후는 삼십 년 동안 변함없이 현령 직을 맡을 수 있었다. 그러다가 예순이 되어 관제에 따라 퇴임을 하고 나서야 완전하게 사직을 고하고 고향으로 돌아갈 수 있었다. 그와 같은 시기에 허난에 와서 관원이 된 동료들 중에는 현령도 있고 지부도 있었지만 삼십오 년 동안 라오후의 아버지가 말했던 것처럼 반년도 안 돼서 감옥에 간 사람도 있고 사형을 당한 사람도 있었다. 또는 파관 당한 사람도 있었다. 지부 라오주는 라오후가 쉰 되던 해에 감옥에 가는 신세가 되고 말았다. 이때 동료들이 전부 라오후를 욕했다.

"모두들 옌진의 라오후가 착실하다고 얘기하지만 그 짐승만도 못한 놈이 어떤 꿍꿍이를 품고 있는지 누가 알겠어."

하지만 라오후는 퇴임한 뒤에 사직을 고하기만 했을 뿐, 고향으로 돌아가지 않고 옌진에 그대로 남았다. 고향으로 돌아가지 않은 것은 돌아갈 고향이 없어서가 아니라 옌진에서 삼십오 년이나 살다 보니 이미 옌진의 물과 흙에 익숙해졌기 때문이었다. 옌진의 땅은 알칼리성 토양이라 물이 짜고 썼다. 다량의 염기질과 초 성분을 함유하고 있기 때문이었다. 이런 물을 사람이 마시면 고개를 가로젓게 되고 가축이 마셔도 마찬가지였다. 옌진 사람들이 하나같이 고개를 가로젓는 버릇을 갖고 있는 것도 여기서 유래한다. 머리를 가로젓는 건 어떤 사람이나 일에 대해 불만족하다는 걸 의미하는 것이 아니라 그저 습관일 뿐이었다. 라오후가 막 옌진에 부임했을 때는 이 쓴 물을 마시고 매일 설사를 하면서 고개를 가로젓기 시작했다. 몇 년이 지나 설사를 안 하게 되었을 때 한 번은 후난 마양으로 가족들을 만나러 갔다. 마양의 물은 싱겁고 초 성분이 거의 없어 매일 대변이 딱딱하게 굳었다. 사람은 이레 동안 밥을 먹지 않아도 살 수 있지만 이레 동안 똥을 누지 못하면 죽는 법이다. 라오후는 이때도 고개를 가로저었다. 이리하여 라오후는 퇴임한 뒤로 타향을 고향 삼아 옌진에 남는 수밖에 없었다. 옌진 현성에는 진허(津河)라는 강이 있었다. 라오후는 삼십오 년 동안 모은 돈으로 이 강의 다리 밑에 마당이 딸린 집을 한 채 사들여 철저한 목공 장인으로 살게 되었다. 처음 목공 장인이 되었을 때는 마음이 편했지만 한 달이 지나자 목공 장인으로 사는 것이 걱정되기 시작했다. 라오후가 현장으로 있을 때는 목공 장인을 한다는 것이 바쁜 와중에 여가를 즐길 수 있는 일이라 그저 의자나 궤짝을 만드는 게 고작이었다. 목공 장인은 크게 집을 짓는 방목장(房木匠)과 수레를 만드는 거목장(車木匠), 가구를 만드는 가구목장(家具木匠)의 세 부류로 나뉘었다. 이 세 가지 목장 가운데 가구목장의 기술이 가장 배우기 쉬웠다. 거목장은 수레의 바퀴와, 바퀴 테, 바퀴 살, 바퀴 축 등 자잘한 것들이 많아 가구를 배우는 것보다 어려웠다. 또한 방목장은 두공과 처마에 다양한 조각과 그림기둥까지 만들고 새겨야 하다 보니 일이 거목장보다도 훨씬 어려웠다. 라오후는 가구목장이 되는 것으로 만족할 사람이 아니었지만 필경 나이가 예순이 넘은 터였다. 애당초 거목장과 방목장의 기술을 다 배운다는 것 자체가 역부종심이라 그저 집에서 가구나 만들어 사용하는 수밖에 없었다. 과거에 현장을 할 때는 남들이 탁자나 의자, 옷장을 어떤 모양으로 만드는지 전혀 관심이 없었지만 이제는 이것이 본업이 되다 보니 새로운 모양의 가구를 만들기 위해 생각을 하게 되었다. 여러 부분을 남들과 다른 모양으로 만드는 것도 쉬운 일이 아니었다. 남들과 다르게 만드는 구상은 쉽지만 자신과 다르게 만드는 구상이 어려웠다. 낮에는 종일 걱정을 하다가 밤이 되면 등불을 켜고 한 무더기의 목재를 늘어놓은 다음 자세히 살펴봤지만 오경이 되어도 어디서부터 손을 대야 할지 알 수 없었다. 이럴 때면 고개를 가로저으며 탄식하는 수밖에 없었다.

"모두들 관원을 하는 것이 어렵다고 하지만, 목장이 관원보다 더 하기 어려운 일인 줄을 누가 알겠는가!"

옌진 사람들이 한밤중에 진허를 건너와서는 다리 밑에 있는 라오후의 집에 불이 환하게 켜져 있는 것을 보고는 탄식하여 말했다.

"라오후는 쉬지도 않는가 보군!"

"라오후는 목공 장인을 하면서 아직도 근심이 많은가 봐."

라오후가 퇴임하여 목공 장인이 되자 현장은 샤오한(小韓)으로 바뀌었다. 샤오한은 나이가 서른 남짓으로, 입은 땅콩 한 알을 간신히 밀어 넣을 수 있을 정도로 작았고 머리는 잘 빗어 뒤로 넘기고 다녔다. 그는 옌징(燕京)대학 졸업생이었다. 여인들의 입이 작은 것은 흔한 일이지만 남자가 입이 작은 것은 매우 드문 일이었다. 샤오한은 허베이(河北) 탕산(唐山) 사람이라 입을 열었다 하면 온통 탕산 사투리였다. 옌진 사람들이 듣기에 후난 마양 사투리와 허베이 탕산 사투리는 둘 다 알아듣기 어려웠지만 상대적으로 샤오한의 탕산 사투리가 라오후의 마양 사투리보다는 알아듣기 쉬웠다. 이처럼 알아듣기 쉽다는 게 옌진에 골치 아픈 문제를 가져왔다. 샤오한은 옌진에 도착하자마자 옌진에 대해 화가 났다. 화가 난 건 옌진의 민풍이 순박하지 않다거나 옌진을 삼십오 년 동안이나 라오후가 다스리다 보니 길에 물건이 떨어져 있어도 줍지 않고 밤에도 문을 닫지 않게 되었기 때문이 아니었다. 혹은 과거의 현장이 목공 장인이 되어 어딜 가나 대팻밥과 칠 냄새가 가득했기 때문도 아니었다. 그가 화가 난 건 태어나면서부터 말하는 걸 좋아한다는 점에 있었다. 작은 입이 한시도 쉴 틈이 없었다. 하루 종일 밥을 안 먹어도 살 수 있지만 말을 안 하면 답답해 죽을 것만 같았다. 그는 매일 송사가 끝나고 남는 시간에 사람들과 얘기를 했다. 그의 탕산 사투리를 사람들이 더 잘 알아들을수록 더 많이 얘기했다. 샤오한은 옌진의 현장으로서 원래는 항상 말을 하고 싶어 했다. 하지만 몇 차례 얘기를 해본 샤오한은 옌진의 민중에 철저히 실망하게 되었다. 사람들이 말은 알아들었지만 그 말 속에 담긴 의미를 이해하지 못했기 때문이다. 말을 알아듣도록 하기 위해 샤오한은 민간학교를 개설했다. 말을 하는 행위가 먼저 학당에서 시작하여 민중에게로 확대된 것이다. 하지만 당시 옌진에는 향 아래에 드문드문 몇 개의 사숙이 있었을 뿐, 현성에는 학당이 하나도 없었다. 라오후가 현장으로 있었던 삼십오 년 동안 탁자와 의자를 만들고 궤짝과 옷장을 만드는 것만 알았지, 학당 일은 완전히 잊어버렸기 때문이다. 이제 와서 학당을 짓는 것이 쉬운 일은 아니었다. 학당을 지으려면 돈이 있어야 하는데 옌진은 무척이나 가난한 현이었다. 급히 자금을 변통한다 해도 어디서 그런 돈을 구할 수 있단 말인가? 지금 가지고 있는 돈으로는 일 년 반이 지나도 학당을 지을 수 없었다. 샤오한은 기다릴 수가 없었다. 대충 누추하게라도 짓는 수밖에 없었다.

옌진에는 천주교 교회당이 하나 있었다. 삼백 명이 한꺼번에 들어가 예배를 드릴 수 있는 공간이었다. 천주교 교당의 신부는 이탈리아인으로 본명은 시머니스 셀 본스푸마치이고 중국 이름은 잔산푸(詹善仆)였다. 사람들은 그를 '라오잔(老詹)'이라고 불렀다. 샤오한은 사람을 시켜 교회당 입구에 고지를 내다 붙이게 했다. 교회당을 학당으로 바꾼다는 내용이었다. 라오잔이 한걸음에 현 정부로 달려와 샤오한을 찾았다.

"현장님, 현장님께서 민간학교를 개설하는 것에는 저도 반대하지 않습니다. 하지만 교회당이 없어지면 하나님께서 응답하시지 않을 것입니다."

샤오한이 혀를 차며 말을 받았다.

"제가 어제 하나님과 상의해봤는데, 하나님은 제 계획에 동의한다고 하셨습니다."

"현장님, 농담하실 일이 아닙니다. 정 이러시면 제가 카이펑 교회에 현장님을 고발하겠습니다."

천주교회는 당시 중국에서 상당한 세력을 지니고 있었고 관부에서도 모든 일에 삼 할 정도는 양보하고 있는 상황이었다. 라오잔은 이 말에 샤오한이 겁을 먹을 거라고 생각했지만 뜻밖에도 샤오한은 무릎을 치며 말했다.

"잔 선생, 저는 두렵지 않은 것이 없지만 송사를 벌이는 것만은 두렵지 않습니다. 어서 돌아가세요. 현 아문에서 기다리겠습니다."

뜻밖에도 샤오한의 이 일격이 라오잔의 약한 부분을 정확히 강타했다. 옌진 교회는 원래 카이펑 교회에 속했지만 라오잔과 카이펑 교회 회장은 사이가 약간 틀어져 있었다. 카이펑 교회 회장은 스웨덴 사람으로 이름이 레지오 구스타프였다. 모두들 그를 '라오레이(老雷)'라고 불렀다. 라오잔과 라오레이 사이가 틀어지게 된 건 생활하면서 서로를 혐오하게 되었기 때문이 아니라 교리에 대한 쟁의 때문이었다. 쟁의의 요점은 성부와 성자, 성령의 삼위일체에 관한 사소한 문제였지만 두 사람은 목숨을 걸고 싸웠다. 교리상의 분기는 선교가 더 많이 이루어질수록 라오레이의 생각에서 멀어졌다. 라오레이는 일찌감치 이 점을 염려하여 옌진 교회를 폐쇄하고 다른 분회와 합병해버릴 작정이었다. 라오잔이 카이펑 교회에 알리겠다고 한 것도 그런 뜻이었는데 샤오한이 전혀 겁을 먹지 않으리라고는 생각지도 못한 터였다. 다음 날 아침 일찍 교회당 처마에 '천우동방(天佑東方)[10]'이라는 네 글자가 나붙으면서 교회당은 '옌진신학'이 되었다. 라오잔은 그제야 샤오한이 대단하다는 걸 알게 되었다. 아울러 그가 교회를 몰수한 것이 일시적인 충동에 의함이 아니라 교회와 라오잔 사이의 상황을 사전에 잘 알고 진행한 일이라고 믿게 되었다. 학당이 생기자 샤오한은 현성에서 교사를 모집하기 시작했다. 샤오한은 교사들을 모집할 때 학문을 중시했을 뿐만 아니라 말재주도 중시했다. 말재주가 좋다는 것은 말을 얼마나 잘하느냐가 아니라 어떻게 말을 못하느냐를 의미했다. 결국 열 몇 명의 교사가 선발되었다. 하나같이 말하기 싫어하는 사람들이었다. 이런 사람들을 선발한 건 샤오한이 입이 무겁고 어눌한 것을 좋아하기 때문이 아니라 그들이 자신처럼 쉴 새 없이 입을 움직여 말을 하는 것이 두려웠기 때문이었다. 샤오한은 말을 했다 하면 곧바로 핵심을 찔렀지만 그들은 쉬지 않고 말을 하더라도 제대로 이치를 말하지 못하면 말이 어지러워질 수 있었다. 이어서 그는 현 전체를 대상으로 학생들을 모집하기 시작했다. 샤오한은 학생들을 모집하는 데도 그만의 기준이 있었다. 그는 과거에 공부한 적이 없는 아이들은 원하지 않았다. 신학에

10 하늘이 동쪽을 보호하신다.

들어오려면 반드시 향에서 오 년 이상 사숙을 다닌 경력이 있어야 했다. 샤오한이 신학을 운영하려는 목적은 말을 하기 위함이었기 때문에 방금 심은 묘목에 물을 주고 기다리다가는 시간이 너무 오래 걸렸다. 책을 오 년 읽은 사람만이 자신의 말뜻을 이해할 수 있을 거라는 것이 그의 생각이었다. 남학생뿐만 아니라 여학생도 모집했다. 신학을 개설하다 보니 샤오한은 또 관제 개편을 생각하게 되었다. 앞으로 현 정부 각 과의 관원들을 '옌진신학' 졸업생들 가운데서 선발하기로 한 것이다. 옌진은 가난한 현이라 현의 재정으로는 한동안 '옌진신학'을 유지할 수 없기 때문에 학생들의 학비는 가장들의 주머니에서 나와야 했다. 샤오한이 운영하는 신학은 미래가 그다지 확실하지 않았지만 신학에 들어가기만 하면 졸업한 뒤에 현 정부에서 관원이 될 수 있다는 생각에 향의 수많은 부자들이 자신의 아이들을 사숙에서 빼내 '옌진신학'으로 전학시키게 되었다. 원래 이 일은 양자좡에서 두부를 파는 라오양과는 아무런 관련도 없는 일이었다. 과거에 그가 양바이순과 양바이리를 라오왕의 사숙에 보내 『논어』를 배우게 했던 것은 속수를 낼 필요 없이 공짜로 글을 배울 수 있었기 때문이지만, 지금 샤오한이 개설한 신학에 들어가려면 돈을 내야 했다. 라오양은 죽어도 양바이순과 양바이리를 현성에 보내 학교에 다니게 할 생각이 없었다. 게다가 장차 형제 둘이 현 정부에 가서 관원이 되는 것을 원하지도 않았다. 관원이 되지 않고 집에서 두부를 만들면 자신의 도제가 되지만, 현 정부의 관원이 되면 더더욱 아버지인 자신을 안중에 두지 않을 게 뻔하기 때문이었다. 하지만 샤오한의 신학이 개학한 지 닷새 만에 라오양은 생각을 바꿨다. 마차를 모는 라오마 때문이었다. 라오마는 집 곁채를 다시 지으면서 공사 첫날 라오양을 청해 두부를 만들게 했다. 두부가 다 만들어 진 건 저녁이 다 되어서였다. 라오마는 라오양이 몹시 지쳤기 때문에 하루는 집에 가서 쉬어야 한다고 생각했다. 마쟈챵은 양쟈챵에서 십오 리 정도 거리였다. 그러나 라오양은 부엌에서 나와 라오마를 붙잡고 한담을 나누고 싶었다. 라오마는 라오양과 함께 있으면 얘기를 나누는 게 두려웠다. 라오양은 애당초 라오마와의 대화가 불가능했다. 얘기를 하다 보면 매번 라오양이 그를 가지고 놀았다. 스스로 라오양을 잘 안다고 믿다 보니 라오마는 라오양에게 백 가지가 넘는 생각을 내놓았지만 라오마가 라오양에게서 들을 수 있는 건 온통 거짓말뿐이었다. 대충 농담을 하는 건 문제없지만 자세한 얘기를 하는 건 어려웠다. 더 골치 아픈 건 라오양이 밖에 나가면 자신이 라오마와 아주 가까운 친구이고 두 사람이 함께 있으면 모든 일을 상의하기 때문에 누가 누구를 이용하는 일은 없다고 떠벌리고 다닌다는 것이었다. 게다가 라오마는 하루 종일 피곤하게 일을 하고 나면 반드시 잠을 자야 했다. 그는 잠자리에 들기 전에 항상 생황을 한두 곡 불곤 했다. 생황을 부는 것은 마차를 몰 때부터 시작된 버릇이었다. 라오마는 원래 마차 모는 일을 좋아하지 않았다. 시멘트 장인, 기와 장인, 철공, 석공 등 다양한 직업을 전전했지만 어느 것 하나 뜻대로 되지 않아 결국 다시 마차를 몰게 된 것뿐이었다. 이번에 다시 마차를 몰게 된 뒤로 그는 수십 년 동안 계속 마차를 몰았다. 다시 마차를 몰면서 그는 수레 위에서 생황을 즐겨 불곤 했다. 다른 기사들이 차 안에서 졸 때 라오마는 마차를 몰면서 생황을 불었다. 남들은 라오마가 즐거움을 찾기 위해 생황을 부는 줄 알았지만, 사실은 마차 모는 일을 잊기 위해서였다. 다른 축생들은 채찍 소리만 들어도 움직이지만 라오마의 가축들은 생황 소리를 들어야 움직였다. 라오마는 가축을 몰면서 다른 기술을 쓰지 않았다. 채찍질은 소용이 없었고 가축들이 생황 소리를 듣지 않으면 몸을 움직이지 않았기 때문이다. 이런 상황이 오래 지속되다 보니 라오마는 잠 자기 직전에 자신을 위해 꼭 생황을 한두 곡 연주하는 것이 습관이 되었다. 다른 사람들이 잠 자기 직전에 술을 한두 잔 하는 것과 마찬가지였다. 똑같은 생황이지만 가축들에게 불어주는 생황은 졸지 않게 하기 위한 것이고 자신에게 들려주는 생황은 잠을 잘 자게 하기 위한 것이었다. 원래 라오마는 매일 이렇게 일찍 잠자리에 들지 않았다. 그런데 오늘은 하루 종일 고심하면서 일을 하다 보니 몹시 피곤했고 라오양이 빨리 가고 나면 생황을 좀 불다가 잠자리에 들 수 있기를 기대했다. 평상시라면 라오마는 이렇게 말했을 것이다.

"더 할 얘기 있나? 내가 좀 피곤해서 말이야."

하지만 라오양이 자기 집에 와서 하루 종일 두부를 만들어주느라 머리에 흘린 땀이 하얀 소금이 되어 들러붙어 있는 것을 보고는 하는 수 없이 라오양과 마당의 홰나무 밑에 앉아 그가 실컷 떠들어대는 소리를 다 들어주었다. 라오양이 한참 동안 이것저것 많은 얘기를 늘어놓는 동안 라오마는 단한 마디도 끼어들지 않았다. 어찌 된 일인지 현에서 운영하는 신학에 대한 얘기를 시작한 라오양은 얘기를 계속하면서 화를 냈다.

"대체 무슨 대단한 걸 가르치기에 학교에 돈을 내라는 거야? 돈이 없으면 목숨이라도 내놔야 한단 말이야?!"

마치 샤오한이 맞은편에 앉아서 그를 핍박하기라도 하는 것 같았다. 이런 화제에 대해 라오마는 별로 관심이 없었지만 맞장구를 쳐주지 않으면 라오양의 말이 끝임없이 이어질 것만 같았다. 그의 얘기를 중단시키는 가장 좋은 방법은 어떤 화제에 관해 얘기를 하다가 말이 막히게 하여 일시적으로 말을 잇지 못하고 집으로 돌아가 스스로 절차탁마하게 하는 것이었다. 그래야 라오마도 몸을 뺄 수 있었다. 이리하여 라오마는 재빨리 라오양의 말을 받아쳐버렸다.

"자네 말이 틀렸네."

라오양이 놀라서 물었다.

"어디가 틀렸단 말인가?"

"우리 아이는 나이가 많아서 안 되지만, 만일 자네 아이가 내 아이였다면 나는 당장 신학에 들여보냈을 걸세. 신학에만 들어가면 현 정부에 들어간 것이나 마찬가지 아닌가?"

라오양이 말을 받았다.

"내 의도는 그게 아닐세. 현 정부에 들어가지 못하게 해서 계속 나와 함께 두부를 만들게 하는 것이 내 생각이란 말일세."

라오마가 라오양에게 삿대질을 해가며 말했다.

"내가 말하는 건 자네가 아니야. 생쥐 눈을 해가지고 뭘 볼 수 있겠나? 그 저 한 치 앞을 볼 수 있을 뿐이지. 자네도 구 현장인 라오후 알지?"

"그 목공 장인 말인가? 사건 판결이 항상 지지부진했었지."

"판결을 말하는 게 아니라 목공을 말하는 걸세. 지금 라오후는 현장을 그만 두고 전문적으로 가구를 만들고 있네. 하나 만들어 하나를 팔곤 하지. 똑같이 긴 탁자인데도 남들은 오십 위안을 받고 파는데 그는 칠십 위안을 받는다네. 지난번에는 팔선탁(八仙桌)을 하나 만들었는데 '펑마오위안(豊茂源)' 주인장 라오리가 거금 백이십 위안을 주고 샀다더군. 왜 그런 줄 아나?"

라오양이 멍한 표정으로 되물었다.

"그가 목공 일을 아주 잘하나 보지?"

라오마가 말했다.

"그렇게 조심성 없는 사람이 어떻게 목공을 잘 할 수 있겠나? 그가 과거에 현장을 지냈기 때문일세. 세상에 목공 장인은 수천수만이지만 현장 출신 목공 장인은 라오후 한 사람 뿐이거든. 팔선탁 하나가 뭐 그리 대단하겠나. 팔선탁에 현장이 더해지니 신기한 것이지. 라오리가 집에 들여놓은 것은 팔선탁이 아니라 현장인 셈이라고. 자네 집에 현 정부에서 일하는 사람이 하나 있다 해서 두부를 만드는 데 방해가 되진 않을 걸세. 나중에 그가 현 정부 일을 그만두고 돌아와 다시 두부를 만든다면 자네 집안의 두부도 라오후의 팔선탁이 되지 않겠나?"

라오마의 장황한 설법에 라오양은 커다란 깨달음을 얻었다. 과연 라오마의 안목이 자신보다 나은 것 같았다. 원래 라오마는 생각나는 대로 대충 얘기해서 라오양의 화제를 잠재우려했다. 하지만 라오양은 라오마에게서 한가지 전략을 얻었고 이를 진실로 여기게 되었다. 이리하여 신학을 위해서도 아니고 관원을 위해서도 아니고, 오로지 두부를 위해서 라오양은 아들들을 샤오한의 '옌진신학'에 보내기로 마음먹었다. 하지만 신학에는 학비를 내야 했기 때문에 양바이순과 양바이리 두 아들 중에 하나만 보내기로 마음먹었다. 장차 한 명이 현 정부에 가서 살게 되면 집안의 두부는 그냥 두부가 아니게 될 것이다. 현 정부가 앞에 놓여 있지 않았다면 양바이순과 양바이리는 누구도 '옌진신학'에 들어가려 하지 않았을 것이다. 라오왕의 사숙에 들어가 똑같은 고통을 두 번 겪고 똑같은 벌을 두 번 받는 것이나 다를 바 없기 때문이었다. 하지만 지금은 현 정부의 관원이라는 미끼가 놓여 있었다. 졸업을 하고 나서 샤오한에게 선발될 수 있을지는 아직 장담할 수 없지만 일단 현 정부의 관원으로 선발되기만 한다면 일인지하, 만인지상의 지위를 얻게 될 것이다. 이보다 더 중요한 것은 이때부터 집을 나와 멀리 떨어져 지내기 때문에 두부와 아버지로부터 완전히 벗어날 수 있다는 사실이었다. 두

부와 아버지로부터 멀리 벗어나기 위해 양바이순은 뤄창리의 문하에 들어
갈 생각을 한 적이 있었고 양바이리는 장님 라오쟈에게 몸을 의탁할 생각
을 한 적이 있었지만, 지금은 이 두 가지 길이 다 막혔으니 한 걸음 뒤로 물
러 차선책으로 현 정부로 가는 것도 길이 될 수 있었다. 현 정부로 가면 아
버지와 두부로부터 철저하게 벗어날 수 있었다. 라오양이 아들들을 '옌진신
학'에 보내려 하는 것은 두부를 위해서였다. 두 아들은 사숙에서 서로 경쟁
이라도 하듯이 라오왕에게 소란을 피웠지만 지금은 또 서로 자기가 '옌진신
학'에 가겠다고 다투고 있어 라오양이 결정을 해야 했다. 두 아들은 태어나
면서부터 라오양의 비위를 맞추려 애를 썼다. 라오양은 두부를 만들면서도
두부를 먹는 것은 좋아하지 않았다. 그가 좋아하는 건 별로 돈이 들지 않는
것, 다름 아닌 가마우지 알이었다. 양바이순은 오경에 잠자리에서 일어나
강가에 늘어선 느릅나무를 뒤져 라오양에게 가마우지 알을 가져다주었다.
날이 어두워지기 시작할 무렵, 양바이리는 라오양에게 뜨거운 물을 한 대야
대령했다.

"아버지, 하루 종일 두부를 파시느라 피곤하실 텐데 어서 신발을 벗고 발
을 좀 녹이세요."

두부 파는 라오양은 갈수록 라오마의 생각이 정말 고명하다고 여기게 되
었다. 라오마의 생각보다 더 고명한 것이 두 아들 중에 하나만 신학에 보내
기로 한 라오양의 생각이었다. 두 아들 모두 자신이 가야 한다고 생각하고
있지만 둘 중에 하나를 고르게 되고 보니 둘 다 라오양의 눈치를 보기 시작
했기 때문이다. 하지만 두 아들 중에 누구를 보낸단 말인가? 라오양은 고민
에 빠지고 말았다. 라오양은 고민에 빠지자마자 또다시 마쟈좡으로 라오마
를 찾아갔다. 원래 라오마는 생각나는 대로 대충 얘기한 것뿐이었다. 다행

히 라오양의 입을 막을 수 있었지만 라오양이 이를 진심으로 받아들여 더 말이 많아지리라고는 미처 생각지 못했다. 라오마는 애당초 자신의 전략이 잘못됐다는 생각이 들었다. 하지만 일이 이렇게 된 이상, 라오마로서도 끝까지 가보는 수밖에 없었다. 길을 반쯤 와서 방향을 틀었다가는 더 큰 힘이 들 뿐만 아니라 라오양의 수다도 끝없이 이어일 것이기 때문이었다. 라오마가 물었다.

"두 아들 중에 어느 놈이 더 머리가 좋고 어느 놈이 더 멍청한가?"

라오양이 짧은 턱수염을 어루만지면서 말했다.

"머리가 잘 도는 것으로 따지자면 둘째가 낫지. 셋째는 머리가 아예 굳어버렸어."

둘째가 양바이순이고 셋째가 양바이리였다. 라오양은 문득 라오마의 생각을 알아차리고는 손바닥으로 자신의 허벅지를 내리쳤다.

"둘째가 머리가 좋으니 둘째를 보내야겠구먼."

그러나 라오마가 고개를 가로저었다.

"차라리 머리가 굳은 셋째를 보내게."

라오양이 놀라서 물었다.

"왠가? 학교에 다니려면 머리가 잘 돌아가야 하지 않겠나?"

"학교에 다니려면 머리가 잘 돌아가야 한다는 건 맞는 말이지. 하지만 솔직히 말해서 머리가 굳은 녀석을 보내는 게 좋을 걸세. 사람은 새와 같아서 머리가 잘 돌아가면 날개도 더 튼튼해져 아예 날아가 버리거든. 머리가 안 돌아가면 멀리 나갔다가도 다시 돌아오는 법일세. 게다가 학교에 다녀 관원이 되게 하려는 목적이 무언가? 돌아와서 두부를 팔게 하려는 게 아닌가? 머리가 좋으면 두부로는 그를 잡지 못할 걸세. 머리가 안 좋아야 두부에게로 돌아올 수 있단 말일세."

이 말에 큰 깨달음을 얻은 라오양은 라오마의 식견을 부러워하게 되었다. 하지만 그래도 걱정거리가 남았다.

"셋째를 보냈다가 둘째가 나와 싸우려 들면 어떡하지?"

라오마가 말했다.

"둘 중 하나를 고르려면 제비뽑기를 해야지."

"만일 둘째가 제비를 집고 셋째가 집지 못하면 어떻게 하나?"

라오마가 '피'하고 라오양을 비웃었다.

"내가 보기엔 셋째의 머리가 굳은 게 아니라 자네 머리가 굳은 것 같네."

라오양은 라오마에게서 또 한 수를 배웠다. 라오양은 라오마의 집에서 돌아와 제비뽑기를 시작했다. 제비뽑기 방식은 저녁식사를 할 때 밥그릇 안에 두 개의 제비를 넣어 하나씩 집게 하는 것이었다. 라오양이 밥그릇을 들고 힘차게 흔들다가 갑자기 식탁 위에 내려놓고 밥그릇을 열면서 말했다.

"자, 어서 집어라. 누가 제비를 집고 누가 못 집는지는 각자의 운명에 달렸다. 제비를 집든 못 집든 나를 원망해선 안 된다."

양바이순과 양바이리는 둘 다 약간 전전긍긍하면서 감히 먼저 제비를 고르지 못하고 서로에게 양보하려 했다. 양바이순이 말했다.

"아우야, 네가 먼저 골라라."

양바이리가 손사래를 치며 말을 받았다.

"네가 형이니까 네가 먼저 집어. 형이 안 집으면 이 손이 잘려 나간다 해도 아우인 내가 먼저 집을 순 없지."

양바이순은 하는 수 없이 먼저 집는 수밖에 없었다. 손에 제비를 하나 집어 펼쳐보니 '못 감'이라고 쓰여 있었다. 또 다른 제비에는 틀림없이 '감'이라고 쓰여 있을 것이었다. 양바이리가 양바이순에게 허리 숙여 절을 하면서 말했다.

"형이 내게 양보한 셈이네."

이리하여 양바이순은 집에 남아 라오양과 함께 두부를 만들고 양바이리는 현성으로 가서 '옌진신학'에 다니게 되었다.

5장

아버지와 아들

이해 이월, 양바이순은 아버지 라오양과 함께 집에서 두부를 만들기 시작했다. 한 달쯤 두부를 만들다가 양바이순은 라오양과 사이가 틀어지고 말았다. 라오양과 두부가 싫었기 때문만 아니라 동생 양바이리가 '옌진신학'에 들어가게 된 진상을 알았기 때문이다. 집에서 라오양과 함께 두부를 만드는 사람은 양바이순 말고 그의 형 양바이예도 있었다. 이날 아침 일찍 양씨네 두 형제는 문을 나서 각 마을로 돌아다니며 두부를 팔았다. 형 양바이예는 양자좡을 나서 동쪽으로 가고 양바이순은 서쪽으로 갔다. 원래는 라오양이 양바이순과 동행할 생각이었다. 가는 길에 양바이순에게 두부 파는 방법을 가르쳐야 할 뿐만 아니라 북을 치는 방법도 가르쳐줘야 했기 때문이다. 라오양은 두부를 팔면서 북을 '둥둥둥', '탁탁탁' 마구 쳐대지 않고 두부에 여러 가지 모양이 있듯이 북으로 다양한 소리를 냈다. 라오양은 보통 두부와 순두부, 두부피, 두부채를 팔았고 가끔씩 콩비지도 팔았다. 두부의 유형에 따라 북소리도 달랐다. 사람들은 북소리만 들으면 두부 파는 라오양이 오늘은 몇 가지 두부를 가져왔는지 알 수 있었다. 북을 치는 기술은 한두 달 배우지 않고는 그 이치를 터득하기 어려웠다. 하지만 양바이순은 북 치는 것을 좋아하지 않았고 대신 함상하는 뤄창리처럼 소리를 지르고 싶었다. 그러나 라오양은 태어나면서부터 소리 지르는 것을 싫어했다. 결국 두 사람은 북을 치는 문제를 가지고 매일 말다툼을 벌였다. 보름쯤 말다툼을 하다가 먼저 짜증이 난 라오양이 욕을 해댔다.

"두부를 겨우 이틀 팔고 나서 방법을 바꾸겠다니, 세상에 너처럼 간사한 놈은 둘도 없을 게다."

그러고는 또 북을 내려놓으면서 말했다.

"소리를 질러 두부를 팔지 말라는 것이 아니야. 그런 게 아니란 말이다. 소리를 지르고 싶으면 먼저 목청을 시험해보란 말이야."

정말로 소리를 지르려 하자 양바이순은 오히려 당혹스럽기만 했다. 결국 그는 마을 안에서는 감히 소리를 지르지 못하고 마을을 벗어나서야 밭에다 대고 고개를 들어 뤄창리처럼 힘껏 소리를 질러댔다.

"부두 사려어—"

"양쟈좡의 두부가 왔어요—"

"보통 두부와 순두부, 두부피, 두부채에 콩비지도 있습니다—"

질러대는 소리가 꼭 칼 맞은 닭 같았다. 라오양이 '푸붓' 하고 웃었다. 양바이순 자신이 들어도 뤄창리의 함상하고는 너무나 거리가 있었다. 뤄창리의 함상은 호랑이가 숲속에서 포효하는 것처럼 기세가 대단하고 위엄이 넘쳤으며 나름대로의 구성이 있었다. 반면에 양바이순이 두부 사라고 외치는 소리는 물건을 훔치는 것 같았다. 처음에는 소리를 지를 줄 안다고 생각했지만 며칠이 지나자 차이가 어디에 있는지 알게 되었다. 한 사람은 두부를 몇 근 파는 것에 불과하지만 한 사람은 죽은 사람을 대상으로 하고 있었던 것이다. 함상하는 자세로 두부를 팔면 두부 사라고 외치는 소리가 금세 다른 맛으로 변해버렸다. 양바이순은 두부를 사라고 외치는 어조로 소리를 지르는 것은 별로 마음에 들지 않았다. 함상하는 어조로 소리를 지르지 못할 바에는 차라리 라오양처럼 북을 치는 것이 나을 것 같았다. 게다가 북을 치면 침을 아낄 수 있었다.

이날 두부를 팔기 위해 문을 나서면서 라오양은 양바이순을 데리고 갈 생각이었다. 하루 전 라오양은 당나귀를 몰고 치우쟈쫭(邱家莊)에 가서 황두를 싣고 오다가 비를 홀딱 맞고 말았다. 라오양이 비를 맞은 것은 문제가 안 되지만 아침에 일어나 보니 당나귀가 콧물을 흘리면서 온몸에 경련을 일으키는 것이었다. 라오양은 당나귀를 향해 욕을 두 마디 내뱉고는 진으로 수의사 라오차이(老蔡)를 찾아갔다. 이 라오차이가 바로 머리를 깎는 라오페이의 처남인 차이바오린이었다. 그는 사람들에게 약을 지어주고 가축을 진료하기도 했다. 혼자 남게 된 양바이순은 집을 나서 서쪽으로 두부를 팔러 갔다. 마을 몇 개를 지나면서 '둥둥둥' 북을 쳐댔다. 북을 치는 것이 숙련되지 않아 손발만 바빴고, 마음이 두부에 가 있지 않다 보니 북 소리가 무척이나 복잡하고 어지러웠다. 마을마다 양쟈쫭에서 두부 장수가 온 것은 알았지만 라오양이 오늘 가져온 두부가 어떤 두부인지는 알 수가 없었다. 일곱 개의 마을을 지나는 동안 시간은 이미 정오가 지났지만 팔린 것이라고는 두부와 두부피 몇 근 뿐이었고 순두부와 두부채, 콩비지는 하나도 팔리지 않았다. 셰쟈쫭(謝家莊) 어귀에 쪼그리고 앉아 건량을 먹은 다음 계속 앞으로 나아간 양바이순은 마쟈쫭에 이르렀다. 마쟈쫭에서의 장사도 별로 좋지 못했다. '둥둥둥' 반나절이나 북을 쳐댔지만 콩비지 세 근을 판 것이 전부였다. 이때 마쟈쫭의 가죽 장인 라오뤼(老呂)가 손에 아교 그릇을 들고 가다가 양바이순을 발견하고는 걸음을 멈췄다.

"이봐, 이렇게 일찌감치 행상을 시작한 건가?"

양바이순도 라오뤼를 잘 아는 터라 솔직하게 말했다.

"아직 때가 되진 않았어요. 아버지가 당나귀 병을 진료하러 진에 나갔기 때문에 혼자 온 거예요."

그러고는 두부 수레를 가리키며 말했다.

"아저씨, 오늘은 어떤 두부를 사시겠어요?"

라오뤼는 두부 얘기를 접어두고 엉뚱한 질문을 했다.

"형제가 더 있지 않나? 예전에 자네와 함께 사숙에 다니던 친구 말이야. 그 친구는 뭐 하나?"

양바이순이 대답했다.

"현성에 가서 학교에 다녀요."

"같은 형제인데 왜 그 친구는 학교를 다니고 자네는 여기서 두부를 팔고 있는 건가?"

아직 어린 양바이순은 집에서 제비뽑기를 했던 일을 시시콜콜 라오뤼에게 자세히 얘기해주었다. 뜻밖에도 라오뤼는 '푸붓' 하고 웃음을 터뜨리더니 아교 그릇을 내려놓고 손가락으로 양바이순을 가리키며 말했다.

"자네가 여기서 두부를 팔지 않았다면 그건 자네가 머리가 잘 돌아가지 않기 때문일 걸세."

양바이순은 이 말에 뭔가 깊은 의미가 담겨 있을 것이 틀림없다고 생각했다.

"아저씨, 뭔가 들으신 얘기가 있나 보군요?"

라오뤼는 주위에 아무도 없는 것을 확인하고는 두부 파는 라오양이 마차를 모는 라오마와 제비뽑기에 관해 미리 상의했던 정황을 양바이순에게 자세하게 얘기해주었다. 양바이순은 줄곧 제비를 잘못 뽑는 바람에 평생 두부를 팔게 된 자신이 정말 운이 좋지 않다고 생각해 왔다. 그런데 알고 보니 라오양과 라오마, 그리고 동생 양바이리가 공모하여 제비 두 장에 전부 '못 감'이라고 적어놓고 먼저 양바이순에게 제비를 뽑게 했던 것이다. 양바이순은 어떤 제비를 뽑든지 간에 '못 감'이라고 적힌 것을 뽑을 수밖에 없고 남은 제비를 뽑지 않은 양바이리는 자연스럽게 '감'이라고 적힌 제비를 뽑게 되었다. 가죽 장인 라오뤄가 이런 말을 해준 이유는 라오양과 사이가 안 좋아서가 아니라 마쟈좡의 라오마와 사이가 틀어져 있었기 때문이다. 라오뤄는 가죽 공방을 운영하면서 가죽 손질은 물론, 가죽 제품을 만들기도 했다. 양가죽 저고리와 양가죽 바지, 양가죽 신발 등을 만들었고 소가죽이나 당나귀가죽, 말가죽 등을 이용하여 채찍과 말안장, 가축의 굴레도 만들었다. 라오마와 척을 지고 있다곤 하지만 두 사람은 다툰 적도 없고 욕을 한 적도 없었으며 서로를 이용해먹은 적도 없었다. 단지 이천 명이 넘는 마쟈좡 인구 가운데 두 사람이 가장 지혜롭기 때문이었다. 하나는 마차를 모는 라오마였고 하나는 가죽 장인 라오뤄였다. 두 사람 모두 지혜가 남달랐지만 누구도 서로에게 지려 하지 않았기 때문에 서로 맞수가 되었다. 두 사람은 겉으로는 서로를 형제라고 칭했다. 라오마도 라오뤄가 만드는 채찍이나 굴레를 샀고 지난해에는 양가죽 저고리도 샀다. 라오뤄도 그에게 물건을 싸게 팔았다. 하지만 등 뒤에서는 서로를 골탕 먹이려 혈안이었다. 라오뤄는 이날도 양바이순을 보자마자 라오마를 골탕 먹일 생각을 했다. 사실을 말하자면 양 씨 형제가 학교에 가기 위해 제비뽑기를 한 이야기는 라오마가 퍼뜨린 것이 아니라 라오양이 지난번에 마쟈좡에 갔을 때 사람들에게 털어놓은 것이었다. 라오양이 이 이야기를 한 것은 자신이 라오마와 친구로서 서로 항상 못하는 말이 없는 사이임을 드러내기 위해서였다. 그러다가 이제 라오뤼가 이를 반복함으로써 창끝이 라오마가 아닌 라오양을 향하게 된 것이다. 양바이순은 이 이야기를 듣는 순간 머리에 천둥소리가 울렸다. 가장 먼저 화가 난 대상은 라오마가 아니라 자기 아버지 라오양이었다. 과거에도 그는 자기 아버지가 문제가 많은 사람이라는 것을 모르지 않았지만 이렇게 못된 사람인 줄은 생각도 못했었다. 화가 난 양바이순은 두부 수레를 뒤집어버렸다. 수레에 가득 실려 있던 두부가 잿빛 땅바닥에 쏟아지면서 온통 콩비지 천지가 되고 말았다. 이에 깜짝 놀란 라오뤼는 재빨리 자리를 떴다. 양바이순은 라오양과 동생 양바이리가 미웠다. 지난해 여름, 두 사람은 진에 있는 라오왕의 사숙에서 『논어』를 배웠다. 하루는 라오왕이 현성으로 장을 보러 가면서 마누라 인핑에게 학생들이 습자 연습을 제대로 하는지 지켜보게 했다. 라오왕이 나가자 인핑은 밖으로 빠져나가 사방을 돌아다니며 수다를 떨었다. 나가기 전에 학당 문을 밖에서 걸어 잠갔다. 하지만 이런 조치도 아이들을 막지는 못했다. 과거에는 소외양간이었던 학당 뒤쪽 벽에 분뇨를 퍼내기 위한 구멍이 하나 나 있었다. 학생들은 이 구멍을 통해 강가로 빠져나갔다. 강가로 가서 물오리와 함께 놀았다. 다른 아이들은 전부 강가에서 떠들면서 장난을 쳤지만 양바이리는 자신의 능력을 뽐낼 양으로 손을 높이 들어 올린 채 강 한가운데로 들어갔다가 '꾸륵'하는 소리와 함께 물속에 빠지고 말았다. 갑자기 머리가 보이지 않았다. 다른 아이들은 전부 뭍으로 올라가 금세 흩어져 버렸다. 친형제이다 보니 양바이순은 애당초 수영을 할 줄도 몰랐지만 양바이리를 건져내기 위해 죽어라고 애를 썼다. 양바이리를 구하느라 하마터면 양바이순이 물에 빠져 죽을 뻔했다. 그랬는데 이제 와서 은혜를 원수로 갚으면서 배후에서 자신을 향해 독한 수를 썼던 것이다. 이어서 그는 라오마가 미웠다. 원수 진 일도 없건만 어째서 라오양과 손을 잡고 해를 끼친단 말인가? 더 괘씸한 건 이미 생쌀이 밥이 되어버려 양바이순으로서는 사태를 되돌릴 수 없게 되었다는 것이다. 양바이순은 마쟈쫭 어귀에 쪼그리고 앉아 한참 동안 화를 내며 씩씩거리다가 날이 어두워져서야 빈 수레를 끌고 양쟈쫭으로 돌아왔다. 문 안에 들어서니 라오양도 방금 당나귀를 끌고 집에 돌아왔는지 허리띠로 몸에 묻은 먼지를 털고 있었다. 라오양은 양바이순이 빈 수레로 온 것을 보고는 몹시 기뻐하며 말했다.

"이제 북을 칠 줄 아는구나? 두부 한 수레를 다 판 게야?"

평소에 두부 파는 라오양이 하루 종일 '둥둥둥', '탁탁탁' 북을 쳐대도 수레에 실린 두부를 다 팔진 못했다. 절반 정도 팔 때도 있고 절반 조금 넘게 팔 때도 있었지만 항상 두부 보자기 바닥에는 두부가 남아 있었다. 물건을 파는 것은 파는 사람에 달려 있는게 아니라 사는 사람에게 달려 있는 법이라, 하루에 두부를 얼마나 팔 수 있는지는 파는 사람이 단정할 수 없었다. 이때 큰아들 양바이예도 두부 수레를 몰고 돌아왔다. 동쪽으로 하루 종일 돌아다닌 결과 수레에는 두부가 다섯 보자기 남아 있었다. 양바이순은 라오양을 거들떠보지도 않고 빈 수레를 '콰당'하고 담벼락에 밀어놓았다. 그리고는 자기 방으로 들어가 '쾅'하고 문을 닫아버렸다. 저녁에 밥을 먹으라고 불러도 아무 대꾸가 없었다. 다음 날 오경이 되어 어서 일어나 두부를 갈라고 시켰지만 역시 반응이 없었다. 라오양은 수상한 낌새를 알아챘다. 식사를 마친 라오양은 스스로 두부 수레를 밀고 서쪽으로 갔다. 길을 가는 내내 두부를 팔면서 전날 양바이순이 두부를 팔던 정황에 관해 알아보았다. 수레가 마쟈쫭에 이르러서야 신학에 가는 문제로 제비뽑기를 한 사실의 내막이 밝혀졌다는 것을 알게 되었다. 하지만 제비뽑기의 속사정을 처음 발설한 사람은 바로 자신이라 라오마를 탓할 수도 없었다. 그저 라오뤼가 라오마와 척이 져 라오양을 팔아먹은 것을 탓하는 수밖에 없었다. 라오양은 하루 종일 두부를 팔고 양쟈좡으로 돌아와 두부 수레를 세워 놓고는 양바이순의 방문을 열었다. 양바이순은 그때까지도 마냥 침상에 누워 있었다. 침상 위에는 밀방망이 하나가 가로놓여 있었다. 라오양이 들어온 것을 본 양바이순은 얼른 밀방망이를 집어 들고는 흉악한 눈빛으로 라오양을 노려보았다. 라오양은 일이 심상치 않다는 것을 알았다. 과거에 두 사람이 다툴 때는 누가 잘못했든 간에 라오양이 양바이순을 대추나무에 묶어놓고 실컷 매질을 하는 것으로 사태가 마무리되곤 했다. 라오양은 예전에 써먹던 방법으로 일을 처리할 생각이었다. 양바이순을 흠씬 두들겨 패주면 일이 해결될 것이라 믿었다. 하지만 양바이순의 태도로 보아 오늘은 라오양이 손을 댈 경우 양바이순도 가만히 있지 않을 것 같았다. 라오양은 속으로 은근히 겁이 났다. 양바이순을 매로 제압하지 못할까봐 겁이 난 것이 아니라 이런 일이 남들에게 알려져 웃음거리가 될까봐 겁이 났다. 라오양은 자신의 입이 가벼워 제비뽑기에 관한 일을 발설한 것을 후회하는 한편, 양바이순을 때리려는 생각을 접고 웃는 얼굴을 하면서 셋째 양바이리에 관해 얘기하기 시작했다.

"그녀석이 이 년 동안 신학을 다니는 게 어떻다고 그래? 그녀석은 신학을 졸업하고 돌아와도 두부를 만들어야 한단 말이다. 너무 걱정하지 마라. 학교를 다니지 않고 이 년 일찍 두부를 만들게 했으니 네가 손해 보는 일이 없게 해줄게. 내일부터 두부를 팔아서 번 돈의 일 할을 네 몫으로 주마. 돈을 잘 모아서 이 년 후에는 아내를 맞아들이도록 해라."

그러고는 목소리를 낮춰 한 마디 덧붙였다.

"이 일을 셋째한테는 절대 얘기하지 않으마. 큰 애한테도 안 할 거야. 큰 애는 두부를 팔아도 헛고생인 셈이지."

　라오양은 이것이 계략이라고 생각했다. 하지만 양바이순은 몸을 돌려 이불을 뒤집어쓰고는 라오양을 거들떠보지도 않았다. 그러고도 하루 더 그렇게 잠만 잤다. 밤이 되자 일어나 밥을 먹고는 또 잤다가 다음 날 오경이 되어서야 일어났다. 잠자리에서 일어나면 두부를 갈아야 하지만 그는 두부를 갈지 않고 변소에 간다는 핑계를 대고는 뒷담을 넘어 어디론가 가버렸다. 그는 마침내 집을 떠날 수 있게 된 것이다. 어쩌면 마침내 라오양과 두부로부터 벗어날 수 있는 또 다른 이유를 찾은 것인지도 몰랐다. 양바이순은 라오양과 두부로부터 벗어날 수만 있다면 어디를 가든지 후회하지 않을 수 있을 것 같았다. 하지만 양바이순은 마을을 벗어나자 어려움에 봉착했다. 이틀 동안 화만 내면서 이곳을 떠날 생각만 했지, 어디로 갈지는 생각하지 않았던 것이다. 울컥한 마음에 길을 떠나긴 했지만 세상은 너무나 넓은데 어디로 가야 할지 한동안 생각이 나지 않았다. 과거에는 뤄창리를 따라다니며 함상을 하고 싶었지만 함상으로는 제대로 먹고 살 수 없을 것 같았다. 진에 있는 부자 라오판에게 몸을 의탁하여 그의 집에서 농사를 지을 생각도 해보았다. 라오판의 사숙에서 공부하면서 라오판을 만난 적도 있었다. 라오판은 아랫사람들을 아주 잘 대해주었다. 하지만 양바이순은 농사를 짓는 것이 두려웠다. 뜨거운 햇볕 아래서 매일 보리만 베다가 언제 출세를 한단 말인가? 기술을 배워볼 생각도 해보았다. 기술이 있으면 바람이 불어도 상관없고 비가 와도 상관없기 때문이었다. 하지만 두부를 파는 것 말고는 손에 익은 재주가 없었다. 집을 나서 오 리 정도 가고 나니 동서남북 가운데 어느 방향으로 가야 할지 몰라 막막하기만 했다. 이때 문득 소금을 파는 외갓집 셋째 삼촌 라오인(老尹)이 생각났다. 라오인은 염전을 운영하면서 도제를 몇 명 거느리고 있었다. 매일 염토를 긁어 소금을 증류해낸 다음 소금 수레를 끌고 십리팔향으로 다니며 소금을 팔았다. 라오인은 라오양과 달리 무엇을 하든지 소리를 잘 질렀고 목소리도 아주 우렁찼다. 마을에 들어서자마자 그는 이렇게 외쳤다.

"좋은 소금이 왔습니다. 인쟈쫭의 라오인이 왔어요!"

소금을 만드는 것도 뜨거운 햇볕 아래서 하는 일이지만 보리를 베는 것보다는 약간의 기술이 필요한 셈이었다. 게다가 소금을 사라고 외치는 것도 얼핏 보기에는 두부를 사라고 외치는 것과 마찬가지로 뤼창리의 함성과는 비교할 수 없지만 두부를 사라고 외치는 것과 다른 점도 있었다. 라오양은 두부를 만들면서 북을 친 지가 이미 이십 년이 넘었기 때문에 이를 외치는 것으로 전환하려니 어색한 점이 많았다. 라오인 역시 소금을 사라고 외치고 다닌 지가 이십 년이 넘었다. 때문에 자신이 그를 따라 소리를 지르면 전혀 어색함 없이 자연스러울 것 같았다. 함성에 비할 것은 못되겠지만 그래도 일단 소리를 지르기 시작하면 멋지게 지를 수 있을 것 같았다. 예전에 양바이순은 외갓집에 친척들을 만나러 갔다가 이 셋째 외삼촌 라오인을 본 적이 있었다. 이리하여 그는 인쟈쫭으로 가서 셋째 외삼촌 라오인에게 몸을 기탁하기로 마음먹었다. 하지만 라오인은 대머리였다. 대머리인 사람은 성격이 이상한 법이다. 양바이순도 직접 눈으로 확인한 적이 있었다. 염전에서 도제 하나가 조심하지 못해 함수호의 물을 감지(城池)에 쏟아 붓고 말았다. 그러자 라오인은 염토를 긁어모으는 넉가래를 들어 머리고 다리고 가리지 않고 사정없이 도제를 두들겨 팼고, 도제의 머리는 순식간에 피투성이가 되고 말았다. 도제는 감히 머리의 피를 닦지도 못하고 재빨리 달려가 염수를 막았다. 양바이순은 마음속으로 약간 두려움이 생겼다. 하지만 일이 이렇게 되고 보니 언뜻 다른 길이 떠오르지 않았다. 하는 수 없이 우선 라오인에게 몸을 기탁한 다음에 다시 생각하기로 했다. 인쟈쟝은 양쟈쟝으로부터 칠십 리 길이었다. 양바이순은 인쟈쟝을 향해 큰 걸음으로 걷기 시작했다. 양쟈 쟝에서 리쟈쟝으로 간 그는 리쟈쟝을 떠나 펑반자오(馮班棗)로, 펑반자오에 서 다시 장반자오(張班棗)로 갔다. 장반자오에 이르렀을 때는 이미 오후가 되었다. 양바이순은 오십 리 길을 걸은 뒤라 몹시 피곤하고 배가 고팠다. 그 는 장반자오에서 잠시 휴식을 취하면서 내친 김에 인가에 들어가 먹을 것을 얻기로 했다. 마을로 들어서니 연못 앞에 큰 홰나무가 한 그루 있었다. 마침 마을에서는 누군가 사람들에게 머리를 깎아주고 있었다. 사람들 무리 속에 떠돌이 이발사의 멜대에서 모락모락 뜨거운 김이 피어나고 있었다. 사람들 속에서 머리를 깎는 사람을 자세히 살펴보던 양바이순의 눈앞이 갑자기 환 해졌다. 알고 보니 페이쟈쟝의 이발사 라오페이였던 것이다. 양바이순은 주 먹을 들어 자기 머리를 쳤다. 이리저리 나아갈 길을 놓고 고민했지만 뜻밖 에도 라오페이를 잊고 있었던 것이다. 생각했던 사람들이 전부 마음에 들지 않는데 생각지 못했던 사람이 바로 눈앞에 있는 것이었다. 정말로 쇠 신발 이 다 닳도록 찾아다녀도 찾을 수 없던 것이 제 발로 나타난 격이었다. 양바 이순은 라오페이에게 그의 도제가 되고 싶다고 말해보기로 했다. 머리를 깎 는 것이 대단한 기술은 아니지만 사람들의 머리는 매일 자라기 때문에 굶어 죽을 염려는 없었다. 매일 뜨거운 햇볕 아래서 염토를 긁어 소금을 만드는 일에 비하면 사람들의 머리를 깎아주는 일은 시원한 나무 그늘에 누워 있는 것이나 마찬가지였다. 또한 라오페이는 양쟈쟝의 탈곡장에서 그를 구해주 고 라오쑨의 밥집에 데려가 밥을 사준 경력도 있었다. 말하자면 환난지교인 셈이었다. 사태에 전기가 생기자 그는 마음이 크게 안정되었고 배고픈 것도 잊게 되었다. 하지만 라오페이는 한창 바쁘게 일을 하고 있었고 주위에 많은 사람들이 에워싸고 있었다. 당장 다가가 얘기하는 것이 시의적절하지 못하다고 판단한 그는 신발을 벗어 놓고 사람들 주변에 앉아 기다리기 시작했다. 장반자오 사람들이 하나하나 새로운 두발 모양을 하고 자리를 뜰 때까지 계속 기다렸다. 사람 수가 갈수록 줄어들었다. 맨 마지막으로 눈꺼풀에 흉터가 하나 있는 사람이 머리를 깎게 되었다. 그의 머리를 다 깎고 나서 라오페이는 이발 도구를 정리하여 이발 수건으로 면도칼과 가위, 바리캉, 나무빗, 솔, 칼 가는 돌 등을 잘 수습했다. 바로 이때 양바이순이 다가가 말했다.

"아저씨."

라오페이는 무척 피곤한 하루였던 터라 이발도구를 챙기면서 거의 눈을 감고 있다가 눈을 뜨면서 말했다.

"머리를 아직 안 깎았나요?"

양바이순이 말했다.

"아저씨, 저 모르시겠어요?"

라오페이가 양바이순을 유심히 살펴보더니 이내 그를 알아보았다. 양바이순이 말했다.

"예전에 절 구해주신 적이 있잖아요."

두 해 전 어느 날 밤 양자좡의 탈곡장에서 있었던 일과 진에 있는 라오쑨의 밥집, 그리고 커다란 그릇에 가득 담긴 양고기 볶음면에 관해 얘기하자 라오페이는 기억이 전부 살아났다. 말은 라오페이가 양바이순을 구한 것이라고 하지만, 라오페이는 속으로 사실 양바이순이 자신을 구한 것이라는 사실을 모르지 않았다. 그날 라오페이가 살인을 저지르려 했던 걸 양바이순이 막았던 것이다. 그때 정말로 사람을 죽였다면 지금 그가 어디서 남들 머리를 깎아주고 있을 수 있겠는가? 라오페이는 금세 친절한 모습을 보였다.

"자네가 어떻게 여기 와 있는 거야? 이 마을에 친척이 있나?"

고개를 가로저은 양바이순은 라오페이에게 진에 있는 라오쑨의 밥집에서 헤어진 뒤로 라오왕의 사숙이 해체된 일과 현에 '옌진신학'이 생긴 경위, 자기 아버지가 라오마, 양바이리 등과 합모하여 자신을 속였고, 이런 사실을 나중에 알게 된 사연과 집을 떠나기로 결심하게 된 경과를 시시콜콜 자세히 설명했다. 양바이순이 얘기를 마치자 라오페이는 금세 사정을 이해했다. 알고 보니 많은 문제들이 한데 뒤엉켜 있었다. 라오페이는 마음이 움직였다. 양바이순이 흐느껴 울면서 말했다.

"아저씨, 저는 이제 갈 길이 없어요. 아저씨를 따라 다니며 도제가 되면 안 될까요?"

라오페이는 한참이나 멍한 표정을 지었다.

"너무나 갑작스런 일이로군."

이어서 그는 잎담배를 피우며 생각에 잠겼다. 한참이 지나 그가 입을 열었다.

"이번에는 자네를 도와줄 수 없을 것 같네."

양바이순은 다소 실망하는 눈치였다. 라오페이가 말했다.

"자네를 돕고 싶지 않은 게 아니야. 실은 나도 도제를 하나 구해야 하거든. 하지만 이 일은 내 맘대로 할 수 있는 게 아니야."

양바이순은 라오페이가 마누라를 무서워한다는 사실을 모르지 않았지만 이렇게 중요한 일을 그의 한 마디로 끝내버릴 수는 없었다. 양바이순이 뭔가 말을 하려 하자 라오페이가 그의 속셈을 알아차리고는 먼저 입을 열어 저지했다.

"마누라도 내게 도제를 구하라고 했어. 그래서 반 년 전에 이미 한 명 구했지만 지난달에 가버렸지."

"아저씨, 저는 아저씨를 따르기로 한 이상 절대로 떠나지 않을 거예요."

라오페이가 사방을 둘러보고 나서 말을 받았다.

"그 도제는 보통 도제가 아니라 우리 마누라 친정 조카였네."

양바이순이 알았다는 듯이 말을 받았다.

"그 친구가 떠난 것은 자기가 제구실을 못해서 그런 것이니 아저씨하고는 관계가 없잖아요."

라오페이가 신기하다는 듯한 표정으로 웃었다.

"어째서 관계가 없나. 너무나 절대적인 관계지. 나는 우리 마누라의 속셈을 다 알고 있네. 내가 외지로 머리를 깎아주러 다니다가 우리 누나를 만나러 갈까봐 두려운 거야. 내가 돈을 모아서 스스로 뒷길을 마련할까봐 두려운 거라고. 내가 집에서는 온갖 모욕을 다 참고 밖에 나와 남들의 머리를 깎아주니 어찌 사람들 앞에서 체면이 설 수 있겠나? 결국 내게 못되게 굴면 나도 못되게 구는 수밖에 없지. 내가 처갓집 조카를 때리지도 않고 욕도 하지 않은 것은 제대로 기술을 가르치고 싶지 않아서였네. 그 애가 남의 머리를 깎다가 입을 베면 그 사람이 가만히 있겠나? 한 번은 거자좡(葛家莊)에서 전문적으로 남의 집 울타리를 엮어주는 라오거의 머리를 깎다가 피가 나고 말았지. 그러자 라오거가 벌떡 일어나 그 친구의 아래턱을 한 대 갈겼네. 매일 이런 식이니 떠나지 않을 수 있었겠나?"

양바이순은 라오페이의 의도를 알았다. 라오페이가 말했다.

"방금 하나가 갔는데 곧바로 또 다른 도제를 받아들였다가 마각이 드러날까 두려운 걸세."

라오페이가 가슴속 말을 다 털어놓으니 양바이순도 더 이상 라오페이를 난처하게 하고 싶지 않았다.

"아저씨, 정 그러시다면 우선 인쟈좡에 사는 제 외삼촌에게 몸을 기탁할게요. 외삼촌은 소금을 만들거든요. 단지 성격이 안 좋아서 걸핏하면 사람들을 때리기 때문에 조금 두려운 것뿐이에요."

"우선 그곳에 가서 잘 버티고 있게. 여기가 좀 잠잠해지면 다시 상의해보자고."

두 사람이 얘기를 마쳤을 때는 해가 이미 서산에 기울고 있었다. 라오페이는 페이쟈좡으로 돌아가고 양바이순은 인쟈좡으로 가려 했다. 양바이순은 라오페이 대신 이발 도구를 들고 함께 장반자오 마을을 나섰다. 둘이 잡담을 주고받는 사이에 어느새 갈림길에 도달했다. 이제 헤어져야 할 순간이었다. 양바이순이 이발 도구가 든 멜대를 라오페이의 어깨로 옮겨주었다. 라오페이가 멜대를 메고 두세 걸음 옮기더니 갑자기 고개를 돌렸다.

"참, 자네 칼은 좀 다룰 줄 아나?"

잠시 걸음을 멈춘 양바이순은 놀라움을 금치 못했다.

"왜요, 제게 사람 죽이는 일을 시키시려고요?"

라오페이가 웃으면서 말했다.

"사람을 죽이는 게 아니라 돼지를 죽이는 걸세."

양바이순은 그 자리에 서서 멍한 표정을 지었다.

"아직 죽여본 적이 없는데요."

라오페이가 다시 몸을 돌려 돌아와서는 이발 도구 멜대를 내려놓았다.

"살아 있는 동물을 죽일 수 있어야 해결책이 생긴단 말일세."

"어떻게요?"

"쩡쟈좡에 돼지를 잡는 라오쩡이라는 친구가 있네. 나랑 아주 친한 사이지. 지난번에 그 친구가 그러더군. 몸이 늙어서 도제를 하나 들이고 싶은데 적당한 인물이 나타나지 않는다고 말이야. 그는 마누라가 죽었기 때문에 집안일을 전부 그 혼자서 결정하거든."

라오페이는 잠시 멈췄다가 다시 말을 이었다.

"매일 칼과 창을 다루긴 하지만 성격은 그다지 나쁘지 않은 편이야."

양바이순은 돼지를 잡아본 적은 없지만 딱히 갈 길도 없는 데다 라오쩡의 성격이 나쁘지 않다는 말에 소금을 만드는 라오인에게 가는 것보다 나을 거라 판단하고는 즉시 신이 나서 말했다.

"아저씨, 저도 딱히 꺼리는 일은 없어요."

라오페이가 신이 나서 말했다.

"그럼 해결책이 생겼군. 우리 당장 쩡쟈좡으로 가보자고."

양바이순은 다시 라오페이를 대신해서 멜대를 멨다. 두 사람은 어깨를 나란히 하고 쩡쟈좡을 향해 길을 가기 시작했다.

다음 날부터 양바이순은 쩡쟈좡에서 돼지를 잡는 라오쩡에게서 돼지 잡는 법을 배우기 시작했다. 돼지 잡는 법을 배우면서 한편으로는 언제 직업을 바꿔 다시 라오페이에게서 머리 깎는 법을 배울 수 있을지 걱정했다. 라오쩡은 아무래도 낯선 사람이고 라오페이는 환난지교인 셈이었다. 나중에 라오페이와 몇 번 만날 기회가 있었지만 라오페이는 그에게 이 일을 거론하지 않았다. 반년이 지나 양바이순은 사부인 라오쩡과 친해져 속마음을 털어놓는 자리에서 이 일에 관해 얘기했다. 그는 라오쩡이 화를 낼 거라고 생각했지만 뜻밖에도 라오쩡은 화를 내지 않았다. 라오쩡이 웃으면서 말했다.

"자넨 아직 어리군. 환난지교이기 때문에 그가 자넬 도제로 받아들이지 않은 걸세."

"어째서요?"

"환난지교가 친구는 될 수 있겠지만 어찌 사부와 도제 관계가 될 수 있겠나?"

양바이순은 그제야 크게 깨닫는 바가 있었다. 이때 그는 장반자오에서 라오페이를 만났을 때 라오페이가 처갓집 조카를 언급하면서 자신을 도제로 받아들일 수 없다고 했던 말도 거짓이 아닐까 의심하게 되었다. 한순간에 라오페이에 대한 그의 견해가 바뀌게 되었다.

6장
옌진신학

 양바이순의 동생 양바이리는 '옌진신학'에서 겨우 반년 정도 공부하고는 이내 그만두었다. 양바이리가 학교를 그만둔 것은 그에게 문제가 있어서가 아니었다. 라오왕의 사숙에서 『논어』를 배울 때처럼 공부에 열중하지 않고 말썽을 부려 쫓겨난 게 아니었다. 공부에 전력을 기울이지 않은 건 분명하지만 샤오한의 신학에서는 공부를 열심히 하지 않는다고 해서 아이를 쫓아내는 일은 없었다. 수업에 집중하지 않는 건 문제가 되지 않았다. 샤오한이 와서 연설을 할 때만 정신을 집중하면 그만이었다. 퇴학은 샤오한에게 문제가 생겼기 때문이다. 샤오한의 문제는 '옌진신학'에 있지 않았다. 올 가을에 허난성 성장인 라오페이(老費)가 황허 이북을 순시하면서 옌진현을 찾았을 때 샤오한이 하루 동안 그를 수행하면서 쉴 새 없이 입을 놀리는 바람에 라오페이를 노하게 한 것이 문제였다. 라오페이는 푸젠(福建) 사람으로 아버지가 벙어리였다. 아버지가 벙어리다 보니 라오페이는 어려서부터 집 안에서 말을 할 일이 별로 없었다. 이것이 습관으로 굳어져 다 큰 뒤에도 말이 아주 적었다. 라오페이는 세상에 쓸모 있는 말은 하루에 열 마디를 넘지 않는다고 여겼다. 이런 라오페이가 옌진에 와서 하루 종일 한 마디도 하지 않는 동안 샤오한은 삼천 마디도 넘게 지껄여댔던 것이다. 샤오한이 어찌나 말이 많았던지 라오페이는 차에서 내리자마자 샤오한이 옌진에서 '옌진신학'을 운영하고 있으며 신학을 연 이래로 반년 동안 예순두 번이나 연설을 해, 사흘에 한 번 꼴로 연설을 한 셈이라는 사실을 알게 되었다. 샤오한은 신이 나서 이 모든 것들을 무슨 정치적 업적이라도 되는 양 라오페이에게 낱낱이 보고했다. 옌진이 신샹전서(新鄕專署)의 관할지역이었기 때문에 라오페이의 수행원 가운데는 신샹의 전원(專員)인 라오겅(老耿)도 포함되어 있었다. 라오페이는 옌진에서는 별 말을 하지 않았다. 이튿날 바로 신샹으로 돌아온 라오겅은 라오페이를 모시고 점심식사를 했다. 식사를 하면서 순시에 관한 이런저런 얘기를 나누었다. 당시 신샹의 관할 하에 있던 여덟 개 현 가운데 라오페이가 둘러본 곳은 다섯 군데였다. 라오페이는 다른 네 개 현에 관해 언급할 때는 아무 말이 없었지만 옌진에 관해 얘기를 꺼낼 때는 눈살을 찌푸렸다.

"그 현장 샤오한 말이오, 누가 그를 그 자리에 앉혀 놓은 거요?"

현장 샤오한을 그 자리에 앉힌 사람은 다름 아닌 신샹의 전문 관원인 라오겅이었다. 샤오한의 아버지가 라오겅의 일본 나고야 경영정치전문대학 유학 시절의 동창생이었던 것이다. 하지만 라오겅은 라오페이가 샤오한을 싫어한다는 것을 일찌감치 눈치 채고 있었다.

"정상적인 절차를 통해 선발된 사람입니다."

"라오겅, 나는 정말 모르겠소. 그렇게 쉴 새 없이 떠들어대는 사람이 현장 재목이 된다고 보시오? 큰 나라를 다스리는 것은 작은 생선을 삶는 것과 같은 법이오. 오십 년 동안 한 마디만 잘 지켜도 충분히 훌륭한데 그 사람은 반년 동안 연설을 예순두 번이나 했다니 대체 어떤 말들을 한 거요?"

놀란 라오겅은 땀을 삐질삐질 흘리며 황급히 대답했다.

"별말 안 했습니다."

"그가 별말 안 했을 거라는 건 나도 알아요. 어린 학생이 무슨 말을 할 수 있겠소? 그가 무슨 말을 했던지 문제될 건 없어요. 단지 이렇게 말하기 좋아한다는 것이 바로 사람들을 피곤하게 한단 말이오. 말하기 좋아한다는 것도 크게 문제가 될 건 없지만 남의 자제들을 망친다는 것이 문제요. 아이들에게 말을 많이 하도록 가르친다는 게 큰일이란 말이오. 그러다가 현 사람들 전부가 쉬지 않고 입을 놀리는 수다쟁이가 되지 않겠소? 민족 전체가 수다쟁이가 되어 말만 하고 일을 하지 않게 되면 천하가 크게 어지러워질 거란 말이오."

라오겅이 황급히 말을 받았다.

"제가 잠시 후에 가서 잘 얘기하겠습니다."

라오페이가 정색을 하며 말했다.

"강산은 쉽게 변해도 사람의 본성은 바뀌기 어려운 법이오. 나이가 곧 서른이고 애도 아닌데 말을 한다고 고칠 수 있겠소? 내가 보기엔 고치기 어려울 것 같소. 라오겅 당신의 능력이 대단하다면 그의 버릇을 고칠 수 있을지도 모르지."

라오겅이 이마에 흐르는 땀을 훔치며 말을 받았다.

"저도 못 고칠 것 같습니다."

라오페이가 정저우(鄭州)로 돌아간 다음 날, 라오겅은 곧바로 샤오한을 잘라버렸다. 사실 라오겅은 말하는 버릇에 관한 성장 라오페이의 견해에 완전히 동의하지는 않았다. 게다가 사람이 말이 많고 적은 것과 현장의 직책을 감당할 수 있느냐 없느냐 하는 것은 완전히 별개의 일이었다. 또한 가르치는 데는 지치는 일이 없어야 하고 사람을 가리지도 말아야 한다는 것이 성인들의 생각이었다. 샤오한이 말하는 것을 좋아하긴 하지만 멋대로 행동하지는 않았다. 고작해야 전임 현장인 라오후가 목공 일을 좋아하는 것처럼 그저 개인적 습성일 뿐이다. 오히려 말만 하고 행동하지 않으니 큰일을 내려 해도 낼 수 없을 것이다. 하지만 성장 라오페이가 너무나 진지하게 나오는 바람에 혹시 샤오한으로 인해 자신에게 피해가 돌아올까 두려워 샤오한을 잘라버린 것이다. 샤오한은 처음 옌진에 왔을 때 나름대로 웅지를 품고 있었다. 그런 그가 입이 비뚤어졌다고 나귀 값밖에 못 받는 노새 신세가 될 줄은 누구도 생각지 못했다. 모든 것이 그 놈의 입 때문이었다. 반년 동안 그렇게 공을 들였는데 너무나 허망한 끝을 보게 되었다. 소문을 들은 그는 득달같이 신샹으로 달려가 라오겅을 찾았다. 억울한 마음과 승복하기 어려운 아쉬움이 가득했다.

"아저씨, 대체 무얼 근거로 저를 현장 자리에서 자르시는 건가요? 제가 뭘 잘못했나요? 이런 법이 어디 있어요?"

그러고는 라오겅을 붙잡고 이치를 따지기 시작했다. 유럽의 여러 열강에 관한 얘기에서 시작하여 미국을 언급하다가 일본의 메이지유신까지 들먹이더니 신학 운영의 장점들을 늘어놓았다. 샤오한이 이치를 따지지 않았을 때는 라오겅도 그에 대해 약간의 동정심을 느꼈지만 그가 이치를 따지기 시작하자 라오겅 역시 그를 자르길 잘했다는 생각이 들었다. 라오겅이 그의 쉬지 않는 입을 저지했다.

"조카, 자네 말이 다 맞네. 자네가 말하는 이치도 다 맞아. 잘못된 게 있다면 자네가 때와 장소를 잘못 타고난 것이겠지."

샤오한이 흠칫 놀라며 물었다.

"그럼 제가 유럽이나 미국, 아니면 일본에서 태어났어야 했단 말인가요?"

"그런 데서 태어나지 않았어도 괜찮았을 걸세. 중국 땅에 태어났더라도 성인들과 비슷한 시기에 태어났더라면 자네의 훌륭한 재능을 썩히는 일은 없었을 거야."

"제가 학교에 가서 강연을 한 것은 지식을 가르치기 위한 게 아니라 오로지 나라와 백성을 구하기 위해서였는데……"

그가 또다시 라오경을 상대로 이치를 따지기 시작했다. 라오경은 눈살을 찌푸리며 그를 저지했다.

"나도 자네에게 전국시대로 돌아가 아이들을 가르치게 하려는 게 아니라 나라와 백성들을 구하게 하려는 걸세. 어떻게 나라와 백성들을 구하냐고? 전국시대였다면 자네의 재주로 보나 세객(說客)이 되는 것이 가장 적합할 걸세. 세객은 다른 것 필요 없이 입 하나로 먹고 살거든. 하지만 세객들은 아무 것도 모르는 어린 아이들에게 말을 하는 것이 아니라 군왕에게 말을 해야 하네. 꼬마들 데리고 연설해봐야 다 쓸데없고 제대로 된 세객이라면 실권자를 상대해야 하지 않겠나? 말을 잘 하면 육국의 상인(相印)을 차게 되고 이 아저씨에게도 큰 복을 가져다줄 수 있겠지만 말을 잘못 했다가는 '차칵' 하고 당장 목이 날아갈 걸세. 조카, 내가 알고 싶은 것은 자네가 정말 대전에 나가서도 기죽지 않을 자신이 있으냐, 그런 상황에서도 할 말 제대로 할 자신이 있느냐 하는 걸세."

그런 상황이라…… 샤오한은 처음으로 남의 말에 말문이 막혀 뒤통수를 한 대 얻어맞은 듯이 그 자리에 멍하니 서있었다.

샤오한이 옌진을 떠나 탕산으로 돌아가자 '옌진신학'도 자연히 영면에 들어갔다. 라오왕의 사숙이 그랬던 것처럼 아이들도 모두 새떼처럼 뿔뿔이 흩어졌다. 양바이리를 비롯한 많은 학생들이 신학을 마치면 현 정부의 관원이 될 거라는 꿈에 부풀어 있었지만 이제 그런 희망도 함께 사라지고 말았다. 현 정부 관리 출신이 만드는 두부를 기대했던 라오양의 꿈도 연기처럼 흩어져버렸다. 학교가 문을 닫았으니 양바이리는 당연히 양자좡으로 돌아가 아버지와 함께 두부를 만들어야 했다. 하지만 그는 돌아가지 않았다. 양바이순처럼 아버지와 두부가 싫어서이기도 했지만, 실은 신학에 다니는 반년 동안 뉴궈씽(牛國興)이라는 좋은 친구를 사귀었기 때문이었다. 뉴궈씽은 머리가 아주 컸다. 그의 아버지는 '옌진 철공소' 주인이었다. 양바이리와 뉴궈씽은 원래 같은 반이 아니었다. 두 아이 모두 공부에는 그다지 흥미가 없었기 때문에 다른 아이들과 함께 몰래 교실을 빠져나가 이리저리 몰려다니며 긴 막대 끝에 끈끈이를 발라 매미를 잡기도 하고 새총으로 새를 잡기도 하면서 놀았다. 그러다 보니 둘이 점차 죽이 맞아 함께 어울려 다니게 된 것이다. 끈끈이 장대로 매미를 잡거나 새총으로 새를 잡는 것 말고도, 두 사람은 '펀콩(噴空)' 놀이에서도 죽이 잘 맞아 다른 짝들보다 훨씬 잘했다. '펀콩'이란 옌진 사투리로 상관이 있는 일이든 없는 일이든 간에 누군가 먼저 아무 생각 없이 화두를 던지면 상대방이 그에 맞게 얘기를 만들어 내고, 이렇게 둘이서 번갈아 가며 한 마디씩 연결하여 하나의 이야기를 완성하는 것을 말한다. '펀콩'이 잘될 때는 얘기가 어디까지 흘러갈지 알 수 없었다. '펀콩'은 샤오한의 연설하고는 사뭇 달랐다. 샤오한의 연설은 거창하고 번지르르한 헛소리나 거짓말뿐이었다. 나라와 백성을 구한다는 것이 어떤 건지 말하기 어려웠다. 반면에 '펀콩'은 구체적인 인물과 사건이 있었고, 이것들이 유기적으로 얽혀 하나의 살아있는 이야기를 만들었다. 샤오한의 연설은 말할 것도 없고, 양바이리와 뉴궈씽은 수업도 끝까지 들어본 적이 없었다. 선생님이 칠판에 글씨를 쓰는 틈을 타 몰래 학교를 빠져나가 끈끈이 장대로 매미를 잡거나 새총으로 새를 잡거나 '펀콩'을 했다. 샤오한이 데려온 선생들은 하나같이 말주변이 없는 답답한 사람들이라 이런 학생들을 제대로 통제하지도 못했다. 양바이리가 할 수 있는 것이라고는 그저 끈끈이 장대나 새총을 들고 다니며 매미나 새를 잡는 것에 불과했고 '펀콩'은 할 줄 몰랐지만 석 달 정도 뉴궈씽을 따라다니다 보니 점차 선수가 되어 갔다. 예컨대 뉴궈씽이 먼저 화두를 던졌다.

"현성에 있는 음식점 '훙산청(鴻膳成)'의 조리사 라오웨이(老魏)가 예전에는 음식점 안에서 늘 웃고만 있었는데 최근 한 달은 내내 한숨만 쉬고 있어. 왜 그럴까?"

그러면 처음에 '펀콩'을 잘 모르던 양바이리가 뻔한 대답을 했다.

"라오웨이가 남에게 빚을 많이 졌거나 마누라랑 말다툼을 했나 보지."

그러면 뉴궈씽이 답답하다는 듯이 말을 받았다.

"그건 누구나 생각할 수 있는 대답이야. 누구나 생각할 수 있는 대답은 '펀콩'이 아니란 말이야!"

그러고는 자신이 직접 시범을 보였다.

"한 달 전에 성내에 허베이(河北) 극단이 왔었잖아, 기억나나? 라오웨이가 그 극단 단각(旦角)[11]한테 홀딱 빠졌지. 옌진에서 보름 정도 공연을 하는 동안 매일 찾아가더니 혼이 아주 나가버리더군. 극단이 공연 때문에 펑치우(封丘)로 이동하자 라오웨이는 거기까지 따라갔지. 무작정 따라가기만 하면

11 중국 전통극에서의 여자 배역.

무슨 소용이 있겠나? 어쨌든 그 여자랑 좀 잘해볼 생각이었겠지. 그날 한밤 중에 라오웨이는 희원(戲院) 뒷담을 타고 올라가 무대 뒤로 숨어 들어갔다네. 침대 머리맡에 단각의 무대 의상이 걸려 있는 것을 보고는 그 여자가 자고 있는 줄 알고 몰래 기어 올라가 바지를 벗기고는 자기 물건을 꺼내 쑤셔 박으려 했지. 하지만 침대 위에서 자고 있던 사람은 그 여자가 아니라 소품을 지키는 사람이었던 거야. 예전에 무생(武生)[12]을 맡던 사람이었지. 남자가 마구 주먹을 휘두르고 발길질을 해대는 바람에 결국 라오웨이는 팔이 부러졌고, 부러진 팔을 소매 속에 감추고는 말도 못하고 있었어. 요즘 라오웨이가 항상 오른팔을 받쳐 들고 다니는 것도 다 이 때문이라네."

처음 석 달에 이 정도까지 얘기를 할 수 있는 것만으로도 나쁘지 않은 편이었다. 양바이리도 순순히 자신의 패배를 인정했다. 그러나 그 다음 석 달 동안 양바이리도 점차 '펀콩'의 묘미를 터득했고 더 높은 수준의 이야기를 시도할 수 있게 되었다.

"혼이 나가버렸다고 했는데, 내가 듣기로는 그게 아니라 라오웨이에게 어릴 때부터 몽유병이 있었다고 하더군. 삼십오 년 동안 밤마다 그러고 돌아다녔지만 아무 일도 없었대. 그러다가 지난달에 어느 묘지를 찾아갔다가 흰 수염이 덥수룩하게 난 노인 하나를 만나게 되었다더군. 전에도 이 묘지를 찾아간 적이 있었지만 아무 일 없었는데 이번에는 어디선가 흰 수염의 노인이 튀어나온 거지. 흰 수염의 노인이 라오웨이에게 가까이 다가가 귀에 대고 몇 마디 하니까 라오웨이가 고개를 끄덕였다더라고. 아마 그 다음날부터 라오웨이가 저렇게 한숨을 쉬는 것 같아. 어떨 때는 야채를 볶으면서 슬피

12 중국 전통극에서의 남자 무사 배역.

울기도 한다더군. 야채 볶는 냄비에 눈물을 떨어뜨리면서 말이야. 그 흰 수염 노인이 대체 무슨 말을 했느냐고 물어도 대답을 안 하더래."

양바이리가 말을 마치자 뉴궈씽은 흥분을 감추지 못하고 그의 어깨를 두드리면서 아주 잘했다고 칭찬을 해주고 나서 말을 받았다.

"그건 내가 알지! '홍산청' 주인 라오우(老吳) 아저씨가 우리 아버지랑 친한 친구인데 우리 아버지한테 이렇게 말했대. '주방장이란 놈이 매일 음식점에서 울고 있으니 재수가 없지 않을 수 있겠나?' 그래서 내쫓아버리려 했더니 어찌 된 일인지 장사가 전보다 훨씬 더 잘 되는 게 아닌가! 사람들이 식사를 하러 오는 게 아니라 그 친구 우는 걸 구경하러 온다니까. 그 친구 때문에 모든 사람들이 혼이 나가버린 거야……"

그럴 듯하다면 그럴 듯하고, 이상하다면 이상한 얘기였지만 어쨌든 원래 있었던 일보다 훨씬 재미있었다. '펀콩'이 아주 재미있는 대목에 이를 때면 뉴궈씽이 말했다.

"나 뒷간에 가서 오줌 좀 누고 올게."

양바이리는 오줌이 마렵지도 않았지만 덩달아 말했다.

"나도 따라 갈래."

신학이 해체되었지만 양바이리는 애당초 양자좡으로 돌아가 아버지와 함께 두부를 만들고 싶은 마음이 없었고 뉴궈씽도 갑자기 양바이리와 헤어지는 게 싫었다. 이 세상에서 '펀콩'을 함께 즐길 수 있는 단짝을 만나는 것이 그리 쉬운 일은 아니었기 때문이다. 사람이 살면서 지기를 하나 만나면 그것으로 족하다는 것도 바로 이런 걸 두고 하는 말이었다. 뉴궈씽은 아버지 라오뉴를 졸라 양바이리를 아버지가 운영하는 철공소의 도제로 받아들이게 했다. 라오뉴는 뉴궈씽의 생떼를 이기지 못하고 양바이리를 받아주었다. 라오뉴의 철공소는 말이 철공소지 실은 철공 장인 십여 명이 한데 모여 나무 할 때 쓰는 큰 칼이나 부엌칼, 삽, 낫, 호미, 쟁기, 파종기나 쇠스랑의 갈퀴, 식당용 화로, 상점용 철문, 토끼잡이 화통 같은 것들을 만드는 곳이었다. 일하는 사람들을 포함하여 모든 것이 진에 있는 라오리의 철공소와 크게 다를 바 없었다. 단지 공간이 다소 넓고 일하는 사람이 좀 더 많을 뿐이었다. 그러나 양바이리는 이 철공소에서 반년을 배웠으면서 솥이나 삽처럼 간단한 물건조차도 만들지 못했다. 그는 라오왕의 사숙이나 샤오한의 신학에서 그랬던 것처럼 진지한 일에는 도무지 마음을 쓰지 않았다. 하루 종일 끈끈이 장대로 매미를 잡거나 새총으로 새를 떨어뜨리거나 '펀콩'을 할 궁리만 했다. 나중에는 매미나 새를 잡는 것도 시들해지면서 모든 관심이 '펀콩'에 집중되었다. 이는 뉴궈씽이 바라던 바이기도 했다. 사부도 양바이리가 절대 쇠를 다룰 재목이 아니라는 것을 알아차리고는 그에게 풀무질을 시켰다. 하지만 그는 풀무질도 제대로 하지 못했고 사부가 만들어놓은 나무칼을 쌓는 일도 익숙하게 하지 못했다. 후난 사람인 사부는 손에 들고 있는 나무칼을 보면서 후난 사투리로 말했다.

"뭘 보고 때가 덜 됐다고 하나 했더니 바로 이런 걸 두고 하는 말이었군."

반년이 지나자 철공소의 모든 사람들이 그를 싫어하게 되었다. 그가 도저히 일을 시켜먹을 재목이 안 된다고 판단한 라오뉴도 그를 내보내려 했다. 라오뉴는 그를 내보내는 것이 조금도 아쉽지 않았다. 하지만 뉴궈씽이 말도 안 된다며 집에 있는 탁상시계를 내던지면서 난동을 부렸다.

"저 애가 싹수가 노랗다는 게 아니라 이렇게 시간이 지나면 너까지 망칠까봐 그러는 거야."

"망친 걸로 치자면 저야말로 진즉 저 애 앞길을 망쳐놨어요. 아버지가 저

애를 내보낸다 해도 상관없어요. 어쨌든 저는 저 애가 가는 데로 따라갈 거니까요."

라오뉴가 한숨을 내쉬었다. 양바이리에게 작업장에서 일하는 대신 입구에서 대문을 지키게 하는 수밖에 없었다. 양바이리는 이렇게 된 것이 더 좋았다. '펀콩'을 할 수 있는 시간이 훨씬 많아졌기 때문이다. 뉴귀씽이 찾아오면 그와 함께 '펀콩'을 하고 그가 오지 않으면 혼자서 머릿속으로 '펀콩'을 했다. 겉으로는 대문을 지키는 것처럼 보였지만 머릿속은 온통 구름과 안개에 묻힌 산처럼 '펀콩'으로 가득 차있었다. 누가 오면 생각이 끊어질까봐 초조해 했다. 그러다 보니 철공소에 들어가려는 사람들을 붙잡아 놓고 못마땅한 표정으로 이것저것 따져 묻기 일쑤였다. 철공소를 찾아오는 사람들 모두 속으로 그를 욕했다. 예전에 장님 라오쟈가 점쳤던 그의 운세와 딱 맞아떨어졌다.

그러나 대문을 지키기 시작한 지 한 달쯤 지나 양바이리와 뉴귀씽의 사이가 틀어지고 말았다. '펀콩' 때문은 아니었지만 '펀콩'과 관련된 일이었다. 양바이리는 처음에 '펀콩'을 잘하지 못했고, '펀콩'은 누가 뭐래도 뉴귀씽이 최고였다. 하지만 '펀콩'을 시작한 지 반년 만에 양바이리가 청출어람의 실력을 보였다. 다른 어떤 일에도 노력을 기울이지 않는 양바이리가 '펀콩'에는 지독하게 열중했다. 예전에는 주로 뉴귀씽이 '펀콩'을 주도하고 양바이리는 그저 뒤를 이어붙이는 정도였다. 얘기의 흐름이 강물처럼 자연스럽게 뉴귀씽이 원하는 방향으로 흘러갔었다. 하지만 이제 상황이 달라졌다. 양바이리가 자신의 수로를 새로 만드는 바람에 물이 어디로 흘러갈지 알 수 없게 된 것이다. 화제를 정하는 데 있어서도 갈등이 생기기 시작했다. 예전에는 뉴귀씽이 화제의 패권을 쥐고 있었다. 뉴귀씽이 하고 싶은 얘기가 그날의 화제가 되는 식이었다. 하지만 이제는 양바이리도 화제를 내놓기 시작했다. 낮에 대문을 지키는 동안 머릿속으로 화제를 생각하고 있다가 저녁에 '펀콩'을 시작할 때면 이미 만반의 준비를 갖추게 되는 식이었다. 반면에 뉴궈씽은 준비가 덜 된 채로 급하게 '펀콩'을 시작하다 보니 화제나 화두가 궁색해질 수밖에 없었고 주도권은 어느새 양바이리에게로 넘어가 있기 일쑤였다. 뉴궈씽은 간신히 양바이리가 펼치는 이야기 속에 비집고 들어가는 처지가 되고 말았다. '펀콩'에서 주도권을 잡고 난 뒤로 양바이리는 '펀콩'을 하지 않을 때도 무의식중에 뉴궈씽과 맞먹으려 했다. 사실 '펀콩'을 할 때 우위를 점하는 것은 별 문제가 아니었다. 하지만 평소에 사소한 일과 행동 하나하나까지 맞먹으려 하니 뉴궈씽은 그가 괘씸하지 않을 수 없었다. 뉴궈씽은 속으로 "주객전도가 바로 이런 걸 두고 하는 말이로군. 배은망덕이란 것이 다른 게 아니었어."라는 생각을 하게 되었고 그러다 보니 양바이리와의 '펀콩'도 점차 시들해지고 말았다. 하지만 둘 사이가 틀어진 진짜 이유는 '펀콩'이 아니라 한 여학생 때문이었다. 덩슈즈(鄧秀芝)라는 이 여학생은 별명이 얼뉴(二妞)였고 얼뉴의 아버지는 '다쿠이(大魁) 상점' 사장 라오덩(老鄧)이었다. '다쿠이 상점'은 현성 동가(東街)에 있는 잡화점으로 쌀과 밀가루, 소금, 장류, 기름, 식초, 성냥, 전등갓, 삼노끈과 광주리 등 잡다한 물건들을 팔았다. 얼뉴는 작달막한 체구에 머리를 삼노끈처럼 양갈래로 땋아 늘어뜨리고 있었다. 얼굴은 그런 대로 괜찮게 생긴 편이었다. 진한 눈썹에 커다란 눈을 갖고 있었고 웃으면 양 볼에 볼우물이 패였다. '옌진신학'에 다닐 때는 뉴궈씽과 양바이리의 관심사가 끈끈이 장대로 매미를 잡기와 새총으로 새 잡기, 그리고 '펀콩' 세 가지뿐이었기 때문에 얼뉴에게는 눈길을 준 적도 없고 얘기를 나눠본 적도 없었다. '옌진신학'이 문을 닫고 나서 한 번은 뉴궈씽이 길을 가다가 얼뉴를 만나게 되었고 얼뉴는 무의식적으로 뉴궈씽을 한번 힐끗 쳐다보았다. 이때부터 뉴궈씽은 얼뉴가 자신을 좋아한다고 믿었다. 집으로 돌아온 그는 양바이리와 '펀콩'을 하면서 '힐끗 쳐다보는 것'으로 시작하여 '옌진신학'까지 얘기하게 되었다. 두 사람이 알게 된 과정과 처음에는 서로 쑥스러워하다가 점차 함께 있는 시간이 많아지고 마침내 입을 맞추고 그 일을 치르게 되는 경과를 다 얘기했다. 중간에 외로움과 쓸쓸함을 달래기 위해 술에 빠져 지내는 장면들도 삽입되었다. 양바이리는 이 이야기가 그저 '펀콩'일 뿐이라고 생각하고 크게 마음을 쓰지 않았지만 뉴궈씽은 이를 현실로 믿고 받아들였다. 하지만 소심한 성격 탓에 직접 얼뉴를 찾아가지는 못하고 편지를 쓰려고 했다. 글머리에 '나의 슈즈 양을 만나기만 하면……' 운운 하는 편지를 쓴 그는 양바이리에게 부탁하여 얼뉴에게 전달하려 했다. 반년 전만 같았어도 양바이리는 뉴궈씽이 하라는 대로 뭐든지 했을 테지만 지금은 서로 어깨를 나란히 하는 입장이라 이런 부탁에 기분이 썩 좋지는 않았다.

"갈 데까지 다 갔으면서 편지는 왜 써?"

그러고는 한 마디 덧붙였다.

"너는 그 애를 만나면 기분이 좋겠지만 내가 그 애를 만나서 뭐 하겠냐?"

뉴궈씽은 양바이리가 자신을 백안시하고 있다는 걸 알았지만 얼뉴에 대한 그리움을 이기지 못하고 주머니에서 오 위안을 꺼내 양바이리 손에 쥐어주었다. 양바이리는 돈을 받고 나서야 편지를 건네받았다. 그러나 사흘이 지나 양바이리는 또다시 뉴궈씽한테 속았다는 생각이 들었다. 낮에는 철공소 대문을 지켜야 하기 때문에 편지는 저녁이 되어서야 전해줄 수 있었고, 사흘 동안 저녁마다 현성 동가를 헤매고 다녔지만 얼뉴를 만나지 못했다.

사흘이 지나 다급해진 뉴궈씽이 투덜대기 시작했다.

"하는 일 없이 거리를 돌아다니기만 하면 뭐해. 밤에 담장이라도 넘어서 그 애 집엘 찾아가야지."

양바이리는 이미 뉴궈씽에게서 돈을 받았고 다시 돌려주고 싶은 마음은 없었다. 달리 방법이 없게 되자 양바이리는 그날 밤으로 라오덩의 집을 찾아갔다. 하지만 무턱대고 담을 넘기는 좀 그렇고 해서 일단 지붕에 올라가 동정을 살펴보기로 했다. 얼뉴를 찾으려면 먼저 얼뉴가 집에서 거처하는 곳을 찾아야 했다. 라오덩의 집은 사합원이었고 마당에는 등불이 없어 칠흑같은 어둠 속에서 아무 것도 볼 수 없었다. 각 방마다 사람들이 드나들었지만 그림자만 희미할 뿐, 누가 누군지 구분할 수 없었다. 하지만 방 안에 들어가면 등불이 있었고 사람의 그림자가 창문에 투영되기 때문에 대략적으로나마 라오덩 집안의 거주 분포를 가늠할 수 있었다. 본채에서는 노인네들의 모습이 보였다. 수박 모자를 쓴 모습이었다. 노인네 둘이 실의 양쪽 끝을 한 쪽씩 붙잡고 있는 것으로 보아 얼뉴의 부모님들인 것이 분명했다. 동쪽 곁채에는 남녀가 말다툼을 하고 있고 어린 아이 하나가 울고 있었다. 얼뉴의 형과 형수인 것 같았다. 서쪽 곁채에서는 여자 그림자 하나가 이리저리 움직이고 있었다. 아무래도 얼뉴일 것이었다. 지붕 위에서 여섯 시간을 내리 엎드려 있다 보니 양바이리는 몸이 마비되는 것 같았다. 라오덩 집안의 등불이 하나둘 꺼지기 시작했다. 양바이리는 지붕에서 내려와 발소리를 죽여 가며 살금살금 서쪽 곁채 앞으로 와서는 문틈으로 뉴궈씽의 편지를 집어넣으려 했다. 원래 큰 공이 이루어지려면 서쪽 곁채가 얼뉴가 묵는 곳이어야 했다. 하지만 얼뉴는 사흘 전에 카이펑에 있는 고모 집에 가고 없었다. 양바이리가 사흘 동안 얼뉴를 보지 못한 것도 아마 이 때문일 것이었다. 얼뉴의 올케가 친지 방문을 위해 덩씨 집안에 왔다가 임시로 얼뉴의 방에 묵고 있었다. 올케는 이틀 동안 설사를 하다가 방금 잠이 들었으나 갑자기 다시 복통이 밀려와 얼른 일어나 변소로 달려갔다. 거칠게 문을 열고 고개를 드는 순간, 검은 그림자 하나가 바로 앞에 서 있었다. 쌍방 모두 화들짝 놀랐다. 얼뉴의 올케는 노처녀로 나이 서른이 넘도록 시집을 가지 못했다. 그녀는 형부인 라오덩이 밤중에 자기 방문을 밀고 들어와 자기를 어떻게 하려는 것이라 생각했다. 라오덩은 과거에 그녀를 만날 때마다 음담패설을 늘어놓곤 했다. 게다가 지금은 배가 급한 터라 잔꾀를 부릴 수도 없었다. 그녀가 손을 들어 올려 따귀를 한 대 후려갈기자 양바이리는 '아얏' 소리와 함께 땅바닥에 쓰러지고 말았다. 라오덩 집의 각 방마다 일시에 불이 환하게 켜졌다. 얼뉴의 오빠는 도둑이 잡화점의 물건을 훔치러 온 것이라 생각했다. 게다가 방금 마누라랑 말다툼을 한 터라 기분이 별로 좋지 않았던 그는 양바이리를 마당의 대추나무에 매달아놓고 흠씬 두들겨 팰 작정이었다. 채찍질을 겨우 두 번 하자 양바이리는 곧장 진상을 털어놓았다. 자신이 무고하다는 것을 밝히기 위해 뉴궈씽의 연애편지를 증거물로 내놓기도 했다. 라오덩은 연애편지를 읽어보고는 양바이리를 대추나무에서 풀어주었다. 그는 대장간의 라오뉴에 관해 아는 바가 없었다. 알고 보니 아이들 장난이라 추궁하고 자시고 할 것도 없었다. 소문이 시끄러워지면 자기 딸에게 좋을 것이 없었다. 다음날, 뉴궈씽은 자초지종을 알고 나서 양바이리에게 몹시 화가 났다. 그가 일을 제대로 처리하지 못하여 자신과 얼뉴의 관계에 안 좋은 영향을 미치게 되었기 때문이 아니라 오 위안을 받고서도 결정적인 순간에 자신을 팔아먹었기 때문이었다. 이런 사람을 어떻게 친구로 삼을 수 있겠는가? 이때부터 두 사람은 서로 말은 주고받았지만 마음속에 분명한 선이 그어져 있었고 철저하게 함께 '펀콩'하는 일이 없게 되었다.

　이해 팔월, 신샹 기관사사무소의 라오완(老萬)이라는 구매담당 직원이 옌진 대장간에 묵고 있었다. 신샹 기관사사무소에서는 핑한(平漢)선의 궤도를 보수하느라 매년 다량의 도정(道釘)이 필요했다. 신샹 기관사사무소 소장은 옌진 대장간 라오뉴의 친척이라 도정을 주조하는 일을 라오뉴에게 맡기려 했다. 구매담장자인 라오완은 석 달에 한 번씩 옌진을 찾아 도정을 사가곤 했다. 라오완은 산둥(山東) 사람으로 나이는 마흔 남짓이었고 눈썹이 희었다. 수시로 입을 크게 벌리곤 했지만 하품을 하는 것이 아니라 위아래 턱을 크게 움직여 '뚜둑'하고 근골이 조율되는 소리가 날 정도로 안면 운동을 하는 것이었다. 이번에 라오완이 옌진에 왔을 때, 라오뉴는 아직 도정을 만들어놓지 못했다. 라오완은 만 개의 도정을 구매해야 하는데 라오뉴의 대장간에서는 육천여 개밖에 만들지 못해 삼천여 개가 부족했다. 이리하여 라오완은 옌진에 남아 도정을 다 주조할 때까지 기다리기로 했다. 할 일 없이 한가한 그는 다음날 아침 일찍 대장간을 나서 옌진 현성의 사방을 두루 돌아다니기 시작했다. 이 대장간에서는 대문에 들어설 때는 대문을 지키는 사람에게 먼저 얘기를 해야 했지만 대문을 나설 때는 화물이 없는 경우 대문을 지키는 사람에게 미리 얘기할 필요가 없었다. 라오완은 혼자이긴 했지만 양바이리가 대문 앞에 앉아 있는 것을 보고는 예의상 인사를 건넸다. 그가 인사를 건네지 않았다면 아무 일도 없었을 텐데 인사를 건네자 양바이리는 화를 냈다. 양바이리의 머릿속은 마침 구름 낀 산에 안개가 덮인 상황이었다. 라오완이 그의 '펀콩'을 중간에 깨뜨려버린 것이다. 이리하여 양바이리는 라오완을 가로막고서 이것저것 따져 묻기 시작했다. 양바이리의 이런 태도에 다른 사람이었다면 진즉 속으로 욕을 해댔겠지만 다행히 라오완은 말하는 길 좋아하는 사람이었다. 그는 옌진에 아는 사람도 없는 상황에서 도정이 다 만들어지기를 기다리고 있던 터에 얘기를 주고받을 상대를 만나니 오히려 마음이 편해져 양바이리와 대화를 하기 시작했다. 입을 크게 벌려 '탁탁' 위아래 치아를 부딪치면서 자기 이름이 무엇이고 어디 사람이며 직업이 무엇이며 무슨 일로 옌진에 왔는지 시시콜콜 다 얘기한 다음, 도정에서 시작하여 철로와 기차, 기관사사무소에 관해 줄줄이 늘어놓았다. 이어서 기관사사무소에 인원이 얼마나 되고, 구매담당자인 자신은 하루 종일 어떤 일을 하는지⋯⋯ 등을 장황하게 설명했다. 이에 양바이리는 방금 하던 '펀콩'을 잊고 철로와 기차에 대해 호기심을 갖게 되었다. 처음에는 라오완의 얘기를 듣기만 하다가 나중에는 중간 중간 끼어들어 질문을 하기도 했다. 원래는 이것저것 따져 물을 작정이었는데 얘기를 주고받다 보니 두 사람은 금세 의기가 투합되었다. 이어서 라오완은 옌진에 관해 물었고 양바이리는 옌진의 놀기 좋은 곳들을 전부 소개해주었다. 옌진의 재미있는 일들도 얘기해주었다. '훙산청'의 라오웨이가 펀콩을 하다가 흰 수염의 노인을 만난 얘기부터 시작하여 자신이 '다쿠이 상점'의 지붕 위에 기어 올라갔다가 붙잡혀 대추나무에 매달려 얻어맞은 얘기도 들려주었다. 라오완은 너무나 재미있는 얘기에 깔깔거리며 즐거워했다. 양바이리도 반년이나 '펀콩'을 했지만 나중에 뉴궈씽과 사이가 틀어져 '펀콩'의 상대를 잃어버린 터라 머릿속이 하루 종일 먹구름이 잔뜩 끼어 있었고 근질근질한 입을 풀 데가 없어 천둥이 치는 데도 비가 내리지 않는 상황이었다. 그런 터에 이제 라오완을 만나니 '펀콩'은 아니지만 '펀콩'을 하는 것이나 다름없었다. 두 사람은 오전 내내 이렇게 얘기를 나누었다. 양바이리는 무거운 부담을 던 기분이었다. 몸과 마음이 시원하기 그지없었다. 라오완도 대문을 지키는 양바이리가 무척 재미

있는 사람이라고 생각했다. 나이는 어린 것 같은데 입을 놀리는 수완이 대단히 뛰어났다. 사십여 년 동안 말하는 것을 좋아했지만 남녀노소를 불문하고 적당한 맞수를 만나지 못했는데 옌진의 대장간에 와서 지기를 만나게 되리라고는 꿈에도 생각지 못했다. 그 뒤로 사흘 동안 라오완은 한가롭게 옌진의 재미있는 곳들을 돌아다니며 구경할 생각은 아예 하지도 않고 대장간 대문 앞으로 양바이리를 찾아가 '펀콩'만 했다. 사흘 동안 '펀콩'을 하다 보니 두 사람은 서로 못할 말이 없는 친한 친구 사이가 되었다. 사흘 후 도정이 다 제작되자 라오완은 마차를 한 대 빌려 도정을 싣고 떠나려 했다. 마차가 대장간 앞을 지날 때, 두 사람은 서로 헤어지기 싫어 아쉬워했다. 라오완이 마차에서 내려 말했다.

"언제든지 신샹에 오게 되면 꼭 기관사사무소로 날 찾아오게. 입이 큰 라오완을 찾는다고 하면 모르는 사람이 없을 걸세."

양바이리가 말했다.

"언제든지 옌진에 오거든 꼭 대장간을 찾아오세요. 대장간에서 절 찾지 못하면 양쟈좡으로 오시고요."

두 사람은 손을 흔들며 작별을 고했다. 라오완은 다시 마차에 올랐다. 마차가 한참이나 멀리 갔을 때쯤 라오완은 갑자기 마차에서 내려 되돌아왔다.

"한 가지 잊은 것이 있네."

"무슨 일인데요?"

"기관사사무소에 화부 두 명이 그만둬서 새로 사람을 구하고 있는데 혹시 자네 갈 생각 없나?"

"화부가 어떤 일을 하는데요?"

"기관차에서 화로에 석탄을 집어넣는 일을 한다네. 일이 무겁다면 무겁고 가볍다면 가벼운 셈이지. 세 사람이 번갈아가며 일을 하니까 중간에 쉴 시간도 있을 거야. 내가 인부 모집을 담당하는 라오둥(老董)과 친하니 자네가 원하기만 하면 내가 한 마디 해줄 수 있네. 단지 자네가 옌진의 대장간을 떠날 마음이 있는지 모르겠네."

두 달 전이었다면 양바이리는 옌진을 떠날 마음이 없었을 것이다. 처음 대장간에 온 건 대문을 지키려는 것이 아니라 뉴궈씽과 '펀콩'을 하기 위해서였는데 지금은 뉴궈씽과 사이가 틀어져 '펀콩'을 할 수 없게 되었다. 그러니 남아 있어 봤자 무슨 소용이 있겠는가? 차라리 라오완을 따라 신샹의 기관사사무소로 가면 또 다른 '펀콩'의 천지가 열릴지도 모를 일이었다. 여기서는 그를 잡지 않지만 그를 잡으려는 곳이 따로 있었던 것이다. 양바이리가 말했다.

"그 개자식이랑 떨어지는 것이 아쉽긴 하지만 아저씨를 따라가도록 할게요. 기관사사무소에 가서 화부가 되려는 것이 아니라 아저씨와 잘 지내기 위해서예요."

라오완이 손뼉을 치며 말을 받았다.

"내 생각도 바로 그걸세. 그럼 어서 짐을 챙기도록 하게. 사흘 뒤에 신샹 기관사사무소에 와서 날 찾도록 하게."

"사흘까지 기다릴 필요 없어요. 잠시만 기다려주세요. 당장 짐을 챙기도록 하겠습니다."

라오완이 웃으면서 말했다.

"자넨 정말 성질도 급하군."

그날 오전, 이불보따리를 등에 메고 대장간을 떠난 양바이리는 마차를 타고 라오완과 함께 신샹으로 갔다. 양바이리가 떠나려 한다는 얘기를 듣고 대장간에는 기뻐하지 않는 사람이 하나도 없었다. 라오뉴는 아미타불을 되뇌기도 했다.

"기관사사무소의 라오완은 정말 좋은 사람이야. 날 도와서 장애물을 하나 제거해주는군."

뉴궈씽은 양바이리가 떠나려 한다는 소식을 듣고 마음속으로 약간의 상실감을 느꼈다. 원래는 그를 아주 오래 볼 수 있을거라 생각했는데 갑자기 떠나게 된 것이다. 가기 전에는 서로 어긋나 있다가 떠나고 나니 생각나는 게 아주 많았다. 황급히 대문 밖으로 달려 나간 그는 양바이리에게 가지 말고 더 남아 있으라고 권해볼 생각이었다. 대문 입구까지 나가 보니 양바이리는 이미 라오완의 마차에 올라타 저 멀리 가고 있었다. 마차 위에서 양바이리가 라오완과 신나게 얘기를 주고받다가 갑자기 뒤를 돌아보았다. 뉴궈씽은 속으로 울화가 솟구치는 것을 금할 수 없었다. 그가 어떻게 라오완을 따라 가면서 '펀콩'을 구실로 삼을 수 있단 말인가? '펀콩'을 할 수 있다면 자기 입으로 먹고 살 수 있다는 말이 아닌가? 그리고 이렇게 갑자기 떠나면서 어떻게 한 마디 인사도 제대로 하지 않는단 말인가? 이리저리 도와줬더니 결국 원수를 도와준 셈이었다. 뉴궈씽은 어금니를 앙다물고 욕을 해댔다. 양바이리를 욕한 것이 아니라 자기 자신을 욕했다.

"또다시 남을 도와주면 내가 거북이 자손이다!"

7장

돼지 백정

    양바이순이 사부 라오쩡에게서 돼지 잡는 법을 배운 지 어느새 반년이 지났다. 쉰 살 가까이 된 라오쩡은 얼굴이 희고 깨끗했으며 중간 정도 되는 키에 손과 발이 작아 멀리서 보면 돼지 잡는 사람처럼 보이지 않았다. 오히려 서생 같아 보였다. 하지만 도축용 가마 앞에만 서면 전혀 다른 사람처럼 손과 발도 크고 키도 커졌다. 삼백 근이 넘는 살찐 돼지가 그의 손 안에 들어오기만 하면 고양이만한 장난감으로 줄어들었다. 다른 사람들은 돼지 한 마리를 잡는 데 여섯 시간이 걸렸지만 라오쩡은 한 시간이면 연골을 살에서 발라내 살코기와 뼈, 내장 등을 한 덩이씩 가지런하게 모아 놓고 도축용 가마 앞에 쪼그리고 앉아 담배를 태우면서 사람들과 웃고 떠들었다. 몸에는 핏자국도 전혀 남지 않았다. 양바이순은 머리를 깎는 라오페이에게서 라오쩡이 젊었을 때는 성질이 급하고 거칠어서 사소한 일에도 버럭 화를 냈지만 삼십 년 동안 돼지를 잡으면서 매일 칼을 다루다 보니 오히려 성격이 온화해졌다는 얘기를 들은 적이 있었다. 라오쩡은 돼지를 잡고 나면 잔업을 하는 셈으로 다른 사람들이 닭이나 개를 잡는 일을 도와주었다. 양바이순이 막 이 길에 들어섰을 때, 라오쩡은 그에게 돼지 잡는 법을 가르치지 않고 먼저 닭이나 개를 잡는 법을 훈련하게 했다. 도축 기술을 연마하는 동시에 담력을 키우기 위해서였다. 원래는 개나 닭을 잡는 것이 아주 쉬운 일이라고 생각했는데 정말로 살아있는 생물을 눈앞에 데려다 놓고 당장 죽이라고 하자 양바이순은 겁을 냈다. 닭이나 개는 묶여 있어도 소리를 내어 울었고, 울다가 지치면 더 이상 울지 않고 눈물을 흘리며 사람들을 쳐다보았다. 처음으로 도축을 하게 되었을 때 양바이순은 눈을 감고 칼을 한쪽으로 기울여 내리치는 바람에 오히려 개나 닭에게 두 번의 고통을 맛보게 했고 자신도 두 번 벌을 받았다. 하지만 무슨 일이든 오래 하다 보면 익숙해지는 법이다. 도축을 시작한 지 석 달이 되면서 매일 흰 칼이 들어갔다가 붉은 칼이 나오는 게 습관이 되어 자연스러워졌고 마음도 단단해졌다. 살아있는 생물이 방금 전까지도 마구 울어대다가 칼로 한 번 내려치면 즉시 울음을 멈췄고 그걸로 일은 끝이 났다. 그럴 때면 양바이순은 세상의 모든 일이 말하자마자 끝나는 식으로 빨리 끝나기도 하지만, 또 평생이 걸려도 끝내기 어려운 일도 있을 거라는 생각이 들었다. 일을 끝낸 뒤에는 커다란 쾌감이 느껴졌다. 이렇게 석 달이 지나자 일감이 모이지 않아 며칠 쉬게 될 때면 오히려 손이 근질근질해졌다. 사부인 라오쩡이 말했다.

"이제 돼지 잡는 법을 배워야 할 때가 된 것 같군."

라오쩡은 마누라가 죽은 지 삼 년이 되었다. 양바이순이 라오쩡에게서 돼지 잡는 법을 배운 뒤로 라오쩡은 식사는 제공하면서 잠자리를 제공하지는 않았다. 숙소를 제공하지 않는 것은 라오쩡의 집에 잘 곳이 없어서가 아니었다. 라오쩡의 집에는 방이 다섯 칸이나 됐다. 집은 썩 좋은 편은 아니었다. 두 칸은 기와집이고 세 칸은 흙벽돌로 지은 집이었다. 토방은 비가 올 때마다 비가 셌지만 지금은 토방 한 간을 비워 그 안에 땔감을 쌓아두고 있었다. 양바이순을 빈 방에 묵지 못하게 하는 건 라오쩡이 아니라 라오쩡의 두 아들이었다. 두 아들은 남이 자기 집에 머무는 것을 반대했다. 라오쩡의 두 아들은 라오쩡과 사이가 좋지 않았다. 양바이순과 양바이리가 자기 아버지에게 두부 만드는 것을 배우지 않으려고 하는 것과 마찬가지로 그들 역시 라오쩡에게서 돼지 잡는 법을 배우려고 하지 않았다. 그들은 라오쩡이 도제를 모집하는 것에 대해서는 반대하지 않았지만 도제를 집안으로 불러들여 묵게 하는 것에 대해서는 반대했다. 지금 당장은 빈방이 있지만, 둘 다 장가갈 나이인 열일곱, 열여덟이라 곧 아내를 얻게 되면 거주할 방이 부족하기 때문이었다. 그때 가서 도제를 쫓아내면 오히려 체면이 손상된다는 것이 그들의 생각이었다. 생계를 도모할 방도를 찾았지만 잠잘 곳이 없게 되자 양바이순은 또다시 난처한 처지가 되고 말았다. 하지만 살 길을 찾는 것이 잠잘 곳을 찾는 것보다 더 어려운 법이었다. 게다가 양바이순은 라오쩡 곁을 떠나고 싶지 않았다. 친척이나 친구에게 의탁하여 잠잘 곳을 찾아보려 했지만 쩡쟈좡 주변의 마을에는 일가친척이 한 명도 없었고 아는 사람도 없었다. 가까운 곳이라고는 양쟈좡 뿐이었다. 양쟈좡은 쩡쟈좡에서 십오 리 길이었다. 양바이순은 집을 나올 때 다시 돌아갈 생각이 없었다. 다른 일이라면 사흘이고 나흘이고 계속 하겠지만 매일 잠을 자는 것이 문제였다. 밤마다 탈곡장에서 잘 수는 없는 일이었다. 오로지 잠 때문에 양바이순은 하는 수 없이 염치 불구하고 다시 양쟈좡으로 돌아가야 했다. 그 순간 그는 아버지와 두부로부터 벗어나는 것이 닭을 잡고 돼지를 잡는 것과 같지 않다는 것을 분명히 깨달았다. 쩡쟈좡과 양쟈좡은 나루터 하나를 사이에 두고 떨어져 있었다. 양바이순은 매일 이렇게 두 마을을 오갔다. 이른 새벽에 먼저 사부님 댁으로 가서 함께 일을 하러 나갔다가 저녁에는 사부님을 먼저 집에 모셔다 드리고 나서 서둘러 양쟈쫭으로 돌아가는 식이었다. 다행히 나루터의 뱃사공 라오판(老潘)은 라오쩡과 잘 아는 사이였다. 라오쩡이 그에게 해마다 두 번씩 돼지를 잡아주었기 때문에 양바이순은 배를 타면서 뱃삯을 낼 필요가 없었다. 양바이순이 집을 떠나던 날, 두부 파는 라오양을 깜짝 놀라게 한 건 양바이순이 이번에 집을 나가면 다시 돌아오지 않을 것이라는 사실이었다. 하지만 라오양은 나중에 양바이순이 십오 리 밖의 쩡쟈쫭에 가서 돼지 잡는 라오쩡을 따라다니고 있고, 라오쩡은 식사는 제공하지만 잠자리를 제공하지 않아 양바이순이 매일 양쟈쫭까지 먼 길을 와서 잠을 잔다는 사실을 알게 된 뒤로 다시 의기양양해졌다. 지난번에는 '신학'에 보내는 문제로 자신이 양바이순의 기분을 상하게 했지만 이제 양바이순이 두부 만드는 법을 배우지 않고 다른 사람을 찾아가 돼지 잡는 것을 배우기로 했으니 양바이순도 그에게 큰 잘못을 범한 셈이었다. 이제 두 사람 모두 서로에게 빚진 게 없어진 것이나 다름없었다. 한번은 양바이순이 머리가 온통 땀범벅이 되어 쩡쟈쫭에서 달려오는 걸 보고 비아냥거리며 말했다.

"뭘 그렇게 뛰고 그러느냐? 그까짓 손재주를 배우면서 뛸 필요까지 있느냐? 나는 널 쳐다보는 것만으로도 힘이 빠지는구나. 네가 두부 만드는 법을 배우지 않아도 내 두부공방은 잘 돌아가고 있어. 누군가 떠나면 또 다른 누군가가 얼마든지 할 수 있는 일이니까. 언젠가 큰 맘 먹고 쩡쟈쫭을 한번 찾아가봐야겠구나. 가서 그 친구가 어떤 방법을 쓰는지 봐야겠다. 내가 아들을 부리면 한 발짝도 안 움직이는데, 그 친구는 만난 지 얼마 안 됐는데도 너를 부려먹으면서 매일 삼십 리를 뛰어다니게 하니 말이다."

사부인 라오쩡은 양바이순이 매일 삼십 리 길을 뛰어다니는 것을 보고는 속으로 몹시 미안한 마음이 들었다.

"내가 나서서 자넬 집안에 들이지 못하는 게 아니라 자네가 집에 들어와 묵으면 매일 사람들에게 무시당하게 될까 걱정돼서 그러는 걸세."

라오쩡이 탁자 다리에 담뱃대를 '탁탁' 털면서 말했다.

"한 번 왔다 가는 인생살이에 공연히 얼굴 붉힐 필요는 없으니까 말이네."

양바이순이 말했다.

"사부님, 새벽 일찍 뛰어오는 건 하나도 무섭지 않은데 밤에 돌아가는 것이 무서워요. 길에서 늑대를 만날까봐서요."

라오쩡이 말을 받았다.

"그럼 매일 일을 조금 일찍 마치도록 하지. 너무 늦거나 우리 집 애들이 집에 돌아오지 않을 때는 우리 집에 묵도록 하게. 뭐라고 할 사람이 없을 테니까 말일세."

사부와 제자는 얘기를 시작하자 자연스럽게 서로 소통이 이루어졌다. 처음에는 사부님과 함께 있는 게 다소 낯설고 어색했던 양바이순은 사부님과 친해지고 나서는 한담을 나누는 때가 잦아졌다. 외부 마을로 돼지를 잡으러 갈 때나 외부 마을에서 돌아오는 길에 둘이 서로 얘기를 주고받다 보면 먼 길도 그다지 멀지 않게 느껴졌다. 처음에는 일상적인 집안일이나 서로 아는 사람에 대해 이야기를 나누다가, 나중에는 자신의 걱정거리까지 털어놓으면서 서로 마음속 생각까지 주고받을 수 있게 되었다. 양바이순은 원래 라오쩡 곁에 임시로 있다가 적당한 때가 되면 라오페이 문하에 들어가 머리 깎는 법을 배울 작정이었다. 라오쩡은 이런 그를 탓하지 않았고 오히려 사제 간의 도리에 대해 분명하게 이야기해 주었다. 덕분에 양바이순도 안심하고 돼지를 잡을 수 있었다. 사실 돼지를 잡는 것도 양바이순의 마음에 맞는 일은 아니었다. 그가 평생 가장 하고 싶은 일은 뤄창리처럼 함상을 하는 것이었다. 하지만 함상을 하는 것으로는 가족을 제대로 부양할 수 없다는 사실이 그를 몹시 힘들게 했다. 라오쩡은 이런 이야기를 듣고도 그를 나무라지 않고 '피식' 하고 가볍게 웃을 뿐이었다.

"사부님은 소리 지르는 것을 좋아하지 않으시나 봐요? 저랑 같이 돼지를 잡을 때도 소리를 전혀 안 내시잖아요."

양바이순이 그를 멍하니 쳐다보며 말했다.

"누가 소리를 지른단 말인가? 사람은 소리를 지르지 않고 돼지가 소리를 지르지. 사람이 소리를 지르면 사람을 죽이는 것이고 돼지가 소리를 지르면 돼지를 죽이는 거야."

라오쩡은 내친 김에 설명을 계속했다.

"세상에 사람이 돼지를 먹는 건 봤어도 돼지가 사람을 먹는 건 못 봤네. 그래서 사람이 소리를 질러봐야 장사거리가 될 수 없고 돼지가 소리를 질러야 장사거리가 되는 거지."

양바이순은 사부님의 말이 일리가 있다고 여겼다. 이때부터 그는 마음 놓고 라오쩡에게서 돼지 잡는 법을 배웠다. 하지만 돼지를 잡고 나면 잠을 잘 곳이 없었다. 매일 집으로 돌아가 두부 파는 라오양의 눈치를 살피는 것 역시 양바이순으로서는 편치 않은 일이었다. 사부인 라오쩡의 가장 큰 걱정거리는 마누라가 세상을 떠난 지 삼 년이 된 데다 얼마 전부터 새장가를 가고 싶어진 것이었다. 하지만 두 아들도 나이가 열일곱, 열여덟이라 아내를 맞아야 했다. 부자 세 사람 가운데 누가 먼저 아내를 얻고 누가 나중에 얻을 것인가 하는 문제에 대해 두 아들은 라오쩡과 생각이 달랐다. 세 사람이 한꺼번에 아내를 맞이하는 것은 집안 사정이 여의치 않아 불가능했다. 결국 누가 먼저 하고 누가 나중에 할 것인지를 결정하는 게 두 아들과 라오쩡의 사이가 틀어진 또 다른 화근이 되었다. 이는 두 아들이 양바이순에게 제시한 난제의 또 다른 원인이기도 했다. 겉으로는 양바이순을 겨냥한 것 같지만 실제로는 라오쩡을 겨냥한 문제였다. 라오쩡 역시 아들들 몰래 남들에게 중매를 부탁했다. 하지만 서로 만나면 상대방이 라오쩡을 맘에 들어 하지 않는 것이 아니라 라오쩡이 상대방을 맘에 들어 하지 않았다. 이번 일도 이렇게 끝이 나버렸다. 사제가 서로 마음속 얘기를 다 털어놓았지만 양바이순은 매번 거처 문제는 제기하기가 어려웠다. 이런 얘기를 꺼내는 것이 사부님의 상처를 들춰내는 것 같았기 때문이다. 사부인 라오쩡은 자신이 새장가를 가야 하는지 말아야 하는지에 대해 자주 얘기했다. 어떤 화제든지 처음 들었을 때는 새롭고 신선하지만 매일 같은 얘기가 반복되다 보면 싫증이 나기 마련이다. 몇 달이 지나도 사부는 이 화제가 지겹지 않았지만 양바이순은 지겨워지기 시작했다. 한번은 추이쟈좡(崔家莊)으로 돼지를 잡으러 갔다가 오후에 돌아오는 길이었다. 사제 두 사람은 너무 오래 길을 걸어 몹시 지친 상태였다. 해는 하늘 꼭대기에 걸려 있고 서둘러 집으로 돌아가야 하는 것도 아닌 터라 두 사람은 강가의 커다란 버드나무 아래 앉아 잠시 쉬기로 했다. 라오쩡이 담배를 태우며 말했다.

"추이쟈좡의 라오추이(老崔)는 정말 쩨쩨해. 돼지를 잡았는데 어떻게 점심상에 고기 한 점 올라오지 않을 수 있느냐는 말이야. 진즉 이런 사람인 줄 알았다면 돼지를 잡아주지 않는 건데……"

한참을 얘기하다가 그는 또다시 자신의 재취 문제로 화제를 돌렸다. 양바이순이 참지 못하고 라오쩡에게 말대꾸를 했다.

"사부님, 새장가를 가고 싶으면 어서 가세요. 이렇게 매일 말만 하지 마시고요. 말만 하면 무슨 소용이 있겠어요? 입만 아플 뿐이지요."

라오쩡이 버드나무에 담뱃대를 '툭툭' 털었다.

"누가 정말로 새장가를 들고 싶다고 했나? 정말로 새장가를 들고 싶었으면 진즉 들었지. 그냥 말이 그렇다는 걸세."

양바이순이 말했다.

"매일 이렇게 말씀하시는 건 새장가를 들고 싶다는 뜻이라고요."

"새장가를 들고 싶어도 적당한 사람이 있어야지."

"게다가 사부님은 상대를 고르기까지 하시잖아요. 좋은 사람을 고르려 하시면서 사부님 자신은 돌아보지 않으시잖아요. 사람을 고르지만 않았어도 벌써 새장가 들고도 남았을 거예요."

양바이순은 잠시 쉬었다가 입을 삐죽 내밀며 말을 이었다.

"사실 이건 사람을 고르고 안 고르고의 문제도 아니에요. 제가 보기에 사부님은 아직 두 형제를 두려워하고 있는 것 같아요."

두 형제란 바로 라오쩡의 두 아들을 가리켰다. 화근을 정확히 지적하자 라오쩡이 목을 꼿꼿이 세우면서 말을 받았다.

"누가 그 녀석들을 두려워한다는 거야? 누가 뭐래도 이 집에서는 내가 가장이란 말일세."

사제 두 사람은 이 대목에서 서로 어색해졌다. 한참 있다가 라오쩡이 한숨을 내쉬더니 버드나무에 담뱃대를 '탁탁' 털면서 말했다.

"내가 정말 두려워하는 건 그 녀석들이 아니라 다른 사람들의 입이야. 녀석들도 나이가 열일곱, 열여덟이고 나는 거의 쉰 살이 다 되어 가는데 녀석들 하고 장가가는 일로 다툴 수는 없지."

그러더니 또 말을 바꿨다.

"실은 남들이 뭐라고 하는 것이 두려운 게 아니라 모두가 이렇게 사이가 틀어져 있는 상태에서 내가 먼저 아내를 얻었다가 제대로 행복하게 살아갈 수 없을까봐 그러는 거지."

양바이순은 원래 쩡씨 형제들과 사이가 좋지 않았다. 그들이 양바이순에게 숙소를 제공하지 않아 양바이순의 마음속에는 줄곧 그들에 대한 분노가 가시지 않고 있었다. 양바이순이 말했다.

"그건 두 형제가 아직 철이 들지 않은 탓이에요. 그들은 나이가 아직 열일곱, 열여덟이니 얼마든지 더 기다릴 수 있지요. 하지만 거의 쉰이 다 되어가는 사부님은 새장가를 안 드시고 예순까지 기다리다간 때가 늦고 말지요. 새장가를 들어도 아무 소용이 없게 된단 말이에요."

라오쩡은 할 말이 없었다. 한참을 생각에 잠긴 뒤에야 그는 간신히 정신을 차리고 말을 받았다.

"자네 말도 일리가 있는 것 같군."

그해 봄, 라오쩡은 아들들이 장가를 가기 전에 자기가 먼저 새장가를 들기로 결심했다. 새마누라 감을 까다롭게 고르지도 않았다. 중매인에게도 라오쩡이 상대방을 마음에 들어 하든지 말든지 간에 상대방이 라오쩡을 마음에 들어 하기만 하면 된다고 확언했다. 라오쩡이 후처의 조건을 따지지 않기로 하자 새장가 가는 일은 아주 순조롭게 진행되었다. 새마누라 감으로 찾아낸 사람은 쿵자좡에서 당나귀 휘샤오(火燒)[13]를 파는 라오쿵의 여동생이었다. 진에서 장이 설 때마다 라오쿵은 두부 파는 라오양의 좌판 가까이와 바로 옆에서 장사를 하곤 했다. 그의 좌판은 라오양의 왼쪽에 있었고 후

---

13 고기를 볶아 야채와 함께 넣어 먹는 빵.

라탕과 실담배를 파는 떠우쟈좡(賣家莊)의 라오떠우(老賣)의 좌판은 라오양 오른쪽에 있었다. 라오양은 두부를 팔기 위해 항상 북을 쳐댔다. 이 때문에 두 사람은 라오양과 싸운 적도 있었다. 라오쿵의 여동생은 연말에 남편이 세상을 떠난 터라 재혼하기에 딱 좋은 시기였다. 두 사람 사이의 중매는 중매쟁이가 한 게 아니라 페이쟈좡에서 머리를 깎는 라오페이가 중간에서 줄을 댄 것이었다. 라오페이는 쿵쟈좡으로 머리를 깎아주러 갔다가 라오쿵과 친구가 되었다. 라오쿵은 라오페이를 믿고 여동생을 라오쩡에게 시집보내기로 마음먹었다. 삼월 초이틀 날 신랑 쪽에서 신부 쪽에 예물을 보내고 삼월 열엿새 날에 혼사를 치르기로 했다. 양바이순은 사부가 새마누라를 맞아들이는 것이 무척 좋았다. 사부가 결단력이 있어서가 아니라 더 이상 이 일을 가지고 그와 얘기하지 않아도 되기 때문이었다. 아니면 마음속으로 은근히 라오쩡의 두 아들을 미워하던 터에 이번 일로 화풀이를 대신할 수 있다고 생각했기 때문인지도 몰랐다. 혹은 새로 들어온 사모가 집안의 가장이 되어주기를 바라는 마음이 있었던 것인지도 몰랐다. 과거에는 라오쩡의 아들들이 실질적인 가장이었기 때문에 양바이순을 집에 묵지 못하게 했었다. 새로 들어온 사모가 가장이 되면 세상이 바뀔 수도 있는 일이었다. 모두가 외지에서 온 사람들인데 양바이순을 집 안에 묵지 못하게 하는 건 너무 의외라고 여길 수도 있을 것이다. 양바이순은 새로운 사모가 들어오는 걸 기대했을 뿐만 아니라 새로 들어온 사모가 약간 억척스러워 라오쩡의 두 아들을 제압해줄 수 있기를 바랐다. 이리하여 양바이순은 삼월 열엿새 날을 사부인 라오쩡보다 더 간절하게 기다리고 있었다.

하지만 새로 쩡씨 집안에 들어온 사모는 양바이순을 크게 실망시켰다. 그가 가장 먼저 실망한 건 외모였다. 양바이순은 진에서 당나귀 휘샤오를 파는 라오쿵을 본 적이 있었다. 키가 아주 작고 눈은 아주 컸다. 하지만 몸 전체가 깔끔하고 얼굴도 아주 희었다. 목소리도 무척 가는 것이 꼭 여자 같았다. 양바이순은 라오쿵의 여동생을 상상하면서 틀림없이 날씬하고 손발이 가는 여인일 거라고 생각했다. 하지만 뜻밖에도 삼월 열엿새 날 저녁에 사모가 가마에서 내리는 순간 양바이순은 놀라움을 금할 수 없었다. 등롱 아래 모습을 드러낸 사모는 작고 땅땅한 체구에 칼처럼 뾰족한 얼굴을 하고 있었고 광대뼈가 튀어나온 데다 입술은 아주 얇았다. 피부는 검은 편이고 콧등에는 커다란 점도 있었다. 그녀가 입을 열자 양바이순은 또 한 번 놀라고 말았다. 목소리가 돼지 멱따는 것 같았기 때문이다. 등을 돌리고 들으면 영락없는 남자 목소리였다. 그녀는 라오쿵과 친남매였지만 너무나 다른 모습을 하고 있었다. 오빠는 여자 같고 여동생은 남자 같았다. 양바이순이 사부에게 여자를 너무 까다롭게 고른다고 탓한 적이 있었지만 뜻밖에도 사부는 빨리 새장가를 가기 위해 이것저것 따지지 않고 너무나 쉽게 상대를 결정해버린 것이었다. 물론 사모의 외모는 양바이순과 아무런 관계도 없었다. 사모는 시집온 뒤로 생김새가 남자 같긴 했지만 말하는 태도와 일하는 자세는 영락없는 여자였다. 사모는 아침 일찍 일어나 머리를 단정하게 빗고 얼굴에 연지도 찍었다. 밥도 잘하고 바느질도 잘했다. 지난 삼 년 동안 쩡씨 집안에는 여자가 없어 집 안팎이 온통 어지럽고 고약한 냄새만 가득했지만 사모가 들어오고 사흘이 지나자 집 안팎이 더할 수 없이 깨끗해졌다. 정말 중요한 건 사모가 외모는 아주 거칠고 무섭지만 성격은 무척 온순하다는 것이었다. 남들과 얘기를 나눌 때도 먼저 비웃거나 하는 일이 없었다. 같은 말이라도 두 가지 화법이 있는데 그녀가 구사하는 화법은 비교적 듣기 좋은 쪽이었다. 그러다 보니 나쁜 말도 그녀의 입을 거치면 좋은 말이 되었다. 하지만 바로 이런 이유 때문에 양바이순이 애당초 가졌던 생각은 물거품이 되고 말았다. 양바이순은 사모가 들어오면 라오쩡의 두 아들과 앙숙이 될 것이고, 그렇게 되면 자신은 학과 조개의 싸움 속에서 어부지리를 얻을 수 있으리라고 생각했다. 그런 사모가 시집온 지 닷새 만에 다른 건 고사하고 라오쩡의 두 아들에게 솜저고리를 하나씩 만들어 주리라고는 꿈에도 생각지 못했다. 그것도 겉감과 안감 모두 새 천을 사용했다. 뿐만 아니라 두 형제에게 신발도 만들어주었다. 두 아들은 새 저고리와 신발을 받고서 너무나 좋아했다. 이어서 사모는 보리 추수가 끝나면 두 형제에게 아내를 얻어주겠다고 장담했다. 그것도 헛된 계획이 아니라 일찌감치 그녀의 마음속에 점찍어둔 아가씨들이 있었다. 하나는 그녀의 외조카였고 하나는 사촌 조카였다. 이처럼 그녀가 쩡씨 집안에 들어온 뒤로 모든 일들이 멈추거나 취소되는 것 없이 순조롭게 진행되었고 그녀가 직접 나서기만 하면 안 되는 일이 없었다. 두 아들은 원래 새어머니에 대해 극도의 적의를 품고 호시탐탐 싸움의 구실만 찾고 있었지만, 먼저 새 옷과 신발을 만들어준 데다 보리 추수가 끝나면 아내를 얻어준다는 말에 얼른 꼬랑지를 내리고 전의를 감추는 동시에 새어머니에게 크게 감동한 모습을 보였다. 친아버지는 일이 있을 때마다 자신들과 선후를 다투곤 했지만 새어머니가 들어온 뒤로는 모든 일이 마음 상하지 않는 범위에서 순조롭게 이루어졌다. 이리하여 두 아들은 자발적으로 새어머니의 비위를 맞추기 시작했고, 이를 본 양바이순은 마음이 급해지지 않을 수 없었다. 보아하니 새로 온 사모는 수완이 좋아 새 저고리와 신발에 아내를 얻어준다는 공수표로 칼에 피도 묻히지 않고 쩡씨 두 형제의 병권을 빼앗아버린 모양이었다. 이어서 또 양바이순을 실망하게 만든 건 이 사모가 쩡씨 집안에 들어온 뒤로 양바이순을 봐도 다른 사람들에게 하는 것과 마찬가지로 말을 할 때 먼저 비웃는 일이 없고 웃음은 어디까지나 웃음으로 그친다는 사실이었다. 사모는 어린 도제 하나가 매일 삼십 리 길을 오가면서 기술을 배우면서도 잠자리가 없는 것을 보고도 라오쩡의 두 아들과 마찬가지로 마음이 움직이는 바가 없었다. 다시 말해서 그녀가 들어오기 전에는 잠자리를 빌리는 일을 라오쩡의 두 아들과 상의하여 해결할 수 있었지만, 사모가 새로 들어온 뒤로는 쩡씨 집안의 모든 일을 자기 일로 여기기 때문에 모든 일을 그녀와 상의해야 하다 보니 잠자리를 빌리는 일은 더더욱 어렵게 된 것이다. 모든 일을 그때그때 기분에 따라 처리하는 두 아들과는 사뭇 달랐다.

하지만 사부 라오쩡의 생각은 양바이순과 정반대였다. 새장가를 들 것인가 말 것인가 하는 문제를 놓고 그는 무려 삼 년 동안이나 심사숙고했다. 아들들을 고려한 것은 물론, 전처와 같은 상황을 맞게 될 경우를 우려하기도 했다. 양바이순은 라오페이에게서 라오쩡의 죽은 마누라가 생전에 막돼먹은 여자였다는 얘기를 들은 적이 있었다. 그녀는 시집온 지 석 달이 채 못 되어 라오쩡을 안중에 두지도 않았을 뿐만 아니라 길거리에서 만나는 이웃들과 여러 차례 싸움을 벌였다. 똑같은 말도 두 가지 화법이 있는데 그녀가 구사하는 화법은 듣기 안 좋은 쪽이었다. 좋은 말도 그녀의 입을 거치면 나쁜 말이 되곤 했다. 다른 사람들은 남들과 싸우고 나면 자신도 화가 나는 법이지만 라오쩡의 마누라는 남들과 싸우고 나서도 먹을 것 다 먹고, 마실 것 다 마시고, 심지어 구들 위에서 잠도 편히 잘 잤다. 라오쩡만 화를 이기지 못하고 밤잠을 설치기 일쑤였다. 라오쩡은 젊었을 때 성질이 무척 거칠고 포악했지만 나중에 점점 그런 성격이 없어졌다. 돼지를 죽일 때는 죽여야 하지만 그 나머지 거친 성질은 아마도 죽은 마누라가 전부 가져가 버린 것 같았다. 반면에 새로 시집 온 라오쿵의 여동생은 라오쩡에게 까탈을 부리지도 않았고 오히려 매일 라오쩡을 향해 미소를 보이며 나쁜 말도 하지 않았다. 밥이 다 되면 항상 가장 먼저 푼 밥을 그의 밥그릇에 담았고 한 그릇을 다 먹고 나면 다시 한 그릇을 담아주었다. 밤에 잠자리에 들기 전에는 뜨거운 물을 떠다가 족욕을 시켜주기도 했다. 라오쩡은 삶이 이렇게 변하리라고는 생각지도 못했다. 사모가 들어온 뒤로 사부 라오쩡은 몸이 마르기는커녕 오히려 볼에 통통하게 살이 올랐다. 과거에는 말할 때 목소리가 무겁게 가라앉았지만 이제는 목청이 높고 낭랑해졌다. 이처럼 신바람 나게 살다 보니 양바이순의 잠자리를 해결해주는 문제는 까맣게 잊고 말았다. 과거에는 걸핏하면 이 일을 입에 올리더니 이제는 언급조차 하지 않았다. 혹자는 그가 사모와 마찬가지로 원래 이랬어야 하는 걸로 생각하고 있다고 말했다. 과거에 사부와 도제 둘이 외지에 나가 돼지를 잡을 때는 길의 멀고 가까움을 따지지 않았다. 하지만 이제 라오쩡은 이렇게 말했다.

"가장 좋은 건 오십 리를 넘지 않는 거야."

양바이순이 물었다.

"왜요?"

"당일에 돌아와야 하니까."

양바이순은 마음속으로 더더욱 비명을 질렀다. 과거에는 사부와 도제 둘이 외지에 나가 돼지를 잡을 때, 양바이순은 가까운 길보다는 먼 길을 기대했다. 길이 가까우면 당일로 돌아와야 하는데, 사부는 돌아와 쉴 곳이 있지만 자신은 또 밤길을 걸어 양쟈좡으로 돌아가야 하기 때문이었다. 반면에 길이 멀면 멀리 떨어진 시골 마을에서 사부와 함께 밤을 보낼 수 있었다. 이제 사부는 매일 서둘러 집으로 돌아가게 되었고 문을 나서면 오십 리를 넘지 않았기 때문에 양바이순은 매일 혼자 밤길을 달려 양자좡으로 돌아가야 했다. 매일 밤길을 가야 하는 건 그런대로 괜찮았다. 이어서 양바이순을 불쾌하게 한 건 사부가 말하는 태도도 바뀌었다는 점이다. 과거에는 사부와 도제 두 사람이 얘기를 나눌 때면 대나무 통에서 콩을 쏟아내듯이 서로 감추는 것이 없었지만 지금은 사부가 말을 할 때마다 혀가 구부러지기 시작했다. 문을 나서 오십 리를 넘어서지 않는 것은 사부 자신을 위한 일이었다. 하지만 말은 달리 했다.

"일찍 갔다가 일찍 돌아와야 자네도 밤길을 덜 걷게 될 게 아니겠나."

양바이순은 입만 크게 벌리고 말을 하지 못했다. 할 말이 없었기 때문이 아니라 어디서부터 얘기를 해야 할지 몰랐기 때문이다. 두 사람 사이에 한 사람이 끼어들면서 세상은 크게 달라졌다. 양바이순은 탄식했다. 사모가 들어온 뒤로 사부는 더 이상 과거의 사부가 아니었다. 단오절 하루 전, 두 사람은 거쟈좡(葛家莊)에 가서 돼지를 잡았다. 거쟈좡은 오십 리 안에 있는 곳이다. 이날 돼지를 잡게 한 주인은 라오거(老葛)였다. 라오거는 사십오 경의 땅을 가지고 있는 육두호(肉頭戶)[14]로 집안의 모든 일을 자신이 결정했다. 크게는 땅을 사고파는 일부터 작게는 등잔을 하나 더하는 것까지 전부 혼자서 결정했다. 사제 두 사람이 거씨 집안에 들어섰을 때 라오거는 장에 가고 없었다. 집에는 돼지가 세 마리 있었다. 하나는 흑돼지이고 하나는 백돼지, 나머지 하나는 얼룩무늬 돼지로 모두 자랄 만큼 다 자란 돼지들이었다. 라오거는 집을 나서면서 이 가운데 어느 놈을 잡아야 하는지 말해주지 않았고, 집에 있는 다른 사람들은 마음대로 결정할 수 없었다. 하는 수 없이 사

14 사정이 좋으면서도 겁이 많은 사람.

제 두 사람은 아무 것도 못하고 기다리고 있었다. 오후가 절반쯤 지나서야 라오거가 장에서 돌아왔다. 라오거가 얼룩무늬 돼지를 지목하고 사제 두 사람이 서둘러 돼지를 잡은 다음 정리까지 마쳤을 때는 이미 날이 어두워져 있었다. 어느새 빗방울까지 날리기 시작했다. 처음에는 작은 빗방울이더니 점차 커져 빗방울이 '퐁당퐁당' 소리를 내면서 물웅덩이에 부딪쳤다. 라오쩡이 비를 보며 투덜거렸다.

"꼴을 보니 오늘은 집에 가기 다 틀렸군."

양바이순이 화가 나서 말했다.

"집에 가고 싶으세요?"

라오쩡이 손을 뻗어 빗방울을 만지며 말을 받았다.

"이런 비를 맞고 집에 가다간 임병(淋病)에 걸리고 말 걸세."

그러고는 고개를 삐딱하게 돌려 양바이순에게 물었다.

"자네 생각은 어떤가 ? "

"저야 사부님의 결정에 따라야지요."

집 주인 라오거가 다가와 권했다.

"오늘은 여기서 묵도록 하시게. 오늘 일은 전부 내 탓이니 내가 저녁식사를 준비해드리겠소."

두 사람은 하루 묵어가는 수밖에 없었다. 저녁을 먹고 두 사람은 라오거 집의 외양간에서 자게 되었다. 한밤중이 되어 양바이순은 라오쩡이 한숨 쉬는 소리를 들었다. 양바이순이 말했다.

"왜 그러세요?"

"따지고 보면 나는 참 배은망덕한 사람이야."

양바이순은 가슴이 덜컥 내려앉았다.

"어째서요?"

"모든 게 다 자네 때문일세."

"어째서요?"

"자네가 내게 새마누라를 얻으라고 했잖아. 방금 꿈에서 죽은 마누라를 만났어. 옷소매로 눈물을 닦으면서 내가 자기를 잊었다고 한탄하더군. 곰곰이 생각해보니 새마누라를 얻은 뒤로 정말로 전처를 잊어버렸던 것 같아. 한 달에 한 번도 생각하지 않았으니까 말이야."

그러고는 혼잣말로 중얼거렸다.

"죽었으면 죽었지, 내게 그런 말은 해서 뭐해? 당신은 살아 있을 때도 하루 종일 나를 괴롭히기만 했잖아?"

그는 다시 담뱃대를 들어 '탁탁' 땅바닥에 두드렸다.

"이건 또 무슨 일인가요?"

양바이순은 비가 지붕을 때리는 소리를 들으며 마음속이 더욱 뒤틀렸다. 사부가 겉으로는 전처를 그리워하는 것 같지만 사실은 새장가 간 것을 자랑하는 말이었다. 자랑하고 싶으면 자랑하면 될 것을, 왜 말을 반대로 하는 건지 알 수 없었다. 사부가 새장가 든 것을 자랑할수록 양바이순은 사모가 정말 못된 사람이라고 생각했다. 자신에게 숙소를 제공하지 않기 때문이 아니라 그녀가 쩡씨 집안을 바꿔놓은 뒤로 사사건건 자신을 압박하여 숨도 제대로 쉴 수 없게 만들기 때문이었다. 예를 들자면 이렇다. 사제 관계의 규정에 따르면 기술을 통해 번 돈은 전부 사부가 차지하고 도제는 돈을 받지 않게 되어 있었다. 하지만 돼지 도축의 풍속에 따르면 잡은 돼지의 고기는 전부 주인집 차지가 되고 위와 창자, 심장, 간, 곱창 같은 커다란 부속물들은 전부 도축 장인의 몫이었으며 사부는 이를 도제들에게 나눠주는 것이 관례였다. 과거에 사제 두 사람이 돼지를 잡고 나면 사부는 돈을 받아 돈주머니에 넣고 양바이순은 나무통에 위와 내장, 부속물들을 담아 등에 지고 먼저 사부 집으로 가져갔다. 위와 부속물을 나누면서 라오쩡이 말했다.

"바이순, 자네가 가져가고 싶은 만큼 가져가게."

부속물이 열 조각일 경우 양바이순은 보통 세 조각을 가져가고 사부가 일곱 조각을 가져갔다. 양바이순은 돼지 부속물 세 조각을 챙겨 돌아가는 길에 진에 있는 라오쑨의 밥집에 들려 부속물을 건네곤 했다. 진 동쪽에 있는 라오쑨의 밥집은 과거에 라오페이가 한밤중에 양바이순을 데리고 가서 밥을 먹여주던 곳이다. 양바이순은 라오쑨과 한 달에 한 번 결산을 하여 약간의 용돈을 챙길 수 있었다. 하지만 사모가 들어온 뒤로 부속물을 등에 지고 돌아오면 사부는 담배를 피우고 양바이순은 옷에 묻은 흙을 터는 사이에 사모가 부속물을 나누었다. 양바이순이 몸을 돌리면 사모가 배시시 웃으면서 말했다.

"바이순, 이건 자네 몫이야."

똑같이 세 조각의 부속물이라 해도 과거에는 자신이 직접 골랐지만 이제는 남이 골라주었다. 같은 물건이라 해도 느낌이 다를 수밖에 없다. 문제는 부속물에 있는 게 아니라 자신이 집는 것과 사모가 챙겨주는 것이 다르다는 데 있었다. 삶 속에 사모라는 여자가 개입하게 된 뒤로 사부가 변했을 뿐만 아니라 빌어먹을 세상 전체가 변해버렸다. 양바이순은 가슴 속에 풀이 자라는 것처럼 마음이 불안하기만 했다.

이해 연말, 섣달로 접어들자 사부 라오쩡의 다리 관절염이 재발했다. 라오쩡이 다리 관절염을 앓은 건 한두 해 일이 아니었다. 그는 젊었을 때 성미가 팔팔하여 돼지를 잡을 때면 흥분하여 옷을 벗어 던지기 일쑤였다. 엄동설한에도 소매를 드러내고 반팔 차림으로 작업을 했다. 칼이 손에서 춤을 추면 돼지는 눈 깜짝할 사이에 고깃덩이가 됐다. 사람들은 이처럼 현란한 광경을 구경하면서 앞 다투어 칭찬을 해댔다. 하지만 이것이 병의 뿌리가 될 줄은 아무도 알지 못했다. 팔을 드러낸 건 아무 문제도 되지 않았지만 다리에 병이 난 것이다. 마흔을 넘기면서부터 라오쩡은 다리 관절염이 수시로 재발했고, 한 번 재발했다 하면 걸음을 걸을 수 없었다. 다행히 대여섯 해 동안 전혀 재발하지 않다가 뜻밖에도 이해에 다시 도지고 말았다. 관절염이 도지면 걸을 수 없을 뿐만 아니라 외지에 나가 돼지를 잡을 수도 없었다. 때마침 세밑이라 돼지 잡는 일이 많아질 시기였지만 라오쩡은 구들 위에 누워 시름만 달래야 했다. 양바이순이 권했다.

"사부님, 너무 상심하지 마세요. 그래 봤자 세밑 장사를 놓치는 것뿐이잖아요. 봄이 되면 다리가 좋아지실 거예요."

"돼지를 못 잡는 건 괜찮지만 주요 고객들을 잃으면 남 좋은 일만 시키게 되니까 그러네."

주변 십 리 이내에 돼지를 잡는 사람이 두 명 더 있었다. 한 사람은 라오천(老陳)이고 또 한 사람은 라오덩(老鄧)으로 둘 다 사부 라오쩡의 경쟁자였다. 양바이순도 속수무책으로 혀만 찼다.

"그럼 어떻게 하지요? 돼지를 이리로 가져와 잡아달라고 할 사람은 아무도 없잖아요."

라오쩡이 관절염을 앓고 있는 자신의 다리를 툭툭 치며 말했다.

"정말 제 구실을 못하게 됐군."

그러고는 멍하니 담뱃대를 바라보며 말을 이었다.

"내 생각엔 말이야, 바이순 자네가 가는 게 좋을 것 같네."

양바이순은 놀라움을 금치 못했다.

"사부님, 닭이나 개를 제외하면 돼지를 잡은 적이 다 합쳐도 열 몇 마리밖에 되지 않고, 그것도 사부님 하시는 걸 보고 따라했을 뿐인데 이렇게 갑자기 전선에 나가도 될까요?"

"이치대로 하자면 안 되겠지. 돼지를 잡으려면 삼 년은 배워야 하는데 자네는 온 지 일 년밖에 안 됐잖아. 하지만 지금 우리에게 닥친 건 돼지 잡는 일이 아니야. 돈을 못 버는 건 사소한 일이지만 라오천이나 라오덩이 우리가 돼지를 잡지 못하게 됐다는 걸 알면 속으로 얼마나 좋아하겠나. 이 일만 생각하면 칼로 가슴을 도려내는 것 같다네."

그러면서 구들을 힘껏 내리쳤다.

"이렇게 하자고. 일거리는 내 이름으로 접수할 테니까 자네가 가서 돼지를 잡도록 하게."

양바이순은 걱정이 되기 시작했다.

"주인이 안 하겠다고 하면 어떻게 하지요?"

"방법은 한 가지뿐이야. 내 병을 핑계로 대게. 모두들 내가 움직이지 못하면 돼지를 잡을 수 없다는 걸 잘 알고 있지. 내 이름이 있으니 이름을 믿고 가는 거야. 주인이 뭐라고 할 리는 없네. 라오쩡이 실수하는 법이 없으니 그의 도제도 실수하지 않을 것으로 믿을 거야. 그건 내가 장담할 수 있네. 사람들이 나는 왜 안 왔느냐고 물으면 어젯밤에 독한 감기에 걸려 집에서 땀을 빼고 있다고 하게."

섣달 초엿새부터 양바이순은 바쁘게 일을 다니기 시작했다. 처음으로 혼자 문을 나서 돼지를 잡으러 가기 시작한 것이다. 과거에는 사부를 따라다니는 데 익숙했고 자신은 그저 조수에 지나지 않았지만, 이렇게 갑자기 의

지할 데를 잃으니 문을 나설 때마다 마음이 이만저만 허전한 게 아니었다. 그는 다시 한 번 사부의 중요성을 깨달았다. 사부가 새장가를 든 뒤로 두 사람이 함께 돼지를 잡을 때면 양바이순은 그의 말 한 마디가 사람들을 전부 제압할 수 있다고 여겼었다. 이제 길 위에 혼자 남게 되니 원래 입을 다물고 있어야 하는 처지였던 양바이순은 마음이 이만저만 어지러운 게 아니었다.

양바이순이 처음으로 혼자 돼지를 잡게 된 곳은 삼십 리 밖에 있는 주쟈자이(朱家寨)였다. 집 주인은 성이 주(朱)씨로 사부의 주요 고객 가운데 하나였다. 라오주(老朱)가 양바이순이 혼자 온 걸 보고는 놀란 표정으로 물었다.

"사부는 어쩌고 자네 혼자 오는 건가?"

양바이순은 사부가 가르쳐준 대로 대답했다.

"사부님은 어제만 해도 괜찮았는데 밤중에 갑자기 감기가 심해져서 못 오셨습니다."

라오주가 의아한 듯 그를 쳐다보았다.

"자네가 돼지를 잡을 수 있겠나?"

양바이순이 말했다.

"누구와 비교하느냐에 달렸지요. 사부님과 비교하면 안 되겠지만 저 자신과 비교하자면 작년에 비해 많이 발전했다고 장담할 수 있습니다. 작년에는 돼지를 죽이지도 못했거든요."

그의 말에 라오주는 미소를 지으며 입맛을 쩝쩝 다시고는 더 이상 말을 하지 않았다. 대신 돼지를 우리에서 끌고 나와 양바이순에게 넘겼다. 돼지를 묶고 몸을 뒤집은 다음 도축대 위에 올리는 것까지는 깔끔하게 해냈다. 그러나 칼을 손에 쥐자 양바이순은 당황하기 시작했다. 돼지는 단칼에 죽였지만 배를 가를 때 너무 거칠게 칼을 휘두르다 보니 창자가 터지고 말았다.

도축대 위에 대여섯 가지 색깔이 어우러지면서 마치 양념 가게를 연 것 같은 장면이 연출되었다. 피를 뺄 때는 살을 제대로 쑤시지 않아 입에 반쯤 피가 고였고 돼지 머리를 자를 때는 덜렁거리다가 코를 잘라버리고 말았다. 온전한 돼지머리가 아니었다. 뼈를 발라낼 때도 여기저기 살점이 그대로 남았고 도축대 밑에는 멀쩡한 살점 부스러기가 수북했다. 라오주는 화가 나서 발을 동동 굴렀다. 양바이순을 욕하진 않았지만 하늘을 향해 삿대질을 하면서 라오쩡에게 욕을 해댔다.

"라오쩡, 이 개자식, 내가 너한테 원수진 일도 없거늘."

돼지 한 마리 가지고 열 시간을 낑낑대고서도 양바이순은 일을 다 마무리하지 못했다. 옷은 땀으로 흠뻑 젖었다. 대충 일을 수습했을 때는 이미 저녁이었다. 양바이순은 감히 라오주의 집에서 밥을 얻어먹을 생각도 하지 못하고 부속물을 챙길 엄두도 내지 못한 채 황급히 쩡쟈좡으로 돌아왔다. 길을 반쯤 왔을 때는 날이 이미 어두워져 있었지만 그는 늑대에 대한 두려움마저 잊고 있었다.

그 뒤로 돼지 열 마리를 잡고 나서부터는 양바이순도 점점 일에 익숙해졌다. 그렇지만 돼지를 잡는 속도는 여전히 느린 편이었다. 사부 라오쩡은 두 시간이면 한 마리를 잡는 반면 양바이순은 여덟 시간이나 걸렸다. 그래도 부속물 처리도 어지럽지 않았고 피도 아주 깔끔하게 뺐다. 돼지머리에도 코가 제대로 붙어 있었고 뼈에는 살점이 남아 있지 않았다. 동작이 느리다고 주인이 원망을 하면 그는 고개를 숙인 채 말없이 뼈 바르는 일에만 열중했다. 살과 뼈, 부속물들이 제대로 정리되고 나면 사람들도 더 이상 그를 원망하지 않았다. 이십 일 정도 돼지를 잡고 나니 양바이순은 심지어 혼자 돼지 잡는 일의 장점을 알게 되었다. 과거에는 어디로 돼지를 잡으러 가든지 멀고 가까움을 언제나 사부 라오쩡이 결정했지만 이제는 양바이순 마음대로 할 수 있었다. 사부는 새장가를 든 뒤로 매일 집에 돌아가려 했고 돼지를 잡는 일도 오십 리 안에서만 하려고 했는데 이제는 이런 제약이 자동적으로 사라진 셈이었다. 양바이순은 오십 리라는 제한을 좋아하지 않았다. 오십 리 안에서는 매일 양자좡으로 돌아가야 하지만 오십 리 밖에서는 안심하고 주인집에서 잘 수 있기 때문이었다. 막 일을 시작했을 때는 양바이순도 여전히 오십 리 안에서 일을 했지만 열흘 뒤부터는 오십 리의 제한을 넘어서 사나흘에 한 번씩 주인집에서 잤다. 혼자 모든 일을 하다 보니 양바이순에게는 또 다른 방법이 떠오르기도 했고 사모에 대해 새로운 불만이 생기기도 했다. 과거에 사제 두 사람이 돼지를 잡을 때는 공임이 전부 사부의 몫이었고 열 조각의 부속물 가운데 양바이순의 몫은 세 조각이었다. 이제는 사부가 몸을 움직일 수 없게 되어 돼지를 잡는 일도 양바이순 혼자 하고 있었지만, 양바이순은 매번 돼지를 잡고 나면 먼저 사부 집으로 돌아갔고 사모는 공임을 받고 나서 양바이순에게 부속물 세 조각만 건네주었다. 양바이순은 사모가 사리분별이 약간 부족하다는 생각이 들었다. 양바이순은 공임을 차지하려는 생각은 없었지만 두 사람의 일을 자기 혼자서 하게 된 상황에서 적어도 부속물에 관해서는 약간의 조정이 있어야 한다고 생각했다. 하지만 사모의 조정은 얼굴로만 그쳤다. 사모는 양바이순이 등에 나무통을 메고 들어오는 것을 보고 웃으면서 말했다.

"이것 봐, 사부의 안목이 틀리지 않았어. 바이순은 정말 큰일을 할 재목이라니까."

혹은 이렇게 말했다.

"양산박으로 쫓겨 간다는 것이 뭘 두고 하는 말이냐 하면 바로 이런 걸 두고 하는 말이지."

하지만 웃음은 웃음일 뿐, 양바이순에게 나눠주는 부속물은 여전히 세 조각이었다. 죽도록 일을 하고서 부속물 세 조각을 들고 집으로 돌아가려니 울화가 치밀었다. 섣달 스무사흘 날, 양바이순은 허쟈좡(賀家莊)에 사는 라오허(老賀)의 집에 가서 돼지를 잡았다. 머리에 가르마를 탄 라오허는 얘기하는 걸 무척 좋아했다. 양바이순은 라오허와 인사를 주고받은 다음 곧장 돼지를 잡기 시작했다. 라오허는 자리를 뜨지 않고 바로 옆에 쭈그리고 앉아 양바이순과 얘기를 주고받기 시작했다. 맨 처음에는 다른 얘기를 했다. 작은 기름집을 운영하고 있는 라오허는 참깨 값이 많이 올라 기름을 짜도 돈을 벌 수 없다고 투덜댔다. 이어서 사부 라오쩡에 관해 얘기하기 시작하여 새마누라에 관한 얘기로 이어졌다. 사모에 관해 언급하지 않았으면 모르겠지만 일단 사모에 관한 얘기가 나오자 양바이순은 뱃속에서 울화가 치밀어 올랐다. 사태가 또 감정에 치우치고 말았다. 그는 뼈를 발라내면서 사모가 얼굴에는 미소를 지으면서 속으로는 얼마나 지독한지, 도제에게 얼마나 각박하게 구는지를 대나무 통에서 콩을 쏟아놓듯이 시원하게 다 얘기했다. 사부에 대해서는 아무런 얘기도 하지 않고 오로지 사모 얘기만 했다. 라오허가 한숨을 내쉬며 말했다.

"보기에는 무척 상냥하던데 웃는 호랑이일 줄이야! 하늘에 오르기가 힘들다지만 남의 밥 얻어먹는 일은 더 어려운 것 같군."

양바이순이 얘기를 끝내는 순간 그의 일도 마무리되었다.

섣달 스무엿새 날에 장에 나간 라오허는 점심 때 당나귀 훠샤오를 파는 라오쿵의 좌판에서 수다를 떨면서 설 쇠는 일에 관해 얘기하게 되었다. 라오쿵은 라오허가 산 세밑 물건들을 보고는 라오허에게 돼지를 잡았는지 물었다. 라오쿵의 바로 옆에는 두부 파는 라오양의 좌판이 있었다. 옛날에 라오양은 허자좡에 가서 두부를 팔다가 저울 눈금 때문에 두부 한 근을 놓고 라오허와 싸운 적이 있었다. 이때부터 두 사람은 앙숙이 되었다. 이제 라오쿵이 돼지를 잡았느냐고 묻자 라오허는 갑자기 생각나는 바가 있는지 라오쿵을 담장 가까이 사람들이 없는 곳으로 데리고 가서는 양바이순이 돼지를 잡으면서 했던 말들을 그대로 전했다. 양바이순이 라오허의 집에 가서 돼지를 잡을 때 라오허는 그가 라오쩡이 받아들인 도제인 줄만 알았지 라오양의 아들인 줄은 모르고 있었다. 나중에서야 그는 양바이순에게 돼지를 잡게 한 것을 후회했다. 그리고 이제 라오양을 만나게 되니 갑자기 양바이순이 생각나 원수를 갚고 싶어졌던 것이다. 당시 양바이순은 돼지를 잡으면서 라오허와 많은 얘기들을 주고받았고 화제도 어려웠다. 라오허는 다른 얘기들은 전부 접어두고 양바이순이 사모를 흉보던 대목에만 살을 붙이고 맛을 더해 반나절이나 얘기했다. 양바이순의 사모는 바로 라오쿵의 여동생이었다. 라오쿵은 얘기를 다 듣고 나서 몹시 화가 났다. 라오허가 가고 난 뒤에 라오쿵은 후라탕과 실담배를 파는 라오떠우와 마찬가지로 라오양의 두부 좌판을 엎어버리고 싶었지만, 자신의 키가 작기 때문에 라오양을 이기지 못할 것 같아 잠시 생각을 돌려 서둘러 자신의 좌판을 접은 다음 쩡자좡에 있는 라오쩡의 집으로 달려갔다. 그의 여동생은 마침 부엌에서 밥을 하고 있었다. 라오쿵은 부엌으로 들어가 여동생에게 라오허가 한 얘기를 시시콜콜 하나도 빠짐없이 고스란히 전해주었다. 라오쿵이 가고 난 뒤에 라오쿵의 여동생은 밥주걱을 내려놓고 본채로 달려가 라오쿵이 한 얘기를 그대로 라오쩡에게 전했다. 말이 여러 사람의 입을 거치는 동안 내용은 크게 달라져 있었다. 원래 양바이순이 말한 내용은 사모에게 문제가 있다는 것뿐이었지 사부에 관해서는 한 마디도 하지 않았지만, 얘기가 사부의 귀에 들어갈 때는 양바이순이 전적으로 사부를 원망한 것으로 변해 있었다. 라오쩡의 성격이 아주 지독하고 도제에게도 매우 각박하여 잠자리도 제공해주지 않고 때로는 돼지 부속물도 나눠주지 않고 혼자 다 차지한다는 내용이었다. 섣달 스무엿새 날, 양바이순은 내장을 등에 지고 평소와 다름없이 사부의 집으로 돌아와 나무통을 내려놓고는 사모가 다가와 공임을 받고 부속물을 나눠주기를 기다리고 있었다. 그러나 뜻밖에도 사모는 얼굴조차 내밀지 않고 사부가 방안에서 큰 소리로 자신을 부르는 것이었다.

"바이순, 이리 좀 오게."

양바이순이 방 안에 들어서니 사부는 평소처럼 구들에 누워 있고 사모는 그 옆에 서 있었다. 사부 라오쩡이 말했다.

"바이순, 한 가지 묻겠네. 자네가 날 따라다닌 지 곧 일 년이 되는데, 자넨 사부인 나를 어떻게 생각하나?"

양바이순은 얘기의 서두가 어째 좀 이상하다는 생각이 들어 황급히 대답했다.

"사부님은 제게 너무 잘해주십니다."

라오쩡이 구들 위에 담뱃대를 '탕탕' 내리쳤다.

"그럼 허쟈쫭의 라오허에게는 뭐라고 말했나? 내가 자네에게 아주 각박하게 군다고 했다며? 한번 말해보게. 내가 자네에게 어떻게 각박하게 굴었나? 이 사부도 잘못을 알아야 고칠 게 아니겠나?"

양바이순은 너무나 당황스러웠다. 일이 터진 걸 직감한 그는 재빨리 말했다.

"사부님, 저는 그런 말을 한 적이 없습니다. 남들이 헛소리 하는 걸 곧이 들으시면 안 돼요."

156

라오쩡이 침상 가장자리를 세게 내려쳤다.

"온 세상이 다 알고 있는데 자네만 자신이 무슨 말을 했는지 모른단 말인가? 내가 자네에게 탄복했다고 말했다면서? 말을 할수록 나를 화나게 하는군. 가슴에 손을 얹고 생각해보게. 당초에 자네가 어떻게 내 밑으로 오게 됐나? 자네가 올 때 어떤 모습이었고, 지금은 또 어떤 모습인가? 내가 내일 라오페이를 불러 올 테니 우리 같이 시비를 가려보도록 하세!"

양바이순은 뭔가 해명하고 싶었지만 말을 할수록 라오쩡은 화가 더 심해졌고 얼굴까지 새파래졌다.

"자네는 자신이 충분한 능력을 갖췄다고 생각하나? 자네는 내가 침상에 누워 다시는 일어나지 못할 거라고 생각하나? 나는 삼십 년이나 돼지를 잡았지만 아무도 내게 불만을 말하지 않았네. 그런데 이제 도제가 강을 건너고 나서 다리를 부수고 내 등에 비수를 꽂으려 하는군!"

이어서 그는 '찰싹' 하고 자신의 뺨을 때렸다.

"나는 사람을 알되 얼굴만 알지 마음은 모르네. 빌어먹을 죄가 있으면 벌을 받아야지!"

사모가 황급히 달려들어 사부의 손을 붙잡으며 말렸다.

"이것 봐, 말할수록 화가 나잖아. 차라리 내가 도제가 되겠네."

그러면서 고개를 돌려 양바이순에게 말했다.

"바이순, 이것이 바로 자네의 잘못이야. 무슨 일이 있으면 말을 해야지 등 뒤에서 사부를 욕해선 안 된단 말일세."

라오쩡이 양바이순을 가리키며 말했다.

"내가 왜 욕을 먹어야 한단 말인가? 내가 바보지, 이런 사람을 도제로 받아들이다니!"

양바이순은 사태가 심각하다는 것을 깨닫고 얼른 땅바닥에 무릎을 꿇었다.

"사부님, 잘못했습니다. 그런 말을 하긴 했지만 그런 뜻은 아니었습니다."

"그럼 무슨 뜻이었나?"

양바이순은 원래 자신의 화두는 사모를 겨냥한 것이었다고 말하고 싶었지만 사모가 바로 옆에 서 있는 터라 도저히 그런 말을 할 수가 없었다. 그가 그 자리에서 주저하고 있는 것을 보고서 라오쩡은 더 화를 냈다.

"아무 말도 하지 말게. 내일부터 자네는 자네의 밝은 길을 가게. 나는 나의 외나무다리를 갈 테니까. 자네도 내 도제가 아니고 나도 자네의 사부가 아닐세. 우물이 강물을 범할 수는 없는 법이야. 내가 자네를 다시 만나게 된다면 자네를 할아버지라고 부르겠네."

"사부님, 사부님께서 그렇게 말씀하시면 제가 발붙일 데가 없어집니다."

"내가 자네에게 설 땅이 없게 했나 아니면 자네가 내게 설 땅이 없게 했나?"

그러면서 '팍' 하고 등잔을 넘어뜨려버렸다.

"내일부터 돼지 잡는 일을 그만두도록 하게!"

8장
—
자식들 혼사

　이해 섣달 스무아흐레에 양바이순의 형 양바이예가 가정을 꾸렸다. 그의 나이 열아홉이었다. 양바이순이 어렸을 때만 해도 남자 나이 열아홉에 가정을 꾸리는 게 그다지 이른 편은 아니었다. 하지만 두부 파는 라오양은 양바이예를 이해에 결혼시킬 생각이 없었다. 두부를 파는 집에서 아내를 맞아들이는 게 간단한 일은 아니었다. 돈이 많이 들기 때문만은 아니었다. 마누라 될 사람이 정해져 있어 문 앞에서 기다리고 있는 게 아니라는 것이 문제였다. 요컨대 돈이 문제인 동시에 사람도 문제인 셈이었다. 인간관계로 말하자면 남들이 볼 때 라오양의 집안은 그리 좋은 편이 아니었다. 하지만 라오양은 그렇게 생각하지 않았다. 그는 스스로 세상에 친구가 아주 많다고 생각했다. 그렇지만 그는 양바이예를 당장 결혼시킬 준비가 되어 있지 않았다. 일단 마누라를 얻으면 다른 마음을 갖게 마련이었다. 두 해 늦게 장가를 간다면 마음 놓고 라오양과 두 해 더 두부를 만들 수 있었다. 두부보다 더 중요한 것은 라오양에게 아들이 셋인데, 세 아들 가운데 두 아들이 라오양과 틀어져 있다는 사실이었다. 이것이 아들 모두에 대한 라오양의 견해에 큰 영향을 미쳤다. 양바이순과 양바이리가 집을 떠나고 나서 양바이예만 혼자 남아 라오양과 함께 두부를 만들었다. 집을 떠난 녀석들은 눈앞에 없어 다행이지만 눈앞에 있는 녀석은 모든 것이 문제였다. 말 한 마디만 잘못 대꾸해도 라오양은 이를 열흘 동안 기억했다. 어떻게 열흘에 말을 한 마디만 잘못할 수 있겠는가? 이리하여 양바이예에 대한 라오양의 불만은 양바이순과 양바이리에 대한 불만을 능가하게 되었다. 단지 마음에 감춰두고 입 밖에 내지 않을 뿐이었다. 양바이예는 열일곱 살부터 가정을 꾸릴 날만 기다려왔다. 결혼을 하면 여자가 들어오기 때문이 아니라 라오양에게서 분가하여 따로 살 수 있기 때문이었다. 그러면 매일 당나귀처럼 라오양 곁에 붙어서 쓸데없이 두부를 갈지 않아도 될 것이었다. 두부를 갈지 않는 건 둘째 목적이고 핵심은 라오양에게서 벗어나 더 이상 그의 얼굴을 보지 않는 것이었다. 하지만 양바이예의 이런 심사는 곧장 라오양에게 들키고 말았다. 라오양은 아들이 나쁜 마음을 품고 있었다는 것에 대해 말 한 마디 잘못한 것보다 더 오래 분노를 간직했다. 라오양은 양바이예의 혼사를 더 늦출 작정이었다. 부자 두 사람이 겉으로는 매일 함께 앉아 두부를 갈았지만 속마음은 제각각이었다. 그러나 집안에서는 모든 것을 라오양의 뜻에 따라야 하기 때문에 양바이예의 생각은 아무 소용이 없었다. 모든 것이 라오양의 말 한 마디로 결정되었다. 하지만 올해는 작년과 달랐다. 라오양은 혼사를 찾지 않았지만 지난해에 혼사가 라오양 집을 찾아왔다. 옌진의 풍속에 따르면 혼례가 무에서 유로 전환되기 위해서는 납채에서 가정을 꾸리기까지 일 년 이상의 시간이 걸렸지만, 라오양 집의 혼사는 섣달 스무닷새 날부터 시작하여 섣달 스무아흐레에 아내를 맞이하기까지 나흘밖에 걸리지 않았다. 라오양의 신분으로 볼 때, 두부를 만들어 파는 그가 아들에게 아내를 얻어주려면 상대도 머리 깎는 장인이나 당나귀를 파는 장사꾼의 자녀여야 했다. 하지만 라오양 집안의 이번 결혼 상대는 이십 리 밖에 있는 친쟈좡(秦家莊)의 부자 라오친(老秦)이었다. 라오친은 땅이 삼십 경이나 되고 집에 십여 명의 하인을 거느리고 있었다. 평소에 왕래하는 사람들도 전부 명문가의 사람들이었다. 라오친은 키가 크고 머리가 둥글며 눈이 작았다. 또한 눈 깜빡거리는 것을 좋아했다. 다른 사람들은 하루에 눈을 이천 번 정도 깜빡거리지만 라오친은 하루에 눈을 이만 번 깜빡거렸다. 눈을 많이 깜빡거리는 사람은 생각이 많은 법이지만 라오친은 그렇지 않았다. 라오친은 목이 쉬어 말할 때 목소리가 높지 않았고 일이 닥치면 이치를 따지기 좋아했다. 하지만 그가 이치를 따지는 것은 진에서 약방을 운영하고 있는 라오차이가 이치를 따지는 것과는 달랐다. 라오차이는 자기주장만 하고 남들에게는 이치를 말하지 못하게 하면서 자신의 이치를 남들에게 억지로 적용시키는 식이었지만, 라오친은 자기주장을 하지 않고 항상 남들에게 이치를 말하게 했다.

"나는 이 일을 도통 모르겠네. 왜지? 한 번 설명해보게."

남이 얘기를 하면 그는 귀 기울여 들었다. 게다가 말하는 사람은 처음부터 끝까지 조목조목 한 대목도 빠뜨리지 않고 다 얘기해야 했다. 하지만 세상에 그렇게 완전한 일이 어디 있단 말인가? 어떤 일이든지 이치가 단면적이지 않고 다면적이기 때문에 이야기를 하다 보면 누락되는 부분이 없을 수 없었다. 누락되는 부분이 생기면 라오친은 즉시 잡아냈다.

"잠깐, 이 부분은 어째서 대충 넘어가는 거야? 다시 얘기해보게."

누락된 부분을 메우면 또 다른 부분에 공백이 생겼다. 원래 일이라는 것이 누락되는 부분이 그렇게 많지 않아도 얘기를 하다 보면 구멍이 많이 생기기 마련이다. 라오친이 알아들을 때까지 얘기를 할 수 있는 사람은 거의 없었다. 라오친은 아무 말도 하지 않고도 이치를 터득하여 나름대로 결정을 내렸다. 라오친은 이치를 터득하면 남에게 말을 하지 못하게 하고는 눈을 깜빡거리면서 말했다.

"이건 자네가 말한 걸세."

때문에 라오친은 남들과 왕래하면서 한 번도 크게 마음을 쓰지 않았고 남들이 얘길 하다 보면 생각을 바꾸곤 했다.

곧 예순이 되는 라오친은 슬하에 사남 일녀를 두고 있었다. 라오친은 네 아들에 대해서는 그다지 신경을 쓰지 않았다. 유일한 딸은 라오친이 마흔에 얻은 아이로 그의 심장이나 마찬가지였다. 라오친은 화가 나면 아들들을 상대로 이치를 따졌다. 아들들에게 사정을 분명히 설명하게 하는 것이다. 하지만 딸에게는 그러지 않았다. 라오친은 딸을 사숙에도 보냈고 '옌진신학'에도 보냈다. 친만칭(秦曼卿)이라는 이름을 지어준 것으로 보아 나름대로 글도 아는 것 같았다. 이치대로 하자면 라오친이 때려 죽여도 이런 딸을 두부 만드는 집에 시집을 보낼 리 없었다. 게다가 친만칭은 한 해 전에 이미 혼처를 정해둔 터였다. 시아버지 자리는 현성 북가(北街)에서 양곡 도매상을 하고 있는 라오리(老李)였다. 라오리의 양곡상 이름은 '펑마오위안(豊茂源)'이었다. 라오리는 '펑마오위안' 옆에 '지스탕(濟世堂)'이라는 이름의 한약방도 함께 운영하고 있었다. 점포 두 개의 거래가 거리 전체에서 이루어지는 거래의 절반을 차지했다. 집에서 식사를 하려면 주인과 점원들이 다 모이기 때문에 식탁 네 개를 펼쳐야 했다. 입이 큰 라오리는 항상 거리에 다리를 꼬고 앉아 말했다.

"사람들은 병이 없으면 우리 집 양곡을 먹고, 병이 있으면 우리 집 약을 먹지."

사람들은 그가 뻥이 심하다고 생각했다. 하지만 그의 뻥은 입으로만 그칠 뿐, 마음속은 아주 건실했다. 큰일을 당해도 별 주관이 없었다. 이렇게 한 사람은 주관이 있고 한 사람은 주관이 없는 덕분에 그는 라오친과 친구가 될 수 있었고, 지난해에 중개인 라오추이(老崔)를 통해 딸의 혼처를 정하게 되었다. 라오리의 아들은 이름이 리진룽(李金龍)으로 역시 '옌진신학'에 다닌 적이 있었다. 말하자면 친만칭과 동창인 셈이었다. 두 집안은 작년 가을에 납채를 주고받았고 혼인 날짜는 금년 섣달 스무아흐레로 정해둔 상태였다. 설을 쇠기 전에 혼례를 치름으로써 두 가지 경사를 한꺼번에 누릴 요량이었다. 납채를 주고받은 뒤로 두 집은 왕래가 잦아지기 시작했다. 명절을 맞을 때마다 라오리의 아들 리진룽은 장인될 사람을 찾아뵈었다. 리진룽은 아버지 라오리와 성격이 전혀 달랐다. 라오리는 말하는 걸 좋아했지만 리진룽은 말하는 걸 좋아하지 않았다. 라오친이 그와 함께 앉아 있으면 그는 라오친이 하는 말을 듣기만 했다. 라오친이 말을 하지 않아도 그는 썰렁한 것을 두려워하지 않았다. 어떤 일에 대한 긍정이나 부정을 표할 때도 고개를 끄덕이거나 가로저을 뿐이었다. 라오친이 다른 사람과 함께 있을 때면 다른 사람이 말을 하고 라오친은 듣기만 하는 식이었으나 이제 리진룽과 함께 있게 되니 리진룽이 라오친이 되고 라오친이 다른 사람이 되었다. 라오친은 탄식을 금치 못했다.

"이런 젠장, 나보다 더 감정을 억누를 줄 아는 놈이 있다니."

바로 이런 이유 때문에 그는 리진룽에 대해 별로 반감이 없었다. 그러나 금년 섣달로 접어들면서 혼례가 스무 날 남짓 남은 상태에서 리진룽에게 갑자기 변화가 생겼다. 리진룽의 변화란 친씨 집안이나 라오친에 대해 별다른 생각을 갖게 된 것이 아니라 한 해 전에 동네 건달들이랑 술 마시기 시합을 하다가 일이 생긴 것이었다. 그는 술 마시는 방법을 놓고 신학의 동창이었던 웨이쥔런(魏俊仁)과 얼굴을 붉히며 싸우게 되었다. 리진룽이 웨이쥔런을 멍청하다고 욕하자 웨이쥔런이 화가 나서 말했다.

"누가 누구한테 멍청하다고 하는 거야? 곧 아내가 될 사람이 귀가 한 쪽밖에 없다는 것도 모르는 주제에 남을 욕해?"

모두들 웨이쥔런이 고의로 리진룽을 꺾기 위해 농담을 하는 것이라 생각하고는 일제히 손을 들어 웨이쥔런을 때려주었다. 얻어맞은 웨이쥔런은 화가 나서 사정을 곧이곧대로 얘기했다. 이 얘기는 신학에 다닐 때 덩슈즈라는 여학생에게서 들었다고 했다. 신학에 다닐 때, 친만칭은 덩슈즈 집에서 기숙하고 있었다. 덩슈즈는 친만칭이 두 살 무렵 마당에서 더위를 식히며 자고 있을 때 돼지가 와서 무는 바람에 귀가 그렇게 된 거라고 했다. 친만칭 얼굴의 왼쪽 중간쯤 되는 부분이 하루 종일 머리로 가려져 있는 이유도 바로 여기에 있다고 했다. 덩슈즈는 양바이순의 동생 양바이리가 옌진 철공소에서 대문을 지킬 때 함께 '펀콩'을 했던 친한 친구 뉴궈씽이 몰래 짝사랑하던 바로 그 여자애였다. 양바이리는 뉴궈씽을 위해 덩슈즈에게 편지를 전달하다가 라오덩 집 마당에 있는 대추나무에 매달려 호되게 얻어맞은 적도 있었다. 웨이쥔런은 화가 나서 이 얘기를 한 것뿐이지, 결코 리진룽의 혼사를 망가뜨리려는 의도는 아니었다. 하지만 리진룽은 이 얘기를 듣는 순간 '꽝' 하고 머리가 폭발하고 말았다. 게다가 여러 사람들 앞에서 체면이 크게 손상되었다. 리진룽은 당장 탁자를 뒤집어버리고 몸을 돌려 집으로 돌아와서는 아버지에게 친씨 집안과의 혼사를 물리겠다고 말했다. '펑마오위안'과 '지스탕'의 주인 라오리도 라오친의 딸이 귀가 한 쪽밖에 없다는 얘기를 듣고는 놀라움을 금치 못했다.

"이건 라오친이 잘못한 거야. 딸의 혼사를 이렇게 처리하면 안 되지. 새끼 돼지 한 마리를 팔아도 사는 사람에게 감추는 것이 없어야 하는데 말이야."

그러고는 또 말했다.

"귓바퀴에 사마귀가 있는 건 감추고 언급하지 않아도 되지만 귀가 한 쪽 없는 것을 어떻게 사전에 설명하지 않을 수 있단 말인가?"

그러면서도 그는 은근히 걱정이 됐다.

"라오친과 수십 년을 사이좋게 지냈는데 파혼이라는 두 글자를 어떻게 꺼내지. 라오친의 단점은 고사하고 정말로 라오친과 함께 있으면 말도 제대로 꺼내지 못할 거야."

그러고는 다시 리진룽에게 권했다.

"다른 것도 아니고 겨우 귀 한 쪽 없는 것이잖니. 게다가 머리로 가리면 되고 말이야."

리진룽이 눈을 부릅뜨며 말했다.

"이건 귀 한 쪽의 문제가 아니에요. 애당초 거짓말을 한 거란 말이에요. 알았으니 귀가 한 쪽 없는 것이지만 몰랐다면 뭐가 없는 지도 몰랐을 거라고요. 아버지는 라오친 아저씨가 두려울지 모르지만 전 두렵지 않아요. 제가 찾아갈게요."

그러고는 또 말했다.

"파혼하지 않아도 돼요. 라오친 아저씨가 그렇게 무서우면 아버지가 데리고 사세요."

라오리는 리진룽이 평소에 말을 잘 안 하지만 고집이 있어서 일단 생각이 정해지면 아홉 마리 소가 끌어도 꿈쩍 안 한다는 걸 잘 알고 있었다. 아들에게 귀가 한 쪽 없는 여자를 아내로 얻어주는 것이 라오리로서도 마음이 내키는 일은 아니었다. 아무래도 이 혼사는 물리지 않으면 안 될 것 같았다. 하지만 어떻게 리진룽에게 가서 파혼을 하라고 한단 말인가? 리진룽은 말하는 걸 싫어하기 때문에 일단 일을 처리하게 되면 말 세 마디에 곧장 손을 움직이게 될 것이 뻔했다. 라오친과 말다툼을 하게 되고 이어서 주먹질까지 하게 될 수도 있었다. 결국 리진룽을 붙잡아두고 중매인 라오추이에게 라오친을 찾아가 자초지종을 자세히 설명하게 하는 수밖에 없었다. 라오추이가 라오친의 집으로 찾아가 사정을 얘기하자 오히려 라오친이 화를 내면서 친만칭이 귀가 한 쪽 없는 것이 아니라 귓불이 조금 잘려나간 것뿐이라고 말했다. 게다가 어렸을 때 더위를 피하려 마당에서 자다가 돼지에게 물린 것이 아니라 집 안에서 자다 쥐에게 물린 것이라고 했다. 귓불 한 쪽이면 크게 상한 것이라고 할 수도 없었다. 사람들에게 말하지 못할 일도 아니었다. 게다가 새색시를 안채에서 불러내 라오추이에게 머리를 들추고 보여주기까지 했었다. 과연 친만칭은 귀 두 쪽이 다 있었고 단지 오른쪽 귀에 귓불이 없는 것뿐이었다. 라오친이 라오추이를 붙잡아 앉혀 놓고 말했다.

"라오추이, 이 일이 어떻게 된 건지 난 잘 모르겠으니까 수고스럽겠지만 자네가 설명 좀 해주게. 귓불 하나 때문에 이 혼사를 물려야 하겠나? 혼사를 물리는 건 중요한 일이 아니고, 귓불을 고의로 한 쪽 귀라고 얘기한 의도가 뭔가? 오늘 분명하게 얘기하지 않으면 집에 돌아갈 생각 말게."

라오추이는 원래 가축 거간꾼으로서 남들에게 중매를 서는 일이 거의 없었다. 그가 보니 일이 크게 잘못되어 가고 있었다. 한 가지 일이 세 가지 일이 되고 보니 다소 황당하지 않을 수 없었다. 평소에 그는 라오친을 상대로 이치를 따지지 못했었다. 스스로 이치에 맞다고 생각한 일도 결국에는 스스로 이치에 맞지 않는다는 결론을 내리곤 했다. 게다가 귀와 귓불에 관한 문제는 절반은 라오친이 옳았다. 그가 황급히 라오친에게 읍을 하며 말했다.

"어르신, 이 일은 제 탓이 아닙니다. 저는 파혼을 언급한 적이 없습니다. 이 일은 전적으로 라오리의 잘못입니다. 남의 얘기를 잘못 들었기 때문이지요."

그러고는 재빨리 몸을 일으키며 말을 이었다.

"제가 지금 현성으로 돌아가 라오리에게 실제 사정을 전하겠습니다. 두 집안의 혼사는 계속 진행해야 합니다. 계속 진행하세요."

라오추이가 현성의 라오리 집에 왔을 때는 이미 일을 회복할 수 있는 기회가 지나가 버린 뒤였다. 귀를 귓불로 바꿀 수 없거나 라오리의 집에서 사실은 귓불이 그렇다는 걸 받아들여주지 않아서가 아니라 라오리의 아들 리진룽이 이미 집을 나가버렸기 때문이었다. 실은 집을 나가버린 게 아니고 철공소의 중역인 라오뉴의 아들 뉴궈씽과 합세하여 멀리 남쪽 항저우(杭州)로 약을 팔러 간 것이었다. 자신은 몸을 빼버리고 뜨거운 감자를 라오리에게 남겨주려는 의도가 분명했다. 떠나면서 인사조차 하지 않은 것을 보면 알 수 있었다. 라오리가 손을 비비며 말했다.

"전부 잘못된 소식 탓이야. 귓불이 조금 잘려나간 것뿐인데 귀가 없다고 하다니. 하지만 녀석은 간다는 말만 남기고 가버렸군. 인사도 없이 말이야. 곧 섣달 스무아흐레가 다가오는데 이 일을 어떻게 중간에 그만둔단 말인가?"

라오추이는 더욱 난처해진 입장으로 친쟈좡으로 돌아와 이 소식을 라오친에게 전했다. 라오친은 그제야 리진룽이 나쁜 놈이라는 것을 알았다. 평생 처음으로 남에 의해 곤경에 처하게 되었고 자신을 곤경에 처하게 한 사람은 애송이 젊은 놈이었다. 라오친이 대노하여 말했다.

"라오리에게 전하게. 원래 이 문제는 상의하여 결정할 생각이었지만 이제 상의할 필요도 없게 되었다고 말일세. 귓불 때문에 혼사를 물리는 거라면 귀가 아니라 귓불이라고 확실하게 밝히게."

그러고는 또 말했다.

"녀석이 도망친 것은 녀석의 일이고 녀석을 불러오는 것은 라오리의 일이네. 섣달 스무아흐레에 신부를 데려가지 않으면 우리 딸이 시집가는 대신 내가 리씨 집안으로 시집갈 걸세. 그때가 되면 파혼 문제가 아니라 다른 문제를 얘기하게 될 걸세. 모르면서 아는 척한 것을 밝히지 않고는 이 일은 절대로 마무리되지 않을 거란 말일세."

이 한 마디가 라오리의 급소를 찔렀다. 라오리는 평소에 주관이 없는 사람이라 큰일을 당하면 라오친을 찾아가 상의하곤 했다. 맨 처음 라오리가 '펑마오위안'만 운영하다가 나중에 한약방을 차리게 된 것도 라오친의 생각이었다. 지금은 한약방으로 버는 돈이 '펑마오위안'에서 버는 돈보다 많았다. 라오친의 은덕을 입은 처지인데 라오친의 손에 약점까지 잡히고 말았다. 하지만 리진룽은 이미 가버렸으니 라오리가 어딜 가서 그를 찾아온단 말인가? 말은 항저우로 갔다고 하지만 어디로 갔는지 알 수 없는 노릇이었다. 남녀 쌍방이 이렇게 서로 치고받는 사이에 이내 섣달 스무날이 되었지만 리진룽은 여전히 그림자조차 보이지 않았다. 집에 돌아와 설을 쇨 생각도 없는 모양이었다. 라오리는 바늘방석에 앉은 기분이었다. 라오친이 이치를 따지러 찾아온다면 밖으로 도망칠 마음까지 먹고 있었다. 친쟈좡의 라오친은 섣달 스무날 저녁에 딸 친만칭에게 혼사를 물리는 문제를 얘기했다. 이날 저녁 라오친은 괴로운 마음에 술을 몇 잔 마시고서 라오리 부자를 욕하고 있었다. 친만칭이 들어와 말했다.

"아버지, 마음이 괴로우신 줄은 알지만 한 마디만 여쭐게요."

"무슨 일이냐?"

"억지 부리지 마세요. 딸을 시집보내는 일이잖아요?"

"뭐라고?"

"억지 부려서 리씨 집안과 소란이 일게 된다고 해도 일 년 반이면 끝나요. 그들은 아버지에게 심하게 대들지도 못 할 것이고, 아버지의 성격으로 봐서는 이 딸을 그 집에 시집보내지도 못 하실 거예요. 나중에 이 딸을 그 집에 시집보낼 수 있게 된다면 화는 풀리겠지만 이 딸은 그 집으로 시집을 가서 한이 맺혀 죽을 지도 모르지요. 귓불 하나 때문에 평생 밖에 나가지 못하게 될지도 모르고요. 그때가 되면 귓불도 귓불이 아닌 것이 되고 말거예요."

라오친이 장탄식을 하며 말했다.

"내가 평생 사람들과 이치를 따져 왔지만 이런 일이 있으리라고는 생각지도 못했다. 라오리에게 혼사를 물리게 하면 그 다음 수는 어떻게 둔단 말이냐? 깨진 기와 조각처럼 내 딸을 허공에 던지란 말이냐? 그래도 아무도 받지 않으면 그다음에 네가 걸어야 할 길이 험난하지 않겠느냐? 내가 화가 나는 것은 라오리가 혼사를 물리려 하기 때문이 아니라 내 딸이 막다른 골목에 처했기 때문이야."

친만칭은 '옌진신학'을 그만둔 뒤로 집에서 할 일 없이 시간을 보내며 명청(明淸)소설을 많이 읽었다. 소설에서는 부귀한 집 여자들이 갖가지 이유로 혼인에 변고가 발생하여 곤경에 처한 상태에서, 지체가 낮은 데로 시집을 가기로 마음먹고 기름 장수나 나무꾼, 심지어 거지에게 시집을 갔다가 나중에 좋은 국면을 맞게 되는 일이 허다했다. 친만칭이 말했다.

"이 일이 없었다면 저는 사람의 외모만 보았을 거예요. 다행히 이 일을 겪으면서 무슨 일이든지 사람의 내면을 알아야 한다는 것을 깨달았지요. 세상에서 가장 독한 게 뭔지 아세요? 바로 사람의 마음이에요. 인심이 독하다는 건 매섭다는 뜻이 아니라 모두들 큰일을 당하면 좋은 쪽으로 생각하는 대신 일이 잘못 되기를 기대한다는 뜻이에요. 사람들의 눈에 이 딸은 이미 단점이 있은 여자예요. 원래는 귓불 하나였지만 이제는 귀 전체에 문제가 있는 셈이 되고 말았지요. 아버지, 아버지께서 저를 끔찍이 사랑하는 건 알겠지만 딸이 나무 위에 목을 매다는 일은 없게 해주세요. 이제부터 저에게 귀 하나 없는 것도 개의치 않고 진심으로 저와 일생을 함께 하고자 하는 사람이 나타나면 저는 빈부를 따지지 않고 그 사람에게 시집갈 거예요. 제 단점을 다 드러내놓고 평생 남에게 칼자루를 쥐인 채로 살지는 않을 거예요. 아버지께서 허락하지 않으시면 리씨 집안에서 마음을 바꾼다 해도 평생 절대 시집가는 일이 없을 거예요."

말을 마친 그녀는 눈물을 흘렸다. 라오친은 딸이 슬퍼하는 것을 보고는 큰 소리로 욕을 해댔다.

"양곡 장사하는 라오리 이놈, 이제부터 네놈 조상 팔대까지 이 라오친의 원수다!"

그러고는 딸에게 말했다.

"나는 사람들에게 평생 이치를 따졌고 가장 큰 이치를 알고 있었지. 말하자면 부귀와 빈천은 흐르는 물과 같다는 거야. 부귀하면 번뇌를 피할 수 없지만 빈천하다고 해서 꼭 안 좋은 마누라를 얻는 것도 아니지. 마음과 기운이 순조롭기만 하면 워터우(窩頭)[15]만 먹어도 평안할 수 있을 테니 말이다. 우리 딸이 이런 이치를 모르면 누구한테 시집을 가도 마음이 편치 않을 거야. 이런 이치를 알면 평생 화를 덜 내게 되지. 이 아비는 금년 나이가 예순

---

15 옥수수 가루나 수수 가루 따위의 잡곡 가루를 원추형으로 빚어서 찐 음식.

이라, 딸이 큰 이치를 깨닫기만 하면 당장 죽어도 마음을 놓을 수 있을 것 같구나."

다른 사람이 라오친과 이치를 따질 때는 사흘 밤낮을 꼬박 얘기해도 그를 설득할 수 있다는 보장이 없는데 딸은 말 한 마디로 라오친의 생각을 바꿔버렸다. 그는 진에 사는 부자 라오판(老范)을 불러 딸 친만칭의 혼사에 관해 얘기하면서 새로운 견해를 제시했다. 라오판은 라오리와 사돈 간이었다. 라오리의 둘째 딸이 라오판의 큰아들에게 시집갔던 것이다. 라오친은 라오판에게 이런 사실을 라오리에게 전하게 했다. 라오판의 전언은 당연히 라오추이의 말보다 무게가 있었다. 라오친은 조목조목 조리 있게 얘기했다. 첫째, 즉시 리씨 집안과 인연을 끊되 다시는 혼사를 언급하지 않는 것은 물론이요, 서로의 왕래도 단절한다. 둘째, 리씨 집에서 보내온 납채는 실이나 바늘조차도 반환하지 않고 전부 거지들에게 나눠준다. 셋째, 이제부터 딸 친만칭에게 새 사위를 얻어주되 빈부를 따지지 않고 딸에게 귓불 하나 없는 것을 개의치 않는 사람이면 누구나 혼담이 가능하다. 라오친이 얘기를 마치자 라오판은 잠시 어리둥절했다. 중요한 얘기를 마치고 담배를 피우면서 라오판은 친만칭의 입에서 나온 세 번째 생각에 감격을 금할 수 없었다. 이야기가 라오리에게 전해지자 라오리도 크게 깨닫는 바가 있었다. 라오리가 말했다.

"세 가지 차원의 이치가 담겨 있지만 어린 딸이 나보다 훨씬 생각이 깊을 줄은 몰랐군."

그러고는 고개를 가로저으며 말을 이었다.

"우리 아들이 복이 없어서 눈앞에 있는 옥을 알아보지 못하고 리씨 집안에 좋은 며느리가 들어오는 걸 놓쳐버렸군."

그는 또 아쉬운 듯 손을 내저으며 말했다.

"됐다. 나는 라오친의 면전에서 죽어도 악인이 될 수밖에 없어. 내가 큰일을 당해도 좋은 생각을 말해주는 사람이 하나도 없구나."

원래 이 일은 양쟈좡에서 두부를 파는 라오양과는 아무런 관련도 없었다. 하지만 라오양은 친씨 집안에서 다시 사위를 구하면서 빈천을 개의치 않는다고 하자 이 기회를 잘 활용할 생각을 하게 되었다. 기회를 활용한다는 건 마누라를 공짜로 얻겠다는 뜻이 아니었다. 현성의 라오리 집안은 귀가 하나 없는 것을 문제 삼았지만 이제는 귀가 아니라 귓불 하나의 문제였다. 귓불이 아니라 귀라고 해도 라오양은 개의치 않을 생각이었다. 더 중요한 건 라오양이 이를 기회로 거부 집안과 인연을 맺게 된다는 사실이었다. 일이 성사되지 않아도 손해 볼 것이 없고, 일이 성사되면 일거양득이 되는 셈이었다. 더 중요한 사실은 이것이 하늘에서 떨어진 함병(餡餅)[16]이라는 것이었다. 라오양은 이를 받아들이지 않을 수 없었다. 라오양도 생각이 없는 건 아니었다. 이틀을 망설이던 그는 마쟈좡으로 마차를 모는 라오마를 찾아가 이 문제를 상의했다. 지난번에 양바이리를 '옌진신학'에 보낼 때도 라오양은 라오마를 찾아가 상의한 끝에 결론을 얻었었다. 그 결과 닭은 날아가고 달걀도 깨져버렸지만 먹는 것만 기억하고 얻어맞은 것은 잊는 성격인 라오양은 이번에도 그를 찾아갔다. 라오마도 라오친의 혼사에 관해서는 풍문으로 들어 어느 정도 알고 있었다. 하지만 마음속으로 이 일이 두 부호 집안의 싸움일 뿐이라는 걸 분명히 인식하고 있었다. 라오친은 물러서지 않고 이런 모습을 모든 사람들에게 보여줌으로써 리씨 집안에 불운을 가져다주는 동시에 자기 딸이 귀가 아니라 귓불에만 문제가 있다는 것을 증명하고자 했

16 반죽한 밀가루 피에 고기나 야채의 소를 넣어 굽거나 튀긴 둥글넓적한 떡.

다. 어쩌면 딸의 의기를 증명하려는 의도인지도 몰랐다. 따라서 굳이 두부 파는 집안이 끼어들어 진지한 모습을 보일 필요가 없다는 게 그의 생각이었다. 다시 말해서 이 일은 연극일 뿐이라 굳이 무대를 현실로 끌어들일 필요가 없었다. 그는 이런 상황에서 라오양이 이 문제로 고심하는 걸 보고는 웃음이 터져 나왔다. 라오양을 무시하는 마음도 생겼다. 라오양을 무시하다 보니 라오양이 지난번에 아들을 신학에 보내기 위해 제비뽑기를 한 이야기를 발설하는 바람에 자신도 사건에 휘말렸던 일이 생각났다. 이리하여 그는 다시 한 번 라오양을 골탕 먹일 생각을 하게 되었다. 라오친 집안과의 일을 벽에 부딪치게 하려는 것이었다. 일단 벽에 머리가 부딪쳐 피를 흘린 다음, 기억력이 좋아지게 할 작정이었다. 그는 라오양을 저지하지 않았을 뿐만 아니라 오히려 진지한 태도로 부추겼다.

"좋은 일이야. 공짜로 며느리를 얻고 억지로 겨울 두부를 팔 수 있게 됐으니 말일세. 공짜로 며느리를 얻고 라오친과 대등한 집안이 되었으니 앞으로 두부를 팔아도 두부가 양씨 두부로 그치진 않을 걸세."

그러고는 또 말을 이었다.

"지난번에 아이를 신학에 보낼 때는 그 애가 안 좋은 제비를 집었지만 이번에 라오친에게서 그걸 보상받을 수만 있다면 신학에 가는 것보다 나을 걸세. 채근하는 것은 아니지만, 일이 성사되려면 동작이 빨라야 할 걸세. 남들이 먼저 차지하지 못하게 말이야."

라오양은 이 말에 신이 나서 양쟈좡으로 돌아왔다. 다음 날은 섣달 스무닷새였다. 라오양은 아침 일찍 세면을 하고 옷을 깨끗한 것으로 갈아입고는 세 걸음을 두 걸음으로 줄여 친쟈좡으로 라오친을 찾아갔다. 라오친의 말이 퍼져 나간 뒤로 사람들은 하나같이 라오친이 연극을 하고 있다고 여기고는 한 쪽 귀로 듣고 한 쪽 귀로 흘리면서 아무도 진지하게 받아들이지 않았다. 혼사를 얘기하러 찾아오는 사람도 없었다. 며칠이 지나 라오친이 이 일을 머리 한 구석에 치워두고 있는 차에 라오양이 자기 얘기를 진지하게 받아들이고 혼사를 상의하러 찾아왔다. 라오친은 웃지도 못하고 울지도 못할 심정이었다. 하지만 이미 내뱉은 말인 데다 사람이 찾아온 마당에 얘기를 나눠보지 않을 수도 없는 노릇이었다. 이리하여 대충 얘기만 하고 말 생각이었는데 얘기를 하다 보니 뜻밖에도 양씨 집안과 친씨 집안의 혼사가 현실이 되고 말았다. 라오양도 얼떨결에 정말로 하늘에서 내려온 함병을 덥석 물어버렸다. 라오양이 신이 나서 라오친의 집에 들어서 보니 마당 안팎으로 삼층짜리 건물들이 들어서 있는 것이 마치 현 아문 같았다. 축사에는 말과 노새 등 가축들이 무리를 이루고 있고 하인들도 하나같이 단정한 차림으로 드나들고 있었다. 이런 모습을 본 그는 마음이 편해졌다. 과거에도 라오친 집에 와본 적이 있었지만 그때는 두부를 팔기 위해 왔던 것이라 문 앞에서 하인들하고만 얘기를 나눴을 뿐 마당에조차 들어가지 못했었다. 마당을 이리저리 돌아 본채로 들어서니 라오친이 태사의에 앉아 있다가 두 눈을 크게 뜨고 그를 바라보고 있었다. 그가 아무 말도 하지 않자 라오양이 먼저 입을 열었다. 라오양은 밖에 오래 서 있다 보니 몸이 약간 떨렸다. 한참을 냉대하다가 라오친이 눈을 깜빡이며 입을 열려는 차에 마침내 참지 못한 라오양이 포기하고 돌아가려 했다.

"주인장, 그만둡시다."

몸을 돌려 자리를 뜨면서 라오양이 "그만둡시다."라고 하지 않았다면 라오친은 그만두었을 것이다. 그러나 라오양이 "그만둡시다."라고 하자 오히려 라오친이 붙잡고 나섰다.

"잠깐만요. 그만두실 거면 예까지 뭐하러 오셨소?"

라오양이 고개를 숙이며 말했다.

"주인장, 제가 잘못 했습니다. 두꺼비가 백조의 고기를 먹으려 했던 것 같습니다."

라오친이 말했다.

"그럼 한 번 말해보세요. 댁의 아들이 어떤 두꺼비인지 말이오."

"별 것 없습니다. 그저 두부를 만드는 젊은이입니다."

"두부를 만드는 게 얼마나 좋은 일인가요. 집에 천 경의 땅이 있는 것보다 작은 기술을 하나 갖고 있는 것이 낫지요."

"아주 착실하긴 합니다. 말은 좀 어눌한 편이지만 말이에요."

"말이 많아서 어디에 쓰겠습니까? 나는 남들 앞에서 말하는 걸 좋아하는데도 딸내미 일을 이 모양으로 처리하지 않았습니까!"

"녀석은 글도 모릅니다."

"리씨 집안의 그 개자식은 글을 잘 알지요. 사람이 나쁜 건 두렵지 않지만 나쁜 사람이 글을 아는 것보다 두려운 일은 없습니다."

"주인장, 용서하십시오. 저희 양씨 집안은 너무나 가난합니다."

얘기하는 걸 듣다 보니 라오양은 혼사를 상의하러 온 게 아니라 혼사를 거부하러 온 것 같았다. 라오친이 라오양과 얘기를 나누고 있는 동안 친만칭이 안에서 이를 다 엿듣고 있었다. 공개적으로 배우자를 구하는 일에 라오양에게는 약간의 허장성세를 보였다. 공개구혼이 남들에게 과시하기 위한 수단이기도 했던 것이다. 그의 눈에 라오양은 일처리가 우습고 말하는 것도 시름이 사라질 정도로 우습기만 했다. 반면에 친만칭은 대단히 진지했다. 공개구혼 얘기가 전해진 뒤 며칠 동안은 혼사를 상의하러 찾아오는 사람이 아무도 없었다. 모두들 그녀에게 귓불 하나 없는 걸 문제 삼고 있거나 이런 일에 휘말리고 싶지 않는 것이라 생각했다. 세상에 마음을 알아주는 사람이 하나도 없었다. 그런데 이제 한 사람이 찾아온 것이다. 그녀는 라오양이 놀란 것도 모르고 오히려 그의 말 한 마디 한 마디에 귀를 기울이다가 주렴을 걷고 얼굴을 드러내며 말했다.

"아버지, 양씨 집안으로 결정하세요."

라오친과 라오양은 놀라움을 금치 못했다. 딸의 진지한 모습을 본 라오친이 황급히 말했다.

"서두르지 말거라. 이 일은 이제 막 얘기를 시작했을 뿐이다."

친만칭이 말했다.

"더 얘기할 필요 없어요. 다른 집이었다면 혼사를 얘기하면서 구구절절 자기 집의 좋은 점만 말했을 거예요. 하지만 라오양 아저씨는 문 안에 들어서자마자 자기 집의 안 좋은 것들만 얘기하셨지요. 이 세상에서 이런 집은 찾아보기 힘들 거예요. 양씨 집안의 아들은 아저씨를 따라 두부를 팔고 있지요. 저도 본 적이 있어요. 두부 세 근을 팔면서 세 근하고도 석 냥을 더 주더군요. 두부 파는 일이 이런데 다른 일은 어떻겠어요? 남들은 그에게 미안한 짓을 할지 모르지만 그는 절대로 남들에게 미안한 짓을 하지 않을 거예요."

친만칭은 하나만 알았지 둘은 몰랐다. 양바이예가 두부를 팔면서 덤을 준 것은 장사를 할 줄 몰라서가 아니라 두부를 통해 라오양에 대한 불만을 해소하기 위함이었다. 이를 친만칭은 그의 사람됨이자 처세의 인품이라 여긴 것이다. 라오친은 자신이 잔재주를 피우다 일을 그르친 것을 알고는 당황하여 말했다.

"방금 상의하기 시작한 일이니 쉽게 결정을 내려선 안 된다. 좀 더 두고 상의해봐야 할 것 같구나."

친만칭은 명청 소설에 나오는 곤경에 처한 아가씨처럼 품에서 가위를 하나 꺼내더니 '차칵' 소리와 함께 자신의 머리칼을 한 움큼 잘라냈다.

"아버지, 이 딸을 속이려 들지 마세요. 아버지께서 진심이 아니라는 것 잘 알아요. 저는 양씨 집안 아니면 시집가지 않을 거예요. 더 이상 딴 소리 하시면 저는 이 집에 살지 않고 내일 곧장 윈멍산(雲夢山)으로 가서 비구니가 되겠어요."

라오친은 딸이 머리를 자르면서까지 굳은 의지를 보이자 일이 이미 되돌릴 수 없게 되었음을 깨달았다. 더 이상 고집을 부리다가는 딸에게 또 다른 변고가 일어나고 말 것만 같았다. 그날 저녁에 이것저것 따지지 않고 딸의 공개구혼 얘기를 받아들였던 것이 이제 열 걸음 가운데 여덟 걸음을 와버린 터라 되돌아갈 수도 없었다. 라오친은 예전에는 라오양에 관해 잘 몰랐고, 그저 그가 두부 장수라는 것만 알고 있었다. 그러나 이제 한 차례 얘기를 주고받고 나서는 그가 아주 착실한 사람이라는 걸 알게 되었다. 라오양이 착실하지 않다 해도 라오친은 문제 삼을 생각이 없었다. 일개 두부 장수가 그를 찾아와 소란을 피운 것을 그가 어디에 가서 떠들고 다닌단 말인가? 하지만 그는 라오양을 잘못 생각하고 있었다. 라오양이 찾아와 소란을 피운 것이 상리에 어긋난다고 생각했다. 상리에 따르자면 라오양이 감히 혼사를 얘기하기 위해 자신을 찾아올 수 없다는 것이 그의 생각이었다. 라오친은 딸이 그 집으로 시집을 가면 살림이 좀 어렵긴 하겠지만 그것 말고는 딸이 크게 어려워할 일이 없을 거라는 판단을 내리고는 딸에게 말했다.

"너는 성질이 이 아비보다 급하구나. 이렇게 큰일을 말 몇 마디로 정해버리다니. 나중에 후회하지나 말아라."

그러면서 긴 한숨을 내쉬었다.

"나 라오친이 세상에 태어나 다른 사람에 의해 생각을 바꾸게 된 건 이번이 처음인 것 같구나."

일은 이렇게 결정되었다. 라오양은 어떻게 된 영문인지는 알지 못했다. 친만칭이 손으로 머리를 묶으며 라오양에게 말했다.

"아저씨, 저를 며느리로 맞고 싶으시면 제 말대로 하셔야 해요."

라오양이 이마의 땀을 문질러 닦으며 물었다.

"무슨 말인데 그러냐?"

"오늘 혼인 날짜를 정해요. 사흘 뒤에, 그러니까 섣달 스무아흐레에 저를 데려가는 걸로요."

라오친은 딸의 속셈을 알았다. 리진룽과 정한 혼인 날짜가 바로 섣달 스무아흐레였던 것이다. 그러자 오히려 난처해진 것은 라오양이었다.

"주인장, 일이 너무 빨리 진행되는 것 같습니다. 저희 집은 아직 아무 것도 준비되어 있지 않거든요."

라오친이 라오양을 나무랐다.

"준비하라고 하면 뭘 준비하실 수 있겠소? 며느리를 맞을 준비라면 내가 대신 해주면 될 것 아니겠소?"

라오양은 신바람이 나서 친쟈좡을 떠나 양쟈좡으로 돌아왔다. 다른 집들은 며느리를 맞을 때 가산과 인연에 의지하지만 라오양은 말 몇 마디로 며느리를 맞게 되었다. 인연은 없지만 기회가 있었던 것이다. 이런 결과는 라오양도 생각지 못했고 라오마도 생각지 못했다. 라오양은 마음속으로 라오마에게 크게 감사했다. 지난번에 양바이리를 '옌진신학'에 보낼 때는 헛발질을 했지만 이번에 라오친을 찾아가 혼사를 성사시키는 데는 라오마가 공을 세운 셈이었다. 집에 돌아와 마누라와 양바이예에게 얘기를 전하자 마누라는 잔뜩 신이 났지만 양바이예는 그다지 기쁘지 않은 표정이었다. 과거에 라오양이 그에게 아내를 얻어주지 않을 때는 불만이 가득했는데 이제 라오양이 그에게 혼처를 구해주자 불만을 갖게 되었다. 양바이예가 말했다.

"나는 멀쩡한 사람인데 왜 귓불이 하나 없는 사람을 아내로 얻어야 하는 건가요?"

라오양이 다가가 발로 그를 걷어차면서 말했다.

"너는 귓불이 없는 게 아니라 마음의 눈이 없잖아, 인마."

양바이예는 겁약한 성격이라 얻어맞은 것만 기억하고 얻어먹는 것은 기억하지 못했다. 그의 성격대로 하자면 또 다른 문제가 발생할 수 있었다. 때리고 욕해도 그는 화를 내지 않았다. 두 형제가 이미 살길을 찾아 라오양 곁을 떠났는데 그 혼자 라오양 곁에 남아 두부를 만들고 있는 것도 이런 겁약함과 관련이 있었다. 다시 생각해 보니 이런 기회가 없다면 자신의 혼사가 어느 해 어느 달까지 미뤄질지 알 수 없는 노릇이었다. 이제 귓불이 하나 없긴 하지만 잠을 잘 때 이부자리가 허전하지 않게 될 것이고 일단 마누라가 생기면 라오양으로부터 분가를 할 수도 있었다. 이 두 가지 계산만으로도 혼사를 받아들일 수 있었다.

섣달 스무아흐레, 양자좡에서 혼례가 치러졌다. 섣달 스무여드레는 날이 아주 맑았으나 밤이 되면서 가는 눈발이 날리기 시작하더니 날이 밝아서도 그치지 않았다. 아주 범상치 않은 혼례였기 때문에 십리팔향의 사람들이 모두 눈을 무릅쓰고 구경하러 왔다. 혼사를 구경하러 온 것이 아니라 신부의 귓불을 보려고 찾아온 것 같았다. 귓불을 구경하러 온 것이 아니라 귓불로 인해 발생한 일련의 이야기를 구경하러 온 것 같았다. 신부가 가마에서 내리는 순간, 사람들이 "우아" 하고 몰려들었다. 그 바람에 라오양의 집 토담이 무너지면서 눈 내린 땅 위로 흙먼지가 피어올랐다. 먼지 연기 속에서 '뚜둑' 하면서 노파 하나가 다리가 부러지고 말았다. 울음소리와 함성소리로 시끄러운 가운데 신부 친만칭이 꽃가마에서 내렸다. 과거 라오양과 양바이예는 라오친의 집을 찾아가 두부를 판 적이 있지만 친만칭은 양쟈좡에 와 본 적이 없었다. 명청 소설에서는 귀한 집 딸이 낮은 신분의 남자에게 시집올 경우, 남자 집이 남루하긴 해도 항상 깨끗한 편이고 남자가 벼슬을 할 경우에는 가난하지만 총명했다. 기름을 팔고 땔감을 하는 집이라 해도 기름을 팔고 땔감을 하기 전에는 모두가 백면서생이라 시를 쓰고 그림을 그릴 줄도 알았다. 꽃가마에서 내린 친만칭은 의자에 앉아 잠시 라오양의 집을 바라보고는 마음속으로 놀라움을 금치 못했다. 라오양의 집은 정말 남루했고 몇 칸 안 되는 집은 여기저기 조금씩 기울어져 있었다. 마당의 땅도 높이가 고르지 않았다. 눈이 내린 땅은 많은 사람들이 밟고 지나다니면서 어느새 진 흙탕으로 변해 있었다. 집이 남루하리라는 것은 친만칭도 예상한 일이었지만 이처럼 지저분하리라고는 생각지 못했다. 이어서 신랑 양바이예가 달려와 붉은 비단을 건네며 그녀를 이끌었다. 그 일거일동이 또 한 번 그녀를 크게 실망시켰다. 과거에 양바이예가 라오친 집에 가서 두부를 팔 때는 평상시의 옷차림이라 무척이나 소박하고 진솔해 보였다. 그러나 지금은 신랑의 복장을 갖추고 있었다. 빌려 쓴 예모와 빌려 입은 장포, 가슴에 단 비단 매듭까지 어느 것 하나 몸에 맞거나 어울리는 것이 없었다. 멍청한 원숭이가 달려 나온 것 같았다. 친만칭을 본 그는 얼굴 가득 바보 같은 웃음을 지어보였다. 바보 같은 미소란 어떤 것인가? 분명하지 않은 웃음이었다. 원래 양바이예는 그렇게 멍청하지 않았으나 인산인해에 너무 놀라 얼굴 근육이 마비되어 버렸다. 잠시 후 장소가 바뀌고 나서야 그는 원래의 모습을 되찾았다. 이어서 그가 입을 벌리고 한 마디 하자 친만칭은 철저하게 절망하고 말았다. 양바이예는 친만칭의 얼굴빛이 회색으로 변하는 것을 보고는 자기 집이 가난해서 그러는 줄 알고 낮은 목소리로 말했다.

"걱정하지 말아요. 내가 두부를 팔면서 아버지 몰래 딴 주머니를 차두었거든요."

친만칭은 한숨을 내쉬었다. 삶이 명청 소설하고는 너무나 달랐다. 하지만 일이 이렇게 된 게 전부 자신의 주장 때문이었기에 되돌리고 싶어도 이미 때가 늦은 뒤였다. 취타악이 울리는 가운데 눈물이 흘러내렸다. 시집을 잘못 온 것을 슬퍼하는 눈물이 아니라 책을 읽지 말았어야 했다는 후회의 눈물이었다.

라오양은 나귀를 한 마리 팔아 열여섯 탁자의 주연을 마련했다. 라오양 집에 어떻게 열여섯 개나 되는 탁자를 펼 수 있겠는가? 이웃인 양위안칭(楊元慶)의 기와집 두 칸을 빌려야 했다. 처음에 양위안칭은 순순히 집을 빌려주지 않고 라오양이 두부 두 판을 공짜로 주고서야 집을 제공하는 데 동의했다. 혼례는 아주 성대하게 치러졌다. 라오양은 대가 집이랑 혼인을 맺게 되자 혼례가 틀어지면 어쩌나 노심초사했다. 일이 미뤄지다가 라오친 쪽에서 흠을 잡고 나올까 걱정되기도 했다. 하지만 혼례가 틀어지지는 않았다. 오히려 혼례가 끝나고 나서 라오양의 집에서 일이 터지고 말았다. 신랑 양바이예가 또 어떤 마각을 드러낸 것은 아니었다. 문제를 일으킨 사람은 양바이순이었다. 양바이순은 돼지 잡는 사부 라오쩡과 헤어진 뒤로 갈 곳을 찾지 못해 하는 수 없이 양쟈좡으로 돌아와야 했다. 양바이순은 이미 돼지 잡는 법을 배웠기 때문에 단독으로 일을 시작할 수 있었지만, 손재주로 먹고 사는 업종에서는 사부와 틀어진 배은망덕한 사람이라는 소문이 퍼지면 그 업종에서 일하는 것이 거의 불가능했다. 원래 그는 페이쟈좡으로 가서 머리 깎는 라오페이의 문하로 들어갈 작정이었다. 그래서 지금 그가 자신을 받아줄 수 있는지 확인해볼 요량이었다. 그러나 애당초 그가 라오쩡의 문하에 들어갔던 것도 라오페이가 줄을 대서 이루어진 일이었다. 이제 일이 어그러지고 보니 사정의 시말이 사부가 말한 것과는 달라졌지만, 그간에 있었던 수많은 사정과 곡절을 라오페이에게 어떻게 설명해야 할지 몰랐다. 어쩌면 설명할수록 일이 더 꼬일 수도 있었다. 자신의 잘못이 아닌 것도 자신의 잘못이 될 수 있었다. 결국 라오페이도 몸을 기탁할 만한 대상이 못 됐다. 그는 인쟈좡으로 가서 소금을 만드는 라오인의 문하에 들어가는 것이 어떨까 하는 생각도 해보았다. 하지만 소금을 만드는 일은 봄과 여름, 가을의 세 계절에만 일거리가 있었다. 겨울에는 물이 얼어 소금을 긁을 수 없기 때문에 다음해 봄까지 기다려야 했다. 차라리 어느 부잣집을 찾아가 농사일을 할까 하는 생각도 해보았지만 부잣집에서 일꾼들을 모집하는 것도 봄에만 있는 일이었다. 겨울에는 땅에서 할 일이 없기 때문이다. 다른 길은 생각이 나지 않았고 몸을 기탁할 수 있는 사람도 생각나지 않았다. 양바이순이 이 세상에서 가장 싫어하는 사람이 두부 파는 라오양이었고 가장 하기 싫은 일도 두부를 만드는 일이었지만, 이제는 갑옷과 투구를 다 내려놓고 라오양의 곁으로 돌아와 두부를 만드는 수밖에 없었다. 라오양은 그가 갑옷과 투구를 다 내려놓고 집으로 돌아온 것을 보고는 마음속으로 더욱 득의양양했다. 이번에 득의양양하게 된 건 예전에 득의양양했던 것과는 달랐다. 비아냥거리기는 했지만 더 이상 히죽거리지 않고 정색을 하며 말했다.

"두부를 만드는 데 일손이 모자라진 않다."

양바이순이 양바이예의 혼사에 문제를 일으킨 것은 라오양에 대한 불만 때문이 아니었다. 밖에서 갑옷과 투구를 다 내려놓고 온 터라 분풀이 대상이 필요했기 때문도 아니고 자기 형 양바이예의 결혼에 불만을 품고 다른 문제를 일으키려는 것도 아니었다. 문제는 동생 양바이리였다. 양바이리는 신샹 기관사사무소에서 반년 넘게 화부로 일한 터라 사람이 완전히 달라져 있었다. 우선 옷차림이 달랐다. 과거에는 시골 아이에 불과했는데 지금은 기관사사무소의 화부가 되어 있었다. 화부는 기관차에서 화로에 석탄을 주입하는 사람으로 하루 종일 몸에 석탄가루를 뒤집어쓰다 보니 머리도 머리가 아니었고 얼굴도 얼굴이 아니었다. 하지만 고향으로 돌아와 형의 혼례에 참석하느라 작업복을 벗고 새 양복을 사 입고 넥타이에 예모까지 갖추니 완전히 금의환향한 모습이었다. 사실 양바이리는 열차에서 화부로 일하는 것이 결코 여의치 않았다. 여의치 않은 것이 일이 너무 더럽고 힘들다는 뜻은 아니었다. 열 몇 량의 객차가 하나로 연결된 열차의 동력이 전부 양바이리 혼자 화로에 주입하는 석탄에 의존했기 때문에, 한번 열차에 오르면 기차역에 진입할 때까지 잠시도 쉴 수가 없었고 화부들은 위아래 할 것 없이 전부 윗도리가 땀에 젖었다. 옌진의 철공소에서 대문을 지키면서 매일 햇볕 아래 멍하니 앉아 있는 것만 못했다. 문득 기관사사무소에서 구매 담당으로 일하는 라오완에게 속았다는 생각이 들었다. 일이 더럽고 고된 것은 중요하지 않았다. 문제는 열차 한 대에 기관사와 부기관사, 그리고 화부 등 세 사람이 타는데 기관사와 부기관사가 전부 양바이리의 사부라는 점이었다. 정사부는 라오우(老吳)였고 부사부는 라오쑤(老蘇)였다. 두 사람이 하는 얘기는 전부 양바이리의 마음에 맞지 않았다. 마음에 맞지 않는 것이 양바이리가 말하기 좋아하고 '펀콩'을 좋아하는데 반해 두 사부는 입이 조롱박처럼 굳게 닫혀 있기 때문은 아니었다. 두 사람도 말하는 것을 좋아했지만, 두 사람이 하는 말은 양바이리가 하는 말과 내용이 달랐다. 두 사람이 하는 말은 전부 집안의 사소한 일들이었다. 장(張)씨네 손아래 처남이 자형 집에서 물건을 훔치다가 잡혀 다리가 부러지도록 매를 맞았고 리(李)씨네 시아버지가 며느리를 덮쳤다가 아들에겐 들키지 않았지만 마누라에게 들켜 이불 속에 갇히게 되었다는 등의 얘기가 대부분이었다. 혹은 왕(王)씨네와 자오(趙)씨네가 강아지 한 마리 때문에 싸우다가 하마터면 사람 목숨이 날아갈 뻔했다는 얘기도 있었다. 이 모든 얘기들은 양바이리의 '펀콩'에 필요한 내용이 아니었다. 이런 일들은 너무나 사실적인 반면 양바이리의 '펀콩'에 필요한 것은 허구와 사실의 결합이었고 그 전환점에 바로 상상력이 자리 잡고 있었다. 밤새 잠 못 이루다가 결국 흰 수염의 노인을 붙잡고 '펀콩'을 하게 되었다. 라오우와 라오쑤는 별로 좋아하지 않았다. 두 사람은 '펀콩'을 허튼소리라 여겼다. 그들은 손으로 만질 수 있는 신변의 사소한 일들만 보고 들으려 했다. 하지만 라오우와 라오쑤는 사부이고 양바이리는 도제였다. 기관차는 사부들의 천지라 그들이 잡담을 나눌 때 도제가 끼어드는 것은 괜찮지만 화제를 바꾸거나 이야기의 방향을 다른 데로 돌리는 것은 허용되지 않았다. 열차가 한 번 운행을 시작하면 신샹에서 베이핑(北平)까지 가거나 신샹에서 한커우(漢口)까지 갔다가 되돌아오는 식이었고, 오가는 길 내내 라오우와 라오쑤 두 사부들만 말을 하고 양바이리는 펄펄 끓는 화로 입구에서 석탄만 주입할 뿐 입은 하루 종일 굳게 닫혀 있다. 손이 한가롭다고 해서 사람이 답답해 죽는 일은 없지만 입이 한가하면 답답해 죽을 수도 있었다. 다행히 쉬는 날이 되자 양바이리는 곧 기관사사무소 구매과로 라오완을 찾아가 며칠 동안 참고 하지 못했던 말을 하나도 남김없이 다 쏟아내려 했다. 하지만 라오완은 구매 담당자라 항상 외부로 돌아다니느라 열흘 가운데 여드레는 사무소에 없었고 양바이리는 열 번 가운데 여덟 번을 그를 찾아갔다. 갈 때 뱃속 가득 이야기를 담고 갔다가 돌아올 때 그대로 가지고 돌아와야 했다. 돌아올 때의 답답함은 갈 때와 또 달랐다. 이야기가 갈수록 더 많이 쌓여 배가 곧 터져버릴 것만 같았다. 이때 그는 문득 기관사사무소에 가서 화부가 된 것이 잘못이라는 생각이 들었다. 라오완에게 속은 것이었다. 삼현금을 타는 장님 라오쟈가 점을 쳐주면서 그가 입 하나를 위해 매일 수백 리를 돌아다녀야 한다고 말했던 것도 생각났다. 지금의 상황을 보니 또다시 라오쟈에게 점을 쳐달라고 해야 할 것 같았다. 하지만 양바이리는 기관사사무소를 떠나지 않았다. 기관차에서 화부로 일하는 데 미련이 남았던 것이 아니라 언젠가는 기관차에서 벗어나 객차의 다방(茶房)이 될 수 있을 거라는 망상 때문이었다. 다방은 커다란 차주전자를 들고 객차 안을 오가면서 승객들에게 계속 물을 따라주는 직책이었다. 물 따라주는 일이 끝나면 바닥 청소가 기다리고 있었다. 게다가 열차 한 열에는 대개 십여 량의 객차가 연결되어 있었다. 기차가 베이핑까지 가려면 하루 밤낮이 꼬박 걸렸고 한커우로 가는 데도 하루 밤낮이 꼬박 소요됐다. 하루 밤낮에 천 명이 넘는 승객들 가운데 '펀콩'을 할 줄 아는 승객을 찾지 못할까 걱정할 필요는 없었다. 하지만 화부를 그만두고 다방이 된다는 건 직종을 바꾸는 것이나 마찬가지였다. 기관차와 철도는 기관사사무소가 관리하지만 객차는 객차사무소에서 관리했기 때문이다. 라오완이 그를 기관차로 보낼 수 있었지만 객차에 배정할 수는 없었던 건 일시에 적당한 인물을 구하지 못했기 때문이었고, 양바이리는 하는 수 없이 우선 기관차에서 일하면서 다른 자리를 기다려야 했다. 양바이리는 화부로 일하는 게 억울했지만 그의 형 양바이예의 혼례에서는 '화부'

라는 두 글자가 오히려 아주 유용하게 쓰였다. 라오양 혼자 혼사를 치렀다면 찾아오는 손님도 마쟈쫭에서 마차를 모는 라오마와 진에서 철공소를 하는 라오리, 류쟈쫭(劉家莊)에서 나귀를 파는 라오류(老劉) 등이었을 것이다. 하지만 지금은 혼사의 상대가 라오친이었고 라오친 쪽 사람들은 라오양 쪽 사람들과 달랐다. 진의 부자 라오판도 왔고 펑반자오의 부자 라오펑도 왔다. 꿔리와(郭里洼)의 부자 라오꿔(老郭)도 왔고 현성 비단상회 '루이린샹(瑞林祥)'의 주인장 라오진(老金)도 왔다…… 원래는 와도 되고 안 와도 되는 자리였지만 라오친이 이번 혼사를 계기로 불운을 떨어버리고 귓불이 하나 없는 딸의 체면을 세워주려 한다는 사실을 잘 알기 때문에, 모두들 손에 잡고 있던 일들을 전부 미뤄놓고 달려왔다. 나귀와 가마가 눈 내린 땅을 가득 메웠다. 양씨 집안은 이런 성황을 본 적이 없었고 라오양의 친구들도 이런 장관을 본 적이 없었다. 라오마나 라오류는 평소에는 목소리가 아주 컸지만 지금은 잔뜩 위축되어 아무도 나서서 신부 댁 손님들과 어울리려 하지 않았고, 술자리가 펼쳐졌는데도 부엌에 숨어 감히 얼굴을 드러내지 못했다. 평소에 기세가 등등하던 라오마마저도 지금은 기가 죽어 거짓말만 해대고 있었다.

"집에 망아지가 병이 들어 서둘러 가봐야 해. 아이들 혼사야 여러 번 보았으니까 말이야."

이렇게 그는 골목을 돌아 마을을 빠져 나왔다. 이때 바로 양바이리가 능력을 발휘했다. 일개 '화부'는 기관사사무소에서는 별 것 아니었지만 양씨 집안에서는 나름대로 체면과 위신이 서는 인물이었다. 열여섯 개의 탁자 가운데 앞쪽 여덟 탁자에는 친씨 집안의 손님들이 앉아 온갖 고기로 조리한 푸짐한 음식을 즐기고 있었고, 뒤쪽 여덟 탁자에는 양씨 집안의 손님들이 앉아 초라한 야채 음식을 먹고 있었다. 앞쪽 여덟 탁자 가운데 맨 앞 탁자에는 친만칭의 두 형과 진의 부자 라오판, 평반자오의 부자 라오펑, 꿔리와의 부자 라오꿔, 현성 비단상회 '루이린샹'의 주인장 라오진 등이 앉아 있었다. 모든 사람들이 뒤로 물러섰지만 양바이리는 사람들을 헤치고 앞으로 나가 이들과 자리를 함께 했다. 양바이리는 일개 화부라 별 것 아니었지만 반년이나 남북으로 천지를 유력한 몸이라 나름대로 세상을 경험했다고 할 수 있었다. 게다가 '펀콩'을 할 줄 알기 때문에 어디 내놔도 말주변이 밀리지 않았다. 맨 앞자리에 함께 앉은 그는 뜻밖에도 달변으로 분위기를 띄웠다. 기차에서 오랫동안 마음속 얘기를 털어놓지 못해 답답했는지, 양바이예의 혼인잔치를 '펀콩'과 비판의 자리로 만들어버린 것이다. 먹고 마시는 동안 자리는 전혀 썰렁하지 않았고 자리가 파할 때까지 얘기는 전부 그가 하고 사람들은 듣기만 했다. 예모를 쓰고 양복을 입고서 하는 '펀콩'은 옌진의 철공소 대문 앞에서 작업복을 입고서 하는 '펀콩'과 달랐다. '펀콩'의 대상이 되는 것도 옌진의 일들이 아니라 신샹에서 베이핑, 신샹에서 한커우로 갔다가 다시 베이핑에서 신샹, 한커우에서 신샹으로 돌아오는 여로에서 일어난 갖가지 재미있고 신기한 소문들이었다. 원래는 기관차에서 화로에 석탄을 주입하는 일에만 신경을 써야 했기 때문에 아침부터 저녁까지 대단히 무료한 일과였지만 양바이리는 '펀콩'을 통해 이런 무미건조함을 재미로 변화시킬 수 있었다. 이날, 기차가 달리다가 젊은 아낙네 하나를 치어 죽였습니다. 열차가 급히 브레이크를 잡고 멈췄지만 젊은 여인의 몸에서 이미 붉은 여우가 한 마리 삐져나오더니 눈 깜짝할 사이에 어디론가 흔적도 없이 사라져버리는 것이었지요. 이 사람이 도대체 누구였을까요? 모두들 멍한 표정을 보이자 양바이리가 말했다. 이 사람은 사람도 아니고 여우도 아닙니다. 그해에 철로를 정비하면서 침목이 필요하여 동북 지방에서 나무를 벌채하는 과정에서 선수(仙樹)를 한 그루 베게 되었지요. 아, 선수는 실은 그때 나무로 변한 여자 귀신이었습니다. 이 여자 귀신은 매년 벌목을 하는 날마다 나타나 사람들을 놀라게 하곤 했지요. 밤에 열차를 몰 때 차등은 오 리 밖까지 비출 수 있습니다. 열차가 한참 달리고 있는데 갑자기 남자 하나가 차등의 빛기둥 위에 올라타서는 이렇게 외치는 것이었어요.

"간과 폐는 필요 없으니 심장만 돌려달란 말이야."

하지만 이 사람은 신선이 아니라 인간으로서 한단(邯鄲)의 송사에서 억울한 일을 당한 솥 고치는 장인이었습니다. 인간세계에서 억울함을 외치다가 기차의 빛기둥 위까지 올라오게 되었지요.

진씨 집안 쪽의 대가 집 손님들은 기관사사무소의 화부가 어떤 수준인지 잘 아는 터라 양바이리의 '펀콩'을 듣고는 모두들 우습게 여겼다. 양바이리의 '펀콩'은 뉴궈씽이나 기관사사무소의 구매담당 직원 라오완에게는 어울렸는지 모르지만 이들 부자들에게는 어울리지 않았던 것이다. 기차 빛기둥위에 올라탄 솥 고치는 장인이 심장을 요구한 얘기를 하자 사람들 모두 정말 '장즈(張致)'한 이야기라고 생각했다. '장즈'란 옌진 사투리로 너무나 그럴듯하게 꾸몄지만 과장이 심하다는 뜻이다. 이 얘기에 웃는 사람은 아무도 없었고 공연히 라오진이 데리고 온 다섯 살 난 손자가 놀라 울음을 터뜨리고 말았다. 양바이리는 원래 솥 고치는 장인이 억울하게 죽은 연유를 얘기할 생각이었다. 그의 억울함은 다른 사람들의 억울함과 달랐고, 바로 여기에 그 묘미가 있었다. 하지만 아이가 우는 바람에 얘기를 멈추는 수밖에 없었다. 술자리가 계속되는 내내 양바이리는 시원하게 '펀콩'을 하지 못했지만 모두들 그가 이미 그럴듯하게 '펀콩'을 했다고 생각했다. 하지만 모두들

잔치에 가면 중의 얼굴은 보지 않고 부처의 얼굴만 보기 마련이다. 누가 얘기를 하면 대충 듣다가 가끔씩 맞장구를 치거나 웃어주면 그만이었다. 이렇게 '펀콩'을 하면서 식사를 하는 사이에 시간은 어김없이 지나갔다. 대가 집 사람들은 겉으로 무척 공손한 척했고 양바이리도 자신이 시원하게 '펀콩'하지 못했다고 생각했지만, 양바이순이 보기에 양바이리는 과연 과거의 동생이 아니었고 심지어 대가 집 사람과 한데 어울려 그들과 대등하게 얘기하고 있는 것 같았다. 동생에 비하면 자신은 한 해 동안 남에게 돼지 잡는 법이나 배우면서 매일 배와 창자하고만 소통했던 것이다. 게다가 이제는 사부님에게도 미움을 사는 바람에 돼지 잡는 일도 하지 못하고 집에 돌아와 매일 라오양과 부대끼고 있었다. 형이 결혼을 하게 되어 혼인잔치를 벌리는데 똑같은 동생인 양바이리는 상석에 앉아 있지만 자신은 상석에 앉지도 못할 뿐만 아니라 라오양이 아예 그를 술자리에 앉지도 못하게 했다. 그러면서 따로 양칭위안의 집 뒷간에 사람들을 위해 흙을 좀 깔라는 심부름을 시켰다. 손님들이 뒷간에 가서 일을 보고 나서 바지 끈을 묶을 때 잽싸게 똥통 안에 흙을 뿌려 눈 위에 쌓인 배설물을 덮으라는 지시였다. 이 또한 양칭위안이 라오양에게 기와집을 빌려줄 때 제시했던 조건 가운데 하나였다. 기와집을 잔치 장소로 사용하되 부엌과 뒷간을 지저분하게 해서는 안 된다는 것이었다. 두 해 전 두 형제가 함께 라오왕의 사숙에 다닐 때는 서로 대등했는데 두 해후에는 위치가 이처럼 천양지차였다. 어째서 이렇게 된 것일까? 양바이순은 그 원인을 추적하다가 과거 '옌진신학'의 일을 떠올리게 되었다. 애당초 자신이 '옌진신학'에 들어갔더라면 지금 예모를 쓰고 양복을 입고 있는 사람은 자신일 거라는 생각이 들었다. 맨 처음 양바이리와 라오양이 제비뽑기에서 농간을 부렸기 때문에, 양바이리는 양쟈좡을 떠나 곧장 신샹과 베이핑,

한커우 등지로 돌아다닐 수 있었지만 자신은 이제 의지할 데 없는 상태로 전락하고 말았다. 사실 양바이순에게도 약간의 잘못이 있었다. 다른 건 고사하고 '옌진신학'의 일만 따져 봐도 그랬다. '옌진신학'이 해산된 후 양바이리가 뉴궈씽 덕분에 옌진 철공소에서 일하게 된 것과 또 신샹 기관사사무소의 라오완을 만난 과정이 전부 무시되었다. 애당초 양바이리가 아니라 양바이순이 '옌진신학'에 갔다면, 양바이순은 '펀콩'을 할 줄 몰랐기 때문에 뉴궈씽과 친구가 되지 못했을 것이고 라오완을 만나지도 못해 결국 양쟈좡으로 돌아왔을 게 뻔했다. 하지만 화가 난 양바이순은 자신이 알 수 없는 과정은 전부 생략해버리고 지금 그 결과만 가지고 비교하고 있었다.

혼인잔치는 오후가 반쯤 지났을 때 끝났고, 손님들은 저녁이 다 되어서 전부 흩어져 돌아갔다. 저녁이 되자 양바이순은 생각할수록 화가 났다. 이때는 두부 파는 라오양이나 기관사 화부 양바이리에게 화가 난 것이 아니었다. 이제 그는 근원을 따져 마쟈좡에서 마차를 모는 라오마를 미워하기 시작했다. 원래 그는 라오마를 미워할 생각이 없었다. 혼인잔치에서 황급히 빠져나온 라오마는 먼저 뒷간을 찾았다. 원래 뒷간에 가는 목적은 똥을 누거나 오줌을 누기 위함이었지만, 라오마는 진씨 집안의 위세에 눌려 뒷간에 가서도 정신을 차리지 못했다. 똥 누는 일과 오줌 누는 일을 잊어버린 그는 헛걸음을 할 수 없어 가래침을 뱉었다. 제대로 똥통 안이 아니라 똥통 주변에 뱉었다. 걸쭉하고 끈적끈적한 가래침을 똥통 주변에 토해 놓은 것이었다. 다 토하고 나서 고개를 든 라오마는 똥통에 흙을 뿌리기 위해 기다리고 있는 양바이순을 보고는 그냥 본체 만체 해버렸다. 마음속에 복잡한 일이 있었고, 심지어 흙을 뿌리기 위해 기다리고 있는 사람이 누군지 정확히 보지도 못한 터였다. 하지만 양바이순은 라오마가 고의로 그런 것이라고 생각했다. 똥을 누거나 오줌을 눌 생각도 없으면서 고의로 뒷간에 들어와 가래침을 잔뜩 뱉어놓고 이를 양바이순에게 수습하게 한 것이라 생각했다. 가래침에 불과했지만 여기에 '옌진신학'과 제비뽑기가 더해지니 가래침은 더이상 그냥 가래침이 아니었다. 애당초 양바이리가 '옌진신학'에 들어갈 때 제비뽑기 농간을 부린 것은 전부 라오마가 라오양에게 방법을 알려준 결과였다. 자신은 라오마와 원수진 일이 없는데 라오마는 왜 그런 올가미를 만들어 자신을 해치려 했단 말인가? 평소에는 천 마디의 나쁜 말을 해도 괜찮지만 결정적인 순간에는 한 마디의 나쁜 말로도 사람을 전혀 다른 사람으로 만들 수 있는 법이다. 라오마는 전에 양바이리가 화부가 되는 것을 도왔고 이번에는 또 양바이예가 아내를 맞는 것을 도왔으면서 유독 자신에게만은 독한 수를 썼다. 그러니 전생의 원수가 아니고 무엇이란 말인가? 사실 라오마도 약간 억울했다. 라오마가 라오양에게 묘책을 제시할 때 그는 라오양에게 호의를 품고 있지 않았는데 어찌어찌 하다 보니 이제 양바이순에 의해 라오양의 공범이 되고 만 것이다. 사실 라오양과 양바이리가 공모했으니 그들이 주범일 수도 있었다. 주범이든 공범이든 상관은 없지만 사건을 저지르고 이번에는 또 고생하는 자신을 본체 만체 한 데다 가래침까지 뱉어났으니, 이는 더 이상 참을 수 있는 상황이 아니었다. 아침부터 저녁까지 뒷간에는 손님이 그치지 않았고 양바이순은 똥통에 흙을 뿌리는 일에만 매달리느라 날이 어두워질 때까지 밥도 먹지 못했다. 손님들이 다 돌아가고 나서야 양바이순은 뒷간에서 해방되어 혼자 부엌에 쪼그리고 앉아 대충 허기를 채웠다. 짜증이 난 그는 잔치상에서 마시고 남은 소주도 몇 잔 마셨다. 술이 시름을 달래주다 보니 금세 적지 않은 술을 들이키게 되었다. 술을 많이 마셨더니 하늘과 땅이 빙빙 돌았고 마음속의 불씨는 거센 화염이 되어 타올랐다. 가래침을 생각하니 라오마가 같은 하늘을 이고 있을 수 없는 원수로 여겨졌다. 술을 마시지 않았다면 양바이순은 한숨 자는 것으로 모든 걸 넘길 수 있었을 것이다. 하지만 소주를 마시고 난 양바이순은 원수를 갚기로 결심하기에 이르렀다. 악(惡)은 담(胆)에서 나오는 법이다. 양바이순은 마침내 양칭위안 집의 부엌을 나와 자기 집으로 돌아와서는 외양간으로 가서 자신의 도축용 칼을 챙겨 라오마를 찾아갔다. 라오마를 제거하지 않으면 앞으로 그가 자신에게 또 어떤 독한 수작을 부릴지 알 수 없었다. 이리하여 가래침 한 번 잘못 뱉은 것 때문에 라오마는 자신의 대가를 치르게 되었다.

양쟈쫭은 마쟈쫭에서 십삼 리 거리였다. 날이 어두워지고 눈은 더 많이 내렸다. 양바이순은 눈과 바람을 무릅쓰고 눈 위에 발자국을 찍으며 한 걸음씩 마쟈쫭을 향해 갔다. 양바이순은 라오쩡의 도제가 된 뒤로 다 합쳐서 삼백여 마리의 닭을 죽였고 팔십 여 마리의 개와 사십 여 마리의 돼지를 죽였다. 닭을 죽이고 개를 죽이고 돼지를 죽이는 것은 생계를 유지하기 위한 일이었을 뿐 그 어떤 닭이나 개, 돼지와도 원한이 없었다. 처음에는 조금 겁도 났지만 오랜 시간이 지나면서 칼 손잡이에 힘을 주기만 하면 가볍게 일이 끝났다. 이번에 라오마를 죽이려는 것은 닭이나 개, 돼지를 죽이는 것과는 달랐다. 이전에는 사람을 죽여본 적이 없지만 가슴 가득 원한을 품고 있었고 마음속으로 사람을 죽이는 일에 대해 조금도 겁이 나지 않았다. 칼을 한 번 휘두르기만 하면 마음속에 쌓여 있던 원한이 전부 해소될 거라 생각했다. 때문에 라오마를 죽이기 전에 혼자 생각만 해도 양바이순은 속이 후련했다. 다른 사람들은 술에 취하면 다리 아래가 후들거렸지만 양바이순은 술에 취해 길을 걸으면 오히려 다리 아래에 바람이 일었다. 지금 이 순간을 생각해 보니 형 양바이예는 이미 동방에 들어 신부와 즐거운 시간을 갖고 있을 것이고, 동생 양바이리는 어디서 누군가를 찾아 '펀콩'을 하고 있다가 설이 지나면 다시 신샹의 기관사사무소로 가서 화부로 일할 것이었다. 라오양은 대가 집과 사돈을 맺은 뒤라 앞으로 어떻게 이를 이용할지 계산하고 있을 것이 분명했다. 하지만 내일 아침이 되면 그들은 라오마가 세상에 없다는 걸 알게 될 것이다. 그들이 전부 놀랄 것을 생각하면서 양바이순은 마음속이 더더욱 후련했다. 그가 라오마를 죽이려는 이유는 라오마 때문이 아니라 사람들에게 보이기 위함이었다. 그는 원래 모든 사람들에 대해 원한을 갖고 있었다. 술에 취해 생각하다 보니 자신도 모르게 마쟈좡 어귀에 이르게 되었다. 이때 마침 삭풍이 불면서 양바이순은 마신 술이 목까지 올라와 황급히 탈곡장을 찾아 들어가 토해냈다. 그러고는 갑자기 다리 아래가 후들거려 곡물 더미 위로 넘어지고 말았다. "우엑 우엑" 한바탕 토악질을 하고 나니 뱃속은 한결 편안해지고 머리도 맑아졌다. 몸을 일으켜 입 주위를 닦고 나니 어린 아이 하나가 옆에 쪼그리고 앉아 있는 게 보였다. 양바이순은 깜짝 놀랐다. 알고 보니 방금 자신이 이 아이의 몸을 밟은 것이었다. 아이는 온몸이 눈 투성이였다. 나이는 열두세 살쯤 되어 보였고 눈은 컸지만 몸은 피골이 상접해 있었다. 섣달인데도 홑옷 차림으로 온몸을 떨고 있었다. 양바이순은 아이가 거지인줄 알았는데 알고 보니 곧 설인데 돌아갈 집도 없이 마을 어귀의 탈곡장에서 지내고 있는 것이었다. 양바이순이 아무 말도 하지 않자 아이가 몸을 떨면서 물었다.

"아저씨는 누구세요? 깜짝 놀랐잖아요."

양바이순이 "우엑 우엑" 두 번을 더 토하고 나서 말했다.

"겁내지 마. 나는 양쟈좡에서 돼지를 잡는 양바이순이라고 해. 그냥 지나가는 길이지. 그런데 너는 누구니? 왜 여기서 자고 있어?"

아이는 고개를 숙인 채 말이 없었다. 양바이순이 다시 묻자 아이는 눈물을 흘리며 자기 이름이 라이시(來喜)이고 거지가 아니라고 말했다. 아이의 아버지는 마쟈쫭에서 나귀 장사를 하는 라오자오(老趙)였다. 일 년 전 아버지가 새엄마를 맞아들이면서 아이 셋을 데리고 왔다. 새엄마가 그를 대하는 태도는 나쁘지 않았다. 때리지도 않고 욕도 하지 않았다. 단지 배불리 먹이지 않을 뿐이었다. 반년 전에 라이시가 일시적인 충동으로 새엄마의 팔찌를 하나 훔쳐 샤오빙(燒餠)으로 바꿔 먹은 일이 있었다. 이 일은 나중에 새엄마에게 발각되었다. 새엄마는 라오자오에게 사실을 알리지 않고 라오자오가 나귀를 팔러 밖에 나가면 밤중에 몰래 대못으로 아이의 배꼽을 찔러댔다. 단지 팔찌 때문만은 아니었다. 팔찌 사건이 알려지면서 사람들은 라이시를 탓하지 않고 반대로 새엄마가 라이시를 학대했기 때문이라고, 평소에 라이시를 배불리 먹였다면 라이시가 팔찌를 훔치는 일도 없었을 것이라고 말했다. 새엄마는 라이시가 자신에 대한 평판을 망쳐놓았다고 생각했다. 라오자오가 돌아왔지만 라이시는 감히 라오자오에게 이런 사실을 얘기하지 못했다. 대못 이야기가 팔찌로 연결될 것이고, 팔찌가 다른 일을 유발할까봐 두려웠기 때문이다. 배꼽을 대못으로 찔린 뒤에도 라이시는 또 다른 잘못을 저지르게 되었고, 그럴 때마다 새엄마는 또 배꼽을 찔렀다. 때문에 라오자오가 밖으로 나귀를 팔러 나갈 때마다 아이는 감히 집에서 잠을 잘 수 없었다. 해가 바뀔 무렵, 라오자오는 외지로 나귀를 팔러 갔고 아이는 매일 탈곡장에서 잠을 잤다. 때로는 새엄마가 아이를 탈곡장으로 찾으러 오기도 했다. 아이는 새엄마를 피하기 위해 몇 개의 탈곡장을 돌면서 잠을 잤다. 방금도 막 잠이 들었는데 양바이순이 밟는 바람에 깨어서는 새엄마가 찾으러 온 줄 알고 화들짝 놀란 터였다. 아이는 이런 사정을 말하면서 홑옷을 벗어 양바이순에게 보여주었다. 하얀 눈빛에 비춰 보니 배꼽 주위에 열 개가 넘는 못 자국이 있었다. 흉터가 진 곳도 있고 아직 고름이 흐르는 곳도 있었다. 이를 본 양바이순은 잠시 자신의 고민을 잊고는 탄식을 내뱉었다.

"알고 보면 한 가지 일인데 그 사이에 많은 곡절이 있었구나."

그러고는 다시 물었다.

"여기서 자면 춥지 않니?"

라이시가 말했다.

"아저씨, 추운 건 두렵지 않은데 늑대가 무서워요."

이 순간 양바이순은 완전히 술이 깼다. 과거에 자신이 양 한 마리를 잃어버린 일로 밤중에 감히 집에 돌아가지 못하고 양쟈좡의 탈곡장에서 자고 있을 때 한밤중에 라오페이와 마주쳤던 일이 생각났다. 여덟아홉 살밖에 안 된 라이시는 갑자기 집에 변고가 생겨 엄마가 바뀌고, 팔찌 하나 때문에 배꼽을 대못으로 찔려 설인데도 돌아갈 집이 없게 되고 말았다. 같은 새엄마이지만 라이시의 새엄마는 돼지 잡는 사부 라오쩡이 맞아들인 웃는 얼굴을 한 호랑이와는 전혀 달랐다. 양바이순 자신은 열여덟 살이 되었고 억울한 일도 많이 당했지만 아직 라이시 정도에 이르지는 않은 것 같다는 생각이 들었다. 라오마를 죽이는 것은 어렵지 않지만 앞으로 어떻게 될지 알 수 없는 일이었다. 원래 세상의 모든 일이 억울함을 감추고 있는 것 같았다. 양바이순이 한숨을 내쉬었다.

"엄격히 말하자면 이건 내가 관여할 일이 아니야. 하지만 누가 내게 이 아이를 만나게 한 걸까?"

이어서 아이에게 말했다.

"가자, 내가 널 따스한 곳으로 데려다줄게."

서로 손을 잡고서 두 사람은 마쟈좡을 떠났다. 이때 하늘은 더 낮아져 눈발이 갈수록 커지더니 거위 털 같은 대설로 변해 있었다. 두 사람은 눈바람을 무릅쓰고 진의 등불이 있는 곳을 향해 나아갔다. 라이시는 이렇게 뜻하지 않게 한 사람의 목숨을 구했다. 다름 아닌 마쟈좡에서 마차를 모는 사람으로 이름은 라오마라고 했다. 마차를 몰 때 생을 불고 잠자기 전에도 생을 불었다.

9장

이탈리아 선교사 라오잔

　일흔 살이 된 양바이순은 자신이 열아홉 살 되던 해에 옌진의 천주교 신부 라오잔을 만났던 것이 정말 엄청난 일이었다는 생각이 들었다. 라오잔은 이탈리아 사람으로 본명은 시머니스 셀 본스푸마치였다. 중국 이름은 잔샨푸인데 옌진 사람들은 그냥 라오잔이라고 불렀다. 라오잔의 숙부는 중국에서 선교를 하면서 처음에는 베이핑에 있다가 나중에 푸젠으로 갔다. 윈난(雲南)과 티베트에서도 선교활동을 펼친 바 있었다. 그러다가 쉰여섯 살이 되던 해 티베트에서 내지로 돌아오는 길에 허난 카이펑에 정착하여 카이펑 천주교 교회의 회장이 되었다. 당시의 카이펑 교회는 허난 동부와 북부의 서른두 개 현에 분포되어 있는 천주교 분회들을 전부 관장하고 있었다. 라오잔은 스물여섯 살 되던 해 숙부를 따라 중국으로 와서 카이펑 교회에 의해 옌진으로 파견되었다. 라오잔의 중국 이름은 그의 숙부가 지어주었다. 라오잔이 처음 옌진에 왔을 때, 옌진에는 아직 천주를 믿는 사람이 없었기 때문에 카이펑 교회에 속한 서른세 번째 현이 되었다. 라오잔은 옌진에 왔을 때 나이가 스물여섯으로 높은 콧대에 파란 눈을 갖고 있었고 중국어를 할 줄 몰랐다. 눈 깜짝하는 사이에 사십여 년이 지나 라오잔은 일흔이 넘으면서 중국어를 잘 할 수 있게 되었고 옌진 사투리도 구사할 수 있게 되었다. 코도 낮아지고 눈도 혼탁해져 누렇게 변해 버렸다. 뒷짐을 지고 거리를 걷는 모습을 뒤에서 보면 걸음걸이마저 옌진에서 파를 파는 라오한과 잘 구별이 되지 않았다. 라오잔은 키가 옌진 사람들보다 커서 일 미터 구십에 가까웠고 말을 하기 전에 먼저 코를 몇 번 '쿵쿵' 거리는 버릇이 있었다. 그는 선교에 적합한 인물이 못 됐다. 그의 뱃속에 주님의 말씀이 잔뜩 들어 있긴 하지만, 그 옛날 양바이순이 다니던 사숙의 선생님이었던 라오왕이 찻주전자에 교자를 찌면 밖으로 잘 나오지 않았던 것처럼 그의 입 밖으로 나오지 못했던 것 같다. 그가 라오왕과 다른 점이 있다면, 라오왕은 공자의 말을 하지 않을 때면 학생들에게 화를 냈지만 라오잔은 천주님의 지의를 말하지 않을 때도 사람들에게 화를 내지 않고 자신에게도 화를 내지 않았다는 것이다. 다만 얘기를 계속하다가 끝내 헷갈리기 시작하면 얘기를 멈추고서 한참이나 코를 '쿵쿵' 거리다가 처음부터 다시 시작했을 뿐이다. 같은 얘기를 처음부터 여러 번 반복하다 보니 주님을 완전히 다른 사람으로 얘기하기 일쑤였다.

사십여 년 전 라오잔이 옌진에 처음 선교를 하러 왔을 때, 라오잔의 숙부는 아직 카이펑 천주교회에서 회장직을 맡고 있었다. 옌진은 알칼리성 토지라 십 년에 구 년 꼴로 재난이 일어났다. 주로 한재가 아니면 농작물 침수였다. 현 전체의 삼십여 만 명 인구 가운데 매일 배불리 먹을 수 있는 사람이 겨우 만 명도 채 되지 않았다. 옌진 사람들이 비교적 야윈 이유가 바로 여기에 있었다. 밥을 먹다가 절반만 먹고 젓가락을 내려놓아야 하는 셈이었다. 주님께서 불쌍히 여기셨는지 그의 삼촌은 조카에 대해 두터운 희망과 기대를 보이며 돈을 들여 현성 북쪽 거리에 천주교 예배당을 하나 세워주었다.

원래는 작은 교회당을 지을 생각이었다. 카이펑 천주교회에서는 벽돌과 기와, 목재 등을 살 수 있는 돈을 지급해주면서 양쪽으로 창문이 열여섯 개 달린 건물을 짓게 했다. 백 명이 넘는 사람을 수용할 수 있는 크기였다. 라오잔은 비록 선교에는 적합하지 않았지만 집을 짓는 데는 아주 적합했다. 라오잔의 외삼촌은 이탈리아에서 기와를 만드는 장인이었다. 라오잔은 어려서부터 외할머니 댁에서 자라면서 항상 보고 들은 것이 있다 보니 건축에 대해 어느 정도 정통해 있었다. 벽돌과 기와는 이탈리아에서 보던 것과 똑같았고 목재도 별 차이가 없었다. 그는 푸른 벽돌을 건물의 서쪽과 북쪽에 사용하고 동쪽과 남쪽은 토담으로 마감했다. 지붕의 음면(陰面)에는 기와를 사용하고 햇볕을 받는 양면(陽面)에는 멍석과 가시대나무를 사용했다. 목재가 부족하자 그는 직접 옌진에서 스무 그루가 넘는 느릅나무를 사다가 판자를 만든 다음, 이를 가지고 열여섯 개의 창문을 만들었다. 이리하여 그는 창문이 서른두 개나 달린 건물을 지을 수 있었다. 교회당이 다 지어지니 삼백 명이 넘는 인원을 수용할 수 있었다. 사십여 년의 세월이 지나는 동안 열흘 연속 비가 내려도 건물에 비가 샐 때를 제외하면 교회당 안은 줄곧 건조한 편이었다. 하지만 이 교회당은 사십 년이라는 세월이 흐르는 동안 거의 텅 비어 있었다. 라오잔이 옌진에서 선교를 한 사십 년 동안 신도가 겨우 여덟 명 뿐이었기 때문이다. 작년에는 옌진에 현장이 새로 왔다. 이름이 샤오한이라고 했다. 그는 '옌진신학'을 창설하고자 했지만 학당이 없자 라오잔을 교회당에서 쫓아내버렸다. 천주교 교회당은 샤오한의 학당이 되었다. 라오잔은 현임 카이펑 천주교회 회장인 라오레이와 갈등이 있었고 교의 상의 논쟁도 있어 이런 상황을 고발하기가 편치 않았다. 게다가 라오잔이 옌진에서 개척한 신도의 수가 많지 않다는 것도 중요한 변수였다. 만일 옌진의 천주교 신도들이 많았다면 샤오한이 어찌 감히 라오잔을 건드릴 수 있었겠는가? 옌진의 천주교 신자는 여덟 명 밖에 되지 않았지만 라오잔은 결코 기가 죽지 않았다. 나이가 일흔이 되어서도 그는 일 년 사계절 내내 비바람을 뚫고서 옌진 곳곳을 돌아다녔다. 양바이순이 사부 라오쩡에게서 돼지 잡는 법을 배울 무렵, 가끔씩 시골로 전도를 하러 온 라오잔과 마주치곤 했다. 돼지 잡는 사람과 전도하는 사람이 약속이나 한 듯이 같은 마을을 찾았다가 만나게 된 것이다. 이쪽에서는 돼지를 다 잡고 저쪽에서는 전도 활동을 다 마치고서 함께 마을 어귀 버드나무 아래서 쉬게 되었다. 양바이순의 사부 라오쩡도 잎담배를 피웠고 라오잔도 잎담배를 피웠다. 둘 다 담배를 피우다가 라오잔이 먼저 라오쩡에게 주님을 믿으라고 권했다. 라오쩡이 담뱃대를 '탁탁' 두드리며 말했다.

"그와 담배를 함께 피운 정리도 없는데 내가 왜 그를 믿는단 말이오?"

라오잔이 코를 '쿵쿵'거리며 말을 받았다.

"그 분을 믿으면 곧 자신이 누구이고 어디서 왔으며 어디로 가는지 알게 될 겁니다."

라오쩡이 말했다.

"그건 나도 이미 다 알고 있는 것들이오. 나는 일개 돼지 백정으로 쩡쟈좡에서 각 마을로 돌아다니며 돼지를 잡고 있지요."

라오잔은 얼굴이 새빨개져 고개를 좌우로 흔들며 탄식을 했다.

"말씀을 그렇게 하시면 안 되지요."

그러고는 생각에 잠긴 채 고개를 가로젓다가 다시 입을 열었다

"사실 형씨 말씀도 맞습니다."

그가 라오쩡을 설복시킨 게 아니라 라오쩡이 그를 설복시킨 것 같았다.

한참 동안 두 사람은 말없이 그냥 앉아 있다가 갑자기 라오잔이 다시 입을 열었다.

"그래도 형씨는 마음속에 근심이 없다고 말하진 못할 겁니다."

이 한 마디가 라오쩡의 정곡을 찔렀다. 라오쩡의 마누라가 세상을 떠난 지 이 년이 된 터라 한창 혼자서 새장가를 들지 말지 고민하고 있던 터였다. 이제 두 아들도 커서 아내를 맞아야 하는 처지였다. 두 아들 가운데 누가 먼저 장가를 가고 누가 나중에 가느냐 하는 것도 큰 고민거리였다. 라오쩡이 말했다.

"그건 맞는 말이오. 누구에게나 어려운 구석은 있기 마련이지요."

라오잔이 손뼉을 치면서 말을 받았다.

"근심거리가 있는데도 주님을 찾지 않는다면 노형은 누굴 찾으실 생각이오?"

라오쩡이 대답했다.

"주님이 날 위해 뭘 해줄 수 있기에 그러시오?"

"주님께선 당장 노형이 죄인이란 걸 깨닫게 해주실 겁니다."

라오쩡은 즉시 화를 냈다.

"지금 무슨 소릴 하는 거요? 얼굴도 모르는 양반이 어떻게 내게 잘못이 있다는 걸 안단 말이오?"

서로 말이 통하지 않자 두 사람은 또 말없이 그냥 앉아 있었다. 그러다가 또 갑자기 라오잔이 먼저 입을 열었다.

"주님은 손재간으로 먹고 살던 분이셨습니다. 목수였지요."

라오쩡이 화를 내며 말을 받았다.

"하는 일이 다르면 산을 사이에 두고 있는 것이나 마찬가지요. 나는 그 목수를 믿지 못하겠소."

라오잔과 라오쩡이 얘기를 주고받는 동안 양바이순은 라오잔에 대해 아무런 생각도 없었다. 라오잔의 도제인 샤오자오(小趙)가 약간 부러울 뿐이었다. 샤오자오는 현지 사람으로 나이는 스물이 조금 넘었다. 그의 아버지는 파를 파는 사람이었다. 그는 매일 자전거를 몰고 라오잔을 태워 각 마을로 돌아다니며 전도를 했다. 이 자전거는 프랑스의 '필립스'사에서 제조한 것이었다. 라오잔이 젊었을 때는 라오잔이 타고 다녔지만 수십 년이 지나 라오잔이 늙고 등이 굽은 데다 정신도 또렷하지 못하게 되자 도제를 하나 받아들여 그에게 자전거 타는 법을 가르쳐준 다음 라오잔을 태우고 사방으로 돌아다니게 했다. '띠리링' 자전거 벨이 울리면 모두들 라오잔이 왔다는 걸 알았다. 라오잔이 전도를 할 때 샤오자오는 옆에서 응대하지 않고 자전거를 지키며 잡담을 했다. 때로는 자전거 뒤에 선반을 묶고 그 위에 파를 잔뜩 싣기도 했다. 라오잔이 전도하는 동안 그는 마을에서 파를 팔았다. 라오잔은 이에 관여하지 않았다. 마주치는 사람들이 많다 보니 라오잔은 양바이순에게 큰 관심을 기울이지 않았지만 양바이순은 샤오자오가 파를 파는 것을 비난했다. 샤오자오가 잡담을 하거나 파를 팔 때면 양바이순도 그 자전거를 유심히 살폈다. 한 번은 대담하게 양 뿔처럼 생긴 자전거 핸들을 만지면서 샤오자오에게 말했다.

　"이 장난감은 좋은 물건이 못 돼. 달릴 때는 말보다 빠르지만 신출내기가 타면 파를 싣는 것 외에 다른 쓸모가 없으니 말이야."

　양바이순이 샤오자오에게 자전거에 관해 얘기한 이유는 자전거 때문이 아니라 샤오자오와 사부의 느슨한 관계를 이해할 수 없었기 때문이다. 사부가 전도를 하는데 도제가 이를 전혀 돕지 않고 오히려 파를 팔고 있는 게 도대체 어찌 된 일이란 말인가? 상대적으로 당시 양바이순과 사부, 사모의 관계는 너무나 긴밀했다. 사부는 사부대로 자기 방법을 쓰고 사모는 따로 자기 방법을 썼다. 돼지를 잡는 것은 돼지를 잡는 것이고, 세 줄기의 내장은 사모의 배분을 기다려야 했다. 사부와 사모는 하루 종일 돼지를 잡은 그에게 숙소도 제공해주지 않았다. 자전거에 관해 얘기를 나누면서 샤오자오와 사부, 주님의 관계에 관해, 그리고 이런 관계를 샤오자오가 어떻게 조정하는지 묻고 싶었다. 하지만 뜻밖에도 샤오자오는 그에게 다른 얘기는 하지 않고 자전거에 관해서만 얘기했다. 그러고는 자전거에서 그의 손과 발을 밀어낸 다음 본체 만체 다른 곳으로 자전거를 몰고 가버렸다.

"땀 묻은 손으로 자국 내지 마."

사부 라오쩡은 돼지 백정이 선교사와 대등하다고 생각했다. 하지만 도제들에게는 위아래의 구별이 분명했다. 앞으로 쌍방이 다시 맞닥뜨리면 양바이순도 샤오자오를 거들떠보지 않기로 했다.

양바이순은 지난번에 라오마를 죽이려다 미수에 그친 뒤로 다시는 양쟈좡으로 돌아가지 않았다. 정말로 사람을 죽이진 않았지만 양바이순의 마음속에서는 이미 라오마를 한 번 죽인 것이나 다름없었다. 라오마를 죽였을 뿐만 아니라 라오마와 공모했던 라오양과 양바이리도 마음속으로 한 번씩 죽인 셈이었다. 현실생활 속에서 그가 죽이려 했던 사람은 라오마지만 마음속으로 가장 먼저 죽이려 했던 사람은 라오양이었다. 집에서 두부를 갈면서 매일 라오양과 부딪칠 때면 죽이고 싶은 생각이 들곤 했다. 하지만 평소에도 라오양과 말을 하지 않았고 죽이기 전에도 말을 하지 않았다. 라오양은 지금 마당 대추나무 밑을 맴돌면서 그의 일격에 화가 나 죽을 지경일 것이다. 그다음은 양바이리였다. 양바이리는 말하는 걸 좋아했지만 밤에 기관사 사무소에서 자다가 그의 칼에 단번에 목이 잘렸다. 이때부터 그는 '편콩'을 할 수 없었다. 마지막이 라오마였다. 가장 미운 사람을 맨 마지막에 남겨둔 것이다. 라오마의 뱃속에는 교활한 심보가 가득했다. 두 사람이 얼굴을 마주하고 걸어오다가 양바이순이 먼저 칼을 휘둘러 그의 배를 갈랐다. 알록달록한 창자가 땅바닥에 쏟아져 내렸다. 사람을 죽인 곳은 다시 찾지 않는 법이다. 처음 집을 떠날 때와는 다른 상황이었다. 처음에는 화가 나서 떠났었지만 이번에는 마음이 철저하게 식어 있었다. 하지만 어디로 간단 말인가? 양바이순은 지난번보다 더 난처했다. 옌진 땅에서는 이미 수많은 곡절이 있었기 때문에 양바이순은 당장 몸을 기탁할 사람이 떠오르지 않았다. 미움을 산 사람이 몇 명밖에 되지 않는데도 마치 옌진 전체로부터 미움을 산 기분이었다. 불과 몇 사람하고만 척을 졌는데도 옌진 전체와 척을 진 것 같았다. 갈 길을 찾기 위해서는 옌진을 떠나야만 할 것 같았다. 라이시와 헤어진 다음 날, 양바이순은 하늘 가득 쏟아지는 눈을 뚫고 옌진 부두에 도착했다. 이곳에서 황허를 건너 카이펑으로 가서 잡일을 할 생각이었다. 하지만 카이펑은 한 번도 가보지 못했기 때문에 카이펑에 도착해서도 어디 가서 무슨 일부터 해야 할지 알 수 없었다. 카이펑은 땅이 크고 사람이 많은 만큼 기회도 많고 고향보다는 몸을 기탁하기 좋을 것이라는 생각만 갖고 있을 뿐이었다. 옌진 부두에 도착하니 대설 때문인지 나룻배를 모는 라오예(老葉)는 이미 배를 거둬 집으로 돌아가고 없었다. 그냥 돌아가려는 순간 돌아갈 집이 없다는 사실에 생각이 미쳤다. 하는 수 없이 걸음을 돌려 부두에서 밥집을 열고 있는 라오롼(老阮)의 집에서 눈을 피했다. 평평하게 두 갈래로 갈라진 주렴을 들추고 밥집 안으로 들어서자 손님 세 명이 화로 주변에 서 있었다. 그 가운데 하나는 쟝쟈좡(蔣家莊) 염색공방의 집사인 라오구(老顧)였고 나머지 두 사람은 염색공방의 도제들이었다. 양바이순은 라오구를 몰랐지만 도제 가운데 하나인 샤오쑹(小宋)은 양바이순이 라오왕의 사숙에 다닐 때의 동창이었다. 두 사람은 금세 서로를 알아보았다. 네모난 얼굴의 라오구는 몇 해 전에 도제들을 데리고 지현(汲縣)으로 물건을 받으러 간 적이 있었다. 천과 실을 쟝쟈좡으로 가져다가 염색을 하려는 것이었다. 지현에서 돌아오는 길에 눈보라를 만났다. 쟝쟈좡은 황허 건너편에 있지만 강을 건널 수 없게 되었다. 이때도 그는 라오롼의 가게에서 눈을 피했었다. 불을 쬐는 동안 양바이순과 낯이 익지 않은 라오구는 그를 거들떠보지 않았고 양바이순도 그에게 인사를 건네지 않았다. 샤오쑹은 라오구가 양바이순을 거들떠보지도 않자 감히 양바이순에게 말을 걸지 못했다. 오전 내내 세 사람이 염생공방에 관한 얘기를 하고 양바이순은 옆에서 듣기만 했다. 말하는 사람이나 듣는 사람이나 눈이 그치기 기다리고 있었다. 하지만 눈은 갈수록 많이 내렸고 오후가 되자 하늘이 어두워지기 시작했다. 모두들 라오롼의 가게에서 하루 묵어가는 수밖에 없었다. 밤에 양바이순은 샤오쑹과 같이 자게 되었고, 그제야 두 사람은 작은 목소리로 각자의 근황을 얘기할 수 있었다. 샤오쑹은 라오왕의 사숙에서 나온 뒤로 줄곧 쟝쟈좡의 염색공방에서 천을 염색했다. 다른 자리로 옮긴 적이 없었다. 샤오쑹이 말했다.

"그냥 염색만 하는 거야. 다른 일을 찾느니 하던 일에 익숙해지는 게 낫지."

양바이순은 샤오쑹이 약간 부러웠다. 한 가지 일을 진득하게 할 수 있다는 것이 좋았다. 샤오쑹이 양바이순의 근황을 묻자 양바이순은 긴 한숨만 내쉬었다. '옌진신학'에서 시작하여 라오쩡을 따라다니며 돼지를 잡던 것과 형의 결혼, 그리고 갈 곳 없는 신세가 되어 황허를 건너 카이펑으로 가서 생계를 도모하고자 하는 지금의 상황까지 다 얘기했다. 두 해 사이에 여러 가지 직종을 갈아타다 보니 그에게는 익숙한 것이 하나도 없었다. 번번이 사정이 틀어졌기 때문이었다. 카이펑에 대해 잘 알지 못해 마음이 안정되지 않았던 양바이순은 그간의 온갖 일들과 사소한 고생을 전부 샤오쑹에게 얘기했다. 얘기를 하지 않았으면 좋았을 것을 얘기하고 나니 마음이 괴로워지기 시작했다. 그래도 동창이라고 샤오쑹은 양바이순의 얘기를 다 듣고는 손뼉을 치며 말했다.

"잘됐다. 염색공방에 불 때는 사람이 하나 부족한데 네가 그 일을 원할지 모르겠다."

양바이순은 마음속으로 무척 기뻤다.

"완전히 궁지에 몰린 처지에 원하고 원하지 않고 할 게 뭐가 있겠니? 가까운 곳에서 불을 때는 게 낯선 카이펑에 가는 것보다는 낫겠지."

"맞는 말이야. 대처에 나가면 사기꾼들도 많거든. 그럼 내가 내일 라오구에게 말해볼게. 그가 널 원하는지 말이야."

"그 양반 얼굴이 침울한 걸 보니 쉽게 말이 통하지 않을 것 같아 걱정이다. 잘 됐으면 좋겠어. 그러면 너도 심심하지 않게 될 테니까 말이야."

이렇게 말하고도 뭔가 찜찜했는지 황급히 다시 입을 열었다.

"네가 아니라 내가 함께 할 사람이 필요하다는 뜻이야. 지난 이 년 동안 살아보니 혼자서는 못살겠더라고."

샤오쑹이 그를 위로했다.

"아직 몇 십 년을 더 살아야 하잖아. 그런 말 하지 마."

다음날 아침 일찍 눈이 멎더니 해가 나왔다. 샤오쑹은 정말로 집사 라오구에게 양바이순에 관해 얘기했다. 지난 이 년 동안의 온갖 고생과 갈 곳이 없게 된 처지를 얘기하면서 그를 받아들여 불 때는 일을 시키는 것이 어떠냐고 말했다. 라오구는 다 듣고 나서 다른 얘기는 하지 않고 한 마디만 말했다.

"두 해 동안 여러 곳을 거쳤다면 가는 곳마다 사람들과 척이 졌다는 뜻이야. 착실한 친구가 아닌 것 같구나. 주인장은 사람이 멍청한 건 두려워하지 않지만 착실하지 못한 건 두려워하는 편이거든. 네 체면을 세워주기 싫은 것이 아니라 나중에 문제가 생기면 내게 불똥이 튄단 말이다."

라오구가 밥집을 나와 보니 어제 밥집 밖 울타리에 쌓여 있던 수십 포대의 천과 실이 전부 부두로 옮겨져 있었다. 알고 보니 양바이순이 오경에 일어나 그들이 잠자고 있는 동안 혼자 한 포대 한 포대 날라다 놓은 것이었다. 두 해 동안 온갖 풍상을 겪으면서 이제 양바이순도 과거의 양바이순이 아니었다. 천과 실 한 포대의 무게는 족히 백 근은 되었다. 나룻배를 모는 라오예도 이미 배를 몰고 나와 있었다. 양바이순은 또 엉덩이를 뻣뻣이 세우고 화물을 한 포대 한 포대 배 위로 날라주었다. 눈 덮인 땅 위에서도 온몸에 땀이 솟았고 머리에서는 뜨거운 김이 올라왔다. 몸이 온통 찜통 같았다. 샤오쑹이 멀리 서 있는 양바이순을 가리키며 라오구에게 말했다.

"보세요."

라오구가 땅에다 가래침을 뱉으며 말했다.

"뭘 보라는 게냐? 저 친구가 짐을 나르지 않았다면 착실하다는 걸 증명한다고 할 수 있지만 짐을 날랐다는 건 내 눈이 틀리지 않다는 뜻이야. 이 친구는 속셈이 있는 게 분명해. 나는 감히 이 친구를 쓸 수가 없어."

두 사람이 배 가까이 갔을 때는 양바이순이 짐을 전부 옮긴 뒤였다. 반쯤 걸친 솜저고리에서 김이 모락모락 났다. 라오구를 비롯하여 세 사람이 함께 배에 올랐다. 이때 양바이순이 라오구에게 인사를 건넸다면 양바이순이 짐을 나른 것은 헛수고가 되고 말았을 것이다. 하지만 양바이순은 라오구를 보고도 공치사를 하지 않았고 라오구가 자신을 받아들이려 하지 않는다는 걸 알고도 아무 말 하지 않았다. 또한 배 한 대에 동승하여 황허 건너편까지 갈 수 있었지만 양바이순은 강을 건너지 않고 배에서 내려 샤오쑹을 향해 손을 흔들었다. 그 순간 라오구의 마음이 움직였다. 그는 양바이순이 무척 생각이 깊고 착실한 사람이라고 판단하고는 그를 향해 손짓을 하면서 말했다.

"이봐, 어서 타게. 가서 염색공방 주인장을 만나보자고. 주인장이 자넬 받아주면 그건 자네 복이고 안 받아주더라도 날 원망하진 말게."

양바이순은 다시 배에 올라 함께 황허를 건너 쟝쟈좡으로 갔다.

쟝쟈좡에 있는 라오쟝(老蔣)의 염색공방 이름은 '훙위안타이(鴻源泰)'였다. 여덟 개의 커다란 염색용 수조의 둘레가 각기 한 장(丈)이나 됐다. 이 모든 수조에 밤낮으로 불을 땠다. 수조는 붉은색과 귤색, 노란색, 초록색, 푸른색, 파란색, 자주색, 검정색 등 여덟 가지 색으로 나뉘어져 있었다. 흰색 천과 실을 검정 수조에 넣고 두 시진 끓인 다음 꺼내 놓으면 검정색 천과 실로 변했다. 흰색 천과 실을 다른 수조에 넣고 두 시진 끓인 다음 꺼내 놓으면 붉은색 천과 귤색 천, 노란색 천, 초록색 천, 푸른색 천, 파란색 천, 자주색 천, 검정색 천이나 붉은색 실과 귤색 실, 노란색 실, 초록색 실, 푸른색 실, 파란색 실, 자주색 실, 검정색 실로 변했다. 옌진 사방 백 리 안에 염색공방이 두 집 있었다. 쟝쟈좡 라오쟝의 염색공방도 그중 하나였다. 공방 하나에 열 명이 넘는 일꾼들이 고용되어 있었다. 라오쟝은 나이가 쉰 남짓으로 젊었을 때는 차 장사를 하면서 옌진과 쟝저(江浙) 일대를 왕래했고 적당한 구실이 생기면 다른 성(省)으로 가서 장사를 하기도 했다. 나중에 나이가 들면서 돌아다니기가 힘들어지자 차 장사를 통해 번 돈으로 염색공방을 차렸다. 라오쟝은 몸이 바짝 마른 데다 매부리코였다. 젊었을 때는 차를 팔면서 말하는 걸 좋아했다. 옌진에서 쟝저에 이르는 지역의 차 상인들 중에는 말하기 좋아하는 매부리코 라오쟝을 모르는 사람이 없었다. 그러나 라오쟝은 쉰이 넘으면서 갑자기 말하는 걸 좋아하지 않게 되었다. 하지만 말하는 건 담배를 피우는 것과 같아서 말을 하지 않기로 마음먹는다고 해서 말을 안 할 수 있는 것이 아니다. 열 명 가운데 여덟 명은 말을 끊지 못했다. 그럼에도 라오쟝은 정말로 말을 끊었다. 게다가 그 정도도 대단하여 하루에 한 마디도 하지 않았다. 대신 그는 생각을 했다. 사람들은 이런 갑작스런 변화에 익숙하지 못했다. 예컨대 염색공방에서 평범한 말 한 마디를 하려면 반나절을 생각해야 했고, 반나절을 생각하고도 입 밖에 내뱉는 말은 평범한 말에 지나지 않았다. 남들은 평범한 말이라고 생각했지만, 라오쟝은 생각을 거친 말은 더 이상 평범하지 않다고 생각했다. 이를 평범한 말로 대하면 라오쟝은 화를 냈다. 양바이순이 라오쟝의 공방에 도착하자 라오쟝은 그를 한 번 쳐다보고는 고개를 숙이고 생각에 잠겼다. 샤오쑹이 옆에서 양바이순을 거들었다.

"주인 어른, 불을 때는 일이잖습니까? 저 친구 정말 착실합니다."

라오쟝이 샤오쑹을 쳐다보고는 또다시 고개를 숙이고 생각에 잠겼다. 반나절을 생각하고 난 라오쟝은 말을 하지 않고 손짓으로 라오구에게 양바이순을 남게 하라고 지시했다.

집사 라오구는 양바이순에게 불을 때게 하지 않고 과거에 물을 떠다 날랐던 라오아이(老艾)에게 불 때는 일을 맡겼다. 대신 양바이순에게는 라오아이가 하던 일을 시켰다. 양바이순은 이렇게 물을 지어 나르게 되었다. 염색공방에서 물을 지어 나르는 걸 기술이라고 할 수 없었지만, 양바이순은 불을 때는 것도 기술이라 할 수 없으니 처음 와서 물을 지어 나르게 된 것만 해도 나쁘지 않다고 생각했다. 그러나 열흘을 일하고 나서야 양바이순은 물을 지어 나르는 게 대단한 일이라는 걸 깨달았다. 보통 주방에서 물을 나르지 않고 염색공방에서 물을 지어 나르기 때문이다. 라오쟝의 공방에는 여덟 개나 되는 거대한 염색용 수조가 있었다. 벽돌로 쌓은 여덟 개의 연못이나 다름없었다. 천과 실은 염색이 끝나도 물로 헹군 다음에야 널어서 건조시킬 수 있었다. 여덟 개의 염색 수조는 가로세로가 한 장이나 됐고 헹궈야 하는 천과 실은 붉은색과 귤색, 노란색, 초록색, 푸른색, 파란색, 자주색, 검정색 등 여덟 가지나 됐다. 이 수조에 물을 다 채우려면 하루에 육백 번이나 물을 지어 날라야 했다. 다행히 우물은 그리 멀지 않아 바로 마당 밖 홰나무 밑에 있었다. 하지만 도르래로 육백 번이나 물을 길어 지어 나르려면 상당한 기력과 시간이 필요했다. 양바이순은 매일 닭 울음소리에 일어나 밤하늘에 삼형제별이 떠야 일을 마칠 수 있었다. 하지만 사흘 중에 이틀은 수조에 있는 물을 갈 수가 없었다. 이럴 때면 물을 지어 나르는 것이 불을 때는 것만 못하다는 생각과 함께 집사 라오구가 정말 대단한 사람이라는 생각이 들었다. 자신을 받아들이고 나서 초장부터 위세를 부리는 것이었다. 천을 헹군 물을 갈지 못하면 염색공방 전체가 일을 중단하는 수밖에 없다. 그럴 때면 라오구가 말하기 전에 주인장 라오쟝이 먼저 화를 냈다. 라오쟝은 화가 나도 남을 때리거나 욕하는 일이 없었다. 대신 어느 수조의 염색 색깔이 진한지 살펴보았다. 그런 다음 양바이순을 불러 놓고 그를 노려보았다. 양바이순이 일을 시작한 이후로 그는 양바이순에게 말을 한 마디도 하지 않았고 일이 생길 때마다 한 번씩 쳐다보곤 했다. 쳐다본 다음에도 말은 하지 않았다. 대신 고개를 숙이고 혼자 생각에 잠겼다. 누군가 자기 바로 앞에서 골똘히 생각에 잠기는 것이 욕을 하거나 때리는 것보다 더 무서운 법이다. 양바이순은 황급히 달려가 물통을 들고 다시 우물로 가서 물을 지어 나르기 시작했다. 이럴 때 사부 라오쩡을 따라 다니며 돼지를 잡던 시절을 떠올리면, 약간 억울하긴 했지만 물을 지어 나르는 것보다는 수월했다는 생각이 들곤 했다. 때로는 길을 걷다가 사제 둘이서 길가 버드나무 아래 앉아 쉬면서 한가롭게 얘기를 주고받을 때도 있었다. 하지만 라오쩡은 먹는 것만 제공하고 잠자리를 제공하지 않았기 때문에 매일 삼십 리 길을 오가야 했다. 반면에 염색공방에는 잠잘 곳이 있었다. 한 달이 지나는 동안 양바이순은 물을 지어 나르는 일에 있어 궤도에 오르게 되었다. 일이 궤도에 오르게 되었다는 것은 물을 많이 지어 나를 수 있게 됐다는 뜻이 아니라 붉은색과 귤색, 노란색, 초록색, 푸른색, 파란색, 자주색, 검정색 등 여덟 개의 수조에 물을 가는 데 요령이 생겼다는 뜻이다. 귤색과 노란색, 파란색 세 가지 색깔의 수조에 담긴 물은 사흘에 한 번 갈되 절대로 미룰 수 없었다. 그 나머지 다섯 가지 진한 색깔의 수조는 닷새에 한 번 물을 갈아도 별로 티가 나지 않았다. 과거에는 여덟 개 수조의 물을 전부 사흘에 한 번씩 갈았기 때문에 너무 바빠서 견뎌낼 수가 없어 귤색과 노란색, 파란색의 수조를 소홀히 할 수밖에 없었다. 그러나 이제는 방법을 터득하여 물을 가는 일을 힘들이지 않고 여유 있게 할 수 있게 되었다. 라오쟝은 수조를 살펴보고 나서 생각에 잠기는 일이 없었고 양바이순도 이전보다 훨씬 편해졌다.

눈 깜짝할 사이에 겨울이 가고 봄이 왔다. 라오쟝의 집에 머문 시간이 오래 되다 보니 양바이순은 염색공방에서 일하는 열 명 남짓 일꾼들에 관해 잘 알게 되었다. 염색공방에 익숙하지 않을 때는 몰랐지만 익숙해지다 보니 염색공방에서 천 염색만 하는 것이 아니라는 사실을 알게 되었다. 천을 염색하는 것 외에 수많은 일들이 있었던 것이다. 열세 명의 일꾼들은 각기 다섯 지역 출신이었다. 그 가운데 다섯 명이 옌진 출신이고 세 명이 카이펑 출신, 두 명이 산둥 출신, 한 명이 네이멍구 출신이었다. 남방의 저장에서 온 사람들도 둘이 있었다. 과거에 라오쟝이 차 장사를 할 때 알았던 사람들이었다. 열세 명이 함께 일하지만 출신지가 다르다 보니 서로 마음이 맞는 사람들도 있고 마음이 맞지 않는 사람들도 있었다. 일꾼들은 서로 마음이 맞느냐의 여부에 따라 여섯 개의 작은 집단으로 나뉘었다. 양바이순은 처음에는 출신지가 같으면 서로 마음이 맞는 줄 알았지만, 시간이 지나면서 출신지가 같은 사람들끼리도 벽을 쌓기 십상이고 오히려 서로 잘 몰랐던 사람들이 함께 지내다 보면 좋은 친구가 될 수도 있다는 사실을 깨닫게 되었다. 예컨대 양바이순의 동창 샤오쑹은 옌진 사람이지만 다른 옌진 사람들과 사이가 좋지 않고 오히려 네이멍구에서 온 친구와 죽이 맞았다. 네이멍구에서 온 친구는 이름이 타라스칸으로 담력이 좋은 인물이었다. 귀에 구멍을 뚫어 아주 작은 유리 등롱 모양의 귀고리를 달고 있었다. 사람들은 그를 '라오타(老塔)'라고 불렀다. 라오타는 마음씨는 나쁘지 않지만 풋내기들을 업신여기는 기질이 있었다. 양바이순이 막 와서 물을 지어 나르는 것이 서툰 걸 보고는, 주인장 라오쟝도 친절하게 대하는데 오히려 그가 눈으로는 양바이순을 째려보면서 입으로는 몽골어로 뭔가를 중얼거렸다. 양바이순은 몽골어를 알아듣지 못했지만 좋은 말이 아니라는 것은 알 수 있었다. 양바이순이 그와 화합하지 못하는 상태로 시간이 오래 지나다 보니 동창 샤오쑹과의 관계도 약간 소원해졌다. 또한 주인장 라오쟝을 대하는 집사 라오구의 태도도 진심이 아니었다. 두 사람은 나이가 별 차이 없었지만 항렬에 따라 라오구가 라오쟝의 먼 이모부 뻘이 되었다. 라오쟝은 라오구 앞에서 항상 같은 모습이었고 라오구는 라오쟝이 없는 자리에서 항상 같은 모습이었다. 라오장이 없을 때면 일꾼들이 염료와 땔감을 낭비했고 물건을 훔치거나 교활한 짓을 하기도 했지만 라오구는 전혀 개의치 않았다. 관리해야 할 것은 관리하지 않으면서 직원들 사이에 떠도는 소문을 비롯하여 관리하지 않아도 되는 것들은 적극적으로 관여하면서 끼어들곤 했다. 다른 사람들이 전하면 그저 한가로운 소리에 불과했지만, 그는 말을 전하는 과정에서 한 가지 사건을 여덟 가지 사건으로 만들곤 했다. 모두들 겉으로는 그를 집사로 대했지만 등 뒤에서는 그를 미워하지 않는 사람이 없었다. 보기에는 다 같이 염색을 하고 다 같이 밥을 먹는 것 같았지만 사실은 제각기 다른 속셈을 갖고 있었다. 게다가 주인장 라오쟝에게는 마누라가 둘 있었다. 큰마누라는 쉰이 넘었고 작은 마누라는 스무 살이 갓 넘었다. 양바이순은 샤오쑹이 고참 일꾼 순리(順利)에 관해 말하는 걸 들은 적이 있었다. 산둥 출신에 비쩍 마른 몸매로 자칭 무이랑(武二郎)이라고 하는 그가 작은 사모와 그렇고 그런 사이라는 것이었다. 그렇다면 그가 어찌 무이랑이란 말인가? 영락없는 서문경(西門慶)이었다. 이 일은 염색공방 사람들 전부가 알고 있고 유일하게 주인장 라오쟝만 모르고 있었다. 양바이순은 이 얘기를 듣고 분노를 금치 못했다. 그의 분노는 잘 풀리지 않았다. 라오쟝은 매일 온갖 일들을 생각하면서 어째서 이런 일은 생각하지 못하는 건지 알 수가 없었다. 또 라오쟝이 젊었을 때는 말하는 걸 좋아했지만 쉰이 되면서 갑자기 말하는 걸 싫어하게 되었다는 얘기도 들었다. 여기에도 아무런 이유가 없을 수 없었다. 어떤 사연이 감춰져 있는 것이 분명했다. 최근 몇 년 동안 양바이순은 수많은 일들을 겪으면서 모든 일에는 그만한 사연이 있다는 것을 알게 되었다. 모든 사연에는 여러 가지 곡절이 있기 마련인데, 라오쟝이 말하기 싫어하는 사연이 어느 부분 어느 굴곡에 감춰져 있는 것인지는 알 수 없었다. 일개 염색공방의 무수한 감정과 그 단초들로 인해 양바이순은 쟝씨 집안과 라오쟝의 일들을 생각하느라 머리가 터질 지경이었다. 과거에 라오쩡을 따라다니며 돼지를 잡을 때 사모까지 더해져 세 사람의 관계만으로도 양바이순은 이미 충분히 복잡하다고 느꼈었다. 원래 염색공방에서는 조용히 지내려 했는데 더 조용히 있을 수 없는 상황이 펼쳐질 줄 누가 알았겠는가? 그래도 수많은 일을 겪은 덕분에 양바이순은 지혜가 많아졌다. 가장 큰 지혜는 시비에 휘말리지 않는 것이었다. 염색공방은 사람도 많고 일도 복잡했다. 하지만 양바이순은 하나하나 다 기억하면서 어느 누구와도 너무 가까워지거나 멀어지지 않았다. 동창 샤오쑹을 포함하여 누구하고도 단짝이 되거나 친밀해지지 않았다. 양바이순은 스스로 한 파를 이루어 물을 지어 나르는 자신의 자리만 굳게 지켰고 한 걸음 더 내디딜 때마다 앞으로 염색기술을 배울 생각만 했다.

그러나 이해 가을로 접어들면서 양바이순은 밥그릇을 보전하기가 어려워졌다. 라오쟝의 미움을 샀거나 시비를 일으켰기 때문이 아니라 원숭이 한 마리 때문이었다. 주인장 라오쟝은 생각에 잠기는 것 외에 좋아하는 것이 두 가지 더 있었다. 하나는 흰색이고 다른 하나는 밤이었다. 그는 낮에 천과 실을 삶는 동안 대부분 시간을 잠으로 보내다가, 저녁에 천과 실을 말리기 시작할 때가 되어서야 침실에서 기어 나왔다. 염색공방에서는 낮에 천과 실을 말리지 않는데, 낮에는 해가 있어 탈색될 수 있기 때문이었다. 천과 실을 말리는 일은 전부 밤에 이루어졌다. 이때 여덟 개 수조 주변에는 열여섯 개의 쇠기름 등이 켜졌다. 심지는 풀을 꼰 것처럼 두꺼웠고 검은 연기가 피어올랐다. 천과 실을 물에 담그면 죽도록 무거워졌다. 직원들은 죽을힘을 다해 물먹은 천과 실을 수조 밖으로 끌어낸 다음 건조대로 옮겨 널어야 했다. 하루 저녁에 수백 필의 천과 수백 묶음의 실을 말려야 했다. 푸른색 천

한 필, 붉은색 천 한 필, 파란색 천 한 필, 자주색 천 한 필, 푸른색 실 한 묶음, 붉은색 실 한 묶음, 파란색 실 한 묶음, 자주색 실 한 묶음을 말려야 했다. 직원들은 "에휴 에휴" 소리를 내면서 한 시진이면 온몸에 땀이 흘렀다. 한 손에 같은 일을 붙잡고 매달리느라 모두들 한가할 때의 한담이나 서로 성격이 맞지 않는 것들은 다 잊어버렸다. 라오쟝은 일꾼들에게 다가가 말을 하지 않았다. 그저 바라볼 뿐이었다. 이때의 바라봄은 평소의 바라봄과 달랐다. 평소에는 구체적인 대상을 바라보든가 어떤 사람이나 사건을 바라보았다. 어떤 사람이 어떤 일을 잘못했을 경우에는 그를 집중적으로 쳐다보았다. 지금은 많은 사람들이 노동을 하고 있어 하나의 장면을 이루고 있기 때문에 구체적인 사람을 쳐다볼 수 없었다. 그가 바라보는 건 전체로서의 장면이었다. 그런 다음 고개를 숙이고 생각에 잠겼다. 여러 사람이 수조에서 천과 실을 꺼내놓으면 그는 뒷짐을 진 채 수조 주변을 오락가락하면서 생각에 잠겼다. 이때는 떠들썩한 장면을 잊는 것이 분명했다. 그저 떠들썩한 장면을 배경으로 삼을 뿐이었다. 생각은 이미 장면과 무관한 일이 되고 마는 것이다. 매일 아침부터 저녁까지 대체 뭘 생각하는 걸까? 양바이순은 알 수가 없었다. 라오쟝의 두 번째 즐거움은 사람들과 소통하는 대신 원숭이를 키우는 것이었다. 이 점은 양바이순의 성격에 맞았다. 양바이순도 사람들과 소통하는 것을 좋아하지 않았기 때문이다. 하지만 두 사람 사이에는 차이가 있었다. 양바이순은 남에게 피해를 입은 적이 있어 사람들에 대한 약간의 두려움이 남아있는 반면, 라오쟝은 아예 사람을 싫어하고 원숭이를 더 좋아했다. 라오쟝이 키우는 원숭이는 이름이 진수어(金鎖)였다. 양바이순이 막 라오쟝의 공방에 왔을 때는 그저 물만 지어 나를 뿐, 주변에는 눈을 돌리지 않았다. 보름이 지나자 마침내 익숙해지면서 염색공방 마당에 대추나무가 한 그루 있고 그 아래 원숭이 한 마리가 쪼그리고 앉아 있는 것을 발견할 수 있었다. 이 대추나무는 늙은 나무라 뿌리가 갈라져 있었지만 가지는 여전히 힘이 있었다. 나무 가득 대추가 조밀하게 열리면 가지가 쳐졌다. 양바이순은 이 원숭이가 라오쟝과 팔 년을 함께 했다고 들었다. 라오쟝과 함께 지내다 보니 성격도 라오쟝을 닮아갔다. 낮에는 줄곧 대추나무 아래서 낮잠을 자다가 밤이 되면 눈과 발이 민첩해지기 시작하여 단번에 담장 위로 올라가거나 사람들의 밀짚모자를 낚아챈 다음 "꺅꺅" 소리를 지르면서 사람들을 향해 손을 흔들곤 했다. 때로는 대추나무에 올라가 가지에 거꾸로 매달린 채로 몸을 흔들어 땅바닥 가득 대추를 떨어뜨리기도 했다. 음력 칠월이라 대추는 아직 파랬다. 사람이 이렇게 멍청한 짓을 했다면 라오쟝은 그 자리에서 버럭 화를 내면서 눈을 부라렸겠지만 원숭이에게는 머리를 가로저으면서 빙긋이 웃어줄 뿐이었다. 그러고는 허리를 구부려 땅바닥에 떨어진 퍼런 대추를 줍는 것이었다. 이해에 옌진에 큰 비가 내리더니 가을이 되자 온 천지에 쥐떼가 들끓었다. 염색공방은 쥐를 가장 두려워했다. 쥐는 천과 실을 갉아먹고 염료를 훔쳐 먹기도 하기 때문이다. 집사 라오구가 집무시장에 가서 쥐약을 수십 봉지 사다가 염색공방 건물 지붕 아래 뿌렸다. 며칠 사이에 오륙십 마리의 쥐가 쥐약을 먹고 죽었다. 라오쟝의 원숭이 진수어는 장난이 아주 심했다. 점심때쯤 모두들 관심을 기울이지 않는 사이에 진수어가 창고 지붕에 올라가 봉지에 든 쥐약을 빨간 사탕인 줄 알고 맛을 보았다. 맛이 단 것을 확인한 진수어는 쥐약 한 봉지를 다 먹어버렸다. 그날 저녁 진수어는 죽고 말았다. 라오구는 큰 화가 닥칠 것을 직감했다. 라오쟝은 죽은 진수어를 쳐다보다가 또 라오구를 쳐다보았다. 그런 다음 고개를 숙이고 생각에 잠겼다. 라오쟝의 눈길에 라오구는 결국 몸을 떨었다. 이럴 때는 감히 서로 친척임을 언급하지 못하고 집사라는 것만 언급했다.

"주인장, 제가 한 마리 배상해드리겠습니다."

라오쟝이 다시 라오구를 쳐다보더니 한참을 생각에 잠겼다가 한 마디 던졌다.

"진수어는 이미 죽었는데 어떻게 배상한단 말인가? 배상한다 해도 다른 원숭이가 아니겠나?"

이어서 그는 라오구를 거들떠보지도 않고 직접 집무시장에 가서 원숭이를 한 마리 사다가 인수어(銀鎖)라는 이름을 지어주었다. 인수어는 라오쟝이 다섯 마리 가운데서 골라 산 원숭이였다. 다른 네 마리의 원숭이는 전부 인수어의 형제자매들이었다. 인수어의 용모가 충후한 것을 본 그는 진수어처럼 장난이 심하지 않겠다고 생각했다. 진수어는 장난기 때문에 쥐약을 먹었던 것이다. 하지만 구입해 돌아와서야 이 원숭이가 겉으로는 충후해 보이지만 성질이 아주 급하다는 것을 알게 되었다. 어쩌면 방금 형제자매 곁을 떠난 데다 환경이 바뀌었기 때문에, 낮이나 밤이나 쉬지 않고 자기 머리를 두드리면서 사람들에게 뭔가 의사표현을 하는 것인지도 몰랐다. 원숭이가 밤에만 소란을 피우는 거라면 라오쟝도 두려워하지 않았을 것이다. 그러나 낮에도 소란을 피우니 라오쟝이 편하게 잠을 잘 수가 없었다. 라오쟝은 인수어를 조련할 필요가 있겠다는 생각이 들었다. 인수어를 조련하는 일은 아주 간단했다. 라오쟝은 사람들에게 하는 것과 마찬가지로 인수어를 때리지도 않고 욕도 하지 않았다. 자신도 잠을 자지 않고 인수어와 얼굴을 맞대고 앉은 다음 고개를 숙이고 생각에 잠기는 것이었다. 과연 이 원숭이는 사람과 마찬가지로 라오쟝의 방법을 알지 못했고 단번에 라오쟝에 의해 허점을 읽히고 말았다. 양바이순은 낮에는 물을 지어 날랐다. 한 번 또 한 번 물을 지어 나르는 와중에 라오쟝이 대추나무 아래서 원숭이를 쳐다보면서 생각에 잠긴 모습을 바라보고는 웃음을 금치 못했다. 과연 쳐다보면서 생각에 잠기는 방법은 만병통치약이었다. 열흘이 지나자 인수어는 라오쟝에 의해 점차 진수어가 되어 갔다. 인수어는 낮에는 대추나무 아래서 졸다가 밤이 되어야 활발해지기 시작했다. 하지만 라오쟝에게는 큰 목적이 없었다. 원숭이 한 마리 키우는 것이 전부였다. 원숭이를 키워 서로 익숙해지려면 일 년이라는 시간이 필요했지만 혹시 그 사이에 또 쥐약을 먹을까봐 걱정이었다. 그래서 낮이나 밤이나 쇠사슬로 인수어를 대추나무에 묶어두었다. 과거 진수어가 살아있을 때는 양바이순이 막 공방에 온 터라 염색공방의 상황에 익숙하지 않았기 때문에 감히 진수어를 건드릴 수 없었다. 진수어가 인수어로 바뀌고 보니 양바이순이 인수어에 비해 염색공방의 고참이고 인수어가 신참인 셈이었다. 인수어를 보면서 양바이순은 처음 이곳에 온 자신을 보는 것 같아 친밀감을 느꼈다. 두 시진 동안 물을 지어 나르고 대추나무 아래 가서 쉴 때면 그는 가까이 다가가 인수어를 만지곤 했다. 낮이면 낮잠에 빠졌던 인수어는 눈을 크게 뜨고 양바이순을 한 번 쳐다보고는 다시 잠에 빠져들었다. 그러나 밤이 되면 인수어는 정신이 말똥말똥해져 양바이순이 머리를 만지면 덩달아 손을 뻗어 양바이순의 머리를 만졌다. 그러고는 둘이 마주보고 웃었다. 이때 양바이순은 염색공방에서는 인수어가 바로 자신의 지기라는 생각이 들었다. 인수어와 하나가 되어도 시비가 생길 이유가 없었다. 물론 양바이순이 인수어를 건드린 것은 전부 주인장 라오쟝이 없을 때였다. 라오쟝이 있을 때면 양바이순은 물을 지어 나르면서 대추나무 밑을 지나갈 때도 눈을 비스듬히 뜨고 인수어를 모르는 척했다. 라오쟝이 없을 때에만 물통을 내려놓고 인수어에게 가까이 다가가 아는 체를 했다. 인수어가 온 뒤로 양바이순은 하루하루가 더 재미있어졌다. 몸은 물을 지어 나르지만 마음은 줄곧 인수어에게 가 있었다.

이해 음력 팔월 초닷새에 하늘에서 또 한 차례 폭우가 내렸다. 다음날 비가 그쳤지만 날이 몹시 무더웠다. 양바이순은 오전 내내 물을 지어 날랐던 터라 상의가 완전히 땀에 젖어 있었다. 점심을 먹고 다시 물을 지어 나르기 시작했다. 오후가 절반쯤 지나 또 옷이 전부 땀에 젖자 일을 멈추고 물통에 든 물을 마셨다. 물을 마시고 나서 주인장 라오쟝이 아직 방 안에서 자고 있는 것을 확인한 그는 살금살금 대추나무 아래로 걸어갔다. 인수어는 여전히 나무에 매여 있는 상태로 고개를 숙인 채 땀을 흘리며 자고 있었다. 양바이순이 가볍게 인수어의 머리를 두드려 깨웠다. 과거에는 낮에 인수어에게 아는 체를 하면 인수어도 눈을 뜨고 양바이순을 한 번 쳐다본 다음 다시 고개를 숙이고 잠에 빠졌지만, 오늘은 양바이순이 깨우자 멍한 표정을 지으면서 계속 잠에 빠지는 대신 손가락으로 자기 입을 가리키다가 다시 멀리 있는 양바이순의 물통을 가리키는 것이었다. 양바이순은 인수어가 목이 마른 것임을 알았다. 양바이순이 물통을 가져오자 인수어는 물통을 붙잡고 '꿀꺽꿀꺽' 한참이나 마셔댔다. 물을 다 마시고 입을 닦은 인수어는 또 손톱으로 양바이순의 땀을 닦아주었다. 양바이순이 물었다.

"덥니?"

인수어는 그의 말을 알아듣지 못하고 멍한 표정을 지었다. 양바이순이 대추나무 위의 대추를 가리키며 말했다.

"대추 먹고 싶니?"

이때는 대추가 이미 붉게 익어 푸른 잎사귀 사이에서 반짝이고 있었다. 인수어는 열매를 보고는 양바이순의 말을 알아듣고 고개를 끄덕였다. 양바이순이 허리를 구부리고 나무 위로 올라갔다.

"기다려. 내가 잔뜩 따다 줄게."

인수어가 고개를 끄덕이더니 갑자기 또 양바이순의 어깨를 붙잡고는 자기를 가리키다가 또 대추나무를 가리키면서 입으로는 계속 "깨엑 깨엑" 소리를 질러댔다. 양바이순은 그 말을 알아들었다. 자기가 직접 나무에 올라 대추를 따고 싶다는 뜻이었다. 양바이순은 일시적인 기분에 정말로 인수어를 자신의 좋은 친구로 생각하고는 원숭이가 개만 못하기 때문에 일 년을 키워야 익숙해진다는 사실을 잊고 말았다. 라오쟝이 없는 것을 확인한 양바이순은 자발적으로 대추나무에 달린 쇠사슬을 풀어주었다. 하지만 인수어가 자신이 생각하는 인수어가 아니라는 사실을 알 리 없었다. 쇠사슬이 풀리자마자 인수어는 음흉한 본색을 드러냈다. 알고 보니 여러 날 동안 진수어로 변한 모습은 의도적인 연출이었다. 인수어는 나무에 올라가 대추를 따지 않고 다짜고짜 양바이순의 따귀를 때렸다. 아무런 방비도 없던 양바이순은 땅바닥에 엉덩방아를 찧고 말았다. 손으로 얼굴을 만져봤더니 다섯 줄기 핏자국이 나 있었다. 양바이순은 정신을 차리고 인수어를 잡으러 쫓아갔다. 인수어는 쇠사슬을 끌고서 일찌감치 대추나무 위에 올라가 있다가 건물 지붕 위로 뛰어 올라갔다. 양바이순이 지붕으로 기어 올라갔을 때는 인수어가 이미 건물 지붕에서 담장 위로 뛰어내린 뒤였다. 몇 개의 마당 사이를 마구 뛰고 날아다니던 인수어는 멀리 마을 밖으로 달아나버렸다. 양바이순이 마을 어귀까지 쫓아가 보니 마을 밖에는 무성한 수수밭이 펼쳐져 있었다. 인수어는 이미 수수밭을 뚫고 어딘지 모를 곳으로 멀리 달아나버리고 없었다.

인수어를 찾지 못한 양바이순은 감히 라오쟝의 집으로 돌아가지 못했다. 라오쟝의 집으로 돌아가지 않은 이유는 배상할 것이 두려웠기 때문이 아니

었다. 그는 라오쟝이 원숭이를 배상하라고 하지도 않을 것이고 자신을 때리
거나 욕하지도 않을 것이라고 예상했다. 그 대신 막 공방에 와서 물을 제대
로 지어 나르지도 못할 때나 막 사온 인수어를 조련할 때처럼 얼굴을 마주
하고 고개를 숙인 채 생각에 잠길 것이라는 게 그의 추측이었다. 그런 모습
을 생각만 해도 양바이순은 라오쟝이 두려웠다. 지난번에 진수어가 쥐약을
먹고 죽었을 때도 라오쟝은 라오구를 바라보면서 생각에 잠겼었다. 이로 인
해 라오구는 사흘 동안이나 앓아누워야 했다. 하물며 양바이순은 라오구와
달랐다. 라오구는 집사이고 양바이순은 도제에 불과하다는 뜻이 아니라, 두
마리 원숭이 중에 한 마리는 죽고 한 마리는 도망쳤으니 사라진 원인이 다
르다는 뜻이었다. 진수어는 쥐약을 잘못 먹고 죽은 것이라 라오구는 연대책
임만 지면 그만이었지만, 인수어는 양바이순이 직접 풀어준 것이라 모든 책
임이 그에게 있었다. 매 맞고 욕 얻어먹고 원숭이 값을 배상하는 것은 하나
도 두렵지 않은데, 라오쟝이 바로 앞에 앉아 얼굴을 마주하고 생각에 잠기
는 것만 생각하면 온몸이 떨렸다. 연달아 원숭이에게 문제가 생긴 터라 라
오쟝이 얼마나 오래 생각에 잠길지도 모를 일이었다. 지난번에 라오구는 연
대책임만 지면서도 병이 났는데 자기는 직접 원숭이를 풀어주었으니 라오
쟝이 마음 먹고 생각에 잠기기 시작하면 죽을 수도 있을 것이었다. 생각으
로 사람을 죽이는 건 옛날 연극에나 나오는 얘기로, 남녀가 서로 만나지도
않으면서 상대를 죽이곤 했다. 그러나 라오쟝은 사람을 앞에 앉혀놓고 생각
에 잠겼다. 생각에 의해 죽기는 싫지만 양바이순에게는 돌아갈 집이 없었
다. 혼자 아무 생각 없이 길을 따라 걷는 수밖에 없었다. 라오쟝의 염색공방
에 온 뒤로 눈 깜짝할 사이에 반년이라는 세월이 흘렀는데, 갑자기 작별인
사도 없이 떠나려 하니 염색공방에 대해 미련과 마음의 상처가 남았다. 맨

처음 라오쟝의 염색공방에 올 수 있었던 건 동창 샤오쑹이 힘써준 덕분이었다. 나중에 소원해지긴 했지만 지금 자기가 갑자기 사라져버리면 틀림없이 샤오쑹도 연대책임을 지게 될 것이고, 라오구가 그를 때릴지 아니면 라오쟝이 앞에 앉혀놓고 생각에 잠길지 알 수 없는 노릇이라 샤오쑹에게 미안한 마음을 금할 수가 없었다. 이어서 그는 자신을 탓했다. 사람을 잘못 보았을 뿐만 아니라 원숭이도 잘못 본 자신을 탓했다. 인수어를 지기로 여긴 결과 이런 결말을 맞게 되었다. 정말로 심연의 바닥을 알 수 없듯이 원숭이의 속마음도 알 수 없었다. 길을 걸으며 생각하다 보니 어느새 해가 서산에 기울고 있었다. 그러다가 양바이순은 천주교 신부 라오잔과 그의 도제인 샤오자오와 마주치게 되었다.

팔월 초닷새라 샤오자오는 '필립스' 자전거에 라오잔을 태우고 현성에서 팔십 리 떨어진 웨이쟈쫭(魏家莊)으로 전도를 하러 갔다. 웨이쟈쫭은 옌진의 최북단으로 아주 편벽한 촌락에 속했지만 라오잔은 이곳을 포기하지 않았다. 가는 길도 순조로웠고 웨이쟈쫭에 도착하여 전도하는 일도 아주 순조로웠다. 라오잔은 해야 할 이야기를 다 했다. 반나절을 얘기했지만 웨이쟈쫭에는 주님을 믿는 사람이 하나도 없었다. 하지만 라오잔은 이런 결과에 익숙했다. 샤오자오는 웨이쟈쫭에서 파를 다섯 단이나 팔았다. 오후에 현성으로 돌아오는 길도 처음에는 순조로워 두 사람은 길을 가면서 얘기를 나누었다. 라오잔이 올해 비가 많이 와서 가을걷이가 신통치 않을 것 같다고 하자 샤오자오는 파가 물에 잠기는 한이 있더라도 심지 않을 수 없다고 말했다. 라오잔은 이 모든 것이 옌진 사람들이 수십 년 동안 교화되지 않아 주님을 화나게 한 탓이라고 했다. 얘기를 나누면서 길을 걷다 보니 어느새 오십리포(五十里鋪)에 도착했다. 오십리포에는 커다란 언덕이 하나 있었다. 샤오자오가 있는 힘을 다해 페달을 밟는데 갑자기 '뚜둑'하는 소리와 함께 앞쪽 굴대가 부러지고 말았다. 라오잔과 샤오자오는 자전거에서 떨어져 진흙탕에 나뒹굴었다. 이 '필립스' 자전거는 삼십 년이나 탔기 때문에 고장이 나지 않을 수 없었다. 타이어가 터졌거나 체인이 끊어진 것이라면 라오잔과 샤오자오가 얼마든지 수리할 수 있었다. 항상 수중에 가죽으로 된 깔개와 아교, 철사, 장도리, 공기주입기 등을 가지고 다녔기 때문이다. 하지만 굴대가 부러지면 자전거를 탈 수 없을 뿐만 아니라 밀고 갈 수도 없었다. 오십리포는 현성에서 오십 리나 떨어진 곳이라 하는 수 없이 샤오자오가 자전거를 어깨에 둘러메고 라오잔은 걸어서 힘들게 현성을 향해 가기 시작했다. 날은 찌는 듯이 더워 십 리쯤 걷자 샤오자오는 온몸이 땀에 젖어버렸다. 샤오자오보다 더 피곤한 사람이 라오잔이었다. 나이가 곧 일흔이다 보니 길을 오래 걸으면 몸이 지칠 뿐만 아니라 노곤해져 샤오자오의 옷자락을 붙잡고 걸으면서 졸고 졸면서 걸었다. 평소보다 절반 이상 더 걷게 되니 너무나도 억울한 걸음이었다. 두 사람은 더 이상 얘기를 하지 않았다. 십 리를 더 가자 샤오자오는 무거운 짐을 지고도 더 걸을 수 있었지만 라오잔은 길가에 주저앉아 더 이상 앞으로 나아가지 못했다. 이때 갈림길에서 양바이순이 빠른 걸음으로 다가오고 있었다. 양바이순은 라오장이 자신과 원숭이가 사라진 것을 알게 되면 사람을 시켜 추격하지나 않을까 걱정하면서 동시에 날이 어두워질 것을 걱정하고 있었다. 들판에는 늑대가 있어 길을 선택하기가 어렵기 때문에 발길을 재촉하는 수밖에 없었다. 그는 전에도 라오잔과 샤오자오를 만난 적이 있었고 샤오자오의 자전거를 만지기도 했었다. 하지만 오늘은 두 사람에게 눈길도 주지 않고 지나치려는 차에 샤오자오가 숨을 헐떡이며 부르는 것이었다.

"이봐요. 잠깐만요!"

양바이순은 라오쟝이 사람을 보내 쫓아온 줄 알고 화들짝 놀라 길 한가운데 걸음을 멈췄다. 라오쟌과 샤오자오를 확인한 그는 그제야 정신을 차렸다. 샤오자오가 말했다.

"이렇게 바삐 뭘 하러 가는 거요?"

정신을 가다듬은 양바이순은 정말로 자신이 뭘 하러 가는지 알 수 없었다. 그가 더듬거리며 대답했다.

"아무 일도 없어요."

샤오자오가 그를 한참이나 쳐다보다가 다시 입을 열었다.

"아무 일도 없다니 부탁을 하나 해도 되겠소?"

"무슨 부탁인데요?"

샤오자오는 땅바닥에 널브러져 있는 라오쟌을 가리켰다.

"저 늙은이를 현성까지 좀 업어다 주시오. 오십 위안 드리리다."

알고 보니 염색공방이나 원숭이하고는 무관한 일이었다. 양바이순은 그제야 마음을 놓았다. 그는 땅바닥에 주저앉아 있는 라오쟌을 바라보면서 마음속으로 주판을 굴리기 시작했다. 마침 자신은 무엇을 해야 할지 모르는데다 몸을 기탁할 곳도 없는 상황이었다. 게다가 사람을 업고 현성까지 가면 오십 위안을 벌 수 있었고 오십 위안이면 샤오빙 열 개를 사먹을 수 있었다. 자신의 빈약한 보따리는 라오쟝의 염색공방에 두고 온 터였다. 수중에 돈 한 푼 없는 터에 세 사람이 함께 걸으면 밤중에 늑대를 만날 위험도 없었다. 이리저리 생각한 끝에 수지가 맞는다고 판단한 그는 마침내 고개를 끄덕였다.

라오쟌을 등에 업는 순간 양바이순은 속았다는 생각이 들었다. 곧 일흔이 되는 라오쟌이지만 키가 일 미터하고도 구십이 넘었다. 키가 크면 그만큼 몸도 무거울 수밖에 없었다. 노인네 한 사람의 몸무게가 이백 근이 넘었다. 양바이순이 그를 업고 일 리를 가자 온몸이 땀에 젖었다. 알고 보니 오십 위안은 쉽게 버는 돈이 아니었다. 라오쟝의 공방에서 반년 동안 물을 지어 나르면서 어깨가 단련된 것이 그나마 다행이었다. 이리하여 삼 리를 가다 쉬고 다시 삼 리를 가다 쉬면서 세 사람이 함께 현성에 도착했다. 사람 등에 업혀 걸을 필요가 없게 된 라오잔은 점점 정신이 들기 시작했다. 정신이 들자 자신의 직업이 생각난 라오잔은 양바이순의 등에 업힌 채 양바이순에게 말했다.

"형제는 누구시오? 이름이 어떻게 되시나요?"

양바이순이 대답했다.

"양바이순이라고 합니다."

라오잔이 말했다.

"어느 마을에 사시나요?"

"양쟈좡에 삽니다."

"형제를 만난 적이 있는 것 같습니다."

"저는 한 때 돼지를 잡았지요. 사부님은 라오쩡이었습니다."

라오잔은 뭔가 알 것 같았다.

"라오쩡은 나도 압니다. 라오쩡은 지금 뭐 하나요?"

"저는 지금은 돼지를 잡지 않습니다. 염색을 배우고 있지요."

라오잔도 그 안에 담긴 자초지종을 추궁하지 않고 본론을 얘기하기 작했다.

"저를 아시나요?"

"저뿐 아니라 현 전체가 다 알지요. 사람들에게 주님을 믿으라고 권하는 분이잖습니까?"

라오잔은 큰 위안을 받았다. 수십 년의 선교가 헛된 일이 아닌 것 같았다. 그가 다시 한 번 손으로 양바이순의 어깨를 툭툭 쳤다.

"주님을 믿으십니까?"

라오잔은 사람들에게 이런 질문을 수천수만 번이나 던졌지만 대답은 한결같이 "믿지 않습니다."였다. 이런 상황이 오래되다 보니 라오잔은 사람들에게 이런 질문을 던지고는 대답을 기다리지도 않고 먼저 자문자답을 해버렸다.

"주님을 믿으십니까? 믿지 않으시겠죠?"

하지만 양바이순의 입에서는 뜻밖의 대답이 나왔다.

"믿습니다."

양바이순의 대답은 별 것 아니었지만 라오잔은 놀라움을 금치 못했다. 그가 양바이순에게 물은 것이 아니라 양바이순이 그에게 물은 것 같았다. 그가 되물었다.

"주님을 왜 믿으시죠?"

"제가 돼지를 잡을 때 주님을 믿으면 자기가 누군지, 어디서 와서 어디로 가는지 알게 된다는 얘기를 들었습니다. 두 가지 일은 저도 잘 알지요. 자신이 누구이며 어디서 왔는지는 잘 압니다. 몇 년 동안 그 다음 것 즉, 어디로 가게 되는지를 몰라 걱정입니다."

라오잔이 무릎을 치며 말을 받았다.

"주님께서 백성들을 인도하신다는 것이 바로 이런 겁니다. 앞의 두 가지는 전부 지난 일이지만 그다음이 남아 있지요."

"제가 주님을 믿어야 한다면 한 가지 이유를 찾아주실 수 있습니까?"

라오잔은 그제야 두 가지가 같은 말이지만 의미가 다르다는 것을 깨달았다. 라오잔이 잠시 멍한 표정을 지었다.

"형제는 염색공방에서 일하지 않나요? 왜 이유를 찾으려는 건가요?"

양바이순은 염색공방을 우회하여 라오잔의 신변에 있는 샤오자오를 가리켰다.

"저도 저 사람처럼 주님을 믿고 매일 자전거를 타고 다니면서 파를 팔고 싶습니다."

그가 이렇게 말하고 라오잔이 미처 반응하기 전에 샤오자오가 먼저 화를 냈다. 양바이순이 자기 밥그릇을 빼앗아갈까 두려워서가 아니라 그가 주님을 믿는다는 구실로 라오잔을 속이려 한다고 생각했기 때문이다. 하지만 그는 그런 말은 하지 않고 양바이순의 얼굴을 가리키며 차갑게 웃었다.

"그가 누굴 믿는지 저는 이미 알아챘어요. 단지 말하지 않을 뿐이지요. 그의 얼굴에 핏자국이 있잖아요. 남과 싸우거나 사람을 죽이지 않았다면 어째서 핏자국이 생겼겠어요?"

양바이순이 항변했다.

"헛소리 말아요. 난 남들과 싸우지도 않았고 사람을 죽인 적도 없어요. 그저 염색 일을 하고 싶지 않을 뿐이라고요. 길에서 토끼를 만나면 토끼를 잡고 싶겠어요 아니면 토끼에게 밟히고 싶겠어요?"

라오잔은 양바이순의 등에 업힌 채 코를 킁킁거리면서 옆으로 양바이순의 얼굴을 쳐다보았다. 사람을 죽인 흔적은 없는 것 같았다. 라오잔은 옌진에서 사십 년을 보냈고 나이 일흔이 되었지만 개척한 신도라고는 여덟 명밖에 되지 않았고 최근에는 적당한 대상을 만나지도 못한 상태였다. 그러다가 이제 길을 가는 중에 우연히 한 사람을 만난 것이다. 두 사람이 같은 말을 해도 뜻이 다르긴 하지만 그렇게 시원하게 주님을 믿겠다고 한 건 사십 년 동안 아주 보기 드문 일이었다. 이 젊은이에게 가능성이 있다는 뜻이었다. 말은 같은데 뜻이 다르다는 이유 때문에 주님은 모든 사람을 인도하셨다. 라오잔은 양바이순을 옌진에서 주님을 믿는 아홉 번째 신도로 개척하고 싶었다. 그가 말했다.

"우리 우선 이유를 말하지 않기로 합시다. 형제가 주님을 믿으신다면 제가 이름을 바꿔드려도 될까요?"

이는 양바이순이 전혀 예상하지 못한 일이었다.

"이름을 어떻게 바꾼단 말인가요?"

라오잔이 잠시 생각해보고 나서 말했다.

"성이 양씨니까 양모세라고 합시다. 아주 좋은 이름이에요."

라오잔이 양바이순의 이름을 양모세로 바꾸려 하는 것은 길상을 추구한 결과였다. 이 이름을 빌어 모세가 이스라엘 백성들을 이끌고 이집트를 빠져나온 것처럼 심연에 빠져 있는 옌진 사람들을 고난의 바다에서 구해낼 수 있기를 바라는 마음이었다. 인생의 마지막 단계에서 옌진에 천주교를 크게 부흥시키고 싶은 마음에서 나온 일이었다. 양바이순은 '양모세'라는 이름이 듣기 좋다고 여기지 않았다. 하지만 이름을 바꾸면 혹시 이유가 생길지도 모를 일이었다. 이유를 찾으면 양모세라고 부를 수 있지만 이유를 찾지 못하면 스스로 이름을 다시 바꿔야 했다. 바꾸든 안 바꾸든 이름 하나에 지나지 않았다. 또한 이름이란 자신은 한 번도 불러본 적이 없고 전부 남들이 부를 수 있는 것이지 않은가. 과거에는 양바이순(楊百順)이라고 불렸지만 백(百) 가지 일들이 전부 순조롭지(順) 못했던 터라 시원하게 말해버렸다.

"이름을 바꾸는 건 두렵지 않아요. 양바이순은 이미 지겹도록 해봤으니까요."

두 사람의 초심은 같지 않았지만 양바이순의 이 한 마디는 라오잔의 생각에서 그리 멀지 않았다. 라오잔이 크게 위로를 받았는지 코를 쿵쿵거리며 말했다.

"아멘, 이 한 마디로 자신을 끊은 겁니다. 형제는 이미 주님께 가까이 다가갔어요. 지금부터 형제를 양모세라고 부르겠어요."

어스름한 저녁, 샤오자오가 입을 삐죽 내밀고 라오잔, 양모세 등과 더불어 얘기를 나누면서 현성을 향해 걸어갔다.

10장

명절놀이

양모세는 주님을 알게 된 뒤로 샤오자오처럼 자전거를 타거나 파를 팔지 않고 별도로 옌진 현성 북쪽 대로에 있는 라오루(老魯)의 죽업사(竹業社)에 가서 대나무를 잘랐다. 이는 신부인 라오잔이 찾아준 일이었다. 하지만 대나무를 자르는 일이 양모세는 마음에 들지 않았다. 양모세가 대나무에 대해 원한이 있거나 샤오자오가 그곳으로 자전거를 몰고 와서 파를 팔고 다니며 이 산 저 산 기웃거리기 때문이 아니라, 라오잔의 도제가 된 뒤로 사부 라오잔이 과거에 돼지를 잡을 때 보았던 라오잔과 전혀 다른 사람처럼 느껴졌기 때문이다. 예전에 그는 라오잔의 도제가 되는 것을 무척 부러워했었다. 샤오자오는 매일 자전거를 타고 다녔고 사부가 전도를 하는 동안 그는 파를 팔 수도 있었다. 느슨해 보이는 두 사람의 도제 관계를 약간 동경하기도 했었다. 하지만 그들과 함께 지내게 되고서야 두 사람의 관계가 지나치게 느슨하다는 것을 알게 되었다. 애당초 샤오자오는 라오잔의 도제가 아니라 단지 라오잔이 고용한 짐꾼이었던 것이다. 샤오자오는 하느님을 믿지 않았기 때문에 평소에도 라오잔과 함께 있지 않았다. 평소에 그는 자기 아버지를 따라 다니며 파를 팔았다. 라오잔은 시골로 전도를 하러 갈 때 자전거를 탈 수 없기 때문에 샤오자오에게 자전거를 몰도록 고용했던 것이다. 하루 자전거를 몰면 이백 위안을 받는 데다 그때그때 계산을 해주었고 샤오자오가 파를 팔아 버는 수입과 액수가 얼추 비슷했기 때문에 샤오자오는 그를 위해 기꺼이 자전거를 몰아주었다. 라오잔이 마을에서 전도를 할 때면 샤오자오는 내친 김에 파를 팔 수 있었다. 하느님을 믿고 안 믿고는 아무런 상관이 없었다. 양모세가 라오잔의 도제가 된 것도 느슨한 두 사람의 관계 때문인지도 몰랐다. 자전거를 타고 다니며 파를 팔수 있는 데다 틈이 생기면 샤오자오의 뒤를 이을 수도 있기 때문이었다. 하지만 갓 들어온 양모세는 자전거를 탈 줄 몰랐고 샤오자오의 자리를 넘볼 만한 능력도 없었다. 샤오자오의 뒤를 잇는다는 것은 턱도 없는 일이었다. 자전거를 못 타면 배우면 될 일이었다. 처음에 샤오쟈오 역시 자전거를 탈 줄 몰랐었다. 자전거를 타는 법도 라오잔이 가르쳐 준 것이다. 당시만 해도 라오잔의 나이가 예순밖에 되지 않아 그리 늙은 편은 아니었기 때문에 그런 여유가 있었다. 샤오자오에게 자전거를 가르쳐주는 데 꼬박 한 달이나 걸린 데다 자전거도 여기저기 망가졌다. 하지만 이제 일흔 살이 된 그는 남은 세월이 갈수록 줄어들어 전도하기도 바쁜 데다 수중에 자전거가 한 대 뿐이라 양모세에게 자전거를 가르쳐줄 틈이 없었다. 때문에 매일 시골로 전도를 하러 갈 때마다 여전히 샤오자오의 힘을 빌려야 했다. 전도는 낮에 했기 때문에 밤에 자전거를 배울 수는 있었다. 하지만 이 '필립스' 자전거는 이미 삼십여 년을 탄 고물이어서 여간 조심해서 타지 않으면 자주 고장이 났다. 때문에 이걸 가져다 자전거 타는 법을 배우려 했다가는 양모세가 자전거 타는 법을 다 배우기도 전에 자전거가 부품 더미로 변할 것이었다. 이리하여 라오잔은 양모세가 자전거 타는 법부터 배우는 것에 찬성하지 않았다. 양모세 역시 반드시 자전거를 타겠다는 게 아니라, 남은 하루 종일 자전거를 타는 데 정식 제자는 밖에 나가 대나무를 쪼개고 있어 사부는 사부 같지 않고 제자는 제자 같지 않는데다 보기에도 제자 같지 않다고 생각했던 것이다. 오히려 샤오자오가 양모세가 자전거를 몰려는 기색을 보고는 라오잔에게 언짢은 내색을 하면서 말했다.

"오늘은 못 몰겠어요. 다리가 아프거든요. 다른 사람을 찾아보세요."

오히려 라오잔이 샤오자오에게 웃으면서 사과했다.

"하느님을 봐서라도 좀 몰아주게. 올해 가을도 재해 입은 걸 못 봤나?"

애당초 양모세가 주님을 믿기로 하고 이름까지 바꾼 이유는 일자리와 관련되어 있었기 때문이다. 그런데 이제 와서 보니 모든 것이 처음 생각과 달랐다. 양모세는 주님을 믿지 않기로 하고 일자리도 그만둔 다음, 이름도 원래의 것으로 바꿀 수 있었다. 라오잔 곁을 떠나서 다른 일자리를 찾으러 갈 수 있는 것이다. 하지만 다시 난처해지는 것은 피할 수 없었다. 옌진 현성 북가에 위치한 라오루의 죽업사에 가서 대나무를 쪼개는 일도 라오잔이 간곡히 사정하고 적지 않은 우여곡절을 겪은 끝에 간신히 얻을 수 있었던 것이다. 양모세는 눈앞이 깜깜해져 다른 출구를 찾을 수 없게 되자 하는 수 없이 잠시 동안 하느님을 믿으면서 대나무 쪼개는 일을 계속 했다. 원래 그는 하느님을 믿기 시작하면 완전히 믿고 라오잔를 따르기 시작하면 완벽하게 그를 따르면서, 마치 중과 비구니가 절이나 암자에 들어간 것처럼 매일 경전을 읽고 밥을 먹으며 다른 일은 할 필요 없이 그렇게 조용하고 한적하게 보낼 심산이었다. 하지만 라오잔이 함상하는 뤼창리처럼 혼자서 소리를 지르거나 전도를 할 뿐 제자 하나도 제대로 키우지 못할 줄은 생각지도 못했다. 라오잔의 교회당은 재작년부터 현장인 샤오한에게 빼앗겨 학당으로 바뀐 뒤로 현 정부가 줄곧 돌려주지 않고 있었다. 이치대로라면 현장 샤오한이 성장 라오쉬에게 밥그릇을 빼앗겨 재산을 전부 저당 잡혀 탕산으로 돌아간 뒤에 '옌진신학'도 해체되었으니 교회당도 원래 주인에게 돌아가는 것이 마땅했지만 여전히 교회당은 돌아오지 않고 있었다. 샤오한이 떠난 뒤에 새로 온 현장은 라오스(老史)였다. 고향이 푸젠인 라오스는 라오쉬와 동향이었다. 샤오한이 물러난 후 누가 와서 옌진 현장을 맡게 되는지는 신샹의 전문 관리인 라오겅이 결정하도록 되어 있었다. 하지만 샤오한이 라오쉬에 의해 물러났기 때문에 샤오한의 후임을 뽑는 일에 대해 라오겅도 자기 맘대로 할 수 없어 라오쉬의 생각을 물었다. 라오쉬 역시 인재를 뽑을 때는 친인척을 피하지 않는다는 원칙에 따라 자신의 동향인 라오스를 추천했다. 라오스는 예전에 라오쉬 곁에서 과장을 지낸 바 있었다. 라오쉬는 샤오한을 내쳤을 때에도 엄숙했지만 라오스를 추천할 때도 마찬가지로 엄숙했다. 이 두 가지 일을 모두 엄숙하게 처리한 것 때문에 라오겅은 그에게 탄복하면서 이 사람이야말로 성장 자격이 있다고 생각했다. 옌진에 새로 부임한 라오스는 샤오한과 크게 달랐다. 이야기하는 것을 좋아하지 않았고 학당 일을 처리하지도 않았다. 성격은 라오쉬와 흡사해 하루에 열 마디도 하지 않았다. 반면 다른 사람이 얘기를 하면 귀 기울여 듣는 것을 좋아했다. 이것이 그와 라오쉬의 다른 점이었다. 하지만 그는 사람들이 자신의 일상생활 속에서 일어나는 일에 관해 말하는 것을 별로 듣고 싶어 하지 않았다. 대신 그 사람이 다른 사람 역을 맡아 무대 위의 연극에서 말하는 것을 좋아했다. 한번 무대가 시작되면 두세 시간이나 계속되었고, 이 두세 시간동안 사람들은 왁자지껄 떠들어댔다. 말로 만족하지 못할 때는 창(唱)도 했다. 라오스가 부임한 뒤에 처음 한 일이 바로 극단 도입이었다. 예전에 옌진 사람들이 밥도 배불리 못 먹었을 때 들었던 것은 전부 노천극이라 따로 극단을 꾸릴 수 없었고 극단이 옌진에 머무는 동안에도 이를 스스로 부양하지 못했다. 라오스가 오자 현 재정으로 돈을 지원하여 극단을 꾸렸다. 현 재정은 처음부터 넉넉하지 않았다. 갓 부임한 라오스는 재정이 적자인 것을 확인하고는 먼저 음으로 양으로 현 전체의 상점들을 조사했다. 겉으로 드러내놓고 조사했을 때는 아무 것도 나오지 않았지만, 반년 동안 은근히 캐물으며 조사한 결과 세 사람이 걸려들었다. 소금장수 라오쟈오(老焦)와 목재상인 라오션(老沈), 담배장수 라오쾅(老鄺)이 불법 영업과 투기 협잡, 세금 탈루 등으로 적발된 것이다. 라오스는 두 말 하지 않고 라오쟈오와 라오션, 라오쾅을 투옥하고 세 사람의 가산을 몰수하여 국유화했다. 그러자 현 재정이 순식간에 말라깽이에서 뚱보로 변했다. 현 주민들 모두 라오스가 부임하여 불법 상인들을 처벌하는 것을 보자 사정을 모르면서도 박수를 치며 쾌재를 불렀다. 옌진의 상업 분위기 역시 이때부터 크게 호전되었다. 이어서 라오스는 사람들을 초청해 전통극을 관람하게 했다. 옌진은 허난에 속해있기 때문에 사람들이 즐겨 듣는 전통극은 허난 방자(梆子)였다. 하지만 라오스는 푸젠 사람이라 허난 방자를 좋아하지 않았다. 사람들은 그가 좋아하는 전통극이 민극(閩劇)[17]일 거라고 생각했지만 그는 민극도 좋아하지 않았다. 젊었을 때 쑤저우(蘇州)에서 학교를 다녔던 그는 그 지방 전통극인 석극(錫劇)을 좋아했다. 이리하여 그는 천리 길을 마다하지 않고 장쑤(江蘇) 지역에서 석극 극단을 데려왔다. 극단이 생기자 극장이 있어야 했다. 라오스는 예전의 '옌진신학'을 극장

17 푸젠성 지방극.

으로 개조했다. 석극이 처음 상연되었을 때 청중은 주로 라오스와 그의 주변 사람들이었다. '앵앵'대는 곡조는 옌진 사람들의 귀에 마치 고양이 울음소리처럼 들렸다. 삼백 명을 수용하는 교실이 텅 빈 것 같았다. 하지만 라오스는 이런 변화에도 전혀 놀라지 않고 매일같이 전통극을 들으러 극장을 찾았다. 시간이 지나면서 옌진 사람들도 라오스를 따라 석극을 듣다 보니 몇가락 알아듣게 되었다. '앵앵'대는 석극의 곡조는 허난 방자보다 훨씬 더 섬세했다. 지금도 허난의 내지인 옌진에서 다른 성의 석극이 유행하게 된 연원이 바로 여기에 있다. 라오스가 전통극을 좋아하는 것은 샤오한이 얘기하는 걸 좋아하고 학교를 설립하려 했던 것과는 사뭇 달랐다. 라오스가 전통극을 좋아하는 것은 애국애민과 관련이 없었다. 목공예를 좋아했던 전 현장 라오후와 마찬가지로 그저 개인적 기호일 뿐이었다. 그래서 성장인 라오쉬부터 책임자인 라오겅까지 모두가 평안하게 지냈다. 샤오한이 라오잔을 교회당에서 몰아냈을 당시 라오잔은 현성 서쪽 관문에 있는 다 쓰러져가는 절을 찾아 임시 교회당으로 사용하게 되었다. 쓰러져가는 절은 한 스님이 몇 년동안 버려둔 것이었다. 다행히 건축을 잘 아는 라오잔이 부지런히 몸을 움직여 대대적으로 수리한 결과 다 쓰러져가던 절은 비가 와도 새지 않는 그럴듯한 건물이 되었다. 샤오한이 자리에서 물러났을 때 라오잔은 몹시 즐거워하면서 곧 교회당이 자신에게 돌아올 거라고 여겼다. 그런데 라오스가 오자 그안에서 전통극 공연을 하게 될 줄을 누가 알았겠는가. 라오잔은 라오스를 찾아가 이 일의 경위를 설명하고 교회당을 돌려줄 것을 간청했다. 라오스가 온화한 웃음을 보이면서 말했다.

"물건이 원래의 주인에게 돌아가는 것은 당연한 도리이지요. 하지만 이 교회당은 제가 샤오한의 손에서 인수한 것이니 저의 원래 주인은 샤오한입니다. 선생께서 교회당을 원하는 문제에 대해 저는 상관할 생각이 없습니다. 저를 찾아오시지 말고 샤오한을 찾아가셔야 할 것 같습니다."

하지만 샤오한은 이미 현장이 아닌 데다 탕산으로 돌아갔는데 그를 찾는다한들 무슨 소용이란 말인가? 마음이 다급해진 라오잔이 말했다.

"정부가 몇 번씩이나 맘대로 교회를 빼앗는 건 말이 안 됩니다."

라오스가 눈을 가늘게 뜨고 웃으면서 그를 타이르더니 갑자기 정색을 하면서 말했다.

"잔 선생, 잔 선생의 생각은 그러시겠지만 저는 오히려 샤오한의 처사가 더 맞다고 봅니다. 어째서 맘대로 빼앗았다고 말씀하시는 겁니까? 여기는 중국 땅입니다. 선생께서 오시기 전만 해도 여기에는 교회당이 아예 없었어요. 맘대로 빼앗는 일이 있었다면 그건 바로 잔 선생께서 한 것이겠지요. 우리 땅을 빼앗았을 뿐만 아니라 민심을 미혹하려 하시지 않았습니까. 잔 선생, 저는 할 얘기 다 했습니다. 선생께서 전도를 하는 것에 대해서는 반대하지 않습니다만, 본말이 전도되어서는 안 될 것입니다. 게다가 정부를 상대로 협박을 한다는 건 더더욱 있을 수 없는 일이지요. 우물이 강물을 범하지 않는다면 우리는 서로 평안무사하게 지낼 수 있을 겁니다. 만일 선생께서 교회를 빌미로 정부를 협박하려 한다면 저는 사악함을 믿지 않고 '스승님께서는 괴상한 힘과 어지러운 귀신들을 입에 올리지 않으셨다.'라는 성인의 말씀을 믿겠습니다. 어떤 종교이든 어느 정도 세력을 가졌다 해도 절대 멋대로 못된 짓을 해서는 안 되지요. 저는 즉시 옌진에서 선생의 종교를 금지할 것입니다. 제가 이렇게 하는 것은 저 개인과는 아무런 관련이 없습니다. 오로지 이 지역 풍토의 안정을 위해서입니다."

라오스는 눈을 가늘게 뜨고 웃으면서 말을 이었다.

"잔 선생, 선생처럼 분별력이 있으신 분이 하시려는 전도나 열심히 잘 하시지 무엇 때문에 군이 정치에 간섭을 하시는 겁니까?"

라오잔은 웃을 수도 울 수도 없는 처지가 되고 말았다. 그가 원한 것은 자신의 집일 뿐인데 어떻게 이것이 정치적 간섭으로 둔갑한단 말인가? 더구나 라오스가 교회당을 차지한 것은 전통극 때문이었으니 '정치'와는 아무런 상관도 없는 일이었다. 라오잔은 그제야 새로 온 라오스가 떠나간 샤오한보다 훨씬 더 다루기 힘든 사람이라는 것을 알았다. 그에게 교회당을 돌려달라고 하지 말아야 라오잔은 그나마 옌진에서 전도를 계속할 수 있었다. 그에게 계속 교회당을 돌려달라고 조른다면 몽땅 털리고 쫓겨날 수도 있었다. 라오스가 위법 상인들을 처벌하는 것을 직접 목도한 라오잔은 더 이상 교회당 문제를 거론하지 않고 울며 겨자 먹기로 계속 다 쓰러져가는 절에 머무는 수밖에 없었다. 전도하는 것은 천주교인데 사는 곳은 스님이 살던 누추한 절이라 매일 드나들 때마다 라오잔은 탄식이 절로 나왔다. 게다가 라오잔을 더욱 탄식하게 만드는 건 카이펑 천주교회가 줄곧 그를 적대시하고 있다는 사실이었다. 라오잔의 삼촌이 돌아가신 뒤 카이펑 천주교회 회장은 라오레이로 바뀌었다. 라오레이는 라오잔과 교리에 있어서 견해 차이가 있었다. 게다가 라오잔이 사십 년이란 세월이 지나도록 옌진에서 신도를 겨우 여덟 명밖에 개척하지 못하자, 라오레이는 진즉 옌진 분회를 철수하여 다른 분회와 합병하기를 원했다. 단지 일흔이 넘은 라오잔을 보고는 측은한 마음이 들어 그를 쫓아내지 못하고 있었던 것뿐이다. 하지만 카이펑 천주교회에 지급하는 경비는 매년 줄어들었다. 교회 스스로 자립을 하든지 망하든지 알아서 하라는 뜻이었다. 이 경비로는 라오잔 한 사람을 근근이 먹여 살리기에도 빠듯했다. 양모세가 주님을 믿고 개명까지 했지만 라오잔은 그에게 겨우 숙소를 제공할 수 있을 뿐이었다. 양모세의 생계는 여전히 양모세 스스로 해결해야만 했다. 예전에 사부 라오쩡을 따라 다니며 돼지를 잡을 때 라오쩡은 식사는 제공했지만 숙소는 제공하지 않았었다. 반면에 라오잔은 숙소만 제공하고 식사는 제공하지 않다. 예전에 라오쩡을 따라 다닐 때는 전도를 하는 라오잔을 보고도 이런 문제에 대해서는 그다지 신경을 쓰지 않았는데, 일 년 뒤에 라오잔의 제자가 될 줄 누가 알았겠는가. 일 년이라는 세월도 눈 한 번 깜짝하는 시간에 지나지 않았다. 이런 생각이 들자 양모세는 자신이 다른 세상에 와 있는 것처럼 느껴졌다. 그는 긴 한숨을 내뱉고는 죽업사로 향했다.

죽업사의 주인장은 라오루였다. 라오루는 찢어지는 목소리를 갖고 있었다. 또 목소리가 무척 컸다. 평상시에 말 한 마디를 해도 고함을 지르듯이 말했다. 고함을 치면서 말하는 것은 그 말의 중요성을 강조하기 위해서가 아니라 그 말을 했다는 것 자체를 강조하기 위해서였다. 모든 말을 그렇게 강조하다 보니 도대체 말의 경중을 분간할 수 없었다. 라오잔이 양모세를 대나무 쪼개는 일에 추천했을 때, 라오루는 양모세를 절대로 받아들이려 하지 않았다. 양모세에 대해 어떤 견해를 가지고 있어서가 아니라 라오루가 양모세에게 무언가를 물어봤을 때 양모세가 말 한 마디를 잘못 했기 때문이었다. 첫날 저녁, 라오잔은 라오루가 자신의 제자에게 죽업사에서 대나무를 쪼개는 일을 시키도록 합의를 끝냈다. 둘째 날 아침, 라오잔은 전도를 하러 마을로 갔고 양모세는 죽업사로 일을 하러 갔다. 라오루는 원래 도제 하나를 받아들이는 일을 별로 마음에 두지 않았다. 그래도 새로운 사람이 들어오면 늘 하던 방식대로 질문을 두어 가지 했다. 라오루가 담배를 태우면서 양모세에게 어디 출신이고 얼마 전까지 어디서 무슨 일을 했으며 지금까지 어떤 직업들을 거쳐 왔는지 물었다. 라오루는 별다른 생각 없이 물었지만 양모세는 무척 세심하게 대답했다. 예전에 염색공방에서 라오구가 사람을 구하던 때의 경험이 있던 터라 자신이 여러 곳을 전전했다고 말하면 사람들의 의심을 사기 십상이라는 생각에, 눈치껏 두부를 팔았던 것과 돼지를 잡았던 것 두 가지는 얘기하지 않고 가장 최근에 일했던 것만 말하기로 마음먹었다. 양모세는 쟝쟈챵에 있는 라오쟝의 염색공방에서 일했으나 손과 발에 발진이 나는 바람에 하는 수 없이 떠나야 했다고 말했다. 예전에 두부를 만들었고 돼지를 잡았었다고 사실대로 말했다면 아무 문제도 없었을 것이고, 과거에 직업을 바꿔가며 여러 곳을 전전한 것 역시 문제가 되지 않았을 것이다. 라오루는 라오구가 아니었기 때문이다. 다름 아닌 쟝쟈챵에 있는 염색공방의 라오쟝과 함께 일했었다고 말한 것이 라오루를 화나게 만들었다. 라오루는 죽업사를 열기 전에 쟝쟈챵의 라오쟝처럼 차 장사를 했었다. 나중에 나이가 들어 걷기 힘들어지자 차를 팔아 번 돈으로 죽업사를 낸 것이다. 그는 차 장사를 하면서 매부리코 라오쟝을 알게 되었다. 당시 라오쟝은 말이 적었지만 일단 말을 시작했다 하면 두 사람 사이가 틀어지기 일쑤였다. 둘 다 옌진 사람이라 쟝저(江浙) 일대에서 차 장사를 하든지 산시나 네이멍구에 가서 차 장사를 하든지 서로 도와주는 것이 마땅하고 정상적인 일이었지만, 이들은 서로 의견이 일치하지 않는 데다 같은 업종에서 경쟁을 하다 보니 서로 원수지간이 되어 멀어지게 되었다. 결국 차 장사를 그만두고 한 사람은 염색공방을 열고 한 사람은 죽업사를 열어 정말로 두 사람이 서로 맞지 않았음을 증명했다. 그런데 이제 와서 양모세가 라오쟝과 함께 일을 했다는 얘기를 듣게 된 라오루는 자신의 죽업사에 일손이 부족하지 않다고 하면서 양모세를 내쫓았다. 양모세가 원숭이 한 마리 때문에 감히 라오쟝을 대면할 수도 없게 된 이야기는 전혀 알지 못했다. 양모세는 라오루에게서 쫓겨나면서도 자신이 쫓겨나는 이유를 알지 못한 채 라오쟌의 다 쓰러져가는 절로 돌아가 하루를 보냈다. 저녁에 시골에서 전도를 마치고 돌아와서야 라오쟌은 라오루의 마음이 갑자기 바뀌었다는 사실을 알게 되었다. 라오쟌은 양모세를 내버려두고 다시 현성 북가에 있는 죽업사로 라오루를 찾아가 반나절을 묻고 나서야 라오루가 라오쟝에 대한 원한 때문에 양모세에게 보복을 한 것이라는 사실을 알게 되었다. 라오쟌이 담배를 피우면서 말했다.

"라오루, 이번엔 자네가 틀렸네. 주님께서 말씀하시길, 네 원수를 너그러이 용서해야만 한다고 하셨네. 예수가 십자가에 못 박힌 것도 그의 제자가 배신했기 때문이었지. 주님은 그 일을 미리 알고 있었지만 도망가지 않으셨다네."

하지만 라오루는 주님이 아니었다. 라오쟝과 양모세를 조금도 용서하지 않았다. 그는 라오쟝과 양모세에 관해 말하지 않고 라오쟌의 하느님에 관해서만 말했다.

"죽음이 코앞에 닥쳤는데도 도망가지 않았다면 머리에 문제가 있는 것 아닌가요?"

라오쟌은 주님이 도망가지 않은 문제를 놓고 라오루에게 반나절이나 얘기했다. 양모세에게 대나무 쪼개는 일을 시키려고 하지만 않았더라면 라오루에게 죽자고 매달리는 일은 없었을 것이다. 하지만 옌진 사람들은 전부 주님을 믿지 않았기 때문에 아무도 라오쟌을 찾아오지 않았다. 항상 라오쟌이 사람들을 찾아다니며 주님을 믿으라고 권했다. 라오쟌은 옌진에 아는 사람이 많았지만 일을 부탁할 때 찾는 사람들은 하나같이 잘 모르는 사람들이었다. 잘 아는 사람들 가운데 라오루는 비교적 잘 지내는 편이었다. 라오루가 아니라면 짧은 시간에 양모세에게 다른 일자리를 찾아줄 수가 없었다. 일자리를 찾아주지 못하는 것은 작은 일이었지만, 일자리를 찾아주지 못하면 자신의 아홉 번째 신도를 개척하려는 계획이 허사가 될 것이고, 그렇게 되면 일이 커질 수밖에 없었다. 주님을 내세워도 라오루가 여전히 마음을 고쳐먹지 않자, 그는 쟈쟈좡의 장님 라오쟈를 생각해냈다. 라오쟈는 라오루의 사촌형으로 삼현금을 연주할 줄 알았다. 또한 사람들의 관상을 보고 점을 쳐주었다. 라오왕의 사숙이 해체된 뒤에 양모세의 동생 양바이리는 라오쟈에게 몸을 기탁하러 찾아갔다가 쫓겨난 적이 있었다. 라오루는 원래 이 사촌형을 좋아하지 않았다. 삼현금을 싫어할 뿐만 아니라 그가 점치는 것도 싫어한 그는 이렇게 말했다.

"점을 그렇게 잘 본다면서 어째서 자기 운명은 점치지 못하는 거야?"

반면 라오잔은 쟈쟈좡으로 전도를 하러 가서 라오쟈를 알았을 때부터 라오쟈와 얘기가 통했다. 라오잔은 라오쟈를 좋아했지만 그가 점을 치는 것은 좋아하지 않았다. 모든 사람의 운명이 주님의 손에 쥐어져 있는데 무엇 때문에 점을 본단 말인가? 라오잔은 그가 타는 삼현금을 좋아했다. 사십여 년 전에 이탈리아에서 막 도착한 라오잔은 중국어도 알아듣지 못했고 중국의 전통극이나 악기도 좋아하지 않았다. 사십여 년의 세월이 흐르면서 옌진 사투리를 알아들을 수 있게 되었어도 중국의 전통극은 여전히 좋아하지 않았다. 유일하게 라오쟈가 연주하는 삼현금만 라오잔의 마음에 들었다. 라오잔은 다른 마을로 전도를 하러 가서는 전도를 마치자마자 곧바로 떠났다. 하지만 쟈쟈좡에서 전도를 마치면 꼭 라오쟈를 찾아가 그가 타는 삼현금을 한 곡씩 들었다. 허우대가 큰 라오쟈는 누가 곡을 연주하라고 해서 즉시 연주하는 그런 사람이 아니었다. 하지만 외국인인 라오잔이 자신의 삼현금 연주를 좋아하는 것을 보고는 득의양양한 표정으로 두 곡을 연주해주었다. 라오쟈는 《기러기 사냥(打雁)》이나 《곡식 셈하기(算粮)》, 《천을 파는 장롄(張連賣布)》, 《류자쭈이 장가가네(劉大嘴娶親)》 같은 웃기는 악곡도 연주할 수 있고 《성묘하는 리얼제(李二姐上墳)》, 《유월에 내리는 눈(六月雪)》, 《맹강녀(孟姜女)》, 《변방의 눈물(塞上淚)》 같은 슬픈 악곡도 연주할 수 있었다. 웃기는 악곡을 좋아하는 라오잔은 연주를 듣고 나서 고개를 흔들어 가며 웃었고 리얼제나 두아(竇娥), 맹강녀, 왕소군(王昭君)처럼 불행한 사람들의 원한이 가슴에 사무친 악곡을 들으면 듣다가 말고 고개를 가슴 깊이 파묻고는 탄식을 했다.

"이 악곡이 말하는 고통이 바로 주님께서 구제하고자 하시는 고통이란 말이오."

그러고는 다시 탁자를 내리치면서 정색을 하고 말했다.

"이것이 바로 주님이 존재하는 이유란 말이오!"

이어서 라오쟈가 주님의 마음을 연주하는 것에 대해 감탄했다. 그러고는 고개를 가로 저으며 "주임의 마음을 이해하는 사람이 어떻게 주님을 믿지 않을 수 있습니까?"라고 한탄하듯 말하면서 라오쟈가 주님을 믿게 해야겠다고 생각했다. 하지만 뜻밖에도 라오쟈가 말했다.

"주님의 마음을 다 아는데 내가 주님을 믿어 무얼 하겠소?"

이 대목에서 어리둥절해진 라오잔은 하는 수 없이 마음을 접었다.

라오잔이 죽업사 주인장 라오루와 알고 지낸지도 삼십 년이 넘었다. 라오루가 차 행상을 할 당시, 라오잔은 라오루가 주님을 믿도록 전도하려 했다. 라오루가 말했다.

"일이 바빠 죽겠는데 주님께 내 차 파는 일을 좀 도와달라고 해보시오. 그러면 나도 주님을 믿지요."

나중에 그가 차 행상을 그만두고 죽업사를 열었을 때, 라오잔이 다시 그에게 주님을 믿을 것을 권하자 그는 말을 바꿨다.

"주님에게 내 대나무 쪼개는 일을 좀 도와달라고 해주면 나도 주님을 믿어보지요."

몇 십 년 동안 라오루와 주님은 나란히 평행선을 달리는 두 대의 수레였다. 라오루는 비록 주님을 믿지는 않았지만 성정이 정직하고 무던하여, 라오잔이 사십여 년 동안 겨우 여덟 명의 신도밖에 전도하지 못했으면서도 여전히 포기하지 않고 매일 뛰어다니는 것을 보면서 탄복해 마지않았다. 옌진에서는 이렇게 고집스러운 사람을 찾아보기 어려웠다. 무슨 일을 하든지 열에 아홉 반은 당장 이익이 나오지 않으면 곧바로 동정을 살피다 그만두고 가버렸다. 이런 이유로 그는 라오잔과 친구가 되었다. 라오루는 사람들과 술을 마실 때면 라오잔에 관해 언급하면서 종종 이렇게 말했다.

"라오잔은 주님 때문에 망했어. 그가 전도를 하지 않고 다른 일을 했더라면, 이를테면 차 행상을 했더라면 일찌감치 부자가 되었을 것이고 다 쓰러져가는 절에서 묵을 필요도 없었을 거라고."

물론 말은 현실과 별개였다. 라오잔은 라오루가 고집스럽게 양모세를 받아주지 않는 것을 보고는, 라오루가 염색공방의 라오쟝과 틀어져 있을 뿐만 아니라 자신과 주님의 체면을 생각해주지 않을 거라는 점을 깨달았다. 이때 그는 문득 라오쟈가 생각났다. 라오쟈는 자신과 친한 친구일 뿐만 아니라 라오루의 사촌형이었다. 라오루가 자신과 주님의 체면은 세워주지 않았지만 라오쟈의 체면은 세워줄 것 같았다. 라오잔이 말했다.

"나는 이 일에 관해 더 얘기할 수 없을 것 같으니 쟈쟈챵에 있는 라오쟈를 찾아가 그더러 자네에게 말해달라고 해야겠네."

라오쟌은 라오쟈가 라오루의 사촌형이기 때문에 라오루가 자신과 주님보다는 더 체면을 세울 수 있을 것이라고 생각했다. 하지만 그는 라오루가 라오쟈를 싫어하기 때문에 체면을 세워주는 일에는 라오쟌만 못하다는 사실을 전혀 알지 못했다. 라오쟌이 또 말했다.

"맨 처음에 자네에게 주님을 믿으라고 했을 때 자네는 주님이 자네가 대나무 쪼개는 것을 도와주면 믿겠다고 했었지. 이제 주님이 직접 올 수가 없어서 신도를 보내왔는데, 자네는 어째서 받아들여주지 않는 건가?"

라오쟈를 싫어했던 라오루는 라오쟌이 정말로 그를 자기한테 데려와 이런 저런 얘기를 할지 모른다고 생각했다. 또 라오쟌이 뒤에 한 말을 생각하니, 주님을 믿는 것과 대나무를 쪼개는 일은 당나귀 머리와 말 주둥이처럼 전혀 앞뒤가 맞지 않았다. 그로서는 웃지도 못하고 울지도 못할 상황이었다. 결국 그는 라오쟈와 라오쟌 모두 더 이상 아무 소리 못하게 하기 위해서라도 쓴웃음을 한 번 짓고는 양모세를 받아들이기로 했다. 라오쟌과 주님이 해내지 못한 일을 얼굴 한 번 내비치지도 않은 라오쟈가 해냈다. 양모세 역시 본의 아니게 라오쟈의 덕을 보게 되었다. 이때부터 양모세는 낮에는 라오루의 죽업사에서 대나무를 쪼개다가 밤이 되면 라오쟌의 다 쓰러져가는 절에서 잠을 잤다. 낮에 대나무를 쪼개는 일은 그다지 어렵지 않았다. 돼지 잡는 일을 했던 양모세는 칼을 다룬 경험이 있기 때문이었다. 칼 쓰는 법은 달랐지만 어쨌든 둘 다 칼과 관련이 있는 일이다 보니 아주 빨리 요령을 터득할 수 있었다. 하지만 저녁이 되어 잠을 자는 게 문제였다. 라오쟌의 다 쓰러져가는 절에서 자는 것이 불편해서가 아니었다. 라오쟌의 다 쓰러져가는 절은 사방에서 바람이 새어 들어왔고 바람이 잘 통했기 때문에 복날에도 덥지 않아서 쉬기에 좋았다. 문제는 양모세가 온종일 대나무를 쪼개고 돌아오면 시골로 전도를 하러 갔던 라오잔도 돌아와서는 저녁 시간을 이용하여 양모세에게 성경 이야기를 하는 것이었다. 다른 사람들은 기술을 배울 때 스승이 하나였지만 양모세는 낮에도 사부가 한 사람 있고 저녁에도 사부가 한 사람 있었다. 낮에 죽업사에서 온종일 대나무를 쪼개느라 지쳐있는 상태인데 밤에 라오잔이 들려주는 성경 이야기를 들으려니 졸기 십상이었다. 한밤중까지 성경 얘기를 듣다가 아침이면 일어나 죽업사에 가서 대나무를 쪼개다 보니 또 졸릴 수밖에 없었다. 그제야 그는 주님을 믿는 것 또한 쉬운 일이 아니라는 것을 알게 되었다. 양모세는 한 달 정도를 그런대로 버틸 수 있었지만, 한 달이 지나자 한 몸으로 두 가지 일을 하는 것이 불가능하다는 생각이 들었다. 양모세는 세상에 태어나 지금까지 이토록 잠이 부족해 본 적이 없었다. 양모세가 밤에 성경 이야기를 듣다가 졸면 라오잔은 인내심을 갖고 그가 깨어나기를 기다렸다가 다시 얘기를 계속하곤 했다. 양모세가 낮에 대나무를 쪼개다가 졸면 주인장 라오루는 속이 탔다. 졸면서 자르다가 대나무를 망가뜨리기 때문이었다. 라오루는 망가뜨린 대나무에 대해서는 그다지 아까워하지 않았지만, 망가뜨린 대나무 때문에 다른 좋은 일을 그르치게 되면 곧바로 화를 냈다. 라오루는 라오쟈의 삼현금은 싫어했지만 크고 우렁찬 목청의 진극(晉劇)[18]은 좋아했다. 라오루 본인은 옌진 사람인만큼 전통극을 좋아한다면 역시 허난 방자를 좋아하는 것이 이치에 맞는 일이었다. 하지만 그는 새로 부임한 현장 라오스처럼 허난 방자를 좋아하

---

18 산시의 전통극.

지 않고 다른 지방의 전통극을 좋아했다. 라오루는 네이멍구로 전차(磚茶)를 사러 가면 종종 산시를 지나는 길에 진극을 듣곤 했다. 처음에 그는 전통극 듣는 것을 그다지 좋아하지 않았다. 허난의 방자만 좋아하지 않은 것이 아니라 진극도 좋아하지 않았다. 하지만 계속 듣다보니 진극이 창을 시작할 때는 목청껏 밖으로 내지르면서도 찢어지는 목소리가 아니면 흥이 돋는 대목에 이르지 않은 셈이고, 일단 흥이 돋는 대목에 이르면 찢어지는 목소리가 마치 철사처럼 위로 솟구쳐 방향을 바꾸고 높은 곳을 찌르는 것 같다는 느낌이 들었다. 라오루가 진극을 좋아하게 된 이유는 찢어지는 목소리가 자신과 다소 비슷하기 때문이 아니라 흥이 돋는 대목에 이르러 방향을 바꾸고 높은 곳을 찌르는 듯한 목소리가 그의 마음에 부딪쳤기 때문이다. 과거에는 이를 깨닫지 못했는데 이제 깨닫게 되면서 화근이 생기고 말았다. 하지만 그는 라오스와 달랐다. 라오스는 다른 지방의 석극을 좋아하여 샹쑤에서 극단을 데려왔지만, 라오루가 진극을 좋아한 건 그냥 좋아한 것이었다. 일개 죽업사 주인장이 극단을 꾸린다는 건 아무래도 무리였다. 진극을 할 줄 아는 산시 사람들이 옌진에 온 적은 한 번도 없었다. 설사 온다고 해도 라오루 외에는 들을 사람이 없었다. 라오스는 매일 석극을 들을 수 있었기 때문에 못 견딜 정도로 마음이 울적하지는 않았지만, 라오루는 일년 내내 진극을 볼 수 없어서 몹시 답답해 했다. 그는 자신이 예전에 들었던 전통극을 머릿속으로 연기하는 수밖에 없었다. 예컨대 《소삼기해(蘇三起解)》나 《대제춘(大祭椿)》, 《천파루(天波樓)》, 《봉의정(鳳儀亭)》, 《살궁(殺宮)》 같은 곡들이었다. 라오루가 연기를 하는 데는 정해진 시간이 없었다. 흥이 나면 언제든지 그 자리에서 연기했다. 때로는 가게에서 제자들이 대나무를 쪼개고 있는 것을 보면서 머릿속으로 연기를 하기도 했다. 그는 전통극에 대해 생각만 했지 부르지는 않았다. 전통극은 머릿속에서만 연기했기 때문에 마음대로 그 자리에서 머리를 흔들고 눈짓을 할 수 있었다. 아는 사람들은 그의 머릿속에서 징과 북소리가 하늘이 떠나가라고 울리고 있는 것을 알았지만, 모르는 사람들은 그를 그냥 미치광이로 치부했다. 양바이리가 옌진의 철공소 대문을 지키면서 머릿속으로 '펀콩'을 하던 것과 마찬가지였다. 하지만 전통극과 '펀콩'은 달랐다. '펀콩'은 아무 근거도 없는 얘기를 그럴싸하게 꾸며서 읊어대면 그만이지만 전통극은 마음대로 꾸밀 수가 없었다. 창을 해야 하는 부분에서는 창을 해야 하고 대사도 잘 기억하여 잘못 읊는 일이 없어야 했다. '펀콩'에서 말을 지어내는 게 어려울 것 같지만 사실은 남의 말을 잘 기억하는 것이 더 어려웠다. 게다가 라오루는 나이가 쉰이 넘은 데다가 기억력도 예전만 못했다. 때로는 어지러울 정도로 머리를 흔들면서 창과 탄식을 그럴듯하게 하면서 극에 빠져들기도 하고, 때로는 격정적으로 창을 하고 탄식을 해야 하는 순간에 가사를 까먹어 극을 중단하고 자신에게 화를 내면서 씩씩거리기도 했다. 라오루가 전통극을 연기하는 모습을 처음 본 양모세는 그가 실성하여 발광하는 줄 알고 놀라움을 금치 못했다. 나중에서야 그가 전통극을 연기하는 거라는 사실을 알고는 웃었다. 하지만 그는 탄식하고 화를 내는 것에도 종류가 있다는 것을 알지 못했다. 이런 모습을 보면서 웃다가 졸기를 거듭하다 보니 대나무를 망가뜨리기 일쑤였다. 대나무를 망가뜨리면 '쩍'하고 갈라지는 소리가 났다. 갈라지는 소리가 나면 라오루의 머릿속에서 전개되던 전통극도 멈췄다. 방금 떠올린 대사를 잊어버리기도 했다. 극이 멈췄건 대사를 잊었건 간에 전통극에서 빠져나온 라오루는 망가진 대나무를 움켜쥐고 곧장 양모세의 머리를 내리쳤다. 그는 양모세가 자신의 전통극 연기를 망쳤다고 욕하지도 않고 대나무를 망가뜨렸다고 욕하지도 않았다. 그저 대나무를 움켜쥔 채 찢어지는 목소리로 소리를 질러댔다.

"이런 빌어먹을 개망나니 같은 놈을 봤나, 하는 짓이 꼭 라오쟝 같네!"

쟝쟈쟝의 염색공방 주인 라오쟝은 자기도 모르는 사이에 양모세 때문에 피해를 입었다. 망가진 대나무가 자기 머리를 내려치자 양모세는 정신이 번쩍 들었다. 정신을 차리고 주변을 살피고 나면 순간적으로 자신이 어디에 있는지 알 수 없었다.

이날 오후 라오잔은 이탈리아로부터 편지를 한 통 받았다. 사십여 년이 지나는 동안 라오잔의 외할머니와 부모님 모두 줄줄이 세상을 떠나고 그와 편지를 주고받는 사람은 여동생뿐이었다. 라오잔의 여동생은 세상에서 유일하게 라오잔을 존경하는 사람이었다. 라오잔은 옌진에 친척이 없었다. 삼촌 한 분이 예전에 카이펑에 계시다가 십오 년 전에 역시 세상을 떠났다. 몇십 년 동안 속마음을 털어놓을 수 있는 사람 역시 여동생뿐이었다. 하지만 여동생은 멀리 이탈리아에 있었기 때문에 두 사람은 편지를 통해서만 얘기를 주고받을 수 있었다. 라오잔은 여동생과 사십여 년 동안 줄곧 편지를 주고받았다. 사십여 년 동안 라오잔이 여동생에게 보낸 편지에 무슨 얘기들이 담겨 있었는지는 알 수 없다. 아마도 자신이 옌진에서 어떻게 전도를 하고 있고 옌진의 교회당이 얼마나 웅장한지 천주교가 옌진에서 어떻게 무에서 유를 창조하게 되었는지에 관한 얘기들이 담겨 있을 것이다. 지난 사십여 년 동안 십만 명이 넘는 사람들에게 천주교가 전파되었다는 얘기도 담겨 있을 것이다. 라오잔의 여동생이 보기에 중국에서 전도하는 이탈리아 목사는 예로부터 지금까지 라오잔보다 더 나은 사람이 없었다. 라오잔은 가문의 자랑이었고 이탈리아의 자랑이기도 했다. 라오잔의 여동생이 라오잔의 실제 상황을 알게 된다면 어떤 기분이 들지 알 수 없는 일이었다. 라오잔의 여동생은 이번 편지에서 자기 손자가 여덟 살이 되어 어제 세례를 받았으며 외삼촌할아버지가 멀리 중국에서 선교를 하여 아주 좋은 성과를 거두고 있다는 소식을 듣고는 외삼촌할아버지를 매우 대단하게 여기고 있다고 말했다. 라오잔의 여동생이 손자에게 뭐라고 했는지 알 수 없는 일이다. 예전에는 라오잔에게 편지를 쓰는 사람이 오로지 여동생 하나뿐이었는데, 이번에 온 편지 말미에는 손자도 이탈리아어로 삐뚤빼뚤 몇 마디 적어 놓았다. '외삼촌할아버지, 할아버지를 직접 뵌 적은 없지만 저는 할아버지를 떠올릴 때마다 모세가 생각나요.' 아마도 모세가 이스라엘 사람들을 이집트에서 데리고 나온 것처럼 라오잔이 중국 사람들을 고통의 바다에서 구해내기를 바란다는 뜻인 것 같았다. 라오잔은 선교를 하는 동안 이처럼 높은 평가를 받아본 적이 없었다. 편지를 다 읽고 나서도 고양된 기분이 오랫동안 가라앉지 않았다. 감격에 겨워 저녁에 양모세에게 성경을 가르칠 때도 목소리가 유난히 높고 우렁찼다. 하지만 양모세는 오늘 죽업사에서 또 라오루에게 얻어맞아 기분이 별로 좋지 않았다. 라오잔이 성경 이야기를 시작하자 그는 곧바로 정신이 혼미해지면서 졸리기 시작했다. 하지만 라오잔은 양모세의 기분을 무시하고 성경 이야기를 계속했다. 주님에 대한 이야기에서 시작하여 믿음과 세례, 성령에 관해 이야기하더니 어떻게 하면 옛사람을 벗어버리고 새사람을 입을 수 있는지를 이야기한 다음, 마음을 새롭게 해야 한다는 데까지 설교를 계속했다. 이 이야기들은 전부 예전에 나눠서 했던 것들로, 많은 이야기를 이렇게 단숨에 해치우듯이 설교한 것은 라오잔으로서도 처음 있는 일이었다. 라오잔은 이야기를 하다가 복잡해지고 중간에 끊기면 잠시 코를 킁킁거리다가 이야기를 처음부터 다시 시작했다. 날이 어두워질 무렵 시작한 이야기는 오경이 되어 닭이 울 때가 되어서야 끝이 났다. 라오잔은 이

날이 선교를 시작한 이래로 설교를 가장 잘 한 날이라고 생각했다. 사십여 년 동안 이렇게 분명하고 시원하게 설교한 것은 너덧 번 정도였다. 하지만 한 마디도 제대로 알아듣지 못한 양모세는 이날이 성경 이야기를 들었던 이래로 가장 지루하고 말이 많았던 날이라고 느껴졌다. 성경 이야기가 끝난 뒤에도 라오잔은 여전히 만면에 홍조를 띠고 있었다. 양모세는 머리를 베개에 대자마자 바로 날이 밝았고, 날이 밝자마자 또 서둘러 죽업사로 기어가 대나무를 쪼갰다. 작은 나무 걸상에 앉으니 머리가 연자방아 받침돌처럼 무거웠다. 꿈속에서도 대나무를 쪼갰다. 대나무 장대를 쪼갤 때마다 망가졌다. 이날 라오루는 또 머릿속으로 전통극을 연기하고 있었다. 게다가 연기하고 있는 극은 다름 아닌《오자서(伍子胥)》로 규모가 꽤 컸다. 오자서는 초(楚)나라 사람으로 평생을 때리고 죽이는 일을 했다. 모든 것이 복수를 위해서였다. 아버지의 복수를 위해 타향으로 도망갔다가 몇 년 후에 다른 나라의 군대를 이끌고 와서 자신의 조국을 멸망시켰다. 하지만 새로운 나라에서 간신들의 시기로 인해 국왕에게 죽임을 당하게 될 줄 어찌 알았겠는가. 임종 직전에 오자서는 자신의 눈을 뽑아 성문 망루에 걸어달라고 부탁했다. 또 다른 조국이 멸망하는 것을 자기 눈으로 목도하겠다는 뜻이었다. 이 극은 다소 어려웠지만 이날 라오루는 유난히 순조롭게 극을 연기하고 있었다. 예전에는 감히《오자서》를 연기할 수 없었다. 두 걸음을 내딛다 끊기기 일쑤였다. 어젯밤에 술을 두 모금 마시고 밤새 편안하게 잘 자 머리가 유난히 맑은 채로 아침에 일어난 덕분이었다. 처음에는《오자서》를 연기해보다가 잘 안 되면 다른 극으로 바꿀 생각이었다. 그런데 뜻밖에도 시험 삼아 한 번 해본 연기가 순조롭게 진행된 것이다. 예전에는 잊어버렸던 부분도 오늘은 이어서 창을 할 수 있었다. 라오루는 갑자기 젊음이 되돌아와 마구 발산되는 것 같았다. 그러나 라오루가 한창 극에 몰입해 들어가려던 차에 양모세가 대나무를 잘못 쪼개 망가뜨리고 말았다. 망가진 대나무의 파찰음이 울리면서 즉시 《오자서》도 중단됐다. 순조롭게 연기가 진행되고 있던 터라 양모세와 언쟁할 겨를도 없었던 라오루는 망가진 대나무를 거들떠보지도 않고 연기를 계속했다. 그러나 다시 극에 몰입하려는 순간 또 대나무가 망가지는 파찰음이 울렸다. 오자서가 집을 잃은 개처럼 타향으로 도망치다가 아직 소관(韶關)에도 이르지 못했는데 양모세가 열한 개째 대나무를 망가뜨리고 있었다. 그 순간 라오루는 눈을 떴고 오자서를 내팽개친 채 몸을 돌려 뒷마당으로 갔다. 그가 다시 돌아왔을 때는 겨드랑이에 양모세의 보따리가 끼워져 있었다. 보따리 안에는 양모세의 옷가지와 잡동사니가 들어 있었다. 라오잔이 전도를 하러 시골로 내려가면 라오잔의 쓰러져가는 절에는 아무도 없어 보따리를 잃어버릴 수도 있기 때문에, 양모세는 자신의 귀중품이 든 보따리를 죽업사에 잠시 맡겨두었다. 라오루는 망가진 대나무를 쳐다보지도 않고 양모세를 쳐다보지도 않은 채 보따리를 큰길가에 내동댕이치고는 눈을 질끈 감고 찢어지는 목소리로 소리를 질렀다.

"거기 누구냐, 네 팔대 조상들과 씹할 놈아, 아직도 안 꺼지고 뭐 하고 있는 거야!"

양모세는 꿈속에서 밥그릇을 잃어버리고 말았다. 밥그릇을 잃어버린 양모세는 하는 수 없이 보따리를 메고 다 쓰러져가는 절로 돌아왔다. 양모세는 이번에 밥그릇을 잃게 된 것은 순전히 라오잔이 지난밤에 성경을 가르친다며 소란을 피운 탓이라고 생각했다. 라오잔이 소란을 피운 탓인 만큼 라오잔에게 다시 일자리를 찾아달라고 할 생각이었다. 그 역시 라오루와 함께 지내는 것에 싫증이 난 터였다. 하지만 라오잔은 양모세가 보따리를 들고 돌아온 모습을 보면서 자신이 남에게 일자리를 찾아주는 데 한계가 있다는 것을 깨달았다. 지난번에 양모세를 죽업사에 들여보내는 데도 라오루에게 한참을 얘기해야 했다. 그런데 얼마 지나지 않아 양모세에게 다른 직업을 찾아준다는 것은 거의 불가능한 일이었다. 게다가 두 달이 지나자 양모세에 대한 생각에도 변화가 생겼다. 성경 이야기를 들으면서 조는 것은 한두 번은 용서할 수 있지만, 매일 이렇게 맥이 풀려 있다면 애당초 양모세와 주님 사이에 인연이 없는 것인지도 몰랐다. 이탈리아에 있는 여덟 살짜리 외종손도 주님과 라오잔의 중요성을 알고서 라오잔을 모세처럼 여기는데, 눈앞에 있는 이 모세는 이제 곧 스무 살이 되는 터에 어젯밤에도 자신이 성경에 관해 그렇게 우렁차고 낭랑하게 설교하는 데도 못들은 척 하고 있었다. 그러니 이런 사람을 어떻게 구제할 수 있단 말인가? 라오잔도 양모세가 낮에 죽업사에서 대나무를 쪼개느라 몸이 몹시 지쳐있다는 것을 잘 알고 있었다. 하지만 주님은 자신의 몸을 던져 십자가에 못 박혔고 자신의 피로 세상 사람들을 깨우쳤다. 아무리 힘들고 피곤하다 해도 주님보다 더 힘들 수 있단 말인가? 라오잔은 나이가 일흔인데도 낮에 똑같이 쉬지 않고 시골 마을을 돌아다니며 전도를 하느라 피곤한 몸으로 밤에 또 그에게 성경에 관해 설교를 했다. 한 사람은 얘기하고 한 사람은 듣기만 하는데 그가 아무리 힘들다고 해도 라오잔보다 더 힘들지는 않을 것이었다. 라오잔은 자신의 선택에 대해 회의를 느끼기 시작했다. 어쩌면 양모세를 자신이 찾고 있던 아홉 번째 신도로 만들려 했던 것 자체가 잘못이었는지도 모른다는 생각이 들었다. 사람이 주님을 믿는 동기에 대해 따져 물을 수는 없었다. 양모세가 애당초 주님을 믿는 것이 일자리를 찾기 위해서라 해도 그랬다. 하지만 양모세가 일자리가 생긴 뒤에도 여전히 주님과 라오잔을 마음속에 두지 않는 것에 대해 라오잔은 속았다는 기분이 들었다. 누군가에게 속는 것은 아무 일도 아니었다. 라오잔 역시 속아본 적이 없었던 것도 아니었다. 하지만 나이는 관용을 베풀지 못했다. 라오잔이 젊었을 때는 라오잔을 속여도 여전히 구제의 기회를 주었다. 이제 나이 일흔의 노인이 되자 속는 것은 라오잔이 아니라 라오잔이 주님을 위해 선교해 온 시간이었다. 꼬박 두 달 동안 라오잔이 수많은 밤을 양모세를 전도하는 데 바쳤지만 양모세는 여전히 마음이 움직이지 않았다. 이에 라오잔도 양모세의 처지에 더 이상 기대를 가질 수 없었다. 지친 그는 이제 더 이상 그에게 뭔가를 챙겨주고 싶은 마음이 없었다. 동시에 양모세로 하여금 스스로 밖에 나가 벽에 부딪치게 함으로써 그의 의지를 단련시키고 싶었지만, 하루아침에 방탕한 자식이 회개하고 돌아오리라고 기대하기도 어려웠다. 주님도 사람을 시험하고 단련시키는 것에 대해 말씀하신 바가 있었다. 하지만 양모세가 어떻게 시험과 단련을 견뎌낼 수 있겠는가. 그가 심지가 굳지 않아서가 아니라 라오잔과 마찬가지로 그럴 만한 시간이 없어서였다. 하루라도 생계를 돌보지 않으면 하루를 굶어야 했다. 배를 주리면서 어떻게 한가롭게 주님을 믿을 수 있겠는가? 라오잔이 그를 책임져주지 않자 그 역시 라오잔 곁을 떠나는 수밖에 없었다.

라오잔과 헤어진 양모세는 옌진 현성 사방을 돌아다니면서 날품팔이를 했다. 그는 다시 카이펑으로 갈 생각도 해보았다. 그가 지금 카이펑에 가고 싶어 하는 이유는 맨 처음 카이펑에 가고 싶어 했던 이유와는 달랐다. 라오쟝의 염색공방과 라오루의 죽업사를 거치기 전에도 양모세는 외지로 나가고자 하는 용기가 있었다. 이런 우여곡절을 겪고 나자 외지로 나가 앞길을 개척하려는 욕망과 용기가 훨씬 더 강해졌다. 단지 우선은 옌진 현성에 남아 앞으로 다른 기회가 있는지 여부를 살피고자 했다. 그는 옌진 창고에서 큰 짐을 지어 나르기 시작했다. 품삯은 그날그날 잘 계산해주었다. 하지만 보름 정도 일을 하자 창고에 화물 공급원이 끊기면서 일거리가 없게 되자 창고를 떠나는 수밖에 없었다. 그는 다시 염색공방에서 하던 일을 하기 시작했다. 길을 따라 각 가게마다 물을 지어다 주는 일이었다. 어느 집에서든 그에게 물을 지어 달라고 하면 밥을 먹을 수 있었지만, 물을 지어 달라고 하는 집이 하나도 없을 때는 배를 곯아야 했다. 밤이 되면 창고의 화물 천막 안에서 잠을 잤다. 예전에 비해 배를 곯아야하는 날이 많았지만 몸은 오히려 자유로웠다. 밤이 찾아와도 더 이상 성경 이야기를 듣지 않고 편안하게 잠을 잘 수 있었다. 하지만 밤마다 잠을 설쳤다. 창고 맞은편에 돤(段)씨네 간장 가게가 있었는데, 양모세가 간혹 한밤중에 일어나 보면 가게 문 앞에 등롱이 걸려 있었다. 등롱에는 '돤(段)' 자와 '장(醬)' 자가 적혀 있었다. 바람이 불면 이 '돤' 자와 '장' 자가 펄럭였다. 이제 라오잔과 주님에게서 벗어났으니 양모세는 다시 이름을 고쳐 양바이순으로 돌아갈 수 있었다. 하지만 물을 지어 나르는 양모세의 이름이 무엇인지 진지하게 관심을 갖는 사람은 하나도 없었다. 남들이 진지하게 관심을 갖지 않는데 양모세 자신이 아무리 진지한들 무슨 소용이 있겠는가? 애당초 라오잔이 그의 이름을 바꿔주었을 때는 다소 엄숙했지만 이제 이름을 다시 되돌리려 하니 그다지 심각할 것이 없었다. 옌진 현성 사람들은 그를 양모세라고만 알고 있었다. "모세, 물 좀 지어다 줘!"하고 말하면 그는 자신이 양모세가 아니고 본명이 양바이순이라고 설명할 방법이 없었다. 『성경』에 당시 모세가 이스라엘 백성들을 이끌고 이집트를 탈출했던 일이 떠올랐다. 하지만 지금 자신이 옌진에서 물을 지어 나르는 신세가 될 줄은 생각지도 못했다. 자신의 처지를 생각하니 양모세는 '피식'하고 웃음이 터져 나왔다. 이렇게 먹기와 곯기를 반복하는 동안 눈 깜짝할 사이에 세밑이 다가왔다.

해마다 연말이면 옛진 현성 사람들은 떠들썩하게 즐기며 명절을 보냈다. 연말이란 해가 바뀌는 원소절을 말하지만 사람들은 여전히 습관처럼 연말이라고 불렀다. 현성의 동가에는 토끼를 잡는 라오펑(老馮)이 살고 있었다. 그는 산에 올라가 화승총으로 토끼를 잡아다가 사거리 입구에서 훈제한 토끼고기를 팔았다. 언청이인 라오펑은 토끼를 잡아 훈제해서 파는 일 외에 떠들썩한 놀이를 무척 좋아했다. 해마다 연말에 현성에서 떠들썩하게 명절 놀이를 할 때면 항상 행사를 그가 주도했다. 성에서는 그가 명절놀이의 우두머리였다. 매년 연말이 다가오면 라오펑은 사람들을 백여 명 정도 모아 가오차오(高蹻)[19]를 하면서 울긋불긋한 차림에 유채로 얼굴에 분장을 하고서 징과 북을 치며 성내를 가로질러 가게 했다. 평소에는 다양한 직업에 종사하던 사람들이 이때는 모두들 전혀 다른 사람이 되었다. 백 년 전 사람이 되기도 하고 천 년 전 사람이 되기도 했다. 예컨대 공공(共工)이나 구룡(勾龍), 치우(蚩尤), 축융(祝融), 문왕(文王), 주왕(紂王), 달기(妲己) 등 고대 신화나 역사의 인물이 되는 것이다. 혹은 생활 속에서 투영된 사람들이 되기도 했다. 예컨대 손오공이나 저팔계, 사오정, 항아, 염라대왕, 저승사자 같은 인물들이었다. 때로는 전통극에 나오는 생(生), 정(淨), 단(旦), 말(末), 축(丑)이 되기도 하지만 대충 분장만 할뿐, 구체적으로 어떤 배역인지는 드러내지 않았다. 명절놀이는 보통 음력 열사흘부터 스무날까지 계속됐다. 이해 음력 원소절(元宵節)에도 라오펑이 무리를 이끌고 현성에서 대대적으로 명절놀이를 벌였다. 올해는 지난해와 달랐다. 몇 년 전 라오후가 현장일 때

---

19 죽마놀이의 일종으로 두 다리에 긴 막대기를 묶고 걸어가면서 공연하는 민속놀이.

는 그가 바깥세상 일에 전혀 관심을 보이지 않고 오로지 목공에만 집중했기 때문에 명절놀이에 대해서 일체 간섭을 하지 않았다. 나중에 현장은 샤오한으로 바뀌었다. 샤오한은 반년 남짓 현장을 지내다가 성장 라오쉬에 의해 해직되었지만, 그가 현장을 지내는 동안에도 해가 바뀌었기 때문에 역시 원소절을 지내게 되었다. 샤오한은 질서정연하게 말하는 것만 좋아했다. 그는 말을 하고 군중은 들었다. 그는 수많은 귀신들이 어지럽게 춤을 추는 장면은 그저 혼란스럽다고만 느꼈다. 명절놀이 때문에 깨끗한 대로에 흙먼지만 날릴 뿐이라고 생각했다. 춤을 추며 원소절 명절놀이를 즐기는 모습을 길거리에 서서 바라보던 샤오한은 손수건으로 코를 막으면서 말했다.

"무지한 민중이란 무엇을 말하는가? 바로 이런 모습을 가리키는 것이지."

이리하여 그는 더더욱 학교 설립의 필요성을 절감했다. 하지만 새로 부임한 현장인 라오스는 명절놀이에 대한 생각이 라오후나 샤오한과 달랐다. 혼란스러움을 대함에 있어 차이가 있었던 것이다. 그는 일상생활에서의 혼란스러움은 반대했지만, 한 사람이 다른 사람으로 분장하여 거리에서 춤을 추는 것은 혼란스러운 것이 아니라 차분한 것이라고 생각했다. 그가 사람들이 무대에서 대사를 곁들여 창을 하는 것을 좋아하는 이유도 바로 여기에 있었다. 명절놀이는 또 전통극과 달랐다. 전통극에서는 몇 사람만 다른 사람으로 변했지만, 백여 명의 사람들이 전부 다른 사람으로 변해 손짓과 몸짓으로 흉내를 내는 것은 차분하고 안 하고의 문제가 아니었다. 모든 사람이 다른 사람으로 변한다면 더 이상 원래의 그 사람을 고집할 수 없게 되니 이를 통해 천하가 태평해질 수 있었다. 음력 열사흘부터 라오스는 사람들에게 태사의를 진허교(津河橋)로 옮겨놓게 한 다음, 호피 외투를 걸치고는 높은 데서 많은 사람들이 명절놀이 춤을 추는 광경을 내려다보았다. 극장도 라오잔의 교회당을 사용해 원래는 석극만 공연했지만 라오스는 석극을 철수시키고 오로지 명절놀이만 구경했다. 명절놀이패는 현장이 직접 와서 구경하는 것을 보고는 명절놀이 춤을 추기 시작했다. 그 기세가 지난해와 판이하게 달랐다. 매일 이른 아침 날이 밝기 시작할 무렵이면 징과 북이 울리면서 명절놀이패가 진허를 둘러싸고 춤을 추기 시작했고 이를 에워싸고 구경하는 사람이 인산인해를 이루었다. 저녁이 되어 놀이가 끝나면 강가에는 사람들이 잃어버린 신발이 광주리 세 개를 가득 채우고도 남았다. 정월이라 아직 추운 겨울이었지만, 라오펑이 이끄는 놀이패의 춤은 완연한 봄이었다. 놀이패를 둘러싼 사람들도 명절놀이에 따라 뛰면서 땀을 흘렸다. 진허교 위에 앉아 구경하는 라오스는 하루 종일 앉아 있어도 춥지 않았고 배도 고프지 않았다. 정오가 되어서도 현 정부로 돌아가 잠시 눈을 붙일 생각은 하지 않고, 사람들이 날라다준 김이 모락모락 나는 빠오즈 몇 개로 허기를 채웠다. 그러다가 사흘째 되는 날 사고가 터지고 말았다. 얘기를 하자면 그리 큰 사고도 아니었다. 명절놀이패의 주인공으로 염라대왕 분장을 한 잡화점 주인 라오덩(老鄧)이 병이 난 것이었다. 라오덩의 잡화점 이름은 '다쿠이 상점'이었다. 라오덩의 딸은 덩슈즈로 아명은 얼뉴였다. 작년에 그녀는 귓불을 귓바퀴라고 잘못 말하는 바람에 동창인 친만칭과 리진룽의 혼인을 깨뜨린 적이 있었다. 친만칭은 나중에 양모세의 형인 양바이예에게 시집을 갔다. 라오덩은 아침에 갑자기 배가 아파오기 시작하더니 침대 위에서 데굴데굴 구를 정도로 통증이 심해졌다. 회충 때문인 것으로 여기고는 한의사인 라오추(老褚)를 불러왔다. 라오추는 라오덩의 배를 눌러보더니 회충 때문이 아니라 창자 몇 가닥이 꼬인 것이라고 말했다. 세상에 서로 같은 것끼리 한 데 얽히는 것은 대단히 무서운 일이었다. 약을 조제해 먹으면 창자가 순조롭게 풀어질 수도 있고, 아니면 병은 고쳐도 사람 목숨은 구하지 못하는 수도 있었다. 라오덩은 무대에 올라가려는 순간 아파서 기절해버리고 말았다. 라오덩의 가족들은 '왈칵' 하고 울음을 터뜨렸다. 명절놀이패가 거리에 나선 뒤에야 놀이패의 우두머리인 라오펑은 라오덩의 소식을 듣고 순간적으로 정신이 아득해지면서 속이 탔다. 라오덩의 목숨이 아슬아슬하기 때문이 아니라 명절놀이를 할 수 없게 되었기 때문이었다. 명절놀이에 참여하는 사람이 백 명이 넘었기 때문에 염라대왕 하나 없어진다고 해서 큰 문제가 되진 않았다. 하지만 라오펑은 그렇게 생각하지 않았다. 그는 백여 명의 사람들이 서로 다른 백여 개의 배역을 맡고 있고, 모든 배역은 다른 배역으로 대체할 수 없다고 생각했다. 한 사람도 없어서는 안 되는 것이었다. 갑자기 배역 하나가 없어지면 놀이의 연결고리가 끊어질 수밖에 없었다. 염라대왕이 없다면 저승사자도 존재할 수 없었다. 명절놀이에서는 염라대왕이 저승사자를 심판해야 했다. 이런 식으로 추론하여 저승에 있는 사람들을 전부 내려가게 하면 현세에 있는 사람들 역시 의지할 곳이 없었다. 저승과 현세에 있는 사람들이 모두 없어지면 오로지 전설과 극중 사람들에게만 의지해야 하는데 어떻게 이 세계를 떠받칠 수 있단 말인가? 이리하여 그는 징과 북을 멈추게 하고 황급히 새로운 염라대왕을 찾기 시작했다. 하지만 아무리 급해도 당장 사람을 구할 수는 없는 노릇이었다. 어디에서 적당한 인물을 찾아온단 말인가? 죽세공 장인인 라오왕(老王)을 찾고 신발 장인 라오자오(老趙), 식초 만드는 라오리(老李), 오리배를 파는 라오마(老馬)를 찾았지만, 하나같이 동작이 민첩하지 못해 무대에 올릴 수 없거나 관직에서 쫓겨나 탕산으로 돌아간 샤오한처럼 혼잡한 것을 싫어했다. 이런 떠들썩함이 자기 장사에 지장을 줄까 걱정하는 사람도 있었다. 염라대왕을 찾느라 오전 반나절을 보내고도 명절놀이패의 공연을 시작하지 못하자 라오펑은 진땀이 나기 시작했다. 하지만 라오펑이 진땀을 흘려도 아무 소용이 없었다. 라오스는 이런 사정도 모른 채 다리 위에서 조급한 마음으로 기다리고 있었다. 그가 사람을 보내 자세한 사정을 묻는 동시에 라오펑에게도 사람을 보내 말했다.

"염라대왕을 못 찾았으면 그냥 먼저 춤을 시작하는 게 좋겠네. 많은 사람을 기다리게 하는 건 옳지 않은 것 같군."

그리고 나서 한 마디 덧붙였다.

"춤을 추면서 찾아봐도 되지 않을까?"

현장이 춤을 추면서 사람을 찾아보라고 했지만 라오펑은 춤추는 일을 남에게 시킬 수도 없고 자신이 직접 할 수도 없었다. 일단 염라대왕 찾는 일을 포기한 그는 직접 다리 위로 가서 라오스에게 그간의 상황을 설명했다. 라오스가 웃으면서 말했다.

"내 평생 둔한 성격이었는데 처음으로 급한 모습을 보였더니 또 실수를 하고 말았군. 그러면 라오펑 자네가 말한 대로 하게. 만사를 임시변통으로 할 수는 없지. 아쉬운 대로 한 번 그냥 넘어가면 곧바로 혼란해지기 마련이니까. 그러면 가서 잘 찾아보게. 난 조용히 기다리고 있을 테니까 말일세."

라오펑은 다리에서 내려와 서둘러 적당한 사람을 찾아다녔다. 대장장이 라오린(老藺)과 조리사 라오웨이(老魏)를 찾아갔지만 역시 둘 다 공개적인 무대에 설 수 없는 사람들이었다. 두 사람에게 놀이를 보여주면서 광장으로 나갈 것을 제안하자 둘 다 몸을 돌려 달아나버렸다. 조급해 할수록 손을 쓸 수 있는 방법이 없었다. 그렇게 적당한 사람을 찾지 못해 초조하던 터에 마음을 졸이며 명절놀이를 구경하려고 기다리고 있는 인산인해의 사람들 틈에서 양모세를 발견했다. 양모세는 명절놀이가 시작되지 않자 고개를 삐쭉 내밀고 사람들 틈바구니에서 여기저기 기웃거리고 있었다. 라오펑은 그의 머리와 몸, 다리와 발을 훑어보고는 그런대로 쓸 만하다고 판단했다. 게다가 이미 오후로 접어든 터라 한 걸음 뒤로 물러 차선책을 구하듯 양모세를 사람들 틈에서 끌어내 그에게 염라대왕 역할을 할 생각이 있는지 물었다. 양모세는 원래 시끌벅적한 것을 좋아했다. 과거에 그가 숭배하던 대상도 바로 뤄자좡에서 함상을 하는 뤄창리였다. 뤄창리야말로 시끌벅적한 장면을 받쳐줄 수 있는 사람으로, 비바람을 일으키는 능력은 명절놀이 전문가인 라오펑에게 조금도 뒤지지 않았다. 마을에서 명절놀이 춤을 출 때는 양모세도 참가한 적이 있었다. 양모세는 최근 몇 년 사이에 길을 잘못 들어 먼저 두부 파는 라오양과 함께 일하다가 돼지를 잡는 라오쩡과 염색공방의 라오쟝, 신부 라오잔, 죽업사 라오루를 두루 거치면서 도제로 일했다. 사부가 바뀔 때마다 성격을 바꾸려 노력했지만 소란스러움을 좋아하는 본성은 사라지지 않았다. 어쩌면 세상의 소란스러움을 잊고 사람들로부터 벗어난 뒤에야 비로소 자유가 회복되어, 명절놀이패를 따라 나흘 동안 즐겁게 소란스러운 놀이를 구경할 수 있는 것인지도 몰랐다. 시끌벅적한 광경을 구경하더라도 물을 지어 나르는 일을 그르칠 수는 없었다. 밥 먹을 시간이 되었는데 먹을 밥이 없으면 배가 푹 꺼지기 때문이었다. 그런데 갑자기 누군가 무대에 오르라고 하니 그 또한 흥분을 감출 수 없었다. 하지만 오래 옆에서 바라보다 보니 이 일에 참여하는 것에 약간 겁이 났다.

"누구요, 제가 그걸 할 수 있을까요?"

라오펑이 황급히 말했다.

"과거에 놀아본 적은 있지?"

양모세가 말했다.

"놀아보긴 했죠. 하지만 그건 작은 마을에서 해본 것에 불과해요. 이렇게 큰 놀이마당은 본 적이 없어요."

라오펑이 '쳇' 하며 말을 받았다.

"자네가 뛰어난 연기를 보여 줄 거라고 생각한 적은 없어. 그냥 머릿수만 맞춰주면 된다고."

양모세를 옆에 있는 라오위(老余)네 관 가게로 데려간 라오펑은 그의 얼굴에 기름 물감을 칠한 다음 염라대왕의 화려한 의상을 입혔다. 얼굴에 분칠을 할 때 양모세가 부들부들 떨면서 땀을 흘리자 라오펑은 또 조바심이 났다.

"죽이려는 것도 아닌데 뭘 그렇게 겁내는 거야? 봐, 방금 바른 기름 물감이 또 번졌잖아."

양모세가 말했다.

"아저씨, 무서워서 그러는 게 아니라 몸이 허해서 식은땀이 나는 거예요. 여러 끼를 굶었더니 배가 고파서요."

라오펑은 주인이라도 된 듯이 라오위 집에서 샤오빙 몇 개를 찾아 양모세에게 먹으라고 주었다. 양모세는 샤오빙을 먹고 물을 한 대접 마신 다음 다리에 가오챠오를 묶고는 명절놀이패 대열에 끼어들었다. 처음에는 다소 어색하고 몸도 여전히 부들부들 떨렸다. 징과 북소리에 맞춰 발을 내딛지 못하고 몇 번 곤두박질치면서 넘어지는 바람에 몇 차례 웃음거리가 되기도 했다. 하지만 나중에는 춤을 추면서 자신의 모습을 잊고 초연해질 수 있었다. 방금 샤오빙 몇 개를 먹어서인지 기운이 솟아나면서 징과 북소리에 따라 점차 춤사위가 살아났다. 춤사위가 살아나기만 한 것이 아니라 풍격이 왠지 독특했다. 양모세는 역시 양바이순이었다. 양씨 집안의 세 형제들 가운데 용모가 가장 그럴 듯한 데다 키도 크고 눈도 컸다. 전에는 생활에 묻혀 있느라 눈에 띄지 않은 것뿐이었다. 이제 기름 물감을 칠하고 채색 의상을 입으니 의젓한 모습이 분명하게 드러났다. 며칠 전까지 잡화점의 주인 라오덩이 염라대왕 분장을 했을 때는 분장할수록 더 보기에 안 좋았다. 염라대왕이 팍 늙은 노인이 되었던 것이다. 그런데 이제 양모세가 분장하자 염라대왕이 아주 영준한 젊은이로 변했다. 정직하고 무던하면서도 장난기가 있고, 다소 수줍어하면서도 명랑한 모습이었다. 어깨를 들어 올리고 사타구니를 쳐들면서 눈살을 한 번 찌푸렸다가 한 번 웃으면 염라대왕이 아니라 오히려 번안(潘安)[20] 같아 보였다. 양모세는 이 순간 어린 시절 양바이순으로 돌아갔다. 특히 그는 마을에서 추었던 '라렌(拉臉)' 춤을 현성의 명절놀이로 가져왔다. 이 '라렌' 춤은 양쟈좡에만 있고 현성에는 없었다. '라렌'이란 어깨를 들어 올리고 사타구니를 쳐들면서 두 손으로 얼굴을 가리고 있다가 한 치씩 잡아당겨 원래의 모습을 드러내는 춤이었다. 얼굴이 한 치씩 당겨져도 춤을 추고 있는 양모세는 별로 신경을 쓰지 않았고, 오히려 놀란 관중들이 이 구동성으로 감탄을 하며 그에게 갈채를 보냈다. 놀이패 우두머리인 라오펑은 처음에는 양모세에게 큰 희망을 걸지 않았고 임시로 부처님 다리를 껴안은 격이라 그가 춤을 망치지나 않을까 걱정했다. 그가 춤을 망치는 것은 별일 아니겠지만 춤을 망쳐 명절놀이 전체를 망쳐버리면 그것은 아주 큰일이었다. 하지만 이 젊은이가 무대에 들어서서 명절놀이 춤을 잘 출 뿐만 아니라 염라대왕에 대한 모든 사람들의 생각까지 바꿔놓게 될 줄을 누가 알았겠는가. 하루 종일 명절놀이 춤을 추면서 싱글벙글했던 라오펑은 양모세를 한

---

20 고대 시에서 주로 사용되는 미남자의 대명사.

쪽으로 끌고 가 이것저것 물어댔다. 원래는 양모세를 하루만 쓰고 둘째 날에는 적당한 염라대왕을 찾을 생각이었다. 사실 둘째 날에도 염라대왕을 찾을 필요가 없었다. 원래의 염라대왕인 잡화점 주인 라오덩의 아픈 배가 다 나았던 것이다. 라오덩의 배가 아팠던 것은 라오추의 말대로 창자가 한데 꼬인 것이 아니라 회충 때문이었다. 라오추가 지어준 약을 먹고 나자 창자가 풀어진 것이 아니라 회충이 밖으로 나왔다. 여러 가지 원인으로 인해 일이 꼬이긴 했지만 배도 곧 나았다. 하지만 라오펑은 더 이상 라오덩을 상관하지 않고 양모세에게 나흘 더 명절놀이 춤을 추게 했다. 그리고 양모세에게 샤오빙 뿐만 아니라 점심과 저녁에 각각 후라탕도 한 그릇씩 제공했다. 게다가 내년 명절놀이 춤을 출 때도 그를 염라대왕으로 쓰기로 했다.

하지만 하늘 아래 흩어지지 않는 잔치는 없는 법이다. 정월 스무하루가 지나고 연말은 그렇게 끝이 났다. 활기 넘치던 명절놀이도 소리가 뚝 그쳤다. 어제 진허 강가에는 징과 북소리가 요란했지만 오늘은 아무도 주워가지 않은 낡은 신발들만 잔뜩 남아 있을 뿐이었다. 명절놀이 춤을 추던 사람들도 한 명도 남지 않고 사라졌다. 명절놀이에서 배역을 맡았던 사람들도 다시 일상 속으로 돌아가 원래 하던 일을 했다. 우두머리 라오펑 역시 훈제 토끼를 팔러 갔고 축융 역을 하던 라오두(老杜) 역시 재봉 일을 하러 갔다. 달기 역을 맡았던 라오위도 관을 만들러 갔고 저팔계 역인 라오가오도 맷돌을 갈러 갔으며 염라대왕이었던 양모세도 다시 사람들에게 물을 지어 날라다 주러 갔다. 날이 막 밝아오기 시작할 무렵 진허 강변에서는 간헐적인 소리만 울려 퍼졌다. 바로 두즙(豆汁) 가게의 라오니에(老聶)가 두즙 멜대를 메고 큰소리로 두즙을 사라고 외치는 소리였다.

정월 스무이틀 날, 양모세는 현성의 동가에 있는 '룽창하오(隆昌号)'라오롄(老廉)네 집에 물을 지어 날라주었다. '롱창하오'의 라오롄은 옛날 사숙을 하던 라오왕과 소송을 했던 그 양곡상 주인이었다. 소송이 시작되자 라오롄이 라오왕을 압박했다. 죽음에 이르게 하지는 않았지만 소송이 라오왕을 압박하여 죽게 만들었다. 이후 십여 년의 세월이 흐르면서 라오롄도 세상을 떠나 주인장은 샤오롄(小廉)으로 바뀌었다. 롄씨 집안은 주방에 있는 큰 독 외에, 장사를 하면서 화재가 나는 것을 막기 위해 양곡상 점포 안에도 커다란 독을 네 개나 놓아두었다. 양곡을 운반하려면 가축을 키워야만 했고, 대여섯 필의 노새와 말도 매일 마실 물이 필요했다. 뒷마당에 있는 축사 안에도 큰 독이 세 개나 있었다. 앞뒤로 총 여덟 개의 큰 독이 있는 셈이었다. 큰 독 하나를 채우기 위해서는 물을 일곱 번 지어 날라야 했으니, 큰 독 여덟 개를 다 채우려면 쉰여섯 번이나 물을 지어 날라야 했다. 물을 지어 나르는 사람에게는 큰 장사거리였다. 물을 지어 나르는 일은 단순히 나르는 것에만 그치지 않는다. 독 안에 남은 물을 쏟아버리고 수세미로 독을 깨끗이 닦고 헹궈야 했다. 양모세는 독 여덟 개를 깨끗이 헹군 다음 물을 지어 나르기 시작했다. 롄씨네 집은 동가에 있는 우물에서 이 리 정도 떨어져 있었기 때문에, 양모세가 오전부터 지어 나르기 시작해도 겨우 독 네 개를 채울 수 있었다. 그러고 나니 온몸이 땀에 젖고 몸도 지쳐버렸다. 그러나 할 일이 남아 있는데 지쳤다고 말할 수도 없는 노릇이었다. 할 일이 없어 일을 기다릴 때나 지쳤다고 할 수 있는 것 아니겠는가. 양모세는 우물 입구에 잠시 앉아 쉬다가 점심도 거른 채 다시 일어나 물을 지어 나르기 시작했다. 물을 지고 거리를 지나가는데 갑자기 누군가 멈춰 서라고 외치는 소리가 들렸다.

"거기 자네, 좀 서봐."

양모세가 고개를 돌렸다. 알고 보니 현 정부의 하급관리인 라오차오(老

晁)였다. 라오차오는 현 정부에서 일 처리 재촉을 전담하고 있었다. 그의 집은 현성 북가에 자리 잡고 있었다. 양모세는 그가 자기 집에도 물을 지어 달라고 하려는 줄 알고 황급히 말했다.

"오후까지 기다리셔야 해요. 렌씨 집에 다 지어다 주고 나서 간단히 뭐 좀 먹고 곧바로 댁으로 갈게요."

라오차오가 말했다.

"물을 지어 달라는 것이 아니라 공무를 얘기하려는 거야."

원소절 기간 동안 모두들 진허 강변에서 명절놀이에 빠져 있는 사이에, 한 무리의 도적들이 무방비를 틈타 밝은 대낮에 현성 남가에 있는 라오진(老金)의 비단 가게 '루이푸샹'을 털었던 것이다. 털어간 물건은 은화 삼십 대양과 부녀자들의 머리 장식품 한 자루였다. 라오진의 집에서 신고를 하자 라오스는 곧바로 사람들을 시켜 범인을 찾고 있는 중이었다. 양모세는 라오차오가 '공무'라고 말하자 관아에서 자신이 절도 사건과 관련이 있는 것으로 의심하는 줄로 알고는 재빨리 말을 받았다.

"아저씨, 남가에서 일어난 그 일은 저와 아무런 관련도 없어요. 저는 물을 지어 나르는 사람이에요. 담이 그렇게 크지 않다고요."

그러고 나서 한 마디 더 덧붙였다.

"다시 말하자면, 그 며칠 동안 저는 명절놀이 춤을 추고 있었어요. 아저씨도 다 보셨잖아요."

라오차오의 손에서 사람을 묶는 쇠사슬이 떨리고 있었다.

"바로 그 명절놀이 때문에 널 찾아온 거야."

라오차오가 쇠사슬로 자신을 묶으려는 줄 알고 놀란 양모세는 물 두 통을 떨어뜨려 쏟고 말았다. 뜻밖에도 라오차오는 금세 표정을 바꾸고 웃는 낯으로 그를 찾아온 이유를 낱낱이 설명했다. 알고 보니 라오차오가 그를 찾아온 것은 현장 라오스가 그를 마음에 들어 했기 때문이었다. 라오스는 전통극 외에 채소 가꾸는 것을 좋아했다. 채소를 먹기 위해서가 아니라 삼국시대의 유황숙(劉皇叔)처럼 능력을 감추고 때를 기다리기 위해서였다. 일개 현장이 능력을 감추고 때를 기다린다는 것은 말만 거창하지 별로 대단한 일은 아니었지만, 라오스가 채소 가꾸는 일을 중시하는 한 다른 사람들도 어쩔 도리가 없었다. 현 정부 뒷마당에는 일 무(畝) 하고도 삼 분이나 되는 땅이 있었다. 예전에 라오후는 이 땅에 목재를 쌓아놓았었다. 이후 샤오한이 이 땅을 황무지로 만들어 버렸지만 라오스가 부임한 뒤에 다시 개간하여 그의 능력을 감추고 때를 기다리는 현장이 되었다. 이처럼 능력을 감추고 때를 기다리기 위해서는 모양새를 갖춰야만 했다. 이에 그는 한가한 시간이면 등짐을 지고 채소밭을 거닐었다. 매일 채소밭을 정리하려면 사람이 하나 필요했다. 예전에 라오스를 위해 채소를 키워주던 사람은 푸젠 출신의 외숙이었다. 어려서 부친을 잃은 라오스는 집안 형편이 궁핍해지자 외숙의 도움을 받아 현장이 되었고 그는 외숙에게 채소를 심게 했다. 그러나 외숙의 마음이 채소 키우는 데 있지 않고 라오스의 정무에 가 있을 줄 누가 알았겠는가. 그는 라오스가 어렸을 때 자기 말을 들었던 만큼 지금도 자기 말을 들을 줄 알았다. 라오스가 온종일 정무에는 관심이 없고 전통극에만 열중하자, 그는 뒤에서 라오스를 '혼용한 관리'라고 욕하면서 거리로 나가 송사를 대행하며 사람들의 일에 직접 얼굴을 내밀었다. 마치 옌진의 현장이 라오스가 아니라 외숙인 것 같았다. 지난번에 신부 라오잔이 교회당을 돌려달라고 찾아왔을 때 라오스가 '정무 간섭'이라는 낙인을 붙여 돌려보냈는데, 이제는 외숙이 날마다 정무에 간섭하느라 채소밭을 황무지로 만들어 놓는 바람에 라오스로서는 능력을 감추고 때를 기다리는 것도 힘들게 되었다. 라오스는 웃을 수도 울 수도 없는 처지가 되었다. 설 직전인 섣달에 외숙이 잔재주를 부려 전통극에 나오는 것처럼 현 정부 대문 앞에 커다란 북을 하나 가져다 놓고 모든 백성들에게 억울함을 호소하게 했다. 이전까지는 외숙이 소동을 일으켜도 라오스가 전부 참아주었지만, 이번에 그가 일으킨 소동은 전혀 다른 차원이라 두어 마디 잔소리를 했다. 그러자 외숙은 화를 내면서 멜대를 내팽개치고 푸젠으로 돌아가면서 한 마디 던졌다.

"나는 성이 스인 멍청이한테 화가 난 게 아니고 옌진의 백성들이 불쌍해서 이러는 것뿐이야."

이 말에 라오스는 그냥 웃고 말았다. 외숙에게 이미 신물이 난 터라 그냥 떠나도록 내버려두었다. 외숙이 정무에 간섭하기 좋아할 뿐만 아니라 속까지 좁은 사람일 줄 누가 알았겠는가. 원소절에 라오스는 명절놀이를 구경하다가 놀이패 대오에서 양모세를 발견했다. 염라대왕으로 분장한 그는 다른 사람들보다 훨씬 뛰어나 보였다. 자세히 알아본 결과 그는 온종일 사람들에게 물을 지어 날라다 주지만 돌아갈 집도 없다고 했다. 라오스는 이 염라대왕을 데려다 자기 대신 채소를 관리하게 하고 싶어졌다. 채소를 키우는 일꾼으로 다른 사람을 찾지 못한 것이 아니라 양모세를 찾은 것이었다. 라오스가 채소를 가꾸는 이유가 채소를 가꾸기 위한 것이 아니라 능력을 감추고 때를 기다리기 위한 것인 만큼, 능력을 감추고 때를 기다리는 사람 곁에 염라대왕이 있으면 또 다른 정취가 있을 것이라는 생각에서 였다. 양모세는 현장이 자신에게 채소 키우는 일을 시키려 한다는 얘기를 듣는 순간, 머릿속에 아무런 생각도 떠오르지 않았다. 그가 아무런 반응도 보이지 않는 것을 보고는, 라오차오는 이상하게 여기지도 않고 곧장 그에게 다가가 귀를 잡아 위로 비틀어 올리면서 말했다.

"젠장, 멍한 척하지마. 정말 화가 나서 못 봐주겠네. 너처럼 물을 지어 나르는 녀석이 어떻게 단번에 하늘에 오를 수 있는 거지? 방금 전까지만 해도 거지같던 녀석이 눈 깜짝할 사이에 현 정부에 들어가다니 말이야?"

양모세의 동생 양바이리는 과거에 '신학'을 통해 현 정부에 들어가고 싶었지만 통하는 길이 없었다. 그런데 양모세가 '신학'에도 다니지 않고 어쩌다 명절놀이에서 춤 한 번 췄다가 양바이리를 제치고 소원을 성취하게 될 줄을 누가 알았겠는가. 비록 채소를 가꾸는 일이긴 하지만 어쨌든 정식으로 생계를 꾸릴 수 있게 된 셈이었다. 더 이상 사람들에게 물을 지어 날라다주지 않아도 되고 불안한 생계와 끼니 걱정을 하지 않아도 되었다. 또한 채소도 현 정부에서 키우는 것이니 마을에서 채소를 키우는 것과는 달랐다. 예전에 라오왕의 사숙에서 공부할 때, 성인께서는 "학문은 근면해야 진보하고 놀면 퇴보한다"하고 말씀하셨는데 양모세가 '근면'과 아무런 관계도 없이 원소절에 춤을 추었던 것에 의지해서 스무 살에 자립할 수 있게 될 줄을 누가 알았겠는가. 양모세는 자신도 모르게 고개를 가로저으며 감탄을 내뱉었다.

"예전에는 사람이나 주님이 나를 도와줄 것이라 생각했는데 명절놀이가 날 도와줄 줄 누가 알았겠는가."

11장

마지막 직업

사람은 운이 따르면 문짝으로도 막을 수 없는 법이다. 양모세는 현 정부에서 석 달 동안 야채 농사를 지었고 현성에서 가정도 꾸렸다.

옌진 현성 남가(南街)에는 '쟝지(姜記)'라는 솜틀집이 있었다. '쟝지 솜틀집'은 솜을 눌러 압축하기도 하고 솜을 틀기도 했다. 목화씨를 압축하여 기름을 짠 다음 병에 담아 팔기도 했고, 오래된 목화솜을 새 솜으로 바꿔주기도 했다. '쟝지 솜틀집'의 주인은 라오쟝(老姜)이었다. 라오쟝에게는 세 아들이 있었다. 큰아들은 쟝룽(姜龍), 둘째 아들은 쟝후(姜虎), 셋째 아들은 쟝거우(姜狗)였다. 가족 전체가 아주 오랫동안 솜을 틀다 보니 남녀노소 할 것 없이 온 가족의 머리카락과 눈썹에 솜털이나 솜 부스러기가 박혀 있었다. 머리에 하얀 걸 잔뜩 얹고 나오는 사람을 보면, 누구나 그가 남가 라오쟝 집안 사람이라는 것을 알 수 있었다. 형제 셋이 아내를 맞아들이기 전에는 첫째 쟝룽과 셋째 쟝거우는 서로 말이 잘 통했다. 둘째 쟝후는 말을 잘 하지 않고 마음속으로 모든 것을 생각하면서 스스로 제 갈 길을 갔다. 오 년 전, 세 형제가 연이어 가정을 꾸렸다. 이때는 세 형제 사이에 서로 말이 잘 통하지 않았다. 형제들에게 무슨 일이 일어난 것이 아니라 동서들 사이에 갈등이 생겼기 때문이었다. 라오쟝과 세 아들이 합쳐 네 명이 함께 '쟝지 솜틀집'을 운영하다 보니, 힘을 더 쓰는 사람이 있는가 하면 힘을 덜 쓰는 사람도 있고 힘든 일을 맡는 사람이 있는가 하면 가벼운 일을 맡는 사람도 있었다. 이에 대해 동서들 사이에 말이 아주 많았다. 이런 상태가 계속 되다 보니 형제들 사이에 벽이 생겼다. 사람이란 서로 벽이 생기기 시작하면 상대방이 잘한 것이 없어 보이기 마련이었다. 상대방을 생각해서 일을 해도 상대방은 이를 다른 속셈이 있는 것으로 여기게 되었다. 이런 벽이 '쟝지 솜틀집'의 영업에 큰 영향을 미치진 않았지만 열 명이 넘는 가족이 하루하루 살아가는 게 마치 죽 냄비 같았다. 이해 음력 오월 초엿새 날 라오쟝 집의 닭과 개가 싸워 개가 닭을 물어 죽이는 일이 일어났다. 라오쟝은 개를 발로 두 번 걷어찬 다음 닭을 부엌으로 보내 아내에게 백숙을 만들게 했다. 솜을 틀어 먹고 사는 사람들이라 평소에는 음식이 변변치 않았지만 이날 점심에는 밥상에 고기가 올라오게 되었다. 라오쟝이 닭 머리를 먹는 동안 큰아들 쟝룽의 아이와 셋째 아들 쟝거우의 아이가 눈이 빠지도록 닭고기를 쳐다보고 있었다. 라오쟝은 닭다리 두 개를 뜯어 아이들에게 나눠주었다. 쟝후에게는 차오링(巧玲)이라는 세 살 난 딸이 있었다. 이날 밖에 나가 놀다가 집에 돌아와 밥을 먹으려 하는데 그릇에 닭다리가 남아 있지 않았다. 차오링은 다른 두 아이들이 다리를 하나씩 들고 뜯고 있는 것을 보고는 얼른 하나를 빼앗으려 했다. 쟝룽의 아들은 다섯 살이고 쟝거우의 아들은 두 살이었다. 차오링은 감히 큰 아이 것을 빼앗지 못하고 쟝거우의 아들 것을 빼앗으려 했다. 쟝거우의 아들은 엉엉 울면서 필사적으로 닭다리를 잡고 놓지 않았다. 쟝후의 마누라 우샹샹(吳香香)이 손바닥으로 딸의 뺨을 후려쳤다.

"네 것이 있어야 먹지, 없는데 뭘 먹으려고 그래?"

이제 더 이상 닭다리만의 문제가 아니었다. 차오링이 커다란 입을 쫙 벌리고 '앙앙' 큰 소리로 울기 시작했다. 쟝거우의 마누라는 차오링이 자기 아들의 닭다리를 빼앗으려 하는 것을 보고 속으로 기분이 좋지 않았다. 닭다리를 빼앗으려 할 때는 가만히 있다가 우샹샹이 그 닭다리를 기론하면서 사람들 앞에서 차오링을 때리는 것을 보고는 한 마디 했다.

"닭다리 하나 가지고 그렇게 까지 해야 돼요?"

"애가 철이 없다고 어른도 철이 없는 줄 알아요?"

두 사람은 갑자기 싸우기 시작했다. 한 가지 일이 또 다른 일로 연계되고 마침내 또 한 가지 일이 쟝룽 마누라의 심기를 건드렸다. 결국 쟝룽의 마누라도 합세하면서 온 집안이 죽 냄비처럼 들끓게 되었다. 라오쟝이 거리에 나가 언청이 라오펑에게서 토끼 다리를 사다가 차오링에게 건네주었다. 하지만 우샹샹이 이것을 차오링의 손에서 빼앗아 문밖으로 내던져버렸고, 지나가던 개가 물고 가 먹어버렸다. 오후 내내 소란을 떨다 보니 오후 솜을 고르고 트는 작업이 지체되었다. 뿐만 아니라 저녁 식사 준비가 다 되었지만 먹는 사람이 아무도 없었다. 밤이 되자 라오쟝은 쟝후를 안방으로 불러들여 상다리에 담뱃대를 툭툭 치며 말했다.

"모든 게 다 내 탓이다. 네 마누라에게 말해라. 닭 한 마리, 다리 두 개를 잊는 것만으로도 이렇게 시끄러워질 수 있다고 말이다."

쟝후는 오후 내내 싸우는 것을 다 보고 있었지만 아무 말도 하지 않고 있다가 그제야 입을 열었다.

"아버지, 저는 이렇게 시끄럽게 살고 싶지 않아요. 조용히 살았으면 좋겠어요."

라오쟝은 말에 뼈가 있는 것을 알아채고는 놀라서 말했다.

"그게 무슨 뜻이냐?"

장후가 대답했다.

"세상에 끝나지 않는 일은 없습니다. 나가서 따로 살고 싶어요."

라오쟝은 쟝후가 평소에 말을 잘 하지 않지만 마음속으로 항상 생각이 많다는 것을 잘 알고 있었다. 나가서 따로 사는 것은 별 일이 아니었다. 하지만 닭다리 한 조각 때문에 아버지와 떨어져 살겠다고 하는 걸 보니 오래 전부터 아버지와 한 마음이 아니었던 것이 분명했다. 이는 닭다리에 관한 일이 아니었다. 화가 치민 라오쟝은 다음 날 일찍 쟝후의 외삼촌을 불러 그를 분가시켰다. 라오쟝은 현성 남가의 솜틀집 외에 서가에도 가게가 세 칸 있었다. 이는 라오쟝의 아버지가 남긴 유산으로 줄곧 남에게 세를 주고 있었다. 세를 든 사람은 두부 가게를 열어 장사를 하고 있었다. 쟝후는 따로 독립한 후에 아예 솜을 틀지 않고 남가에서 서가로 이사하여 두부 가게를 회수한 다음, 이를 만터우(饅頭)[21] 가게로 개조했다. 솥과 부뚜막은 기존에 있는 것을 그냥 쓰기로 했다. 아버지와 분가해 솜 트는 일에 마음이 상했기 때문이 아니라 더 이상 머리를 솜에 처박고 세상을 헛되이 살고 싶지 않았기 때문이다. 그는 만두 가게에 '쟝지 만터우공방'이라는 이름을 붙였지만 가족과 함께 살지도 않고 같은 업종의 일을 하지도 않는 데다 부모 형제와의 관계가 철저히 단절되기에 이르렀다. 이리하여 한 가족 세 식구가 '쟝지 솜틀집'에 있을 때만큼 넉넉하지는 않았지만 두 부부가 만터우를 쪄서 팔면서 확실히 과거보다는 훨씬 조용하고 평안한 세월을 보내게 되었다. 쟝후는 어

---

21 밀가루 반죽을 주먹 크기로 성형하여 찐 것으로 중국 북방의 주식이다.

려서부터 다른 두 형제들보다 몸이 허약하다 보니 남가에서 솜을 틀 때부터 쟝룽과 쟝거우에게서 교활하다는 소리를 자주 듣곤 했다. 서가에서 두 달 정도 만터우를 빚다 보니 그는 어깻죽지와 팔이 옛날보다 훨씬 굵고 튼튼해진 데다 여기저기 알통도 튀어나왔다. 우샹샹이 가끔씩 만터우를 빚다가 한마디 했다.

"당신이 편한 길을 가고 나도 외나무다리를 건너게 되니, 당신은 솜틀집을 떠날 수 있게 되었고 나도 배고플 일이 없게 되었네요."

그러면 쟝후가 오히려 호통을 치며 말했다.

"그런 쓸데없는 소리 하지 말고 좀 쓸모 있는 말을 하라고!"

쟝후는 평소에 말을 잘 하지 않았고 남들이 쓸데없는 말을 많이 하는 것도 좋아하지 않았다. 쓸데없는 말이란 어떤 것인가? 이미 지나가 버려 거론할 필요가 없는 일을 거론하는 것을 말한다. 그럼 쓸모 있는 말이란 어떤 것인가? 앞으로 다가올 일을 말하는 것이다. 쟝후는 만터우 장사를 하면서 동시에 두 명의 친구와 함께 산시(山西)에 가서 파를 팔았다. 한 명은 라오푸(老布)이고 한 명은 라오라이(老賴)였다. 돈을 벌 수 있는 통로가 하나 늘자 쟝후는 세 칸짜리 만터우 가게를 한 칸으로 정리하고 싶었다. 과거에 집을 세주어 두부 가게를 하게 했더니 자기 집이 아니라고 조심하지 않아 네 벽이 전부 연기에 그을려 있었다. 검게 그을린 것은 괜찮다 쳐도 벽 전체가 불 때문에 허해져 있었고 벽 아랫부분은 두부를 헹구고 난 개숫물에 젖어 못 쓰게 되었다. 집 안에서 발을 한 번 구르면 부스스 하고 바닥으로 흙이 떨어졌다. 지붕도 형편없었다. 비만 오면 샜고 비가 멈춰도 방 안에서는 똑똑 물방울 떨어지는 소리가 반나절이나 계속됐다. 옛 건물을 뒤집어 수리해야 할 뿐만 아니라 사랑채 한 칸을 더 지어야 했다. 옛 집을 수리하고 새 집을 짓는 것이 지금 눈앞에 놓인 가장 유용한 일이었다. 밖에 나가 파를 파느라 풍찬노숙 하는 건 집에서 만터우를 찌는 것보다 훨씬 고된 일이었다. 하지만 파를 파는 것은 장기간에 걸친 장사라 만터우를 파는 것보다 더 빨리 돈을 벌 수 있었다. 일 년 남짓 파 장사와 만터우 장사를 겸한 결과, 쟝후는 정말로 세 칸짜리 집을 전부 수리하고 사랑채를 한 칸 마련할 수 있었다. 그는 파를 파는 일에 인이 박혀 일 년 내내 틈만 나면 라오푸나 라오라이와 함께 산시로 달려갔다. 친형제에게도 말할 수 없는 얘기들을 길에서는 친구들에게 털어놓을 수 있었다. 이때 파 장사는 단순한 파 장사가 아니라 말을 하기 위한 구실이었다. 재작년 세밑에도 쟝후는 라오푸와 라오라이를 대동하여 파를 팔러 갔었다. 세 사람은 작은 당나귀가 끄는 세 대의 수레를 몰고 한담을 주고받으며 길을 간 끝에 이레 뒤 타이위안(太原)에 도착했다. 타이위안의 파는 닭다리파였다. 돼지새끼처럼 토실토실하고 씹으면 코가 알싸할 정도로 매웠다. 매운 다음에는 쓴 맛이 없어 아주 잘 팔렸다. 수레 세 대에 가득 실린 파를 팔고 나서 타이위안에 머물지 않고 곧장 돌아와 옌진 현성에서 열리는 섣달 스무사흘의 큰 장을 볼 생각이었던 세 사람은, 걸음을 재촉하다 늦추기를 반복하여 사흘 뒤에 산시 친위안(沁源) 경계에 도달했다. 이때 갑자기 날씨가 변하더니 높새바람이 불고 눈발이 날리기 시작했다. 산시의 바람은 차가우면서도 매서워 눈이 얼굴을 때리는 것 같았다. 사람이 추운 건 별 것 아니지만 파를 잔뜩 실은 나귀가 온몸에 땀을 흘리면서 몸을 떨고 있어 동사하지나 않을까 걱정이었다. 간신히 친위안 현성에 이르러 세 사람은 하늘을 바라보았다. 날이 어두워지려면 아직 두 시진은 남아 있지만 더 이상 길을 가지 않고 친위안에서 묵어가기로 했다. 거마점(車馬店)을 찾아 나귀를 안전한 가축우리에 집어넣고 건초를 먹인 다음 따스하게 불을 쬐어주어야 했다. 세 사람은 우선 길을 따라 가면서 밥집을 찾기로 했다. 더운 음식을 먹으면서 몸을 녹이고 싶었던 것이다. 몇 군데 밥집에 들어가 봤지만 전부 마음에 들지 않았다. 실내가 너무 춥거나 밥값이 너무 비쌌다. 결국 세 사람은 현성 서관(西關)에 있는 남루한 밥집을 하나 찾을 수 있었다. 나름대로 깨끗하고 음식 가격도 적당했다. 실내에는 잡채탕이 끓고 있어 무척이나 따듯했다. 밖은 이미 어두워진 터라 이곳에서 쉬었다 가기로 했다. 하지만 사방으로 떠도는 장사꾼들이 전부 추위에 길이 막혀 친위안에서 밤을 보내다 보니 식사를 하는 데 문제가 생겼다. 가게 안이 사람들로 가득 찬 것이다. 다행히 탁자 하나에 앉아 있던 사람들이 식사를 마치고 일어난 덕분에 쟝후 일행 세 사람은 자리를 잡고 앉을 수 있었다. 일행은 잡채탕 세 그릇과 샤오빙 서른 개를 주문했다. 가게 안에는 사람들이 많았고 샤오빙은 가게에서 직접 만드는 것으로 주문을 하면 그 자리에서 만들어주었다. 잡채탕도 그 자리에서 끓이는 것이라 한 솥 한 솥 기다려야 했다. 잡채탕을 먹으면 돈을 더 내지 않고 국물을 추가할 수 있었다. 샤오빙 열 개를 먹어도 그릇 안은 뜨거웠다. 때문에 먼저 샤오빙을 먹는 사람이 없었다. 한 시진쯤 지나 잡채탕이 나오자 세 사람은 머리를 파묻고서 잡채탕을 먹었다. 한참 먹고 있는데 주렴이 걷히면서 사람 셋이 들어왔다. 남자 둘 여자 하나였다. 다른 곳에 빈자리가 없는 것을 확인한 그들은 쟝후가 앉은 탁자 건너편에 앉아 역시 잡채탕 세 그릇과 샤오빙 서른 개를 주문했다. 남자 둘은 산둥 사투리를 쓰고 여자 하나는 산시 사투리를 쓰고 있었다. 얘기의 내용은 나귀 장사에 관한 것이었다. 잡채탕이 나오는 동안 그들은 남녀가 서로를 놀리기 시작했다. 그들의 사투리로 보나 서로 희롱하는 모습으로 보나 여자는 어느집 권속이 아니라 길에서 임시로 얻은 정부 같았다. 게다가 여자는 한 사람과 희롱을 하는 것이 아니라 두 남자와 동시에 농지거리를 하고 있었다. 길거리 여자임이 분명했다. 흔히 볼 수 있는 일이라 쟝후는 머리를 처박고 식사를 하면서 아무런 관심도 보이지 않았지만, 동행하는 라오푸는 천생 오지랖이 넓은 사람이라 여자를 힐끗힐끗 자꾸 쳐다보았다. 보는 것으로 그치지 않고 고개를 숙여 라오라이에게 뭐라고 두 마디 하더니 키득키득 웃기 시작했다. 이렇게 소곤거리며 웃는 것을 본 건너편 산둥 사내 둘이 기분이 나빴는지 화를 냈다. 그들 중 한 명은 키가 컸고 다른 한 명은 키가 작은 대신 몸집이 다부졌다. 키가 작은 산둥 사내가 먼저 라오푸와 라오라이에게 침을 뱉더니 산둥 사투리로 욕을 해댔다.

"이 빌어먹을 새끼들이 뭘 그렇게 소곤대는 거야. 몸이 근질근질하면 이 형님한테 말을 해야지!"

라오푸는 고개를 숙인 채 감히 더 이상 말을 하지 못했지만, 라오라이는 옌진에서 터를 잡고 있음에도 외지에 나가서 두려움이 없는 사내였다. 그가 산둥 사내들에게 두 마디 맞받아쳤다. 쌍방 모두 말이 갈수록 많아지는 가운데 마침 가게 점원 샤오얼(小二)이 남자 둘 여자 하나에게 잡채탕을 가져다주었다. 점원 샤오얼이 싸움을 말리자 키 큰 산둥 사내가 뒤로 한 걸음 물러서더니 방금 탁자에 올라온 뜨거운 잡채탕 그릇을 집어 라오라이에게 던지려 했다. 라오라이도 한 걸음 뒤로 물러나면서 의자를 집어 들고 산둥 사내에게 던지려 했다. 쟝후는 싸움이 벌어지려는 걸 보고는 먹던 샤오빙을 내려놓고 일어나 싸움을 말렸다. 상대방이 산둥 사람들인 것을 알고는 '큰 형님'이라 부르지 않고 '작은 형님'이라고 불렀다. '큰 형님'은 무대랑(武大郎)을, '작은 형님'은 무송(武松)을 가리켰다.

"작은 형님, 제 아우들이 세상물정을 몰라서 밖에 나올 때마다 항상 제가 따라다니지 않으면 안 되는 형편입니다. 제가 대신 사과드리겠습니다."

뜻밖에도 이 산둥 사내는 쟝후의 말을 듣지 않고 말을 되받아쳤다. 그가 키가 작고 목소리가 가벼운 것을 보고 만만하게 여긴 것이다.

"사과하겠다면 저 여자를 엄마라고 불러봐."

그러면서 바로 옆에 있는 여자를 가리켰다. 그러나 산둥 사내는 쟝후를 잘못 봤다. 사과를 받아들였다면 각자 자기 일을 하면 되겠지만 사과를 받아들이지 않고 쟝후를 모욕한 것은 계속 싸우겠다는 뜻이었다. 쟝후에게 길거리 여자를 엄마라고 부르라고 한 것이 그의 화를 돋우었다. 쟝후를 화나게 한 건 라오푸나 라오라이를 화나게 한 것보다 큰일이었다. 쟝후는 더 이상 떨지 않았다. 그는 발로 산둥 사내의 손에 들려 있던 잡채탕 그릇을 걷어찬 다음, 재빨리 그의 머리채를 움켜쥐고 머리를 탕탕 탁자에 두 번 부딪쳤다. 사내의 얼굴이 피범벅이 되었지만 쟝후는 손을 멈추지 않았다. 키가 작은 산둥 사내도 놀라고 산시 여자도 놀랐다. 라오푸도 놀라고 라오라이도 놀랐다. 밥집에서 식사를 하던 사람들 모두가 놀랐다. 그렇게 비실한 몸에 그렇게 큰 기백과 힘이 감춰져 있으리라고는 아무도 생각지 못했다. 더 놀라운 건 얼굴이 온통 피투성이가 된 산둥 사내가 몸에 칼을 감추고 있었다는 것이다. 맨 처음 머리를 탁자에 부딪칠 때는 전혀 방비가 되어 있지 않은 상태라 머리가 어지럽고 아무런 반응도 없었다. 잠시 후 정신을 차린 그는 갑자기 허리춤에서 칼을 꺼내 쟝후의 가슴팍을 향해 돌진했다. 가슴에 박힌 칼을 뽑자 '쿨럭'하는 소리와 함께 피가 솟구쳐 벽을 새빨갛게 칠했다. 라오푸와 라오라이는 쟝후가 쓰러진 것을 보고는 쟝후를 끌어내느라 정신이 없었다. 정신을 차리고 보니 산둥 사내 둘과 산시 여자는 이미 그림자도 없이 사라지고 없었다. 이들을 찾으려고 나가봤지만 사방이 망망한 어둠뿐이고 하늘에는 대설의 눈발이 날리고 있었다. 쟝후는 땅바닥에서 쓰러져 가쁜 숨을 몰아쉬고 있었다. 거의 죽어 가고 있었고 땅바닥 가득 피를 흘리고 있었다. 라오푸와 라오라이는 잡채탕집 주인에게 현성에 가서 신고하게 했다. 그러나 범인이 현지인이 아닌 데다 이름도 알지 못했고 산둥 어느 주 어느 현 사람인지도 몰랐다. 그저 산둥 사투리라는 것만 알 뿐이었다. 산시 여자도 사해(四海)를 집으로 삼기 때문에 발이 몸에 달려 있다는 것만 알았지 어디로 갔는지는 알 수 없었다. 라오푸와 라오라이는 어쩔 수 없이 친위안에 사흘을 더 머물다가 쟝후의 시신을 수습하여 옌진으로 돌아와야 했다. 그들은 상의한 끝에 쟝후의 사인을 속이기로 했다. 자신들이 산시에서 화를 불러일으켰다는 얘기는 하지 않고, 쟝후가 친위안에서 말다툼 끝에 주먹질을 하다가 상대방에서 당한 것이라고만 말했다. 산시로 파를 팔러 갈 때는 살아 있던 사람이 돌아올 때는 시신이 되어 있었다. 쟝후의 마누라 우샹샹은 아이를 안은 채 울다가 혼절하기를 여러 번 반복했다. 때마침 세밑이라 문짝에는 붉은 종이에 쓴 대련을 붙여야 하지만 하얀 소지(燒紙)[22]를 마련해야 하는 상황으로 변하고 말았다.

쟝후가 죽자 우샹샹은 과부가 되어 혼자 만터우 가게에서 국수를 빚었다. 살아 있을 당시 쟝후는 비록 말은 잘 안 했지만 이리저리 오가면서 만터우 가게를 잘 운영했었다. 이제는 과부 혼자 남아 있다 보니 집안이 한순간에 썰렁해졌다. 남가의 쟝씨 집안 사람들은 아들이 죽자 며느리가 남처럼 느껴졌다. 라오쟝 뿐만 아니라 쟝룽과 쟝거우도 우샹샹이 재가를 할 것이라고 생각했다. 아들이 죽은 것은 애석한 일이지만 며느리가 재가를 하는 것

---

22 제사 때 태우는 종이.

278

은 그리 애석할 게 없었다. 새로 지은 만터우 가게는 쟝씨 집안에게로 환수될 수 있었다. 우샹샹은 원래 재가를 할 생각이었다. 남편이 죽었지만 자신은 아직 젊었다. 하지만 아이가 딸린 과부라 한동안 적당한 출로를 찾기 어려웠다. 동시에 쟝씨 집안에서 만터우 가게를 회수하기 위해 자신이 재가하기를 기다리고 있다는 것을 눈치 채고는, 오히려 은근히 화가 나서 계속 현성 서가에서 만터우 장사를 하기로 했다. 사람이 일단 화가 나면 일의 맨 처음을 잊고 남에게 화를 내기 마련이지만 잊는 것은 결국 자기를 그르치는 일이었다. 일 년이 지나 쟝씨 집안에서 우샹샹에게 아무런 동정도 보이지 않는 데도 라오쟝은 아무렇지 않았다. 며느리는 아무래도 남의 식구인 데다 손녀 차오링이 있기 때문이었다. 하지만 쟝룽과 쟝거우는 조급한 마음이 들었다. 두 사람은 원래 서로 잘 맞지 않았지만 이제는 손을 잡고 형수를 내쫓으려 했다. 쫓아내는 것은 공개적으로 할 수 없고 공개적으로 쫓아낸다 해도 말은 할 수 없었다. 이들은 매달 보름이 지난 후 매일 한밤중이 되어 달빛이 없고 현성 전체가 잠들어 있을 때 남가에서 서가로 숨어 들어 만터우 가게 지붕에 올라가 발을 구름으로써 우샹샹을 놀라게 했다. 처음에는 둘이 함께 발을 굴렸지만 나중에는 한 달씩 번갈아가며 지붕에 올라갔다. 변함없이 우샹샹을 놀라게 하면서도 둘 다 한 달씩은 쉴 수 있었다. 하지만 그들은 우샹샹을 잘못 보았다. 우샹샹을 놀라게 하지 않았다면 재가를 할 수 있었을 텐데 우샹샹을 놀라게 하니 마음을 고쳐먹고 재가를 거론하지 않는 것이었다. 거기에 '쟝지 만터우공방'을 '우지(吳記) 만터우공방'으로 개명해버렸다. 그래도 밤마다 두려움에 떠는 건 참고 견딜 일이 아니라 데릴사위를 하나 들여 함께 문을 지키려 했다. 시험 삼아 몇 명 찾아봤지만 적당한 사람이 없었다. 외모와 성격 등 기본적인 조건이 서로 잘 맞아야 하는데, 몇 가지 조건 중에 한 가지를 갖춘 사람은 도처에 널려 있지만 몇 가지 요건을 두루 갖춘 사람은 찾기가 쉽지 않았다. 성격이 좋으면 성정이 물러 터져 문을 지키기 어려울 것 같고, 성격이 완고한 사람은 지나치게 완고하여 배우자로 맞아들이기가 어려웠다. 그를 굴복시키지 못해 만터우 가게가 그의 것이 되기 십상이었다. 적당한 사람을 만나기도 했다. 쥐쟈좡(鞠家莊)에 성이 쥐(鞠)인 사내가 하나 있는데 마침 상처한 상태였다. 세상물정을 잘 아는 사람으로 목소리가 아주 컸고 말을 할 때는 두려움이 없었으며 우샹샹에게 양보할 줄도 알았다. 하지만 자식이 셋이나 있어 일단 가정을 이루면 세 명의 외부인을 키워야 했다. 우샹샹은 또 주저할 수밖에 없었다. 이때 우샹샹은 세상에 먹기 힘든 것은 똥이고 찾기 힘든 것은 사람이라는 사실을 깨닫고 한탄을 금치 못했다. 이리하여 사태가 지지부진한 상태로 허공에 뜨고 말았다. 그런 상태로 일 년을 버틴다는 것이 우샹샹에게는 고된 일이었지만, 일 년이 지나 상황에 또 변화가 생기면서 양모세를 만나게 되었다.

양모세는 현 정부에서 석 달째 야채 농사를 짓고 있었다. 양모세는 어려서부터 양쟈좡에서 자라면서 돼지고기를 먹어보진 못했어도 돼지가 도망치는 건 본 적이 있었다. 음력 이월 봄이 되어 얼었던 땅이 녹기 시작하자 양모세는 현 정부 후원에서 라오스의 일 무 삼 분짜리 땅에 거름을 주기 시작했다. 거름을 준 다음에는 땅을 갈아엎어야 했다. 현 정부에서는 가축을 기르지 않기 때문에 일 무 삼 분의 땅을 전부 양모세가 가래로 일군 다음 써레로 평평하게 다져야 했다. 그런 다음 씨를 뿌렸다. 라오스의 생각에 따라 가지와 콩꼬투리, 무, 시금치, 고추, 파, 마늘, 형개(荊芥) 등을 심고 땅 가장자리에는 수세미와 조롱박을 심어야 했다. 이어서 물을 길어다 싹에 물을 주어야 했다. 싹이 나오면 잡초도 나오기 때문에 이를 뽑아주고 땅을 푸석푸

석하게 만들어 수분을 유지해야 했다. 이렇게 석 달이 지나자 양모세는 현 정부에서 농사를 짓는 일이 과거에 거리를 돌아다니며 물을 지어 나르던 것보다 훨씬 고되다는 생각이 들었다. 거리를 돌아다니며 물을 지어 나르는 일은, 일이 있으면 하고 없을 때는 쉴 수 있었다. 하지만 지금은 일 무 삼 분밖에 안 되는 땅에서 아침부터 저녁까지 손을 쉴 틈이 없었다. 그래도 마음은 훨씬 편했다. 물을 지어 나를 때는 일이 자신을 기다렸지만 이제 농사를 짓게 되니 자신이 일을 기다렸다. 힘든 것이 일이 없는 것보다 나았다. 또한 현 정부에서 농사를 짓다 보니 시간을 자기 마음대로 쓸 수 있었다. 물을 지어 나를 때는 언제든지 일이 있으면 해야 했고 모든 것을 주인이 시키는 대로 해야 했다. 하지만 지금은 어떤 일을 먼저하고 어떤 일을 나중에 할지를 전부 마음대로 정할 수 있었다. 일 무 삼 분짜리 땅에 농사를 짓기만 하면 그만이었다. 자신이 일의 주인이 되고 나니 마음이 훨씬 편했다. 먹는 것도 전보다 더 잘 먹었다. 물을 지어 나를 때는 생계가 일정치 않아 한 끼를 굶었다가 한 끼를 배터지게 먹곤 했다. 지금은 비록 농사를 짓지만 어엿한 현 정부의 직원이라 하루 세 끼를 정해진 시간에 식당에 가서 먹을 수 있었다. 매일 조바심내면서 먹을 필요도 없고 남들에게 눈치 볼 일도 없었다. 현 정부의 관원들은 마흔 명이 조금 넘었고 모두들 식당에 가서 밥 먹는 시간이 길었다. 모두들 조리사 라오아이(老艾)가 하는 밥이 맛이 없다고 했다. 잡회채(雜燴菜)를 만들면서 그는 얇게 썬 고기와 잡다한 채소를 한 솥에 넣고 삶았다. 양모세는 맛을 보자마자 라오아이의 잡회채가 아주 맛있다고 생각했다. 기름과 수분이 많아서 씹는 맛도 좋았다. 석 달이 지나자 모두들 농사짓는 양모세가 막 왔을 때보다 살이 많이 쪘다고 말했다. 유일하게 물을 지어 나를 때보다 못한 것이 있다면 현 정부 사람들과 함께 지내는 것이었다.

물을 지어 나를 때는 사람이 열 명이 넘어 양모세는 이들에게 일일이 대응하는 것이 어렵다고 느꼈었다. 하지만 지금은 사오십 명이나 되는 사람들이 하나같이 염색공방 사람들보다 교활했다. 현 정부의 다른 차원(差員)들도 양모세가 신참임을 알고는 라오쟝의 염색공방에서 일하던 네이멍구 사람 라오타처럼 어떻게든 그를 이용해 먹으려 했다. 양모세는 농사를 짓느라 발바닥이 하늘을 향할 정도로 바쁜 와중에도 남들 편지를 전달해주거나 거리에 나가 담배나 술을 사오는 심부름을 해야 했다. 탁자나 선반을 옮기기도 했다. 조리사 라오아이까지도 사흘에 이틀 꼴로 그를 불러 거리에 나가 간장과 기름을 사오거나 사거리에 나가 만터우를 사오라고 시켰다. 심부름이 양모세의 본업이고 농사를 짓는 일이 잡일인 것 같았다. 양모세는 마음속으로 이들을 못된 놈들이라고 욕했지만 농사짓는 일이 어렵게 굴러온 것임을 모르지 않았다. 게다가 여러 해 동안 사람들과 교류하면서 기억력이 늘었고 사람들과 패거리를 짓거나 결당하여 시비를 따지지 않는다는 것 외에 손해 보는 법도 배웠다. 남들이 자기에게 일을 시키면 농사짓는 일을 내려놓고 외부의 잡일을 대신 처리했다. 속으로는 욕을 하면서도 겉으로는 항상 기꺼이 일하는 것처럼 보이게 했다. 현장 라오스가 그를 불러 농사를 짓게 한 것은 자신의 도광양회(韜光養晦)[23]를 위함이었지만, 이제는 한 가지 일이 또 다른 일이 되어버렸다. 양모세가 남들에 의해 팽이처럼 **뺑뺑이**를 돌고 있지만 라오스는 그들에게 화를 내지 않았고 양모세에게도 화를 내지 않았다. 그저 고개를 가로저으며 빙긋이 웃을 뿐이었다. 양모세를 비웃는 것이 아니라 다른 모든 사람들을 비웃는 것이었다. 모두들 양모세를 속여 이익을 얻

---

23 능력을 감추고서 때를 기다림.

는 것 같지만 사실은 양모세를 돕고 있었다. 양모세는 손해를 보는 것 같지만 사실은 모든 사람들로부터 이익을 얻고 있었다. 단지 모든 사람과 양모세가 이런 사실을 모르고 있을 뿐이었다. 석 달이 지나면서 현 정부의 위아래 모든 사람들이 농사를 짓는 '모세'가 입은 좀 어눌하지만 손과 발은 무척 빠르다는 사실을 알게 되었다. 현 정부에서 일하는 사람들은 전부 조금씩 교활했다. 교활한 사람들은 양모세의 다른 것에 의지하는 것이 아니라 손발이 빠르고 근면하다는 것에 의지했다. 이를 통해 양모세는 현 정부에 자리를 굳힐 수 있었다. 도광양회란 무엇인가. 양모세는 이미 도광양회를 하고 있었다. 라오스는 한가할 때면 뒷짐을 지고 후원 채마밭에 나가 산보를 했다. 양모세는 농사를 지을 뿐만 아니라 자신이 스스로 생각하여 앞마당의 공터에 구덩이를 파서 감국과 미인초(美人蕉)를 심고 매일 물을 주었다. 라오스가 양모세를 부른 것은 그가 명절놀이 춤을 출줄 알기 때문이었다. 염라무(閻羅舞) 솜씨가 남달랐던 것이다. 염라는 천하의 생사를 관장했다. 염라가 사람을 일경에 죽게 하면 귀신은 이경까지 기다리지 않았다. 지금 염라가 엉덩이를 치켜들고 일을 하는 것을 보니 명절놀이의 위풍이 말이 아니었다. 하지만 뭔가를 물으면 있는 그대로 말했다. 한 가지 일을 두 가지로 얘기하는 법이 없었다. 라오스가 또 웃었다. 양모세는 라오스에게 모든 것을 있는 그대로 얘기했다. 현 정부의 다른 차역들처럼 무슨 일을 하든지 다른 속셈을 갖고 있지 않기 때문이 아니라 라오스가 현장인데다 평소에 함부로 경솔하게 지껄이거나 웃지 않기 때문이었다. 라오스를 보면 두려워서 말을 하기 전에 몸부터 떨렸는데 어떻게 감히 거짓말을 한단 말인가? 하지만 이런 차이를 라오스는 무시하고 있었다. 하루는 라오스가 후원을 지나다가 미인초 앞에 서서 양모세가 허리를 굽히고 가래질을 하는 모습을 보게 되었다. 한참을 바라보던 그가 갑자기 물었다.

"모세, 하루 종일 밭일을 하면서 머릿속으로는 무슨 생각을 하나?"

이는 양모세가 라오스를 두려워하는 부분이기도 했다. 질문의 화제가 너무나 돌발적이라 평소에 생각지 못한 것이었다. 양모세는 몸을 곧게 세우고 그 자리에 한참을 멍하니 서 있다가 대답했다.

"별 생각 안 합니다."

"솔직히 말하지 않는군. 사람이 무슨 일을 할 때는 반드시 다른 걸 생각하기 마련일세."

양모세는 멍한 표정으로 생각에 잠겼다. 한참을 생각하고 나서야 대답할 말이 떠올랐다.

"가끔씩 뤄창리를 생각하곤 합니다."

이어서 그는 함상을 하는 뤄창리에 관해 자세히 설명했다. 원래는 식초를 만들어 파는 사람인데 함상을 가장 잘하고 목소리가 커서 장내를 쥐락펴락한다고 했다. 이렇게 자세한 맥락을 라오스에게 그대로 얘기했다. 이십 년 넘게 살면서 그는 그때의 함상이 가장 마음에 들었다고 했다. 라오스는 다 듣고 나서 멍한 표정을 지었다. 뤄창리에 대해 어리둥절한 게 아니라 양모세에 대해 어리둥절했다. 일개 농사를 짓는 친구가 세상을 향해 외치는 것을 좋아하고 있다니. 게다가 양모세는 명절놀이에서 염라 역을 맡았다. 염라는 첫째, 함상을 좋아하고 둘째, 죽은 자와 소통할 수 있기 때문이다. 이 두 가지의 전후 연결도 자연스러웠다. 잠시 어리둥절했던 라오스는 머리를 가로저으며 웃었다.

하지만 사월 십육일 당일에 한 가지 일이 터지는 바람에 양모세에 대한 라오스의 생각이 바뀌게 되었다. 라오스는 현장이지만 거처의 실내에 변소가 없었다. 현장이 밤중에 오줌을 누려면 언제나 요강을 사용해야 했다. 라오스는 평소에 경솔하게 지껄이거나 웃지 않았다. 이런 사람들은 일반적으로 뒤에서 호색하는 기질이 있었다. 라오스도 예외가 아니었다. 호색이라는 기질이 큰 병이라고는 할 수 없지만 라오스의 호색은 남들과 달랐다. 여색을 싫어하고 남색만 좋아했다. 남색을 좋아하는 것도 그리 큰일은 아니었다. 문제는 그가 일상생활 속에서 남색을 좋아하는 게 아니라 극중의 남색만 좋아한다는 것이었다. 라오스가 전통극을 좋아하는 원인도 여기에 있었다. 전통극을 보러 가면 극 전체도 보지만 주로 남단(男旦)[24]을 유심히 보았다. 라오스가 현장으로 있는 동안 공연된 전통극의 극중 여자 배역은 대부분 잘생긴 남자들이 맡았다. 라오스는 어려서부터 남방에서 성장했기 때문에 덩치가 크고 거친 북방 남자들은 좋아하지 않았다. 북방 남자들이 여자 배역을 맡으면 동작이 핍진하지 않아 금세 마각이 드러났다. 때문에 그는 허난 방자 같은 북방 전통극을 좋아하지 않았다. 젊었을 때 쑤저우(蘇州)에서 학교를 다니면서 아주 귀엽고 앙증맞은 남단들을 좋아하게 된 그는 석극을 천리나 떨어진 옌진으로 데려왔다. 석극에 나오는 남단만이 민극이나 월극(越劇)[25]과 유사하여 더 여자 같았다. 여자도 아니면서 여자보다 더 여자 같았다. 쑤저우에서 데려온 석극 극단의 남단 쑤샤오바오(蘇小寶)는 너무나 귀엽고 앙증맞게 생긴 열일곱 살의 남자로, 무대 위에서는 온갖 분위기를 다 연출하다가 무대에서 내려와 화장을 지우면 경솔하게 웃거나 떠들지 않았다. 이 점이 또 라오스의 마음에 들었다. 때문에 석극 극단들 가운데 이 극단을 데려오게 된 것이다. 매일 희원(戲院)인 라오잔의 교회당에 가서

24 여자 배역을 맡는 남자배우.
25 광둥 전통극.

석극을 관람하는 것도 쑤샤오바오를 보기 위해서였다. 작년 연말에 라오스가 석극을 관람하지 않고 명절놀이를 구경한 이유는 석극에 질렸기 때문이 아니라 쑤저우에 있는 쑤샤오바오의 외삼촌이 돌아가셔서 장례를 위해 쑤샤오바오가 쑤저우로 돌아갔기 때문이었다. 라오스는 연극 무대가 한순간에 공허해진 것을 느끼고 몸을 빼서 일반 백성들의 명절놀이 춤을 구경하러 갔던 것이다. 라오스는 거기서 양모세를 발견하게 되었다. 양모세는 현 정부에 들어오게 된 것에 대해 명절놀이에 감사해야 한다고 생각했지만 사실은 석극에 등장하는 남단 쑤샤오바오에게 감사해야 했다. 쑤샤오바오의 외삼촌에게도 때맞춰 잘 죽어준 데 대해 감사해야 했다. 쑤샤오바오가 장례를 마치고 돌아오자 라오스는 다시 석극을 보기 시작했다. 라오스는 극을 관람할 뿐만 아니라 극이 끝나면 쑤샤오바오를 자신의 거처로 데려가 함께 밤을 보냈다. 현장과 남단과의 왕래는 그다지 점잖아 보이지 않았다. 하지만 이 일이 나라와 백성을 구제하는 데 지장을 주지는 않았다. 기껏해야 전 현장 라오후가 목공을 좋아했던 것과 마찬가지로 일종의 기호일 뿐이었다. 그래서 성장 라오쉬에서 전원 라오겅까지 듣고 나서 모두들 웃었던 것이다. 모두들 라오스와 쑤샤오바오가 무슨 짓을 했으리라고 생각했지만, 사실 라오스와 쑤샤오바오는 하룻밤을 함께 보냈을 뿐 잠자리를 하진 않고 밤새 얘기만 했다. 얘기도 입으로 한 것이 아니라 손으로 했다. 둘이 마주앉아 바둑을 둔 것이다. 음란한 짓을 하는 데 있어서도 라오스의 방법은 남들과 달랐다. 하는 방법이 다른 게 아니라 그 '의미'가 달랐다. 쑤샤오바오에게 바둑을 둘 때 분장을 지우지 말고 얼굴의 물감을 그대로 보여 달라는 것이 그가 요구한 전부였다. 라오스와 쑤샤오바오의 바둑은 매일 이루어졌다. 매일 바둑을 두다 보니 사람이 지칠 수밖에 없지만 열흘에 한 번, 매달 오일과 십오일,

이십오일에만 한 번씩 두니 급하지도 않고 늘어지지도 않아 편안한 즐거움을 찾을 수 있었다. 밖에 있는 사람들은 안에서 무슨 일이 벌어지고 있는지 알 수가 없었다. 사람들은 둘이 안에서 별 짓을 다할 거라고 생각했다. 남자와 '여자'가 같은 방에 갇혀 있게 되면 뭐든지 다 할 수 있기 때문이다. 아무 일도 안 했다고 해도 아무도 믿지 않았다. 하지만 사람들이 믿든 안 믿든 라오스는 조금도 개의치 않았다. 평소에 사람들을 만나면 여전히 함부로 웃거나 떠들지 않고 무게를 잡았다. 바로 이런 이유 때문에 라오스의 부하들은 라오스를 더 두려워했다. 현장이라는 그의 지위가 두려운 것이 아니라 그의 계략이 두려운 것이었다. 사월 십오일 저녁 라오스는 또다시 희원으로 전통극을 보러 갔다. 보고 나서 현 정부의 거처로 돌아온 라오스는 분장을 한 쑤샤오바오와 바둑을 두기 시작했다. 집 밖의 달이 아주 밝았다. 두 사람의 마음은 전부 바둑에 가 있어 밖의 풍경에 대해서는 아무런 관심이 없었다. 깊은 밤에 시작된 바둑은 날이 밝을 때까지 계속됐고 뜻밖에도 두 사람의 바둑은 기이한 형국을 이루었다. 이런 기국을 일컬어 '풍설배(風雪配)'라고 불렀다. 빅바둑이긴 하지만 포국이 대단히 특이하여 계략의 묘처마다 한 수에 한 가지 계책이 들어가면서 서로 맞물렸다. 수시로 임기응변했고 바둑이 끝날 무렵에는 갑자기 거대한 경지가 나타났다. 바둑판 전체에 풍운이 밀집해 있지만 하늘은 창창하고 땅은 망망하기만 했다. 흑백 사이에 문설주(楔)와 자루(榫)가 이어져 있어 천작(天作)의 합이 이루어진 것이다. 이런 천작의 합은 수많은 사람들이 평생 바둑을 두어도 만나기 힘든 것이었다. 어쩌다 만날 것 같다가도 어깨만 스치고 지나가기 십상이었다. 바둑은 결코 승패를 위한 것이 아니었다. 승패를 위해 바둑을 두는 사람들은 전부 속물이었다. 손에 손을 잡고 공동으로 가보지 않은 곳을 찾아가는 것이 바둑이었다. 바둑을 위한 것도 아니고 기국을 위한 것도 아니고, 천작의 합을 위한 것이었다. 두 사람이 처음으로 살과 피가 붙는 것이다. 입을 맞춰도 다른 곳에 맞추는 것이 아니라 껴안은 곳의 고통에 맞추는 것이다. 두 사람은 일상에서 경솔하게 함부로 웃고 떠들지 않지만 바둑을 위해서는 뜻밖에도 함께 슬픔의 소리를 놓아버렸다. 두 사람의 슬픈 소리는 다른 사람들의 절규와는 달리 곧장 목이 메어 울면서 서로의 눈물을 닦아주는 것이었다. 바로 이렇게 꺼이꺼이 흐느낌으로서 두 사람은 마침내 깊은 울음을 울 수 있었다.

현 정부에 청소를 하는 라오간(老甘)이란 사람이 있었다. 라오간은 머리가 아주 크고 말할 때 목소리가 큰 것이 마치 꽹과리를 치는 것 같았다. 현 정부에서 일하는 사십여 명의 직원들 가운데 양모세는 개인적으로 라오간과 가까워졌다. 두 사람이 가까워진 것은 한 사람은 청소를 하고 한 사람은 농사를 지어 지위가 서로 비슷하거나 현 정부에서 일하는 사십여 명이 전부 교활한데 라오간만 교활하지 않아서가 아니라, 라오간이 청소를 하는 사람이긴 하지만 남을 가르치는 것을 좋아하기 때문이었다. 다른 문안서기들은 전부 도필리(刀筆吏)[26] 같았지만 라오간은 좀처럼 트집을 잡는 일이 없었다. 양모세가 농사짓는 사람인데다 새로 온 신참이라 라오간은 곧 그를 불러 얘기를 나눴다. 새로 온 양모세는 현 정부의 여러 부분에 대해 익숙지 않아 때마침 누군가의 가르침이 필요했다. 두 사람은 금세 마음이 맞아 자주 얘기를 나누게 되었다. 사월 십삼일 시골에 있는 라오간의 마누라가 아기를 낳았다. 라오간은 시골에 내려가 술자리를 마련하고 싶어 이레 동안 휴가를 냈다. 떠나기 전에 채마밭에 들러 한숨을 내쉬었다. 양모세는 그가 그러는

26 소송문서를 작성하는 관리.

288

이유를 알 수 없었다.

"아기를 낳았으면 기뻐해야지 왜 그렇게 이맛살을 찌푸리고 있는 겁니까?"

"아기 때문이 아니라 잠시 떠나려니 이곳 일이 마음에 놓이지 않아서 그러네."

"청소만 하면 되는 것 아닙니까? 다른 사람에게 부탁해 보세요."

"청소만 하는 거라면 내가 말도 안 꺼냈을 걸세. 중요한 건 현장의 요강이야."

알고 보니 현장 라오스의 요강을 매일 아침 일찍 라오간이 비워야 했다. 때로는 라오간이 요강을 들고 채마밭으로 찾아온 적도 있었다. 현장의 오줌을 채소에 뿌리기 위해서였다. 라오간이 말했다.

"현 정부 사람들을 전부 생각해봤지만 이 일을 누구한테 맡겨야 좋을지 마음이 놓이지 않는단 말일세."

"겨우 요강 하나잖아요? 제가 해드릴게요. 비운 다음에 깨끗이 씻어서 제자리에 갖다 놓을게요."

"자네는 성실한 사람이야. 하지만 귀를 잘 관리할 수 있겠나?"

양모세가 멍한 표정을 지었다.

"무슨 뜻인가요?"

라오간이 양모세를 끌어 앉힌 다음 조목조목 요강에 관한 일을 얘기하기 시작했다. 알고 보니 요강을 비우는 일은 그냥 비우는 것으로 그치는 것이 아니라 시간이 문제였다. 오줌을 비우는 데 길상을 도모하려는 것이 아니라, 늦지도 않고 이르지도 않게 현장 라오스가 막 기상했을 때 요강을 비우러 가야 했다. 라오스가 기상하기 전에 요강을 비우러 들어가면 라오스의 수면을 방해할 수 있고 라오스가 기상을 했는데 제 때에 요강을 비우러 가지 않으면 요강이 얼굴로 날아올 수 있었다. 라오스가 기상하기 전에 창문

밖에서 기다리고 있다가 안에서 기척이 들리면 재빨리 들어가 요강을 비워야 하는 것이었다. 이르지도 않고 늦지도 않게 정확히 때를 맞춰야 했다. 라오간이 말을 마치자 양모세는 다 알아들었다는 듯이 입을 열었다.

"나는 아침마다 조금 일찍 일어나 현장의 창가에 가서 기다린다네. 그러다가 인기척이 들리면 곧바로 들어가지."

라오간은 탄식을 내뱉으며 말했다.

"이렇게 하는 수밖에 없어. 절대로 소홀히 해서는 안 된단 말일세."

사월 십사일부터 양모세는 채마밭을 돌보는 것 외에도 라오간을 대신해 요강을 비우는 공무가 한 가지 더 늘었다. 십사일 이른 아침, 날이 훤히 밝아오자 양모세는 현장 라오스의 창가 앞에 가서 기다리고 있었다. 한 시진쯤 기다렸다가 라오스가 안에서 기침하는 소리가 들리자 양모세는 재빨리 안으로 들어가 요강을 들었다. 라오스는 그가 들어오는 것을 보고 놀라 멍한 표정으로 물었다.

"무슨 일인가?"

양모세가 말했다.

"라오간을 대신해서 요강을 비우려고요. 라오간 아내가 아이를 낳았답니다."

라오스가 별로 개의치 않자 양모세는 얼른 요강을 들고 밖으로 나왔다. 십오일 아침에 일어나 요강을 비우는 일도 아주 순조로웠다. 하지만 라오간이 떠나면서 소홀히 한 것이 있었다. 그가 떠난 일주일 사이에 음력 보름이 끼어 있었던 것이다. 보름날은 라오스와 쑤샤오바오가 밤에 바둑을 두는 날이었다. 십육일 아침에 일어나서 요강을 비우는 일은 쑤샤오바오가 떠난 뒤에 해야 했다. 라오간이 이런 당부를 하지 않았기 때문에 양모세는 그런 속사정을 알 리가 없었다. 십육일 아침에 일어나 양모세는 어김없이 라오스의 거처 창가로 갔다. 때마침 라오스와 쑤샤오바오가 서로 껴안고 흐느끼고 있었다. 양모세는 방안에서 기척이 들리자 라오스가 침상에서 일어난 줄로 알고 별다른 생각도 없이 문을 밀고 안으로 들어갔다. 들어가자 현장과 얼굴에 분장을 하고 전통극 의상을 입은 남단이 서로 껴안고 울고 있었다. 깜짝 놀란 양모세는 자신도 모르게 '아'하고 소리를 냈다. 그가 '아'하고 소리를 지른 것은 괜찮았지만 그 바람에 라오스와 쑤샤오바오를 놀라게 하고 말았다. 그렇게 안고 있었던 것은 바둑 때문이었지 별다른 이유는 없었지만 다른 사람 앞이라 쑤샤오바오는 번쩍 정신이 들었다. 한 번도 가보지 못한 곳에서 한순간에 다시 현재로 돌아와서 라오스를 밀어내고는 벽을 바라보고 섰다. 고개를 돌려 양모세를 쳐다본 라오스는 다소 얼떨떨한 표정이었다. 얼떨떨한 기분에서 정신을 차린 그는 자신도 모르게 버럭 화를 냈다. 양모세가 그런 장면을 목격했기 때문이 아니라 그와 쑤샤오바오가 아직 깊숙한 울음을 울지 못했기 때문이었다. 어쩌면 이번에 울지 못하면 영원히 기회가 없을 지도 몰랐다. 더 멀리 한 번도 가본 적이 없는 곳을 갈 수 있었는데, 양모세가 갑자기 뛰어 들어오는 바람에 중간에서 끝나 버리고 말았다. 화가 나 말의 조리를 잃은 라오스는 양모세에게 묻지 않고 오히려 쑤샤오바오에게 물었다.

"무슨 일인가?"

쑤샤오바오는 벽을 바라보고 서서 아무 대답도 하지 않았다. 너무 놀란 양모세가 온몸을 부들부들 떨면서 쑤샤오바오 대신 대답했다.

"요강을 비우러 왔습니다."

요강 하나 때문에 하늘이 맺어준 결합이 중도에서 깨져버린 것을 알게 된 라오스는 더욱 화가 났다. 평소에 엄숙하던 그가 목을 젖히고 있는 힘껏 고함을 쳐댔다.

"당장 꺼져!"

양모세는 물에 떠내려 오듯이 허둥지둥 채마밭으로 도망쳐 나왔다. 요강도 비우지 못했다. 자신이 큰 문제를 일으킨 것을 아는 양모세는 라오스가 자신을 해고할 거라고 여겼지만 라오스는 그를 해고하지 않았다. 대신 이때부터 다시는 양모세에게 말을 걸지 않았다. 양모세는 라오스가 자신에게 관용을 베푼 것이라고 여겼지만, 라오스가 한 번도 다른 사람들에게 관대한 적이 없다는 것을 모르고 있을 뿐이었다. 라오스는 이번에 너무 화가 났다. 양모세 한 사람에게만 화가 난 것이 아니었다. 문제는 양모세가 일으켰지만 라오스는 양모세로 인해 온 세상에 대해 실망하고 말았다. 양모세가 명절놀이에서 염라로 분할 때는 남들보다 뛰어났지만, 이 세상에서는 농사를 지으면서 멍청하게 사는 게 다른 사람들과 다를 바 없었다. 라오스가 이 세상에 대해 실망한 것은 한 사람 때문이 아니라 모든 사람들 때문이었는지도 모른다. 양모세를 해고하고 다른 사람을 구해 채마밭을 가꾼다 한들 양모세나 '정치 간섭'을 좋아하는 외숙보다 더 나으리라는 보장이 없었다. 때문에 실망을 했음에도 불구하고 양모세를 내보내지 않았다. 하지만 양모세는 라오스가 무슨 생각을 하고 있는지 알 수가 없었다. 계속 현 정부에 남아 있기는 했지만 몹시 두렵고 불안한 나날이었다. 매일 채소를 가꿀 때도 늘 머리 위에 칼이 하나 걸려 있는 느낌이었다. 처음 현 정부에 들어왔을 때도 마음이 이렇게 불안하지는 않았었다. 양모세는 공을 세워 속죄하겠다는 생각에 농사를 지으면서 더욱 부지런히 일했다. 현 정부의 다른 차역들이 심부름을 시키면 더 빠르게 뛰어다녔다. 화가 있으면 복도 따라오는 법이었다. 조리사 라오아이가 그에게 사흘이 멀다 하고 사거리에 나가 만터우를 사오라고 시키면서 우샹샹에 관해 알려주었다. 양모세는 예전에 물을 지어 나를 때부터 우샹샹을 알고 있었다. 우샹샹은 현성 서가에 있는 '우지 만터우공방'에서 만터우를 쪄서 파는 것 외에 사거리에서도 장사를 했다. 뜨거운 김을 내뿜는 만터우 바구니에 '우지 만터우공방'이라는 팻말을 꽂아 놓고 장사를 했다. 양모세는 물을 많이 지어 나르지 못해 수중에 돈이 부족할 때면 현성 북관(北關)에 있는 '라오란(老冉) 죽가게'에 가서 죽을 먹곤 했다. 묽은 죽만 먹고 말린 음식은 먹지 않았다. 물을 많이 지어 날라 수중에 돈이 넉넉할 때는 사거리에 가서 우샹샹의 만터우를 사먹었다. 하지만 지금 우샹샹의 가게로 만터우를 사러 가는 것은 예전과 입장이 달랐다. 예전처럼 혼자 만터우를 사서 요기를 하려는 것이 아니라 현 정부에 있는 사오십 명이 먹을 것을 사야 하기 때문에 한 번 사면 한 광주리를 짊어지고 와야 했다. 게다가 신분도 예전과 달랐다. 우샹샹은 물을 지어 나르던 양모세에게 만터우를 팔 때는 전혀 관심을 갖지 않았지만, 현 정부에서 일하게 된 양모세가 만터우를 사러 올 때는 특별한 관심을 보였다. 그에게 관심을 갖게 된 것은 어제오늘 일이 아니었다. 넉 달 전 현성에서 명절놀이를 할 때 그녀도 다른 사람들과 마찬가지로 염라대왕에 큰 관심을 보였다. 이 염라대왕은 다른 염라대왕과 확실히 달랐다. 하지만 당시만 해도 관심을 갖고 보았을 뿐 그를 자신과 연결 지어 생각해본 적은 없었다. 그러나 이제 그 염라대왕이 현 정부의 직원이 되자 그가 명절놀이에서 춤만 잘 추는 인물이 아니라는 것을 알게 되었다. 양모세가 물을 지어 나를 때는 거리에서 온갖 직업에 종사하는 사람들이 전부 그를 쓸모 있는 사람으로 여기지 않았었다. 이제 그가 현 정부에 들어간 데다 현장 라오스가 그를 마음에 들어 하자 모두들 그가 라오스의 마음에 들었다는 걸 알았다. 하지만 라오스가 다시 그를 마음에 두지 않

게 됐다는 사실은 알지 못했다. 사람들이 양모세를 바라보는 눈길도 예전과
달랐다. 사거리의 만터우 노점 옆에는 신발을 고치는 라오자오(老趙)의 노
점이 있었다. 양모세가 물을 지어 나를 때는 많이 걸어 신발이 쉬이 닳아 사
흘이 멀다 하고 라오자오의 노점에 들러 신발을 고쳤다. 그가 두 번 외상을
하자 라오자오는 화가 났다. 양모세가 다시 신발을 고치러 오자 라오자오는
얼굴을 찌푸리며 말했다.

"이 장사는 적은 밑천으로 하는 걸세. 먼저 돈을 내게."

이렇게 먼저 돈을 내지 않으면 신발을 고쳐주지 않았다. 지금은 양모세가
채마밭을 가꾸는데도 신발이 쉬이 닳아 조리사 라오아이 대신 만터우를 사
러 올 때면 내친 김에 라오자오의 노점에 들러 신발을 고치곤 했다. 라오자
오는 두말없이 신발을 고쳐줄 뿐만 아니라 돈을 받지 않았다. 양모세가 돈
을 내려고 하면 라오자오가 더 화를 냈다.

"아우, 나를 무시하는 건가? 나한테 무슨 돈을 내겠다는 거야? 짧은 손재
주일 뿐인데."

또는 이렇게 말하기도 했다.

"내가 무슨 일이 생기면 자네를 찾을까봐 그러나?"

이렇게 시간이 흐르면서 우샹샹도 양모세에게 마음이 흔들렸다. 하지만
양모세의 속사정을 알아보고는 다소 실망도 했다. 알고 보니 그는 물을 지
어 나르는 일 말고도 대나무를 쪼개는 일도 했고 천을 염색했으며 돼지를
잡았고 두부를 만들었다. 그가 했던 일이 전부 막일이었다. 그의 집은 양쟈
좡에서 두부를 만드는 집안이었다. 이런 사실을 아는 순간 열정이 절반쯤
식었다. 하지만 양씨 집안이 친쟈좡에 살고 있는 부자 라오친과 사돈이라는
말을 듣자 양씨 집안의 신분이 한 단계 올랐다. 그러나 양모세가 집안에서

소란을 피우고 혼자 집을 뛰쳐나와 몸뚱이 말고는 방 한 칸, 밭 한 뙈기 없다는 얘기를 듣고 다시 마음이 식었다. 하지만 이제 독립된 몸으로 현 정부에서 일하고 있는 것을 보니 다시 마음이 흔들렸다. 양모세가 여전히 물을 지어 나르고 있었다면 그녀는 그저 물이 필요할 때만 그를 찾았겠지만, 이제 양모세가 현 정부에서 일하고 있으니 양모세와 결혼하는 것은 단지 양모세와 결혼하는 것으로 그치는 것이 아니라 배후에 기댈 수 있는 커다란 산이 생겨 가게도 잘 지킬 수 있게 됨을 뜻했다. 그렇게 되면 '우지 만터우공방'의 만터우는 '우' 자 성 뿐만 아니라 '현 정부'라는 성도 갖게 되는 것이었다. 이는 과거에 양자좡에서 두부를 만들던 라오양과 마자좡에서 마차를 몰던 라오마가 양바이순의 동생 양바이리에게 '신학'을 다니게 하여 나중에 현 정부에서 일하게 하려 했던 것과 같은 이치였다. 게다가 혼자 지내고 있는 처지니 양모세와 결혼을 하면 비록 그가 집 한 칸, 땅 한 뙈기 없다고 해도 데릴사위를 들이려 했던 취지에는 딱 들어맞는 일이었다. 사람 하나 들어오는 것이니 다른 번거로운 일은 생길 까닭이 없었다. 그에게 집 한 칸, 땅 한 뙈기 없다는 것이 오히려 자신에게는 유리한 조건이 될 수 있었다.

이날 오후, 양모세는 현 정부 후원에서 벌레를 잡고 있었다. 그는 농사를 지어본 적 없이 그저 품팔이만 하다 보니 농사에 담긴 비결을 알지 못했다. 가지와 콩꼬투리, 시금치, 수세미, 조롱박 등은 새싹이 난 다음에도 성장이 빠르고 작황도 괜찮았다. 하지만 채소 잎이 손바닥 만큼 자라면 벌레가 생겼다. 벌레는 잎을 갉아먹어 구멍을 냈다. 라오스는 채소밭을 돌아다니면서 벌레 먹은 잎들을 보고는 눈살을 찌푸리며 고개를 가로저었다. 채소가 있으면 벌레가 생기는 것은 지극히 정상적인 일이었지만 라오스와 쑤샤오바오의 깊은 울음을 망쳐버린 날부터는 그다지 정상적이지 않게 되었다. 양모세는 큰 잘못을 저질렀다는 자격지심에 라오스가 눈살을 찌푸리는 것을 볼 때마다 벌레로 인해 또 다른 문제가 생길까 두려웠다. 그는 문제의 원인을 찾을 수 없어서 황급히 성 밖 채마밭에서 채소 농사를 짓는 라오공(老龔)을 찾아가 물어보았다. 처음에 라오공은 그를 상대해주지 않았다. 두 번째 찾아가 썬 담배 한 주머니를 가져다주자 라오공은 그제야 벌레가 생긴 원인은 분뇨를 거름으로 주었기 때문이라고 알려주었다. 분뇨를 많이 주어야 채소가 잘 자랄 거라고 생각했는데 너무 많이 주면 오히려 벌레가 생긴다는 것을 누가 알았으랴. 뿌리째 고치는 방법 또한 간단했다. 땅 속에 썬 담배를 묻어두면 되었다. 썬 담배가 발효하기 시작하면 벌레 유충이 냄새를 맡고 즉시 죽는다는 것이었다. 양모세는 하는 수 없이 다른 일을 멈추고 썬 담배를 사다가 땅 속에 묻었다. 이렇게 벌레 유충을 처리한 다음에는 잎에 남아 있는 성충들을 한 마리씩 잡아 없앴다. 한낮 내내 벌레를 잡고서도 밤중까지 등롱을 들고 나가 잎사귀를 뒤적거렸다. 예전에는 식사를 취사장에서 했지만 지금은 밥을 취사장에서 싸가지고 와서 밥을 먹어가며 벌레를 잡았다. 이렇게 닷새 동안 현 정부 뒷마당을 떠나지 않았다. 이날 점심을 먹고 가지 모종을 뒤집어 보니 콩꼬투리와 시금치, 수세미와 조롱박보다 벌레가 더 많았다. 가지는 밭 전체의 사 할을 차지하고 있었다. 콩꼬투리와 시금치, 수세미와 조롱박은 다 합쳐서 삼 할 내지 이 할 정도로 각기 다른 면적을 차지하고 있었다. 해가 서쪽으로 질 때까지 계속해서 벌레를 잡는데 누군가 등 뒤에서 외치는 소리가 들렸다.

"모세, 할 얘기가 있네."

양모세가 고개를 돌려보니 현 정부 뒷 담장 밖에서 누군가 고개를 내밀고 있는 것이 보였다. 자세히 살펴보니 다름 아닌 현성 동가의 가축 거간꾼 라오추이(老崔)였다. 양모세는 허리를 구부리고 벌레를 잡으면서 말했다.

"지금 바빠요."

라오추이가 말했다.

"이 얘기 안 들었다가 나중에 후회하지 말게."

"지금 이미 후회하고 있어요. 애당초 닭똥을 이렇게 많이 주지 말았어야 했어요. 그리고 가지를 이렇게 많이 심지 말았어야 했지요."

"이 일은 닭똥이나 가지보다 중요한 일일세. 자네에게 아내를 얻어주려고 한단 말일세."

양모세는 그제야 라오추이가 가축 거간꾼을 하는 것 말고도 한가할 때는 사람들 중매도 서준다는 걸 생각해냈다. 사람들은 혼사가 좋은 일이라고 하지만 양모세와 라오추이 사이에는 아무런 교분도 없었다. 예전에 물을 지어 나를 때, 라오추이를 만났다 하면 자신의 일을 방해했기 때문에 라오추이가 지나가는 길에 자신을 놀리려는 거라고 여겼다. 담장 뒤에 여러 사람이 숨어서 양모세가 그에게 조롱당하는 것을 보려고 기다리고 있는지도 모를 일이었다.

"듣자하니 어머님이 돌아가셨다고 하던데 아저씨 아버지한테나 소개해주지 그러세요."

그리고 나서 다시 쭈그리고 앉아 계속 벌레를 잡았다. 라오추이가 혼자 담장 밖에서 계속 소리를 질러도 더 이상 고개를 돌리지 않았다. 마침내 라오추이가 화를 내며 말했다.

"빌어먹을 놈, 중매를 서려는 사람에게 고 따위로 나와!"

그리고는 또 욕을 해댔다.

"큰 부자에게 중매를 서면 성사되든 안 되든 술을 얻어먹는 법인데, 지금은 사정이 거꾸로 돼서 뜨거운 얼굴에 차가운 엉덩이 내미는군."

그는 욕을 계속했다.

"그렇게 거만하게 굴면 당장 이 혼사를 없던 일로 하지. 너 같은 놈한테 중매 안 선다고 내가 죽을 리도 없고, 넌 이대로 홀아비로 살다 죽어라."

이것 말고도 한참이나 험한 말들을 쏟아냈다. 양모세는 욕하는 소리가 점점 멀어지자 고개를 돌렸다. 담장에 있던 얼굴이 보이지 않았다. 몸을 일으켜 담장 앞으로 달려가 보니 담장 밖으로 라오추이의 모습이 보였다. 계속해서 욕을 해대면서 진허를 따라 이미 한참이나 멀리 가 있었다. 라오추이가 욕도 하지 않고 가버리지도 않았다면 양모세는 그가 자기 일을 방해하는 것이라 여겼을 텐데 욕을 하고 가버리니 정말로 이번 일에는 뭔가 있는 것 같았다. 그는 급히 마당 담장을 넘어 라오추이를 쫓아갔다.

"아저씨, 얘기의 마무리를 지으셔야죠."

라오추이가 기분 나쁜 듯 몸을 빼면서 말했다.

"이 손 놓게. 난 할 일이 많다고."

라오추이가 사탕을 들고 있는 것을 본 양모세는 이 일이 어느 정도 진행되고 있었다는 사실을 알아챘다.

"아저씨, 어찌 됐든 오늘 저랑 사나이들끼리 한 잔 하시죠."

라오추이가 팔을 빼면서 말했다.

"놓으라고. 정말 일이 있다니까 그러네."

하지만 못이기는 척 하면서 이내 양모세를 따라갔다. 두 사람은 끌고 끌리면서 진허교 밑에 있는 '훙산청'이라는 음식점에 도착했다. '훙산청'에는 라오웨이라는 조리사가 있었다. 양바이리와 뉴궈씽이 한창 '펀콩'을 할 때 라오웨이는 밤중에 돌아다니는 걸 좋아했다. 밤중에 돌아다니다가 무덤 앞에서 수염이 흰 노인을 만났다. 흰 수염의 노인이 그의 귓가에 대고 두어 마디 했다. 라오웨이는 돌아가서 음식을 볶을 때마다 항상 울었다. 예전에는 울었지만 이제는 울지 않았다. 과거에는 조리사였지만 이제는 술집주인이 되었다. 라오웨이는 라오추이와 양모세 모두를 알고 있었다. 하나는 나귀를 파는 사람이고 하나는 농사를 짓는 사람이라 음식점에서 볶음국수나 한 그릇씩 먹고 갈 거라고 생각했다. 그런데 두 사람이 자리에 앉자 양모세가 쇠고기 한 접시와 삶은 양 내장 한 접시, 간장에 졸인 토끼머리 한 접시를 주문한 데 이어 백주 네 량을 주문했다. 두 사람에게 무슨 일이 있다는 것을 알 수 있었다. 술과 안주가 나오자 라오추이와 양모세는 우선 먹기부터 했다. 양모세는 과거에 라오추이와 함께 식사를 한 적이 없었다. 식사를 시작하자마자 라오추이가 나귀 장사를 부끄러워하지 않고 사방으로 장사를 하러 돌아다니며 식사량도 대단하다는 것을 알게 되었다. 고기 세 접시가 눈 깜짝할 사이에 바닥을 드러냈고 술 주전자도 비었다. 양모세는 아주 큰 그릇으로 볶음 요리 두 가지를 추가로 주문했다. 백주도 두세 량 더 시켰다. 볶음 요리 안에는 배추도 들어가고 두부와 다시마, 돼지고기도 들어갔다. 김이 모락모락 나는 음식이 상에 오르자 라오추이는 또 한참을 먹고 마시다가 마침내 젓가락을 내려놓고는 불을 꺼내 담배를 피웠다. 그제야 양모세가 물었다.

"아저씨, 여자 쪽이 누군가요?"

라오추이는 그제야 상대가 우샹샹이라고 말해주었다. 우샹샹이 중매를 부탁하면서 맨 처음 찾은 사람은 나귀를 파는 라오추이가 아니라 현성 동가의 중매쟁이 라오쑨(老孫)이었다. 라오쑨에게 중매를 부탁하면서 양 다리 하나를 내놓았다. 라오쑨은 처음에는 하겠다고 대답해놓고 나중에 우샹샹이 남편감을 찾는 배경과 이유를 알게 되자 쟝씨 집안과의 묵은 원한을 감췄다. 또 만터우 가게의 가산도 숨겼다. 쟝룽과 쟝거우 형제는 둘 다 마음을 놓을 수 없는 사람들이었다. 안에다 화약통을 감추는 것과 다름없었다. 좋게 말하자면 남을 도와주는 일이고 나쁘게 말하자면 화약통의 기폭제가 되어 남을 폭사시키는 동시에 자신도 망가지게 되는 일이었다. 하지만 갑자기 중매를 무르고 사정을 다 들춰내자니 남들에게 미움을 살 수밖에 없었다. 그리하여 그는 위가 아프다는 핑계로 집 밖에 나오지 않고 혼사와 양 다리를 전부 라오추이에게 넘겼다. 라오추이는 나귀 장사를 하는 사람이지만, 나귀를 팔고 남는 시간에는 중매를 섰다. 라오추이는 나귀를 파는 일에는 달인이었지만 중매는 하다말다 했기 때문에 솜씨가 부족해 열 건 가운데 여덟 건은 성공시키지 못했다. 성공시키지 못한 것은 별 문제가 아니었지만 종종 또 다른 이상한 일들을 끄집어내곤 했다. 작년에 현성 북가에서 '펑마오위안'과 '지스탕'을 경영하는 라오리의 아들 리진룽과 친쟈좡의 부자 라오친의 여식 친만칭과의 혼사 중매를 맡았던 사람이 바로 라오추이였다. 나중에 친만칭의 한쪽 귓불이 없다는 사실이 드러나 혼사가 어그러지자 친만칭은 양모세의 형 양바이예에게 시집을 갔다. 라오추이는 중매하는 솜씨는 부족했지만 전문적으로 중매를 서는 라오쑨과 대등한 위치에서 얘기를 나누는 것을 좋아했다. 라오쑨은 그가 일의 경중을 모르는 점이 마음에 들지 않았다. 그는 적절한 전략이나 방법도 없이 무작정 밀고 나갔다가 벽에 부딪친 다음에야 중매의 원리와 방법을 이해했다. 라오추이는 솜씨가 부족하다 보니 이 혼사의 배후에 감춰져 있는 위험은 따지지 않고 그저 남녀 쌍방만 고려한 채, 이처럼 쉬운 중매에 양 다리까지 받고 양모세를 찾아갔던 것이다. 양모세는 만터우를 파는 우샹샹이 낯설지 않았다. 왜소한 체구에 작은 눈, 작은 입, 납작한 코를 가진 그녀는 미간에 붉은 반점이 하나 있었다. 용모는 빼어나지 않았지만 피부가 희었다. 꼭 솥에서 방금 꺼낸 만터우처럼 희다 보니 피부 하나로 백 가지 부족함을 가릴 수 있었고 또 다른 자태로 아름다움을 발산하고 있었다. 붉은 반점이 거무튀튀한 얼굴에 나 있다면 꼭 쥐똥처럼 보이겠지만 하얀 얼굴에 붉은 반점이 나 있으니 마치 작은 벚꽃 같았다. 양모세 역시 그녀가 과부고 아이도 하나 딸려 있다는 것을 모르지 않았다. 만터우를 사면서 여러 번 보긴 했지만 그녀와 자신을 연관지어 생각해본 적이 없다 보니, 지금 그 자리에서는 자신도 모르게 멍한 표정을 지을 수밖에 없었다.

"이런 일이 있으리라고는 생각지도 못했네요. 아저씨의 생각은 어떠세요?"

라오추이는 식사량은 많았지만 주량은 그렇지 못했다. 일곱 량의 술을 마시자 얼굴이 붉은 천처럼 빨개지고 취기가 돌았다. 라오추이는 일단 취하면 마음속 얘기를 털어놓기 좋아했다. 이 점은 라오양과 비슷했다. 그가 몸을 탁자 앞으로 구부려 양모세의 손을 잡아끌면서 말했다.

"자네가 아니라 다른 사람이었으면 내가 이런 한가한 일에 관여하지 않았을 걸세."

들어보니 술주정이었다. 예전에 두 사람은 서로 왕래를 한 적도 없었으니 이런 우정이 쌓여 있을 리가 없었다. 더구나 방금 욕을 했던 사람한테 얼굴을 바꿔 손까지 잡으려 하니 말이다. 하지만 어쨌든 간에 양모세도 손을 맞잡았다.

"아저씨, 이번 일만 성사되면 제가 잊지 않고 잘 찾아뵙고 효도하겠습니다."

이 말에 라오추이는 화를 내더니 탁자를 두드리며 말했다.

"그게 무슨 뜻이야? 날 욕하는 건가? 내가 자네 물건을 탐하기라도 하는 것 같군."

양모세가 말했다.

"아저씨, 전 그런 뜻이 아니에요. 저는 농사짓는 사람인데 아저씨께 효도를 하면 무슨 효도를 할 수 있겠어요? 생각이 그렇다는 겁니다."

라오추이는 그제야 몸을 빼더니 손을 내저으며 말했다.

"내 견해를 말하자면 이 혼사는 간단하지 않아. 도처에 의견들이 있어. 하지만 다른 의견은 내가 다 막아서 돌려보내겠네. 한 가지 분명한 것은 내가 주도적으로 나설 수 없다는 걸세."

양모세가 말했다.

"무슨 말씀이세요?"

"이번 혼사는 성사되지 않아도 그만이야. 성사된다면 자네가 아내를 맞는 게 아니라 그 여자가 데릴사위 형식으로 자네를 맞아들이는 거지."

양모세는 그 자리에 멍하니 서 있었다. 남들은 결혼을 하면 남자가 여자를 맞이하는데, 이번 결혼은 여자가 남자를 맞이하니 모든 것이 거꾸로 된 셈이었다. 양모세가 뭔가 말을 하려고 하자 라오추이가 눈을 부라렸다.

"그게 뭐가 그리 대순가. 자네가 원한다면 더 해줄 말이 있네."

양모세가 물었다.

"뭔데요?"

"데릴사위로 들어가는 만큼 성을 바꿔야 하네. 이제 양씨가 아니라 우씨가 되는 거지."

양모세는 또다시 기겁을 했다. 다른 사람들은 결혼을 할 때 항상 명분도 정당하고 모든 것이 이치에 맞았다. 그런데 자신은 결혼을 하면서 성도 바꿔야 하다니. 이 두 가지 조건이 한데 더해지자 양모세는 멍한 표정으로 고민하기 시작했다. 그가 고민하는 모습을 본 라오추이가 갑자기 또 화를 냈다. 라오추이가 사람들을 위해 중매를 서는 건 그저 밥이나 술을 얻어먹거나 물건을 탐하기 위한 것이 아니었다. 이 점이 그와 전문 중매쟁이인 라오쑨과의 차이점이었다. 그는 말을 하기 위해 중매를 섰다. 말을 하고 싶어 견디지 못하는 말 중독 때문이었다. 나귀를 팔 때 늘 나귀에 관해 얘기해야 했지만 돌아서면 사람에 대해 얘기하고 싶었다. 이처럼 말을 하고 싶은 버릇은 무사히 넘어갈 때도 있고 그렇지 못할 때도 있었다. 지난번 라오리 집안과 친쟈좡 라오친 집안의 혼사 때, 그는 중간에 끼어 말도 하지 못했을 뿐만 아니라 양쪽에서 적지 않은 원망을 받았었다. 하지만 이번 양모세의 혼사에서는 높은 데서 아래를 내려다보듯이 편하게 빈말을 할 수 있는데다, 심지어 그때 받았던 모욕을 보상받을 수도 있을 것 같았다. 양모세가 한 마디로 승낙해버리면 그는 오히려 더 실망할지도 모를 일이었다. 양모세가 망설이는 것을 보면서 그는 빈말로 말참견 할 거리가 생겼다는 확신이 들었다. 라오추이가 가래를 뱉으면서 말했다.

"자네가 처세에 능한 사람인 줄 알고 내가 이 일을 처리해주려 했는데 말도 채 끝나기도 전에 이렇게 고민에 빠질 줄 누가 알았겠나. 혼자서 오줌도 제대로 못 가리면서 이런 일로 고민할 주제가 되는지 잘 생각해보게. 자네집은 두부 파는 집이고 자네는 농사를 지으면서 몸뚱이 말고는 집 한 칸, 땅한 떼기 없지 않은가? 우샹샹은 자네가 아니라 다른 사람을 얼마든지 들일수 있다는 걸 알아야지. 자네가 이 기회를 걷어차 버리면 평생 홀아비로 살아야 할지도 모른단 말일세. 현 정부에서 일한다고 해서 자네가 현장인 것은 아니지 않은가? 일개 농사꾼일 뿐이지. 자네가 이 일로 고민을 한다고 해서 화내는 게 아닐세. 자네가 자신이 누군지 잘 모르는 게 화가 나는 걸세.

자네가 데릴사위가 되지 않고 정식으로 아내를 맞아들이고 싶다면 나도 절
대 강요하지 않겠네. 자네 성이 그만큼 가치 있다고 생각한다면 평생 그 성
을 갖고 살도록 하게. 나도 알았으니 이 일로 자넬 탓하지 않겠네. 전부 내
탓이지. 내가 눈이 멀어서 사람을 잘못 본 거야. 모두가 좋으라고 나선 건데
누굴 해치려는 것처럼 되고 말았군. 나도 잘 모르겠네. 내가 자넬 해쳐서 무
슨 이득을 보겠나? 또 자네에게 해칠만한 가치라도 있나? 자네가 정 못 믿
겠다면 나는 이만 갈 테니 두고 보게!"

라오추이는 한 가지 일을 또 다른 일로 만들어 놓았다. 게다가 얘기를 하
다 보니 정말로 화가 난 그는 몸을 일으켜 씩씩거리며 자리를 뜨려 했다. 양
모세가 황급히 고민을 멈추고 라오추이를 붙잡았다. 라오추이는 몸을 빼려
애쓰면서 술집 주인 라오웨이를 소리쳐 불렀다.

"라오웨이, 이리 와서 이 일에 대해 판단 좀 내려주게."

호사가인 라오웨이는 이 탁자에 일이 있는 것을 보고는 바쁜 와중에도 줄
곧 이쪽을 향해 귀를 곤두세우고 있다가 라오추이가 부르자 재빨리 달려와
말참견을 했다.

"나도 다 들었어. 이 일은 정말로 라오추이를 탓할 일이 아니야."

세 사람의 얘기가 죽사발처럼 마구 뒤섞였다. 양모세는 라오추이도 설득
하고 라오웨이도 설득해 보았지만 라오추이가 화가 나서 얼굴이 새하얗게
질린 것을 보고는 라오웨이에게 말했다.

"아저씨, 일이 너무 갑작스러워서 그래요. 아무래도 생각할 시간이 좀 필
요할 것 같아요."

두 사람과 헤어진 양모세는 현 정부의 채마밭으로 돌아와 밭 가장자리에
앉아 생각에 잠겼다. 일이 너무 갑작스러울 뿐만 아니라 일반적이지도 않았

다. 먼저 데릴사위로 들어가는 일에 대해 생각해보았다. 남들은 혼인을 하면 대개 남자가 여자를 맞아들이는데, 이 결혼은 여자가 남자를 맞아들여 모든 것이 거꾸로 되어 있었다. 일의 본말이 전도되다 보니 처음부터 순조롭지 못했다. 좀 더 생각해보면 바로 되나 뒤집히나 남들에게는 큰일일 수도 있겠지만 자신에게는 라오추이가 말한 것처럼 그런 것은 문제가 되지 않았다. 여자가 남자를 맞아들이는 것이 문제가 아니라 자신이 이런 호사를 누릴 자격이 되는지가 문제였던 것이다. 뒤집힌 것이 바로 잡혀 남자가 여자를 맞이한다 해도 집 한 칸, 땅 한 뙈기 없는 양모세가 정식 중매를 통해 아내를 맞아들인다는 것은 불가능한 일이었다. 우샹샹이 그를 맞아들이지 않는 한, 그는 절대로 우샹샹을 아내로 맞을 수 없었다. 지금의 위치에서는 아내를 맞는다 해도 양쟈좡으로 맞아들이는 수밖에 없는데 양쟈좡으로 시집가는 것을 우샹샹이 받아들일 리가 없었다. 게다가 우샹샹은 지금 현성에 살고 있고 양쟈좡은 시골이기 때문에, 우샹샹이 받아들인다 해도 양모세 자신이 양쟈좡과 라오양을 만나게 하고 싶지 않았다. 설사 소개한다 해도 라오양으로서는 양모세에게 아내를 맞아 살게 할 집을 마련해 줄 수도 없었다. 오히려 데릴사위로 들어가는 것이 양모세에게 적지 않은 번거로움과 입씨름을 덜어주는 일이었다. 그다음에는 성을 바꾸는 일에 대해 생각해보았다. 남들은 결혼을 하는 것이 자연스럽고 명분도 섰지만 자신은 결혼을 하면서 성을 바꿔야 했다. 하지만 다시 생각해보면 과거에 이름을 바꾼 적도 있었다. 그는 일자리를 찾기 위해 주님을 믿기로 했고 이름도 '양모세'로 바꿨었다. 물론 성과 이름을 바꾼다고 해서 자기 자신이 아닌 다른 사람이 되는 것은 아니었다. 몇 년을 이렇게 일을 바꾸면서 지내오다 보니 천성도 바뀌어 속은 이미 자신이 아니었고, 따라서 굳이 외관을 따질 필요도 없었다.

물론 성을 바꾸는 것은 이름을 바꾸는 것과는 또 다른 일이었다. 이름을 바꾸는 것은 단지 호칭이 바뀌는 것에 불과하지만 성을 바꾸는 것은 조상을 저버리는 일이었다. 그렇지만 양모세는 태어나서 단 한 번도 조상이 자신에게 뭔가 좋은 것을 가져다주었다고 느껴본 적이 없었고 오히려 골칫거리일 뿐이라고 생각했다. 가장 큰 골칫거리는 성가신 조상을 바꿨다가 세상 사람들의 비웃음을 사는 일이었다. 게다가 우샹샹은 과부라 요강과 마찬가지로 남이 쓰던 것이 아닌가. 하지만 새 요강을 사기에는 능력이 모자랐다. 과부에다 아이도 하나 딸려 있었다. 일단 결혼을 하면 남의 새끼를 대신 키워야 했다. 또다시 주저할 수밖에 없었다. 이 모든 것들보다 중요한 것은, 넉달 전에 양모세가 여전히 거리에서 물을 지어 나르고 있었을 때 이런 일을 만났더라면, 데릴사위가 문제될 것도 없고 성도 기꺼이 바꿨을 것이며 아이 딸린 과부도 마다하지 않았을 것이라는 점이다. 의지할 곳도 없고 갈 길도 없다는 건 하늘에서 함정이 떨어진 것과 마찬가지라 생각하거나 주저할 여지가 없었다. 하지만 지금은 현 정부에 들어가 농사짓는 사람이긴 하지만 정식으로 일을 하고 있는 셈이 아닌가. 이런 상황에서 경솔하게 과부와 결혼해 데릴사위로 들어가 성을 바꿨다가는 나중에 후회할 수도 있었다. 지난달에 현장 라오스에게 미움을 산 터라 아직까지는 농사를 짓고 있지만 머리위에 칼이 매달려 있는 셈이었다. 라오스가 계속 그를 아낀다면 변함없이 현 정부에서 채마밭을 관리할 수 있겠지만 혹시라도 어느 날 갑자기 라오스의 눈 밖에 나면 쫓겨나게 될 것이고 다시 거리를 돌아다니며 물을 지어 날라야 할 것이었다. 현 정부에 오래 있을 수만 있다면 굳이 데릴사위로 들어가 성을 바꿀 필요가 없었다. 하지만 머지않아 다시 물을 지어 날라야 하는 날이 오게 될 거라면 사전에 이 혼사를 이용하여 퇴로를 마련하는 게 현명

한 일이었다. 거리에서 물을 지어 나르게 되면 집 한 칸, 땅 한 뙈기 없는 상태가 지속되지만, 우상상에게 장가를 가면 지금 있는 만터우공방도 자기 것이 되는 셈이라 더 이상 거리를 돌아다니며 물을 지어 나를 필요가 없었다. 다시 말해서 이 혼사의 성패는 근본적으로 양모세 자신이 아니라 라오스에게 달려 있는 셈이었다. 라오스가 도대체 어떤 생각을 하고 있는 지는 양모세도 알 길이 없었다. 혼사를 거론하는 사람이 없었다면 이렇게 골치 아플 일도 없었겠지만, 일단 혼사가 거론되고 나니 마음속에 근심이 일었다. 더 큰 문제는 걱정거리가 생겼는데 찾아가 상의할 곳이 하나도 없다는 것이었다. 이때 문득 그는 라오잔을 떠올렸다. 라오잔은 그와 왕래하던 사람들 가운데 가장 충직하고 온후한 사람으로 전도를 잘 하지는 못하지만 한 번도 사람에게 피해를 입힌 적이 없었다. 이리하여 채마밭을 나와 현 정부를 벗어난 양모세는 걸음 가는 대로 서관에 있는 쓰러져가는 절로 라오잔을 찾아갔다. 절에 도착해 보니 라오잔은 이제 막 시골로 전도를 갔다가 돌아와 침상에 걸터앉아 담배를 태우고 있었다. 몇 달 동안 못 본 사이에 훨씬 더 늙은 모습이었다. 양모세를 본 라오잔은 뜻밖이라고 생각하지도 않았다.

"아멘, 나는 자네가 조만간 돌아오리라는 걸 알고 있었네."

양모세는 라오잔이 자신의 생각을 오해한다고 여기고는 서둘러 자초지종을 애기했다.

"사부님, 지금 제가 온 것은 그런 의미의 귀환이 아닙니다."

뜻밖에도 라오잔은 그의 생각을 오해하고 있지 않았다.

"도제가 되겠다고 찾아온 건 아니더라도 뭔가 걱정거리가 있어서 온 것이겠지."

양모세는 황급히 고개를 끄덕이며 말했다.

"사부님께 상의드릴 일이 있어서 왔습니다. 제가 누구이고 어디에서 왔는지는 말씀드리지 않고 제가 뭘 걱정하는지만 말씀드릴게요."

이리하여 그는 라오추이가 자신을 위해 중매를 서게 된 이야기를 우상상에서 시작하여 데릴사위와 성을 바꾸는 문제, 그리고 라오스의 일까지 모든 사정을 시시콜콜 라오잔에게 자세히 설명했다. 라오스는 교회당 문제로 라오잔과 말다툼을 한 적이 있었다. 라오잔이 말했다.

"이 라오스라는 사람은 주님의 자녀도 아니고 백성도 아닐세."

그러고는 양모세를 힐끗 쳐다보고는 말을 이었다.

"이보게, 내가 처음으로 주님의 이름이 아니라 웃어른의 이름으로 말하건대, 작은 일을 만났을 때는 다른 사람들에게 기대도 좋지만 큰일을 만났을 때는 제발 자신의 운명을 다른 사람들에게 맡기지 말게."

다른 사람이란 라오스를 지칭했다. 이어서 그는 양모세를 걱정했다.

"그렇다고 우리에게 뭐 그리 믿을 만한 구석이 있겠나? 우리는 아무 것도 가진 게 없으니 남이 가혹한 요구를 한다고 해서 탓할 수도 없지. 우리 스스로 말하지 못하면서 남들이 먼저 말한다고 탓할 수도 없네."

데릴사위로 들어가는 것과 성을 바꾸는 것을 말했다. 라오잔은 침대 가장자리에다 '탁탁' 하고 담뱃대를 털면서 탄식하듯 말했다.

"슬픔이란 무엇이냐? 마음에 원하지 않는 것을 일컬어 슬픔이라 하는 걸세."

양모세가 말했다.

"사부님, 사부님 말씀은 이 일을 없던 일로 하라는 건가요?"

"일이 이렇게 꼬여버렸으니 이치대로라면 그만 두어야 하겠지만, 내가 웃어른의 신분으로 말하건대 그래도 자기가 원한다면 남들 탓하지 말고 장가를 가는 것이 좋을 것 같네."

양모세가 물었다.

"왜 그런가요?"

"자네 마음이 말하고 있기 때문이지. 자네가 원하고 있지 않나?"

"제가 원했다면 사부님께 상의하러 오지 않았겠지요."

"자넨 꼭 반대로 말하는군. 자네가 원하지 않았다면 애당초 이 일을 거론하지도 않았을 걸세. 기어코 날 찾아와 상의하려 한다는 게 바로 자네 마음이 원하고 있다는 걸세."

양모세가 뭔가 말을 하려 하자 라오잔이 손으로 그의 입을 막고 말을 가로챘다.

"원한다면 그게 맞는 걸세. 모세, 자네는 내 곁을 떠날 때보다 더 강해졌군. 자신이 누구인지 알게 되었으니 말이야. 자신이 누구인지 알게 되면 어디로 가야 하는지도 알 수 있지."

예전에 라오잔이 성경 이야기를 할 때는 한 번 얘기를 시작하면 밤새 그치지 않았음에도 양모세의 귀에는 한 마디도 들어오지 않았다. 하지만 이제 입장이 바뀌어 양모세의 일에 관해 얘기하니 구구절절 마음에 다가와 자신도 모르는 사이에 눈물이 흘렸다.

오월 십삼일, 양모세는 옌진 현성 서가에 있는 만터우공방 우샹샹의 집에 데릴사위로 들어가 이름을 우모세로 바꿨다. 중매에서 시작하여 결혼에 이르기까지 사흘이 걸렸다. 과거 우모세의 형 양바이예가 친만칭을 아내로 맞았을 때는 혼담이 오가고 결혼에 이르기까지 나흘이 걸렸었다. 이번에는 양바이예 때보다 하루 빠른 셈이었다. 우모세에게도 '장가가는' 것이 인생의 대사였지만 처음부터 끝까지 라오양과 전혀 상의하지 않았다. 상의하지 않은 이유는 라오양이 그가 장가가는 걸 반대할 것이 두려워서가 아니었다.

그는 라오양 역시 반대하지 않을 것이라고 생각했다. 과거에 양바이예가 친만칭을 맞아들일 때처럼 이 또한 하늘에서 떨어진 함정이라고 여겼을 것이 뻔했다. 양모세가 라오양과 상의하지 않은 이유는 그가 두 번째로 집을 나왔을 때 마음속으로 라오양을 죽이고 싶을 정도로 원한이 있었고 그를 다시 보고 싶지 않았기 때문이다. 그는 라오양에게 알리지 않았을 뿐만 아니라, 형인 양바이예와 동생인 양바이리에게도 알리지 않았다. 라오추이는 결혼식을 보면서 우모세가 위로는 아버지에게도 알리지 않고 아래로는 형제에게도 알리지 않은 것을 알고 그에게 탄복했다.

"자네를 얕볼 수 없을 것 같군. 알고 보니 자네가 육친도 모른 척하는 사내였어."

우모세가 결혼하는 날 혼례는 무척이나 성대했다. 우모세가 부지런한 손발에 의지하여 현 정부에 기반을 잡은 만큼 수많은 현 정부의 직원들이 와서 먹고 마시고 해야 했지만, 우모세가 일개 농사를 짓는 사람이다 보니 혼례에 오겠다고 약속한 사람은 청소를 하는 라오간과 조리사 라오아이 두 사람 뿐이었다. 라오스는 채마밭을 관리하는 염라 양모세가 갑자기 데릴사위로 들어가면서 성까지 바꿔 우모세가 되었다는 소식을 듣고 놀라움을 금치 못했다. 라오스는 그가 아주 과감한 데다 일하는 태도가 감과 다르다고 생각하며 그를 다시 보게 되었다. 혼례 당일에 라오스는 사람을 시켜 자신이 친필로 "과감하게 행동하고 용감하게 일한다(敢作敢爲)"라고 쓴 제자(題字)를 보내왔다. 우모세는 이 제자를 보고 울 수도 웃을 수도 없었다. 처음에는 희주를 먹으러 오지 않았던 현 정부의 직원들은 현장이 제자를 보냈다는 소식을 듣고는 우르르 몰려왔다. 신부 라오잔과 죽업사 주인장 라오루도 왔다. 라오잔은 양모세에게 은 십자가를 선물로 주었다. 축복의 의미 외에 우모세가 영원히 주님을 잊지 말기를 바라는 마음이 담겨 있는 것 같았다. 라오루는 대나무 의자 몇 개를 가지고 왔다. 라오잔이 혼례에 온 것에 대해 우모세는 전혀 뜻밖이라고 여기지 않았지만, 라오루가 온 것에 대해서는 크게 감동했다. 비록 예전에 사이가 틀어져 떠나기는 했지만 어쨌든 사제 관계였기 때문이다. 혼례가 끝나자 라오스가 쓴 "과감하게 행동하고 용감하게 일한다"라는 제자는 우샹샹이 편액으로 새겨 '우지 만터우공방'의 입구에 걸어두었다. 라오루의 대나무 의자는 우샹샹이 가게에 남겨 만터우를 사러 오는 고객에게 앉도록 제공했다. 라오잔의 은 십자가는 우샹샹이 옆집에 있는 은 세공 장인 라오가오(老高)에게로 보내 녹여서 자신의 물방울 귀고리로 만들었다.

12장

매를 맞다

　결혼하고 반년이 지나 우모세는 한 차례 흠씬 두들겨 맞았다. 옌진 현성에는 야경을 도는 니싼(倪三)이라는 사람이 있었다. 니싼은 피부가 검고 뚱뚱했고 키는 문틀에 닿을 정도로 컸다. 얼굴 전체에 부스럼이 나 있고 붉은 털이 덮여 있었다. 사계절을 가리지 않고 길을 걸을 때마다 항상 가슴을 풀어헤치고 가슴 앞쪽에 툭 튀어나온 근육을 드러내고 다녔다. 몇십 년이 지나자 검붉게 변한 이 근육은 몸의 다른 부위와 색깔이 달라졌다. 니싼의 할아버지는 옌진현 전체에서 처음으로 거인이 되어 산시성 루저우(潞州)에서 지부(知府)를 지냈었다. 니싼의 아버지 대에 이르러 할아버지와 다른 길을 가면서 공부를 좋아하지 않았고 공명도 좋아하지 않았다. 그러다가 성인이 된 후에는 마음껏 먹고 마시면서 계집질에 노름으로 세월을 보냈다. 마흔 살까지 산 아버지는 죽기 직전에 할아버지가 지부를 지내면서 모아둔 가산을 전부 탕진해버렸다. 사람들은 니싼 아버지의 명이 너무 짧다고 말했다. 니싼의 아버지가 죽기 직전에 말했다.

　"내가 하루를 사는 것은 남들 십 년 사는 것과 같으니 충분히 가치 있는 일이야."

　니싼 대에 이르러 가세가 너무 기울자 니싼은 현성에서 야경꾼으로 나섰다. 야경꾼들은 낮에는 일이 없다가 밤이 되면 야경을 돌았다. 술시[27]부터 야경을 시작하여 일경부터 오경까지 딱따기를 치면서 돌아다녔다. 니싼은 야경꾼이긴 하지만 관리 집안의 유풍을 지니고 있어 가계 돌보는 것을 싫어했다. 집안이 아무리 가난해도 밤에 야경을 도는 것 외에 낮에는 다른 일을 하지 않고 그냥 쉬었다. 게다가 가난은 가난이고, 술을 마실 수 있는 기회는 놓치지 않았다. 그것도 한 번 마셨다 하면 밤새 취하도록 마셔댔다. 그는 밤에 야경을 돌 때도 항상 휘청거리며 걸었고 눈을 감고 사거리 어귀를 지나면서 딱따기를 두드려 일경에 삼경을 알리고 삼경에 이경을 알리곤 했다. 그러다 보니 옌진 사람들은 시각을 중시하지 않게 되었다. 문제의 근원은 바로 여기에 있었다. 야경꾼들은 딱따기를 치는 것 외에 입으로 "가뭄이 들어 공기가 건조하니 등불을 조심하시오."하는 등의 경고를 외치면서 다녀야 했지만 니싼은 이 모든 것을 생략해버렸다. 옌진에서 야경꾼들이 소리를 지르지 않게 된 것도 바로 여기에서 비롯되었다. 야경이 맞지 않으면 원래는 다른 사람으로 교체해야 했다. 니싼의 할아버지가 지부를 지냈다고는 하지만 그건 이미 오륙십 년 전의 일이었다. 하지만 옌진에 부임했던 세 현장 가운데 한 사람은 목공을 좋아했고 그 다음 사람은 연설하는 것을 좋아했으며 그 다음 사람은 전통극 구경을 좋아하여 자신들의 일로 너무 바쁜 나머지 밤에 치는 딱따기에 대해 관심을 기울일 틈이 없었다. 스물다섯이 되던 해에 니싼은 아내를 얻었다. 그의 아내는 쌈닭 눈을 갖고 있었다. 쌈닭 눈이

27　저녁 일곱 시부터 아홉 시까지.

긴 했지만 아이는 잘 낳았다. 한 해에 하나씩 쉬지 않고 낳았다. 니싼은 술에 취했다 하면 아내를 때렸다. 다른 것 때문이 아니라 아이를 너무 잘 낳았기 때문이었다.

"니미럴, 네년이 사람이냐 돼지냐? 도무지 몸을 붙일 수가 없다니까! 몸을 붙였다 하면 새끼를 까니 원."

맞는 것을 피하고 몸을 붙이지 않기 위해 니싼의 아내는 걸핏하면 친정집에 가서 지냈다. 그러면서도 그녀는 십 년 동안 함께 지내면서 니싼에게 칠남 이녀를 낳아주었다. 그녀가 낳은 아이들은 다행히 쌈닭 눈이 아니었다. 칠남 이녀는 원래 무척 길한 숫자였지만, 한 사람이 야경을 돌아 니싼 부부까지 다 합쳐 열한 식구를 먹여 살린다는 것은 아무래도 힘에 부치는 일이었다. 니싼은 집안 돌보는 것은 싫어했지만 사람 됨됨이는 무척이나 정직하고 무던했다. 젊었을 때도 집안이 가난했지만 남의 물건을 훔치거나 빼앗은 적이 없었다. 그러나 나중에 아이들이 자라면서 해가 갈수록 생활이 더 어려워지자 점점 체면을 돌보지 않게 되었다. 체면을 차리느라 남의 물건을 훔치지 않던 니싼도 가족들이 끼니를 굶게 되자 시장의 노점을 돌아다니며 마구잡이로 물건을 집어 들기 시작했다.

"장부에 달아놔. 나중에 갚아줄 테니까."

이 '나중에'가 몇 년 몇 월 며칠인지는 아무도 알지 못했다. 장사를 하는 사람들은 그의 성격이 거친 데다 가져가 봐야 파 몇 가닥이나 쌀 반 되, 고기 한 덩이 정도라 실랑이를 벌이려 하지 않았다. 아무도 그와 실랑이를 벌이려 하지 않자 니싼의 소행은 점점 더 심해져 갔다. 점점 더 심해졌다는 건 물건을 더 많이 집어간다는 뜻이 아니었다. 니싼은 한 번도 남의 물건을 많이 집어간 적이 없었다. 그저 그날 먹고 마실 정도에 그쳤고, 내일 끼니가 끊기면 내일 다시 집어갔다. 하지만 술에 취하면 물건을 집어가면서 이렇게 말하곤 했다.

"니미럴, 믿을 수가 없군. 옌진현이 이 니싼 하나도 먹여 살리지 못한다니 말이야."

물건을 집어가는 건 기분이 나쁘지 않았지만 이런 말을 듣는 사람은 기분이 상했다. 하지만 이런 말을 하면서 물건을 집어가도 누구 하나 나서서 시비를 걸지 않았다. 누가 감히 말 한 마디 때문에 그와 실랑이를 벌이려 하겠는가? 예전에 물을 지어 나를 때, 우모세도 니싼을 알고 지냈다. 니싼네 집에 물을 길어다준 적도 있었다. 당연히 니싼은 그에게 품삯을 주지 않았고 물은 거저 길어다 준 셈이었다. 우모세는 옌진 현성 사람들이 모두 니싼을 무서워한다는 사실을 잘 알고 있었다. 앞에 나서 쓸데없는 일을 벌이고 싶지 않았던 그는 물을 길어다주고 나서 아무 말도 하지 않고 그냥 그의 집을 나왔다. 평소에도 니싼이 저 앞에서 걸어오는 것을 보면 최대한 몸을 숨겼다. 그러자 니싼이 기분이 상해 말했다.

"왜 숨는 거야? 소작료를 빚지기라도 했나?"

하지만 니싼은 의기를 중시하는 사람이었다. 라오장이나 라오왕, 라오리, 라오쟈오의 집에 문제가 생겼는데도 현장이 할 일을 제대로 하지 않아 시비를 가릴 수 없거나 제멋대로 일을 처리해 사건이 지리멸렬해지면, 억울함을 풀 곳이 없는 사람들은 곧바로 니싼을 찾아가 공정한 처리를 호소하곤 했다. 니싼을 찾아가 호소할 때면 항상 먼저 가는 사람이 장땡이었다. 니싼은 원고의 말이 끝날 때까지 다 듣고 나서는 다짜고짜 피고의 집을 찾아가 원고를 대신해 분풀이를 해주었다. 술에 취하면 집안에 들어가 마구 물건들을 부줬고, 술에 취하지 않았거나 피고의 식구들이 너무 많아서 승산이 없다고 판단될 때는 옆구리에서 밧줄을 꺼내 그 집 문에 목을 매려 했다. 싸움이야 그런대로 대처할 수 있겠지만 스스로 목을 매겠다고 덤비면 수습할 방법이 없었다. 니싼의 할아버지가 일찍이 거인이었던 점을 생각하면 그가 찾아와 목을 매겠다고 을러댈 때마다 모두들 울지도 웃지도 못하는 심정이었다. 어차피 말다툼을 벌일 수 없다 보니 모두들 시비를 따질 것 없이 니싼에게 사정을 얘기했고, 그러면 큰일은 작은 일이 되고 작은 일은 아예 없던 일이 되어 버렸다. 이렇게 오랜 세월이 흐르면서 니싼이 남을 대신해 화풀이를 하려고 어느 집 문 앞에 찾아가면 그가 입을 열기도 전에 그 집 사람들이 서둘러 뛰어 나와 니싼을 맞이하며 말했다.

"니싼, 알겠네. 큰 범주를 넘지만 않으면 그 일은 얼마든지 상의할 수 있네."

파나 쌀을 파는 사람들이 니싼에게 물건을 그냥 가져가게 하는 원인도 바로 여기에 있었다. 우모세는 원래 니싼과 아무런 관계도 없었지만 결혼하고 반년이 지나 니싼에게 한 차례 흠씬 두들겨 맞았다. 우모세가 니싼의 기분을 건드렸거나 누군가와 문제를 일으켜서 니싼이 당사자를 대신해 분풀이를 해준 것이 아니라 반년 전 우모세가 결혼하면서 니싼에게 술을 대접하지 않았기 때문이었다. 반년 전에 일어난 일을 가지고 니싼은 뒤늦게 분풀이를 한 것이었다. 반년이 지나서야 우모세가 현 정부를 떠났기 때문이다. 우샹샹과 결혼할 때 우모세는 그녀에게 결혼을 하면 현 정부를 나와 '우지 만터우공방'에서 만터우를 빚어도 되느냐고 물었었다. 중이 절에 들어가면 경전을 읽으면 되지, 더 이상 다른 일은 할 필요가 없는 것과 같았다. 하지만 우샹샹이 그를 맞아들인 건 다른 것을 바라서가 아니라 바로 '현 정부'를 기댈 산으로 삼기 위해서였다. 현 정부의 권력을 이용하여 가게를 유지하려 했던 그녀는 우모세에게 집에 들어앉아 만터우를 빚을 것이 아니라 계속 현 정부에서 채마밭을 관리하라고 말했다. 현 정부에서 계속 채마밭을 관리하라는 말을 듣자 우모세는 오히려 반가웠다. 만터우를 빚는 것이 싫고 채마밭을 관리하는 것이 좋아서가 아니라 현 정부에서 채마밭을 키우다 보면 언젠가는 윗사람들의 눈에 들 수 있기 때문이었다. 우샹샹은 우모세를 맞이하고 나서도 그가 계속 현 정부의 채마밭을 가꾸게 되자 마음이 훨씬 편해졌다. 결혼한 뒤로 우모세는 우샹샹을 도와 만터우 빚는 일도 시작했다. 두 사람은 오경에 일어나 만터우를 빚어 증롱에 넣고 쪘다. 날이 밝으면 우샹샹은 만터우를 실은 수레를 사거리 입구까지 밀고 나가 장사를 했고 우모세는 현 정부에 가서 채마밭을 관리했다. 둘 다 각자 즐거운 나날을 보낼 수 있었다. 반년이 지나 우모세가 갑자기 현 정부에서 나오게 된 것은 그가 채마밭을 관리하는 일에 싫증이 났기 때문도 아니고 우샹샹의 생각이 바뀐 탓도 아니었다. 일을 잘못해 현장 라오스의 노여움을 사서 쫓겨난 것도 아니었다. 라오스는 사건이 터져 옌진을 떠났다. 전임 현장 샤오한이 말하는 것을 좋아한 나머지 뜻밖의 사건이 터져 상사에게 걸린 것처럼 현장 업무를 제대로 수행하지 못해서가 아니었다. 상관 라오페이에게 문제가 발생해 라오스도 함께 연루되었던 것이다. 성장 라오페이에게 일이 생긴 것도 그가 성장 일을 제대로 못 해서가 아니었다. 성장 직을 잘 수행했다 해도 그는 자리를 보전하지 못했을 것이다.

라오페이가 성장 직을 맡은 지 이미 십 년이 지난 터였다. 국민당 정부가 몇 번이나 바뀌었지만 라오페이는 허난에서 여전히 요지부동의 원로로 남아 있었다. 바로 원로라는 이유로 총리아문에 새로운 총리가 부임했는데도 라오페이는 그를 소홀히 대해 미움을 사게 된 것이었다. 새로 부임한 총리는 성이 후옌(呼延)이었다. 나이가 쉰이 다 된 그는 사람들 사이에 섞여 있을 때는 그리 젊어 보이지 않았지만 총리가 된 뒤로 무척 젊어 보였다. 라오페이는 라오스와 마찬가지로 아주 엄숙한 편이라 하루에 말을 열 마디도 채하지 않았다. 반대로 새로 부임한 후옌 총리는 샤오한과 마찬가지로 말하는 것을 무척 좋아했다. 말을 시작했다 하면 얼굴에 화색이 가득했고 두 손을 높이 들어 두엄 칠 때 쓰는 쇠스랑을 휘젓듯이 마구 휘두르기도 했다. 말을 시작했다 하면 내용을 첫째, 둘째, 셋째 하는 식으로 일일이 정리해가면서 조리 있게 말을 이어갔다. 첫째부터 열째까지 쉬지 않고 얘기하다보면 어느새 오전이 다 지나가버렸다. 등불도 켜지 않으면 주위를 밝힐 수 없고 말도 하지 않으면 뜻이 분명해질 수 없다는 것이 후옌 총리의 생각이었다. 먼저 이치를 분명하게 말하지 않고 일을 시작한다면 어떻게 그 일이 일사분란하게 진행될 수 있느냐는 것이다. 요컨대 그는 지식과 행동의 관계를 말하는 것이었다. 그는 라오페이와 기질이 맞지 않았다. 이날 경성 총리아문에서 회의가 열려 전국에서 서른 명이 넘는 성장들이 도착했다. 원래의 논제는 변방의 방어였지만 허난은 중원에 위치해 있어 변방의 방어와 아무런 관련이 없었다. 후옌 총리는 변방에서 내지로, 허베이에서 산시로, 산시에서 허난으로 얘기를 끌고 가다가 마침내 허난에서 이동을 멈췄다. 이어서 몇 마디 허난을 칭찬하다가 다시 결점을 들춰대기 시작했다. 그러다가 잠시 말을 멈추더니 단숨에 두 시간 동안 얘기를 계속했다. 경성아문에 부임한 후옌 총리는 지방관리를 해본 적이 없어 지방의 업무에 익숙지 않았다. 두 시간 동안 여덟 가지를 이야기 했지만 그가 말한 것들은 죄다 실정에 맞지 않는 것들이었다. 그나마 약간 근접한 내용도 신발 위로 가려운 곳을 긁는 격이었고 익숙지 않은 일은 아예 본말이 전도되기 일쑤였다. 여덟 가지 문제를 얘기하고 나서 이에 대한 개선책을 제시했지만 이 역시 나귀머리에 말 주둥이처럼 서로 아귀가 맞지 않는 동문서답이었다. 전국에서 모인 성장들 앞에서 후옌 총리에게 여덟 가지 사항에 관해 비판을 받자, 라오페이는 속에서 화가 치밀어 올랐지만 아무 말도 하지 않았다. 그저 고개만 끄덕일 뿐이었다. 회의를 마치고 식사를 하는 자리에서 후옌 총리는 탁자마다 돌아다니며 술을 권했다. 라오페이가 있는 탁자에 와서도 술을 권하면서 했던 얘기들을 다시 꺼내 허난의 아홉 번째 문제에 관해 얘기하기 시작했다. 얘기를 끝낸 후옌 총리가 라오페이의 어깨를 두드리며 말했다.

"내 말이 맞나 안 맞나, 라오페이?"

회의석상이었다면 라오페이는 고개를 끄덕이고 넘어갔을 테지만 자리를 옮겨 술을 마시면서까지 이런 식으로 따져 물으니 난감하지 않을 수 없었다. 게다가 술을 두 잔 마신 터였다. 마침내 그의 화가 폭발하고 말았다. 라오페이는 평소 말이 많지 않았지만 성격이 몹시 거칠었다. 게다가 원로이다 보니 처음부터 후옌 총리를 탐탁지 않게 여기고 있었다. 그는 자기 어깨 위에 얹힌 후옌 총리의 손을 밀쳐내며 말했다.

"맞는 말이긴 하지만 당신 생각대로 하다가는 삼 년도 못가서 허난 백성들이 마음 놓고 살 수 없게 될 거요."

그러고는 한 마디 덧붙였다.

"허난의 치리보다 더 큰 문제는 업적으로 관리가 되는 것이 아니라 처가댁 덕으로 관리가 되는 것이오."

분명 후옌을 두고 하는 말이었다. 후옌이 변방에서 높은 관직을 지낸 경력도 없이 총리가 될 수 있었던 것은 아문 안의 치맛바람 덕분이었다. 화가 나서 얼굴이 새파래진 후옌 총리가 라오페이에게 삿대질을 하면서 말했다.

"그 말은 내가 총리를 맡아서는 안 되고 자네가 맡아야 한다는 뜻인가?"

라오페이도 날카롭게 맞받아쳤다.

"내가 어떻게 총리가 될 수 있겠소? 내 성은 '후옌(呼延)'이 아니라서 '후옌(胡言)[28]'을 할 줄 모르니 말이오!"

원래 두 사람 사이에는 개인적인 원한이 없었다. 개인적인 원한으로 말다툼을 하는 것이라면 화가 나서 몇 마디 하는 것이 큰 문제가 되지는 않았을 것이다. 하지만 서른 명이 넘는 성장들 면전에서 심한 말이 오가면서 맺게 된 두 사람의 원한은 개인적 원한을 훨씬 넘어섰다. 경성에서 회의가 끝나고 사흘째 되던 날, 후옌은 허난으로 사람을 파견해 음으로 양으로 조사를 하게 했다. 겉으로 드러난 조사에서는 아무 것도 나오지 않았지만, 은밀히 조사하니 뭔가가 나왔다. 라오페이가 십 년 동안 성장으로 있으면서 딱한 번 뇌물을 받았는데 그 액수가 수천만에 달했다. 악행이 신문에 공개되자 검찰원에서 즉시 라오페이를 감옥에 집어넣었다. 온 국민이 탐관오리의 말로에 박수를 치며 쾌재를 불렀다. 후옌 총리가 이런 수를 쓴 것은 사적인 원한을 공적인 일로 풀려는 게 아니었다. 막 요직에 앉자마자 라오페이의 언행을 보니 자신의 자리가 불안할 것 같기도 하고 해서 라오페이를 손보는 것을 기회로 삼아 닭을 잡아 원숭이에게 보이듯 서른 명이 넘는 다른 성장들에게도 강한 암시를 주고 싶었던 것이다. 하지만 라오페이가 십 년 동안 성장을 지냈고 모은 재산이 천만에 달해도 성장 가운데서는 가장 청렴결백한 편이라는 것을 누구나 다 알고 있었다. 다른 동료들 모두가 한탄했다. 닭이긴 하지는 노계인 그에게 이처럼 유치한 짓을 하는 게 한심하다는 것이었

---

28 허튼 소리.

다. 라오페이는 감옥에 들어갔다. 라오스는 라오페이의 추천으로 현장이 된 인물이었다. 라오페이에게 일이 터진 뒤에 신샹의 전원인 라오경은 라오스를 현장에서 파면했다. 라오스가 채마밭을 가꾸는 것은 실력을 감추고 때를 기다리기 위함이었으니 이 일도 헛된 일은 아닌 것 같았다. 라오스가 현장직을 그만두고 푸젠으로 돌아가게 되자, 석극 극단의 남단인 쑤샤오바오가 그를 찾아와 배웅하면서 손을 잡고 한참을 오열했다. 하지만 라오스는 울지 않았다. 대신 이렇게 말했다.

"다들 내가 말없이 때를 기다린 것을 비웃겠지만, 사실 이번 일을 통해 얻은 것이 가장 많은 사람은 바로 날세."

쑤샤오바오가 말했다.

"이런 순간에도 농담이 나오는군요."

라오스가 정색을 하면서 말을 받았다.

"나는 사실을 말하고 있는 거라고. 이 좆같은 놈들은 몇 천 년이 지나도 이렇게 밖에 못하니 아무런 가망도 없단 말일세."

그러고는 한탄하듯이 말했다.

"안타까운 것은 앞으로 바둑을 둘 수 없다는 거야."

쑤샤오바오가 그의 손을 잡으면서 말했다.

"저도 함께 따라가고 싶어요."

라오스가 말했다.

"그동안은 현장이라서 바둑을 둘 수 있었던 거야. 이제 현장이 아니니 나를 따라와도 소용이 없네."

그러고는 한 마디 덧붙였다.

"바둑은 손으로만 두는 것도 아니거든."

라오스가 떠나자 옌진 현장은 라오떠우(老竇)로 바뀌었다. 라오떠우는 라오경이 추천한 사람으로 그의 외가 쪽 사촌동생이었다. 전에 샤오한이 쫓겨났을 때 라오페이가 라오스를 추천함으로써 친척을 천거할 수 없다는 규정을 어긴 터라, 이번에 라오경도 규정을 지키지 않고 친척을 천거한 것이었다. 라오떠우는 군인 출신으로 군대에서 부연대장을 지낸 바 있었다. 전장에서 부상으로 다리 한 쪽을 절게 되어 제대한 그는, 절름발이에다 성격마저 급해 말 한 마디 할 때마다 '좆'이 세 번이나 들어갔다. 라오떠우가 자주하는 말은 이런 식이었다.

"좆도 작은 놈이 어디 나한테 잔소리를 하는 거야. 나는 씹할 군바리 출신이란 말이야."

군바리는 실력을 감추고 때를 기다릴 필요가 없었기 때문에 채마밭 가꾸는 것을 좋아하지 않았다. 본성은 쉽게 바뀌지 않는 법이라 그는 총 쏘는 것을 좋아했다. 부임하고 나서 가장 먼저 한 일이 현 정부 뒷마당의 채마밭을 사격장으로 바꾼 것이었다. 이때부터 옌진 현성에서는 아침부터 밤까지 하루 종일 총소리가 그치지 않았다. 사정을 모르는 사람은 전쟁이 일어난 줄로 여겼지만 사실은 옌진 현장이 사격을 즐기고 있었던 것이다. 총소리는 외지 출신 도둑들을 제압하는 뜻밖의 효과를 발휘했다. 옌진의 치안은 단번에 좋아졌다. 옌진의 치안은 좋아졌지만 채마밭이 사격장으로 바뀌면서 우모세는 갑자기 일자리를 잃고 말았다. 봄에 심었던 채소들은 라오떠우의 한 짝은 높고 한 짝은 낮은 승마용 신발 두 짝에 무참히 짓밟혔다. 우모세는 라오스에게 미움을 사긴 했지만 라오스는 그를 내쫓지 않았다. 하지만 새로 부임함 라오떠우는 우모세를 단 한 번 보았을 뿐인데 그를 향해 거칠게 한 마디 내뱉었다.

"어디서 좆같은 채소를 키운다는 거야. 당장 꺼져!"

현 정부에서 쫓겨난 우모세는 '우지 만터우공방'으로 돌아와 성심성의껏 만터우를 빚었다. 마음이 상하긴 했지만 그나마 다행이었다. 반년 전에 '우지 만터우공방'에 데릴사위로 들어온 것이 훗날의 퇴로를 열어둔 셈이었다. 그렇지 않았더라면 여전히 길거리를 돌아다니면서 남의 집에 물을 날라다 주어야 했을 것이다. 그때 그가 데릴사위로 들어갈지 말지 결정하지 못해 신부 라오잔을 찾아가자 그의 상황을 제대로 파악한 라오잔은 그가 데릴사위로 들어가는 것에 찬성했었다. 라오잔은 평생 선교를 하고도 별 실적을 거두지 못했지만 중요한 순간에 우모세의 흐릿한 판단을 정확히 바로잡아 주었던 것이다. 우모세는 라오잔에게 다시 한 번 감사했다. 당시 라오잔이 우모세에게 유일하게 잘못 말한 건 운명을 라오스에게 묶어두지 말라는 것이었다. 라오스가 믿을 만한 사람이 못 된다는 것이었다. 하지만 라오스가 믿을 만하지 못한 것이 아니라 그의 후임자가 믿을 만하지 못한 사람일 줄 누가 알았겠는가. 더 이상 채마밭을 가꿀 수 없어 집으로 돌아와 만터우를 빚게 된 것이 우모세에게는 별 문제가 되지 않았지만 우샹샹은 왠지 우모세에게 속은 것 같다는 생각이 들었다. 애당초 그녀가 우모세를 원했던 건, 남자를 하나 구하는 것뿐만 아니라 기댈 산을 찾고 싶어서였다. 이제 하룻밤 사이에 등 뒤에 있던 산이 정말로 무너져버리고 우모세는 다시 우모세가 되어버렸다. 기댈 산이 없어지고 나니 우모세도 값어치가 없어졌다. 그는 방 칸, 밭 한 떼기 없는 빈털터리였다. 돈이 필요할 때는 돈이 없고 사람이 필요할 때는 어디로 가버리는 그런 사람이었다. 우샹샹은 애당초 주판을 잘못 놓은 것이 후회스러웠다. 그녀가 우모세에게 속은 것인지 아니면 현장 라오스에게 속은 것인지, 라오스에게 속은 것이 아니라 성장 라오페이에게 속은 것인지, 라오페이에게 속은 것이 아니라 총리에게 속은 것인지 아무리 생각해도 알 수가 없었다. 누구에게 속은 것이든 간에 우모세는 우모세가 되었고 '우지 만터우공방'의 만터우는 그냥 만터우가 되었다. 우모세와 결혼하던 날 라오스가 써주었던 '과감하게 행동하고 용감하게 일한다'라는 네 글자가 편액에 담겨 문 위에 걸려 있었다. 화가 난 우샹샹은 이 편액을 떼어 내 칼로 쪼개버렸다. 제자를 써준 사람이 영락했으니 편액을 없애버리지 않는 것이 오히려 웃음거리가 될 것 같았다. 더군다나 기댈 산을 잃은 것은 만터우 뿐이라고 생각했는데, 우모세가 '우지 만터우공방'으로 돌아와서 만터우를 빚게 되었고 만터우를 팔던 둘째 날 니싼에게 흠씬 얻어맞을 줄은 생각지도 못했다. 현 정부에서 쫓겨난 게 그다지 명예로운 일은 아니었기 때문에, 우모세는 만터우 가게로 돌아와 며칠 집에 숨어 있다가 다시 나가서 사람들을 만날 생각이었다. 하지만 우샹샹은 우모세가 현 정부의 공무를 상실한 만큼 공을 세워 속죄하는 의미에서 만터우 가게에 진력을 다해야 한다고 생각했다. 우모세는 집에서 만터우를 빚고 찌는 것은 물론, 그녀 대신 사거리에 나가 만터우를 팔아야 했다. 그녀는 집안에서 다른 것들을 신경 썼다. 우모세는 사거리에서 구두를 수선하는 라오자오나 훈제 토끼고기를 파는 언청이 라오펑, 관재 가게의 라오위 등과 마주치는 것이 두려웠다. 자신이 왜 현 정부에서 쫓겨나게 됐는지 그들이 낱낱이 캐물을 것이 분명한데 간단명료하게 설명해 줄 수가 없기 때문이었다. 하지만 우모세는 밖에 나가 사람들과 마주치는 것이 두렵다고 말할 수도 없었다. 따라서 그저 자신이 이전에 만터우를 팔아본 적도 없고 두부만 팔아봤기 때문에, 업종이 완전히 다르니 이틀만 더 있다가 거리에 나가면 안 되겠냐고 사정하는 수밖에 없었다. 그가 머리를 긁적이며 말했다.

"만터우를 팔 때 뭐라고 외쳐야 하는지도 모른단 말이에요."

우샹샹은 곧장 화를 내면서 말을 받았다.

"전에 현 정부에서 일할 때는 매일 조용히 지낼 수 있었겠지. 하지만 지금은 가진 것이라곤 몸뚱이밖에 없으면서, 설마 지금도 여자 혼자 밖에 나가 사람들 앞에 얼굴을 내놓고 일하게 하고 사내인 당신은 집에 들어앉아 있겠다는 거야?"

우샹샹의 말도 전혀 일리가 없는 것은 아니었다. 이리하여 이튿날 오경에 일어나 만터우를 빚어서 증롱에 쪘다. 만터우를 찌고 나니 날이 밝아 있었다. 우모세는 만터우 수레를 밀고 나가 두 눈 딱 감고 사거리 쪽으로 걸어갔다. 예전 같았으면 현 정부로 일하러 갈 시간이었다. 우모세는 라오스와 채마밭이 그리웠다. 만터우 수레를 몰고 걸어가고 있는데 어느 골목에서 야경을 도는 니싼이 비틀거리면서 튀어나와서는 멀리서 우모세를 향해 소리를 질렀다.

"야 임마, 너 거기 서봐."

우모세가 멈춰 서자 니싼이 눈을 흘기며 말했다.

"너 장가갈 때 왜 나한테는 희주를 마시러 오라고 안 부른 거야? 이 니싼을 무시하는 거야?"

우모세는 울지도 못하고 웃지도 못할 심정이었다. 결혼한 지 이미 반년이나 지났는데 왜 오늘 그 얘기를 다시 꺼낸단 말인가? 바로 어제 혼례를 치렀다 해도 두 사람은 일가친척이 아닌데 왜 그를 불러 희주를 대접해야 한단 말인가? 결혼할 당시 부모 형제에게조차도 알리지 않은 터에 하물며 전혀 알지 못하는 일개 야경꾼에게 희주를 대접할 이유가 없었다. 이는 사람을 무시하는 것과는 전혀 별개의 일이었다. 우모세는 니싼이 술에 취해 그러는 것이라 생각하고는 그와 살랑이를 벌이고 싶지 않아 몸을 돌려 그냥 수레를 밀고 지나가려 했다. 그러나 뜻밖에도 니싼이 큰 걸음으로 달려와서는 다짜고짜 우모세의 만터우 수레를 발로 걷어차 뒤집어버리는 것이 아닌가. 땅바닥 가득 만터우가 굴러다녔다. 니싼은 또 발로 우모세를 걷어찬 다음 식초 사발만한 두 주먹을 우모세의 얼굴을 향해 마구 휘둘렀다.

"누가 뒤에서 봐주기라도 하는 모양이지. 네 놈이 감히 이 니싼 나리를 깔보다니 말이야? 내가 반년이나 화를 참았지만 오늘은 본때를 보여주마."

순식간에 우모세의 얼굴이 양념 가게를 차리기라도 한 것처럼 울긋불긋해지면서 콧구멍에서 콧물과 피가 동시에 흘러내렸다. 동이 터 이제 막 아침시장이 열릴 때라 많은 사람들이 둘러싸고 이런 광경을 구경했다. 사람들은 니싼이 우모세를 때리는 것을 바라보기만 할 뿐 아무도 나서서 말리지 않았다. 때리다 지친 니싼이 겨우 몸을 일으켜 우모세를 향해 삿대질을 하면서 말했다.

"당장 내 앞에서 꺼져. 양쟈좡으로 돌아가란 말이야. 여긴 네 놈이 살 곳이 아니야. 가지 않고 있다가 내 눈에 띄기만 하면 또 죽도록 맞을 줄 알아!"

그러고는 비틀거리면서 어디론가 가버렸다. 이 말을 들은 우모세는 니싼이 자신을 때린 이유가 혼례 때 희주를 마시라고 부르지 않았기 때문이 아니라 배후에 다른 이유가 있다는 것을 알아챘다. 우모세가 니싼에게 맞은 것은 오전이었다. 오후에는 중매를 선 라오추이도 니싼에게 흠씬 얻어맞았다. 라오추이는 우모세보다 훨씬 더 심하게 얻어맞아 한쪽 팔이 부러졌다. 우모세와 라오추이 둘 다 얻어맞기 전에는 영문을 몰랐지만 이제는 이번 혼사가 잘못되었음을 깨닫게 되었다. 중매를 선 것 외에 다른 원인이 아주 많앗다. 근원을 따져보니 니싼의 배후에서 라오쟝 집안이 조종한 것이었다. 니싼은 쟝룽과 쟝거우에게서 이런저런 물건들을 받고 그들을 대신해 분풀이를 했던 것이다. 우모세가 현 정부에서 일할 때는 아무도 그를 건드리지 않았다. 그러다가 우모세가 새로 온 현장 라오떠우에 의해 쫓겨나자 보복을 시작한 것이었다. 라오추이도 우모세와 함께 연루되어 매를 맞았다. 라오추이는 매를 맞고 나서 니싼을 탓하지 않고 오히려 중매쟁이 라오쑨을 원망하기 시작했다. 앞에 있는 것이 불구덩이인 줄 알면서 반년 전에 자신은 건너지 않고 다른 사람을 건너게 했기 때문이다. 얻어맞은 것은 무시당했다고 할 수 없었다. 오히려 남에게 속은 것이 무시당한 것이었다. 매를 맞은 라오추이는 니싼을 찾아가 시비를 따지지 않고 부러진 팔을 힘들게 받치고는 현성 동가에 있는 라오쑨을 찾아갔다. 라오쑨 역시 이날 우모세와 라오추이가 니싼에게 얻어맞았다는 얘기를 들은 터라 문에 발을 치고 있다가 라오추이가 오는 것을 보고는 황급히 침대에 누워 앓는 척을 했다. 라오추이가 방 안으로 들어와 침상 옆으로 다가오자 그는 눈을 감고 신음하면서 말했다.

"아이고, 늙으니까 매일 여기저기 안 아픈 데가 없네."

그러고는 손을 내밀면서 힘없이 말했다.

"이번에는 과거와 달리 닷새 동안 아무 것도 먹지 못하고 있다네."

라오추이가 이불을 걷어 젖히면서 말했다.

"염병할 또 꾀병이군. 이 늙은이, 오늘 내가 당신이랑 아주 끝장을 봐야겠어!"

라오쑨은 라오추이가 화를 내는 것을 보고는 하는 수 없이 몸을 돌려 앉으면서 엄살을 부리는 대신 연달아 라오추이에게 사과하기 시작했다.

"아주, 다른 말 할 필요 없네. 전부 다 내 탓일세."

그러고는 또 말했다.

"반년이 넘었으니 이미 다 지나간 일인 줄로만 알았지, 옛날 일을 들출 줄 누가 알았겠나. 처음에는 장난을 치려는 건 줄 알았어. 하마터면 목숨을 잃을 뻔한 일이 생길 줄은 생각지도 못했다네."

잠시 멈춘 그는 다시 말을 이었다.

"먼저 팔을 좀 보세. 돈이 얼마가 들든지 내가 다 책임지도록 하겠네."

아직도 울분이 가시지 않은 라오추이의 얼굴을 쳐다보면서 라오쑨은 얼른 자신의 얼굴을 내밀었다.

"그래도 화가 풀리지 않는다면 나를 한 대 치게나."

웃지도 못하고 울지도 못할 처지가 되어버린 라오추이는 그 뒤로 나귀 파는 일에만 전념하고 다시는 남의 일에 왈가왈부하지 않기로 결심했다. 이것이 바로 라오쑨이 노린 것이었다.

호되게 얻어맞고 난 우모세는 머리가 어지러웠다. 첫째는 니싼의 주먹이 너무 컸기 때문이고, 둘째는 무방비 상태에서 주먹이 전부 얼굴만 가격했기 때문이다. 니싼이 가고 나서 땅바닥을 기듯이 몸을 일으켜 손으로 얼굴을 닦아보니 손에 피가 흥건하게 묻어났다. 우모세는 땅바닥에서 흙이 묻은 만터우를 주워 수레 위의 만터우 광주리에 담았다. 만터우에도 피가 묻어 있고 광주리에도 피가 잔뜩 묻어 있었다. 사람들 앞에서 매를 맞은 것은 현 정부에서 쫓겨난 것보다 더 창피한 일이었다. 우모세는 더 이상 사거리에서 만터우를 팔 수 없게 되었다. 흙투성이가 되고 피까지 묻은 만터우는 다시 팔 수도 없었다. 상처투성이 얼굴로 집에 돌아갈 엄두도 나지 않았다. 그는 하는 수 없이 만터우 수레를 밀고서 예전에 물을 지어 나를 때 살았던 창고로 갔다. 물을 한 대야 받아 머리와 얼굴을 씻고 몸에 묻은 흙을 털어냈다. 다시 물을 한 대야 받아 수레에 있는 만터우를 하나씩 깨끗하게 씻었다. 만터우를 다 씻은 다음에는 만터우 광주리를 닦았다. 위 아래로 깨끗하게 정리를 한 다음에야 그는 만터우 수레를 밀고 서가에 있는 만터우 가게로 돌아왔다. 밖에 나가 흠씬 얻어맞은 것은 정말 창피한 일이었다. 우모세는 이 일을 숨길 작정이었다. 정신을 차린 그는 천천히 몸을 추스렸다. 하지만 이른 아침에 밖에 나갔다가 다시 방향을 돌려 집으로 돌아온 이상 우샹샹에게 적당한 이유를 둘러대야 했다. 생각해낸 핑계가 바로 갑자기 배가 아프다는 것이었다. 우모세는 한 손으로 수레를 밀면서 다른 한 손으로는 배를 감싼 채 문 안에 들어섰다. 그런데 뜻밖에도 우샹샹이 이미 그가 흠씬 얻어맞은 것을 알고서 눈물 콧물을 흘리면서 라오루가 선물한 대나무 의자에 앉아 울고 있는 게 아닌가. 우모세는 사실을 숨길 수 없다는 걸 깨닫고는 얼른 배에서 손을 내리면서 대충 둘러대기 시작했다.

"별 일 아니에요. 말 한 마디가 엇갈려서 둘이 다툰 것뿐이라고요."

우샹샹이 울면서 말했다.

"맞았으면 그냥 맞았다고 해. 상대를 때렸다고 우기지 말고."

우모세는 다시 둘러댔다.

"괜찮아요. 근육이나 뼈를 다치진 않았으니까요."

우샹샹은 오히려 근육이나 뼈에 대해서는 언급하지 않았다.

"내가 처음에 너를 찾은 것은 네가 현 정부에서 일하고 있기 때문만은 아니었어."

우모세가 말했다.

"그럼 뭣 때문이었죠?"

"네가 예전에 돼지를 잡았다는 말을 듣고 앞으로 가게를 잘 받쳐줄 수 있을 것이라고 생각했지. 만터우를 팔러 나간 첫날부터 맞고 돌아오리라고는 상상도 못했단 말이야."

우샹샹이 이런 말을 꺼내지 않았더라면 우모세는 과거 자신의 직업마저 잊어버렸을 것이다. 하지만 그녀가 이 얘기를 꺼내는 순간 피가 머리 위로 솟구치기 시작했다. 우샹샹이 말했다.

"네가 없었을 때는 한 번도 이렇게 억울한 일을 당한 적이 없었단 말이야. 남편이 생겼는데 오히려 그 남편이 남들한테 무시를 당하다니. 이렇게 시작부터 얻어맞고 다닌다면 앞으로 만터우 가게를 어떻게 유지한단 말이야!"

그러고는 분을 참지 못하면서 말을 이었다.

"너는 널 때린 것이 단순히 때린 것에 그친다고 생각하겠지만, 사실 그의 의도는 우리를 쫓아내려는 거야. 네가 우리 모녀를 데리고 발붙일 곳이 있다면 나는 당장 가서 짐을 쌀 거야. 네가 발붙일 곳이 없어 여기서 우리 모녀랑 대충 살고자 한다면 그래도 돼. 참고 살면 되겠지. 하지만 저들이 그렇게 놔둘지 모르지."

그러고는 한 마디 덧붙였다.

"애 아빠가 살아있을 때는 사람은 말할 것도 없고, 파리나 모기도 감히 날아와 물지 않았어. 애 아빠가 죽고 나니까 우리가 쓸모 없는 사람이 되고 만 거지."

그녀는 결국 손으로 바닥을 치면서 울음을 터뜨렸다.

"난 지질이도 복이 없지. 왜 이렇게 일찍 가버린 거예요!"

죽은 쟝후를 향해 말하는 것 같기도 하고 우모세를 향해 말하는 것 같기도 했다. 우모세에게 말하는 것 같기도 하고 우모세를 말하는 것 같기도 했다. 우모세는 우샹샹의 말에도 일리가 있다고 생각했다. 니싼이 오늘 자신을 때린 것이 그냥 때린 것으로 그친다면 대충 참고 넘어갈 수 있을 것 같았다. 하지만 그들을 쫓아내기 위해 때린 것이라면 우모세로서는 갈 곳이 없었다. 우모세 혼자라면 어디든지 가서 무슨 일이든지 해서 한 몸 건사할 수 있었다. 그렇지만 이제 아내와 아이가 있으니 이들을 데리고 갈만 한 곳은 어디에도 없었다. 그가 발을 붙일 수 있는 곳은 오로지 양쟈좡 뿐이었다. 양쟈좡은 우샹샹이 가고 싶은지 따져볼 것도 없었다. 우샹샹이 가고 싶다고 해도 우모세가 가고 싶지 않았기 때문이다. 반년 전의 혼사를 라오양에게 알리지 않아 두 사람의 관계는 철저히 끊어진 상태였다. 지난 몇 년 동안 돼지를 잡는 일부터 시작하여 염색공장에서 물을 기어 나르다가 라오잔의 도제가 된 데 이어 라오루의 죽업사로 가서 대나무를 쪼개고, 다시 길거리를 떠돌면서 물을 지어 나르다가 현 정부에 들어가 채마밭을 가꾸고 '우지 만터우공방'에 데릴사위로 들어갈 때까지 이 모든 걸음을 내딛을 때마다 단 한 번도 평탄한 적이 없었다. 평탄치 않은 길을 걸어 어렵사리 편안한 나날을 보내게 되자 또다시 누군가 자신을 내쫓으려 하고 있었다. 평탄치 않았던 수많은 길들은 우모세를 막다른 길로 내몰지는 않았는데, 서로 아무런 관계도 없는 니싼이 그를 막다른 길로 내몰고 있었다. 우샹샹의 울음 소리가 커질수록 우모세 마음속의 불길도 점점 더 거세게 타올랐다. 우모세는 갑자기 몸을 돌려 부엌으로 갔다. 나올 때는 그의 손에 쟝후가 남긴 우이첨도(牛耳尖刀)가 들려 있었다. 그가 칼을 들고 있는 것을 본 우샹샹이 얼른 울음을 그치고 물었다.

"가서 뭐 하려고?"

우모세가 말했다.

"가서 니싼을 죽여야겠어요."

우샹샹이 땅바닥에 가래침을 뱉으면서 말했다.

"너를 때린 사람은 니싼이지만 뒤에서 너를 때리라고 지시한 사람이 누군지 알아?"

순간 정신을 차린 우모세는 날카로운 우이첨도를 들고 문을 나서 라오추이처럼 북가에 있는 니싼을 찾아가지 않고 큰 걸음으로 남가에 있는 '쟝지솜틀집'으로 갔다. 쟝룽과 쟝거우를 찾아 빚을 갚으려는 것이었다. 집을 나설 때는 가슴 가득 분노가 차 있었지만 사거리에 이르자 주춤대기 시작했다. 쟝룽과 쟝거우는 그도 만난 적이 있었다. 니싼처럼 건장하진 않았지만 키가 오 척 하고도 다섯 치는 될 것 같았다. 니싼은 혼자라서 그런대로 상대할 수 있을 것 같았지만 쟝룽과 쟝거우 형제는 둘이라 상대가 될 것 같지 않았다. 예전에 돼지를 잡은 적은 있었지만 사람을 죽인 적은 없었다. 몇 년 전에 마쟈쾅에 가서 마차를 모는 라오마를 죽이겠다는 생각을 한 적도 있었지만 정작 마쟈쾅에 이르러서는 손을 대지 않았었다. 그저 마음속으로 죽어 마땅한 사람들 몇 명을 생각했을 뿐이었다. 정말로 사람을 죽여야 할 때는 차마 행동으로 옮기지 못했다. 감히 사람을 죽일 용기도 없으면서 문을 나설 때 칼은 왜 가지고 나왔단 말인가? 그 순간 그는 아내인 우샹샹이 보통 여자가 아니라는 생각이 들었다. 다른 집들은 안 좋은 일이 생겼을 때 아내들이 남편에게 다른 문제가 생기지 않도록 말리곤 하는데, 그녀는 지금 남편이 맞고 들어오자 남편에게 사람을 죽이라고 교사하고 있었다. 하지만 이미 손에 칼을 들고 있던 터라 다시 돌아갈 수도 없었다. 다시 돌아가면 우샹샹이 비웃는 것도 두렵지만, 모든 사람들에게도 설명할 방법이 없었다. 정오가 다가오는 시각이라 현성 길거리에는 장을 보러 나온 사람들이 아주 많았다. 우모세가 칼을 들고 거리를 걷는 것을 보고서 이 혼사의 속사정을 아는 사람들은 곧 화약통이 폭발할 거라는 걸 알고는 모두들 하던 일을 팽개치고 소동을 구경하기 위해 그의 뒤를 쫓아갔다. 사정을 모르던 사람들도 잠깐 내막을 물어보고는 이내 이 일의 자초지종을 알고 소동을 구경하기 위해 뒤를 따랐다. 뒤를 따르는 사람이 없었다면 우모세는 가는 도중에 물러섰을지도 모른다. 하지만 이제 모든 사람들이 자신을 에워싸고 있어 다시 돌아가는 게 불가능해졌다. 하는 수 없이 우모세는 '쟝지 솜틀집'으로 갔다. 솜틀집은 한 장(丈) 정도 밖으로 돌출되어 있고 돌 굴레가 하나 놓여 있었다. 돌 굴레는 절반 정도가 흙 속에 묻혀 있었다. 우모세는 몸을 쭉 펴고서 돌 굴레를 밟고 올라가 대담한 태도로 소리쳤다.

"쟝씨 놈들아, 당장 이리 나와!"

니쌴에게 우모세와 라오추이를 때리라고 사주한 장본인이 바로 쟝룽과 쟝거우 형제였다. 쟝룽과 쟝거우는 우샹샹이 데릴사위를 맞은 것 때문에 화가 났던 것이 아니라, 앞으로 만터우 가게가 영원히 우샹샹 차지가 된다는 것에 화가 나 있었다. 게다가 우샹샹은 반년 전에 혼사 이야기를 꺼내고 혼례를 치르기까지 모든 일을 겨우 사흘 만에 다 해치우면서 쟝씨 집안이 반응할 수 있는 시간적 여지를 주지 않고 생쌀을 밥으로 만들어버렸다. 당시 우모세는 현 정부에서 채마밭을 가꾸고 있었고 현장 라오스가 아끼는 사람이었기 때문에 쟝룽과 쟝거우는 그를 어떻게 할 수가 없었다. 하지만 이제 라오스에게 일이 터져 우모세가 새로 온 현장에 의해 쫓겨나 일개 만터우 장수로 전락하자 니쌴을 찾아가 오 위안을 주면서 우모세와 라오추이에게 한 차례 교훈을 주라고 사주했던 것이다. 라오추이는 쾌씸하기는 했지만 만터우 가게와는 아무런 상관이 없었다. 하지만 우모세에게 교훈을 주는 것은 교훈으로 그치는 것이 아니었다. 전통극 무대에서 창(唱)을 하는 것처럼 오늘은 현악기만 연주하고 더 큰 장면은 뒷부분에 남아 있었다. 우선 한 차례 흠씬 두들겨 팬 다음에 며칠 후에 또 패는 식으로 우모세를 쫓아낼 작정이었다. 두들겨 패서 쫓아내는 이는 우모세에게 그치는 것이 아니라 우샹샹 모녀도 포함되었다. 우샹샹이 데릴사위를 들이지 않았더라면 그녀를 쫓아내기가 쉽지 않았을 테지만, 이제 외지 사람을 맞아들이고 나니 오히려 그들을 한꺼번에 내쫓기가 훨씬 수월해졌다. 지금 그들을 쫓아내는 것은 단지 만터우 가게 때문만이 아니었다. 반년 전에 숨이 막히도록 갑갑했던 심정 때문이기도 했다. 예전에 쟝룽과 쟝거우가 보았던 우모세는 거리에서 물을 지어 나르면서 사람들이 뭐라고 하면 그대로 따르는 사람이었다. 한 눈에 봐도 유약한 사람임에 틀림이 없었다. 나중에 현 정부에 들어가 채마밭을 가꿀 때도 종종 다른 사람들의 심부름을 하느라 온 종일 팽이처럼 뛰어다니면서 자기 주장은 전혀 없는 사람이었다. 때리면 뛰어가는 사람, 한 번 때려서 안 뛰면 몇 번 때리면 뛰어가는 그런 사람이었다. 그런 우모세가 방금 한 차례 얻어맞고는 곧바로 자기 주장이 생겨 다시 맞을 때까지 기다리지도 않고 칼을 들고서 죽이겠다고 문 앞까지 찾아온 것이다. 쟝룽과 쟝거우 형제는 나가서 우모세에 맞서 싸우려 했지만 아버지 라오쟝이 두 사람을 말렸다. 라오쟝은 그래도 나이가 좀 있다 보니 우모세가 칼을 들고 있는 것을 보자 이번 일로 인명사고가 발생할지도 모른다는 생각이 들었다. 인명사고가 나면 누가 죽든지 간에 만터우 가게의 일로 그치지 않을 것이었다. 우모세가 큰 소리를 질러댔지만 쟝씨네 집에서는 아무도 나오지 않았다. 대신 송아지 만한 세퍼드 한 마리가 요란하게 짖으면서 문밖으로 뛰어나오더니 곧바로 우모세를 덮쳤다. 사람을 내보내지 않고 개를 푼 것 역시 라오쟝의 생각이었다. 개를 풀어 우모세가 놀라 도망치면 잠시 동안 일을 보류해 두었다가 나중에 다시 천천히 따져 매듭지으려는 것이 라오쟝의 생각이었다. 하지만 일이 정반대로 전개될 줄은 전혀 예상하지 못했다. 만일 쟝룽과 쟝거우가 나왔다면 우모세는 오히려 어떻게 대처해야 될지 몰랐을 것이다. 하지만 개 한 마리가 뛰쳐나오자 우모세는 오히려 정신이 들었다. 예전에 사부 라오쩡에게서 돼지 잡는 법을 배울 때, 돼지를 잡기 전에 먼저 개를 가지고 연습을 했던 우모세다. 사람을 죽이는 것이었다면 우모세도 망설였겠지만 개를 죽이는 것이라면 과거에 하던 일을 다시 하는 것에 지나지 않았다. 개가 덤비자 우모세는 한쪽으로 몸을 피한 다음, 개가 다시 몸을 돌리는 순간 개의 앞다리 한 쪽을 붙잡고 손을 높이 들어 칼을 내리찍었다. 개는 '깽' 하는 소리와 함께 땅바닥에 고꾸라졌다. 목에서부터 흉강까지 커다란 칼자국이 났고 피가 뿜어져 나오면서 우모세의 얼굴과 몸에 잔뜩 튀었다. 세퍼드의 울긋불긋한 내장이 땅바닥 가득 흘러 나왔다. 이를 둘러싸고 구경하던 사람들은 일제히 '으악' 하고 비명을 내질렀다. 우모세는 온 몸이 피로 물들자 자신의 용감함에 스스로 감동해서 더욱 더 큰 소리로 외쳤다.

"개는 이미 죽었으니 이제 사람이 나올 차례지!"

이때 그의 말대로 쟝룽과 쟝거우 형제가 나왔다면 두 사람이 한 사람을 상대하는 것이라 우모세는 적수가 되지 못했을 것이다. 하지만 커다란 세퍼드 한 마리가 우모세의 손에 맞아 죽은 것을 보고 나니 다소 머뭇거려졌다. 개가 죽기 전이었다면 두 형제가 용감하게 밖으로 나왔을지도 모르겠지만 말이다. 어쩌면 두 사람이었기 때문에 아무도 먼저 나서지 않은 것인지도 모른다. 우모세가 칼을 쓰는 것을 본 아내들이 각자 자기 남편을 잡아당기면서 서로 눈치를 보았기 때문이다. 밖에 몸이 피범벅이 된 사람이 목숨을 걸고 덤비고 있는데 자기 남편을 먼저 내보내 죽게 할 이유가 어디 있겠는가? 결국 쟝룽과 쟝거우 둘 다 나가지 않았다. 한참 만에 나온 사람은 '쟝지 솜틀집' 주인장인 라오쟝이었다. 라오쟝은 장포에 마고자 차림이었고 머리에는 수박모자를 쓰고 있었다. 멀리 자기 집 문 앞에 선 그가 우모세를 바라보면서 말했다.

"큰 조카, 잘못 찾아온 것 같네. 자네를 때린 사람은 쟝씨가 아닐 테니 말일세."

우모세는 노인네가 나와 화제를 다른 곳으로 돌리는 것을 보고는 쟝씨네 사람들이 속으로 겁을 먹고 있음을 알게 되었다. 쟝씨네 사람들이 겁을 먹자 우모세는 오히려 더 힘이 났다.

"아저씨, 우린 전부 어린애가 아니잖아요. 다 아시면서 모르는 척 하지 마세요."

라오쟝이 말했다.

"소인배들 얘기만 듣고 우리와 원한을 맺어선 안 되지."

라오쟝이 이렇게 말할수록 우모세는 점점 더 자신감이 생겼다. 오늘 목숨을 잃을 것 같지는 않았지만 그렇다고 활시위를 너무 팽팽하게 당길 수도 없었다. 우모세가 말했다.

"아저씨, 아저씨 체면은 살려드리지요. 제 성미대로 하자면 누가 먼저 나오든지 기다릴 것 없이 일찌감치 칼을 들고 쳐들어갔을 겁니다. 쟝씨 집안 사람들 전부를 한꺼번에 참수할 수는 없겠지만, 방금 개를 처리한 것처럼 한 명씩 차례로 죽이는 건 얼마든지 할 수 있지요. 오늘 기왕에 왔으니 살아서 돌아가고 싶지 않군요. 한 명만 죽여도 밑지는 장사는 아닐 것이고 두 명을 죽이면 목숨 하나를 버는 셈이지요."

라오쟝이 온몸을 부들부들 떨면서 말을 받았다.

"큰 조카, 전후 사정이 어떻든지 간에 일을 그 지경으로 몰고 가면 안 되네. 말이 오가는 사이에 뭔가 오해가 있었던 것 같긴 하지만 어쨌든 지금 자네는 내 며느리랑 함께 살고 있지 않은가. 말하자면 내 양아들인 셈이지. 이 늙은이 나이를 봐서라도 말을 좀 들어주게. 이 일은 이쯤에서 그만두었으면 하네. 알아들었다면 이만 돌아가도록 하게."

우모세는 앞으로 한 걸음 나아가 길거리 한 가운데 두 다리를 벌리고 서서 칼을 휘둘러 자기 얼굴에 개 피를 묻히면서 말했다.

"아저씨, 오늘 결판을 내지 않으면 전 돌아가지 않을 겁니다."

라오쟝은 우모세의 속임수에 걸려들고 말았다.

"자네가 헛걸음 하지 않도록 내 생각을 확실하게 말해주겠네."

우모세가 말했다.

"어떤 생각인가요?"

라오쟝이 말했다.

"지나간 일은 일체 거론하지 않기로 하세. 지금부터 두 집안이 화해하는 걸로 하세."

우모세가 땅바닥에 침을 뱉으면서 그것으로는 대답이 되지 못한다는 뜻을 표했다. 라오쟝이 자기 허벅지를 치며 말했다.

"자네에게 조롱박 두 개에 목화씨 기름을 담아주겠네. 돌아가서 만터우를 튀길 때 쓰게."

목화씨 기름은 목화에서 씨만 축출하며 짜낸 기름으로서 솜틀집에는 항상 이 기름이 넉넉했다. 우모세는 때가 되었다고 생각하고는 일이 엉뚱한 쪽으로 빠질까 두려워 얼른 말을 받았다.

"아저씨, 저는 두 집안이 화해하는 것을 원치 않습니다."

라오쟝이 말했다.

"그게 무슨 뜻인가?"

"두 집안이 영원히 왕래하지 않는다는 뜻이지요."

라오쟝은 잠시 생각에 잠기더니 다시 허벅지를 치며 말했다.

"자네 말도 맞는 것 같네. 일이 이 지경이 됐으니 영원히 왕래하지 않는 것이 바로 두 집안이 영원히 잘 지내는 방법이겠지."

우모세는 온몸이 피범벅이 된 채로 목화씨 기름이 든 조롱박 두 개를 들고 남가에서 서가를 향해 걸었다. 이때 그를 에워싸고 구경하는 사람들이 인산인해를 이루었다. 원소절의 명절놀이 못지않은 성황이었다. '우모세가 옌진성을 떠들썩하게 했다'는 말이 이때부터 하나의 화제가 되어 몇 십 년이 지난 뒤에도 옌진에 구전되고 있다. 우모세는 돌아가는 길에 두려움을 느끼기 시작했다. 등줄기로 식은땀이 나면서 걸음을 뗄 때마다 두 다리가 후들거렸다. 오늘 살아서 돌아올 수 있었던 것은 명이 긴 셈이었다. 만터우 가게로 들어서자 우샹샹이 그가 승리하고 돌아온 것을 보고는 그를 끌어안고 얼굴에 입을 맞췄다.

"자기야."

우모세는 온몸이 피투성이가 되어 그 자리에 그대로 서 있었다. 곧 사지가 풀려 주저앉을 것만 같은 기분이었다. 갑자기 입을 맞추면서 "자기야"라고 부르는 여자가 전혀 친근하게 느껴지지 않았다.

쟝후가 살아 있을 때는 쟝씨네 만터우 가게에서 만터우를 하루에 일곱 솥씩 쪄냈다. 전날 저녁에 밀가루 세 단지를 발효시켰다가 이튿날 오경에 닭이 울면 부부가 함께 잠자리에서 일어나 밀가루 반죽을 시작하여 만터우를 세 솥 쪘다. 솥마다 일곱 개의 시루를 얹었고 시루마다 열여덟 개의 만터우가 들어 있었다. 다 익은 삼백일흔여덟 개의 만터우를 꺼내 광주리 두 개에 담고 나면 막 동이 터 올랐다. 그러면 만터우 광주리를 수레에 싣고 사거리로 나가 아침에서 오전 사이면 만터우를 다 팔 수 있었다. 오후에도 다시 네 솥을 쪘다. 만터우가 다 익으면 오백네 개의 만터우를 꺼내 광주리에 담아 사거리로 가져다 팔았다. 오후 장사는 밤중까지 이어졌다. 날이 어두워지면 참기름 등에 불을 붙이고 니싼이 야경을 돌러 나올 때까지 팔았다. 좌판을 정리하고 집으로 돌아오면 곧바로 밀가루를 발효시켜야 했다. 쟝후가 죽고 나서 혼자 남게 되자 우샹샹은 매일 만터우를 네 솥만 찌게 되었다. 아침에 두 솥, 오후에 두 솥을 쪄서 팔고 밤에는 장사를 하지 않았다. 그러다가 '데릴사위'로 우모세를 맞은 우씨네 만터우 가게는 예전처럼 매일 일곱 솥의 만터우를 찌기 시작했다. 전날 저녁에 밀가루를 발효시킨 다음 이튿날 오경에 일어나 오전에는 세 솥을 찌고 오후에는 네 솥을 쪄서 사거리로 가져다 팔았다. 밤이 될 때까지 장사를 하고 있다 보면 니싼이 나와 야경을 돌았다. '우모세가 옌진 성을 떠들썩하게 한' 뒤로 니싼 역시 놀라움을 금치 못했다. 우모세가 보이지 않으면 얘기를 하다가 그가 보이면 얼른 몸을 숨겼다. 알고 보니 그가 살인을 할 수 있는 사람이었던 것이다. 한동안 우모세의 내력을 모르다 보니 그에게 훨씬 더 예의바르게 굴었다. 니싼의 예의는 입에 있는 것이 아니었다. 우모세를 그저 우두커니 바라만 보는 것이었다. 때로는 땅바닥에 침을 뱉기도 했다. "네가 다른 사람을 죽일 수 있을지 몰라도 감히 나는 죽이지 못할 거야." 하는 의미였다.

　여전히 니싼은 집에 양식이 떨어지면 곧바로 시장의 점포나 좌판을 돌면서 자기 마음대로 물건을 집어왔다. 쟝씨네 파와 왕씨네 쌀, 이씨네 고기를 집어왔다. 예전에 쟝후가 만터우를 팔았을 때는 쟝후의 만터우도 가져갔었다. 이제 사람이 바뀌어 우모세가 만터우를 팔게 되자 니싼은 우씨네 만터우는 가져가지 않았다. 이런 식으로 우모세의 체면을 살려주는 것이었다. 옌진 성을 떠들썩하게 한 사건은 사실 우모세가 허세를 부리며 어쩌다 개한 마리를 죽인 것에 불과했다. 그래서 지금 니싼을 보고도 트집을 잡아 분풀이를 하지 않는 것이었다. 두 사람은 멀지도 가깝지도 않게 서로 적당한 거리를 유지하고 있었다.

하루하루 세월은 흘러 반년이나 만터우를 팔다보니 우모세는 자신이 만터우 파는 일을 좋아하지 않는다는 것을 깨달았다. 밀가루를 발효시키고 반죽하여 만터우를 찌는 것은 무척이나 힘이 드는 일이었지만 별로 두렵지 않았다. 하지만 만터우를 파는 일은 힘을 쓸 필요가 없어 오히려 마음에 들지 않았다. 만터우를 싫어하거나 장사하는 것을 싫어해서가 아니라 만터우를 팔 때 항상 사람들과 얘기를 해야 하기 때문이었다. 재작년에 사부인 라오쩡에게서 돼지 잡는 기술을 배울 때, 연말이 다가오자 사부 라오쩡의 다리에 관절염이 재발해 걸음을 걷지 못하게 된 적이 있다. 당시 우모세는 아직 양바이순으로 불렸었다. 혼자서 밖에 나가 돼지를 잡을 때마다 항상 사람들과 인사를 주고받아야 하고 얘기를 나눠야 하다 보니 마음속으로 여간 두렵고 부끄러운 것이 아니었다. 만터우를 팔 때의 두려움은 돼지를 잡을 때의 두려움과 달랐다. 돼지를 잡을 때는 사람들과 얘기를 나눠도 돼지 한 마리에 관해 얘기하면 그만이었다. 하루에 손님이 보통 한 집, 많아야 두 집이기 때문에 사람들과 얘기하는 것이 그런대로 힘들지 않았다. 게다가 돼지를 잡는 일이 주요한 일이고 얘기를 나누는 것은 부차적인 일이었다. 얘기를 해도 장씨네 돼지를 잡는 것이나 리씨네 돼지를 잡는 것이나 동작이 대동소이

하기 때문에 한두 가지 이야기를 여러 집에서 똑같이 써먹을 수 있었다. 하지만 사거리에 나와 만터우를 팔게 된 지금은 만터우를 사러 오는 사람들도 많고 말들도 많았다. 생김새와 성격에 따라 모두들 각기 다른 얘기를 했다. 장사를 하면서 사람들과 하는 얘기는 평상시의 얘기와 같지 않았다. 평소에는 자기 기분대로 얘기하면 되지만 장사를 할 때는 사람들의 비위를 맞춰줘야 했다. 하루 종일 만터우를 팔다보면 만터우를 파는 것은 피곤하지 않지만 말을 하는 것이 너무나 피곤했다. 니싼이 야경을 돌러 나올 때면 온몸이 나른하고 사지가 풀리는 것을 피할 수 없었다. 그럴 때면 그는 이 일이 예전에 물을 지어 나르던 것만 못하다는 생각이 들곤 했다. 물을 지어 나르는 일은 말을 많이 할 필요가 없었다. 힘을 쓸 수 있는지만 말하면 됐다. 손님들도 물을 지어 나르는 사람이 말을 많이 하는 것을 좋아하지 않았다. 사거리에 나와 만터우를 팔고 있다 보면 때로는 아는 사람과 마주치기도 했다. 예컨대 신부 라오잔이나 죽업사 주인 라오루, 파를 팔면서 라오잔을 자전거에 태우고 다니는 샤오쟈오 같은 사람들이었다. 낯선 사람과 반나절을 얘기하다가 그들을 만나면 유난히 더 친근하게 느껴졌다. 그리고 사는 것이 피곤한 이유가 만터우를 파는 것이 싫어서가 아니라 우샹샹과 성격이 맞지 않기 때문이라는 것을 깨달았다. 우샹샹과 성격이 맞지 않는 것이 만터우 파는 것보다 더 피곤했다. 성격이 안 맞는 것은 그녀가 일찍이 우모세에게 사람을 죽이라고 사주했기 때문에 우모세와 그녀가 가까워지지 못한 것을 말하는 게 아니었다. 가서 사람을 죽이라고 사주하는 것보다 훨씬 더 머리를 아프게 하는 건 함께 살면서 사소하고 자질구레한 일들에 의견의 일치를 본 적이 없다는 사실이었다. 사람을 죽이는 일은 일시적이지만 함께 사는 것은 물줄기가 길게 흘러가는 것과 같았다. 우모세는 사람들과 얘기하는 것이 무척 힘들었지만 우샹샹은 그렇지 않았다. 말하자면 두 사람은 서로 다른 천성을 지니고 있기 때문에 일을 시작하면 모든 것이 달라졌다. 우샹샹은 우모세가 하루 종일 만터우를 팔면서 말을 하는 데 지쳐 온몸에 힘이 없고 사지가 풀린 것을 보고서, 처음에는 그의 입을 탓하다가 나중에는 그의 모든 것을 맘에 들어 하지 않았다. 그가 명절놀이 춤을 출 때는 염라대왕을 미소년으로 만들기도 했는데 지금 눈앞에 있는 그는 주둥이가 달린 조롱박처럼 말이 없는 사람이 되어 있었다. 말도 제대로 못하는 사람이 무슨 일인들 제대로 할 수 있겠는가? 밖에서 말을 잘 못하는 것은 둘째 치고 집으로 돌아와 두 사람이 밀가루를 발효시켜 반죽을 하고 만터우를 찔 때도 우모세는 아무 말도 하지 않았다. 심지어 밤에 잠자리에서 그 짓을 할 때도 우모세는 아무 말 없이 누워 있다가 올라와 얼른 끝내고 내려갔다. 우샹샹은 울지도 웃지도 못할 기분이었다. 그 짓을 안하는 것보다 하는 것이 더 우샹샹을 답답하게 만들었다. 우샹샹의 친정집은 우쟈좡의 가죽 장인 집이었다. 그녀의 아버지는 주둥이가 달린 조롱박처럼 말이 없는 사람이었고 그녀의 엄마는 입이 쉬지 않는 사람이었다. 그녀의 아버지는 하루에 열 마디도 하지 않았지만 엄마는 하루에 천 마디를 말해야 했다. 말을 많이 한다고 다가 아니라 누구 말이 더 일리가 있느냐 하는 것이 중요했지만, 문제는 그녀의 아버지가 말을 적게 하면서도 하는 말마다 정곡을 찌르지도 못한다는 것이었다. 그녀의 엄마는 말이 많다 보니 정곡을 찌르든 그렇지 못하든 간에 아버지의 열 마디를 전부 집어삼켜버렸다. 우쟈좡 사람들은 라오우의 집 가장은 마누라이고 남편은 그저 장식품에 지나지 않다는 것을 다 알고 있었다. 우샹샹이 말하는 모습은 그녀 엄마와 똑같았지만 말하는 방식은 엄마와 달랐다. 그녀의 엄마는 글을 모르다 보니 말을 많이 하긴 하지만 대부분 억지거나 생트

집이었다. 반면에 우샹샹은 삼 년 동안 서당에 다녔기 때문에 말을 논리정
연하게 잘했다. 말을 논리적으로 할 뿐만 아니라 문제의 핵심을 잘 잡아냈
다. 이런 이유 때문에 그녀는 남의 결점을 잡아내는 데 더더욱 탁월했다. 우
샹샹이 쟝후에게 시집을 와 보니 쟝후도 말하는 것을 좋아하지 않았거니와
성질이 사나워 걸핏하면 사람을 때리기 일쑤였다. 우샹샹은 이런 그를 제압
할 수 없었다. 이제 우모세를 '데릴사위로 맞고' 보니, 그가 옌진성을 떠들
썩하게 하긴 했지만 살아 가면서 일을 처리할 때마다 매사에 기백이 없고
나약하다는 것을 알게 되었다. 그가 옌진성에서 큰 소동을 벌인 것도 일시
적으로 허세를 부린 것에 지나지 않았다는 걸 잘 알다 보니, 매사에 그를 두
려워하지 않았고 오히려 사사건건 그를 압박했다. 우씨네 만터우 가게는 우
쟈좡의 라오우네 집처럼 열 가지 일 가운데 아홉 가지는 우샹샹이 가장 노
릇을 했다. 우샹샹은 점점 남자 같아지고 우모세는 반대로 여자 같아졌다.
우모세가 우샹샹에게 '데릴사위로 장가를 간' 것이 이제는 명실상부한 일
이 되었다. 사거리에 나가 만터우를 팔면서 우모세 혼자 있을 때도 있고 부
부가 함께 있을 때도 있었다. 그것만으로도 집안 사정을 다 알 수 있었다.
부부가 함께 만터우를 팔러 나올 때면 만터우를 사러 온 사람들은 하나같이
우샹샹과 말을 하지 우모세와는 말을 하지 않았다. 우모세는 마치 진열품
같았다. 불량배들이 만터우를 사러 와서는 우샹샹에게 음란한 농지거리를
던지면서 입으로 즐기기도 했다. 우샹샹은 가만히 당하지 않고 병사가 쳐들
어오면 장군으로 막고 물이 밀려오면 흙으로 막았다. 불량배들이 광주리 안
에 있는 만터우를 집어들고 손대중으로 무게를 재면서 말했다.

"만터우가 크질 않네요."

우샹샹은 그 말에 담긴 다른 뜻을 알아듣고는 얼른 되받아쳤다.

"산을 쪄줄까? 그럼 먹을 수 있겠냐?"

불량배들은 우샹샹의 가슴을 쳐다보면서 말했다.

"별로 희지 않네. 저 만터우 만큼도 희지 않잖아."

우샹샹은 현성에서 피부가 희기로 유명했다. 그런 우샹샹이 말을 받았다.

"그 만터우는 희니까 그걸 먹으려면 날 엄마라고 불러야겠지."

우씨네 만터우 가게에서는 평소에는 만터우를 쪄서 팔다가 명절이 되면 빠오즈도 함께 쪄서 팔았다. 불량배들이 말했다.

"어라, 빠오즈 안에 소가 안 들어 있네."

또는 이렇게 말했다.

"소에 고기가 안 들어갔잖아."

우샹샹은 그 말의 다른 뜻을 알아차리고는 땅바닥에 침을 뱉으면서 말을 받았다.

"빠오즈 안에 소를 한 마리 넣어주지. 그럼 튀어나와서 널 들이받아 죽일 거야!"

불량배들은 본전도 건지지 못하고 우샹샹에게 에둘러 욕만 얻어먹었다. 이를 본 주변사람들 모두 웃음을 감추지 못했다. 진담이 아닌 우스갯소리라 우모세도 따라 웃었다. 우모세는 이런 일을 만났을 때 자신은 적당한 말을 생각해내지 못했을 거라 생각하면서 우샹샹의 머리가 자신보다 영민한 것에 탄복했다. 어쩌면 우샹샹이 쟝후와 사는 동안 말재주가 억눌려 있다가 이제 남편이 우모세로 바뀌고 나니 원래의 우샹샹으로 돌아온 것인지도 몰랐다. 만터우를 팔 때 우샹샹이 그 자리에 있으면 만터우가 금세 다 팔렸다. 모두들 만터우를 사러 오는 것이 아니라 우샹샹이 에둘러 불량배들을 욕하는 걸 들으러 오는 것 같았다. 우샹샹 없이 우모세 혼자 남아 있을 때면 만터우가 아주 천천히 팔렸다. 니싼이 야경을 돌러 나올 때까지 팔아도 광주리 바닥에 몇 개가 남아 있었다. 밤중에 집으로 돌아가면 만터우가 생각보다 덜 팔린 것을 본 우샹샹이 곧바로 우모세를 몰아세웠다. 기분이 좋으면 몇 마디로 그쳤지만 기분이 나쁠 때면 우모세의 머리가 어지러워질 때까지 호되게 욕설과 비난을 퍼부었다. 우모세가 이십 년을 살아오면서 말하는 거나 일 처리하는 것도 배우지 못해 모든 걸 처음 시작하는 것 같았다. 처음부터 다시 배워야 한다면 대체 누가 가르친단 밀인가? 우모세는 곰곰이 생각해 보았다. 사람이 항상 다른 사람에게 핀잔을 듣고 억눌려 있게 되면 영원히 빛을 보는 날이 없을 것이다. 하지만 다시 생각해보니 현장 라오스는 떠났고 자신도 새로 온 현장 라오더우에게서 쫓겨난 처지라, 길거리를 돌아다니며 물을 지어 나르는 것에 비하면 항상 핀잔을 듣고 억눌려 있더라도 집이 있고 매일 배불리 먹을 수 있는 편이 훨씬 나았다. 입고 있는 옷도 예전보다 훨씬 좋아졌고 체면도 살릴 수 있었다. 이렇게 우샹샹에게 억눌려 살지 않는다면 우모세가 갈 곳이 또 어디 있겠는가? 짐짓 얼굴에 다른 모습을 할 수도 있었다. 얼굴로는 다른 모습을 하면서 입을 열어 말만 했다 하면 손해를 보는 것이 전적으로 말재주의 문제라고만 할 수도 없었다. 결국 그는 더 이상 많은 생각을 하지 않기로 했다. 우샹샹이 뭐라고 하면 당장 떠오르는 말로 맞받아치고, 할 말이 생각나지 않으면 아무 말도 하지 않기로 했다. 열 번 중에 여덟 번은 할 말이 생각나지 않았고 두 번은 할 말이 생각났다.

우샹샹에게는 차오링이라는 딸이 하나 있었다. 다섯 살 난 아이였다. 차오링은 어려서부터 장난이 심해 한 살 남짓 때부터 놀 때는 항상 누군가가 지켜봐야 했다. 잠시만 주의하지 않아도 아이는 탁자 위의 등잔을 깨뜨리거나 아궁이로 가서 땔감에 불을 붙이곤 했다. 서둘러 물을 끼얹어 불을 끄지 않았다면 집에 불이 나고 말았을 것이다. 세 살 되던 해에는 아이가 큰 병에 걸렸다. 처음에는 작은 병이었다. 중추절에 월병을 먹고 배탈이 나 이질에 걸린 것이었다. 쟝후와 우샹샹은 별일 아니라고 여기고 일을 줄일 생각으로 떠돌이 돌팔이 의사에게서 환약 몇 알을 지어 먹였다. 이질 증상은 멎었으나 이번에는 고열이 나기 시작했다. 쟝후는 하는 수 없이 다시 제대로 된 약방을 찾아갔다. 현성 북가의 라오리 집에 '지스탕'이라는 약방이 있고 '지스탕'에서는 한의사 라오먀오(老繆)가 진찰을 했다. 라오먀오가 왕진을 왔고 차오링은 라오먀오가 지어준 한약 몇 첩을 먹었다. 하지만 열은 여전히 내리지 않고 목만 뒤로 꺾였다. 다급해진 쟝후는 할 수 없이 마차를 빌려 신상에 있는 '싼웨이탕(三味堂)'을 찾아갔다. 차오링은 '싼웨이탕'의 한약 몇 첩을 먹고서 열도 내리고 목도 제자리를 찾아갔지만 설사를 하기 시작했다. 이번에는 이질이 아니라 벌레를 배설하기 시작했다. 변에 섞여 나온 벌레는 그리 크지 않았다. 한 마리가 깨알만 했다. 하지만 대변을 볼 때마다 십여 마리가 섞여 나와 심하게 꿈틀거렸다. 한 마리 정도는 문제가 되지 않았지만 열 마리가 한꺼번에 뱃속에서 꿈틀거릴 때는 아파서 견딜 수가 없었다. 차오링은 매일 배를 움켜쥐고 '아이고' 소리를 질러댔다. 이런 증상이 한 달이나 계속되자 차오링은 살이 쏙 빠져 귀신 같았다. 쟝후는 하는 수 없이 다시 마차를 빌려 카이펑에 있는 '쉔후탕(懸壺堂)'을 찾아가 약 몇 첩을 지어 먹였다. 그러자 마침내 벌레는 사라졌지만 얼굴에 반진이 나기 시작했다. 쟝후는 또다시 마차를 빌려 지현에 있는 '후이춘탕(回春堂)'으로 가서 의사에게 반진을 보여주었다. 다 합쳐서 세 번을 찾아가 '후이춘탕'의 한약 이십여 첩을 먹고 나자 얼굴의 반진이 조금씩 사라지고 살도 점점 올라 마침내 사람 꼴을 되찾게 되었다. 한바탕 병치레를 하느라 반년이라는 시간이 흘렀다. 그동안 사방 백 리 안에 있는 약방은 다 찾아다닌 셈이었다. 원래 이질은 개미 같은 일이었는데 몇 갈래 꼬부랑길을 돌아 마지막에는 거대한 코끼리로 변했다. 처음에 일을 덜려고 가볍게 처리했던 것이 오히려 몇 십 배의 돈과 시간을 허비하게 만들었다. 이때부터 차오링은 겁이 몹시 많아졌다. 이는 쟝후와 우샹샹을 더욱 괴롭게 만들었다. 예전에는 제멋대로 굴던 아이가 지금은 너무나 겁이 많아진 것이다. 보통 겁이 많아진 것이 아니었다. 일반적으로 겁이 많아지면 뭘 보고 놀라는 것이 고작이었지만, 차오링은 집 밖에 나가는 것만 무서워하고 집 안에 있으면 전혀 무서워하지 않았다. 일단 밖이 어둑어둑해지면 차오링은 무서워했다. 거리가 떠들썩해질 때면 다른 아이들은 일제히 밖으로 뛰어나갔지만, 차오링은 혼자 집 안으로 뛰어 들어왔다. 다른 애와 다투다가 맞기라도 하면 차오링은 나서서 반격하지 못하고 그저 울기만 했다. 하지만 집안에 있을 때면 마치 사람이 바뀌기라도 한 것처럼 대담하게 등잔불을 가지고 불장난을 하고 우샹샹에게 말대꾸를 하곤 했다. 우샹샹이 동이라고 말하면 차오링은 기어이 서라고 했고, 우샹샹이 개를 쫓으라고 하면 차오링은 기어이 닭을 쫓았다. 하지만 집 안에 있어도 해가 지는 것은 여전히 무서워했다. 밤에 잠을 잘 때도 방안에 밤새 등불을 켜 놓았다. 우모세가 우샹샹에게 '데릴사위로 들어오기' 전까지 차오링은 밤이 되면 반드시 엄마하고 함께 잤지만 우모세가 들어온 뒤로는 하는 수 없이 혼자 잤다. 우샹샹은 차오링이 꼬리를 감춘 개처럼 집안에서만 왕왕 짖어대는 것 같아서 별로 좋아하지 않았다. 우샹샹 집에 들어온 우모세는 처음에는 어색해서 차오링과 서로 얘기를 나누지 않았지만 점차 익숙해졌다. 성격이 잘 맞았고 둘 다 집 밖을 좋아하지 않았다. 우모세는 우샹샹과는 말이 잘 통하지 않았지만 차오링과는 아주 잘 통했다. 차오링도 우샹샹에게는 말대꾸를 했지만 우모세에게는 말대꾸를 하지 않았다. 서로 말이 통하는데 말대꾸할 필요가 어디 있겠는가? 만터우 가게에서 만터우를 찌려면 밀가루가 필요했다. 열흘에 한 번씩 우모세는 사십 리 밖에 있는 바이쟈좡 라오바이의 방앗간에 가서 밀가루를 가져와야 했다. 현성에도 방앗간이 있긴 했지만 바이쟈좡 라오바이 방앗간의 밀가루가 현성에 있는 방앗간보다 한 근에 이 리(厘)가 더 쌌다. 밀가루의 때깔로 봐서는 그리 큰 차이가 없었다. 한 근에 이 리 차이가 나니까 한 번에 이천 근을 사오면 사 위안이 더 싼 셈이었다. 사 위안이면 하루 종일 만터우를 팔아서 남기는 이윤에 해당했다. 그래서 열흘에 한 번씩은 반드시 바이쟈좡으로 밀가루를 가지러 가야 했다. 현성에서 바이쟈좡까지는 가는 데 사십 리, 돌아오는 데 사십 리, 도합 팔십 리 길이었고 나귀가 끄는 수레로 꼬박 하루가 걸렸다. 바이쟈좡으로 밀가루를 가지러 가는 날이면 우모세는 사거리에 나가 만터우를 팔지 않아도 됐다. 밀가루를 가지러 가는 날이면 차오링도 신이 나서 우모세와 함께 바이쟈좡까지 따라갔다. 우모세는 다른 사람들 앞에서는 말을 잘 못했지만 차오링과 함께 있을 때면 시원스럽게 말을 잘 했다. 나귀가 끄는 수레를 몰고 가면서 두 사람은 계속 이야기를 나눴다. 우모세가 물었다.

"차오링, 어젯밤에 꿈 꿨니?"

치아오링이 말했다.

"꿨어요."

"무슨 꿈을 꾸었는데?"

"침대가 물에 잠기는 꿈이었어요."

"그래서 어떻게 했니?"

"제가 소 등에 올라탔어요."

차오링은 우모세를 '아버지'라고 부르지 않고 '아저씨'라고 불렀다. 우모세에 대한 이런 호칭을 맨 처음 생각해낸 사람은 우샹샹이었다. 나중에는 이런 호칭이 자연스럽게 입에 베면서 더 이상 호칭을 고치지 않았다. 우모세도 자신을 뭐라고 부르든지 개의치 않았기 때문에 오늘의 '우모세'가 되었다. '아저씨'라고 부르든 '아버지'라고 부르든 외부의 호칭에 대해 우모세는 조금도 개의치 않았다. 나귀가 끄는 수레가 현성을 벗어나기만 하면 차오링은 우모세에게 이렇게 말했다.

"아저씨, 오늘은 좀 일찍 돌아와요."

우모세는 차오링이 날이 어두워지는 것을 두려워한다는 걸 잘 알고 있었다. 바이쟈좡에서 늦게 출발하면 밤길을 가야 했다. 하지만 우모세는 하늘을 바라보면서 일부러 차오링을 약올렸다.

"이제 막 출발했는데 해가 중천이다. 바이쟈좡에 도착하면 밀가루도 실어야 하고 좀 쉬면서 요기도 해야 하는데 어떻게 돌아오는 길에 어두운 밤을 만나지 않을 수 있겠니."

차오링이 말했다.

"해가 지려고 하면 저를 이불로 둘둘 만 다음, 입구를 단단히 묶어주세요."

바이쟈좡으로 밀가루를 가지러 갈 때마다 우모세는 둘둘 만 이불을 한 채 가지고 갔다. 해가 지면 차오링은 재빨리 둘둘 만 이불 속으로 들어갔고, 우모세는 삼밧줄로 이불 아귀를 묶었다. 이불 아귀를 막으면 차오링은 해가 지는 것을 밖에서 막아버렸다고 생각했다. 우모세가 말했다.

"이불 아귀를 묶더라도 넌 자면 안 돼. 나와 얘기를 해야 해."

차오링이 말했다.

"알았어요. 안 자고 아저씨랑 얘기할게요."

그러나 해가 지면 나귀 수레에 탄 차오링은 열에 여덟 둘둘 만 이불 속에서 잠이 들었다. 처음에는 자지 않으려 했지만 채 열 마디도 하지 않아 이내 잠이 들고 말았다. 우모세는 우샹샹에게 '데릴사위로 들어갈' 때, 과부가 아이를 데리고 있는 것이 싫었다. 하지만 이제 와서 보니 차오링이 있는 것이 그나마 다행이었다. 세 식구는 이렇게 서로 부딪치면서도 잘 지냈다. 유일하게 이상한 점은 우모세와 우샹샹이 함께 잘 지내는데도 우샹샹에게 임신 소식이 없었다는 것이었다. 임신 소식이 있든 없든 우샹샹은 조금도 조급해 하지 않았다. 임신 소식이 있으면 또 다른 우모세가 생겨난단 말인가? 우샹샹은 전혀 조급해 하지 않았고 우모세 역시 감히 조급해 할 수 없었다. 다시 말해서 이는 절대로 조급해 할 일이 아니었다. 어느덧 가을이 가고 겨울이 되어 연말이 찾아왔다. 연말이 되자 모두들 설 물건들을 장만하기 시작했다. 만터우 가게 역시 장사가 가장 잘 되는 시기였다. 평상시에는 하루에 일곱 솥을 쪘지만 지금은 하루에 열 솥을 팔아도 모자랐다. 음력 섣달 스무 이렛날, 우샹샹은 집에서 장부를 검토하고 우모세 혼자 사거리에 나가 만터우를 팔고 있었다. 만터우를 사려는 사람들이 많다 보니 우모세의 입은 쉴 새가 없었다. 손도 쉬지 못하고 얼굴이 온통 땀범벅이 되도록 열심히 일했다. 이때 현성 동가에서 훈제 토끼고기를 파는 라오펑이 만터우 좌판 앞으로 다가왔다. 라오펑은 언청이였다. 그가 먼저 말했다.

"만터우가 별로 희지 않군."

고개를 든 우모세는 라오펑을 한 번 쳐다보고는 그가 장난치는 것임을 알고 씩 웃어보였다. 라오펑이 말했다.

"마음속이 근질거리지 않아?"

우모세는 라오펑의 말이 무슨 뜻인지 몰라 머릿속이 약간 멍해졌다. 라오펑이 말했다.

"이제 곧 또 연말이 오잖아. 명절놀이 해야지. 자네가 와야 한다고."

우모세는 그제야 명절놀이가 생각나 다시 한 번 웃어보였다. 생각해보니 언청이 라오펑은 명절놀이의 수장이기도 했다. 일 년 동안 현 정부에서 채마밭을 가꾸다가 이제 오로지 만터우를 쪄서 파는 데 온 신경을 쓰느라 명절놀이는 까맣게 잊고 있었다. 작년에 명절놀이를 안 했더라면 그는 현 정부에 들어가지도 못했을 것이고, 결혼도 하지 못했을 것이다. 그리고 바로 그 결혼 때문에 올해가 작년과 달라졌다. 작년처럼 여전히 물을 지어 나르고 있었다면 우모세는 당장이라도 수장인 라오펑에게 확답을 했을 것이다. 하지만 올해는 우샹샹에게 '데릴사위로 장가를 든' 데다 명절놀이를 하려면 일주일이나 시간을 빼야 하기 때문에 장사에 지장을 주게 될까 걱정되어 감히 자신의 뜻대로 할 수 없었다. 명절놀이는 원소절에 이루어졌고 만터우 장사 역시 설 직전보다는 못하지만 원소절에 친척집을 찾아가거나 묘회에 가는 사람들이 많기 때문에 평상시보다 좋은 편이었다. 우모세에게서 대꾸가 없자 라오펑은 그가 우샹샹을 좌지우지 할 수 없다는 것을 알아채고는 인자하게 말했다.

"설 전까지 대답해주게나. 자네가 하겠다고만 하면 염라대왕 역은 여전히 자네 몫일세. 잡화상의 라오덩에게는 매파 역을 하라고 할 테니까 말이야."

그러고 나서 한 마디 덧붙였다.

"잊지 말게. 작년에 명절놀이 춤을 잘 춰서 자네에게 좋은 일이 생겼다는 걸 말일세. 올해 명절놀이가 또 자네에게 좋은 운을 가져다줄지도 모르지."

우모세가 고개를 가로저으며 웃었다. 어떻게 명절놀이에서 춤 한 번 잘

춘 것이 좋은 운을 가져다줄 수 있단 말인가? 한 번은 그럴 수 있을지 모르지만 두 번 그럴 리는 없을 것이다. 어쨌든 명절놀이 얘기를 듣지 않았더라면 까맣게 잊고 있었겠지만, 일단 명절놀이 얘기를 듣고 나니 우모세는 정말로 마음속이 근질거리기 시작했다. 단지 놀고 싶어서가 아니라 자질구레한 일상에 비해 명절놀이는 약간 '허(虛)'했기 때문이다. 이른바 '허'하다는 것은 옌진 사투리로서 '편콩'과 마찬가지로 명절놀이 춤을 추면서 다른 사람이 됨으로써 눈앞의 현실에서 벗어날 수 있는 것을 의미했다. 그 당시 우모세가 뤼창리의 함상을 좋아했던 것도 함상이 '허'하기 때문이었다. 지금 매일 만터우를 빚고 쪄서 파는 일상은 너무나 '실(實)'했다. 삶이 너무나 '실'하기 때문에 '허'해지고 싶은 것이었다. 그날도 니싼이 야경을 돌 때까지 만터우를 팔았다. 설 전이라 우모세 혼자서도 만터우 열 솥을 다 팔 수 있었다. 빈 수레를 밀고 집으로 돌아오자 우샹샹은 그가 만터우를 다 판 것을 보고는 기분이 무척 좋아졌다. 우샹샹의 기분이 좋은 틈을 타 우모세는 손과 얼굴을 대충 씻고 침대에 누워 원소절 명절놀이 얘기를 꺼냈다. 우모세는 봄부터 연말까지 함께 바쁘게 일하면서 반년 남짓 살아왔으니 이제 숨 좀 돌려야 한다고 생각했다. 하지만 우모세의 예상과 달리 우샹샹은 생각도 해보지 않고 일언지하에 거절했다. 우샹샹이 명절놀이를 싫어해서가 아니라 우모세가 평소에 만터우도 제대로 팔지 못하면서 명절을 이용하여 일을 보충할 생각은 하지 않고 놀 생각만 하고 있다고 여겼기 때문이다. 장사에 지장을 초래하는 것은 둘째 치고 우모세가 양심도 없는 사람인 것 같았다. 평소에 그에게 그토록 자주 잔소리를 했는데 전부 헛된 것 같다는 생각도 들었다. 장사에 지장을 초래할까봐 화가 난 것이 아니라 자신의 잔소리가 헛수고였기 때문에 화가 난 것이었다. 하지만 입으로는 자신의 잔

소리가 헛수고였기 때문이라고 말하지 않고 장사에 지장이 있기 때문이라고 말했다.

"네가 가서 놀면 장사는 누가 해?"

우모세가 말했다.

"다 생각해둔 바가 있어요. 이전에는 밀가루를 발효시키기 위해 오경에 일어났지만 명절놀이를 하게 되면 삼경에 일어나 반죽을 하고 만터우를 찌면 되요. 낮에 당신이 만터우를 파는 데는 아무 지장 없을 거예요."

우샹샹이 말했다.

"나는 나가서 장사를 하고 너는 나가서 놀겠다고? 차라리 너도 밤에 만터우를 찌지 말고 나도 낮에 만터우를 팔지 말고 우리 둘 다 쉬는 게 낫겠어."

우모세는 그녀가 화가 나서 하는 말임을 알고는 한 발짝 뒤로 물러섰다.

"그러지 말고 둘이 번갈아가면서 장사를 하자고요. 나도 하루 걸러서 명절놀이를 할 테니까요."

우샹샹은 원래 화가 나지 않았었지만 그가 흥정을 걸어오자 갑자기 화가 났다. 그가 한 걸음 물러나서도 여전히 놀겠다고 하는 것 때문이 아니라 평소에는 아무 생각도 없는 것 같은 사람이 하루 걸러 하루씩 놀겠다는 야무진 생각을 갖고 있었다는 것이 너무나 뜻밖이고 놀라웠기 때문이다. 우샹샹이 평소에 하는 말이 그의 귀에 하나도 들어가지 않은 것이 애당초 그에게 아무 생각도 없기 때문이라고 여겼는데, 명절놀이를 통해 그가 생각을 갖고 있긴 하지만 마음속에 감추고 말을 하지 않았던 것뿐이라는 걸 알게 되었다. 평소에 생각이 있었다면 두 사람이 두 마음을 갖고 있었던 것이고 의도적으로 그녀의 말을 듣지 않았다는 것을 의미했다. 그렇다면 우샹샹의 잔소리가 헛수고였는지의 여부는 문제가 되지 않는다. 그녀가 우모세에게 속았다는 것이 문제인 것이다. 우샹샹이 버들잎 모양의 눈썹을 거꾸로 치켜세우며 말했다.

"넌 명절놀이를 하려고 마음먹은 게 분명해. 속으로 무슨 생각을 하고 있는 거야? 반년 넘게 함께 살면서 아무 말도 하지 않고 꾸물거리기만 하더니 도대체 어떤 속셈을 가지고 있었던 거냐고? 넌 여기가 자기 집이란 생각을 한 번도 한 적이 없지? 그냥 우리 모녀 옆에서 먹고 마실 생각만 한 거지? 먹을 만큼 먹고 마실 만큼 마시고 나니까 이제 놀고 싶은 거잖아. 네가 이렇게 집요하게 놀려고 하지만 않았더라도 내가 먼저 놀라고 했을 지도 몰라. 하지만 네가 끈질기게 놀겠다고 하니까 나도 올해는 기어이 널 못 놀게 할 거야. 너는 올해 명절놀이를 못 할 뿐만 아니라 혼자서 두 사람 몫의 일을 하게 될 거라고. 밤에 너 혼자 만터우를 찌고 또 찌고, 낮에는 너 혼자 사거리에 나가서 팔라고. 나는 집에서 쉬고 있을 테니까. 그러면 놀 힘도 없어지겠지? 그러니 힘을 올바른 데 쓰란 말이야."

우모세는 그녀가 말이 갈수록 많아져 한 가지 일을 세 가지 일로 확대시키고 있다고 생각했다. 그녀는 명절 놀이를 말하고 있는 게 아니라 자신과 기싸움을 하고 있었다. 애당초 말대꾸를 하고 싶지 않았던 그는 갑자기 하고 싶은 말이 한 마디 떠올랐다. 할 말이 생각난다는 것은 우모세로서는 쉬운 일이 아니었다. 우모세가 입을 열었다.

"나는 당신 남편이지 당신이 고용한 머슴이 아니에요. 머슴도 연말에는 쉬잖아요. 내가 놀고 싶으면 노는 거지, 당신이 참견할 일이 아니란 말입니다!"

우모세가 이렇게 말하자 우샹샹은 그 자리에 넋을 잃고 멍하니 서 있었다. 이는 우모세가 '데릴사위로 들어온' 뒤로 처음 내뱉은 강경한 한 마디였다. 하지만 우샹샹은 겁나지 않았다. 우모세가 한 마디 하면 그녀는 열 마디를 할 수 있었다. 그럼에도 그녀는 아무 말도 하지 않은 채 이불을 끌어안고는 우모세를 혼자 침대에 내버려 둔 채 차오링을 데리고 다른 방으로 가버렸다. 우샹샹은 사흘 연속 우모세와 각방을 썼다. 우샹샹은 차오링과 함께 차오링 방에서 잤기 때문에 밤에 등불을 켤 필요가 없었다. 이렇게 두 사람 사이가 틀어지자 설 역시 잘 지낼 수 없었다. 원소절 전야가 되었지만 우모세는 라오펑을 따라 명절놀이를 하러 가지 않고 여전히 사거리에서 만터우를 팔았다. 명절놀이가 없었다면 두 사람이 함께 사거리로 나가 만터우를 팔았을 것이다. 하지만 이번 일로 인해 우샹샹은 자신이 한 말을 지키기라도 하듯이 집에서 쉬었고, 사거리에서 만터우를 파는 일은 우모세 한 사람의 몫이 되고 말았다. 우샹샹이 말했다.

"자업자득이야. 누가 너더러 나한테 딴 마음 먹으랬어!"

우모세는 한숨을 내쉬면서 매일 사거리로 나가 만터우를 팔았다. 우모세가 오지 않는다고 해서 명절놀이가 중단되지는 않았다. 작년과 마찬가지로 현성에서 일주일 동안 떠들썩한 공연이 펼쳐졌고 음력 열사흘부터 스무날까지 명절놀이가 계속됐다. 올해는 염라대왕 역을 칠기 장인인 샤오두(小杜)가 맡았다. 라오덩은 작년에 염라대왕 역을 잘 해내지 못했기 때문에 올해는 매파 역으로 바뀌었다. 그들은 매일 치고 두드리고 춤추고 떠들면서 사거리를 지나갔다. 인산인해 속에서 우모세는 만터우를 팔면서 이런 모습을 한두 번씩 쳐다보곤 했다. 그러다가 아예 눈길을 거둬 만터우 장사에만 열중했다. 명절놀이는 존재하지 않는 것 같았다. 하지만 눈에는 있지 않더라도 마음속에는 더 깊이 자리 잡고 있었다. 낮에는 명절놀이 광경을 보지 않았지만 밤이 되면 자신도 모르게 죽업사 주인 라오루처럼 명절놀이가 머릿속을 돌아다니기 시작했다. 과거에 라오루의 머릿속을 떠돌아다닌 것은 진극이었지만 지금 우모세의 머릿속을 떠돌아다니는 것은 명절놀이였다. 겉으로는 우샹샹과 함께 있었지만, 머릿속에서는 징과 북소리가 하늘을 뒤흔들고 있었다. 공공과 치우, 달기와 축융, 저팔계와 손오공, 염라대왕과 항아 등 인물들이 하나도 빠지지 않았다. 이들은 어깨를 사타구니에 끼우고 얼굴을 쳐들고 발로 몸을 받치는 등의 동작을 선보였고 '얼굴 잡아당기기'도 했다. 빠지는 대목이 하나도 없었다. 이들은 현성 동가에서 서가에 이르기까지, 또 남가에서 북가에 이르기까지 춤을 추며 돌아다녔다. 춤을 추고 추다가 잠이 들면 꿈에서도 춤을 이어갔다. 명절놀이패에 사람이 부족하자 라오펑이 조급해하면서 사방으로 우모세를 찾아다녔다. 대역을 맡기기 위해서였다. 거울 앞에 앉아 얼굴 분장을 하는 장면이 이어졌다. 분장이 잘 되지 않았다. 한 번 또 한 번 덧그릴 때마다 염라대왕이 항아로 변해 갔다. 결국 그는 항아로 분장하고서 춤을 추다가 명절놀이패를 이탈했다. 긴 치마를 흩날리면서 춤을 추다가 달로 도망쳐 정말로 여자가 되었다. 갑자기 잠에서 깨어보니 창밖에서 닭이 울고 있었다. 모든 것이 다른 세상의 일처럼 느껴졌다. 오경에 닭이 우니 일어나 만터우를 쪄야 했다. 만터우를 다 찌면 광주리에 담아 수레에 싣고 사거리에 나가 팔아야 했다. 이렇게 사흘 내내 같은 상황이 이어지다 보니 우모세는 명절놀이를 하지 않았는데도 사흘 내내 명절놀이 춤을 춘 것보다 더 피곤했다. 정월 열이렛날 오전에 우모세는 사거리에 나가 소리를 지르며 만터우를 팔았다. 만터우를 파는 사이사이에 잠을 잤다. 거리에서 폭죽을 가지고 놀던 아이들이 만터우 장수가 자고 있는 것을 보고는 만터우 두 광주리를 훔쳐 갔다. 두 광주리를 송두리째 훔쳐 간 것이 아니라 절반 이상 팔고 남은 걸 가져간 것이었다. 갑자기 잠에서 깬 우모세가 장난꾸러기 아이들을 쫓기 시작했다. 하지만 이 아이를 잡으면 저 아이가 도망쳤고 어떤 아이는 그에게 붙잡히자 일부러 손에 든 만터우에 침을 뱉기도 했다. 만터우를 다시 빼앗아온다 해도 팔 수는 없었다. 정오가 되어 우모세는 빈 수레를 끌고 집으로 돌아왔다. 우샹샹은 만터우를 잃어버린 일을 남에게 들어서 알고 있었다. 어른이 우모세를 업신여긴 거라면 우샹샹도 화가 나지 않았을 것이다. 하지만 아이들마저 감히 그를 업신여기자 우샹샹은 몹시 화가 났다. 날마다 사람들한테 무시당하면서도 그는 여전히 명절놀이를 하고 싶어 했다. 우샹샹이 이번에 화가 난 것은 이전에 화를 내던 것과 달랐다. 이전에는 화가 나면 우모세에게 잔소리를 하거나 욕을 했다. 잔소리를 하고 욕을 해도 우모세는 전혀 나아지지 않았다. 나아지지 않은 것은 물론이요, 이런 일을 당해도 여전히 우샹샹에게 장난을 쳤다. 게다가 우샹샹에게는 다른 생각을 갖고 있으면서 밖에 나가서는 아이들에게조차 무시를 당하고 있는 것이었다. 우모세가 들어오는 것을 본 우샹샹은 두말 하지 않고 손을 들어 그의 따귀를 갈겼다. 그러고 나서 한 마디 했다.

"네가 너 하나만 망신시키는 줄 알아? 너는 우리 우씨네 조상 삼대까지 망신시키고 있단 말이야!"

이번이 우모세가 우샹샹과 결혼한 뒤로 처음 맞는 것이었다. 우모세는 맞받아치고 싶었다. 본격적으로 싸우기 시작하면 우샹샹도 맞수가 되지 못했다. 그러나 우모세는 우샹샹을 때리지 않고 그냥 한 마디만 했다.

"갈게!"

그러고는 몸을 돌려 나갔다. 우샹샹과 관계를 끊겠다는 뜻이었다. 우모세는 만터우 가게에서 나와 예전에 큰 짐을 지어 나르던 창고로 갔다. 생각해보니 창고를 떠난 지 일 년 남짓이나 되었다. 다시 창고로 돌아오니 마치

어제일인 것처럼 친숙하게 느껴졌다. 우샹샹과 함께 한 반년 남짓의 세월은 마치 그림자 속의 일인 것만 같았다. 대정월이라 창고에서 큰 짐을 나르는 인부들은 전부 설을 쇠러 집으로 돌아가고 없었다. 사실 설에는 나를 짐도 없었다. 아무도 없다 보니 안정을 취하기에 안성맞춤이었다. 거리에 또다시 징과 북소리가 천지를 진동하더니 명절놀이패가 창고 문 앞으로 춤을 추면서 다가왔다. 이제 자유로운 몸이 되었으니 밖에 나가 명절놀이를 구경할 수도 있었지만 우모세는 나가고 싶지 않았다. 구경할 마음이 없었을 뿐만 아니라 사람들 볼 면목도 없었다. 속으로 이런저런 생각을 하는 동안 눈깜짝할 사이에 오후가 지나 저녁이 되었다. 화가 치밀어 순간적인 충동으로 만터우 가게에서 나오느라 요와 이불을 챙겨오지 않아 할 수 없이 볏짚 더미 속에서 자야 했다. 다행히 창고 구석에 큰 짐을 담는 헤진 마대자루가 몇 장 버려져 있었다. 우모세는 마대자루를 펼쳐 몸을 덮는 것으로 추위를 피했다. 다음 날 낮에도 창고에서 시간을 보냈다. 배가 고파오자 그는 조용히 창고 맞은편에 있는 라오류의 샤오빙 가게에 가서 샤오빙 몇 개를 외상으로 사가지고 왔다. 우모세는 하룻밤 지나면 우샹샹이 정신을 차리고 후회를 할지도 모른다고 생각했다. 화를 풀고 자신을 찾으러 오거나 아니면 다시 계속해서 싸움을 걸지도 모른다고 생각했다. 하지만 우샹샹은 모습을 드러내지 않았다. 우모세는 속으로 조바심이 나기 시작했다. 우샹샹이 화가 나서 정말로 자신과의 관계를 끝내려는 것은 아닌지 걱정이 되기도 했다. 정말로 만터우 가게에서의 생활이 이것으로 끝나버리면 또다시 과거에 하던 일을 시작해야 했다. 거리를 돌아다니며 사람들에게 물을 지어 날라다 주면서 굶기와 배불리 먹기를 번갈아 해야 했다. 따귀를 맞았던 순간을 생각하니 후회막급이었다. 홧김에 만터우 가게를 나오지 말았어야 했다. 우샹샹과 치고

박고 싸우는 한이 있더라도 그녀와의 실오라기 같은 관계를 끊어버려선 안 되는 것이었다. 이제 끊어진 실을 무슨 수로 다시 잇는단 말인가? 다시 저녁이 찾아왔지만 우샹샹은 나타나지 않았다. 우모세는 한숨을 내쉬며 마대자루를 펼쳐 잠 잘 준비를 했다. 막 잠이 들려고 하는 차에 인기척이 들려 벌떡 일어나보니 차오링이 바로 앞에 서서 숨을 헐떡이고 있었다. 우모세는 차오링이 우샹샹과 함께 온 것이라 생각했다. 우샹샹은 문밖에서 기다리고 있고 차오링에게 안에 들어가 자신을 불러 오라고 한 줄로 알았다. 우모세는 아무도 찾으러 오지 않아 속으로 조바심이 났었다. 하지만 정작 누군가 찾아오자 오히려 울컥 화가 치미는 것이었다. 우모세가 말했다.

"엄마더러 들어오라고 해. 내가 할 말이 있다고."

차오링이 말했다.

"엄마는 안 왔어요."

우모세가 놀라서 물었다.

"그럼 넌 누구랑 온 거니?"

"저 혼자 왔어요."

우모세는 속으로 조바심이 나기 시작했다.

"네 엄마가 가보라고 한 게 아니고?"

차오링은 고개를 가로저었다.

"엄마는 저에게 평생 모른 척하라고 했는데, 제가 혼자 몰래 나온 거예요."

우모세는 갑자기 뭔가 떠오르는 것이 있었다.

"너 어두운 게 무섭지 않니? 어떻게 이렇게 멀리 나를 찾으러 온 거야?"

차오링이 울면서 말했다.

"아저씨가 보고 싶었어요. 내일 바이쟈쫭으로 밀가루를 가지러 가야 하잖아요."

우모세의 두 눈에서 눈물이 흘러내렸다. 자리에서 일어난 그는 차오링의 손을 꼭 잡고 만터우 가게로 돌아갔다.

13장

오쟁이를 지다

'우지 만터우공방' 옆에는 은장식 가게가 하나 있었다. 가게 이름은 '치원탕(起文堂)'이고 주인장은 라오가오(老高)였다. 우모세는 매일 만터우를 쪄서 팔지만 쉴 때도 있었다. 만터우를 팔려면 날씨가 좋아야 하는데, 날이 흐리고 비가 오면 거리에 만터우를 사러 나오는 사람들이 없어 장사가 중단되기 때문이었다. 반면 비는 라오가오의 은장식 가게 '치원탕'에는 영향을 미치지 않았다. 비가 오면 우모세는 집에 있고 싶지 않아 이웃집 라오가오의 은장식 가게로 놀러 가곤 했다. 그와 얘기를 나누기 위해서였다. 우모세는 입이 둔해 사람들과 얘기하는 것을 좋아하진 않지만 라오가오와는 예외였다. 다른 사람들은 라오가오가 한담을 좋아한다고 생각했지만 우모세는 그렇게 생각하지 않았다. 우모세는 이십일 년을 살면서 세상의 일이라는 게 대부분 분명하게 말할 수 있는 것이 아니고 그저 흐릿하기만 할 뿐이라고 여겼다. 하지만 라오가오에게 가면 모든 일에 원인이 있고 전후가 분명해졌다. 차오링은 겁이 많아 밖에 잘 나가지 않고 집에 틀어박혀 있는 것을 좋아했다. 그런 차오링도 우모세와 마찬가지로 라오가오를 좋아했다. 물론 두 사람이 좋아하는 부분은 달랐다. 우모세는 라오가오와 얘기하는 것을 좋아했고 차오링은 라오가오가 손으로 뚝딱뚝딱 수많은 장신구들을 만들어내는 것을 좋아했다. 우모세가 라오가오의 집에 갈 때면 차오링도 꼬리처럼 항상 따라다녔다. 라오가오는 차오링을 보면 기름과자를 먹으라고 내주곤 했다. 이렇게 오랜 시간이 지나다 보니 우모세는 옆집 은세공 장인 라오가오와 좋은 친구가 되었다. 두 사람은 거리에서 일어나는 일들에 관해 얘기하기 시작했다. 우모세는 매일 사거리에서 만터우를 팔다 보니 온갖 사람들의 자잘한 이야기를 많이 알게 되었다. 거리에 있을 때는 어떻게 된 일인지 잘 이해가 되지 않았지만 며칠 동안 모아 두었다가 비오는 날 라오가오를 찾아가 시시콜콜 다 얘기하면서 그의 설명을 들으면 모든 것을 일목요연하게 알 수 있었다. 나중에 이런 상황에 익숙해지자 화가 나는 일이 있을 때마다 라오가오를 찾아가 털어놓곤 했다. 라오가오는 자세히 듣고 나서 그에게 해결책을 제시해주었다. 하지만 라오가오가 문제를 해결하는 방법은 거리에서의 일에 한정되어 있었다. 온갖 유형의 사람들이 만터우를 사면서 우모세와 마찰을 일으켰다. 누가 옳고 누가 틀렸는지 라오가오는 금방 알 수 있었지만 일단 집 안으로 들어가면 입을 닫고 말을 하지 않았다. 우모세가 우씨네 만터우 가게로 들어온 뒤로 가장 화가 나는 일들은 주로 집안에서 우샹샹과 성격이 맞지 않아 발생했다. 예컨대 우모세가 현 정부를 떠날 때 꼬투리를 잡혀 여러 차례 얻어맞은 적이 있다. 그러자 우샹샹은 그 사람들을 죽여 버리라고 했다. 금년 원소절에는 우샹샹이 우모세에게 명절놀이를 하지 못하게 하는 바람에 두 사람이 보름 동안이나 다투었다. 거리에 아이들이 만터우를 훔쳐 갈 때면 우샹샹은 죄 없는 우모세의 따귀를 때렸다. 우모세가 창고에 누워 밤을 보내도 우샹샹은 그를 찾지 않았다. 이런 사정을 라오가오에게 얘기하면 라오가오는 우모세의 얘기를 들어줄 뿐, 별 얘기는 하지 않았다. 우모세는 그가 시비에 휘말릴까 두려워하는 것이라 생각했다. 하지만 라오가오는 남의 집안 일에 간섭하지 않으려는 것 뿐이었다. 그래도 도리를 말해줄 수는 있었다. 라오가오가 말했다.

"청관(淸官)은 집안일을 판결하기 어려운 법일세."

또는 이렇게 말하기도 했다.

"거리의 일이란 한 가지밖에 없고, 집 안의 일은 한 가지로 그치는 것이 없지."

또 이런 말도 했다.

"거리의 일은 대개 한 가지로 그치지만 집 안의 일은 한 가지가 여덟 가지로 갈라진다네. 자네가 내게 한 가지 일만 얘기하는데 내가 어떻게 여덟 가지 일을 판단할 수 있겠나?"

우모세가 생각해보니 라오가오의 말도 일리가 있었다. 라오가오는 아무 말도 하지 않았지만 모든 걸 다 말한 셈이었다. 적어도 우모세는 마음속 걱정을 털어놓았고 누군가 이를 들어준 것이 분명했다. 마음이 여간 개운한 게 아니었다.

라오가오에게는 병을 앓고 있는 마누라가 있었다. 일 년의 절반을 구들 위에 누워 있어야 했다. 라오가오의 마누라는 성이 바이(白)였다. 친정은 우모세가 자주 밀을 가지러 가는 바이쟈좡(白家莊)이었다. 라오가오의 마누라는 친정에 갈 때 가끔씩 바이쟈좡으로 밀을 가지러 가는 우모세의 나귀 수레를 함께 타고 가기도 했다. 라오가오의 마누라 라오바이(老白)는 희한한 병을 앓고 있었다. 말하자면 평범한 병이기도 했다. 다름 아닌 양각풍(羊

角風)[29]이었다. 하지만 그녀의 양각풍은 다른 사람과 달랐다. 풍(風)은 일종의 질병으로 발작을 일으켜야 할 때 일으키지만 라오바이의 양각풍은 그녀의 심기와 연결되어 있었다. 심기가 편할 때는 아무 일 없다가 누군가 화를 돋우거나 말 한 마디가 마음에 걸리면 즉시 입에서 거품을 토하면서 땅바닥에 쓰러져 몸을 뒤틀었다. 한 차례 발작이 일어나면 그만큼 몸이 쇠약해졌다. 몸에 병이 있다 보니 라오가오는 집 안에서 항상 조심해야 했다. 라오가오는 라오바이가 발작을 일으킬까 두려워 열 가지 일 가운데 여덟 가지는 그녀의 말을 들어주었다. 라오바이는 아이를 낳지 못했다. 두 부부에게는 아들도 없고 딸도 없었다. 여자가 아이를 낳지 못하는 것은 단점이 될 수 있지만, 라오가오는 아내의 병이 악화될까 두려워 감히 아내를 탓하지도 못했다. 우모세는 라오가오가 거리에서의 일만 얘기하고 집 안의 일은 얘기하지 않는 이치를 잘 알고 있었다. 우모세는 라오가오가 라오바이 때문에 항상 조심하는 것을 보고 만터우 가게 안에서의 자신의 처지를 생각하면서 적지 않게 위안을 얻곤 했다. 지난번에 우샹샹에게 맞고서 혼자 이틀을 창고에서 보낸 뒤로 우모세도 과거에 비해 많은 것들을 분명하게 알게 되었다. 우샹샹을 분명하게 알게 되었다는 것이 아니라 자신을 잘 알게 되었다는 것이다. 일이 생겨도 그녀와 상의할 수 없을 뿐만 아니라 그녀를 설득시킬 수도 없었다. 라오가오가 라오바이를 대하는 것과는 달리 아예 상의하는 것 자체가 불가능했다. 어차피 그녀에게 이치를 설명할 수 없는데도 이치를 따지다 보니 오히려 더 이치를 잘 알게 된 것인지도 몰랐다. 우모세는 오히려 라오가오에게서 적지 않은 이치를 깨닫고 있었다. 이때 이후로 우샹샹이 무슨

29 간질.

말을 하든지 그는 무조건 우샹샹의 생각에 따랐고 과거보다 훨씬 더 편안하고 안정된 상태로 세월을 보내게 되었다. 한 사람이 상대방의 생각에 거스름이 없게 되면, 자기 마음에는 약간 불편한 것이 있기 마련이다. 하지만 스스로 자신과 틀어지는 것이 남에 의해 틀어지는 것보다 더 자신을 강하게 할 수 있다. 이 또한 그가 라오가오를 좋아하는 이유 가운데 하나였다.

우샹샹의 생각이 수시로 변하는 바람에 우모세로서는 제때에 방비하기가 어려웠다. 우모세가 막 우샹샹에게 '장가를 갔을' 때, 우모세는 만터우 장사를 좋아하지 않았지만 우샹샹은 좋아했었다. 일 년 남짓 시간이 지나면서 우모세는 우샹샹도 만터우 장사를 좋아하지 않기 시작했다는 것을 알게 되었다. 시기를 달리 하여 둘 다 만터우 장사를 좋아하지 않게 되었지만 좋아하지 않는 이유는 서로 달랐다. 우모세는 밀가루를 반죽하고 만터우를 찌는 것을 좋아했고 바이쟈쭹으로 밀을 가지러 가는 것도 싫어하지 않았다. 만터우를 팔려면 항상 사람들과 얘기를 해야 했기 때문에 파는 행위는 싫어했다. 만터우 장사에는 좋은 점도 있지만 마음에 들지 않는 부분도 있었다. 우샹샹이 만터우 장사를 좋아하지 않게 된 것은 너무 소규모 장사이기 때문이었다. 그녀는 더 큰 장사를 하고 싶었다. 음식점을 차리고 싶었던 것이다. 음식점을 차리려면 밑천이 만터우 가게의 몇 백 배가 있어야 하고, 지금의 만터우 장사로는 음식점을 열기 위한 밑천을 벌 수 없기 때문에 하는 수 없이 계속 만터우 장사를 해야 했다. 부부 두 사람 가운데 하나는 포부가 과거보다 커졌고 하나는 현재의 상황에 억지로 적응하고 있었다. 두 사람이 함께 가는 것이 더 어렵게 되어버렸다. 두 사람은 오경 닭 우는 소리에 잠자리에서 일어나 밀가루 반죽을 시작했고 이어서 만터우를 쪘다. 우모세는 반죽을 할 때는 반죽만 하고 만터우를 찔 때는 만터우만 쪘다. 입을 열 틈도 없이 온몸이 땀에 젖도록 피곤하게 일만 했다. 반면에 우샹샹은 반죽을 하다가 손을 멈추고 앞으로 열게 될 음식점에 관해 얘기하기 일쑤였다. 장차 열고자 하는 음식점은 샤오빙이나 잡채탕 따위를 파는 작은 음식점이 아니라 연회석을 갖춘 대형 음식점이었다. 음식점은 집 열 채를 합친 것만큼 커서 동시에 여덟 탁(桌)[30]의 음식을 제공할 수 있어야 했다. 닭과 오리, 생선과 고기를 굽고 찌고 지지고 볶는 온갖 음식을 다 갖춰야 했다. 이렇게만 되면 현성 동가에 있는 '훙산청'보다 크지는 못하지만 '반포(飯鋪)'가 아니라 '반장(飯莊)'이라 불리기에 충분할 것이었다. 우샹샹이 음식점 장사를 좋아하는 것은 만터우 가게보다 돈이 빨리 들어온다는 장점도 있지만 무엇보다도 음식점의 떠들썩한 풍경 자체 때문이었다. 매일 많은 손님들이 오가는 가운데 자신은 계산대에 앉아 이리저리 종업원들을 부릴 수 있는 데다 매일 고기와 야채가 볶음용 냄비에 들어가는 소리를 들을 수 있었다. 주방에서 '치직' 소리가 들리면 곧이어 냄비 위로 불꽃이 일고 유증기가 피어오를 것이다. 그녀는 이런 장사를 좋아할 뿐만 아니라 이런 분위기를 좋아했다. 그저 장사를 하고 싶은 것이 아니라 그 안에 감춰져 있는 다양한 즐거움을 누리려는 것이었다. 음식점을 열지 않으면 안 될 것만 같았다. 우샹샹은 이런 얘기를 하다가 신이 나면 우모세에게 물었다.

"음식점 여는 것에 대해 어떻게 생각해?"

우모세는 음식점 여는 것을 별로 좋아하지 않았다. 만터우 장사를 하는 것보다 더 싫었다. 음식점을 열면 우샹샹은 주인장이 되고 자신은 종업원이 될 것이 분명하기 때문이었다. 게다가 하루 종일 사람들 비위를 맞춰야 하

---

30 열 명이 앉는 자리.

고 손님이 많으면 음식점 안에서 손님들과 부대끼는 일이 더 많아지기 때문에 만터우를 파는 것보다 훨씬 더 힘들고 골치 아플 수밖에 없었다. 하지만 그는 좋아하지 않으면서도 우샹샹의 생각에 따라야 했다.

"좋아요."

우샹샹이 그를 한 번 노려보더니 곧장 윽박지르기 시작했다.

"거짓말 하는 것 아니지?"

이어서 정색을 하고서 말했다.

"일을 잘못하는 건 그런대로 봐주겠지만 자기는 말하는 게 너무 둔해. 도대체 매일 입에 거짓말만 달고 다니는 이유가 뭐야?"

우모세는 우샹샹이 화를 내자 얼른 말을 바꿨다.

"사실은 안 좋아요."

우샹샹이 말했다.

"그럼 도대체 뭘 좋아한다는 거야?"

우모세는 솔직하게 말하는 수밖에 없었다.

"저는 어려서부터 뤄쟈좡의 뤄창리를 좋아했어요. 그의 함상은 정말 유명하거든요."

우샹샹은 그가 평생 함상을 좋아하는 것을 보고는 어처구니가 없어 웃고 말았다.

함상에 관해 얘기한 지 며칠 되지 않아 상사가 발생했다. 신부 라오잔이 세상을 떠나고 만 것이다. 라오잔은 평소에 몸이 아주 건강했고 일흔이 넘은 나이에도 옌진현 곳곳을 돌아다니며 전도를 했었다. 그가 병을 얻게 된 것은 다 쓰러져가는 절에 거주했기 때문이었다. 현장 라오스가 떠나고 신임 현장으로 라오떠우가 부임했을 때 라오잔은 라오떠우를 찾아가 교회당을 돌려달라고 요구할 생각이었다. 하지만 현장이 두 번이나 바뀌고 그때마다 교회당의 반환을 요구했음에도 번번이 따끔한 경고만 받고 끝나버린 터라 차라리 요구하지 않는 것이 나을 거라 생각했다. 첫째는 옌진에 계속 남아 있는 것도 장담할 수 없었기 때문이다. 라오떠우는 군인 출신이라 총 쏘는 것을 좋아했다. 그는 부임하자마자 교회당에서 전통극단을 쫓아낸 다음 병영으로 개조하여 그 안에서 민단(民團)을 훈련시켰다. 라오잔은 라오떠우를 찾아가봤자 수재(秀才)가 병사를 만난 것처럼 조리 있게 말을 하지도 못할 것 같았다. 현장들에게 철저히 실망한 그는 현 정부로 라오떠우를 찾아가 교회당 문제를 거론하는 대신, 계속 낡은 절 안에서 거주하기로 했다. 칠월 열아흐레가 되던 날 날씨가 몹시 무더웠지만 절은 사방으로 바람이 통했기 때문에 그다지 덥지 않아야 정상이었다. 하지만 이날은 바람 한 점 없었다. 저녁이 되자 라오잔은 옌진 사람들과 마찬가지로 지붕 위에 올라가서 잤다. 사실 절 지붕은 하루 종일 햇볕을 받아 몹시 뜨거웠지만 심리적으로 실내보다 시원한 것처럼 느껴졌다. 한밤중이 되자 전전반측하던 그는 누워도 온몸에 땀이 나고 일어나 앉아도 땀이 나는 통에 도무지 잠을 이룰 수 없었다. 오경쯤 되어서야 바람이 불기 시작하더니 단번에 가슴속까지 시원해졌고 금세 잠이 들었다. 하지만 바람을 너무 많이 쐬고 말았다. 아침에 일어나니 코가 맹맹해지더니 기침이 나기 시작했다. 원래는 그날 칠십 리 밖에 있는 샤샤좡으로 전도를 하러 가기로 되어 있었다. 아침 식사를 할 때쯤 자전거를 모는 샤오자오도 도착했다. 샤오자오는 라오잔이 감기에 걸려 쉴 새 없이 기침을 해대는 것을 보고는 고개를 들어 하늘을 쳐다보았다. 날씨가 곧 변할 것 같았다. 서북쪽 하늘에서 겹겹의 구름이 밀려오기 시작했다. 샤오자오는 그저 라오잔의 발이 되어줄 뿐, 라오잔의 도제는 아니었다. 그는 라오잔을 '사부님'이라 부르지 않고 그냥 간단히 '영감님'이라고 부르면서 말했다.

"영감님, 날씨가 변할 것 같아요. 게다가 기침도 심하시니 오늘은 밖에 나가지 않으시는 게 좋을 것 같습니다."

라오잔은 잠시 생각에 잠겼다. 원래는 계획을 취소할 작정이었다. 다른 마을로 전도를 하러 가려면 먼저 집에서 병부터 다스려야 했다. 하지만 가려는 곳이 쟈쟈좡이고 쟈쟈좡에는 삼현금을 타는 장님 라오쟈가 있었다. 라오잔은 전도를 마치고 라오쟈의 삼현금 연주를 들을 요량으로 하늘을 쳐다보며 말했다.

"괜찮네. 하늘이 흐려 햇볕이 내려쬘 리도 없으니 시원할 때 어서 다녀오도록 하자고."

두 사람은 곧 길에 올랐다. 현성은 쟈쟈좡에서 칠십 리나 떨어진 곳이었다. 십리쯤 갔을 때 큰 비가 뿌리기 시작하더니 이내 두 사람을 물에 빠진 닭으로 만들어버렸다. 땅바닥도 온통 진흙탕이 되어버렸다. 도저히 쟈쟈좡까지 갈 수 없다는 것을 깨달은 두 사람은 다시 돌아가기로 했다. 진흙탕 속에서 자전거를 몰자니 샤오자오는 몹시 힘이 들었다. 게다가 체인마저 끊어지고 말았다. 빗속에서 자전거를 고칠 수도 없어 두 사람은 걸어서 가는 수밖에 없었다. 자전거를 타고 가면 십 리 길도 반 시진이면 갈 수 있지만 비를 맞으면서 걷다 보니 두 시진이나 걸렸다. 현성으로 돌아오자 두 사람은 병이 나고 말았다. 샤오자오는 한기를 쐬었을 뿐이지만 라오잔은 한기를 쐰 데다 전부터 앓고 있던 감기까지 겹쳤다. 고열이 나서 현성 북가에 있는 '지스탕'에서 약을 몇 제 지어 먹었지만 병세가 나아지기는커녕 오히려 더 심해졌다. 라오잔이 병에 걸려 세상을 떠나기까지는 겨우 닷새밖에 걸리지 않앉다. 향년 일흔 셋이었다. 임종 닷새 전에 온몸에 고열이 나더니 숨을 거두기 직전까지 아무 말도 남기지 못했다. 이탈리아인이 옌진에서 오십 년을 살다가 이렇게 세상을 떠난 것이다. 우모세는 놀라움을 금치 못했다. 두 사람은 과거에 사제 관계였다. 뿐만 아니라 우모세가 오늘날 만터우 가게에서 만터우를 빚을 수 있게 된 것도 따지고 보면 라오잔의 가르침 덕분이었다. 지금은 별로 만족하지 못하고 있지만 라오잔이 지시를 내릴 때는 아주 간절한 마음이었다. 처음으로 '주님'의 이름이 아닌 '연장자'의 이름으로 자기 생각을 말했었다. 당시 라오잔은 담뱃대를 털고 있었다. 나이가 많은 아버지 같았다. 우모세가 사거리에서 만터우를 팔 때, 라오잔은 항상 우모세의 좌판을 찾아가 만터우를 샀다. 이미 사제 관계에서 벗어난 상태였지만 우모세는 여전히 그를 '사부님'이라 불렀다. 라오잔이 만터우를 사면서 돈을 건네자 우모세가 말했다.

"사부님, 돈은 됐습니다."

사리를 구분할 줄 아는 라오잔이 말했다.

"자네 집에 가서 밥을 먹는 일이라면 내 돈을 받지 않아도 되네. 하지만 지금은 자네가 장사를 하고 있으니 경우가 다르지. 내가 만터우를 사는 데 돈을 받지 않는다면 다음부터 미안해서 어떻게 또 찾아오겠나?"

만터우 가게의 증롱에서 매일 쪄내는 만터우의 수는 정해져 있었다. 우모세가 집안에서 제대로 주인 행세를 했다면 우모세는 라오잔의 돈을 받지 않았을 것이다. 하지만 만터우 가게의 주인은 우샹샹이었기 때문에 집에 돌아가 만터우 수와 돈이 맞지 않을 경우 우샹샹이 욕을 할 것이 두려워 우모세는 결국 라오잔의 돈을 받았다. 라오잔이 세상을 떠나자 우모세는 사부님이 만터우 몇 개를 사는데 자신이 돈을 받았다는 사실이 생각나 자신도 모르게

서글퍼졌다. 우모세는 사거리로 만터우를 팔러 가면서 가끔씩 차오링을 데리고 가곤 했다. 차오링이 그를 따라가는 것은 낮에만 가능했다. 밤에는 어둠이 무서워 감히 밖에 나가지 못했다. 낮에는 사거리에 갇혀 있다가 울거나 소란을 피우다가 집으로 돌아가기도 하고 만터우를 한 바구니 팔고 나면 우모세에게 자신을 바구니에 숨게 해달라고 졸랐다. 바구니 뚜껑을 닫으면 그 안에서 잠이 들곤 했다. 거리 사람들은 차오링이 겁이 많은 것을 알고는 만터우를 사면서 일부러 놀리곤 했다.

"빨리 도망쳐. 서관에 요괴가 나타났대. 어린 아이들의 심장만 꺼내먹는 요괴래."

차오링은 '으앙' 울음을 터뜨리며 우모세의 바지를 잡아끌었다. 때로는 누군가 아이를 안으면서 놀리기도 했다.

"차오링, 아저씨를 따라 가자. 내가 널 적당한 곳에 팔아줄 테니까 말이야."

차오링은 또다시 '으앙' 울음을 터뜨리면서 만터우 바구니 속으로 들어가 숨었다. 우모세는 차오링을 놀린 사람들에게 거칠게 화를 내면서 아이를 잘 보호해주었다. 차오링은 낯선 사람을 만나면 몹시 두려워했지만 유독 라오잔만은 두려워하지 않았다. 라오잔이 만터우를 사러 와서는 고개를 아래로 숙이고서 차오링에게 물었다.

"얘야, 너 몇 살이니?"

"다섯 살이에요."

라오잔은 곧장 전도할 생각을 했다.

"그럼 세례를 받아야 하겠구나."

한 번은 만터우를 사서 그 자리에서 절반을 잘라 차오링에게 건네자 차오링이 냉큼 받아먹었다. 라오잔은 때때로 차오링을 품에 안아주기도 했다.

차오링은 다른 사람들이 안는 것은 거부했지만 라오잔이 안아주는 것은 무척 좋아했다. 라오잔이 말했다.

"크거든 꼭 주님을 믿어야 한다."

차오링이 말했다.

"주님이 뭐예요?"

라오잔은 노상 하는 말을 되풀이했다.

"주님을 믿으면 자신이 누구인지, 어디서 와서 어디로 가는지 알게 된단다."

다른 사람들은 라오잔에게서 이런 얘기를 들으면 그를 비웃었지만, 아직 다섯 살밖에 안 된 차오링은 라오잔의 말을 듣고는 멍한 표정을 지을 뿐이었다. 이처럼 멍한 표정을 보고서 라오잔은 우모세에게 감탄을 늘어놓았다.

"아마도 자넨 주님과 인연이 있는 것 같네. 아무래도 이 아이는 주님의 신도인 것 같아."

그러고는 또 말을 이었다.

"인간은 죄악 속에 있으면서도 이를 깨닫지 못하지. 왜 주님을 이렇게 안타깝게 하는지 모르겠구나? 죄를 향해 가면 죽음뿐이고 주님을 향해 가면 영원한 삶을 얻을 수 있단다."

갑자기 그의 눈에서 눈물이 쏟아져 내렸다. 차오링이 작은 손으로 그의 눈을 닦아주었다. 우모세는 주님을 믿기로 결심하기 전까지 이런 말을 수백 번이나 들어 귀에 이끼가 낄 정도였지만 개의치 않았다. 이제 라오잔이 죽고 나니 차오링을 볼 때마다 라오잔이 생각나 가슴이 뭉클해지면서 자신도 모르게 긴 한숨이 나왔다. 라오잔이 세상을 떠났을 때 우모세는 그 사실을 알지 못했다. 라오잔이 죽었다는 소식을 들은 것은 다음 날 정오가 다 되어서였다. 우모세는 사거리에서 한창 만터우를 팔고 있었다. 그는 황급히 만터우 좌판을 바로 옆에서 신발을 수선하는 라오자오에게 봐달라고 부탁하고는 서둘러 진 서쪽의 버려진 절로 문상을 갔다. 절 안으로 들어서보니 라오잔은 이미 눈을 감은 채 짚으로 짠 명석 위에 누워 있었다. 그의 신변을 지키는 사람은 아무도 없었다. 옌진 천주교 교회는 카이펑 교회가 관할하도록 되어 있었다. 카이펑 교회는 라오잔이 사십 년 동안 선교활동을 하면서 신도가 여덟 명밖에 없는 데다 카이펑 교회 회장인 라오레이와 교의에 대한 쟁론이 있었던 것을 고려하여 라오잔이 살아 있는 동안 그에게 지급하는 경비를 해마다 조금씩 줄여 가고 있었다. 이제 라오잔이 죽었는데도 그들은 아무도 문상을 오지 않고 그저 조전만 한 통 보내왔다. 조전의 대상도 라오잔이고 조전을 받는 사람도 라오잔이었다. 울지도 못하고 웃지도 못할 상황이었다. 아마도 그들은 장례비 지출을 원치 않았지만 그랬다가는 옌진에 대한 관리가 중단되어 옌진의 천주교가 자멸의 운명에 처하는 것이 두렵기도 했을 것이다. 교의에도 분열이 생겼다. 분열된 교의로 가르침을 받는 신도들은 이교도가 될 수밖에 없기 때문에 아마도 라오레이는 라오잔의 교의를 인정하고 싶지 않았을 것이다. 라오잔에게는 옌진에 여덟 명의 신도들이 있었다. 이 여덟 명의 신도들이 속속 절에 도착했다. 라오잔을 위해 자전거를 몰던 샤오자오는 감기가 다 낫지 않았는데도 머리를 감싸 쥐고 절을 찾아왔다. 죽업사 주인인 라오루도 라오잔 생전의 좋은 친구로서 천주교를 믿지 않는데도 찾아왔다. 사람들은 잠시 라오잔의 유품들을 조사해보았다. 그가 남긴 돈은 간신히 관을 하나 살 수 있는 정도였다. 라오루는 그 돈을 우모세에게 주면서 현성 북가에 가서 관을 하나 사오라고 했다. 복날이라 날씨가 몹시 더웠기 때문에 시신을 그대로 방치할 수 없어 사람들은 사흘째 되던 날 서둘러 라오잔을 성 밖에 묻어주었다. 관을 땅 속에 내리는 순간 여덟 명의 신도들은 한 목소리로 "아멘"이라고 몇 번씩 되뇌었다. 모두들 이번에 "아멘"이라고 말을 되뇌고 나면 나무가 쓰러지면 원숭이들이 흩어지는 것처럼 옌진의 천주교도 곧 사라지게 된다는 것을 잘 알고 있었다. 몇몇 사람들이 꺼이꺼이 울기 시작했다.

모두들 라오잔을 묻고 나서 다시 절로 돌아왔다. 세상을 떠난 라오잔에게는 가족이나 친지가 없었기 때문에 라오루가 주인이 되어 서관에 있는 '라오양 양탕관(羊湯館)'에 양탕 열한 그릇과 백열 개의 샤오빙을 주문하여 찾아 온 사람들에게 절에 쪼그리고 앉아 먹게 했다. 다함께 상반(喪飯)[31]을 먹는 것으로 모든 일의 마침표를 찍는 셈이었다. 라오잔은 자전거도 한 대 남겼다. 이 자전거는 금방이라도 주저앉을 것처럼 상태가 좋지 않아 값이 몇 푼 나가지 않은 데다 샤오자오가 이 자전거로 칠팔 년이나 라오잔을 태우고 다녔던 점을 고려하여 라오루가 주인 대신 샤오자오에게 주었다. 식사를 마치고 헤어질 때 우모세는 주위를 두리번거리다가 문득 이전에 라오잔과 함께 이곳에서 성경공부를 할 당시 라오잔이 선교를 하면서 코를 계속 킁킁거리던 일이 생각났다. 사람들이 다 가고 나서도 그는 혼자 잠시 동안 그 자리에 남아 있었다. 이때 라오잔의 짚 멍석 위에 마구 엉클어져 있던 풀 사이에서 둘둘 말린 종이를 한 장 발견하게 되었다. 우모세가 종이를 집어 들고 자세히 살펴보니 라오잔이 새로 그린 교회당 그림이었다. 라오잔은 젊었을 때 이탈리아에서 외삼촌에게 건축을 배웠던 터라 그림은 일필일획 아주 정교하게 그려져 있었고 규격도 정확히 명기되어 있었다. 그림은 팔층 높이

---

31 장례음식.

의 고딕 양식 교회당을 그린 것으로 중앙의 궁륭(穹隆)은 직경이 사십 미터 육십 센티였고 지면으로부터 궁륭까지의 높이는 육십 미터 팔십 센티였으며 종탑의 높이는 백육십 미터였고 지붕 위에는 직경이 육 미터나 되는 커다란 종이 달려 있었다. 교회당의 벽면은 대리석으로 마감하고 일흔두 개의 창문을 설치하며 창문의 유리는 스테인드글라스를 사용하고 교회당 문 앞에는 하늘을 찌를 정도로 높은 십자가를 하나 세울 것도 명기하고 있었다. 교회당 그림만 대단히 웅위한 것이 아니라 교회당 내부의 시설도 한쪽 구석에 하나하나 세밀하게 그려져 있었다. 장식장과 테이블은 쥐엄나무로 만들되 안팎에 정교하게 금박을 입히고 네 귀퉁이에 금과 상아를 상감하라고 명시하고 있었다. 커튼에는 산양의 털로 짠 모직을 사용하고 차양막에는 양가죽과 물개 가죽을 사용하라고 명기되어 있었다. 또 스탠드 등은 정금으로 장식하고 여섯 개의 곁가지를 만들되, 가지 하나에 잔이 세 개씩 달리게 하여 그 형상이 마치 살구꽃 같아야 한다고 쓰여 있었다. 성단에도 쥐엄나무를 사용하고 성패는 정금으로 만들어 그 위에 "모든 성스러움을 여호와께 바칩니다."라는 문구를 새겨 넣으라고 명시되어 있었다. 이때 우모세는 라오잔이 몸은 비록 버려진 절에 있었지만 그 마음은 아직 교회당을 생각하고 있었고, 그 교회당도 몇 대에 걸쳐 현장들이 차지한 채 비워주지 않고 있는 그 교회당이 아니라 그보다 훨씬 더 큰 교회당이라는 것을 알게 되었다. 처음 보았을 때는 그냥 종이였는데 다시 살펴보니 종이 위의 모든 것들이 살아 있는 것만 같았다. 일흔두 개의 창문도 하나하나 전부 열려 있었고 종탑에 매달린 커다란 종도 '뎅그렁 뎅그렁' 귀가 멍멍할 정도로 요란한 소리를 쏟아내고 있었다. 교회당의 창문이 열리면서 우모세의 마음에도 창문이 열렸다. 옛날에 도제로 있을 때 라오잔은 한밤중에 양바이순에게 전도를 하곤 했었다. 그때는 우모세의 귀에 라오잔의 말이 한 마디도 들어오지 않았다. 그러나 지금은 이 교회당의 그림만 보고서도 라오잔이 이 세상에서 가장 홀륭한 신부라는 것을 알 수 있었다. 평생 동안 옌진에서 여덟 명의 신도밖에 개척하지 못했지만 신도가 많지 않아도 믿음은 있었다. 이 여덟 명의 신도들이 전부 확실한 신앙을 갖고 있지 않았다 하더라도 그 가운데 적어도 한 명은 확실한 믿음을 가지고 있었다. 다름 아닌 라오잔이었다. 라오잔의 전도가 다른 사람들에게는 먹히지 않았지만 라오잔 자신에게는 먹혔던 것이다. 우모세는 라오잔이 살아 있을 때도 주님을 믿지 않았고 라오잔이 죽고 나서도 믿고 싶지 않았다. 하지만 라오잔은 결국 그로 하여금 주님을 믿지 않을 수 없게 했다. 우모세의 마음속에 있는 그 믿음의 빛은 주님에게서 온 것이 아니라 라오잔에게서 온 것이었다.

교회당 그림을 다 살펴보고 나서 종이를 뒤집어보니 종이 뒷면에 다섯 개의 글자가 적혀 있었다. 필적으로 미루어 라오잔이 쓴 것이 분명했다. 깨알 같은 글씨로 아주 정교하게 적혀 있었다. 이 다섯 개의 검은 글자는 다름 아닌 '악마의 밀어'였다. 우모세는 송곳에 찔리는 듯한 느낌을 받았다. 하지만 그런 고통 뒤에도 그 다섯 글자가 무얼 의미하는지 알 수가 없었다. 아무리 생각해 봐도 교회당과는 관련이 없는 것 같았다. 마침내 그는 라오잔이 평생 동안 줄곧 어쩔 수 없는 무력감에 시달렸고 사람들을 몹시 원망했으며, 바로 이런 원망 때문에 이렇게 웅장한 교회당을 지으려 했다는 사실을 깨달았다. 라오잔의 이런 생각은 우모세가 마음속으로 한 번도 가져보지 못했던 어떤 느낌과 상통하게 되었다. 우모세도 마음속에 항상 원망이 있었다. 흥분한 우모세는 라오잔의 그림을 품에 넣고 '우지 만터우공방'으로 돌아왔다. 그는 잠을 자다가 한밤중에 깨면 또다시 그림을 꺼내 살펴보았다.

먼저 종이 뒷면에 있는 다섯 글자를 살펴보고 나서 앞면에 있는 교회당 그림을 보았다. 다섯 글자의 의미를 알 것 같다가도 다시 희미해졌다. 일단 글자는 접어두고 교회당 그림에만 매달려보기로 했다. 교회당에 대해서는 갈수록 더 많은 비밀을 알아낼 수 있었다. 일찍이 우모세는 양쟈쟁에 살 때 대오리로 작은 벌레나 새우, 고양이, 개 같은 장난감을 만들곤 했었다. 그래서인지 한 가지 생각이 떠올랐다. 라오잔의 그림을 바탕으로 대오리를 이용해 교회당을 만드는 것이었다. 물론 라오잔이 그림에 그린 치수대로 만드는 것은 불가능하고 그저 대략적인 모형을 만들 수 있을 뿐이었다. 세상에 라오잔의 마음속 생각을 중요하게 생각하는 사람은 아무도 없었지만, 우모세는 이번에 라오잔의 교회당을 아주 중요한 일로 여겼다. 이 일을 중요하게 여기는 것은 라오잔을 기념하기 위해서가 아니라 자신의 마음속에 창문을 열기 위해서였다.

열흘이 지나 우모세는 작업을 시작했다. 대오리가 부족할 리는 없었다. 라오루의 죽업사에 자투리 대나무가 넘쳐났기 때문이다. 십자로에 나가 만터우를 팔고 돌아오는 길에 라오루의 죽업사에 들러 자투리 대나무를 주워와 대오리를 만들면 따로 돈을 들일 필요가 없었다. 평소에 우모세는 오경쯤 잠자리에서 일어나 밀가루를 반죽하여 만터우를 만들었는데, 이제는 이경이면 일어나 땔감을 쌓아두는 방에 숨어 등불을 켜고서 등불에 그림을 비춰가면서 교회당을 만들었다. 하지만 팔층짜리 교회당 모형을 만드는 데는 고양이나 개를 만드는 것보다 훨씬 더 많은 힘과 시간이 들었다. 고양이나 개는 밥 한 끼 먹는 시간이면 두세 개를 충분히 만들 수 있었지만, 지금은 닷새를 쉬지 않고 작업해도 교회당의 기반조차 만들지 못했다. 시간과 공력이 드는 것은 별 문제가 되지 않았다. 중요한 건 전체적인 구조와 배치에 심력이 많이 든다는 것이었다. 그림을 반나절이나 들여다보고서도 대오리를 몇 가닥 붙이지 못하는 때도 비일비재했다. 작업 자체에는 힘이 들지 않았지만 생각하는 데 힘이 들었다. 대오리를 몇 가닥 붙이지 않았는데 벌써 오경 닭이 울고 말았다. 밀가루를 반죽하여 만터우를 만들어야 하는 시간이었다. 우모세는 교회당 만드는 일을 내려놓고 서둘러 만터우 가게로 가서 밀가루를 반죽하여 만터우를 만들었다. 차오링은 그가 만든 교회당을 보면서 무척 재미있다고 느꼈다. 때로는 한밤중에 소변을 보러 일어났다가 땔감 창고로 교회당을 구경하러 가기도 했다. 밤에 이런 작업을 하는 것은 원소절의 명절놀이와 달랐다. 명절놀이는 낮에 하기 때문에 장사에 지장을 주었지만 교회당 작업은 밤에 하기 때문에 그저 그의 수면에 지장을 줄 뿐이었다. 그가 매일 일찍 일어나 대오리로 교회당 만드는 것을 보고서 우샹샹은 처음부터 관심을 보이지 않았다. 간간히 호기심 때문에 이불 속에서 기어 나와 옷을 걸치고는 땔감 창고로 다가가 쪼그리고 앉아 안을 들여다보곤 할 뿐이었다. 그녀는 그가 뭔가 신선한 일을 도모하면 며칠을 그러다가 곧 그만 둘 것이라고 생각했다. 하지만 한 달이 지나도 그는 여전히 작업에 열중하고 있었다. 밤마다 이경이면 일어나 작업을 했고 게다가 공정이 이제 막 한 층을 완성한 상태라 일곱 층을 더 만드는 작업을 지켜봐야 한다는 생각에 다소 짜증이 났다.

"하루 종일 등을 켜놓고 기름을 허비하면서 이걸 만들어서 뭐하려고 그래?"

우모세가 대답했다.

"할 일을 안 한 것도 아닌데 왜 그래요?"

우샹샹은 그의 이런 대답에 더 짜증이 났다.

"어째서 일을 소홀하지 않는다는 거야? 하지 못하고 있는 일이 얼마나 많

다고? 만터우를 찌는 것 말고는 오로지 이 일에만 매달려 있잖아. 왜 파 장
사를 하지 않는 거야?"

　한 가지 일이 또 다른 일이 되어 있었다. 쟝후가 살아 있을 때는 만터우
장사를 하면서 짬을 내 파를 떼어다 팔았다. 라오부와 라오라이와 함께 타
이위안에 가서 파를 사다가 옌진 집무시장에서 팔았다. 세 칸의 만터우 가
게에서 부부가 만터우 장사에 의지하는 동시에 쟝후의 파 장사에도 의지해
서 먹고 살았던 것이다. 당시에 우샹샹은 화를 내면서 쟝후에게 파 장사를
그만두라고 말렸었지만, 이제 와서 생각해 보니 자신은 만터우를 팔고 우모
세에게는 산시에 가서 파를 사오게 하는 것도 나쁘지 않을 것 같았다. 첫째
는 그에게 긴 안목을 갖게 하고 느릅나무에 난 부스럼 같은 그의 머리가 잘
돌아가 집안일을 멍청하게 처리하는 일이 없도록 하려는 것이었고, 둘째는
집을 나서 파 장사를 하면 집에 들어오는 수입이 크게 늘어나기 때문이었
다. 집을 나서 풍찬노숙하는 것이 집에서 만터우를 빚어 파는 것보다 힘들
긴 하지만 잘만 하면 만터우 장사보다 수입이 더 많을 수 있었다. 하루라도
일찍 밑천을 마련해야 음식점을 열 수 있었다. 이리하여 라오부와 라오라
이를 찾아가 상의한 끝에 두 사람이 타이위안으로 파를 사러 갈 때 우모세
를 동행시키기로 약속했다. 우샹샹이 돌아와 이런 얘기를 우모세에게 했지
만 우모세의 반응은 부정적이었다. 그는 파를 사러 가고 싶지 않았다. 밖에
나갔다 오는 것이 힘들어서가 아니라 교회당이 막 일층 작업을 끝내고 이층
으로 올라간 터라 아주 중요한 시점이어서 집 밖에 나가 다른 일에 신경 쓸
여유가 없기 때문이었다. 여유가 없는 것은 시간이 아까워서가 아니라 밖에
나가 파를 사가지고 돌아오면 마음속에 있는 교회당 건축에 대한 생각이 지
워질 염려가 있기 때문이었다. 그가 머뭇거리는 모습을 보고 우샹샹은 버럭

화를 냈다.

"왜 당신은 교회당만 생각하고 내가 차리고 싶어 하는 음식점은 생각하지 않는 거야? 나가서 파를 사오든지 말든지 당신 맘대로 해. 내가 당장 그 교회당을 불태워버리고 말테니까."

그러면서 벌떡 일어나 교회당을 태우려 했다. 우모세가 황급히 몸을 일으켜 그녀를 저지했다.

"아무 말도 하지 말아요. 가서 파를 사 오면 되잖아요."

그해 음력 구월 초열흘, 우모세는 한창 짓고 있던 교회당을 내려놓고 서둘러 나귀가 끄는 수레를 몰고서 타이위안으로 파를 사러 갔다. 집 밖에 나가 파 장사를 하는 것은 그의 본업이었다. 단지 파 장사를 라오잔의 교회당 때문에 하게 되었다는 것이 이상할 따름이었다. 원인과 결과가 서로 맞지 않는다는 생각에 우모세는 울지도 못하고 웃지도 못할 기분이었다.

우모세는 과거에 라오부나 라오라이와 친하지 않았다. 함께 길을 가면서 라오부와 라오라이가 쟝쟈좡 염색공방의 네이밍구인 라오타, 그리고 현 정부의 차역들과 마찬가지로 남을 잘 속인다는 사실을 알게 되었다. 길을 가는 내내 두 사람은 자신들의 얘기에만 열중하면서 우모세는 거들떠보지도 않았다. 우모세도 그들이 쟝후의 친구들이지 자신의 친구는 아니라는 사실을 모르지 않았다. 그들이 우모세에게 얘기를 하지 않는 덕분에 우모세는 나름대로 한가한 여유를 가질 수 있었다. 잠시 음식점에 들러 요기를 할 때면 그들은 항상 우모세에게 차나 물을 가져다 따르게 하고 자신들은 손 하나 까딱하지 않았다. 밤중에 객점에서 묵으려면 가을인데도 집 밖의 바람이 꽤 쌀쌀했기 때문에 두 사람은 꼭 구들 위에서 자면서 우모세는 문가에서 자게 했다. 한밤중에 나귀에게 건초를 주는 일도 우모세의 몫이었다. 두 사람은 전혀 몸을 움직이지 않았다. 두 사람은 서로 의견이 맞지 않아 거의 말다툼에 가까울 정도로 격하게 얘기를 주고받다가도 우모세에게 뭔가 일을 시킬 때는 금세 이구동성이 되었다. 우모세는 과거에 두부를 갈았었고 돼지를 잡았으며 천을 염색했었다. 또한 물을 지어 날랐고 채마밭을 가꾸었으며 밀가루 반죽으로 만터우를 빚었었다. 그리고 파를 사러 가는 일을 갑자기 하게 되었다. 라오부와 라오라이는 이런 우모세에게 줄곧 사부 행세를 했고 우모세도 이를 받아들였다. 나귀가 끄는 세 대의 수레를 몰고 이틀 밤낮을 걸어 허난 경계를 벗어난 이들은 사흘째 되는 날 저녁에 산시 친위안(沁源) 현성에 도착했다. 산시 친위안 현성은 삼 년 전 쟝후가 밥집에서 사람들과 싸우다가 산둥 사람에게 맞아 죽은 곳이다. 세 사람은 허기도 채우고 나귀도 먹이면서 하루 묵어가기 위해 길을 따라가면서 밥집을 찾았다. 이때 라오부가 말했다.

"쟝후가 맞아죽었던 그 집은 가지 말자고. 매번 어디를 가든지 나는 그 집을 피해 가거든."

라오라이가 말했다.

"삼 년이나 지난 일이잖아. 가끔씩 생각해보면 쟝후는 정말 의기가 대단했던 것 같아."

그러면서 우모세를 힐끗 쳐다보고는 탄식하듯 말했다.

"낡은 것이 가지 않으니 새 것이 오지 않는군."

우모세는 그들이 쟝후를 칭찬하면서 은근히 새로 온 우모세를 비난하고 있다는 걸 모르지 않았다. 하지만 이런 얘기는 우모세도 지겹도록 들은 터라 그들과 시비를 따지고 싶지 않아 그냥 못 들은 척하고 있었다. 그저 거리 양쪽을 살피면서 장사할 만한 곳을 찾고 있었다. 이렇게 한참을 걷고 있을 때 갑자기 등 뒤에서 그들을 부르는 소리가 들렸다.

세 사람이 일제히 고개를 돌렸지만 누굴 부른 건지 몰라 두리번거렸다. 길가에 마차가 한 대 서 있고 그 앞에 두 사람이 서 있었다.

"여기 댁들 말고 누가 또 있겠습니까!"

두 사람이 말하는 소리를 들어보니 산둥 억양이었다. 마차에는 파가 산처럼 쌓여 있었다. 하지만 수레 끌채에 말이 보이지 않았다. 두 산둥 사람 가운데 하나는 뚱보고 하나는 말라깽이였다. 말라깽이가 말했다.

"보아하니 타이위안으로 파를 사러 가시는 모양이군요?"

우모세가 감히 말을 못하고 있는 차에 갑자기 모르는 사람들이 불러 세우니 라오부는 심기가 좋지 않았다.

"우물물이 강물을 범할 수 없는 법이라는 걸 잘 알고 있소. 파를 사든지 말든지 간에 댁들에게 방해가 되진 않을 것이오."

산둥 뚱보가 말을 받았다.

"뭔가 오해를 하신 모양이군요. 우리는 산둥 차오현(曹縣) 사람들로 역시 타이위안에서 파를 사가지고 돌아가는 길입니다. 한데 동료 하나가 갑자기 병이 나서 피를 심하게 토하고 있어요. 이곳 의사에게 보였더니 의사는 우리가 외지인인 걸 알고는 약값을 왕창 올리는 겁니다. 우리는 이곳 사람들도 낯설고 지리도 익숙지 않은 데다 동료의 목숨을 포기할 수도 없어 목을 빼고 의사에게 친구를 맡기는 수밖에 없었지요. 이렇게 사흘이 지났는데도 동료의 병은 차도를 보이지 않고 노자마저 다 떨어지고 말았어요. 게다가 약값만 잔뜩 밀린 상태입니다. 결국 방법이 없어서 이 수레에 실린 파를 팔아 동료의 진료비로 쓸까 합니다. 이 파를 타이위안에서 살 때는 한 근에 삼십육 전에 샀는데 세 분께서 사신다면 한 근에 사십 전에 드릴게요. 그렇게

만 해주시면 세 분은 먼 길 가지 않아도 되고 우리는 급한 불을 끌 수 있지 않겠습니까?"

세 사람이 듣고 보니 그런 대로 괜찮은 조건이었다. 라오부와 라오라이는 자주 타이위안을 오갔기 때문에 이런 가격에 거품이 없다는 걸 잘 알고 있었다. 친위안에서 타이위안까지 가려면 이틀을 꼬박 더 가야 했고, 돌아오는 것까지 합치면 나흘 밤낮을 걸어야 했다. 친위안에서 타이위안의 파를 산다면 나흘 밤낮의 시간과 거리를 절약할 수 있는 셈이었다. 한 근 가격이 타이위안보다 사 전 비싸긴 하지만 나흘의 시간과 거리를 절약할 수 있을 뿐만 아니라 세 사람이 모는 나귀 세 마리가 나흘 동안 먹을 식량도 절약할 수 있으니 이래저래 타산이 맞는 조건이었다. 하지만 라오라이는 여전히 의심을 버리지 못하고 말했다.

"파가 가짜일 수는 없겠지만 혹시 타이위안의 파가 아니면서 타이위안 파라고 하는 건 아니오?"

산둥 뚱보가 말을 받았다.

"파 맛을 보시면 되지요."

라오부도 의심하면서 한 마디 거들었다.

"그럼 말은 어디로 갔소?"

산둥 말라깽이가 말했다.

"객점에서 건초를 먹이고 있어요. 말은 감히 팔아 치울 수가 없었습니다. 말이 없이는 수레를 끌고 돌아가지 못하니까요."

라오라이가 다가가 파를 뒤적거리며 살펴보았다. 먼저 파의 굵기를 살펴본 다음 파 더미에서 한 가닥을 뽑아 입에 넣고 씹어보았다. 그러고는 라오부를 향해 고개를 끄덕이며 말했다.

"파는 타이위안 파가 맞는 것 같군."

이어서 산둥 사람에게 물었다.

"전부 얼마나 됩니까?"

산둥 뚱보가 말했다.

"많지도 않고 적지도 않은 육천 근입니다."

이때 라오부가 라오라이에게 눈짓을 보내면서 산둥 사람에게 말했다.

"그냥 안 사는 걸로 하겠소."

라오라이가 그의 의도를 알아차리고 우모세를 잡아당기며 세 사람이 동시에 몸을 돌렸다. 뜻밖에도 산둥 뚱보 역시 억지로 팔 생각은 없는 것 같았다.

"살 생각이 없으시면 안 사셔도 됩니다. 하지만 이틀을 더 가서 사신다 해도 역시 이 파일 겁니다."

그러면서 한 마디 덧붙였다.

"오늘 만나는 사람들은 전부 식견이 없는 사람들인 것 같군요."

이 한 마디를 듣고는 라오부가 멈춰 섰다.

"식견이 있고 없고의 문제가 아니오. 한 가지 생각이 있어서 그래요."

산둥 말라깽이가 말했다.

"무슨 생각인데요?"

라오부가 말했다.

"속담에 물건은 그 지방에서 최후를 맞는다고 했소. 이 파를 팔고 싶다면 가격을 당신 맘대로 정할 수는 없을 것 같소."

산둥 말라깽이가 말을 받았다.

"형님, 설마 타이위안에서 친위안까지 가지고 와 한 근에 사십 전에 파는 게 지나치다고 생각하시는 겁니까?"

라오부가 말했다.

"원가에 판다면 사겠소."

산둥 말라깽이가 말했다.

"당신들 허난 사람들은 산시 의사나 한 가지로군요. 칼을 쥐고 상대를 마음대로 요량하려 드니 말이에요."

라오부가 말했다.

"그럼 그만 둡시다."

그러면서 라오라이와 우모세를 잡아끌었다. 산둥 뚱보가 라오부를 잡아끌면서 말했다.

"형님, 사람 목숨이 오늘내일 하는 상황입니다. 저희를 좀 도와주십시오. 사십 전이 안 되면 삼십 전에라도 드리겠습니다."

라오부가 말했다.

"십 전에 합시다."

한 차례 흥정을 거쳐 각자 이 전씩 양보하여 가격을 정했다. 한 근에 삼십팔 전에 사기로 한 것이다. 이어서 산둥 사람들은 객점으로 가서 말을 가져다가 수레에 가득한 파를 라오부와 라오라이, 우모세가 묵고 있는 객점으로 운반해주었다. 짐을 내리고 마등(馬燈)을 켜서 저울에 달았다. 바람과 햇볕을 쐬다 보니 육천 근의 파가 오천구백이십 근으로 줄어 있었다. 산둥 말라깽이가 고개를 가로저으며 말했다.

"말하는 사이에 팔십 근이 줄어들었네요. 앞으로는 감히 문 밖에 나서지 못할 것 같군요."

산둥 사람들이 가고 나자 라오부와 라오라이, 우모세는 몹시 기뻐했다. 나흘 길을 더 가지 않고도 타이위안 파를 샀기 때문이었다. 그것도 마른 파라 돌아가서 팔 때 물을 뿌리면 분량이 원래 상태로 돌아올 수 있었다. 계산해보니 이래저래 이익이었다. 흥정을 하는 과정에서 라오부가 가장 큰 힘을 썼고 라오라이가 옆에서 말을 보탰다. 이에 라오부는 이천이백 근을 차지했고 라오라이는 이천 근을 차지했다. 남은 천칠백이십 근이 우모세의 몫이었다. 우모세가 두 사람보다 적게 차지한 이유는 말을 적게 한 탓이었다. 다음 날 아침 일찍, 세 사람은 신바람이 나서 나귀 수레를 몰고 옌진으로 돌아왔다.

옌진으로 돌아왔을 때는 엿새째 날 한밤중이었다. 현성에 도착하여 라오부, 라오라이와 헤어진 우모세는 서둘러 나귀 수레를 몰고 서가에 있는 만터우 가게로 돌아왔다. 자고 있는 우상샹과 차오링이 깰까봐 우모세는 문을 열고 나귀를 끌어 살금살금 조심스럽게 마당 안으로 들어섰다. 우상샹에게 얼른 타이위안에 가지도 않고 타이위안 파를 한 수레 사 온 소식을 전해 놀라게 해주고 싶었다. 말을 돌려 깃발을 휘날리며 개선한 기분이었다. 달빛 아래 마당에는 서리가 한 겹 내려 있었다. 파를 수레에서 내리려 하는 순간 차오링의 방에 불이 켜진 것이 보였다. 자신이 집에 없는데 차오링이 엄마랑 함께 자지 않는 것이 이상하게 느껴졌다. 서로 감정이 틀어진 것이려니 생각했다. 어쩌면 두 사람이 차오링의 방에서 자기 전에 불을 끄는 것을 잊고서 함께 자고 있는 것인지도 모를 일이었다. 우모세는 파를 수레에서 내리지 않고 먼저 차오링의 창문 앞으로 가보았다. 창문에는 창호지가 발라져 있었지만 마침 한쪽 구석에 구멍이 나 있었다. 우모세는 그 구멍으로 안을 들여다보았다. 차오링 혼자 침대 위에서 자고 있었다. 얼굴을 젖혀 위로 향하고 큰 대 자로 누운 채 이불을 걷어차 배가 드러나 있었다. 꿈속에서 뭐라고 소리를 지르더니 몸을 뒤척이며 다시 잠이 들었다. 우모세는 모녀가 다툰 것이라 생각하고는 고개를 가로저으며 웃었다. 그러고는 다시 나귀 수레로 가서 파를 부렸다. 이때 자신과 우샹샹이 함께 자는 방에서 누군가 얘기하는 소리가 들렸다. 우모세는 처음에 우샹샹이 잠꼬대를 하는 것이라 생각했지만, 자세히 귀를 기울여 들어보니 남자와 여자가 얘기를 나누는 소리였다. '지지직'하고 머리칼이 곤두섰다. 그는 수레 위의 파를 마저 내려놓고 집 처마 밑으로 가까이 다가갔다. 집 안에 누군가 있는 것이 분명했다. 우샹샹의 목소리가 들렸다.

"차오링이 깨기 전에 얼른 가요."

그리고는 또 말을 이었다.

"곧 닭이 울 거예요. 나도 일어나서 밀가루를 반죽해야 해요."

옷을 주워 입느라 부스럭거리는 소리가 들렸다. 우샹샹이 말을 이었다.

"이러는 건 이번이 마지막이에요."

남자의 목소리가 들렸다.

"그 사람이 돌아오려면 아직 며칠 더 있어야 하잖소."

"당신 마누라가 알면 소란이 이만저만이 아닐 거예요."

"친정에 보냈어. 글피나 되어야 돌아올 거요."

"내일은 절대 오면 안 돼요."

"지난 삼사 년 동안 아무 일도 없지 않았소?"

우모세의 머리속에서 '쾅'하는 폭발음이 들렸다. 우샹샹이 외간 남자와 사통했는데 자신이 그런 사실을 일 년이 지나도록 모르고 있었기 때문이 아니라, 목소리를 들어보니 집 안에 있는 사내가 다른 사람이 아닌 바로 옆집 은세공 장인 라오가오였기 때문이었다. 가장 놀라운 것은 라오가오가 아니었다. 두 사람이 이런 관계를 유지한 지가 삼사 년이나 되었는데도 우모세가 이런 사실을 알아채지 못했을 뿐만 아니라 우샹샹의 전 남편인 쟝후 역시 알아채지 못했었다는 것이 더 놀라운 일이었다. 두 번째 남편도 아무 것도 몰랐을 뿐만 아니라 전 남편도 아무 것도 몰랐던 것이다. 우모세는 우샹샹이 자신을 '맞아들인' 것이 함께 살기 위함이라고 생각했는데, 알고 보니 남들에게 간판 역할을 시키기 위함이었다. 이번에 산시로 파를 사러 보낸 것도 파를 사서 음식점을 차리려는 이유에서 인 줄 알았는데, 알고 보니 자신들의 공간을 만들기 위한 속셈이었다. 평소에 우샹샹은 걸핏하면 그에게 화를 냈고, 이어서 손찌검을 하기 일쑤였다. 그는 그녀를 몹시 두려워했고 나중에는 아예 그녀를 상대로 잘잘못을 따지지 않게 되었다. 모든 부분에서 그녀의 생각에 따르면서 서로 어긋나는 부분은 전부 자기 탓으로 돌렸다. 지금 생각해 보니 자신이 너무 고지식했을 뿐만 아니라 두 연놈들에게 완전히 속은 것이었다. 억울함이 두 배가 되고 말았다. 게다가 라오가오는 평소에 자신에게 너무나 좋은 친구였다. 그는 라오가오의 실제 모습을 꿰뚫지 못하고 그를 찾아가 문제를 상의하곤 했다. 그가 말하는 한 자 한 자가 다 지당했고 조리가 있었으며 전부 이치에 맞았다. 지금 생각해 보니 우모세를 가지고 놀았던 것이다. 이때 집 안에서 또 얘기 소리가 들려왔다. 우샹샹이 말했다.

"앞으로 음식점을 개업하면 이렇게 불확실한 관계를 유지하기 어려울 것 같아요. 당신이 방법을 취해야 해요."

라오가오가 말했다.

"걱정 말아요. 우리 집 그 병든 약골은 얼마 살지 못할 거요."

"그 아무 짝에도 쓸모없는 사람은요?"

우모세가 듣고 보니 그 쓸모없는 사람이란 다름 아닌 자기 자신을 가리키는 것이었다. 라오가오의 말은 여전히 조리가 있었다.

"쓸모가 없는 친구는 그 융통성 없는 성격을 잘 이용하면 될 거요. 지난번에 내가 한 가지 계책을 알려주지 않았소? 그에게 가서 쟝룽과 쟝거우를 죽이게 하는 것 말이오. 그렇게만 되면 쟝씨 집안은 완전히 제압하는 셈이 되지 않겠소?"

"그건 나도 알아요. 그러면서도 내게 그와 대충 함께 살라고 했잖아요. 지난번에 쟝후가 죽었을 때, 당신 마누라는 화가 나기만 하면 죽을 거라고 했는데 그녀가 죽으면 어떻게 할 작정이에요?"

"죽은 다음에 생각합시다. 우선 그 고지식한 친구만 제거하면 어려운 일이 또 뭐가 있겠소?"

우모세의 머리가 다시 '쾅'하고 폭발했다. 과거에 라오가오가 우모세의 집안일에 관해 해결책을 제시하지 않았던 것은 시비를 일으킬까 두려워서 그러는 거라 생각했는데 이제 와서 알고 보니 그의 마음속에 귀신이 하나 들어앉아 있었다. 마음속에 귀신이 들어앉아 있는 것은 별 것 아니었다. 하지만 그는 우모세에게는 계책을 제시하지 않고 뒤에서 우샹샹을 위해 계책을 제공하고 있었던 것이다. 우모세가 남가 '쟝지 솜틀집' 사람을 죽이고자 한 것도 우샹샹이 교사한 것이라고 생각했는데 이제 와서 보니 그 배후에 라오가오가 있었다. 감히 살인의 계책을 내면서 다른 계책은 내지 못한단 말인가? 원래는 자신이 우샹샹과 성격이 맞지 않아 서로 어긋나고 있다고 생각했는데 이제 와서 보니 우샹샹과의 싸움에 라오가오가 뒤에서 힘을 싣고 있었다. 우샹샹이 음식점을 차리겠다고 하는 것도 라오가오의 생각인지 모를 일이었다. 평소에 우모세는 만터우를 팔면서 점심때가 되면 항상 라오가오가 우씨네 마당에 서서 우샹샹과 얘기를 나누는 모습을 보곤 했지만 이웃끼리 한담을 주고받는 것이려니 하고 전혀 신경을 쓰지 않았다. 그런데 뜻밖에도 이 두 사람의 관계가 줄곧 자신을 포함한 세 사람의 관계였을 줄 누가 알았겠는가. 우모세만 아무것도 모르고 있었던 것이다. 게다가 두 사람은 쾌락의 시간을 갖고 나서 우모세를 '쓸모없는 인간'으로 폄하하고 있었다. 과거에 라오가오는 사람들에게 어떤 일에 대해 말할 때 세 마디를 하곤 했다. 그 가운데 하나가 "일은 그렇게 처리하더라도 말은 그렇게 해선 안 되네."라는 것이었다. 지금 세 사람이 처한 상황이 바로 이런 꼴이었다. 일은 말로 전할 수 있지만 이치는 전할 수 없었다. 하지만 과거에 우모세는 이런 이치를 생각지도 못했었다. 이제 이런 일이 눈앞에 닥치자 우모세는 화도 나지 않았다. 넋이 나간 채 대응할 방법도 찾을 수 없었다. 결국 그는 속이 뒤집히더니 온몸에 경련이 일면서 땅바닥에 주저앉고 말았다. 라오가오가 옷을 주워 입고 방문을 여는 순간 우모세가 갑자기 몸을 일으키자 라오가오는 화들짝 놀랐다. 너무나 다급한 나머지 그는 말도 조리 있게 하지 못했고 목소리만 아주 높고 커졌다.

"며칠 있다가 돌아와야 하는 것 아니었나?"

마치 며칠 앞당겨 온 것이 우모세의 잘못인 것 같았다. 이 한 마디에 방 안에 있던 우샹샹도 깜짝 놀랐고 아직 정신이 멍한 상태였던 우모세도 놀라고 말았다. 우샹샹이 방에서 나와 우모세를 보고는 잠시 넋이 나가 멍한 표정을 지었다. 정신을 차린 우모세는 더 이상 말을 하지 않고 몸을 돌려 부엌으로 갔다. 부엌에서 나온 그의 손에는 장후가 남기고 간 우이첨도가 들려 있었다. 작년에 '우모세가 옌진 성내에서 난동을 부릴' 때 사용한 것도 바로 이 칼이었다. 정신을 차린 라오가오와 우샹샹은 놀라서 소리를 지르며 서로를 돌볼 겨를도 없이 각자 목숨을 건지겠다고 큰 길로 뛰쳐나갔다. 두 사람이 앞에서 도망치고 우모세가 뒤에서 쫓아가는 형국이었다. 우모세는 막 산시에서 파를 사가지고 돌아오느라 수백 리 길을 걸은 데다 크게 놀란 상태였고, 라오가오와 우샹샹은 집 안에서 두문불출했던 데다 목숨을 걸고 뛰는 처지였다. 우모세가 사거리까지 쫓아갔지만 끝내 두 사람을 따라잡지는 못했다. 두 사람은 어느 후퉁 안으로 들어가더니 그림자도 보이지 않았다. 우모세는 헐떡거리며 땅바닥에 주저앉고 말았다. 이때 사거리에는 사람이 하나도 없었고 멀리서 니쌴이 야경을 도는 딱따기 소리만 들려왔다. 우모세는 땅바닥에 앉아 숨을 고른 다음 다시 일어나 두 사람을 쫓기 시작했다. 그러다가 우모세는 다른 생각을 하게 되었다. 몸을 돌린 그는 만터우 가게로 돌아가 파를 마당에 부려놓고는 나귀 수레를 끌고서 바이쟈좡으로 향했다. 바이쟈좡에 도착하니 날이 막 밝아오기 시작했다. 우모세는 라오가오의 마누라 라오바이의 처갓집 문을 두드렸다. 라오바이를 만난 우모세는 울음을 터뜨릴 듯한 얼굴로 라오가오가 병이 났으니 서둘러 집으로 돌아가 그를 보살피라고 말했다. 라오바이는 영문도 모른 채 몸을 벌벌 떨면서 짐도 챙기지 못하고 곧장 우모세의 나귀 수레에 올랐다. 우모세는 라오바이가 평생 화를 낼 수 없는 사람이라고 생각했다. 화를 냈다 하면 양각풍이 도지기 때문이었다. 라오바이가 현성에 도착하면 사정을 처음부터 끝까지 자세히 설명하고 라오가오와 우샹샹의 불륜을 있는 그대로 라오바이에게 알릴 작정이었다. 라오바이가 라오가오와 우샹샹을 상대로 찢고 뜯고 하면서 소란을 피우면 그는 산에 가서 호랑이와 싸우는 격이 될 것이었다. 이렇게 하는 것이 우모세에게는 라오가오를 죽이는 것보다 더 속이 후련한 복수의 방법이었다. 살인은 칼을 한 번 휘두르면 그만이지만 이렇게 찢고 물어뜯는 과정은 며칠의 시간이 걸릴 수도 있었다. 라오가오는 라오바이가 언제 죽을지 모른다고 했지만 어쨌든 그녀는 아직 죽지 않고 살아 있었다. 죽지 않은 이상 죽지 않은 대로 쓸모가 있었다. 가장 좋은 것은 라오바이가 이 사건 때문에 죽고 라오가오와 우샹샹이 일을 어떻게 처리하는지 지켜보는 것이었다. 라오가오를 죽였다가는 간통 사건으로 그치지 않을 것이기 때문이었다. 이렇게 죽으면 라오가오와 우샹샹이 핍박하여 죽인 꼴이 된다. 우모세는 라오가오와 우샹샹이 이 일을 어떻게 처리하는지 두고 볼 생각이었다. 어차피 나쁜 일이라면 철저하게 나쁘게 해야 자신의 분노를 해소할 수 있을 뿐만 아니라 이런 장면을 보지 못한 장후의 원한도 풀 수 있었다. 우모세는 문득 자신이 많이 컸다는 생각이 들었다. 자신의 내면에서 찬란하게 반짝이는 일면을 발견했다. 알고 보니 이 빛나는 일면은 아주 독한 일면이었다. 이전에는 없던 것이었다. 어쨌든 우샹샹은 자기 마누라이고 라오가오는 한동안 자신이 굳게 믿었던 친구이다. 어쩌면 이 두 사람이 손에 손을 잡고 자신에게 독한 사람이 되는 법을 가르친 것인지도 몰랐다. 과거에는 고지식하고 융통성 없는 사람이었는데 이제는 마침내 재치 있게 임기응변을 하게 되었다.

하지만 우모세의 계산은 빗나가고 말았다. 그가 나귀 수레를 몰고 라오바이의 처갓집에서 현성으로 돌아온 것은 다음 날 점심 때였다. 우샹샹과 라오가오는 둘이 한 몸이 되어 이미 옌진을 떠나고 없었다. 라오바이는 사정을 전해 듣고는 곧장 발작을 일으켰다. 온몸이 비틀리면서 입에서 거품을 토했다. 금방이라도 땅바닥에 쓰러져 죽고 말 것만 같았다. 우모세는 넋이 나간 채 서둘러 그녀를 현성 북가에 있는 라오리의 '지스탕'으로 데려갔다.

14장
머나먼 길

　라오가오와 우샹샹은 떠나기 전에 여비를 위해 각자 집에서 귀중한 물품들을 챙겼다. 라오가오는 은장식 가게에서 은장식을 가져왔다. 이 장식물들 중 절반은 은장식 가게의 것으로 라오가오가 만들어 팔기 위해 가게 진열장에 넣어두었던 것이고 절반은 주요 고객들이 가게에 맡긴 귀걸이와 팔찌, 반지, 비녀 등이었다. 전부 오래된 물건들로 녹여서 다른 물건을 만들거나 광을 내고 모양을 조금 바꿔 달라고 라오가오에게 맡긴 것들이었다. 라오가오가 라오바이만 남겨놓고 물건을 챙겨 도망치는 동안 은장식 가게의 주요 고객들은 이를 미처 생각지 못했다가 자신들의 은장식을 걱정하며 라오바이를 추궁하려 했다. 하지만 라오바이는 양각풍이 발작한 상태라 사람들은 감히 그녀를 핍박할 수가 없었다. 모두들 라오가오를 욕했다. 보기에는 착실한 사람 같더니 남의 마누라와 사통하고 남의 물건까지 훔쳐 도망칠 줄은 아무도 몰랐다고 했다. 우샹샹은 장식품 상자를 하나 가져갔다. 이 상자 안에는 만터우 가게에서 만터우를 팔아 번 돈이 가득 들어 있었다. 장차 음식점을 열려던 돈이었다. 하지만 보아하니 음식점을 여는 것은 불가능할 것 같았다. 두 사람이 도망치면서 각자 집에서 돈과 재물을 챙겼다는 것은, 두 사람이 한 마음이었다는 걸 증명하는 동시에 만약의 경우에 대비하기 위한 퇴로를 남기지 않았다는 걸 의미했다. 두 사람은 다시 돌아오지 않을 작정이었던 것이다. 라오가오는 떠나면서 단 한 마디 말도 남기지 않았다. 십년을 넘게 함께 살았지만 이번에는 그녀가 살든 죽든 절대 돌보지 않을 것이었다. 우샹샹은 떠나면서 장부에서 종이를 한 장 찢어 우모세에게 몇 마디 말을 남겼다.

다른 말은 하지 않겠어. 말해 봤자 아무 소용도 없을 테니까 말이야. 당신이 돌아올 때쯤 나는 떠나고 없을 거야. 집에 있는 돈은 전부 내가 가져갈게. 만터우 가게는 당신이 갖고 차오링도 당신이 가져. 첫째는 외지로 나돌면서 차오링을 데리고 다니면 고생을 하게 되기 때문이고, 둘째는 그 애가 당신하고는 말이 통하지만 나하고는 말이 통하지 않기 때문이야.

과거에는 라오바이의 병이 발작하면 라오가오는 보름 동안 안정된 생활을 하지 못했다. 라오가오가 한 마디라도 라오바이의 귀에 거슬리는 말을 하면 그녀는 곧 양각풍 발작을 일으켰고, 동시에 목을 매겠다고 을러댔기 때문이었다. 라오가오는 그녀의 양각풍이 발작하는 것은 두렵지 않았지만 그녀가 목을 매는 것은 두려웠다. 그래서 모든 일을 그녀에게 양보했던 것이다. 이번에 또 라오바이가 발작을 일으켰지만 라오가오는 그녀 곁에 있지 않았다. 우모세는 라오바이가 극단적인 선택을 할까 두려웠지만, 그녀는 라오가오가 곁에 없다는 이유 때문에 목을 매지 않았다. 과거에는 양각풍이 한번 발작을 일으키면 보름이나 지속됐지만 이번에는 사흘 만에 나았다. 사람들은 그녀의 병이 나은 것을 보고는 그녀를 찾아와 장식품에 대한 배상을 요구했다. 하지만 사람들은 화를 내지 않고 오히려 라오바이가 화를 냈다.

"당신들의 은장식은 내게 없어요. 라오가오가 그년이랑 야반도주 하면서 여비로 챙겨 갔는데 그걸 나더러 배상하라니, 그럼 당신들은 내게 라오가오를 배상하기라도 할 건가요?"

이런 태도는 사람들을 웃지도 못하고 울지도 못하게 만들었다. 우샹샹이 라오가오와 눈이 맞아 야반도주를 한 뒤로 우모세는 사흘 내내 화가 났다. 라오바이를 데려오려 했던 자신의 음모가 헛수고가 되었기 때문이 아니었다. 그날 라오바이를 데리러 가지 않고 집을 지키고 있었다면 두 사람이 그렇게 소리 없이 조용히 도망치지는 못했을 것이고, 도망친다 해도 여비로 쓸 물건들을 챙기지는 못했을 것이다. 우모세가 화가 난 것은 일이 터져 두 사람이 도망치고 나자 자기 혼자 뒷수습을 해야 했기 때문이다. 두 사람이 도망치면서 우모세는 오쟁이를 진 칠칠치 못한 남자의 오명을 안게 되었다. 두 사람이 도망치지 않았다면 우모세도 일을 저지를 수 있었겠지만, 두 사람이 도망치고 나자 좌절하고 말았다. 뭘 어떻게 해야 좋을지 알 수 없었다. 정상적인 이치대로 하자면 우모세는 그날 저녁처럼 우이첨도를 손에 쥐고 이 세상 곳곳을 뒤지며 라오가오와 우샹샹을 찾아다녀야 했다. 하지만 우모세는 그들을 찾아 나서지 않았다. 일도 이 일이 아니고 때도 과거였더라면 그는 두 사람을 찾아 나섰을 것이다. 하지만 이 일이 터졌고 때도 현재인 터라 그는 두 사람을 찾아 나서지 않았다. 물론 이 일이 생기지 않았더라면 그는 애당초 두 사람을 찾아 나설 필요가 없었다. 그러나 우모세도 과거의 우모세가 아니었다. 그날 저녁에 그들을 죽이지 않고 바이쟈좡으로 가서 라오바이를 데려온 것은, 앉아서 먼 산에 호랑이들이 싸우는 것을 구경하면서 남의 칼을 빌려 사람을 죽이려는 의도였지만 지금은 그들이 도망치고 없는 터라 다른 계책을 마련해야 했다. 과거에 우샹샹과 함께 있을 때, 두 사람은 서로 의기가 투합하지 못했고 사사건건 의견이 일치하지 않았다. 사사건건 우샹샹이 그의 머리 꼭대기에 올라가 있었고 그는 자신이 그녀와 가까워질 수 없다고 느꼈다. 이제 그 여자가 도망치고 없으니 마음속의 바위 덩어리 하나를 내려놓은 것처럼 후련했다. 골칫거리였던 그녀가 이제 도망치고 없는데 다시 찾아올 필요가 있을까? 두 사람이 도망치지 않았더라면 모두가 복잡하게 하나로 얽혔겠지만 두 사람이 도망치고 나니 일이 너무나 간단해졌다. 또 생각해보니 우샹샹이 도망치기는 했지만 만터우 가게는 도망치지 않았다. 만터우 가게가 있는 한, 우샹샹이 가버렸다 해도 또 다른 우샹샹을 데려오면 되는 게 아닐까? 우샹샹과는 성격이 맞지 않았지만 리샹샹과는 성격이 맞을 수도 있었다. 우샹샹과는 친해지지 못했지만 리샹샹과는 얼마든지 친해질 수 있는 일이었다. 우샹샹이 그를 오쟁이 진 한심한 사내로 만들어버렸지만 리샹샹이 오면 당연히 이런 오명을 벗어버릴 수 있을 것이었다. 공짜로 만터우 가게를 차지하게 되었으니 마누라만 하나 다시 얻으면 그만이었다. 그때는 우샹샹에게 '장가를 가는' 것과는 달리 마누라를 '맞아들일' 작정이었다. 장가를 가는 명분과 마누라를 맞는 명분도 단번에 바로잡을 수 있을 것이었다. 물론 오쟁이를 진 것이 떳떳하고 빛나는 일은 아닌지라 사람들 앞에서 즐거운 표정을 드러낼 수 없었다. 수심 가득하고 괴로운 표정으로 얼굴 가득 인상을 쓰고 있어야 했다. 우샹샹이 도망쳤다는 사실보다는 이런 거짓 표정을 지어야 한다는 것이 우모세를 더 고통스럽게 했다. 우샹샹이 떠나고 나자 만터우 가게는 금세 적막해졌다. 우모세를 언급하는 사람도 없었고 욕하는 사람도 없었다. 그는 한없이 자유로웠다. 이러

한 자유가 익숙하지 않아 오히려 온몸이 부자유스러워지기 시작했다. 그와 똑같은 느낌을 갖는 사람이 하나 더 있었다. 바로 차오링이었다. 엄마가 외간 남자를 따라 가버렸지만 차오링은 뜻밖에도 섭섭한 마음을 갖지 않았다. 울지도 않았고 소란을 피우지도 않았다. 먹어야 할 때 먹고 놀아야 할 때 놀았다. 차오링의 이런 태도 때문에 우모세도 우샹샹을 찾으려 하지 않았다. 우샹샹이 떠나고 난 뒤로 밤이 되면 차오링은 우모세와 같이 잤다. 두 사람이 한 침대에서 잠을 자게 되면서 차오링은 어둠을 무서워하지 않고 불을 끄고 잘 수 있었다. 불을 끄면 두 사람은 잠시 잡담을 나누었다. 하지만 얘기의 내용은 전부 두 사람에 관한 화제였고 우샹샹에 대해서는 단 한 마디도 언급하지 않았다. 우모세가 말했다.

"차오링, 자니?"

차오링이 물었다.

"왜요?"

"내가 닭장 문을 잠그라고 했는데, 잠갔니?"

"아차, 깜빡 했어요."

"가서 잠그고 오너라."

차오링은 약간 겁이 났다.

"밖이 너무 캄캄해서 못나가겠어요."

우모세가 '칫'하고 코웃음을 쳤다.

"그럴 줄 알았어. 닭은 벌써 족제비가 물어 갔을 게다. 내가 진즉 잠갔어야 하는데."

차오링이 웃었다.

"내일은 꼭 할게요. 내일은 제가 나귀도 매어둘게요."

차오링이 먼저 말을 걸 때도 있었다.

"아저씨, 주무세요?"

"왜?"

"불을 좀 켜주세요."

"방금 불을 껐는데 다시 켜라니, 날 골탕 먹이려는 게냐?"

"소변을 좀 보려고요."

우모세는 웃으면서 몸을 일으켜 불을 켜주었다. 낮에 누군가 찾아오면 우모세는 금세 얼굴에 수심이 가득해졌다. 동시에 손짓을 보내 차오링에게 그만 놀게 하거나 웃지 못하게 했다. 차오링도 금세 눈치를 챘다. 다섯 살밖에 안 된 아이가 우모세와 공모하여 몹시 괴로워 탄식하는 표정을 지었다. 이렇게 똑같은 모습을 보이면서 마음이 통하고 있다는 사실에 우모세는 자신이 변했다는 것을 느꼈다. 과거에는 귀신 흉내조차 낼 줄 모르던 사람이었지만 하루하루 이렇게 거짓된 모습을 보이고 있자니 이것도 좋은 방법이 아니라는 생각이 들었다. 결국 우모세는 한 가지 묘책을 생각해냈다. 차오링과 함께 열흘만 이렇게 슬픈 표정을 짓기로 한 것이다. 열흘이 지나면 다시 활기가 넘치는 모습을 보일 작정이었다. 혼자서 만터우 장사를 계속하는 것이었다. 거리의 사람들이 뭐라고 하든 그것은 그들 사정이고 자신은 자기 일만 잘 해나가면 되는 게 아닌가. 우모세는 모든 생각을 다 해두었다. 열하루 째 되는 날부터 저녁에 밀가루를 발효시켰다가 다음 날 오경 닭 우는 소리에 일어나 반죽을 하여 하루에 일곱 솥의 만터우를 쪄서 사거리에 내다 팔 작정이었다. 만터우를 팔러 갈 때는 차오링도 함께 데려가기로 했다. 우샹샹이 가고 난 뒤로 우모세는 사거리에 나가 만터우를 파는 일에 대해 두려움이 사라졌다. 어차피 남들과 얘기를 주고받아야 하는 처지가 아니던가?

우샹샹이 있을 때는 우샹샹이 이끄는 대로 얘기를 해야 했지만, 우샹샹이 없어졌으니 얼마든지 자기 생각대로 얘기할 수 있었다. 하고 싶은 말은 하고 하기 싫은 말은 하지 않아도 됐다. 만터우를 팔고 돌아오면 그는 차오링과 얘기를 나누면서 라오잔의 교회당을 계속 지어나갈 작정이었다. 그러다가 날을 잡아 중매를 서는 라오쑨에게 적절한 시기에 리샹샹을 하나 소개해 달라고 부탁할 생각이었다. 지난번에 중매를 선 사람은 라오추이였다. 라오추이는 경우가 바른 사람이 아니기 때문에 이번에는 라오추이를 찾지 않고 라오쑨을 찾을 작정이었다. 대략적인 계획은 이랬다. 하지만 열흘은 고사하고 닷새 째 되던 날에 우모세는 집을 나서 우샹샹을 찾아 다녀야 했다. 우모세가 한창 집에서 밀가루를 만지고 있을 때 차오링은 옆에서 파를 까고 있었다. 탁자 위에는 다진 고기도 놓여 있었다. 두 사람은 교자를 만들어 먹을 작정이었다. 이때 현성 남가에 있는 '쟝지 솜틀집'의 주인장 라오쟝이 찾아왔다. 우모세와 차오링은 밖에서 누군가 부르는 소리가 들리면 얼른 고기와 파, 밀가루 반죽, 그리고 큰 무를 솥 안에 숨긴 다음, 뚜껑을 닫아 놓기로 묵계가 되어 있었다. 두 사람은 수심이 가득한 얼굴로 라오쟝을 맞았다. 만터우 가게 하나를 놓고 과거에 라오쟝 집안과 우샹샹 사이에 원한이 맺혀 있었고 나중에 '우모세가 옌진 현성을 뒤흔든' 일이 있었던 데다 지금은 우샹샹이 외간 남자를 따라 가버린 터라, 우모세는 라오쟝이 만터우 가게 문제를 의논하러 온 것이라 생각했다. 만터우 가게 주인의 성은 쟝이었지 우가 아니었다. 이제 우샹샹이 외간 남자를 따라 도망쳐 버렸으니 우모세에게 일을 그만두고 떠나라는 얘기를 하러 온 것이 분명했다. 라오쟝이 이런 생각을 했다면 우모세로서는 어떻게 대응해야 좋을지 준비가 되어 있지 않았다. 우모세와 우샹샹이 한동안 부부였다가 우샹샹이 도망을 쳤으니 만터우 가게는 당연히 우모세의 것이 되어야 했다. 만일 도망치기 전에 우샹샹이 우모세를 쫓아내버렸다면 우모세는 다시 거리를 돌아다니며 물을 지어 나르는 수밖에 없었을 것이다. 처가에서 사람들이 찾아오자 우모세는 만터우 가게가 우씨네 것이라고 생각했다. 만터우 가게에 리샹샹만 하나 구하면 될 것이었다. 기껏해야 옌진성을 한 번 소란스럽게 하면 그만이었다. 이번 일로 또 소란이 벌어진다면 우모세는 어떤 희생을 치르더라도 물러서지 않을 작정이었다. 지난번에는 우샹샹을 위해 쟝씨 집안 사람들을 상대로 싸우는 것이 약간 두려워 개를 한 마리 죽이는 것으로 그쳤지만, 이번에는 만터우 가게를 위해서 사람을 죽이는 일도 불사할 각오였다. 그러나 우모세의 예상과는 달리 '쟝지 솜틀집' 주인장이 꺼낸 얘기는 만터우 가게에 관한 것이 아니었다. 그가 말했다.

"큰 조카, 그 여자가 도망친 것에 대해 어떻게 생각하나?"

그가 얘기하려는 것은 만터우 가게가 아니라 우샹샹이 도망친 일이었다. 우모세는 안도의 한숨을 내쉬었다. 우샹샹이 도망친 것에 대해 우모세는 이미 아무 생각이 없었다. 과거 같았으면 우모세도 생각나는 대로 얘기를 했겠지만 지금은 상황이 달라졌다. 우모세가 한탄하듯이 말했다.

"아저씨, 저는 너무 심란해서 아무 생각도 없습니다. 아저씨는 어떻게 생각하시는지요?"

라오쟝이 말했다.

"마누라를 다른 놈이 가로채 갔는데 아무 생각도 없어선 안 되지."

"그럼 아저씨는 어떤 생각을 갖고 계신데요?"

"라오가오가 마누라를 빼앗아갔으니 라오가오의 은장식 가게를 박살내야 할 게 아닌가? 자네가 하지 않겠다면 그들 두 형제가 나서도록 하겠네."

알고 보니 이런 얘기를 하러 온 것이었다. 이는 우모세가 미처 생각하지 못한 일이었다. '그들 두 형제'란 쟝룽과 쟝거우를 말했다.

"라오가오의 물건을 차지하지 않고 이렇게 멀쩡하게 당하기만 했다가는 사람들에게 웃음거리가 되고 말 걸세. 우리는 얼굴이 밖을 향해 있는 사람들이라 남에게 속임을 당하고서는 얼굴을 들고 다닐 수 없다 이 말일세."

알고 보니 일의 안팎에 이런 뜻밖의 이치들이 담겨 있었다. 이 역시 우모세로서는 미처 생각지 못한 것들이었다. 라오쟝이 말했다.

"사흘이 지났는데도 자네는 아무 말도 없더군. 그들 두 형제는 내일 정오까지만 기다리겠다고 했네. 내일 정오까지 자네가 움직이지 않으면 우리 쟝 씨 집안이 자네의 퇴로를 막고 습격을 하게 될지도 몰라."

우모세는 고개를 숙인 채 생각에 잠겼다. 라오쟝이 말했다.

"이 일 말고 할 얘기가 한 가지 더 있네."

우모세가 고개를 치켜들었다.

"무슨 얘긴데요?"

라오쟝은 손에 든 지팡이로 만터우 가게 여기저기를 가리켰다.

"나도 자네 속셈을 다 알고 있네. 만터우 가게를 거저먹으려는 거겠지. 하지만 만터우 가게 하나 때문에 사람을 찾지 않는 건 곤란하네. 그러다가는 사람들에게 웃음거리가 되고 말 거야."

이 점에 있어서 사람들이 자신을 우습게 여길 거라는 건 우모세도 진즉 예상하고 있었다. 하지만 우모세에게도 나름대로의 생각이 있었기 때문에 라오쟝 앞에서는 벙어리 시늉을 하기로 했다. 라오쟝이 말했다.

"할 얘기가 또 있네."

"무슨 말씀인데요?"

"자네가 지난번에 한 말이 맞았네. 우린 모두 어린애가 아니야. 분명한 걸 가지고 모르는 척하지 말자고. 만터우 가게를 거론하지 않은 것은 자네가 두려워서가 아니라 차오링을 위해서일세. 잘못 생각해선 안 되네."

이 점도 우모세가 미처 생각지 못한 것이었다. 오전에 라오쟝이 가고 나자 오후에 우샹샹의 아버지인 우쟈쫭의 라오우가 찾아왔다. 말하자면 라오우는 우모세의 장인이었다. 하지만 우샹샹이 외간 남자를 따라 도망친 뒤라 그는 더 이상 장인이 아니었다. 라오우는 집에서 우모세와 마찬가지로 줄곧 압박을 받고 있다가, 이제 우모세를 만나서는 말은 맥없이 하면서도 은근히 장인 행세를 하려 했다.

"차오링 삼촌, 마누라가 도망쳤으니 이제 자네는 어떻게 할 생각인가?"

우샹샹이 도망친 일을 얘기하는 것이었다. 우모세는 불변(不變)을 만변(萬變)으로 대응하여 한숨을 내쉬며 슬픈 표정을 지어 보였다. 라오우가 그를 '차오링 삼촌'이라고 높여 부르자 그도 라오우에 대한 호칭을 재빨리 바꿨다.

"아버님, 마음이 몹시 어지럽습니다. 아버님은 어떤 생각을 갖고 계신지요?"

라오우가 말을 받았다.

"사람을 찾아야지. 어떻게 이런 상태로 그냥 넘어갈 수 있겠나?"

"저도 안 찾는 게 아닙니다. 찾을 경우 목숨이 날아가기 때문에 그러는 겁니다. 그날 저녁 두 사람은 재빨리 도망을 쳤기 때문에 누구도 목숨을 잃지 않았지요. 하지만 이번에 붙잡히면 목숨을 내놔야 할 겁니다."

우모세는 라오우가 놀랄 것이라 생각했지만 라오우는 한숨을 내쉬며 뜻밖의 대답을 했다.

"그것도 일을 마무리하는 방법이겠지. 사람이 없어졌는데 찾지 않는다는 것은 모두가 체면을 잃는 일일세. 창피를 무릅쓰고 자네가 뭔가 얘기한다 해도 어떤 사람은 아무런 반응도 하지 않을 걸세."

"어떤 사람이요?"

"내 마누라 말일세. 마누라가 그러더군. 자네가 내일 당장 우샹샹을 찾아 나서지 않는다면 자기가 칼을 들고 와서 자네 목숨을 요구하겠다고 말이야."

그러고는 한 마디 덧붙였다.

"마누라도 알고 있네. 샹샹이 없어졌는데 찾지 않는 것은 자네가 만터우 가게를 차지하고 다른 여자를 얻기 위해서라는 걸 말일세."

우모세는 몹시 당황스럽고 심란했다.

"아버님, 저는 한 번도 그런 생각을 해본 적이 없습니다."

라오우가 그를 힐끗 쳐다보고는 손을 내저었다.

"지난 나흘 동안 나도 몹시 괴로웠네. 나도 몰래 빠져나와 자네에게 이런 사정을 알리는 걸세. 자네도 알겠지만 우리 마누라는 뭐든지 한다고 하면 하는 여잘세. 그 여자가 칼을 들고 찾아온다면 역시 자네 목숨을 요구하겠다는 것이 아니겠나?"

우모세는 멍한 표정을 지었다. 딸이 외간 남자를 따라 도망쳤는데 장모가 딸을 탓하는 것이 아니라 오히려 사위의 목숨을 요구하고 있는 것이었다. 우모세로서는 생각지도 못한 논리였다. 우샹샹이 있을 때 그녀는 우모세를 때리곤 했다. 우샹샹의 엄마는 우샹샹에 비해 열 배는 더 거칠었다. 우모세는 그녀가 찾아와 소란을 피우는 것은 두렵지 않았다. 한 차례 폭풍이 또 다른 폭풍으로 변하는 것에 지나지 않았다. 첫 폭풍에서 우모세는 억울함을 당한 터였다. 이번에 또 다른 폭풍으로 변한다면 그것을 우모세가 만들 차례였다. 일이 이 지경까지 왔으니 사람을 찾지 않을 수 없었다. 거짓으로 찾는 척하더라도 한 번은 찾아 나서지 않을 수 없었다. 하지만 우모세에게는 걱정이 있었다.

"제가 사람을 찾아 나서는 것은 그렇다 치고, 그럼 차오링은 어떻게 하나요?"

라오우가 말했다.

"그건 걱정할 필요 없네. 내가 일찌감치 생각해 둔 바가 있네. 때가 되면 그 애를 우쟈좡으로 데려갈 생각이네."

바로 이때 줄곧 옆에서 듣고 있던 차오링이 라오우를 쳐다보며 목청을 돋우며 말했다.

"난 우쟈좡에 안 갈래요."

라오우가 잠시 생각해보고 나서 다시 말했다.

"그런 널 너의 할아버지 댁으로 보내주면 어떻겠니?"

차오링의 할아버지란 현성 남가에 있는 '쟝지 솜틀집'을 말했다. 차오링이 또다시 목청을 세우며 말했다.

"솜틀집에도 가지 않을 거예요."

우모세가 라오우를 행해 손을 내저으며 말했다.

"어려울 것 같네요. 제가 집을 떠나면 아이가 갈 데가 없어요."

차오링이 우모세에게 말했다.

"아저씨가 어디를 가든지 전 아저씨를 따라갈 거예요."

우모세는 또 웃지도 못하고 울지도 못하는 처지가 되고 말았다. 다음 날은 쟝씨 집안이 라오가오의 은장식 가게 '치원탕'을 부수려 하던 날이었다. 우모세는 문을 다 잠가 놓고 짐과 여비를 챙겨 우샹샹을 찾아 나섰다. 마음 속으로 찾는 척만 하기로 한 터라 집을 나서 멀리 가지 않았다. 차오링을 데리고 백 리 밖의 신샹에 도착한 그는 성 동관(東關)에 있는 한 누추한 여인숙에서 걸음을 멈췄다. 이곳에서 열흘쯤 머물다가 다시 옌진으로 돌아갈 작정이었다. 돌아가서는 신상과 지현(汲縣), 카이펑(開封), 정저우(鄭州), 안양(安陽), 뤄양(洛陽) 등지를 두루 돌아다녀봤지만 라오가오와 우샹샹을 찾을 수 없었다고 말할 작정이었다. 모든 사람들에게 이렇게 말한 다음 만터우 장사를 계속할 생각이었다. 집을 나서면서 라오잔의 교회 그림도 잊지 않고 챙겼다. 한가할 때 라오잔의 교회당을 잘 연구해두었다가 다시 옌진으로 돌아가면 이 교회당을 꼼꼼하게 지어 올릴 작정이었다.

신상 동관에 있는 이 싸구려 여인숙은 오토바이 가게 바로 옆에 자리 잡고 있었다. 객방이 다 합쳐서 다섯 칸이고 객방마다 커다란 공용침실이 하나씩 있었다. 공용 침실 하나에 열 명이 넘는 사람이 잘 수 있었다. 우모세와 차오링은 처음에 대문 바로 옆에 있는 방에 묵다가 나중에는 안쪽에 있는 방에 빈자리가 나자 맨 안쪽으로 옮겨갔다. 안쪽의 방들은 화로 가까이에 붙어 있어 밤에도 구들이 식지 않았다. 낮에도 두 사람은 문 밖에 나가지 않았다. 어쩌다 문 밖에 나가도 그저 문 앞을 맴돌다가 돌아올 뿐이었다. 우모세는 정거장 주위를 맴돌면서 차오링에게 자동차를 구경시켜주었다. 자동차는 커다란 코를 갖고 있어 '부릉'하는 소리와 함께 수십 명의 사람들을 태우고 갔다. 이런 모습을 보면서 차오링은 깔깔대며 웃었다. 이 여인숙은 면적이 아주 컸음에도 마당과 방이 무척이나 깨끗했다. 마당 안에는 커다란 홰나무가 한 그루 있었다. 가을이었다. 아침 일찍 땅바닥 가득 누런 낙엽이 떨어졌다. 객점에서는 손님들에게 식사도 제공했다. 식비를 따로 받긴 했지만 그다지 비싸지 않았다. 한 끼 식사를 할 때마다 무얼 먹고 싶은지 말하면 이를 점원이 잘 기록해두었다가 다음 식사 때 만들어주곤 했다. 아침에는 모든 손님들에게 흰 죽과 워터우를 제공하고 점심과 저녁 식사에는 밥을 제공했다. 우모세와 차오링이 점심과 저녁에 항상 먹는 것은 양고기 볶음국수였다. 국수를 먹으면서 밥과 반찬을 먹지 않은 것은 첫째, 식비를 아낄 수 있고 둘째, 커다란 그릇에 국수와 양고기가 더해지면 충분히 허기를 채울 수 있었기 때문이었다. 게다가 볶음국수에는 약간의 국물이 있어 뱃속에 들어가면 속이 아주 편했다. 양고기 볶음국수를 먹으면서 우모세는 자신의 어린 시절을 생각했다. 뤼창리의 함상을 구경하느라고 집에 있던 양 한 마리를 잃어버리고 밤중에 탈곡장에 숨어 잠을 자다가 머리 깎는 장인 라오페이를 만났던 일이 생각났다. 라오페이가 그를 데리고 진으로 가서 라오쑨의 밥집 문을 두드려 주문해 먹었던 것도 양고기 볶음국수였다. 당시만 해도 우모세는 양바이순으로 불렸다. 여인숙에서 양고기 볶음국수를 먹다 보니 우모세는 라오페이가 그리워졌다. 여러 해 동안 만나지 못했을 뿐만 아니라 근황도 알 수 없었다.

여인숙에는 오가는 사람들이 많았다. 오가는 사람들은 대개 하룻밤만 묵어갔고 많아야 이틀을 묵은 다음 다시 길을 떠나 제각기 갈 곳으로 갔다. 여인숙 주인은 성이 팡(龐)씨로 쌈닭 눈을 하고 있었다. 라오팡은 우모세 부녀가 오래 머물면서 하루 종일 아무 것도 하지 않는 것을 보고는 두 사람의 앞길이 궁금했다. 여인숙의 방값은 그날그날 계산하되 아침 일찍 돈을 내도록 되어 있었다. 우모세는 매일 방값으로 지출하는 돈이 적지 않았지만 아무런 내색도 하지 않았다. 이 여인숙에 오래 묵고 있는 또 다른 손님으로 쥐약을 파는 라오요우(老尤)가 있었다. 카이펑에서 온 그는 원숭이 입에 목소리가 걸걸했고 나이는 서른 전후로 보였다. 그는 매일 자동차 정거장 옆에서 장사를 했다. 낮에 좌판을 벌였다가 저녁이면 좌판을 걷어 라오팡의 여인숙으로 돌아오는 식으로 한 달째 묵고 있었다. 한 달이면 한 지역에서 충분히 쥐약을 팔 수 있었다. 보아하니 신샹에는 쥐가 아주 많은 것 같았다. 장기 투숙하는 손님이다 보니 모두들 같은 방에 묵게 되었고 사흘이 지나자 서로 잘 알게 되었다. 낮에 차오링을 데리고 버스 정거장에서 버스를 구경할 때면, 우모세는 라오요우가 좌판을 깔고 쥐약을 파는 모습을 구경하기도 했다. 쥐약은 한 봉지 한 봉지 포장지로 잘 싸여 땅바닥에 잔뜩 쌓여 있었다. 차오링은 쥐약에는 흥미가 없고 쥐약 앞에 늘어놓은 스물네 마리의 말라비틀어진 쥐에만 관심을 보였다. 가죽만 남기고 안을 지푸라기로 채워 넣은 것이었다. 전부 라오요우가 파는 쥐약을 먹고 독사했다는 것을 증명해주고 있었다. 차오링은 풀을 한 가닥 집어 쥐를 건드려보기도 했다. 쥐들이 움직이지 않자 차오링은 깔깔대며 웃었다. 과거에 차오링은 겁이 많았지만 신샹에 온 뒤로 담이 아주 커졌다. 어떤 사람이 땅바닥에 있는 쥐를 발로 툭툭 차면서 라오요우에게 물었다.

"쥐가 이렇게 크다니 진짜 쥐요 가짜 쥐요?"

라오요우가 말했다.

"이게 크다는 겁니까? 정말 큰 쥐는 사람들이 놀랄까봐 감히 들고 나오지도 않았지요."

쥐약 장사는 밑천이 많이 들지 않았다. 입으로 하는 장사이기 때문이다. 라오요우는 목이 쉬었는데도 아침부터 저녁까지 하루 종일 쉬지 않고 쥐약을 사라고 외쳐대야 했다. 그의 외침에는 일정한 곡조와 가사가 있었다. 이를 테면 이런 노래였다.

하늘에는 세월이 늘고 사람들에게는 복이 늘지만
집안에 쥐를 숨겨둘 수는 없는 법

베이징에서 난징까지

라오요우의 쥐약을 모르는 사람이 없다네

......

또 이런 노래도 있었다.

즈진청(紫禁城)이 왁자지껄한 것은

여덟 마리 쥐가 한데 모였기 때문이라네

큰 쥐가 소리치자 작은 쥐도 덩달아 떠들어대네

모두들 라오요우를 없애야 한다고 외쳐대네

라오요우를 없애려는 건, 무엇 때문일까

시어머니, 형수, 동서가 전부 죽었기 때문이라네

......

　노래를 들으면서 우모세가 웃자 차오링도 따라 웃었다. 우모세도 노래를
따라 부르고 싶었지만 입이 떨어지지 않았다. 가사가 생각나지 않아서였다.
가사가 생각난다 해도 얼굴을 들 수가 없었다. 라오요우의 말재주가 부럽기
도 했고 목이 쉰 쥐약 장수가 하루 종일 쉬지 않고 외쳐대는 것도 쉽지 않은
일이라 감탄이 나오기도 했다. 저녁이 되어 세 사람이 여인숙에서 함께 식
사를 하게 되었다. 우모세 부녀는 양고기 볶음국수를 좋아했고 라오요우는
샤오빙에 당나귀고기를 넣어 먹는 것을 좋아했다. 여기에 배추와 말린 새우
를 넣고 끓인 국 하나면 더 바랄 것이 없었다. 밥과 반찬을 주문하지 않고
샤오빙을 주문하는 것도 돈을 아끼기 위해서였다. 하지만 샤오빙에 더운 국

물을 먹고 나면 라오요우는 온몸에 땀이 났다. 그는 가끔씩 샤오빙을 한 입 베어 차오링에게 건네기도 했다. 차오링도 그와 친해진 터라 서슴지 않고 받아먹었다. 처음에는 우모세가 차오링에게 주의를 주었다.

"남의 음식을 가져다 먹는 건 버릇없는 짓이야."

라오요우가 웃으면서 말했다.

"어린 아이가 샤오빙 한 입 얻어먹은 걸 가지고 그렇게까지 말할 게 뭐요!"

라오요우는 쥐약을 팔면서 소리를 지르는 것 외에 평소에 사람들과 얘기를 할 때도 활력이 넘쳤다. 라오요우는 우모세보다 나이가 열 살 정도 많은 터라 우모세에게 자신을 '형님'이라고 부르게 했다. 우모세는 하는 수 없이 그를 '형님'이라 부르기 시작했다. 라오요우는 담배를 피웠지만 우모세는 피우지 않았다. 밤중에 잠자리에 들기 전에 라오요우는 구들 위에 누워 담배를 피우면서 우모세와 한담을 나누었다. 차오링은 처음에는 두 사람의 얘기를 귀 기울여 들었지만 담 배 두 대 필 때까지 듣다가 스르르 잠이 들어버렸다. 카이펑 출신인 라오요우는 카이펑의 전고(典故)에 관해 얘기하는 것을 좋아했다. 예컨대 상국사(相國寺)나 용정(龍庭), 파양이호(潘楊二湖), 청명상하가(淸明上河街), 마시가(馬市街) 같은 것들이었다. 카이펑의 음식에 관한 얘기도 있었다. 관탕바오(灌湯包)나 샤쟈(沙家) 소고기나 바이쟈(白家) 양족발, 후쟈(胡家) 관면지(罐燜鷄), 탕쟈(湯家) 개고기 수육 같은 것들이었다. 얘기를 시작했다 하면 한참을 떠들어대면서 카이펑을 천상의 인간 세계로 묘사했다. 우모세는 그의 얘기를 다 듣고 나서 속으로 웃었다. 카이펑이 그렇게 좋다면 어째서 카이펑을 떠나 신샹까지 와서 장사를 한단 말인가? 다른 화제로 얘기를 할 때면 두 사람의 의견이 서로 충돌하기도 했다. 집안의 가족들이 좋은가 아니면 외부 사람들이 좋은가, 성질이 급한 것이 좋은가 아니면 느린 것이 좋은가, 사람들에게 좋게 말하는 것이 좋은가 아니면 악담을 하는 것이 좋은가…… 하는 것들이었다. 말하자면 이 모든 것들이 한 마디로 개괄할 수 있는 게 아니라 구체적인 상황에 따라 적당히 판단하는 것이 바람직했지만, 두 사람은 일단 쟁론을 시작하면 각자 자기 생각만 고집하다가 말다툼으로 번지곤 했다. 처음에는 라오요우가 자신의 생각을 고집하다가 우모세가 화를 내면 더는 고집을 부리지 않고 얼른 말을 바꿔 우모세의 비위를 맞춰주었다.

"아우, 자네 말도 맞는 것 같네."

말을 받아치기는커녕 아예 자기 생각을 말하지 않을 때도 있었다. 우모세가 뭐라고 말을 하면 그는 재빨리 동조하면서 기분을 맞추기에 바빴다.

"맞아, 자네 말이 맞네."

이것도 일종의 기술이었다. 밖에 나와 장사를 하면서 터득한 요령이었다. 쥐약을 하나 팔려면 모든 일에 있어서 남의 말에 따라야 하는 걸까? 그의 이런 태도에 우모세는 약간 미안한 생각이 들었다. 딱 한 번 라오요우가 쥐약 파는 일을 얘기한 적이 있었다. 우모세는 그의 말솜씨를 과장하여 칭찬하면서 자기 입을 가리키며 말했다.

"내 입은 도저히 안 되겠어요."

라오요우가 장탄식을 하리라고는 생각지도 못했다.

"아우의 그 말은 맞지 않는 것 같네. 아니면 이 형님을 놀리는 것이겠지."

우모세가 말했다.

"어째서요?"

"평생 쥐약을 팔았으니 입을 놀리는 것 말고 잘 하는 게 또 뭐가 있겠나."

"그럼 또 무슨 일을 하고 싶으신데요?"

라오요우는 우모세를 힐끗 쳐다보고는 재떨이 가장자리에 담뱃재를 떨면서 말했다.

"언제 한 밑천 잡을 수 있을지 모르겠네."

누군들 횡재하고 싶은 생각이 없겠는가. 하지만 황재란 쉽지 않은 일이었다. 우모세가 말했다.

"횡재를 하려면 먼저 마음을 검게 먹어야 해요. 형님의 상을 보니 마음이 검은 사람 같지는 않네요."

라오요우가 멍한 표정을 짓더니 이내 정신을 차리고는 한숨을 내쉬며 말했다.

"맞아."

라오요우는 여인숙 주인 라오팡과 마찬가지로 우모세와 차오링이 하루 종일 방 안에 머물면서 아무 일도 하지 않는 데 대해 호기심을 품고 있었다. 부평초와 물이 만난 터라 두 사람이 한담을 나누면서도 라오요우는 이 문제를 거론하지 않았다. 이날 저녁 식사에 우모세와 차오링은 또 양고기 볶음국수를 먹었다. 먹을 때는 아주 맛있었지만 다 먹고 나서 방으로 돌아오자 오늘 볶음국수는 좀 짜다는 생각이 들어 물을 마시러 다시 주방으로 갔다. 라오요우는 좌판을 좀 늦게 걷었는지 아직 주방에서 나귀고기를 얹은 샤오빙을 먹고 있었다. 우모세가 문을 열고 주방 안으로 들어서자 여인숙 주인 라오팡이 라오요우와 얘기를 나누고 있었다. 그것도 우모세에 관한 얘기였다. 우모세는 얼른 걸음을 멈추고 엿듣기 시작했다. 라오팡이 말했다.

"이 사람 말이오, 어린 아이를 하나 데리고 와서는 매일 방 안에 틀어박혀 있단 말이오. 아무 일도 하지 않고 말이오. 도대체 어떤 사람일 것 같소?"

라오요우가 쉰 목소리로 말했다.

"요 며칠 나도 그게 궁금하던 참이었습니다."

라오팡이 말했다.

"내가 무수한 사람들을 만나봤지만 그 아이가 그를 '아빠'라고 부르지 않고 '아저씨'라고 부르는 것을 봐서는 인신매매범이 아닐까 하는 생각이 들더군요. 아이를 팔려고 살 사람을 기다리고 있는 건지도 모르지. 이 넓은 세상에 이상한 일이 하도 많으니 정말 단정해서 말하기는 어려울 것 같소."

이어서 두 사람은 다른 얘기를 하기 시작했다. 우모세는 당장 뛰어 들어가 화를 내고 싶었지만 자신과 차오링이 하루 종일 아무 일도 없이 방 안에만 틀어박혀 있게 된 사연을 낯선 사람들에게 어떻게 설명해야 좋을지 알 수 없었다. 게다가 설명해봤자 아무 소용도 없을 것이었다. 어차피 열흘만 지나면 모두들 제각기 흩어져버릴 터라 굳이 말을 할 필요가 없었고 진지하게 생각할 필요도 없었다. 단지 남들에게 인신매매범으로 인식된다는 것이 우모세로서는 울지도 못하고 웃지도 못할 일이었다. 그는 한숨을 내쉬면서 다시 방으로 돌아왔다. 낮이라 객점 안에는 사람들이 없었다. 가끔씩 우모세는 홰나무 아래 멍하니 앉아 있고 차오링 혼자 밖으로 뛰어나가곤 했다. 그럴 때면 우모세가 큰 소리로 아이를 불러 세웠다.

"어딜 가는 거야? 길 잃어버리면 어쩌려고?"

차오링이 말했다.

"버스 정거장에 가서 라오요우 아저씨가 쥐약 파는 걸 구경하려고요."

버스 정거장은 바로 옆이었다. 차오링은 갈수록 담이 커져 가고 있었다. 예전에는 밖에 나가는 걸 두려워했지만 이제는 혼자 문 밖에 나가 사람을 찾아 돌아다니기도 했다. 이것이 우모세에게는 약간의 위안이 되었다. 그가 말했다.

"그럼 어서 가봐."

하지만 차오링은 아직 담이 작았다. 우모세가 함께 가지 않으면 감히 멀리 나가지 못했다. 여인숙을 나서 문 앞에 잠시 서 있다가 이내 돌아오곤 했다.

눈 깜짝할 사이에 우모세와 차오링이 여인숙에 묵은 지 아흐레가 되었다. 내일이면 옌진으로 돌아가야 했다. 신샹에서 아흐레를 묵으면서 별로 생각한 것도 없었다. 우샹샹을 찾아 나선 것도 거짓이었던 터라 내일 다시 옌진으로 돌아가면 우쟈좡의 라오우와 라오우의 마누라에게 어떻게 설명할 것인지, 현성 남가의 '쟝지 솜틀집' 주인 라오쟝에게 어떻게 설명할지, 신발을 수선하는 라오자오(老趙)나 훈제 토끼를 파는 벙어리 라오펑(老馮), 관을 파는 라오위(老余)······ 등 그에게서 라오가오와 우샹샹에 관한 얘기를 듣고 싶어 하는 모든 사람들에게 어떻게 거짓말로 잘 둘러대야 할지를 생각하니 마음속이 근심으로 가득 찼다. 우샹샹을 찾는다며 신샹까지만 왔다가 돌아가서는 지현과 카이펑, 정저우, 안양, 뤄양 등지를 두루 돌아다녔다고 둘러대야 할 터인데, 만일 누군가 이 도시들의 큰 거리와 작은 골목들의 풍경에 관해 묻기라도 한다면 원래 입이 둔해 금세 마각이 드러나고 말 것이었다. 똑똑함이 똑똑함을 그르치는 격이었다. 자신의 입이 라오요우처럼 대단했으면 하는 생각도 들었다. 거짓말을 통해 무사히 넘어간다 해도 앞으로 만터우 가게를 새로 여는 것도 문제였다. 우샹샹이 만터우 가게의 돈을 전부 가져가버린 데다 우모세와 차오링이 신샹에서 열흘을 보내면서 적지 않은 여비를 써버린 터였다. 새로 가게를 열 만한 밑천이 있을 리 없었다. 바이쟈좡의 라오바이에게서 밀가루를 사려면 우선 외상을 해야 하지만 라오바이는 외상을 하지 않기 때문에 먼저 다른 데서 돈을 빌려야 했다. 만터우 가게가 제대로 돌아가지 않는다면 앞으로 리샹샹을 맞아들인다는 계획도 공염불이 될 수밖에 없었다. 아흐레 전을 생각해 보니 남가의 라오장이 라오가오의 은장식 가게를 부순다고 했는데 부쉈는지 알 수 없었다. 이미 부쉈다면 결과가 어떤지, 그 결과가 자신에게 어떤 영향을 미칠지 알 수 없었다. 한 가지 거짓으로 모든 일이 해결되리라 믿었는데 돌이켜 생각해보니 일이 그리 간단하지 않았다. 또 라오가오와 우상샹을 찾는다며 집을 나서 찾는 척만 하다 보니, 일이 터진 뒤로 이미 보름이 지난 터라 그 개 같은 연놈들이 어디로 갔는지 알 수가 없었다. 이런저런 생각에 밤이 깊었는데도 잠이 오지 않았다. 몸을 일으켜 짐을 정리하다 보니 보따리 안에서 라오잔의 교회 도면이 나왔다. 집을 나서면 열심히 라오잔의 교회당에 공을 들일 생각이었으나 아흐레가 지나도록 까맣게 잊고 있었던 것이다. 짐 정리를 끝내고 다시 자리에 누웠는데도 여전히 잠이 오지 않았다. 바로 옆에서 자는 차오링과 라오요우의 코고는 소리를 들으면서 그는 옷을 걸치고 일어서 문을 나섰다. 마당의 홰나무 아래에 잠시 서 있던 그는 여인숙을 나와 거리에 나섰다. 여인숙은 신샹 동쪽에 자리 잡고 있었다. 거리는 온통 칠흑같이 어두웠지만 성내 쪽을 바라보니 불빛이 보였다. 우모세는 길을 따라 성내 쪽으로 가기 시작했다. 번화한 곳을 찾아가 마음속 번뇌를 달래고 싶었다. 사람을 찾겠다고 집을 나섰지만 신샹까지밖에 오지 않았고, 신샹에서도 매일 동관의 여인숙에 틀어박혀 있다 보니 신샹이 어떤 모습인지도 알지 못했다. 최소한 신샹이라도 둘러봐야 사람들이 신샹에 관해 물을 때 대답을 할 수 있을 것 같다는 생각이 들었다. 자신이 가본 곳마저 나귀 머리와 말 주둥이처럼 앞뒤가 맞지 않으면 신샹에 온 것도 헛수고가 될 터였다. 얼마나 걸었는지, 그는 마침내 신샹 성내에 도착했다. 성내에는 불빛만 있을 뿐 길에 사람이 하나도 없었다. 길가에 집들이 있긴 했지만 신샹의 모습을 알 수는 없었다. 앞으로 더 걸어가다 보니 서관에 이르러 신샹 기차역까지 오게 되었다. 기차역에 이르자 우모세의 눈앞이 환하게 뚫렸다. 한밤중인데도 기차역은 인산인해였다. 역전 광장에는 장사하는 좌판들이 즐비했고 큰소리로 차와 훈툰(餛飩), 후라탕 등을 팔고 있었다. 우모세는 광장에 잠시 서 있다가 다시 그 사람들을 지나 기차역 육교 위로 올라갔다. 이때 마침 베이핑에서 한커우로 가는 기차가 역사로 들어서고 있었다. 우모세가 평생 처음 보는 기차였다. 우모세가 스물한 살 때라 기차는 아직 증기기관을 사용하고 있었다. 기차는 마치 한 마리 긴 용처럼 '칙칙' 소리를 내다가 이어서 '폭폭' 증기를 뿜어댔다. 기차 위에 가득한 증기가 마치 만터우 가게에서 뿜어져 나오는 수증기 같았다. 눈앞의 기차역이 연기에 싸였다. 기차가 완전히 멈추자 증기 사이로 수많은 사람들이 기차에서 내리고 또 수많은 사람들이 플랫폼에 있다가 기차에 오르는 모습이 보였다. 어디서 와서 어디로 가는지 모르는 사람들이 인산인해를 이루고 있었다. 그가 아는 사람은 하나도 없었다. 자신이 아는 지인들을 생각해보니 대부분 별로 친하지 않은 것 같았다. 인산인해를 이룬 낯선 사람들을 바라보니, 다양한 억양의 사투리를 쏟아내면서 황급히 기차에 오르는 표정들이 너무나 다정하게 느껴졌다. 인산인해를 이룬 사람들은 전부 집을 나서 올바른 일을 하는데, 자신만 집을 나서 남에게 말할 수 없는 일을 하고 있었다. 외간 남자랑 눈이 맞아 달아난 마누라를 찾는 척하는 것이었다. 우모세는 갑자기 기차를 타고 사람들을 따라 가고 싶어졌다. 그러면 모든 일이 해결될 것 같았다. 사람들이 어딜 가든지 따라 가고 싶었다. 하지만 기차는 이미 움직이기 시작했고 눈 깜짝할 사이에 사람들도 흩어져버렸다. 차가운 플랫폼만 그대로 남아 있었다. 우모세는 플랫폼 벽에 걸린 큰 시계를 바라보다가 갑자기 울고 싶어졌다. 시계바늘에 눈길이 멈췄다. 아침 여섯 시를 가리키고 있었다. 고개를 들어 하늘을 쳐다보니 동쪽이 희미하게 밝아오고 있었다. 여인숙으로 돌아가 아침식사를 한 다음 차오링을 데리고 옌진으로 돌아가야 했다. 기차역을 나온 그는 터덜터덜 걸어서 여인숙으로 돌아왔다.

여인숙으로 돌아왔을 때는 날이 이미 환히 밝아 있었다. 우모세가 방 안으로 들어가 보니 차오링도 없고 라오요우도 없었다. 우모세는 차오링이 일어나 자신이 곁에 없는 것을 보고는 다급해서 울음을 터뜨렸고 라오요우가 버스 정거장으로 쥐약을 팔러 가면서 우는 차오링을 함께 데려갔을 것이라고 생각하고는 차오링을 찾으러 정거장으로 갔다. 하지만 평소에 라오요우가 쥐약을 팔던 자리는 텅 비어 있었다. 바로 옆에서 닭고기 구이를 파는 상인에게 물어봤더니 오늘은 라오요우가 나오지 않았다는 것이었다. 그러면서 우모세에게 혹시 그가 병이 난 건 아닌지 물었다. 우모세는 마음속으로 불안함을 금할 수 없었다. 서둘러 여인숙으로 돌아와 평소에 라오요우가 방 한 구석에 놓아두었던 짐 보따리도 보이지 않는 것을 확인하고 나서야 일이 잘못된 것을 알게 되었다. 황급히 주인 라오팡을 찾아갔지만 라오팡도 방금 야채를 사가지고 온 터라 어찌 된 일인지 모른다고 했다. 다급해진 우모세가 소리를 질러대자 부엌에서 조리사가 나와 새벽 다섯 시쯤 밥을 하려고 일어났을 때 차오링이 우모세를 찾으면서 우는 소리를 들었다고 말했다. 이어서 라오요우가 차오링의 손을 잡고 함께 여인숙을 나섰다고 알려주었다. 우모세의 머릿속에서 '쾅'하고 폭발음이 울렸다. 라오요우가 차오링을 데리고 우모세를 찾아 나선 것이라면 짐 보따리를 챙길 이유가 없었다. 하지만 짐을 챙겨 간 것을 보면 우모세가 없는 사이에 차오링을 데리고 도망친 것이 분명했다. 그제야 그는 자신이 열흘 동안 라오요우에게 속았다는 것을 깨달았다. 그날 저녁 라오요우와 애기를 나눌 때 라오요우는 한 밑천 잡을 생각이라고 말했었다. 당시에는 우스갯소리라고 치부했었다. 우모세는 그가 흑심을 품을 수 없을 것이라고 생각했다. 하지만 라오요우는 선한 얼굴에 흑심을 품었을 뿐만 아니라 한 밑천 잡기 위해 차오링을 이용한 것이었다. 두 사람이 애기 도중 의견이 일치하지 않을 때도 라오요우는 항상 우모세의 비위를 맞추려 노력했었다. 이제 와 생각하니 비위를 맞추려 애쓰는 사람은 십중팔구 나쁜 마음을 품고 있다는 말이 맞는 것 같았다. 또 다른 가능성도 있었다. 우모세가 차오링을 데리고 와서 열흘이나 객점에 머물면서 아무 일도 하지 않는 것을 보고서 그를 인신매매범이라 생각하여 뒤에서 공격하기 위해 차오링에게 손을 쓴 것일 수도 있었다. 라오요우가 어떤 생각을 했든지 간에 결과는 마찬가지였다. 차오링이 없어진 것은 분명한 현실이었다. 우모세는 라오팡과 다른 사람들이 뭐라고 하든 아랑곳하지 않고 황급히 여인숙을 나와 라오요우와 차오링을 찾아 나섰다. 여인숙 주인 라오팡이 갑자기 뭔가 생각나기라도 한 듯이 뒤에서 소리쳤다.

"당신이랑 라오요우 둘 다 아직 오늘 방값을 내지 않았소!"

우모세는 고개도 돌리지 않고 황급히 앞으로 내달렸다. 기차역을 돌아 먼저 주변의 크고 작은 거리와 골목을 뒤졌다. 하지만 어디에 라오요우와 차오링의 그림자가 있겠는가? 다시 성내에 들어가 찾아보기로 했다. 머리 없는 파리처럼 사방을 두리번거리면서 정오에 이르렀지만 아무런 결과도 없었다. 이때 문득 그는 신샹에서 헛고생을 했다는 생각이 들었다. 라오요우가 차오링을 팔아먹을 작정이라면 신샹에 남아 우모세가 찾으러 오길 기다리고 있을 리가 없었다. 라오요우는 카이펑 사람이라 차오링을 데리고 카이펑으로 간 것이 분명했다. 문득 라오요우가 차오링을 어떻게 속였는지가 궁금해졌다. 새벽 다섯 시쯤 차오링이 일어나 우모세가 없는 것을 보고는 "으앙" 하고 울음을 터뜨렸다. 라오요우는 우모세를 찾으러 가자며 아이 손을 이끌고 여인숙을 나섰을 것이다. 이어서 우모세 혼자 카이펑으로 갔다고 속여 차오링을 카이펑으로 데려갔을 것이다. 차오링은 다섯 살 난 아이인 데다 겁도 많았다. 집 밖에 나와 아는 사람이라고는 라오요우밖에 없었다. 라오요우는 과거에 아이에게 당나귀고기 샤오빙을 먹여주기도 했던 터라 라오요우를 따라가는 수밖에 없었을 것이다. 생각할수록 화가 치밀어 오른 우모세는 서둘러 여인숙 쪽을 향해 달리기 시작했다. 여인숙으로 돌아가려는 것이 아니라 그 근처에 있는 기차역으로 가서 그날로 카이펑 가는 기차를 타기 위해서였다. 기차역에 도착해 보니 카이펑으로 가는 열차는 오전에 출발하는 것밖에 없었다. 뤄양 가는 열차도 있고 정저우 가는 열차도 있었지만 카이펑 가는 열차는 없었다. 몸을 돌려 기차역을 나온 우모세는 혼자 카이펑을 향해 달리기 시작했다. 신샹은 카이펑에서 이백십 리 길이었다. 우모세는 오후 내내 달려도 백이십 리밖에 가지 못해 간신히 황허 강변에 이르렀다. 날은 어두워지기 시작했고 강을 건너간 배의 주인은 이미 집으로 돌아간 뒤였다. 우모세는 하는 수 없이 강가에서 날이 밝기를 기다려야 했다. 길을 달릴 때는 마음이 급한 걸 느끼지 못했지만 강가에 이르러 숨을 몰아쉬다 보니 마음이 다시 급해지기 시작했다. 어제 밤만 해도 차오링이 자기 옆에서 안전하게 있었는데 지금은 도대체 어디로 갔는지…… 차오링을 잃어버리고도 남을 탓할 수 없었다. 어제 왜 혼자 한밤중에 문을 나서 산보를 했던가? 무슨 고민이 있어서 남들의 번화한 모습으로 해소해야 했던가? 끝이었다. 기존의 고민도 해결하지 못했는데 새로운 골칫거리가 추가된 것이다. 차오링을 잃어버린 것에 비하면 이런 고민들은 고민 축에도 들지 못했다. 문득 자신이 차오링와 라오요우를 찾을 일만 생각하느라 신샹 동관 라오팡의 여인숙에 짐을 두고 왔다는 걸 까맣게 잊고 있다는 사실을 깨달았다. 하지만 짐을 가지러 갈 생각도 없었다. 다행히 여비는 솜저고리의 옷깃 안에 넣고 꿰매두었다. 이런 저런 생각에 하루 종일 뛰어다녀 지친 몸으로 황허 강변 모래밭에서 잠이 들고 말았다. 꿈속에서 차오링을 보았다. 차오링을 잃어버린 것이 아니었고 라오요우도 옆에서 자신과 신나게 떠들며 놀고 있었다. 세 사람은 아직 여인숙 안에 있고 차오링은 라오요우가 건네준 당나귀고기 샤오빙을 먹고 있었다. 우모세가 한 손으로 샤오빙을 빼앗으면서 한 손으로는 차오링의 따귀를 때리고 있었다.

"이 샤오빙이 맛있니? 샤오빙을 먹고 나면 넌 끝장이란 말이야."

차오링이 울면서 소리쳤다.

"아저씨."

화들짝 놀라 잠에서 깨보니 눈앞은 온통 모래사장이었다. 차오링이 '아저씨' 하고 부르는 소리는 들리지 않고 '쏴쏴' 황허의 물소리만 들릴 뿐이었다. 고개를 들어보니 하늘에 가득한 별들이 깜빡이며 우모세를 내려다보고 있었다. 우모세는 지난 몇 년 동안 겪었던 일들을 생각해보았다. 두부를 만들던 때부터 시작하여 돼지를 잡다가 천을 염색하던 일을 거쳐 주님을 믿고 대나무 쪼개는 일을 하다가 거리를 돌아다니며 사람들에게 물을 길어다주는 일을 했다. 그러다가 다시 현 정부에서 채마밭을 가꾸었고 우샹샹에게 데릴사위 식으로 장가를 갔으나 우샹샹이 라오가오와 눈이 맞아 도망을 치고 말았다. 이 모든 과정에 순탄한 것이 하나도 없었지만 차오링을 잃어버린 것보다 더 힘든 일은 없었다. 우모세가 신부 라오잔의 도제가 되었을 때 라오잔이 주님에 관해 얘기하면 우모세는 거의 알아듣지 못했다. 그저 주님이 신비하고 모호하게 느껴질 뿐이었다. 주님이 사람을 상대로 장기를 두는 것 같았다. 그는 자신도 모르게 하늘을 향해 장탄식을 내뱉었다.

"이번에는 어떤 수를 두실 생각입니까?"

이어서 눈물이 흘러내렸다.

다음 날 아침 일찍 우모세는 첫 배를 타고 황허를 건넜다. 그런 다음 다시 기차를 타고 정오 무렵에 카이펑에 도착했다. 과거에 그는 살길이 막막할 때면 카이펑에 와서 장사를 할까 하는 생각을 하곤 했었다. 그러다가 진허 부두에서 동창 샤오쑹을 만났다. 샤오쑹의 도움으로 쟝쟈좡에 있는 라오쟝의 염색공방으로 가게 되었다. 하지만 삼 년이 지나 정말로 카이펑에 오게 될 줄은 꿈에도 생각지 못했다. 카이펑에 온 것은 다른 일 때문이 아니라 뜻밖에도 아이를 찾기 위해서였다. 우모세는 카이펑의 지리에 익숙지 않았지만 라오요우와 한가하게 노닥거릴 때 그에게서 카이펑에 관한 애기를 많이 들었었다. 예컨대 상국사나 용정, 파양이호, 청명상하가, 마시가 같은 것들이었다. 길을 물어 가면서 오후 내내 전부 돌아다녀보았지만 라오요우와 차오링은 그림자도 보이지 않았다. 날이 어두워지자 야시장을 돌아다니며 찾아보았다. 상국사 앞 대로에는 물건을 파는 상점들이 일제히 환하게 불을 밝히고 있었다. 밤이 되자 간단한 음식을 파는 노점들이 길 양쪽을 가득 메웠다. 관탕바오를 파는 집도 있이 있는가 하면 젠바오(煎包)를 파는 집도 있고 후라탕을 파는 집도 있었다. 사탕배를 파는 집도 있고 훈툰이나 잡쇄탕을 파는 집도 있었다. 집집마다 전등을 하나씩 켜다 보니 거리 전체가 대낮처럼 밝았다. 거리를 따라 가며 세밀하게 찾기 시작했다. 집집마다 덧문까지 살피는 사이에 음식을 파는 노점들은 전부 철수하고 거리 가득 사람들이 내버린 종이만 남아 바람에 굴러다니고 있었다. 조금 전까지의 변화하던 모습에 비하면 너무나 썰렁한 풍경이었다. 게다가 아무런 단서도 찾지 못한 터였다. 정오부터 밤까지 뒷모습이 차오링과 비슷한 아이들을 몇 명 찾긴 했지만 가까이 다가가 몸을 돌려보면 하나같이 차오링이 아니었고, 공연히 아이들 곁에 있는 어른들에게 욕만 바가지로 먹었다. 거리에 사람들은 갈수록 줄어들고 꼴을 보니 오늘도 희망이 없는 것 같았다. 우모세는 상국사 계단에 엉덩이를 깔고 앉았다. 갑자기 배가 몹시 고팠다. 그제야 이틀 동안 차오링을 찾느라고 물도 마시지 못하고 밥도 먹지 못했다는 것을 깨달았다. 눈가를 훔치면서 좌우를 둘러보니 길가에 늘어서 있는 음식점들은 전부 문을 닫고 유일하게 모퉁이에 있는 한 집만 아직 불이 켜져 있었다. '라로탕 볶음국수'라는 간판이 눈에 들어왔다. 우모세는 지친 몸을 끌고 이 볶음국수 집을 향해 걸어갔다. 음식점 주인은 노인이었다. 손에 라디오를 들고 듣고 있었다. 라디오를 듣느라 정신이 없어 문 닫는 것을 잊은 것 같았다. 점원들은 전부 가버리고 그 혼자 남아 있었다. 우모세가 들어오는 것을 보고 노인이 말했다.

"불이 꺼졌어요. 밥이 없다고요."

우모세가 말했다.

"어르신, 부탁입니다. 이틀 동안 아무 것도 먹지 못했습니다. 이러다가 오늘 밤을 넘기지 못할 것 같습니다."

노인은 멍한 표정으로 우모세를 쳐다보다가 뭔가 생각이 났는지 입을 열었다.

"남은 음식이 한 그릇 있긴 하지. 손님이 입을 대지 않은 거요. 데워다 줄 테니 먹겠소?"

우모세가 고개를 끄덕였다.

"국수는 뜨거울수록 맛있는 법이지."

노인은 라디오를 내려놓고 불을 지폈다. 불이 올라오자 음식을 볶는 커다란 국자로 물을 떠서 냄비에 부었다. 물이 끓자 찬장에서 남은 국수를 꺼내다가 냄비에 쏟아 부었다. 가게 문을 닫을 때라 하루 장사를 하고 남은 재료들을 전부 넣고 물을 부어 끓이기 시작했다. 바구니에 남은 고기 부스러기도 바닥까지 긁어 전부 냄비에 쏟아 넣은 다음 간장과 식초, 소금으로 간을 했다. 냄비를 들어 국수그릇에 담으려니 아무래도 넘칠 것 같아 아예 커다란 국그릇에 국수와 고기를 담아주었다. 그런 다음 고기국물을 붓고 고명을 얹어주었다. 국수 한 그릇이 두 사람이 먹을 수 있는 분량이 되었다. 우모세는 감사하는 마음으로 노인을 향해 고개를 끄덕이면서 볶음국수를 받아 게걸스럽게 먹기 시작했다. 배가 고파서 그런지 이 세상에 태어나 먹은 음식 가운데 가장 맛있었다. 그러나 또다시 차오링을 잃어버린 것이 생각났다. 며칠 전에 차오링과 함께 신샹 동관의 여인숙에 있을 때 함께 양고기 볶음국수를 맛있게 먹곤 했다. 차오링을 잃어버리고도 자신은 국수 한 그릇을 아주 맛있게 먹어치웠다는 것을 생각하니 스스로 자기 얼굴을 때리지 않을 수 없었다. 우모세는 눈물을 흘리며 빈 그릇을 내려놓았다. 스스로 자기 뺨을 때리는 소리에 음식점 주인은 놀라움을 금치 못했다. 노인이 라디오를 내려놓고 다가와 우모세를 마주하고 앉았다.

"무슨 걱정거리라도 있수? 이렇게 상심하고 있으니 말이오."

열흘 넘게 함께 얘기를 나눌 수 있는 사람조차 만나지 못한 터였다. 우모세는 눈물을 닦으며 아내를 찾아 돌아다니고 있다고 거짓말로 둘러댔다. 그러면서 차오링을 잃어버린 얘기를 처음부터 끝까지 자세하게 노인에게 털어놓았다. 노인은 얘기를 다 듣고 나서 우모세를 위해 한숨을 내쉬며 말했다.

"정말 열 길 물 속은 알아도 한 길 사람 속은 모른다니까."

쥐약을 파는 라오요우를 두고 한 말이었다. 그러고는 우모세를 걱정해주었다.

"카이펑이 이렇게 넓은데 바다에서 바늘 찾기지, 어떻게 아이를 찾을 수 있겠소?"

그러면서 우모세에게 말했다.

"말하자면 이건 사람 찾는 일이 아니오."

우모세가 물었다.

"그럼 무슨 일인가요?"

"생명에 관한 일이라고 할 수 있지."

일이 이렇게 된 바에는 목숨을 먼저 생각하는 편이 낫다는 말이었다. 노인이 우모세에게 권했다.

"선생이 말하는 라오요우라는 사람이 인신매매범이 아니라 집에 딸이 없어서 그런 것이라고 생각해두구려."

말은 그렇게 하지만 차오링을 찾지 않을 수도 없는 일이었다. 다음 날 아침부터 우모세는 닷새 동안 카이펑을 뒤지고 다녔다. 카이펑의 크고 작은 거리와 골목을 구석구석 샅샅이 뒤지고 다녔다. 닷새가 지나면서 카이펑이 완전히 익숙해졌다. 우모세는 문득 카이펑에서 차오링을 찾는 것도 맞지 않다는 생각이 들었다. 라오요우가 우모세와 얘기를 나누면서 자신이 카이펑 출신이라고 말했던 것을 기억했다. 그렇다면 우모세가 찾으러 올 것이 두려워서라도 차오링을 데리고 카이펑으로 올 리가 없었다. 차오링을 데리고 도망친 것이라면 카이펑으로 돌아오지 않고 외지로 갔을 것이 분명했다. 정신을 차린 우모세는 그날로 카이펑을 떠나 정저우로 갔다. 정저우에서 차오링을 찾아 닷새를 돌아다니다가 다시 신샹으로 갔다. 신샹에서 또 닷새를 보냈지만 역시 차오링은 찾지 못하고 동관에 있는 여인숙으로 가서 자신의 짐 보따리를 찾아 돌아왔다. 신샹을 떠난 그는 지현으로 갔다. 지현을 떠나 안양으로 갔다. 안양을 떠나 다시 뤄양으로 가면서 주변에 찾을 만한 곳은 전부 찾아보았다. 이렇게 석 달이라는 시간을 보냈다. 카이펑을 떠날 때 이미 여비가 다 떨어졌다. 우모세는 가는 곳마다 한편으로는 차오링을 찾으면서 한편으로는 물을 지어 나르거나 사람들의 짐을 들어다 주는 일로 돈을 벌었다. 이렇게 여비를 벌면 다시 차오링을 찾아 나섰다. 몇 달 전 라오가오와 우샹샹을 찾아 나설 때, 우모세는 신샹에서 찾는 척만 하고 지현과 카이펑, 정저우, 뤄양, 안양 등지는 가보지 않을 작정이었으나 차오링을 찾느라 이곳들을 전부 뒤지게 되었다. 하지만 석 달이 지나도록 차오링을 찾지 못했다. 차오링을 잃어버린 뒤로 우모세는 다시 옌진으로 돌아갈 수가 없었다. 차오링을 직접 낳은 건 아니지만 자신이 새아버지인 것만은 틀림이 없었다. 현성 남가에 있는 '쟝지 솜틀집'의 라오쟝과 우쟈좡의 라오우가 차오링의 친할아버지와 외할아버지였다. 라오우의 아내는 차오링의 외할머니였고 쟝룽과 쟝거우는 차오링의 삼촌들이었다. 과거에 그들은 차오링과 친하지 않았지만 우모세가 차오링을 잃어버린 것을 알게 되면 사정이 달라질 것이었다. 그들은 틀림없이 우모세를 없애버리거나 그의 다리를 부러뜨릴 것이었다. 우모세는 또다시 갈 곳이 없어졌다. 이리저리 목적지 없이 돌아다니던 그는 뤄양에서 정저우로 갔다. 정저우에서는 기차역에서 짐을 나르기 시작했다. 첫째는 기차역에서 짐을 나르면서 일을 손에 익히기 위해서이고, 둘째는 정저우 기차역이 크고 사람의 왕래도 많기 때문에 틈틈이 차오링을 찾아볼 수 있을 것 같아서였다. 석 달이 지난 것은 알았지만 라오요우가 차오링을 어디로 데려갔는지는 알 수 없었다. 차오링을 더 찾아볼 생각도 했지만 이미 희망이 없었다. 그러면서도 매일 짐을 나르면서 기차역 광장이나 대합실에 올 때마다 주변을 두리번거리곤 했다. 이는 사람을 찾기 위한 것이 아니라 자신을 위로하기 위한 몸짓이었다. 다시 겨울이 왔다. 우모세는 새 솜저고리를 하나 마련했다. 솜저고리를 해 입으면서 자신이 지난해에 비해 많이 야위었다는 것을 알게 되었다. 하루는 대합실을 서성거리다가 우연히 화장실 앞에 있는 거울에 자기 모습을 비춰보게 되었다. 얼굴이 비쩍 마른 데다 두 눈이 눈두덩 깊숙이 들어가 있었다. 우모세는 원래 눈이 컸다. 그 큰 눈이 눈두덩 깊숙이 들어가고 대신 미골이 튀어나와 있었다. 그는 그런 자신의 모습을 보고 놀라움을 금할 수 없었다.

이렇게 정저우 기차역에서 두 달 남짓을 보냈다. 설도 기차역에서 쇠었다. 이날 짐 나르는 일이 다 끝나니 이미 밤 열시였다. 평소에는 화물창고가 여덟 시면 문을 닫았지만 이날은 기관차 사무소에서 급히 한커우로 운송해야 하는 면사 화물이 있어 임시로 광저우로 가는 여객 열차에 두 량의 화물칸을 연결하고 열시까지 화물을 실었다. 일이 끝나자 함께 짐을 나르는 인부 몇몇이 우모세에게 술을 사겠다고 했다. 우모세는 빙긋이 웃으면서 술자리를 사양했다. 대신 그는 또다시 기차역 앞에 가서 서성거렸다. 서성거리는 것이 이미 습관이 되어 있었다. 서성거리지 않으면 마음이 불안했다. 잠시 서성거리다가 화물창고로 돌아와야 비로소 마음이 편해졌다. 좌우로 사람들이 앞을 향해 가는 모습을 바라보고 있는 차에 갑자기 귀에 익은 여자 목소리가 들려 왔다.

"세면하세요— 더운 물이 왔습니다!"

귀에 익은 목소리였지만 처음에는 별로 관심을 기울이지 않았다. 기차역

광장에는 온갖 주전부리를 파는 좌판이 수없이 많았고 세면할 더운물을 파는 사람들도 있었다. 역 출구 계단 위에는 세숫대야가 늘어서 있고 대야마다 수건이 한 장씩 얹혀 있었다. 세숫대야 옆에는 누빈 천으로 감싼 쇠 주전자가 놓여 있고 쇠 주전자 안에는 뜨거운 물이 들어 있었다. 늘어선 세숫대야 뒤쪽에는 여자가 하나 앉아 목청을 돋워 소리를 질러대고 있었다.

"세면하세요— 더운 물이 왔어요!"

여행객들은 플랫폼에서 나와 모습을 가다듬기 위해, 혹은 피로를 풀기 위해 쪼그리고 앉아 세면을 하고 옷매무새를 다듬었다. 세면 한 번 하는 데 오 편(分)이었다. 우모세는 부녀자들이 외치는 소리에 섞여 잘못들은 것이라고 생각하고 유심히 살피지 않았다. 앞으로 몇 걸음 더 가다가 고개를 돌린 그는 깜짝 놀라고 말았다. 더운 물을 파는 부녀자들 가운데 뜻밖에도 우샹샹이 있었던 것이다. 물론 지금의 우샹샹은 반년 전의 우샹샹이 아니었다. 몸이 많이 수척해진 데다 바람을 많이 맞은 탓인지 얼굴이 뻘겋고 까맣게 그을어 있고 피부도 전처럼 희지 않았다. 몰골이 초췌한 것은 둘째 치고 몸을 구부리는 동작을 보니 손발도 많이 둔해진 것 같았다. 좀 더 가까이 다가가 보니 그녀는 임신한 상태였다. 우모세가 정저우 기차역에서 시간을 보낸 지 이미 두 달이 된 때였다. 과거에는 우샹샹이 세면용 더운물을 파는 것을 본 적이 없는 터라 그녀가 이리저리 떠돌다가 방금 정저우에 도착한 것이라고 생각했다. 이어서 우모세는 광장 구석구석을 뒤지다가 한쪽 모퉁이에서 한 남자가 쪼그리고 앉아 고개를 파묻고 남의 신발을 닦아주고 있는 모습을 발견했다. 뜻밖에도 라오가오였다. 라오가오는 얼굴에 깎다 남은 수염이 덥수룩하고 무척이나 수척해진 모습이었다. 반년 동안 우모세는 차오링을 찾는 데 급급하다 보니 이 개 같은 연놈들을 까맣게 잊고 있었다. 그런데 차오링을 찾기 위해 정저우 기차역에 머물면서 차오링은 찾지 못하고 너무나 뜻밖에도 그들을 찾게 될 줄이야. 이런 구질구질한 상황에 우모세는 울지도 못하고 웃지도 못할 기분이었지만, 마음속으로는 분노가 가라앉지 않고 거세게 타오르기 시작했다. 자신이 어쩌다 이 지경까지 이르게 되었는지 알 수 없었다. 애당초 그들은 불륜이었고 그들을 찾는 과정에서 차오링을 잃고 말았다. 이어서 자신은 돌아갈 집을 잃었다. 애당초 차오링을 잃어버렸을 때는 쥐약을 파는 라오요우가 미운 것만 알았다. 하지만 이제 와서 생각해 보니 라오요우보다 그들이 더 미웠다. 우모세는 두 말 하지 않고 곧장 화물창고로 돌아갔다. 화물창고에서 나올 때는 그의 손에 쟝후가 남겨준 우이첨도가 들려 있었다. 차오링을 데리고 그들을 찾아 나설 때는 거짓으로 찾는 척만 하기로 했었다. 그들을 죽이게 되리라고는 생각지 못했다. 우이첨도를 든 것은 그럴듯한 모양새를 갖추기 위해서였다. 이제 차오링을 잃고서 갈 곳도 없던 터였는데 뜻밖에도 그들을 만나니 우모세로서는 행동을 취할 수 있을 것 같았다. 한 가지 일에 이토록 많은 가지가 생겨 인형을 만드는 칼로 이 두 개 같은 연놈들을 죽이게 된 것이다. 우모세는 도망칠 수 있으면 도망칠 것이고, 잡힌다 해도 목숨을 보상하는 셈 치면 그만이었다. 함께 끝장을 보는 것도 매듭을 맺는 방법이었다. 기차역으로 돌아와 보니 막 플랫폼에서 여행객들이 쏟아져 나오기 시작하면서 사방이 시끄럽고 사람들도 많아 손을 쓰기가 쉽지 않았다. 두 사람 중에 하나는 출구 쪽에서 더운 물을 팔고 있고 하나는 광장 모퉁이에서 구두를 닦고 있었다. 두 군데 떨어져 있다 보니 한 명을 죽이면 한 명이 도망칠 것이 걱정이었다. 두 연놈을 전부 죽이려면 마음을 깨끗이 비우고 멀리 종루에 쪼그리고 앉아 때를 기다려야 했다. 기다리면서 다시 생각해 보니 반년 동안 보지 못한 동안 이 개 같은 연놈들이 어디를 떠돌아다니다가 정저우로 온 것인지는 모르겠지만 일단 정저우에 온 이상 묵는 곳이 있을 것이라는 생각이 들었다. 기차역에 있는 사람들이 다 흩어져 돌아간 다음에 뒤를 쫓아 그들이 묵는 곳을 알아낸 다음 조용하고 후미진 곳을 찾아 손을 쓰는 것이 좋을 것 같다는 생각이 들었다. 오늘은 두 사람이 살아 있지만 내년의 오늘은 두 사람의 일 주기 기일이 될 것이었다. 자신도 함께 죽게 된다면 세 사람의 기일이 될 것이었다.

쪼그리고 앉아 무려 네 시간을 기다렸더니 한밤중이 되었다. 철로를 오가는 객차들은 다 멈추고 남아 있는 것이라고는 화물열차들뿐이었다. 기차역의 사람들도 점점 줄어들었다. 기차역 안의 기적소리를 제외하면 밤은 점점 고요해져만 갔다. 이때 우모세는 라오가오가 구두닦이 통을 등에 메고 플랫폼 입구의 우샹샹을 향해 걸어가고 있는 것을 발견했다. 구두를 닦으려는 손님이 없었던 것이다. 우모세도 종루에서 몸을 일으켜 주머니 속에 있는 칼을 더듬었다. 역 입구에 서서 바라보니 더운 물을 파는 사람들은 이미 전부 철수하고 우샹샹 혼자만 남아 자리를 지키고 있었다. 우샹샹에게 다가간 라오가오가 그만 철수하자고 권하는 것 같았다. 우샹샹이 플랫폼 안에 있는 뭔가를 가리키자 라오가오가 구두닦이 통을 내려놓고는 우샹샹과 함께 세숫대야 옆에 쪼그리고 앉았다. 여행객들을 더 기다려 보려는 것 같았다. 여객열차가 이미 끊어졌는데도 여객들을 기다리려는 것을 보니 정저우에 온지 얼마 안 되는 것이 분명했다. 갑자기 라오가오가 먼 곳을 가리키면서 우샹샹에게 뭔가를 얘기했다. 우샹샹도 몸을 일으켜 두 손으로 배를 받치고는 먼 곳을 바라보았다. 알고 보니 저 멀리 군고구마 장수가 아직 돌아가지 않고 남아 있었다. 우샹샹이 군고구마 장수에게 뭔가 얘기를 했다. 값을 흥정하는 것 같았다. 마침내 돈을 내고 고구마를 하나 샀다. 막 화로에서 꺼내 무척 뜨거웠는지 우샹샹은 고구마를 두 손으로 받쳐 들고 먹으면서 역 입구로 돌아갔다. 라오가오 앞에 와서는 그에게도 한 입 베어 먹게 했다. 두 사람이 너 한 입 나 한 입 번갈아 고구마를 먹으면서 서로를 의지하는 모습이었다. 우샹샹이 고구마를 손에 쥐고 라오가오에게 먹여주었다. 라오가오가 뭔가 한 마디 하자 우샹샹이 웃으면서 라오가오의 얼굴을 가볍게 때렸다. 이어서 허리를 움켜쥐고 웃다가 입 안에 씹고 있던 고구마를 입 밖으로 뿜었다. 이렇게 다정하게 군고구마를 먹는 모습을 본 우모세의 머릿속에서 또다시 '쾅'하고 폭발음이 울렸다. 두 연놈들의 다정한 모습 때문이 아니라 우모세가 우샹샹과 일 년 넘는 시간을 함께 살면서 우샹샹이 우모세에게 이처럼 다정했던 적이 한 순간도 없었기 때문이다. 과거에는 그녀가 자신에게 다정하지 않은 것이 두 사람의 성격이 맞지 않거나 우모세가 말을 잘 못하기 때문이라고, 아니면 아예 우모세가 싹수가 노랗다고 여겼기 때문이라고 생각했다. 하지만 지금 두 남녀의 모습을 보니 문제는 사람인 것 같았다. 우모세는 우샹샹과 함께 있는 동안 하루 종일 만터우를 팔았지만 먹고 마시는 것에 있어서는 걱정이 없었다. 하지만 우샹샹은 하루 종일 우모세 얘기를 하면서 그를 욕했다. 지금은 라오가오와 함께 영락하여 더운 물을 팔고 남의 구두를 닦으면서 유랑하는 신세가 되었는데도, 우샹샹은 라오가오에 대해 뭐라고 얘기하는 일도 없고 라오가오를 욕하지도 않았다. 라오가오는 그녀에게 군고구마를 사게 했고 그녀는 군고구마를 사다가 그에게 먹여주었다. 우샹샹이 완전히 다른 사람이 된 것 같았다. 어쩌면 우샹샹이 변한 것이 아니라 우샹샹 주위의 사람들이 변한 것인지도 몰랐다. 게다가 우샹샹은 우모세와 일 년 넘게 살면서도 아이를 갖지 못했지만 라오가오와는 반년도 안 돼서 아이를 가졌다. 우모세는 우샹샹을 제압하지 못했지만 라오가오는 그녀를 제압한 것이다. 이는 누구를 죽인다고 해서 매듭을 지을 수 있는 일이 아니었다. 사람을 죽인다고 해서 우샹샹이 우모세에게는 다정하지 않았지만 라오가오에게는 다정한 것을 막을 수 없었다. 두 사람은 우모세를 속이긴 했지만 자신들은 속이지 않았다. 우모세는 몸을 돌려 화물창고로 돌아갔다. 우모세를 화나게 한 유일한 사실은 한 여자가 다른 남자와 간통했고, 간통하기 전에 그 남자가 말 한 마디로 여자의 마음을 움직였다는 것이다. 이 한 마디가 도대체 어떤 말이었는지 우모세는 평생 생각해내지 못했다.

다음날 아침 일찍 우모세는 짐을 챙겨 정저우를 떠났다. 정저우를 떠난 것은 라오가오와 우샹샹을 피하기 위해서가 아니었다. 물론 그들을 피할 생각이 없었던 것은 아니다. 애당초 그들을 찾기 위해 문을 나섰던 것이고 이제 그들을 찾았지만, 오히려 두 사람을 피하고 싶었다. 두 사람을 피한다 해도 굳이 정저우를 떠날 필요는 없었다. 정저우는 아주 크기 때문에 라오가오와 우샹샹이 기차역을 차지하고 있다 해도 우모세는 기차역을 떠나 다른 거리에서 장사를 할 수 있었다. 하지만 우모세는 정저우에 대해 기분이 상해버렸다. 이는 단지 사람을 피하는 일만이 아니었다. 정저우에 대해 상심했을 뿐만 아니라 과거에 지나쳤던 곳과 과거에 갔었던 곳, 예컨대 그가 태어난 양쟈좡이나 한동안 지냈던 옌진 현성, 신샹과 카이펑, 지현과 뤄양, 안양 등지에도 마음이 상해버렸다. 동시에 차오링에 대해서도 마음이 식어버렸다. 우모세는 상심의 땅에서 벗어나고 싶었다. 이때 문득 우모세는 사부였던 라오잔이 생전에 자주 했던 얘기를 떠올렸다. 아브라함이 고향과 친족을 떠나 야훼가 지정해준 곳으로 갔다는 얘기다. 하지만 우모세는 아브라함과 달랐다. 우모세는 본향과 친족을 떠나고 상심의 땅을 떠났지만 갈 곳도 없었고 찾는 사람도 없었다. 우모세는 다시 한 번 자신이 집이 있지만 돌아갈 수 없고 나라가 있지만 몸을 맡길 수 없다는 것을 깨달았다. 문득 어린 시절 사숙의 선생님이었던 라오왕이 생각났다. 첫째는 상심한 연유가 우모세와 같지는 않지만 당시 라오왕도 상심 때문에 옌진을 떠났기 때문이다. 당시 라오왕은 등잔불이 꺼지듯 어린 딸이 세상을 떠나 옌진을 떠났었다. 당시에는 그의 심정을 이해하지 못했지만 이제 차오링을 잃어버리고 나니 그 마음을 이해할 수 있을 것 같았다. 한 사람은 아이가 죽은 것이고 한 사람은 아이를 잃어버린 것이지만 아이가 없다는 것은 같았다. 두 사람의 상심에도 공통점이 있었다. 당시 라오왕은 줄곧 서쪽을 향해 가다가 바오지(宝鶏)에 이르러서야 더 이상 상심하지 않게 되었다. 둘째는 자신이 아는 사람들 가운데 다른 사람들은 전부 골치 아픈 일로 자신과 연루되었지만 유독 라오왕만은 이런 일과 무관했다. 라오왕을 만나면 굳이 해명할 것이 없었다. 이리하여 정저우 기차역에서 기차표를 끊으면서 우모세는 바오지로 라오왕을 찾아가기로 마음먹었다. 첫째는 아는 사람에게 몸을 기탁하면 곧 발붙일 데가 생기기 때문이었고, 둘째는 라오왕처럼 철저하게 상심의 땅을 떠나 과거와 완전히 단절하고 싶기 때문이었다.

기차에 올라 보니 세밑이 지났는데도 객차 안이 인산인해라 비집고 들어갈 틈이 없었다. 베이핑을 출발하여 란저우(蘭州)로 가는 열차였다. 정저우는 열차를 갈아타는 곳이다 보니 객차에 앉을 자리는 고사하고, 발 디딜 틈조차 없을 정도로 사람이 많았다. 정저우에서 바오지까지 가려면 이틀 밤낮을 꼬박 달려야 했다. 우모세는 짐을 등에 진 채 통로의 사람들 사이를 비집고 돌아다니며 자리에 앉은 사람들에게 어느 역에서 내리는지 물어보았다. 가장 가까운 곳에서 내리는 사람에게 바싹 붙어 앉아 자리가 나기를 기다릴 요량이었다. 객차 세 칸을 돌아다니며 물어봤지만 전부 통관(潼關)까지 가

는 사람 아니면 시안(西安)까지 가는 사람, 바오지나 톈수이(天水)까지 가
는 사람들이었다. 아예 란저우까지 가는 사람들도 있었다. 그들이 정말로
멀리 가는지 아니면 낯선 사람을 옆에 앉히기 싫어서 일부러 거짓말을 하는
것인지는 알 수 없었다. 마침내 네 번째 객차에서 한 중년 사내에게 묻게 되
었다. 이 중년 사내는 머리가 작은 것이 마치 오리배 같았다. 사내는 머리를
파묻고 커다란 통닭을 뜯고 있었다. 그 역시 통닭을 뜯느라고 입에서 나오
는 대로 링바오(靈寶)에서 내린다고 대충 말해버렸다. 링바오도 뤄양을 지
나야 했지만 허난 경내를 벗어나지는 않았다. 하루만 기다리면 자리를 잡을
수 있는 셈이었다. 우모세가 중년 사내에게 말했다.

"형님, 이 자리는 제가 맡아놓는 걸로 합시다. 누군가 또 물어도 더 이상
응대하시면 안 됩니다."

중년 사내는 그제야 정신을 차리고 고개를 들어 우모세를 쳐다보았다. 이
미 링바오에서 내린다고 말했기 때문에 두 말 할 수가 없어 그저 오리배 같
은 고개만 끄덕였다. 우모세는 이 중년 사내에게 더 가까이 붙어 섰다. 중년
사내도 말하는 걸 좋아하는 터라 통닭을 뜯으면서 물었다.

"어디서 오는 길이오?"

그의 자리를 기다리고 있는 터라 그가 뭘 묻든지 간에 재빨리 대답해야
했던 우모세가 사실대로 말했다.

"옌진이요."

다시 생각해보니 사실대로 대답한 것도 아니었다. 지난 반년 동안 옌진에
있지 않았기 때문이다. 중년 사내가 물었다.

"옌진에는 철로가 연결되어 있지 않은데 어딜 가는 거요?"

우모세가 말했다.

"바오지요."

이건 사실이었다.

"뭐 하러 가는데요?"

"친척 집에 갑니다."

중년 사내의 질문에 대답하면서 우모세는 사부 라오잔이 생각났다. 라오잔은 주님을 믿으라고 권할 때 주님을 믿으면 자신이 어디서 와서 어디로 가는지 분명하게 알 수 있다고 말하곤 했다. 우모세는 애당초 생계 때문에 주님을 믿게 되었지만 나중에는 믿지 않기로 했다. 믿건 안 믿건 간에 가장 큰 문제가 해결되지 않고 있었다. 어디로 가야 하느냐 하는 것이었다. 이런 문제를 뜻밖에도 기차 안에서 낯선 사람이 제기한 것이었다. 중년 사내는 이렇게 묻고 또 물었다.

"성함이 어떻게 되시오?"

우모세는 잠시 할 말을 잃었다. 어디서 와서 어디로 가는지를 물었을 때처럼 그렇게 시원하게 대답하지 못했다. 첫째는 반년 동안 밖으로 떠돌면서 사람을 찾으러 다니다 보니 접촉하는 것이라곤 전부 낯선 사람들이었고 그의 성과 이름이 무엇인지 관심을 갖는 사람이 하나도 없었다. 그의 이름을 불러주는 사람도 없었다. 반년 동안 자기 이름을 말한 적이 없어 한 순간 막막하기만 했다. 둘째는 스물한 살이 되도록 성과 이름이 세 번이나 바뀌었기 때문이다. 처음에는 양바이순이던 것이 나중에 양모세로 바뀌었다가 다시 우모세로 바뀌었다. 황급한 나머지 그는 어디부터 얘기해야 좋을지 몰라 멍하니 있었다. 중년 사내는 통닭 위로 고개를 들고는 짜증을 내며 말했다.

"자기 이름을 말하는 것이 뭐 그리 어려운 일이라고 그러슈? 사람을 죽였거나 도망 중인 사람이로군?"

우모세는 '에이'하고 긴 한숨과 함께 탄식을 내뱉었다. 사내가 사람을 죽였냐고 물었지만 그는 사람을 죽인 적이 없었다. 하지만 마음속으로는 이미 여러 명을 죽였다. 그의 아버지와 형부터 시작하여 라오마에 이르기까지, 그리고 자기 마누라였던 우샹샹과 '치원탕'의 주인장 라오가오까지 마음속으로 죽인 사람이 한둘이 아니었다. 우모세는 입을 벌려 뭔가 해명을 하고 싶었다. 하지만 그 순간 기차가 터널로 들어서면서 긴 기적소리가 울렸다. 우모세는 문득 뤼쟈좡에서 함상을 하는 뤄창리가 생각났다. 당시 뤄창리가 함상을 하면 마치 기차가 기적을 울리는 것처럼 기세가 대단했다. 당시의 뤄창리는 우모세가 세상에서 가장 숭배하는 사람이었다. 뤄창리가 함상하는 소리를 들었던 것은 칠팔 년 전이지만, 지금 그때를 떠올리자니 반평생은 지난 일처럼 느껴졌다. 몇 년 전에도 우연히 뤄창리를 떠올린 적이 있었지만 나중에 아는 사람이 많아지고 일도 번다해지면서 점점 그를 잊고 말았던 것이다. 그러나 자세히 생각해보니 우모세가 양쟈좡을 떠나 지금에 이르기까지 뤄창리와의 관계가 가장 컸다. 그는 지금까지 뤄창리와 서로 한마디 주고받은 적도 없지만, 실(實)을 좋아하고 허(虛)를 좋아하지 않았더라면 지금도 양쟈좡에서 라오양과 함께 두부를 만들고 있을 것이었다. 이런저런 생각을 하다가 그는 자세한 해명을 생략하고 간단히 대답했다.

"형님, 저는 사람을 죽인 적이 없습니다. 그리고 저는 뤄창리라고 합니다."

〈아시아 문학선〉을 펴내며

우리는 무엇보다 언어에 주목한다.

지난 오 백 년 동안, 우리에게 알려진 세계의 언어들 중 거의 절반이 사라졌다고 한다. 에트루리아어, 수메르어, 컴브리아어, 메로에어, 콘월어, 음바바람어……지금 이 순간에도 지구 곳곳에서 수많은 언어들이 사라지고 있다. 소멸의 속도도 점점 빨라진다. 대신 그 자리를 영어와 또 하나의 언어, 그러나 기왕에 존재했던 어떤 언어와도 전혀 다른 종류의 기계어 '비트'가 메워 나가는 중이다.

한 가지 언어가 사라진다는 것은 무슨 뜻일까. 그것은 한 집단의 기억이 최후를 맞이한다는 뜻이다. 물론 성실한 언어학자들의 노력으로 운 좋게 몇몇 단어가 살아남을 수도 있다. 그렇지만 엄밀한 의미에서 그것은 살아 있는 언어가 아니다. 언어는 언어학자의 노트에 적히는 것만으로 생명을 보장받을 수 없다.

이제 우리는 이와 같은 일방통행의 역사에 작으나마 흠집을 내고자 한다. 그 출발이 바로 〈아시아 문학선〉이다.

우리는 서구가 주도했던 지난 시기의 근대화 과정에서 수많은 문명의 유전자가 흔적도 없이 사라졌고, 지금도 아시아 어딘가에서 어떤 기억의 보살핌도 받지 못한 채 속절없이 사라져가는 것들이 많다는 사실을 잘 알고 있다. 그러나 우리는 겸손해야 한다. 소멸은 대개 슬프지만, 때로는 자연스럽게 권장되어야 할 어떤 것이기도 하다. '불멸의 신화'가 지닌 폭력성을 흔히 목격하지 않았던가. 우리는 서구 근대의 가치를 대체하는 아시아 담론을 창출하겠다는 다부진 야심을 갖고 있지 않다. 우리는 다만 아시아의 수많은 언어가 제각기 품어 온 기억의 서사들을 존중하려 할 뿐이다.

특히 문학에 관한 한, 아시아는 이른바 세계화가 가장 덜 진척된 영토로 존재한다. 아시아 문학은 대다수 서구인들에게 여전히 낯설고 어색하면서도 이따금 신기하고 흥미로운 존재다. 가상공간과 더불어, 빈약한 서사를 보충해 줄 최후의 영토로 간주되기도 한다. 그런 시선 속에서, 지난 몇 세기 동안, 아시아는 수없이 발명되고 발견되었다. 그 결과 논과 밭, 구릉과 숲으로 이루어진 아시아의 주름진 대지는 이차원의 매끈한 평면으로 아주 쉽게 왜곡되었다. 거기에서 소수와 은유는 묵살되고, 틈과 사이는 간단히 메워졌다.

이제 우리는 다시 주름들을 기억하려 한다. 고속도로와 지름길이 길의 다가 아니듯, 표준어와 다수만 아시아의 입체를 구성하지는 않는다. 그러나 놀랍게도, 서구인에게 낯설고 어색한 것 이상으로, 우리 스스로 아시아를 얼마나 낯설고 어색하게 생각하고 있는지! 불행히도 우리 주변에는 읽고 싶어도 읽을 아시아조차 많지 않다. 우리의 기획은 이런 경이로운 무관심과 태만을 반성하는 데서 출발한다. 동시에 우리는 혹 '미지의 세계' 아시아를 또 하나의 개척영역, 흔히 말하듯 '미래의 먹거리' 쯤으로 상정하는 것은 아닌가, 우리 안의 유혹을 끊임없이 경계한다.

이렇게 경계선을 넘으려 한다.

바라건대, 저 너머에는 새로운 세계문학이!

〈아시아 문학선〉 기획위원회

〈아시아 문학선〉 기획위원

전승희(문학평론가, 미국 하버드대학교 한국학연구소)

김남일(소설가, 아시아문화네트워크)

자카리아 무함마드(팔레스타인, 시인·신화연구)

A. J. 토마스(인도, 시인·번역가·영문학·전《인도문학》편집장)

자밀 아흐메드(방그라데시, 연극연출가·평론가·다카대학 교수)

하리 가루바(나이지리아, 문학평론가·남아프리카 케이프타운대학 교수)

옮긴이 **김태성**

1959년 서울에서 출생하여 한국외국어대학교 중국어과를 졸업하고 동대학원에서 타이완문학 연구로 박사 학위
를 받았다. 중국학 연구공동체인 한성문화연구소(漢聲文化硏究所)를 운영하면서 한국외국어대학교 중국어대
학에 출강하고 있으며 중국 문학 번역과 문학 교류 활동에 주력하고 있다.「노신의 마지막 10년」「굶주린 여자」
「인민을 위해 복무하라」「목욕하는 여인들」「딩씨 마을의 꿈」「핸드폰」「눈에 보이는 귀신」「나와 아버지」「사
람의 목소리는 빛보다 멀리 간다」「황인수기」「풍아송」「한자의 탄생」등 100여 권의 중국 저작물을 한국어로
번역했다.

말 한 마디 때문에

옌진을 떠나는 이야기

2015년 3월 11일 초판 1쇄 펴냄

지은이 류전윈 | **옮긴이** 김태성 | **펴낸이** 김재범
편집 정수인, 김형욱, 윤단비 | **관리** 박신영
인쇄 한영문화사 | **종이** 한솔PNS | **디자인** 박종민
펴낸곳 (주)아시아 | **출판등록** 2006년 1월 27일 | **등록번호** 제406-2006-000004호
전화 02-821-5055 | **팩스** 02-821-5057
주소 서울시 동작구 서달로 161-1 3층(흑석동 100-16)
이메일 bookasia@hanmail.net | **홈페이지** www.bookasia.org
페이스북 www.facebook.com/asiapublishers

ISBN 979-11-5662-088-4 04820
     978-89-94006-46-8(세트)
*값은 뒤표지에 표시되어 있습니다.

이 도서의 국립중앙도서관 출판시도서목록(CIP)은 서지정보유통지원시스템 홈페이지(http://seoji.nl.go.kr)와
국가자료공동목록시스템(http://www.nl.go.kr/kolisnet)에서 이용하실 수 있습니다.(CIP제어번호: CIP2015004189)